»Ich war nicht der Verrückteste. Ich war nur der Zweitverrückteste. Mein Name ist Bernhard Hval. Ich habe mehr Unheil angerichtet, als Sie sich vorstellen können.« Und dieser Herr Hval bleibt sich treu bis zum Schluss. Die Festrede zum 80. Geburtstag hält er sich lieber gleich selbst, sie ist sein Vermächtnis. Und da soll ausnahmsweise mal alles sitzen. Im Jahr 1900 geboren schaut er auf ein ganzes Jahrhundert zurück, weiß von Freundschaft, Leidenschaft, Wahnsinn und Skandalen zu erzählen, warmherzig und witzig, ernsthaft und aufrichtig.

Lars Saabye Christensen, 1953 in Oslo geboren, ist einer der bedeutendsten norwegischen Autoren der Gegenwart. Seine Bücher sind vielfach preisgekrönt und wurden in mehr als dreißig Sprachen übersetzt. Mit seinem Roman »Der Halbbruder«, für den er den »Nordischen Literaturpreis« erhielt, feierte er in ganz Europa und den USA Triumphe. Der Autor lebt in Oslo.

Lars Saabye Christensen

Die unglaublichen Ticks des Herrn Hval

Roman

Aus dem Norwegischen von Christel Hildebrandt

btb

Die norwegische Originalausgabe erschien 2010 unter dem Titel »Bernhard Hvals forsnakkelser« bei Cappelen Damm, Oslo.

MIX
Papier aus verantwortungsvollen Quellen
FSC® C014496

Verlagsgruppe Random House FSC® N001967

1. Auflage
Genehmigte Taschenbuchausgabe April 2019
by btb Verlag in der Verlagsgruppe Random House GmbH,
Neumarkter Str. 28, 81673 München

Covergestaltung: semper smile, München nach einem
Umschlagentwurf von © Stian Hole, Norwegen
Druck und Einband: GGP Media GmbH, Pößneck
mr · Herstellung: sc
Printed in Germany
ISBN 978-3-442-71469-8

www.btb-verlag.de
www.facebook.com/btbverlag

SCHWANZ IM RIESENRAD

Ich möchte mich erst einmal in aller Deutlichkeit vorstellen, dann sind wir damit durch: Ich war nicht der Verrückteste. Ich war nur der Zweitverrückteste. Mein Name ist Bernhard Hval. Ich habe mehr Unheil angerichtet, als Sie sich vorstellen können. Ich habe in Anwesenheit des Königs Stutenprinz und Dudelsack gesagt. Und zwar damals, als ich im Dezember 1973 leider in der Holmenkollenbahn hinter ihm zu sitzen kam, nicht direkt hinter ihm, aber in der übernächsten Reihe, zumindest saß ich im selben Wagen. Ob das eine Rolle spielt? Aber auf jeden Fall. So kann ich zumindest hoffen, dass er nicht alles hörte, was ich sagte, bevor ich bei der nächsten Station resolut hinausgeworfen wurde, und zwar ausgerechnet in Besserud. Besserud! Oh, alle Anoraks und Glückskleeblätter des Teufels! Ich war gegen meinen Willen in alten Revieren gelandet. Ich war der Teufel in der Hölle! Und das war König Olavs Schuld. Außerdem hatte ich keine Skier mehr, denn die fuhren mit der Bahn weiter. Ich stand auf dem Bahnsteig meiner Kindheit, spuckte in die Hände und stützte mich auf die Skistöcke. Das Leben hatte reichlich Könige, Gelegenheiten und Stinknasen zu bieten. Ozäna in der Höhe! So ging ich den ganzen Weg hinunter in die stille, schneebedeckte Stadt, warf die Stöcke in einen Mülleimer, meine Zeit als Skiläufer war sowieso vorbei, schloss mich in die Wohnung am Skovveien ein, setzte mich ins Arbeitszimmer, drehte einen bereits vergilbten Bogen Papier um die Walze und begann auf die Tasten einzuschlagen. Ah! Oh! Hört, hört! Ich schlage Löcher ins Papier. Jeder Buchstabe, den ich schreibe, ist ein Loch. Hier sitze ich immer noch. Ich möchte sicherheitshalber darauf hinweisen, dass einzelne Begriffe, Wendungen und Obduktionen in diesen Aufzeichnungen von einigen als anstößig empfunden werden können. Ich habe vom Rednerpult in der Aula der Universität aus »Schwanz im Riesenrad« gesagt. Das haben zumindest die meisten gehört, die an diesem Abend, an dem die Absolventen der medizinischen Fakultät gefeiert wurden, anwesend waren. In gewissen akademischen und freigeistigen Kreisen war ich verrufen, wenn nicht bewundert, als wäre das etwas Erstrebenswertes. Ich strebte nach dem reinen Gegensatz. Wünschte nur, unbemerkt zu bleiben, was mir nur selten gelang. Du Dudelsack! Ich kann Purzelbäume und Salti rückwärts schlagen, wenn ich nur an diese Vorfälle denke. Und ich bin ein alter Mann, fast achtzig bin ich. Ich habe mich sogar versprochen, als ich der Braut eine Rede hielt, und das auf meiner eigenen Hochzeit. Ich konnte gerade noch mein Gesicht wahren. Mein Klosterlatein, das ich immer im entscheidenden Moment einstreue, wenn die Welt mir zu nahe tritt, rettete mich. Mein Zeugnis ist auch nicht zu verachten. Ich war trotz allem der Beste meines Jahrgangs. Ich war bei weitem nicht geschützt oder unangreifbar. Du zerreißendes Jungfernhäutchen! Der Urin einer Jungfrau muss dünn und zart sein und mit Saus und Braus gelassen werden. Oh, singe mit! Ohrwatsche! Woher habe ich das? Noch einmal, ihr alle! Vulnera puncta! Sticht man nur fest genug zu, kann alles als Waffe benutzt werden. Ich habe die meisten verärgert, viele schockiert und jene zerstört, die ich am meisten geschätzt habe. Und diejenigen, die ich verachtete, die habe ich gerettet und reingewaschen. Ich habe Nacht für Nacht wach gelegen und zu ihm da oben im Himmel gebetet, den meine Mutter in guten Momenten, als ich noch ein Kind auf Besserud war, das Antlitz nannte. Besserud! Doch niemand hat sein Antlitz zu mir erhoben, bis auf einen. Das sollte meine Mutter wissen, die tot und begraben in fremder Erde ruht, den Kopf zuunterst, und auch ich werde kein Antlitz zu ihr erheben. Ansonsten bin ich ein vorsichtiger und gebildeter Mann. Das will ich gar nicht leugnen. Alles andere habe ich versucht zu verbergen, all das, was in mir überflüssig ist und das ich am liebsten ganz allein in der Wohnung vorführen würde. Deshalb war ich seit dem Gespräch mit König Olav auch nicht wieder draußen. Das Essen wird mir auf die Schwelle gestellt, das Geld geht durch den Briefschlitz hinaus, die Waren kommen durch den Türspalt herein, so einfach ist das. Wasser hole ich aus dem Wasserhahn. Hoppla! Habe ich das Wort *sich versprechen* irgendwo benutzt? Ich verspreche mich nie. Das, was über meine Zunge kommt, muss dort auch wieder hinaus. Meine fehlplatzierten Worte sind wie Brennnesseln in einem Rosenbeet. Und kein Gärtner der Welt kann sie ausrupfen. Oh, du mein Dornenarsch! Lasst mich nicht bei diesen Widerwärtigkeiten verweilen. Sie sind nur als zweitklassig anzusehen. Außerdem habe ich nicht mehr lange zu leben, nur noch einen Sommer und den Anfang des Herbstes. Der Tag ist festgelegt. Das Mittel liegt in einem kleinen Etui auf dem Boden der Standuhr direkt hinter mir bereit: fünf schwarze Drops, ovale Opiumpillen, äußerst effektiv. Ich habe sie seit meiner Zeit in der Mäusehalle im Rikshospital aufbewahrt. Doch nicht einen Tag vorher, nicht einen Tag vor dem festgelegten Tag soll es geschehen! Disziplin ist unser Fach. Ich bezeichne uns als die Kantigen. Wir möchten gerne weich und umgänglich sein und sind stattdessen starrsinnig und nicht zur Vernunft zu bringen, wohl gemerkt, zur Vernunft der anderen. Wir möchten am liebsten in Ruhe gelassen werden, ziehen aber unablässig die Aufmerksamkeit auf uns. Wir wetzen uns an der Welt. Manches Mal wetzt sie sich auch an uns. Trotz allem gelingt es der Welt und uns nicht, ein dauerhaftes Verhältnis einzugehen. Wir können einen Abend lang tanzen. Doch dann ist Schluss. Wir sind ein zu ungleiches Paar. Wir halten uns am liebsten im Hintergrund. Doch wir sind dort, wo man uns am wenigsten vermutet. Und einer von uns stand ganz vorn, in all seiner Majestät und Größe: Sein Name war Notto Fipp. Er war der Verrückteste. Ich war nur der Zweitverrückteste. Ich war sein Arzt. Ich begegnete Notto Fipp, gesegnet sei er, zum ersten Mal im Monat August des Jahres 1929. Ursprünglich hieß er Notto Senum und stammte aus Evje im Setesdalen, wie ich später erfuhr. Dieser Spitzname oder Künstlername, als den ich ihn lieber bezeichne, hatte er aufgrund seines Spitzbarts gewählt, der nicht gerade eine Zier war, wie er da am spitzen Vorsprung seines Gesichts hing, nur ein paar lange, zottelige Strähnen, allerhöchstens vier Fransen, ein Spitzbart oder Fippsbart, wie er auch genannt wurde, daher der Name, Notto Fipp, und so wollte er es haben, sowohl den Bart als auch den Namen. Oh, wer würde es wagen, den Bart von Notto Fipp zu kritisieren! Sein Bart war eine Zier, eine Zier für uns alle! Da gibt es nichts daran zu deuteln! War ich etwa nicht neidisch, weil ich ohne Erfolg versuchte, einen ähnlichen Bart hervorzubringen? Ich hatte schließlich meine Medizinstudien, lasst mich in Klammern anmerken, dass ich der Beste meines Jahrgangs war, an der Universität in Oslo beendet. Mit anderen Worten war es nicht gerade wenig, was da von mir erwartet wurde, und nur ich wusste, dass ich keine dieser Erwartungen würde erfüllen können, eine Tatsache, auf die ich noch zurückkommen werde. Und noch einmal: du

Dudelsack! Es gibt so viel, auf das ich zurückkommen werde, und so wenig, was vor mir liegt, dass ich fast aus den Augen verliere, wohin ich eigentlich will. Doch genau damals, an diesem strahlenden Sonntag im August 1929, da schob ich alle derartigen Gedanken beiseite, da war ich nämlich auf dem Weg zu meiner Verlobten in Drammen, ich und mein alter Fahrer, Alfred, in seiner abgewetzten, aber immer noch stattlichen Uniform, mit dazugehöriger Mütze, oder Kaskette, Handschuhen, Sonnenbrille und dem Ganzen und nicht zuletzt den Schuhen, einem großen und einem kleinen, sonst gab es nur ein Durcheinander mit den Pedalen, denn er hinkte nämlich. Alfred Melingen und der Roadster, wie Vater ihn nannte, den Wagen meine ich, er war das Einzige, was ich von meinem Vater geerbt hatte, abgesehen von einer Standuhr, die immer noch reibungslos läuft. Die Sonne hielt Hof über dem Land, und es war überhaupt ein besonderer Tag, eine besondere Zeit, sorglos und ewig erschien sie mir damals, und ich ließ sie mehr als gern so scheinen. War es mir jemals besser ergangen? Wohl kaum. Börsenkrach oder nicht, auf dieser oder der anderen Seite des Atlantiks, das war nicht meine Sache. Meine Familie hatte ihren Konkurs erlebt, und jetzt gab es nichts mehr zu verlieren. Hipp hipp! Ich saß auf dem Rücksitz, das Verdeck war heruntergelassen, ich rauchte eine milde türkische Zigarette im warmen Wind und genoss das Leben oder den Augenblick, ich genoss sowohl das Leben als auch den Augenblick, und das ließ sich nicht so oft behaupten, im Gegenteil, es war äußerst selten, dass das Leben auf diese Art und Weise aufging. Alfred unterbrach diese angenehmen Gedankensprünge.

»Es wird dir gut tun, eine Ehefrau an deiner Seite zu haben«, sagte er.

Ich wollte ihn necken. Nichts war unterhaltsamer, als Alfred zu verwirren.

»Tatsächlich? Bist du dir sicher? Ganz sicher?«

Alfred stutzte.

»Natürlich.«

»Aber du hast es doch nie versucht, Alfred.«

»Entschuldigung, was denn?«

»Verheiratet zu sein. Du bist ein alter, unverbesserlicher Junggeselle. Wie kannst du dann behaupten, dass es mir gut tun wird?«

»Nun, ich habe schließlich schon einiges gesehen, auch wenn ich keine Ehefrau habe. Und so viel weiß ich: Es sollten in einem Auto wie diesem zwei auf der Rückbank sitzen.«

»Denkst du vielleicht an meine Eltern? Du hast doch gesehen, wie das gelaufen ist.«

»So habe ich es nicht gemeint.«

Alfred sank über dem Lenkrad zusammen. Zum Schluss musste ich ihm lächelnd meine Hand auf die Schulter legen. Dass er es nie lernte.

»Ich habe doch nur Spaß gemacht, Alfred.«

»Ach so.«

»Um Gottes willen, kannst du nicht einmal einen Spaß vertragen!«

Alfred richtete sich wieder auf.

»Der war gut«, sagte er.

War es einem jemals besser gegangen?

Der Roadster brachte uns voran. Eine neue Zigarette. Wieder eine türkische. Eigentlich rauchte ich nicht, aber türkische, nun mal ehrlich. Denen konnte ich nicht widerstehen. Der Verlobungsring. Die Sonne, die ihn traf, ein Aufblitzen. Ich genoss den Anblick meiner eigenen langsamen Bewegungen während der Fahrt, auf der ich mich befand, 23 Kilometer die Stunde, meine rechte Hand, die Manschette, die Zigarette zwischen den Fingern, die Glut, der Arm auf der Türlehne, nonchalant.

Sitzt man nicht genau so auf der Rückbank in einem offenen Roadster, nonchalant? Und könnten wir nicht einfach so weiter zwischen Oslo und Drammen hin- und herfahren, ohne anzuhalten, nur wenden, wenn wir an dem einen Ort angekommen wären, und das Gleiche wieder tun, wenn wir den nächsten erreichten? Wäre das nicht eine fabelhafte Sache? Die Hupe des Roadsters weckte mich aus diesen angenehmen Gedankengängen. Alfred Melingen ließ die Hupe erklingen. Ein Stück vor uns entdeckte ich eine Gestalt, fast versteckt von dem Licht und dem Staub, den unsere Räder und sein Fußwerk in immer neuen Wolken aufwirbelten. Offenbar nahm er gar keine Notiz von der Warnung. Ich beugte mich vor und drückte und tutete auch. Kühe und alle anderen Arten von Tieren flohen über die Felder, hinein in die Wälder, wo ein dichter Teppich aus Vögeln sich von den Zweigen erhob, den Himmel beschattete, und alles wurde still, wie bei einer Sonnenfinsternis. Nur dieser Kerl ging einfach weiter. Wäre ich nicht gewesen, es hätte ein Unglück geschehen können, und zwar ein ernstes. Alfred hätte ihn mit einem Wimpernschlag niedermähen können, so schlecht war die Sicht, denn wir fuhren hinein in das Licht, den Staub und die Zukunft. Doch dazu kam es nicht, denn ich griff ein und hupte zum zweiten Mal. Ich bat Alfred, neben diesen Dickkopf zu fahren, man möge mir meine Worte vergeben, und mit eigenen Augen konnte ich sehen, dass der Mann, der da ging, so mager war, dass die Sonne durch ihn hindurchschien und seine Rippen einen Schatten warfen. Er trug einen Strohhut auf dem Kopf, ein paar Bartzotteln an der Wange, eine Papiertüte hing ihm über die Schulter, der Pullover, den er trug, war mit Sicherheitsnadeln zusammengehalten, in der Hand hielt er einen schwarzen Regenschirm, und an den Füßen hatte er abgelaufene Stiefel, die aussahen, als wären sie mit Pechdraht genäht.

»Langsamer«, rief ich.

Alfred drosselte die Geschwindigkeit, bis wir das gleiche Tempo wie der Mann hatten.

Dieser ging weiter, ohne sich um uns zu kümmern.

»Wollen Sie mitfahren?«, fragte ich.

Der Mann antwortete nicht und blieb auch nicht stehen.

Ich wiederholte mein Angebot.

»Ich weiß nicht, wie weit Sie wollen, aber Sie können auf jeden Fall ein Stückchen mitfahren.«

Jetzt redete der Mann zum ersten Mal:

»Evje. Im Setesdalen.«

»Das ist ein ganzes Stück zu laufen.«

»Das ist auch der Sinn.«

»Und wie lange laufen Sie schon?«

»Ich bin gerade erst in Gang gekommen.«

Wir fuhren ein kleines Stück, ohne etwas zu sagen. Mein Fahrer schüttelte nur den Kopf und hätte am liebsten Gas gegeben. Aber ich war neugierig geworden.

»Was wollen Sie in Evje?«, fragte ich.

»Umkehren und nach Oslo zurückgehen«, sagte der Mann.

»Zurückgehen? Legen Sie den ganzen Weg nach Evje zurück, nur um wieder zurückzugehen?«

Der Mann nickte und nahm den Schirm in die andere Hand, um sich vor der Sonne zu schützen.

»Ja.«

»Haben Sie nichts anderes dort zu erledigen, außer wieder zurückzugehen?«

»Nein.«

»Und Sie haben auch keine Familie oder Freunde in Evje, die auf Sie warten?«

»Nicht dass ich wüsste.«

Das sagte er einfach so. So war es. Er verkehrte im Frachtverkehr zwischen Oslo und Evje und hatte an keinem dieser Orte etwas zu erledigen. Aber hatte ich nicht gerade den gleichen Gedanken gehabt, einfach nur zu fahren und umzukehren, umzukehren und zu fahren? Er war nach meinem Geschmack.

»Darf ich im Vorbeifahren nach dem Namen fragen?«, fragte ich.

»Notto Fipp.«

Ich reichte die Hand über die Wagentür.

»Bernhard Hval.«

Notto Fipp ergriff meine Hand nicht, dieses Mal nicht, aus ganz natürlichen Gründen, das hätte ihn aus dem Takt gebracht. Man schüttelt einem Geher unterwegs nicht die Hand. Außerdem schien ihn der türkische Tabak zu stören, deshalb warf ich die Zigarette weg, so weit ich konnte, mit der Gefahr, Buskerud in Brand zu stecken. Wir folgten einander noch einige Meter. Notto Fipp hielt ein strammes Tempo, ja, es schien, als hätte er all seine mageren Glieder ein für alle Mal genau auf dieses Tempo eingestellt. Er war ein Studium wert. Den Torso benutzte er einzig und allein als Aufhängung für die Arme, als Behältnis für das Herz, und um den Kopf aufrecht halten zu können. Erst im Hüftbereich schien Notto Fipp eigentlich anzufangen. Von den Schenkelknochen abwärts bis zum letzten Teil der unteren Extremitäten, also der Fußsohle, konnte sich niemand mit ihm messen, übrigens auch nur wenige in den anderen Regionen, aber es war in erster Linie das letzte Stück bis zur Erde, das ihn auszeichnete, das war seine Signatur. Er unterschrieb die Erde, auf der er ging, mit jedem einzelnen Schritt, der ihn seinem Ziel näher brachte, an dem er einfach umkehren wollte, sobald er angekommen war.

»Darf ich fragen, warum?«, fragte ich.

»Warum was?«

»Warum Sie so gehen?«

»Wenn ich gehe, denke ich weniger«, antwortete Notto Fipp.

Diese Antwort machte Eindruck. Ich kann es nicht anders sagen, sie machte Eindruck. Wenn ich gehe, denke ich weniger. Wie oft habe ich diese sechs Worte seitdem nicht wiederholt? Oft. Ich kann es gar nicht zählen. Es war an der Zeit, Notto Fipp in Frieden gehen zu lassen. Ich gab Alfred ein Zeichen, dass er schneller fahren durfte, während ich mich umdrehte und diese seltsame Gestalt betrachtete, in Strohhut, Wanderschuhen und mit dem schwarzen Regenschirm, wie er im Licht und dem Staub, den wir hinter uns ließen, verschwand.

»Volltrottel«, sagte Alfred.

Ich ließ ihn noch ein Stück fahren, und Alfred fuhr, was die Riemen und das Zeug hielt. Er wollte das Versäumte wieder aufholen, die Zeit, die wir mit diesem Volltrottel versäumt hatten.

»Was hast du gesagt?«

Alfred musste schreien.

»Volltrottel! Der war doch nicht ganz dicht.«

»Meinst du?«

»Das sah man ihm doch an. Der gehört eingesperrt.«

Ich beugte mich vor.

»Kannst du mal anhalten?«, bat ich.

»Schon wieder?«

»Ja, halt an. Genau hier.«

Alfred fuhr an den Straßenrand, hielt dort an und hatte die Situation natürlich vollkommen falsch verstanden.

»Wenn es sehr dringend ist, kannst du unten in die Büsche gehen. Ich werde aufpassen. Aber ich möchte dich daran erinnern, dass wir in zwanzig Minuten bei deiner Verlobten sind. Wenn du es also bis dahin noch aushalten kannst …«

Ich unterbrach ihn.

»Ich will weder pinkeln noch scheißen«, sagte ich.

Alfred schaute zu Boden, peinlich berührt.

»Dann verstehe ich es nicht ganz.«

»Wie hast du den Mann genannt, dem wir gerade begegnet sind? Einen Volltrottel?«

»Das können ja wohl alle sehen, dass er einer ist.«

»Steig aus dem Wagen«, sagte ich.

Alfred blieb sitzen. Er glaubte wohl, dass auch das ein Scherz war.

»Steig aus dem Auto«, wiederholte ich.

»Ich verstehe nicht.«

»Ich dulde es nicht, dass du auf diese Art und Weise über Menschen sprichst.«

Alfred drehte sich zu mir um.

»Meinst du diesen Idioten mit dem Strohhut, an dem wir gerade vorbeigefahren sind?«

»Jetzt haben Sie es wieder gesagt. Raus aus dem Auto. Und zwar sofort.«

»Sie? Sind wir jetzt nicht mehr per Du?«

»Wie oft muss ich es noch sagen? Raus!«

Alfred Melingen öffnete die Tür und stieg aus, strich die Uniform glatt, die er seit dem letzten Jahrhundert trug, und stand wie in Habacht da. Fast amüsierte es mich, diese Ehrerbietung, die er mir erweisen musste, einem Grünschnabel auf dem Rücksitz, dem alles in den Schoß gefallen war, das heißt ein Automobil mit Chauffeur, ein toter, bankrotter Vater und eine Standuhr mit Süßigkeiten darin. Meine unanständige Mutter erwähne ich hier nicht.

»Gib mir die Mütze«, sagte ich.

Noch größere Verwirrung.

»Was willst du damit?«

»Was man normalerweise mit Mützen macht. Sie auf den Kopf setzen.«

Alfred zögerte, nahm die Mütze ab und gab sie mir mit einer leichten Verneigung. Ich setzte sie mir wie gesagt auf den Kopf. Die Mütze war ziemlich groß und rutschte mir in die Stirn. Alfred hatte einen größeren Kopf als ich. Er musste lächeln. Er wusste nicht, worüber er lächelte. Ich lächelte nicht und nahm seinen Platz hinter dem Lenkrad ein.

»Sie sind gefeuert«, sagte ich.

»Gefeuert? Wie meinen Sie das?«

»Genau so, wie ich gesagt habe.«

Er rüttelte am Wagengriff und packte mich beim Nacken.

»Das ist nicht dein Ernst!«

Mal sagte er du und dann sagte er Sie. Es war wohl die Mütze, die ihn verwirrte.

»Doch, das ist es.«

»Aber du kannst mich doch hier nicht stehen lassen! Mitten auf der Landstraße!«

»Nein«, erwiderte ich. »Hier können Sie natürlich nicht stehen bleiben. Sie können aber auf Ihren Füßen zurückgehen. Leben Sie wohl.«

»Der war nicht gut«, sagte Alfred. »Der war verdammt noch mal wirklich nicht gut, das muss ich sagen.«

»Was?«

»Dieser Scherz. Absolut nicht gut. Absolut nicht.«

Ich fand die richtigen Pedale.

»Du hast recht. Das ist kein Scherz.«

Endlich brachte ich den Wagen in Bewegung.

Alfred kam mir hinterhergelaufen.

»Dein Vater, Bernhard Hval, dein Vater war ein Mann von, ein Mann von …«

Das musste ich mir nicht anhören. Ich gab Gas. Alfred Melingen versuchte mich oder den ganzen Wagen aufzuhalten, das war lächerlich, und zum Schluss musste er aufgeben.

»Das wirst du noch bereuen!«, rief er.

Er drohte mir mit der Faust und schrie mir hinterher.

Doch ich fuhr weiter, Richtung Drammen, und Notto Fipps sonderbare Aussage wollte mir nicht aus dem Kopf gehen, und ich wünschte mir es auch gar nicht anders: *Wenn ich gehe, denke ich weniger.* Einen Moment lang überlegte ich, an einem Waldstück anzuhalten und weiter zu Fuß zu gehen, aber ich war nicht so stark wie Notto Fipp. Deshalb war ich ja auch nur der Zweitverrückteste. Außerdem war ich auf dem Weg zu meiner Verlobten, Sigrid Juell, die ich im selben Herbst heiraten sollte, eine Frau wie aus Holz geschnitzt, aus schönem, zähem Holz, buchstäblich gesprochen. Sie war eine gute Partie, wie es damals hieß, was man von mir nicht behaupten konnte, aber ich war trotz allem der Beste meines Jahrgangs. Sigrid Juell war 23 Jahre alt und trug ihre Jahresringe wie Schmuckstücke, solange es währte. Ihre gesamte Familie war aus Holz geschnitzt. Sie waren Wald und Fluss und Sägewerk, und so war auch ihr Temperament. Sie war Wasserfall und Wind. Sie war die Kreissäge. Sie war der Hobel, und ich war der Span. Ich war so verliebt in sie, dass ich sogar im Stande war zu hassen. Und war es nicht gerade mein Unheil, dem sie verfallen war? Gefiel es ihr etwa nicht, wenn ich ihr in dem Haus mit den hohen Decken während des Essens meinen Mund ans Ohr legte, schluckte und schluckte und sagte: Fotze, Fotze, danke fürs Essen und Prost? Dann wurde sie ein ganzes Sägewerk, würde ich sagen, zumindest anfangs. Wir waren für die Leidenschaft geschaffen. Wir bekamen keine Kinder.

ALLES MÖGLICHE

Wir schreiben das Jahr 1980. Der Winter war ungewöhnlich kalt. Ich fror von Januar bis März jämmerlich. Jetzt ist es April geworden, es tropft von den Regenrinnen, es schmilzt und rieselt überall, und in vier Monaten werde ich also sterben. Heiliger Strohsack! Ich betreibe immer noch meine äußerst bescheidene Praxis hier am Skovveien, in derselben Wohnung, die mir blieb, nachdem alles drunter und drüber ging, und in der ich auch wohne. Es ist lange her, dass jemand hierherkam. Vielleicht ist meine Approbation ja abgelaufen. Eine Zeitlang tauchten einige lichtscheue Gesellen auf, die Rezepte für das ein oder andere haben wollten, wenn alle Reisebüros der Stadt geschlossen hatten. Ich gab ihnen gern eine Tour in den Süden. Es geschah ungefähr auf die gleiche Art und Weise, wie es mit den Waren aus dem Lebensmittelladen läuft, nur in umgekehrter Reihenfolge: gelbe, eklige Finger schoben einen oder zwei Scheine durch den Briefschlitz, ich schob ein Rezept beispielsweise für hundert Atarax oder Kolamin hindurch. Die schwarzen Drops behielt ich übrigens für mich zurück. Dann wieder taten mir diese verwöhnten und verhärteten Kinder leid, und ich schob das Geld wieder durch den Briefschlitz hinaus, und Sie können sich vorstellen, dass sie außer sich waren, diese geizigen Junkies, da gab es nicht viel Schnauben und Stöhnen, nein, sie schnappten sich die Bezahlung und liefen um die Wette die Treppe hinunter. Was für Schwachköpfe. Aber auch das ist lange her. Zumindest steht »Bernhard Hval, Dr.« an der Tür, für den, der lesen kann, ein schmales Kupferschild, das ich nun nicht mehr sechzehnmal am Tag putze. Diese Unart habe ich abgelegt. Sagte ich Unart? Habe ich früher auch schon das Wort Unart benutzt? Zum Teufel! Da können Sie sehen, wie weit es mit mir gekommen ist. Unart ist kein Wort aus unserer Sprache. Unart, das ist im Bett rauchen, laut pfeifen, sich die Finger ablecken. Wir sagen *Zwang*. Sigrid hatte Unarten, das muss einmal gesagt werden. Ich hatte einen Zwang. Unarten und ein Zwang passen nur schlecht zusammen. Doch genau diesen Zwang habe ich abgelegt, den Zwang, das Schild sechzehnmal am Tag zu putzen. Aber dazu brauchte es sechzehn Jahre. Doch den Zwang zur Wiederholung werde ich nicht überwinden. Es gehört zu unserer Natur, dass wir uns wiederholen, ja genau, uns selbst wiederholen. Er ist ein Teil unseres Repertoires, die Wiederholung ist die erste Geige in unserem persönlichen Orchester. Ich begann mich bereits 1963, während der Kubakrise, darauf vorzubereiten. Während die anderen auf dem Hof aus Angst vor Atombomben und noch Schlimmerem Konservendosen hamsterten und dann, als sich herausstellte, dass der Konflikt im Großen und Ganzen gelöst war, jahrelang von diesen eingemachten Frikadellen leben mussten, das war nur eine kleine Schlacht in meinem eigenen Weltkrieg, aber immerhin. Das erste Jahr ging ich auf fünfzehnmal am Tag herunter, das nächste auf vierzehnmal, bis ich es nur noch einmal am Tag machte, putzte und putzte, und vielleicht glaubte ich ja, dass mein Name weiterhin an der Tür glänzen würde, doch das tat er nicht, er verblich und verschwand. Der Zwang war nicht mehr da. Er hatte sich von meinen Fingern und meiner Seele gelöst. Siebzehn Jahre dauerte das. Warum also nicht einfach das Schild abschrauben und in den Müll werfen? Dann hätte ich den Rest meines Lebens damit verbracht, nach dem Schild zu suchen, bewaffnet mit einem Putzlappen. Und hätte ich es gefunden, hätte ich es wieder an die Tür gehängt, es festgeschraubt und es sechzehnmal, nein hundertmal zusätzlich geputzt, um das nachzuholen, was versäumt wurde. Kennen Sie mich jetzt etwas besser? Wahrscheinlich nicht. Meine Vernunft ist nicht die Ihre. Meine Gesetze stehen nicht in Ihrem Gesetzbuch. Mein Zwang ähnelt nicht Ihren Gelüsten, die einen geraden Weg beschreiten, auf das Objekt der Lust zu, auf Frauen, Männer, Obst, Räusche, Äpfel, Kunst, Autos, während mein Zwang auf der Stelle tritt und nie zufriedengestellt wird. Warum glückte dann der Rückzug von der Tür? Weil mein Name verschwand. Die Welt um mich herum muss verschwinden, wenn ich meinen Zwang loswerden will. Und nicht nur die Welt, ich muss ebenfalls verschwinden. Alles, was überflüssig ist, muss verschwinden. Erst dann kann ich aufatmen. Ich bin also auf dem großen Rückzug. Nach vorn! Und während ich das schreibe, höre ich, wie die Stunden in der Standuhr hinter mir geschlagen werden, das Pendel, das Lot, die Zeiger, die sich um die Zahlen drehen. Bald werden sich die Sekunden losreißen und zu einer leeren, gewaltigen, lautlosen Ewigkeit werden. Wie sagte doch mein Mentor an der Universität, Herr Professor Lund in Person, später Direktor des Rikshospitals: Es ist ein Unterschied, gehärtet oder verhärtet zu sein, Bernhard Hval. Ich bin beides. Bevor ich ein für alle Mal aufhörte, aus dem Haus zu gehen, nach der Begegnung mit König Olav, pflegte ich einen Spaziergang um die Vigeland-Anlage zu machen, diese hässlichen Statuen und Monumente waren nämlich das Einzige, was mich in einigermaßen gute Laune versetzen konnte. Ist genug gesagt? Hätte mir doch nur jemand einen ganzen Park gegeben! Eines Vormittags, Ende Mai, ging ich am Frognerbad vorbei, um den Monolithen von Nordosten her anzugreifen. Doch es kam mir etwas anderes in den Weg, ein Mädchen. Sie lief barfuß über den warmen Asphalt, und plötzlich blieb sie stehen, was ich auch tat. Das Mädchen blieb also stehen und versuchte den Fuß heranzuziehen. Der hing fest, nicht am Asphalt, sondern an einem Kaugummi, den jemand ausgerechnet genau hier ausgespuckt hatte. Sie hob den Fuß, der Kaugummi folgte, sie trat, der Kaugummi blieb kleben, sie verdrehte den Fuß, das machte das Schlimme nur noch schlimmer, sie entkam diesem Klumpen, dem Kaugummi, nicht und fing an zu weinen. Und ich sah es in aller Klarheit: Sie war ein Zeichen, ein Bild. Sie war ich. Aber mein Kaugummi war größer, es war die Welt, sie klebte sich an meine Finger, meine Füße, an meine Seele. Ich ging zu dem Mädchen, beugte mich hinab und riss die dünne, zähe Kette ab, ich befreite sie. Sie sagte nicht einmal Danke, ganz im Gegenteil, sie schubste mich weg und war offenbar der Meinung, dass ich viel ekliger war als der Kaugummi, lief zum Eingang zu den Schwimmbassins, wo sie zusammen mit ihren leicht gekleideten und ebenso verhärteten Freundinnen stehen blieb und durch den Gitterzaun auf mich zeigte. Ich brauchte einige Jahre, um diesen Kaugummi loszuwerden, und noch heute sind meine Hände nicht sauber, noch heute hänge ich fest.

Aber lassen Sie mich jetzt zur Sache kommen! Mein Vater, Oscar Hval, war kein großer Humorist, obwohl er den bekannten Ausdruck *hohl wie eine Kokosnuss* erfunden hat. Das tat er auf seinem Grund und Boden mit einem Schuss in die Stirn. Ich sah es mit eigenen Augen. Mein Vater wollte mir nämlich zeigen, wie es gemacht wird. Außerdem benötigte er einen Handlanger. Er war bis zum letzten Moment ein Vorbild, ein wahrer Lehrmeister, und ich bin immer noch gelehrig. Übrigens begann mein Vater mit zwei leeren Händen, wie man so sagt, das heißt, ganz leer waren sie wohl nicht, und so gründete er *Hvals Nadelfabrik,* in der Nähnadeln, Stopfnadeln, Schneidernadeln, medizinische Nadeln, Sicherheitsnadeln hergestellt wurden, alle Sorten von Nadeln, und es wurden große Erwartungen in Hvals Nadeln gesetzt, ja, das war so sicher wie das Amen in der Kirche, denn wir waren auf dem Weg ins Jahrhundert der Manufaktur und der Mode, ein Jahrhundert, das die Nadeln nicht entbehren konnte. Aber was ich sagen will und was ich, wie ich manchmal fürchte, niemals werde sagen können, und es ist dieselbe Furcht, die ich dahingehend empfinde, dass mein vorwärtsstürmender Rückzug misslingen könnte: Ich kam am neunten September des Jahres 1900 aus meiner Mutter herausgestürmt, und vielleicht liegt ja eine gewisse Ironie darin, dass ich, der kantige Engel, das Licht der Welt zu dieser Zahl aus einem Guss erblicken sollte, doch wenn das heilige Antlitz glaubt, ich sollte bis zum Jahr 2000 aushalten, von einer runden Zahl bis zur nächsten, nur um ein Zeichen zu setzen, dann irrt sich dieses Antlitz ganz gewaltig. Denn eher bin ich es, der ihm ein Zeichen setzt, wenn ich mich ein für alle Mal von dieser Welt und dem Rest dieses Daseins abwende und ganz einfach verschwinde.

Die Geburt fand im Rikshospital in Kristiania statt, nachmittags, mit diesen langen Schatten in den Straßen und Räumen, und sie dauerte laut der Krankenhausberichte weniger als eine halbe Minute. Mein Vater schaffte es kaum, sich im Warteraum eine Zigarre anzuzünden. Ein Sohn! Und dazu noch ein ungewöhnlich gesunder und lebendiger Sohn, wie sie dachten. Das war es jedenfalls, was der Arzt, der gute alte Doktor Lund, der anwesend war, sagte: Der Junge hat ja schon Muskeln in den Fingern, Kraft in den Schenkeln, kräftige Kiefer, und sein Zeugungswerkzeug ist ohne jeden Tadel. Vater war also äußerst zufrieden mit dem Resultat und meine Mutter ein bisschen weniger nervös. Während der gesamten Schwangerschaft war sie nämlich davon überzeugt gewesen, dass sie eine Missgeburt gebären würde, das lag an einem Traum, den sie in der zwölften Woche geträumt hatte, eine Vorwarnung, und dann bekam sie doch noch eine Missgeburt ersten Ranges, ohne es zu wissen, denn an meinen Gliedmaßen fehlte nichts, ich war nur der Zweitverrückteste.

Der Kutscher, der immerwährende Alfred, wartete mit der Equipage in der Pilestredet, und bereits am selben Abend fuhren wir heim. Es war eine lange Reise, länger als die Geburt, und sie führte bergan. Noch bevor wir angekommen waren, war es dunkel geworden. Ich lag in eine Decke gewickelt auf dem Schoß meiner Mutter, während mein Vater an diesem Freudentag selbst die Peitsche schwingen wollte: ein Junge, ein Erbe! Ich bin überzeugt davon, dass ich noch heute den herrlich frischen Geruch von Pferdemist riechen kann. Das Pferd hieß Hammer und war mit Scheuklappen und Trense ausgerüstet, und ich habe oft gedacht, dass so etwas auch Teil meiner Kleidung sein sollte, Scheuklappen und Trense. Hammer zog uns hinauf nach Besserud, den steilen Hang westlich von Oslo hinauf, auf den fast nur die Abendsonne scheint. Zwei Kindermädchen, oder Hausmädchen, standen auf der Türschwelle und machten einen tiefen Knicks, mit weißen Schürzen und Kragen über schwarzen Kleidern, eine war alt und eine ganz jung, beide irgendwo aus dem Norden. Mutter übergab mich sogleich der Jüngeren von ihnen, ich glaube, Beate hieß sie, die mich ins Haus trug, wo ich ganz gewiss noch die taktfesten Donnerschläge der Standuhr zu erinnern meine, die neben dem Glasschrank stand, der immer, bis auf ein einziges Mal, abgeschlossen war und in dem sich die Waffensammlung der Familie Hval präsentierte, Pistolen, Revolver, Gewehre, Kleinodien von der Jagd, von Duellen und Kriegen, deren Namen ich nicht wusste, und so begann meine Kindheit, mein Leben und mein Ende.

EINE ALTE GESCHICHTE

Notto Senum, später Fipp, sah dagegen das Licht der Welt nicht in einem Krankenhaus, um anschließend in einer Pferdekutsche zur herrschaftlichen Villa gefahren zu werden, in der bereits das Kinderzimmer vollständig eingerichtet bereitstand. Oh nein, Notto Senum riss sich stattdessen von seiner Mutter, Olga Senum, mit Hilfe von Nachbarsfrauen in einer engen Stube irgendwo in der Vogtei des Setesdalen los, genauer gesagt in Evje bei Hornnes, am siebten Februar 1885, abends, es war dunkel und kalt wie in einer endlosen Moritat und im blassen Schein der Gaslampe kaum möglich zu erkennen, ob es ein Mädchen oder ein Junge war. Doch nachdem eine der Nachbarsfrauen die Nabelschnur durchtrennt und das widerspenstige, außergewöhnliche Würmchen in Olgas Arme gelegt hatte, da konnten sie ein Lächeln nicht unterdrücken, denn der Junge, ja, es war ein Junge, war nicht gerade sehr adrett, er ähnelte nichts, was sie bei ähnlichen Gelegenheiten auf den Höfen in der Umgebung gesehen hatten, oh nein, er war lang und schlaksig, und mitten auf seinem runden Kopf wuchs ein Haarbüschelchen wie graues Moos auf einem glänzenden Mühlstein. Und wie sie lachten! Es sind nur noch diese Worte hinzuzufügen: Er war bereits damals eine Klasse für sich. Doch dann wurde die Tür aufgerissen, und der Vater, der Bauer, Jäger,

Fischer, Grubenarbeiter, also ein Mann für alles Mögliche und jetzt Vater seines einzigen Sohnes, der stand da und füllte die gesamte Türöffnung in Höhe wie in Breite aus, und fast schrie er: »Worüber zum Teufel lacht ihr? Verfluchtes Weiberpack!«

Augenblicklich wurde es still im Setesdalen.

»Du hast einen Jungen bekommen«, flüsterte die Ehefrau.

Der Vater trat einen Schritt näher, jetzt sanfter gestimmt, aber immer noch skeptisch.

»Und was ist falsch an ihm?«

»Nichts ist falsch an ihm.«

»Und warum habt ihr dann gelacht?«

Eine der Nachbarsfrauen duckte sich und wurde in all ihrer Schlichtheit ganz feierlich.

»Wir haben vor Freude gelacht, Herr Senum. Weil Sie einen gesunden Sohn bekommen haben.«

»Verdammt, dann soll er Notto heißen! Wie ich!«

Olga nickte, war aber nicht zufrieden. Notto Senum. Konnte der Junge nicht lieber einen normalen Namen kriegen, einen Namen, der sich nicht von den anderen unterschied, sondern der eins wurde mit den Namen, die die anderen trugen. Doch sie tröstete sich damit, dass ein Name ja nur ein Name ist, der konnte ausgetauscht, umgewechselt und verändert werden.

Drei Wochen später kam der Doktor von Evje vorbei, ein älterer griesgrämiger Mann, der sich immer noch um eine Stellung in einem der Krankenhäuser in den größeren Städten bewarb, doch langsam wurde die Zeit knapp, wenn er irgendwo anfangen wollte, bevor er in Pension gehen und sterben würde. Er war auf seiner monatlichen Reise durch das Tal, und mit jedem Monat fiel sie ihm schwerer. Verdiente er etwa nicht einen weißen Kittel, einen Operationssaal, eine Krankenschwester? Der Meinung war er wohl. Nach einem kurzen Blick stellte er fest, dass der Junge lebensfähig war.

»Er ist nur etwas aufgeschossen. Aber das wird er schon bald abschütteln.«

Abschütteln!

Und dieser Arzt, der nie Zeit hatte und weiter zu Krankheiten und Schäden musste, die ihn brauchten, ach, wüsste er nur, wie recht er hatte. Wäre er trotz allem gründlicher zu Werke gegangen, hätte er vielleicht eine andere, sorgfältigere Diagnose gestellt, zum Beispiel Dyspepsie, nervöse Dyspepsie. Deshalb füge ich im Namen der Gerechtigkeit hinzu: Der Doktor tat sein Bestes, bei den einfachen Mitteln, die ihm zur Verfügung standen. Und nachdem er sich die Mühe gemacht hatte, ganz bis zu den Senums zu gehen, konnte er auch gleich einen Blick auf die anderen werfen, die Eltern des Sohnes. Er würde nämlich nie zurückkommen, was er natürlich nicht wissen konnte. Bevor er den nächsten Hof tief hinten im Tal erreichte, würde er von einer Apoplexia cerebri getroffen werden. Eine Ader platzte in seinem Gehirn, und letztendlich wurde sein Wunsch doch noch erfüllt. Er kam in das Krankenhaus von Kristiansand, aber leider als Patient. Das hier war mit anderen Worten seine letzte Amtshandlung. Über den Vater gab es nichts zu sagen, ein kräftiger Mann im besten Alter. Das konnte der Doktor sehen, auch wenn der Vater hinten am Schleifstein stand und ihm den Rücken zukehrte. Doch bei der Mutter fand er etwas anderes: Sie hatte ab und zu einen trockenen Husten, der hart und anstrengend klang und sie inwendig aufschürfte. Das konnte eine ganz normale Erkältung oder Reizung sein. Aber es konnte auch ein sehr viel unheilvolleres Zeichen sein für eine Krankheit der Lunge, der Atemwege, und er wollte kein Risiko eingehen. Der Doktor legte ihr einen wärmenden Umschlag um den Hals, stellte ihr ein Glas Gemeine Hundezunge hin, ein linderndes Pulver, horchte eingehend die Brüste ab, die vor Milch fast platzten, ja, es gab sogar Anzeichen für ungewollten Milchfluss, es tropfte von den angeschwollenen Brustwarzen. Er sagte mit entschiedener Stimme:

»Sie dürfen den Jungen unter keinen Umständen stillen. Haben Sie verstanden?«

Olga nickte, gehorsam und unglücklich.

»Und ihm auch nicht ins Gesicht pusten oder ihm zu nahe kommen. Sind Sie damit einverstanden?«

Wieder nickte Olga, noch unglücklicher.

Dann begab sich der Doktor auf den Weg, zu seiner eigenen Gehirnblutung.

Und so wurde es gemacht.

Jedes Mal, wenn die Mutter hustete, lief es aus ihren großen schweren Brüsten heraus, doch Notto musste sich mit einer Schale Milch begnügen, Kuhmilch, Ziegenmilch, die er wie eine Katze in sich hineinschlürfte. Milch war alles, was er im Kopf hatte. Und als die andere Nachbarsfrau einen Monat später auch einen Jungen gebar, da durfte er ab und zu an ihrer Brust liegen, und einen gierigeren Säugling hatte man kaum je gesehen. Notto saugte sie im Laufe eines Augenblicks leer und wollte sich sogleich an die nächste Brust machen. Die Mutter und zwei Männer waren nötig, um ihn loszureißen.

Es ging auf den Frühling zu, 1885.

Der Husten der Mutter wurde nicht besser, und als schließlich im Speichel Blut war, da wussten sie, worauf es hinauslaufen würde.

Ansonsten gibt es nur spärliche Informationen über diese Zeit, ja, über die gesamte Zeit, die verstrich, bis ich ihm begegnete, sind die Informationen eigentlich nur spärlich vorhanden, und ich kann auch niemanden mehr fragen: sie sind alle schon seit langem tot. Und Notto Fipp machte auch nicht gerade viel Aufhebens von sich. Dazu war er zu bescheiden und vornehm. Er war sein eigener Scheinwerfer, der uns andere glänzen ließ und sichtbar machte. Ich ging, sagte er. Und damit sollte es genug sein. Aber einige Male erwähnte er doch noch den Frühling in Hornnes, und dann wurde ihm ganz lyrisch zumute: Dann schien es, als würde sich das Tal weiten, von einem kräftigen Himmel zur Seite gedrückt werden, das Licht und die Flüsse traten über die Ufer, und es entstand ein ganz besonderer Ton oder besser gesagt Klang, von jedem Grashalm, von jedem Blatt, jeder Blüte. Der Frühling in Hornnes, das war ein Orchester, und der Wind war ein geduldiger Dirigent.

So auch in diesem Frühling, 1885.

Im Mai, als die Mutter noch lebte, wurde er in der Kirche von Hornnes getauft, in diesem achteckigen Holzbau, der wie ein Schmuckstück in der Halsgrube des Tales liegt, derselben Kirche, in der er auch zur letzten Ruhe getragen wurde. Und ist das etwa kein Zeichen, dass er, der Kantigste von uns allen, in solch einer eckigen und kantigen Kirche getauft werden sollte? Das ist so eine Art von Zufall, die mich wieder glauben lässt, dass es Gott doch gibt, nicht immer, das bei weitem nicht, aber ab und zu. Der Junge taucht also aus dem Taufbecken auf, sein Haarbüschel ganz oben auf dem Kopf in alle Richtungen vom Wasser gekämmt und mit dem Namen Notto, dem gleichen, den sein Vater trägt und seine Vorväter trugen. Jetzt ist er Notto, Notto Senum, bis auf weiteres.

Im Laufe des Sommers geht es Olga wieder besser. Der Husten nimmt ab, sie spuckt weniger Blut, bekommt wieder Appetit. Und läuft es nicht sogar rückwärts: Menschen suchen erst Behandlung, wenn sie auf dem Weg der Besserung sind. Eines Morgens fühlt Olga sich kräftig genug, um allein ins Krankenhaus von Kristiansand zu fahren, wo sie ausführlich untersucht wird und erfährt, dass sie eine offene Tuberkulose hatte, jetzt aber kein Grund mehr zur Sorge bestehe. Oh Wunder. Oh Moritat mit all deinen Versen und Refrains! Es ist das Licht von

Hornnes, was sie hat genesen lassen. Es ist der Frühling, der sie reingewaschen hat. Aber es gibt noch mehr, was ihr berichtet wird. Denn so ist dieser Berufsstand. Wenn sie das eine nicht finden, dann müssen sie etwas anderes finden: Sie kann keine weiteren Kinder mehr bekommen. Ihre Gebärmutter ist durch die Geburt und die starken Hustenattacken geschädigt worden. Sie muss sich mit Notto zufrieden geben. Drei Tage lang bleibt sie im Krankenhaus, bekommt Lebertran und Kreosot und ansonsten leichte Mahlzeiten für die Verdauung. Sie begegnet noch einmal dem alten Doktor. Sie treffen sich auf dem Krankenhausflur. Es ist der letzte Abend. Er ist abgemagert, eingefallen, kann kaum die Füße vorwärts bewegen und bleibt einen Moment lang stehen, ganz schief im Gesicht. Eine sonderbare Unterhaltung findet statt:

»Sie habe ich schon einmal gesehen«, sagt er.

»Ja. Sie waren bei uns in Senum.«

»Da kann man mal sehen. Ich kann mich immer noch erinnern, auch wenn das Gehirn sich langsam verabschiedet.«

Olga nickt und möchte schnell wieder auf ihr Zimmer gehen.

»Gute Nacht«, sagt sie.

Der Doktor hält sie zurück.

»Aber da ist noch etwas. Noch viel mehr.«

Ob Olga eine Krankenschwester rufen soll? Er riecht auch nicht besonders gut, und sie kann sich daran erinnern, wie eifrig er mit ihren Brüsten beschäftigt war.

»Lassen Sie mich.«

Der Doktor lässt sie los, sie bleibt dann aber dennoch stehen, obwohl er sich mit seinem verdorbenen Atem zu ihr neigt. Sie ist trotz allem neugierig geworden.

»Als die Sternschnuppe meinen Kopf traf, habe ich alles gesehen, was geschehen wird, meine Liebe.«

Olga zieht sich ein wenig zurück.

»Wie meinen Sie das?«

Der Doktor folgt ihr.

»In diesem erleuchteten Augenblick stand die Zukunft wie eine klare Quelle vor mir, aus der ich schöpfen kann«, sagt er.

Olga tritt wieder näher an ihn heran.

»Haben Sie uns auch gesehen? Uns von Senum?«

»Ja, das habe ich. Und besonders den Jungen. Heißt er nicht Notto?«

»Ja! Was wird aus ihm werden?«

»Das wollen Sie lieber nicht wissen, Frau Senum.«

Jetzt ist Olga diejenige, die den Doktor am Arm fasst, und beinahe schüttelt sie ihn.

»Ich bitte Sie. Sagen Sie es mir! Denn ich kann keine weiteren Kinder mehr bekommen!«

Der Doktor ziert sich ein wenig, und im Verlauf dieser kostbaren Zeit wird sein Gesicht noch schiefer, wenn dies denn möglich ist, das linke Augenlid fällt fast gänzlich auf die gelbe Wange, als löste es sich aus seiner Verankerung, und der Mundwinkel kippt schräg nach unten und formt die trockenen, gerissenen Lippen zu einem umgekehrten, unmöglichen Lächeln.

»Notto«, teilt er langsam mit, »Notto, wissen Sie, der ist eine Klasse für sich.«

Olga bleibt einige Sekunden lang schweigend stehen, starrt auf das eine Auge des Doktors und lässt den Nacken knacken.

»Wer ist das nicht?«, sagt sie dann nur.

Und endlich trennen sich die beiden.

Sie müssen sich mit Notto zufrieden geben.

Und während Olga schlaflos im Bett liegt, lasse ich diesen Medizinmann von einem weiteren Stern getroffen werden, und dieses Mal ist es nicht ein bescheidener Asteroid, der ihn in der Ader trifft, nein, es ist eine ganze Milchstraße, und jetzt ist es auch nicht die Zukunft, in die er schaut, nur vergebliche Vergangenheit, und so lasse ich ihn sterben.

Am nächsten Morgen wurde Olga gesundgeschrieben und fuhr nach Hause. Als sie in Senum ankam, sah sie ihren Mann in der Tür stehen und auf sie warten, mit Notto auf dem Arm, und dieser Anblick ließ sie in Tränen ausbrechen, sie musste tief Luft holen, und ihr Atem war frei und leicht, und sie musste sich die Tränen aus dem Gesicht wischen, bevor sie auf die beiden zugehen konnte.

Sie küsste den Jungen zum allerersten Mal, und ich glaube, dass sie ihm in diesem Moment tatsächlich das Leben einhauchte, denn als der Vater ihn danach auf die Schwelle setzte, krabbelte er nicht auf allen vieren herum, nein, er stand auf, hielt das Gleichgewicht und begann über den Hofplatz zu gehen, fünf Monate alt, auf den kleinen Birkenhain hinter dem Schleifstein zu.

Der Vater schaute verblüfft seinem Sohn hinterher, Olga aber nicht, denn sie wusste es bereits.

Er war eine Klasse für sich.

Dieses Mal drehte Notto sich um und kam zu ihnen zurück.

Am selben Tag öffnete Olga die kleinen Fenster und ließ den Wind, der eine Andeutung von Herbst mit sich führte, wie einen Besen durch das Haus fegen, und sie selbst scheuerte den Boden, die Wände und das Dach, wusch alles, was es an Kleidung und Bettwäsche gab, im Fluss, der direkt neben dem Haus entlangführte, und hing es zum Trocknen auf, bis eine bunte Flaggenparade auf dem Weg nach Senum zu sehen war. Hurra, du Satansfotze! Sei still, du Mundfäule!

Dann tauchte die kleine Familie in demselben Fluss unter, nackt wie von Gott geschaffen, und dort blieben sie liegen, bis sie anfingen zu frieren.

September.

Die Birkenstämme leuchteten weißer und das Laub goldener als je zuvor.

Sagte ich vorhin, es gäbe nur spärliche Informationen? Das mag wohl stimmen, aber einiges weiß ich, und einiges kann ich schlussfolgern, und den Rest kann ich behaupten, denn niemand, das wage ich zu behaupten, niemand kannte Notto besser als ich:

Er ging weiter, ja, er wurde eine Sehenswürdigkeit im Tal, die Leute kamen von den umliegenden Höfen, um diese leichtfüßige Gestalt, die noch nicht einmal ihren ersten Geburtstag gefeiert hatte, selbst in Augenschein zu nehmen. Und seine Sehnsucht nach Milch gab sich auch nicht, er konnte nicht genug Milch bekommen, und wenn sich die Gelegenheit bot, dann stahl er sie sogar. Es wurde gescherzt: Der Junge hätte lieber eine Kuh werden sollen, dann hätte er seine eigene Milch produzieren und von sich selbst trinken können! Aber die Eltern waren zufrieden, und der Vater meinte, dass aus dem Jungen etwas werden könnte.

Einige Jahre vergingen.

Da zeigte sich, dass Notto für das meiste nicht zu gebrauchen war, nicht in unseren Augen, das bei weitem nicht, doch in den Augen der anderen und besonders in denen des Vaters, der lange glaubte, dass aus dem Jungen etwas nach seinen Vorstellungen werden könnte. Doch Notto konnte kein Gewehr still halten, um zu zielen, denn Notto konnte nicht still stehen. Notto war immer irgendwo anders. Wenn sie an einem der Seen fischten, war er eher mit den Bibern beschäftigt, die ihre Bauten an der Mündung bauten, und die Leine glitt ihm durch die Hände. Seine Arme waren zu schwach, um die Sense zu führen, denn all seine Kraft war in den Schenkeln, Beinen und Füßen gesammelt. Er konnte kein Blut sehen, wenn die Schafe geschlachtet wurden, und er fürchtete sich vor dem Dunkel in den Gruben, und am schlimmsten fand Notto das Bergwerk. Notto war kein Mann für alles Mögliche wie der Vater, ganz im Gegenteil, wir sind Spezialisten, wir verfeinern unser Talent, und niemand verfeinerte es mit mehr Fleiß und Ausdauer als Notto. Denn wie gesagt, in einem war er unübertroffen: im Gehen. Er ging den Fluss entlang, bis der Fluss umkehrte. Er ging durch den Wald, bis die Sterne herabfielen. Er ging hinunter ins Tal und wieder hinauf. Er ging über die Hügel, bis das Meer sich öffnete. Dann ging er nach Hause.

Das machte keinen Eindruck auf den Vater. Das machte diesen wütend und verzweifelt.

»Wohin willst du?«, fragte er.

Notto verstand die Frage nicht.

Der Vater ballte direkt vor dem Gesicht des Sohnes die Faust.

»Antworte mir, Junge! Wohin willst du, wenn du gehst?«

»Nirgendwohin«, antwortete Notto.

Da holte der Vater das Gewehr und feuerte zwei Schüsse ab, einen in den Himmel und einen auf den Birkenhain, und dorthin schleppte er Notto, riss ihm den Pullover vom Leib und peitschte den mageren nackten Rücken mit dem Zweig, den er getroffen hatte, nicht, weil er böse war, sondern weil er nicht wusste, was er mit diesem unnützen und überflüssigen Sohn sonst hätte tun sollen. Und das geschah nicht nur einmal. Es geschah häufiger, und es geschah, wenn die Mutter nicht da war, wenn sie im Fluss Kleider wusch oder Nachbarhöfe besuchte. Doch schon bald kümmerte er sich gar nicht mehr darum, ob sie es nun sah oder nicht, ob sie schrie, ihn kratzte oder weinte. Er wollte seinem Sohn auf jeden Fall Vernunft einprügeln. Und war das etwa kein gerechtfertigter Zorn, ein überaus gerechtfertigter Zorn? Der Meinung war er.

Das Schlimmste daran war, dass Notto es ertrug. Nie war ein Laut von dem Jungen zu hören. Notto dachte, während die festen Schläge des frischen Birkenreiser seine Haut trafen und sie aufrissen: Soll es so sein? Es verhärtete ihn nicht, es härtete ihn nur ab. Und der Vater ertrug es nicht, dass der Sohn es ertrug. Es ließ ihn nur noch wütender werden. Eines Tages zeigte der Vater auf den Schleifstein.

»Willst du lieber dort eine Runde drehen?«, schrie er.

Und der Vater schob Notto dorthin, zum Schleifstein, presste sein Gesicht nach unten und fing an zu kurbeln, und Notto sah, wie sich das steinerne, funkensprühende Rad drehte und drehte, so nah an seinem Gesicht, dass es in den Augen brannte.

Lassen Sie mich einen Moment bei diesem Schleifstein von Senum verweilen. Der Schleifstein hat seine Aufgabe. Es ist seine Aufgabe, Waffen und Werkzeug zu schärfen, Messer, Sensen, Äxte, Scheren. Er soll sie schärfer machen, damit auch sie ihre Aufgabe erfüllen können, töten, stechen, hauen, schlachten, Fische säubern. Bei uns will der Schleifstein das Gegenteil erreichen. Er will uns abrunden, die Ecken und Kanten glätten. Und es ist uns eingeredet worden, dass das nur zu unserem Besten geschieht. Es kommt sogar manchmal vor, dass wir uns freiwillig schleifen lassen, dass wir uns gegen diesen hitzigen Stein lehnen und unsere Eigenheiten, unsere Signaturen abfeilen, bis wir wer auch immer sein können.

Aber nicht Notto.

Notto konnte geschlagen werden, herumkommandiert, übersehen und hinausgeworfen, aber schleifen, das ließ er sich niemals.

Da kam die Mutter vom Fluss her angelaufen, sie schrie, Wäsche und Laken lagen hinter ihr verstreut auf der Erde. Der Vater ließ von Notto ab und verschwand im Wald, er blieb zwei Tage lang verschwunden.

Und es wurde nicht besser dadurch, dass Olga keine weiteren Früchte trug, trotz aller Anstrengungen in dieser Beziehung. Sie schliefen nicht mehr miteinander. Die große Kälte hielt in Senum Einzug. War Notto die einzige Frucht, die von ihrem Stamm fallen sollte, eine Frucht, die noch nicht einmal ihren korrekten Namen bekommen hatte?

Oh, Pisanglikör aus musa sapientum!

Psst.

Olga schwieg immer noch, denn sie hatte zu lange damit gewartet, es zu sagen, und wenn man zu lange damit wartet, die Wahrheit zu sagen, dann ist mit einer Lüge zu rechnen. Sie erzählte nicht, was der Doktor gesagt hatte, dass sie nach Notto kinderlos bleiben würde.

Deshalb legte sie sich über Notto, der stumm mit dem Gesicht im feuchten Gras neben dem Schleifstein lag, und sie versuchte nicht zu weinen, doch als sie seinen Rücken sah, da schaffte sie es nicht mehr, sie weinte, und die Tränen liefen in die Wunden, doch Notto gab immer noch keinen Laut von sich.

»Es wird nicht wieder geschehen«, flüsterte die Mutter. »Das verspreche ich dir.«

Notto blieb immer noch stumm.

Die Stimme der Mutter veränderte sich:

»Wenn er dich noch einmal schlägt, dann bringe ich ihn um.«

Da sagte Notto endlich etwas:

»Tu das nicht.«

»Was?«

»Es ist nicht Vaters Schuld.«

»Was meinst du damit, Notto?«

Er drehte sich auf den Rücken, ohne zu jammern.

»Es ist nicht Vaters Schuld«, wiederholte er.

»Nicht Vaters Schuld? Aber Vater ist es doch, der dich schlägt.«

Vorsichtig legte sie ihm die Hand auf die Stirn, die nach der Abfuhr am Schleifstein immer noch warm war.

»Er tut es meinetwegen«, sagte Notto.

Die Mutter verstand ihn nicht, und ich mache ihr deshalb keinen Vorwurf, denn wer konnte Notto wohl voll und ganz verstehen? Selbst ich konnte es nicht, und so soll es auch sein. In jedem Menschen muss es etwas geben, das man nicht erreichen kann, ganz gleich, wie sehr man sich auch bemüht. Die Mutter schaute auf den mageren Körper und das lange Gesicht, das dünne Haar, den gierigen Mund, die großen Augen, er sah wie ein Kind und gleichzeitig wie ein Greis aus. Das war ihr Junge, der Einzige, den sie hatte kriegen können, und sie verstand ihn nicht.

Sie sagte nur:

»Musst du so viel gehen, Notto?«

Notto wurde unruhig. Er wand sich unter seiner Mutter und schaute hinauf, zum Himmel hinter ihr, auf die Wolken, die in einer langen Folge dahinzogen, doch bald schon verschwanden Himmel wie Wolken, auch das Gesicht seiner Mutter verschwand, und alles, was er sehen konnte, das waren ihre großen, schweren Brüste unter dem weißen Pullover, und er konnte nicht anders, er griff danach, mit beiden Händen, durstig, voller Zwang und Begierde, die Mutter riss seine Arme fort, denn es gibt zwar Volksgruppen und finstere Stämme, bei denen die Mütter ihre Kinder stillen, bis sie sechs oder sieben Jahre alt sind, doch hier auf Senum wäre selbst das reichlich spät gewesen, und Notto war bereits fast zehn. Aus reiner Verwirrung schlug sie ihn mit der flachen Hand, verbarg dann aber genauso schnell die Hände hinter dem Rücken und stand auf.

»Das wollte ich nicht«, flüsterte sie. »Verzeih mir.«

Notto lag ganz still auf dem Boden.

»Es ist nicht deine Schuld«, sagte er.

Die Mutter beugte sich zu ihm hinab, unsicher:

»Wessen Schuld ist es dann, Notto?«

Der Himmel kam zurück, und die lange Schlange von Wolken hatte umgedreht und zog jetzt in die andere Richtung, um sich tief hinten im Tal zu einem Unwetter zu sammeln. Der Wind ließ die Blätter an den Birkenbäumen erzittern und gab einen unverkennbaren Laut von sich, von dem alle wissen, dass er Herbst bedeutet.

»Wessen Schuld ist es dann?«, wiederholte die Mutter.

»Meine«, sagte Notto.

Am selben Abend schrieb sie einen Brief an den Pfarrer und bat, nein, flehte, um einen Schulplatz für Notto. Und bereits Anfang September konnte er in der ersten Klasse unten in Evje anfangen. Dreimal die Woche ging er dorthin, sechs Kilometer pro Weg. Er wurde unterrichtet in norwegischer Sprache, mündlich und schriftlich, in Christentum, einfachem Rechnen und Geographie. Notto war alles andere als ein Versager. Besonders Geographie interessierte ihn, mit ihren fremden Städten, Entfernungen und Grenzen. Doch das Fach, das ihm am besten gefiel, das war das Gehen. Nur schade, dass es nicht auf dem Stundenplan stand. Denn darin war er unschlagbar. Deshalb ging er auch immer allein, denn niemand konnte mit ihm Schritt halten. Es waren in erster Linie die Wege hin und zurück, sechs Kilometer jeweils, zwölf zusammen, dreimal die Woche, das machte 36 Kilometer, verdammt, auf die er sich freute. Er hätte es am liebsten gesehen, wenn jeden Tag Schule gewesen wäre, sonntags auch, und gern noch Weihnachten und den ganzen Sommer hindurch. Und auf dem Heimweg machte er ab und zu einen Umweg zu der achteckigen Kirche, ging genau achtmal um sie herum, denn so war es am besten. Anschließend bekam er von der Pfarrersfrau Milch und einen Klaps auf die Schulter, bevor er weiterging, und wenn sie nicht zu Hause war, sondern mit dem Pfarrer irgendwo in der Gemeinde, dann konnte er einfach mit den Katzen teilen oder sich einen Schluck Sahne aus der Küche stibitzen. Nicht selten kam er mit einem weißen Kaiser-Wilhelm-Bart anmarschiert. Und in den Pausen ging er auch, auf die Anhöhe hinter der Schule und wieder hinunter, und er kam nie zu spät zu einer Stunde.

Eines Tages, als sie Religion hatten und der Studienrat ihnen von Hiobs Strapazen berichtete, wandte er sich plötzlich an Notto, der träumend am Fenster saß.

»Warum gehst du so viel, Notto?«

Notto blieb ihm eine Antwort schuldig, nicht weil er bockig war, sondern ganz einfach, weil er die Frage nicht verstand. Warum nicht?, hätte er ebenso gut erwidern können. Er hätte auch sagen können, dass er ging, um den Tod auf Abstand zu halten, aber er hatte noch keine Vorstellung vom Tod. Er hätte anschließend hinzufügen können, dass seine unteren Extremitäten wie geschaffen fürs Gehen waren, vom Hüftgelenk abwärts bis zum Fuß, diesem wunderbaren Gliedmaß mit seiner gewölbten Unterfläche, genauer als Sohle bezeichnet, bei der die Hacke und der vorderste Teil die Ruhepunkte des Glieds auf dem Boden bilden, sowohl bei Stillstand als auch beim Gehen. Doch auch das erwähnte Notto nicht, ebenso wenig wie er vom Tod wusste, wusste er von der Anatomie. Der Studienrat trat näher und gab leider keine Ruhe.

»Willst du irgendwohin?«

Als dieser verständnisvolle und empfindsame Mann, der sogar in Kopenhagen gewesen und Ibsens *Wildente* gesehen hatte, nicht länger mit einer Antwort von Notto rechnen konnte, wandte er sich stattdessen an die Klasse, und dort saß das Gelächter locker.

»Da Notto mir auf meine einfache Frage keine Antwort geben kann, könnt ihr es vielleicht?«

Die Jungen sahen einander an, und schließlich reckte ein echter Bauernsohn den Arm in die Luft und durfte antworten.

»Weil Notto hier in der Welt vorankommen will«, sagte er.

Ein anderer Schelm, der Sohn des Dorfpolizisten, Jens hieß er wohl, vollendete die Antwort, als wäre das bereits im Vorhinein so abgesprochen gewesen.

»... und wieder zurück!«

In dem Moment fing die Klasse an zu lachen. Endlich konnten sie es loslassen, das Lachen, das wir nur zu gut kennen. Sollen sie doch lachen! Sie hingen über ihren Pulten, Das war gekonnt. Notto wollte zuerst in die weite Welt und dann wieder zurück! Nur Notto lachte nicht. Er stand auf, ganz ernst. Es wurde still. Der Studienrat riss sich zusammen und zeigte auf ihn. Und Notto sagte, zum ersten Mal, diese berühmten Worte, die Emphase unseres Volks, das Emblem der Kantigen:

»Wenn ich gehe, denke ich weniger.«

Das gab dem Studienrat zu denken.

Denn es geschah auf diesen Strecken, zur Schule und wieder zurück, dreimal die Woche, dass Notto eine ganz spezielle Ruhe überkam. Alles fiel an seinen Platz, ohne dass er selbst wusste, welche Steinchen es waren, die sich da zusammenfügten. Er wusste nur, wozu er geschaffen war: um zu gehen. Und mit der Zeit wusste er auch, was ihn so zufrieden machte. Früher war er auf gut Glück und der Nase nach durch die Wälder und über die Hügel gegangen. Jetzt dagegen hatte er einen bestimmten Ort, zu dem er ging, nämlich die Schulstube in Evje, und einen genauso fest definierten Ort, an den er zurückging, nämlich sein Zuhause. Mitten in dem menschlichen Chaos, das auf den Namen Notto getauft worden war, gab es eine vergleichbare Ordnung: Er ging in sich, und auf diese Art und Weise fand er nicht sich selbst, sondern seine Aufgabe, und die Aufgabe ist der Sinn. Ich sage euch: sich selbst zu finden, das ist eine gefährliche Übung. Meistens wird man enttäuscht von der Erkenntnis. Es ist eine Kur, die ich niemandem vorschlagen würde. Ich empfehle eher das Entgegengesetzte, und ich spreche aus Erfahrung: Versteckt euch.

Der Studienrat schrieb über seinen bescheidenen, rätselhaften Schüler in einem der wenigen Dokumente, die erhalten sind:

Notto Senum ist höflich und erfüllt seine Pflichten, ab und zu ist er sogar scharfsinnig. Er hat nur den Nachteil, dass er weder still sitzen noch stehen kann.

Es lebe Notto!

Dann kam ein Mädchen in die Gegend, sie sollte den Sommer auf einem Nachbarhof auf der anderen Flussseite verbringen, bei entfernten Verwandten, jemand behauptete, sie wäre hergeschickt worden, damit man ihr Manieren beibringe, sie war nämlich laut der gleichen Gerüchte nicht zu zähmen, und die meisten hielten Abstand zu ihr, was für die Jungen, die draußen auf den Feldern in der Nähe arbeiteten, keine einfache Sache war. Sie sahen ihr lange nach. Sie kam von der Küste und war laut Notto die absolut vollkommenste Frauensperson, die er jemals gesehen hatte. Und obwohl Notto noch nicht viele Frauenspersonen gesehen hatte, muss ich ihn wohl beim Wort nehmen. Sie war, immer noch laut Notto, dunkelhaarig und mysteriös, sie hatte eine Haut, die war golden wie Kupfer, und ebenso leuchtend war ihr Blick. Vielleicht floss ja ein wenig spanisches oder italienisches Blut durch die Adern des Mädchens, denn es gab nicht wenige Seemänner vom Mittelmeer, die im Laufe der Zeit ihr Päckchen bei Frauen an der

Küste zurückgelassen hatten. Sie hieß Gro. Notto sah sie zum ersten Mal, als er am Fluss entlangging.

Er blieb stehen, ja, er blieb stehen, während er ging, und traute seinen Augen kaum.

Sie hockte am Ufer, auf der anderen Seite, mit nackten Schultern, die Hände im Wasser, und schien ihr eigenes Spiegelbild zu bewundern.

Notto bewunderte sie auch.

Lassen Sie mich diese schmerzhafte und kurze Begegnung – auch wenn sie, was Notto betraf, ein Leben lang andauerte – nicht mehr als nötig in die Länge ziehen. Das bin ich ihm schuldig, dass ich vermeide, etwas aufzuwühlen, was er am liebsten in sich verbergen würde, abgesehen von einigen wenigen Momenten, und auch dann war er nicht zu stoppen. Ich will es so sagen: Dieser Sommer dauerte nur drei Tage lang und nahm nie ein Ende, wie so viele flüchtige Sommer.

Doch ich muss zugeben, dass es mich ab und zu überkommt und ich mich frage, ob es diese Gro überhaupt gegeben hat, ob sie nicht nur eine Erfindung war, eine südländische Luftspiegelung, die in Nottos sensiblem Gemüt zu einer Sonnenfinsternis wurde. Aber ich neige dazu, ihm zu glauben. Wenn Notto sagt, dass Gro seine große Liebe war, dann war sie es, ja, selbst wenn es sie nicht gab. Es steht mir nicht zu, an seinem Leben und seiner Geschichte zu zweifeln.

Sie entdeckte Notto nicht, oder sie tat so, als sähe sie ihn nicht, während sie da hockte und die Hände abspülte, kostbar und unwiderstehlich. Notto war also stehen geblieben. Allein das war ein Warnzeichen, das nichts Gutes verhieß. Nur in äußerst angespannten Situationen blieb Notto stehen, bevor er angekommen war. War er erst einmal losgegangen, dann musste der Weg auch beendet werden, sonst war alles sinnlos und vergeblich. Notto musste weiter. Er musste sein Ziel erreichen. Deshalb watete er unverdrossen und ohne weiter nachzudenken durch den Fluss, das Wasser reichte ihm bis zur Taille, dann blieb er vor dem Mädchen stehen.

»Ich heiße Notto«, sagte er.

Sie hob ihren Blick.

»Ja, und?«

Das verwirrte den ansonsten furchtlosen Notto natürlich.

»Ich heiße Notto«, wiederholte er.

Sie schaute ihn weiterhin an, musterte ihn, durchschaute ihn, ja, sie schaute kreuz und quer durch Notto hindurch, durch alle seine Glieder, so ein Gefühl war das.

»Geht das?«, fragte sie.

»Was?«

»Notto zu heißen? Ich habe noch nie von jemandem gehört, der Notto heißt.«

»Jetzt hast du von einem gehört«, sagte Notto.

»Hallo, Notto.«

Nachdem er seinen Namen gesagt hatte, konnte sie ja wohl auch den ihren nennen. Das war nur recht und billig. Doch das Mädchen wollte offenbar nicht so recht mit der Sprache heraus.

»Wie heißt du?«, fragte Notto.

Da verlor sie das Interesse und betrachtete lieber ihre Hände in dem funkelnden Wasser, das vorbeiströmte. Doch plötzlich zog sie sie heraus und schubste Notto in den Fluss, lachte, stand auf und lief davon, barfuß und leicht.

»Gro«, rief sie. »Ich heiße Gro!«

Notto kletterte auf seiner Seite an Land und blieb erschöpft liegen, während er sie verschwinden sah, das Haar wie ein schwarzer Flügel im Nacken. Es machte nichts. Dass sie ihn geschubst hatte, war wie eine Liebkosung gewesen. Gern konnte sie ihn noch häufiger schubsen, sooft sie wollte.

An diesem Abend hatte er keinen Appetit und konnte auch nicht schlafen.

Er dachte an das Mädchen, das Gro hieß.

Sie hatte ihn gelockt und mit ihm gespielt, und er ließ sich gern locken und necken, denn er war noch vertrauensselig, ja, vielleicht war er für den Rest seines Lebens vertrauensselig, denn er hörte nie auf, an die Menschen zu glauben.

Doch am nächsten Morgen ging er nirgendwohin.

Der Vater glaubte, der Sohn hätte endlich Vernunft angenommen.

Doch die Mutter betrachtete ihn bekümmert.

»Bist du krank, Notto?«

Er schüttelte nur den Kopf und schaute aus dem kleinen Fenster. Er konnte doch nicht gehen, wenn Gro hier war. Das war einleuchtend. Er konnte sie nicht verlassen.

Und später am Tag begegneten sie sich zufällig an derselben Stelle am Fluss.

Eine Weile saßen sie nur da und schauten auf ihre Hände, die sie ins Wasser getaucht hatten, beide schwiegen, und als der Strom stark genug wurde, kamen sie sich näher.

»Du bist mutig«, sagte Gro.

»Mutig? Ich?«

»Ja, dass du einfach durch den Fluss watest.«

Jetzt musste Notto lachen.

»Na, das ist doch wohl nicht mutig.«

»Du hättest ertrinken können.«

Notto wurde von diesem Gespräch ganz männlich zumute.

»Der Fluss ist nicht tiefer, als dass ich nicht in ihm knien könnte und immer noch Luft kriege.«

Gro, dieser Angsthase, ließ jedoch nicht locker.

»Aber spürst du die Strömung nicht? Die kann dich doch jeden Moment mitreißen.«

Doch, Notto spürte sie, denn ihre Hände wurden noch näher aneinandergedrückt.

Da nahm er all seinen Mut zusammen und sagte, was auch stimmte, auf seine gleichzeitig zurückhaltende und direkte Art:

»Es gibt so viele Arten von Strömungen, die ich spüre.«

Gro schaute zu Boden, und erbebte sie nicht? Notto konnte es nicht anders deuten, als dass die Zeit gekommen war.

Er riss die Hände aus dem Fluss und legte sie um Gro. Sie ließ es geschehen, zumindest eine Zeitlang, und es störte sie auch nicht, dass sie beide dabei nass wurden. Doch als er ihren Mund überfallen wollte und sich an den Brüsten zu schaffen machte, da löste sie sich aus Nottos Griff, geschmeidig und stark wie ein Biber, und lief davon, wobei sie rief:

»Morgen Abend, Notto. Morgen Abend!«

Und Notto durchschritt erneut den Fluss, und er konnte auf dem Wasser gehen. Er war ein Engel, den der Fluss selbst auf seine Schultern nahm und ihn trockenen Fußes an Land trug.

Oh, Biberfotze!

Notto schmiedete insgeheim große Pläne, legte sie sich im Kopf zurecht.

Er bereitete sich vor.

Rief sich die Namen von Städten, Plätzen und Ländern vom Globus in der Schulstube und anderen Träumen ins Gedächtnis: Amerika, Kuba, Klondyke.

Die Mutter beobachtete Notto, misstrauisch und neugierig, doch was nützte das. Überall konnte sie hinschauen, nur nicht in seinen Kopf.

»Hast du jemanden kennengelernt?«, fragte sie.

»Nein, wer sollte das denn sein?«, rief Notto, bevor seine Mutter noch zu Ende gesprochen hatte.

Der Vater hatte in diesem Monat Arbeit im Bergwerk angenommen.

Endlich war der Abend gekommen.

Es war dunkel genug, um Geheimnisse zu bewahren, und hell genug, um einander in die Augen zu schauen.

Der Fluss strömte ruhig dahin, und nach einer Weile hatte Notto das Gefühl, der Strom hätte sich gedreht und würde in die andere Richtung fließen, bergauf, wie eine Wasserleiter hinauf in den Himmel.

Das war das Zeichen.

Denn wir suchen immer nach Zeichen, und nicht nur das, was wir schaffen, setzt Zeichen, wir dichten die Dinge um und lassen alles mit entschlossener Stimme zu uns sprechen, ja, die Welt ist eine Ansammlung von Zeichen, unsichtbar für das bloße Auge, aber nicht für unsere Augen. Wir sind sensibel. Unsere Sinne sind geschärft. Nur kein Neid, denn das ist schmerzhaft. Aber wir beklagen uns nicht. Dazu ist unser Unglück zu groß. Wir sind ein hart geprüftes Volk. Nicht, dass Sie mich missverstehen, wir haben auch unsere glücklichen Momente, sicher, es sind nicht viele, denn in unserem Leben ist nur wenig Platz, aber vielleicht sind sie jeder für sich stärker als das landläufige Glück, und auf diese Art und Weise werden wir für das Verlorene entschädigt. Wir messen unser Glück nicht in der Breite, sondern in der Tiefe. Wir selbst sind Zeichen, und wir deuten einander.

Notto hatte also das Zeichen erkannt, die Wasserleiter mit den Sprossen aus kleinen, scharfen Wellen, und er nahm all seinen Mut zusammen:

»Wir gehen fort«, flüsterte er.

Gro lehnte sich vor.

»Warum?«

Es war nicht geplant, dass sie so etwas fragte. Notto blieb die Antwort schuldig.

»Hast du einen besseren Vorschlag?«, fragte er.

Gro lächelte und legte ihre Wange an seine Schulter.

»Und wohin?«

»Wohin?«

»Ja, wohin sollen wir fortgehen? Du musst doch wohl wissen, wohin wir gehen sollen?«

Doch in dem Moment hatte er alle Namen vergessen, die er auswendig gelernt hatte, und alles schien vergeblich zu sein.

»Wohin würdest du denn gern gehen?«

Gro tanzte lachend am Ufer entlang.

»Du bist derjenige, der das bestimmt.«

Und Notto versuchte auf Teufel komm raus sich an die Namen aus den Geographiestunden zu erinnern, Träume und Globen, aber in seinem Kopf stand alles still.

»Wohin auch immer«, sagte er schließlich.

Das war alles andere als zufriedenstellend für Gro, und sie zog sich zurück.

»Wohin auch immer? Das ist kein Ort, um fortzugehen.«

Dann fiel Notto doch noch ein Name ein.

»Klondyke!«, fast rief er ihn.

Und schnell schlug er sich die Hand vor den Mund und schaute sich um. Niemand war zu sehen. Sie waren allein. Notto und Gro und der Fluss.

»Klondyke«, sagte er, so leise er konnte.

Gro kam wieder näher.

»Klondyke? Wo ist das?«

Notto holte tief Luft und schloss die Augen.

»Das ist weit entfernt, aber es ist es wert, liebe Gro. Dort sind die Pflastersteine aus Gold, alle sind satt, und wenn es regnet, regnet es Milch.«

Küsste sie ihn da?

Er konnte nichts spüren. Er ließ die Augen geschlossen, sicherheitshalber, und fuhr fort:

»Und in Klondyke muss niemand arbeiten, und wenn man will, kann man den ganzen Tag nur gehen.«

Er hörte etwas und öffnete die Augen.

Gro war aufgestanden und stand über ihn gebeugt.

Er erhob sich auch und war größer als sie.

»Ich muss darüber schlafen«, sagte sie.

»Darüber schlafen?«

»Ja, bevor ich mich entscheide.«

Notto nickte. Damit konnte er leben. Einen so weitreichenden Entschluss musste man gewissenhaft überdenken, man konnte ihn nicht leichtfertig fällen. Es zeigte sich, dass Gro aus dem rechten Stoff gemacht war.

Er liebte sie noch mehr und blieb in all seinem Unternehmungsgeist und seinen Erklärungen sachlich statt zu feurig und aufdringlich.

»Dann treffen wir uns morgen früh wieder, nachdem du darüber geschlafen hast und dich ein für alle Mal entschieden hast«, sagte er.

Jetzt war es an Gro zu nicken, mit einem Lächeln, das zwei kleine Grübchen in ihre Wangen bohrte.

Und plötzlich strich sie Notto durch sein schütteres Haar, lehnte ihre Lippen an seine und schob schnell die Zunge dazwischen, ließ sie sogar noch eine Zeitlang dort drinnen verweilen. Es war nicht zu glauben. Notto schloss erneut die Augen. Er hatte Angst, keine Luft zu bekommen. Doch was sie mit ihm tat, das war so angenehm, einschläfernd und aufregend, dass Atmen in dem Zusammenhang nur als Bagatelle anzusehen war. Als er bereit war, die Augen wieder zu öffnen und es nicht mehr aushielt, war Gro fort. Dennoch schien es, als wäre sein Mund immer noch voll von ihr.

»Gro?«, flüsterte er.

Doch sie war wohl gegangen, um darüber zu schlafen.

Also trottete Notto nach Hause, und die kälteste Strömung mitten im Fluss brachte ihn zurück auf normalen Umfang und Größe, sowohl was seinen Körper als auch was seine Seele betraf.

In dieser Nacht schrieb er sein erstes und einziges Gedicht. Er mühte sich mit den Strophen ab und legte all seine Liebe und sein Geschick in die Reime und setzte erst den Schlusspunkt, als die Sonne bereits über die Hügel im Osten lugte und die Schatten beiseiteschob. Er gab dem Gedicht die Überschrift *Freundschaft*, das war ein Titel, der nicht zu aufdringlich war, aber zeigte, wo er, Notto Senum, stand, denn das schöne, einfache Wort Freundschaft konnte alles beinhalten, was er für sie fühlte, Begierde, Treue, Vertrauen. Er war sich seiner Sache sicher: Auch wenn Gro vielleicht nicht gut genug geschlafen hatte, so würde sie sich auf jeden Fall ein für alle Mal entscheiden, wenn sie dieses Gedicht las.

Doch am nächsten Morgen war sie nicht am Fluss. Notto wartete und wartete vergebens. Der Morgen war schön, mit seinem ruhigen Licht, nur dass Gro fehlte. Schließlich blieb ihm nichts anderes übrig, als zu dem Hof zu gehen, auf dem sie wohnte. Es war nicht weit bis dorthin, und auf dem Weg pflückte er einen Blumenstrauß, nur für den Fall, dass das Gedicht nicht ihren Geschmack träfe, was nach Nottos Meinung aber undenkbar war; Weidenröschen und Löwenzahn. Die Nachbarsfrau stand mit der Wäsche auf dem Hofplatz und verbarg ihr Lächeln, als sie Notto kommen sah, ein klapperdürres Gestell in der zu kurzen Hose, den Holzschuhen, einer zerfetzten Weste und mit einem geknoteten Taschentuch auf dem Kopf, damit die Sonne seinen Kopf nicht zum Kochen brachte, denn in dem kochte es bereits genug. Außerdem war er mit Blumen beladen. Die Knechte am Stall entdeckten ihn auch, und sie waren nicht so rücksichtsvoll, oh nein, sie lachten aus vollem Halse, aber Notto ließ sich davon nicht beirren. Er war nachsichtig, erwartete nichts Böses von niemandem und nahm alles im besten Sinne hin. Mich dagegen quält es umso mehr, dieses Lachen, das ihn oft verfolgte, das Lachen des Unverständnisses, und ich würde gerne alles dafür geben, wenn ich mit der Hand auf dem Herzen sagen könnte, dass es Notto war, der zuletzt lachte.

Er blieb vor dem Waschzuber stehen und kam gleich zur Sache.

»Wo ist Gro?«

Die Nachbarsfrau trocknete sich die Hände an der Schürze ab.

»Sie ist vor einer ganzen Weile abgereist.«

Notto blieb steif in dem feuchten Gras stehen.

»Gro ist abgereist?«

»Wir haben sie nicht mehr bändigen können.«

Notto fiel in vielerlei Hinsicht aus allen Wolken.

»Gro bändigen? War das nötig?«

Die Nachbarsfrau trat näher. Der Junge war zu jung für so etwas und musste an seinen Platz verwiesen werden.

»Außerdem hat sie einen festen Liebsten unten in Arendal«, erklärte sie.

Ich möchte nicht bei dieser Enttäuschung verweilen, diesem Schlag, sondern nur sagen, dass es Notto gelang, nicht ins Wanken zu geraten. Und das erfuhr er von der geschwätzigen Alten, dieser blöden Ziege: Gro war also zurück an die Küste gefahren, nach Arendal, zu ihrem Liebsten dort, der anscheinend ein Seemann mit Geld in den Taschen war. Mit anderen Worten: Sie hatte einen anderen. Vielleicht hatte sie sogar viele andere, in jedem Ort, der auf dem Weg lag, bis das Land ein Ende nahm und ins Meer mündete? Nicht ausgeschlossen. Verrat und noch einmal Verrat! Sei still und schrei es hinaus.

Flüstere es aufs Feld und nagele es am Himmel fest, gib dem Mond einen Knutschfleck, der eines Bibers würdig ist. Notto war auf seinen Platz verwiesen worden. Die Alte war aber nicht so schlimm, ihr tat dieser arme Tropf leid, der von so eigener Art war, dass er allein daherkam und an die Liebe glaubte. Deshalb legte sie ihm die Hand auf die Wange, was Notto aber nicht besonders schätzte. Zuerst quälen sie dich. Dann wollen sie dich trösten. Er wandte sich stattdessen ab, enttäuscht, verwirrt, fast bar jeden Verstandes, wenn man das überhaupt Verstand nennen darf. Ich tue es trotzdem. Der Verstand kommt in vielen Versionen daher, und diese hier war Nottos Version.

»Du bist doch noch ein Kind«, sagte die Ziege. »Du wirst darüber hinwegkommen.«

Noch ein Kind?

Da war sie wieder: die rätselhafte, sachliche Vernunft.

Wie lange dauert ein Kind?

Wenn wir uns an die Regeln halten, die mein Mentor, Doktor Lund, so vorbildlich beschrieben hat, dann verhält es sich so: Das Alter ist die Zeit, die verstreicht von dem Moment an, an dem wir geboren werden. Und das Kindesalter erstreckt sich bei männlichen Personen über sechzehn Jahre, bei Mädchen über vierzehn. Ein Paradox! Eine Unmöglichkeit! War Gro damit etwa älter als er, während sie gleichzeitig doch viel jünger war?

Oh, du Maßstab des Todes!

Notto spuckte auf seine Holzschuhe, die zu nichts anderem zu gebrauchen waren, als in ihnen still zu stehen, zog sie aus und warf sie so weit von sich, dass er nicht mehr hören konnte, wo sie landeten. Dann zerfetzte er die Blumen und warf sie in den Waschzuber.

Notto von Senum war verrückt worden.

Und dann trottete er barfuß nach Hause. Doch mitten im

Fluss blieb er stehen und dachte, dass es doch eigentlich sowieso egal war. Von allen Ideen war das Dasein die zerbrechlichste. Und von allen Schöpfungswesen waren die Frauen die schlimmsten, sie kamen gleich nach der Kriebelmücke. Oho! Fast wollte der Strom ihn mit sich reißen, dieser barmherzige Strom, ihn unwiederbringlich untertauchen und seine gedemütigten Glieder bis an die Küste führen, und dort sollte Gro, in den Armen eines anderen, sehen, wie er zerschunden vorbeitrieb, und er würde jede einzelne Nacht durch ihre Träume wandern, und sie würde niemals Ruhe finden, er würde sie heimsuchen und ihr Glück in Stücke reißen, genau wie er es mit dem Blumenstrauß gemacht hatte. Das hatte sie nun davon. Aber gleichzeitig achtete er darauf, dass der Zettel mit dem Gedicht, das er für Gro, dieses leichte Mädchen, dieses Luder, geschrieben hatte, über dem Wasser blieb, damit die Schrift nicht nass würde und somit zerfließen könnte. Und könnte er nicht ebenso gut dieses Gedicht einer anderen geben, die es mehr verdiente?

Da haben wir Notto im Fluss: ein gehärteter, aber kein verhärteter Jüngling.

Lass allen Stolz fahren und erhebe dich!

Notto stand auf und ging das letzte Stück mit geradem Rücken.

Die Mutter stand am Schleifstein, es war eine Schere, die geschärft werden musste, sie schaute verwundert ihrem Sohn nach, wollte er sie nicht einmal grüßen oder fragen, ob sie Hilfe bräuchte?

»Notto!«, rief sie.

Doch Notto hörte sie nicht. Wenn Gro nicht mit ihm weggehen wollte, dann konnte er es auch alleine tun. So einfach war das. Es war sowieso zu eng hier. Eine Gestalt von Nottos Größe brauchte mehr Platz, als es hier gab. Er brauchte Abstand und

Ausblick, keine engen Täler und Türrahmen, an denen er sich den Kopf stieß. Er brauchte Wege und keine Zäune. Außerdem hatte er mehr als genug zu erledigen. Und als Allererstes musste er das wieder aufholen, was er in der Zeit, als Gro, die Treulose, ihn verhext hatte, nicht gegangen war, oh, sie hatte ihm viele Kilometer seines Lebens gestohlen. Und jetzt spürte er eine doppelte Unruhe, im Körper und in der Seele, von Kopf bis Fuß, und er wusste, dass er diese Unruhe nur durch Gehen loswerden konnte, koste es, was es wolle.

Es wurde Abend.

Die Mutter behielt ihren Sohn im Blick.

»Was machst du?«, fragte sie.

»Nichts.«

Notto saß mit dem Rücken zu ihr, und in dieser Nacht sollte es geschehen. Notto wollte fort. Er wollte auf jeden Fall nach Kristiansand, wo ihn ein Schiff weiter bis nach Klondyke mitnehmen könnte. Notto war bereits auf dem Weg. Und das erzählen die Quellen, zu denen ich Zugang hatte, darüber, was er mitnahm: ein Tuch, in das er eine Axt einwickelte, einen Papierhelm, eine Erbsenschleuder, einen zahnlosen Kamm, ein kleines Stück Seife, einen Klecks Butter, einen Knust Brot und ein Gedicht. Das musste reichen.

Aber Notto war ein unerfahrener Ausbrecher. Er war nicht weiter als bis zum Schleifstein und dem Birkenhain gekommen, in dem schöne Ruten wuchsen, als eine Gestalt vor ihm stand und ihm den Weg versperrte. Es war der Vater, der aus den Gruben nach Hause kam, schwarz im Gesicht, mit weißen Augen und der Brechstange über der Schulter.

»Notto?«

Das konnte er nicht leugnen.

»Ja, Vater.«

»Wohin willst du?«

»Wohin auch immer«, antwortete er.

Da kam sein Vater zur Besinnung, zog den Sohn hinaus ins Mondlicht und konnte die sonderbare Last erkennen, die er auf dem Rücken trug. Er wusste nicht, ob er lachen oder weinen sollte. Aber es bestand kein Zweifel. Der Junge wollte weglaufen.

»Hast du dir etwa gedacht, deiner Mutter so einen Kummer und Schmerz zu bereiten?«, fragte der Vater.

Notto war nicht wiederzuerkennen. Im Laufe eines einzigen Tages hatte er die Kindheit hinter sich gelassen und war ein Jugendlicher geworden, ein Mann, und damit widersprach er den Regeln von Doktor Lund.

»Nein«, sagte er. »Du bist es, dem ich Schmerz bereiten will.«

Da stieß der Vater die Brechstange in den Boden, genauso verblüfft wie Notto, hob die Hand zum Schlag, aber sie blieb hängen, als hielten sie die Mondstrahlen fest, und der Schlag fiel nicht. Es war ein Wunder. Der Vater beugte sich stattdessen vor, öffnete die Faust, Finger für Finger, schwarz von der Kohle und dem Ruß alle fünf, und zeigte schließlich auf Nottos spitzes Kinn. Waren das tatsächlich ein paar Bartstoppeln, die er da sah, dünn wie Flaum waren sie, aber dennoch. War dieser schlaksige Junge dabei, sich zurechtzuwachsen? Der Vater richtete sich auf und schaute Notto in die Augen, und Notto ahnte noch etwas anderes in Vaters Blick, als er bisher gewohnt war.

Der Vater war kein Mann großer Reden, er kämpfte mit den Worten.

»Bis du konfirmiert bist, tust du das, was ich sage«, erklärte er.

»Ja.«

»Hinterher kannst du dann tun und lassen, was du willst.«

»Ja, Vater.«

»Aber bis dahin tust du das!«

Notto fürchtete, etwas Falsches zu sagen, und flüsterte:

»Was denn?«

»Das, was ich dir sage«, sagte der Vater.

Darauf gaben sie sich die Hand, der Vater und der Sohn, und ich stelle mir gerne vor, ich sentimentaler, abgestumpfter Trottel, dass die Mutter in der Tür stand und die beiden betrachtete, während sie im Stillen die Diagnose des alten Arztes memorierte: eine Klasse für sich.

Noch ein Winter verging, und Notto dachte nicht einen einzigen Tag an Gro.

Dann fand endlich die Konfirmation in der achteckigen Kirche statt, in der er seinerzeit mit einer vom Wasser gekämmten Locke mitten auf der Fontanelle getauft worden war und wo er auch genau 31 Jahre später beigesetzt werden sollte, im Beisein einer Menschenmenge, die eines Meisters würdig war. Aber jetzt war es nicht der Haarbüschel auf Nottos Schädel, der einen gewissen Frohsinn weckte, es waren diese Körnchen am Kinn, der Spitzbart, den er hatte wachsen lassen, wie er wollte. Neun Jungen und drei Mädchen sollten an diesem Sonntag im Mai 1900 das Sakrament der Taufe bestätigen, an diesem heißen, stillstehenden Vormittag. Der Schweiß lief über die weißen Stirnplatten der Väter und tropfte von den sonnengebräunten Wangen, während die Mütter sich unter ihren schweren Trachten kratzten. Konnte Gott nicht einen winzigen Windzug den Mittelgang entlangwehen lassen? Nein, im Gegenteil, Gott hatte diese achteckige Kirche versiegelt, um alle Aufmerksamkeit auf sein eigenes Bild und den Heiligen Geist zu lenken, egozentrisch, wie er war. Notto stand nicht ganz vorn und nicht ganz hinten. Er stand ungefähr in der Mitte, dort, wo wir uns am wohlsten fühlen. Er antwortete richtig und machte niemandem eine Schande, als der Pfarrer fragte:

»Was wollte Gott mit Hiob?«

»Ihn auf die Probe stellen.«

Der Pfarrer nickte, zufrieden, und wollte mehr hören:

»Und warum wollte Gott Hiob auf die Probe stellen?«

»Um seinen Glauben zu testen.«

Der Pfarrer blieb vor Notto stehen, nachdenklich, denn die Antworten des Jungen kamen so schnell, entschlossen und exemplarisch, dass er sich diese Chance nicht entgehen lassen konnte, nämlich die Chance, der Gemeinde zu zeigen, welch Wissen und welche Überzeugung er in diesen mageren Boden gesät hatte, den seine Konfirmanden ausmachten.

»Und Gott nahm ihm alles! Findest du das gerecht, das frage ich dich, Notto Senum?«

Notto dachte nach.

»Nein«, antwortete er.

Das war nicht ganz das, was der Pfarrer erwartet hatte, deshalb wurde er unruhig.

»Nein?«

Notto schaute zu Boden, zupfte ein wenig an seinem Bart, und in der Kirche war es vollkommen still, nur ein Tropfen, der von einem Gesicht oder einer Hand herabfiel, hallte wider, als er auf die Bodenplanken traf und zwischen den Bankreihen entlangrollte.

Oratio recta!

»Ich glaube eher, es war Hiob, der Gott auf die Probe stellte«, sagte Notto schließlich.

Der Pfarrer, aus allen Wolken gefallen und wütend, trat schnell einen Schritt näher an diesen unberechenbaren, verschrobenen Konfirmanden aus Senum und hätte ihn am liebsten bei seiner Frisur am Kinn gepackt und ihn dann gründlich ziseliert.

Errata!

»Stellst du Gottes Absichten in Zweifel? Was? Stellst du dich über die Heilige Schrift selbst? Du Fipps, du kleiner Spitzbart!«

Notto schaute zu den Plätzen, an denen seine Eltern saßen. Die Mutter schaute ihn geradewegs an, stolz und wütend, ja, es bestand kein Zweifel, sie war wütend, denn niemand sollte ihren einzigen Sohn einen Spitzbart nennen. Der Vater saß neben ihr, die Hände im Schoß gefaltet oder geknotet, je nachdem, wie man es sehen mochte, und auch er war wütend, aber auf wen, das war schwer zu sagen, er konnte sich nicht so recht entscheiden, ob es der Sohn oder der Pfarrer war, der eine Runde auf dem Schleifstein verdient hatte. Das mögen andere herausfinden, bei tiefergehenden Studien über Notto, die sicher noch folgen werden.

»Gottes Wege sind unergründlich«, sagte Notto.

»Lauter!«

Notto holte tief Luft:

»Gottes Wege sind unergründlich!«

Das war in der gesamten Gemeinde zu hören.

Und damit überfiel den Pfarrer eine gewisse Ruhe, der Skandal war kein Faktum, er hatte sich im Gegenteil in eine Bereicherung verwandelt, er hatte einen verirrten Konfirmanden wieder auf die richtige Bahn gebracht und konnte ihm jetzt seine Hand mit gesundem Gewissen auf die Schulter legen.

»So soll es lauten«, sagte er.

Anschließend folgte, wie es sich gehört, das Kaffeekränzchen, die Besinnung und der eine oder andere Schluck in aller Stille hinter den Birkenreisern und norwegischen Flaggen.

Hosianna!

Mai 1900! Welche Jahreszahl! Das Jahrhundert drehte sich langsam und doch plötzlich, ein schwarzer Schatten, der weiterhin unter uns entlangtrieb, ein Schwarm von Tagen, die niemand einfangen kann. Es gibt kein Netz, das tief genug ist. So stelle ich es mir vor. Aber es war auch ein Moment der Freude, ein Augenblick des Glücks für die Kantigen, und es würde mich umso mehr freuen, wenn dieses Glück in gleicher Weise an die Oberfläche dessen, was ich eine tragische Festschrift nenne, steigen könnte und den Leser zumindest mit einem Lächeln berührte. Es ist meine Absicht und meine Pflicht, mir selbst keinen großen Platz einzuräumen, und das lässt sich einfach bewerkstelligen, denn ich brauche nicht viel Platz. Aber ich möchte dennoch daran erinnern, dass ich zu diesem Zeitpunkt immer noch ein Embryo im Leib meiner nervösen, überdrehten Mutter in den kühlen Räumen im Schatten der Kiefern auf Besserud war. Im Herbst sollte meine Zeit kommen, und unsere Wege, Nottos und meiner, begannen sich anzunähern, langsam aber sicher, unwahrscheinlich und genauso gut möglich.

Notto hatte das gehalten, was er seinem Vater versprochen hatte, nämlich dessen Willen zu gehorchen.

Jetzt war er frei.

Und am nächsten Tag verabschiedete sich Notto von seinen Eltern und zog hinunter nach Kristiansand, mit seinem Nötigsten, das heißt, zwei Paar fester Schuhe und dem Gedicht, das er immer bei sich trug. Dort suchte er als Erstes den Kirchspielschreiber auf und bat darum, dass sein Name verändert wurde. Welch Schabernack! Hatte er doch soeben die Taufe bekräftigt, Aug in Aug mit dem Pfarrer und der Gemeinde, um dann schnurstracks hinzugehen und den Namen zu ändern! Das war Notto, wie er leibte und lebte. Und der Kirchspielschreiber, dieser selbstherrliche Protz, der hatte großes Verständnis für diesen Wunsch. Notto war wohl nicht der einfachste Titel, den ein junger Mann ertragen konnte. Aber der Kirchspielschreiber hatte ihn falsch verstanden. Notto wollte Notto behalten, dafür aber Senum austauschen. Großer Zweifel. Und welchen Namen würde er in diesem Fall wählen wollen? Fipp. Fipp? Noch so ein Streich! Er nahm den Pfarrer beim Wort! Du Spitzbart, du Fipps! Notto Fipp wollte er heißen. Und mit Feder und Papier und offiziellem Stempel wurde er schließlich ins Register aufgenommen, genannt nach seinem kleinen Bart, und anschließend behielt er diesen Namen, der bald im ganzen Land bekannt werden sollte:

Notto Fipp.

Am selben Abend heuerte er auf dem Schiff *Veritas* an, der Kapitän hieß C. Knudsen, falls das von irgendeinem Interesse sein sollte, aber wenn Sie glauben, dass Notto ein Seemann auf großer Fahrt wurde, ein vertrauensvoller Matrose, dann irren Sie sich gründlich. Ein Frachtschiff war nichts für ihn. Notto war und blieb eine Landratte, wie es alle unserer Machart sind. Das Meer ist nichts für uns. Mit Seebeinen aufzutreten, das war nichts für Notto Fipp. Er brauchte festen Grund, um darauf zu gehen. Er brauchte mehr als ein wackliges, schwankendes Deck, um hin und zurück zu kommen, auch wenn der Frachter ihn nach Bremen, Kuba und London bringen sollte, mit Klippfisch in der einen Richtung, Mahagoni in der anderen, und dort in London, am West Indiana Import Dock, fiel Notto Fipp seiner ganzen Länge nach aus der Takelage, als er die Seile teeren sollte, wurde für tot erklärt und in die Morgue geschafft, kam aber Gott sei Dank wieder zu sich, bevor der Totengräber ihn unter die Erde bringen konnte, denn den Verstorbenen heim nach Norwegen, nach Senum zu schicken, das kam nicht in Frage, das kostete mehr Geld, als er bei sich hatte, und er hatte nichts bei sich außer einem Strohhut und einem Regenschirm. Notto Fipp ist die einzige Leiche, die diese kalte Herberge bei den Docks auf ihren eigenen Beinen wieder verließ. Ach, wie gern hätte ich ihn dabei gesehen! Und ich sehe ihn geradezu vor mir: Notto Fipp, wie er von den Toten aufersteht, zwischen den übel stinkenden, neidischen Kadavern davongeht, geblendet von der Sonne den Regenschirm öffnet, um so in seinem eigenen Schatten weiterzugehen. Viele Jahre befand er sich dort. Es hat keinen Sinn, in dem herumzubohren, was wir nicht wissen. Das nächste Mal finden wir ihn an Bord des Seelenverkäufers *Thingvalla,* mit Kurs auf Amerika. Viele suchen nach Klondyke. Notto Fipp ist nicht der Einzige. Wir schreiben das Jahr 1919. Ich schreibe mich im selben Herbst in der medizinischen Fakultät in Kristiania ein. Notto Fipp geht in New York an Land und beginnt seine eigene Tour, von Stadt zu Stadt, nur selten schmuggelt er sich auf die Eisenbahn, nicht in der dritten Klasse, sondern in der vierten, den Güterwaggons, die für Vieh, Post und Vagabunden sind. Es kümmert ihn auch nicht, wenn er rausgeworfen wird, auch wenn es mitten in der Prärie ist. Kann er nicht ebenso gut gleich auf eigenen Beinen gehen? Er bekommt in Grand Rapids Arbeit, die übliche, das heißt als Stalljunge, bei den Cale Brothers, einem Zirkus zweiter Klasse, und abgesehen davon, dass er die Pferde putzen, waschen und in Ordnung halten muss, muss er den Reitern vor jeder Vorstellung auf den Pferderücken helfen. Das ist eine Knochenarbeit, was Notto Fipp verwundert, denn drinnen in der Manege führen sie halsbrecherische Akrobatik vor, während die Pferde einen Kreis nach dem anderen traben, aber hinter der Bühne brauchen sie Hilfe, um überhaupt hinaufzukommen. Außerdem schauen die Artisten auf die gewöhnlichen Arbeiter herab und fordern höheren Lohn und essen fettes Fleisch und schlafen in Himmelbetten. Das auch noch! Doch als Notto eines Tages in aller Bescheidenheit auf eigene Faust einen Ausritt unternimmt, bekommt er eine Strafe, und er sieht nun keinen Grund mehr, so weiterzumachen. Er redlightet, solange er noch ein paar Cent übrig hat, was nichts anderes heißt, als dass er abhaut und die roten Rücklichter sieht, während der Zug in der Dunkelheit verschwindet. *Well, that's all right,* wie Notto zu sagen pflegte, er nahm seine Bagage unter den Arm und trampte weiter nach Richmond, wo er eine Zeitlang in einer Schlachterei angestellt war und die Aufgabe hatte, das Messer in geräucherte Schinken zu stecken, um zu sehen, wie gut oder wie schlecht sie waren, ein erbärmlicher Job für einen Ehrenmann, der kein Fleisch verträgt. Deshalb ging der Trip bald weiter, dieses Mal nach Chicago. Hier trifft er vor einer größeren Meierei einen Amerikaner aus dem Süden Norwegens, und dieser erbarmt sich seines Landsmannes, der gleichzeitig kränklich und gierig zu sein scheint, wie er da in seinen alten Stiefeln, der abgewetzten Hose, dem zerrissenen Pullover, Strohhut und kaputtem Regenschirm steht. Hier findet Notto Fipp wirklich Geschmack an der Milch, die er immer als sein Lebenselixier bezeichnet hat. Seine Aufgabe in der Meierei ist es, die Sahnekannen zu leeren und zu reinigen. Und er sagt auch bei der Sahne nicht Nein, schon gar nicht, wenn sie dick ist wie Grütze und ein wenig sauer. Dann braucht man sich nur eine Handvoll zu nehmen, es ist die reinste Völlerei. Doch das ist eine andere Geschichte, die ich aufgreifen werde, wenn dafür noch Raum und nicht zuletzt Zeit ist. Hat sich eigentlich schon einmal jemand überlegt, dass Zeit und Raum so eng zusammenhängen, dass wir sie kaum trennen können? Zeit und Raum sind wie siamesische Zwillinge. Nimmt man das eine fort, stirbt das andere. Und es ist eine unserer großen Paradoxien, von denen wir viele haben, dass die Zeit nicht Raum hat für alles, was wir tun sollen, unsere Wiederholungen, unsere Gebete, unsere unablässigen Redewendungen, unser unersättlicher Fleiß, unser militanter Ordnungssinn, unsere Unordnung, unsere Beschwörungen und Bewegungen. Die Zeit reicht ganz einfach nicht aus dafür, und deshalb sind wir es, die wir danach streben müssen, und nur selten kommen wir ans Ziel. Die Zeit, so wie Sie sie benutzen, ist nicht für uns geschaffen. Wir haben keine Zeit, um zu schlafen. Wir müssen zu lichtscheuer Medikation greifen, um unsere Absichten zu erreichen. Wir bräuchten ein ewiges Leben, um fertig zu werden, und deshalb habe ich beschlossen zu sterben.

Nur Notto Fipp konnte mit seinem Willen, seinem Glauben und seiner Überzeugung der Tyrannei der Zeit widerstehen.

Übrigens erwähnte er einmal etwas, was großen Eindruck auf mich machte: Es kam oft vor, dass er Dinge in diesen Sahneeimern fand, Haarnadeln, Eheringe, Korkenzieher, Gabeln und Löffel, Gott weiß, wieso die dort landeten, und es war notwendig, sich dieses Mülls zu entledigen, bevor die Sahne zu Butter verarbeitet wurde, eine Butter, die sogar im folgenden Jahr bei der Landwirtschaftsausstellung in Chicago eine Goldmedaille bekam. Eines Tages fand Notto sogar einen Kinderschuh, einen Kinderschuh auf dem Boden eines Sahneeimers. Dieser Anblick hat mich geritten. Und auch ihn. Ich weiß nicht, warum. Aber er lässt mich nicht los. Deshalb schließe ich dieses Thema hier vorläufig damit ab, indem ich erkläre, dass Kindheit eine überschätzte Entschuldigung ist. Das ist kaum zu ertragen. Man fügt hinzu und zieht ab, dreht und wendet, hier ein Einfall, dort ein Einfall, und zum Schluss wird die Kindheit zu einem rosaroten Märchen oder einem schwarzgemalten Albtraum, je nachdem. Ach, hört doch auf. Jammert mir nicht die Ohren voll mit diesem sentimentalen Mist. Ich habe es bei Patienten erlebt, und die sind banal wie Kreuzworträtsel und pathetisch wie Weihnachtsbäume. Sie brauchen einen Gegner, wie Doktor Lund immer zu sagen pflegte, mit anderen Worten Widerstand, und manche glauben, Widerstand sei ungerecht, die Armen, sie werden gefeuert, erfahren Ablehnung, sie werden getrennt, von dem einen oder anderen abhängig, Alkohol, Spiel, Damen, Herren, sie können nicht schlafen, sie kriegen weder Erektionen noch Orgasmen, kurz gesagt, sie treffen auf Widerstand, und sofort schieben sie die ganze Schuld auf die Kindheit. Das ist das Erste, was ihnen einfällt. Oh, Kindheit, verlasse mich, so schnell es geht! Sie schieben die Schuld auf einen Vater, der nie da war, auf eine Mutter, die leider immer da war, oder auf beide, dann ist das Hotel der Entschuldigungen ausgebucht, nicht ein Zimmer mehr frei. Sie kommen mit allem Möglichen an, sie sind übersehen worden, verwöhnt, geschlagen, verhätschelt und missverstanden, alle, bis auf sich selbst, führen sie an. Denn sie selbst haben keine Schuld. Nein, sie tragen keine Verantwortung. Ich kann nichts dafür, jammern sie. Sie sind nur Opfer. Sie halten Gericht. Sie gehen zum Höchsten Gericht, um ihre Unschuld zu beweisen. Ich verabscheue sie, damit das klar ist. Manchmal bin ich kurz davor zu sagen: Du bist gescheitert, mein Freund, in allem, und ich glaube, dass dir und dem Rest der Welt damit gedient wäre, wenn du so bald wie möglich Schluss machst.

Aber das sage ich natürlich nicht.

Das ist nur etwas, was ich zu mir selbst sage, und ich werde meinem Rat folgen.

Ich, der Kantige, bin stattdessen großzügig mit meinen seligen Rezepten. Das ist zu ertragen, solange der Briefschlitz mein Büro ist.

Und ich wiederhole: Die Kindheit wird überschätzt.

Hört nur: Notto bekam keine Milch von seiner Mutter, weil sie krank war und ihn nicht der Gefahr aussetzen durfte, angesteckt zu werden. Eine Entscheidung der Vernunft, mit Folgen, was ich zugeben muss. Später war er wie besessen von Milch und konnte nie genug davon bekommen. Ja, er war eine Zeitlang sogar in Chicago bei einer richtigen Meierei beschäftigt und konnte den ganzen Tag lang in Milch baden, die er sein Lebenselixier nannte. Auch ich wurde von meiner eigenen nervösen Mutter auf Besserud nicht gestillt, denn sie hatte in einer französischen Zeitschrift gelesen, dass Frauen, die stillen, schneller altern. Und dieses Risiko wollte sie nicht eingehen. Man kann es nicht anders sagen, als dass sie auf ihrer Meinung beharrte. Sie entschied sich für ihr Aussehen und gegen mich. Eine Wahl der Unvernunft und der Eitelkeit. Mit anderen Worten, sie war ihrer Zeit voraus, ihrer undankbaren und selbstgerechten Zeit. Aber das ist nichts, über das man sich aufregen muss, ich sagte es bereits. Ich wurde von üppigen Kindermädchen gestillt, die kamen und gingen, und mag seitdem keine Milch. Um der Wahrheit die Ehre zu geben: Ich kann Milch nicht ausstehen, und in einer Meierei zu arbeiten, das ist das Allerletzte, was ich mir vorstellen kann.

Erkennen Sie die Logik? Nein, denn es gibt keine Logik.

Aber Milch oder keine Milch: ganz gleich, wie unterschiedlich unser Eintritt in diese trübselige und schattenvolle Welt auch gewesen sein mochte, so führten unsere Wege uns zum Schluss doch zusammen. Wir kamen jeder aus unserer Ecke und standen uns schließlich Aug in Aug gegenüber, an einem heißen, herrlichen Nachmittag im August 1929, zwischen Oslo und Drammen. Was nicht als Zufall bezeichnet werden darf. Denn ein Zufall steht nicht auf unserer Liste. Wir schwören auch nicht auf andere Worte. Und lassen Sie es mich so sagen, um nicht andere, zu viele und überflüssige Worte zu benutzen, manchmal habe ich das Gefühl, als würde ich immer noch, allein und unbedeutend, in dem alten Roadster die staubigen Seitenstraßen entlangfahren, die den Rest meines Lebens ausmachten. Aber legen Sie nicht zu viel Gewicht darauf.

DIE FORTSETZUNG DES ENDES

So wie Notto seinen alten Namen, Senum, loswurde und damit das ganze Joch seines Geschlechts und noch einmal von vorn anfangen konnte, als kein anderer als Notto Fipp, so war ich meinen Fahrer losgeworden, diesen Nachlass meines Vaters, dieses Gespenst aus der Kindheit von Besserud, und war nun mein eigener Herr. Wenn ich von echtem Schrot und Korn gewesen wäre, hätte ich mich natürlich auch gleich des Autos entledigt, um das letzte Stück nach Drammen zu Fuß zu gehen, aber dazu war ich zu träge veranlagt, kurz gesagt, ich hatte nicht Notto Fipps Format. Wenn ich schon nicht mein eigener Herr war, was ich niemals wurde, so war ich zumindest mein eigener Chauffeur. Das musste genügen. Das Problem war nur, dass ich zum ersten Mal Auto fuhr. Ich hatte ja immer einen Fahrer gehabt. Es ging über Stock und Stein und in den Kurven auf zwei Rädern. Ich fuhr wie ein Wilder und war eine Gefahr für Mensch und Vieh in den Gegenden von Lier, oh ja, Hühner flatterten auf, Kühe kullerten in den Straßengraben, und Schafe liefen vor dem Wagen davon, bis sie so mürbe waren, dass sie auf der Stelle serviert werden konnten. Mehr als ein Bauer ballte die Faust hinter mir, und wenn mir der Motor ausgegangen wäre, dann wäre ich wahrscheinlich gelyncht worden. Ich war ein elender Fahrer. Das würde sich rächen.

Das würde mit unermesslichem, nicht wiedergutzumachendem Schaden bestraft werden. Doch an diesem Tag erreichte ich mit heiler Haut die Residenz der Familie Juell, am Abhang des breiten Flusses, der Landstraße der Floße, und bog auf das Grundstück ein, vorbei am Tennisplatz, dem Springbrunnen und bremste vor der Treppe, auf der mein Schwiegervater in spe, Einar Juell, bereits im Schatten der Säulen auf mich wartete, wie üblich sportlich gekleidet, er konnte in Nullkommanix in einem gemischten Doppel antreten, falls das notwendig sein sollte.

Ich sprang über die Autotür und war ziemlich ermattet, es schien, als wäre der Körper neu zusammengesetzt worden, auf eine bisher unbekannte Art und Weise. Mit anderen Worten, ich war mürbe geklopft. Was mich jedoch nicht daran hinderte, aufgedreht zu sein, ja, fast berauscht, von der Geschwindigkeit, der Fahrt, die ich immer noch wie einen Sog in der Brust spürte.

Einar Juell kam die Treppe herunter, verblüfft, wir begrüßten uns, und anschließend wischte er sich die Hand mit seinem mit Initialen bestickten Taschentuch ab.

»Hat der Fahrer heute frei?«, fragte er.

»Er ist gerade gefeuert worden.«

»Ach so. Und weshalb?«

Ich lachte.

»Er ist zu langsam gefahren«, sagte ich.

»Aber musst du deshalb unbedingt diese Mütze aufsetzen?«

Beschämt riss ich sie ab, der Staub rieselte von ihr herunter, und erst jetzt sah ich, dass ich fast vollkommen von Staub und Insekten bedeckt war, die Jacke, die Handschuhe, das Hemd, ja, mein Gesicht war steif wie eine Maske, in einer wahrscheinlich lächerlichen Grimasse erstarrt.

»Da war wohl einiges an Haustieren unterwegs«, sagte ich.

Einar Juell war weder amüsiert noch beeindruckt. Stattdessen pfiff er vor sich hin.

Und ich sagte das, was ich natürlich gleich zu Anfang hätte sagen sollen, bevor er überhaupt das Wort ergriffen hatte:

»Ich konnte nicht schnell genug zu Sigrid kommen«, sagte ich.

Ein Dienstbote mittleren Alters in Livree, der arme Mann, tauchte auf. Einar Juell flüsterte ihm etwas zu, woraufhin dieser demütige Diener nickte und mir einen schnellen Blick zuwarf, ohne eine Miene zu verziehen. Er ging wieder ins Haus und kam mit einer Art Besen und einem kleinen Werkzeug zurück, mit dem man Krümel und andere Reste nach der Mahlzeit von dem Tisch fegt, wenn nachlässige und ungeschickte Gäste zu Besuch waren. Und mit diesem Hilfsmittel bürstete und kratzte er das Gröbste ab. Dann zog er mir die einst weißen Handschuhe aus, machte ein Handtuch bereit, damit ich mir die Hände und das Gesicht in dem kalten Quellwasser waschen konnte, das seinen Ursprung tief unter dem Grund und Boden hatte und von dem die Familie Juell, besonders die Mutter, der Sie gleich begegnen werden, der Überzeugung war, dass es heilbringende Wirkung besaß. Als Arzt, und nebenbei als Bester seines Jahrgangs, konnte ich dem nicht unmittelbar zustimmen, begnügte mich aber damit, wenn das Thema zur Sprache kam, zu erklären, dass wir ohne Wasser verendet und dahingesiecht wären und die Erde wie eine Rosine im Universum vertrocknet wäre. Von dort bis zu der Behauptung, dass ein Fall von Ozaena, also Stinknase – ich erwähne dieses Beispiel, weil ich eine Weile überlegte, darüber meine Doktorarbeit zu schreiben –, gesunden würde, wenn dieses Körperglied in Juells Quellwasser getaucht würde, war es jedoch noch ein ziemlich weiter Weg. Was mich nicht daran hinderte, voll Freude Gesicht und Hände in genau diesem Wasser zu waschen, und es fehlte nicht viel, dass ich Frau Juell recht gegeben hätte. Ich fühlte mich sofort wie neu. Von dem Diener bekam ich das Handtuch überreicht und trocknete mich ab. Dann war ich fast präsentabel. Wir konnten hineingehen. Die Zimmer waren schattig und kühl. Eine breite Treppe führte hinauf in den ersten Stock. An den Wänden hingen Ölgemälde, die meisten mit Naturmotiven, Wald, Wald und noch einmal Wald, aber auch ein paar Portraits, die Ahnengalerie, und einen Moment lang überlegte ich, ob Sigrid und ich auch einmal dort hängen würden. Agnete Juell, meine zukünftige Schwiegermutter, wartete in der Bibliothek. Sie war eine kräftige, stattliche Dame, genau wie ihre Tochter. Sie besaß eine Rückhand, die selbst Männer fürchteten. Gerüchte besagten, dass sie in ihrer Jugend in einem Halbfinale in Madserud einmal den Schiedsrichter mit einem unglücklich angeschnittenen Ball an der Stirn getroffen hatte. Er lag drei Monate lang bewusstlos im Krankenhaus. Als Arzt kann ich sagen, dass der Schlag außerordentlich hart gewesen sein muss. Sie könnte auch eine kanadische Eiche mit bloßen Händen entästen, wenn das notwendig gewesen wäre.

Der Tee war bereits serviert, und es lagen Kekse auf einem Teller und Schokoladenkugeln in einer Silberschale. Ich drückte Sigrids Mutter fest an mich. Hier draußen waren wir ganz leger.

Dann setzten wir uns.

»Ich sollte das Wasser in kleine braune Fläschchen abfüllen, ein Etikett draufkleben und es dann in Apotheken verkaufen«, sagte sie.

Der Vater seufzte.

»Agnete«, sagte er nur.

Sie hörte nicht auf ihn.

»Was meinst du dazu, Herr Doktor?«

Wenn sie Doktor sagte, dann meinte sie mich.

»Ich vertrete zwar die Schulmedizin, kann mir aber trotzdem vorstellen, dass Wasser eine heilende Wirkung haben könnte«, sagte ich. »Man denke nur an die Kneippkur.«

Die Mutter sah zufrieden aus.

»Da hörst du es, Einar. Der Doktor ist auf meiner Seite.«

Der Vater schaute mich an.

»Kneippkur? Was zum Teufel ist das denn?«

»Eine besondere Wasserkur, mit Umschlägen, Eintauchen in heißes Wasser, Schlammbad und Herumlaufen in warmem, fließendem Wasser, erfunden von dem katholischen Priester Kneipp. Sehr beliebt in Bayern. Das war übrigens derselbe Mann, der dem Kneippbrot seinen Namen gegeben hat. Meine Mutter war mehrere Male dort. Ich meine, in Wörishofen. Bayern. Am liebsten ging sie barfuß in fließendem Wasser herum. Vielleicht könntet ihr hier ein Kurbad eröffnen. Juells Kur. Die Patienten könnten ja mit nackten Füßen im Quellwasser herumlaufen. Ich würde mich anbieten, mich darum zu kümmern.«

Es blieb still.

Dass ich mein Plappermaul nicht im Zaume halten konnte.

Der Tee war kalt geworden, und einen Moment lang glaubte ich, das wäre meine Schuld. Ich redete so viel, dass der Tee kalt wurde. Aber dem war nicht so. Er sollte kalt sein. Das war eine neue Mode in den Salons, ich weiß nicht, woher sie stammte, vielleicht aus Indien, und sie hieß Eistee. Ich schüttete Zucker hinein, rührte um und trank, während ich zur Tür schaute und auf Sigrid wartete, jetzt musste sie ja wohl bald kommen und mich erlösen.

Der Vater rührte keinen Tee um, stattdessen mixte er sich einen Drink, und zwar einen starken, schaute mich an und stellte die Flasche wieder in den Schrank. Er blieb stehen.

»Du kannst ja Auto fahren«, sagte er nur.

Ich nickte.

»Guter Tee. In dieser Hitze.«

Die Mutter schenkte mir nach.

»Hast du deinen Fahrer heute nicht dabei?«

Der Vater antwortete für mich.

»Bernhard hat ihn gefeuert.«

»Warum das?«

Der Vater sprach weiter an meiner statt, und wenn es etwas gibt, was ich nicht vertragen kann, dann das. Hätte ich das Zimmer lieber verlassen! Aber ich saß immer noch dort.

»Er ist zu langsam gefahren, und Bernhard konnte es nicht erwarten, Sigrid zu sehen.«

»Ich weiß ja nicht, was Sigrid dazu sagen wird«, sagte die Mutter.

Jetzt ergriff ich in meinem Gespräch selbst das Wort.

»Ich denke wohl, dass sie geschmeichelt sein wird«, sagte ich.

Die Mutter zuckte mit den Schultern.

»Ich meine, dass du deinen Fahrer gefeuert hast. Willst du etwa unseren mitnehmen? Sigrid kommt nicht ohne Chauffeur aus.«

»Ich werde ihr Chauffeur sein«, sagte ich.

Die Eltern schauten einander an, sahen direkt an mir vorbei und sagten nichts.

Ich holte tief Luft.

»Wo ist sie denn überhaupt?«, fragte ich.

Der Vater blieb stehen.

»Wir haben so viel mit dir zu bereden, Bernhard, die Hochzeit, die Gästeliste, die Hochzeitsreise, das Menü, was weiß ich nicht alles. Aber vorher möchte ich dir ein paar Fragen stellen, in aller Vertraulichkeit.«

Wollten sie mir nicht sagen, wo Sigrid war?

»Sigrid«, wiederholte ich. »Wo ist sie?«

»Sie besucht für ein paar Tage ihre Freundin Tora in Oslo«, erklärte die Mutter, etwas zu schnell. »Die beiden wollen Tennis spielen.«

Höchst sonderbar, sehr, sehr sonderbar, daran bestand kein Zweifel.

»Sollte sie nicht hier sein? Wenn wir über unsere Hochzeit reden?«

Die Mutter legte mir eine schwere Hand auf den Arm, sie hätte mich umdrehen können, wenn sie es gewollt hätte.

»Wir haben noch genug Zeit, um mit Sigrid zu reden. Mach dir da keine Sorgen.«

Da begriff ich endlich, natürlich, sie wollten mich auf die Probe stellen oder an die Wand, mich, den Sohn eines Selbstmörders, aus einer Konkursfamilie, mit einer zweifelhaften Mutter mit schlechtem Ruf. Sigrid war einzig und allein nach Oslo geschickt worden, damit sie mich für sich allein hatten. War ich etwa trotz meiner Examina ihrer Tochter gar nicht würdig? Aber eines wollte ich sagen, ja, das würde ich sagen, wenn es notwendig sein sollte, dass ich, wenn es um Ausbildung und akademischen Rang ging, so weit über ihnen stand, diesem Holzfäller und seiner Frau, der alten Tennisspielerin, dass ich sie kaum erspähen konnte.

»Selbstverständlich«, sagte ich.

Die Mutter zog ihre Hand zurück.

»Ich wusste, dass du es verstehen würdest, Bernhard.«

Der Vater stellte sich ans Fenster und blieb dort stehen, mit dem Rücken zu uns. Als er sein Glas hob, fiel das Licht auf eine ganz spezielle Art hinein, und es sah aus, als tränke er flüssiges Kupfer.

»Was hat dich geritten, als du diese, diese anrüchigen, diese obszönen Worte in der Universitätsaula gesagt hast? Was in Himmels Namen hast du dir dabei gedacht?«

Ich faltete die Hände, schaute nach unten und biss die Zähne zusammen, bis sie an den Kieferknochen Funken schlugen, und ich war kurz davor, es wieder zu sagen, zu flüstern, zu rufen: *Oh, du Schwanz im Riesenrad!* Ich musste die Zähne noch fester zusammenbeißen, um es nicht zu tun, sonst hätte ich alle meine Chancen verspielt.

Ich lachte.

»Es war nur eine Wette«, sagte ich.

Der Vater zeigte mir immer noch seinen Rücken.

»Eine Wette? Erklär uns das bitte.«

Ich hätte sagen können, dass es nur meine *generatio spontanea* war, und es dabei bewenden lassen. Ich will nicht prahlen. Deshalb sagte ich lieber:

»Du bist wahrscheinlich nicht mit den akademischen Traditionen vertraut, aber derjenige, der die Festrede hält, ein Privilegium, das mir dieses Jahr zuteil wurde, der schließt mit den anderen Studenten eine Wette ab, dass er es wagt, wie soll ich sagen, unorthodoxe Redewendungen in die Rede einzufügen. Es tut mir natürlich leid, wenn ich dadurch jemanden verstört haben sollte.«

»Und um welche Prämie ging es?«, fragte der Vater.

»Prämie?«

»Ja. Eine Wette wird entweder gewonnen oder verloren. Du hast gewonnen. Ich würde gerne wissen, was deine Prämie war.«

»Ehre und Ruhm«, sagte ich.

Der Vater drehte sich endlich zu mir um.

»Es stimmt, was du sagst, ich bin nicht besonders mit den akademischen Traditionen vertraut, aber manchmal habe ich den Eindruck, dass etwas nicht mit dir stimmt, Bernhard. Wir wissen, dass du eine schwierige Kindheit hattest. Aber ich muss dich ganz offen fragen: Stimmt alles mit dir, Bernhard Hval?«

Der Mann war tatsächlich einfältig und so simpel gebaut wie ein Holzklotz. Wenn etwas nicht mit mir stimmte, wie sollte ich dann seine Frage beantworten können? Vielleicht war das der Grund, dass ich ihn in meinem Innersten doch mochte.

Ich lachte.

»Ich liebe eure Tochter so sehr, dass manchmal etwas nicht mit mir stimmt.«

Erneut blieb es still.

Beide schauten mich an.

Erst da bemerkte ich, dass ich alle Schokoladenkugeln aufgegessen hatte und die Kekse auch noch. Meine Finger waren braun und klebrig. Ich zog ein Taschentuch heraus und wischte das Schlimmste ab.

»Hast du dich eigentlich schon nach Arbeit umgeschaut?«, fragte der Vater.

»Ich habe mich um eine Stelle am Rikshospital beworben.«

»Und ist es wahrscheinlich, dass du eine kriegst?«

»Ich war der Beste meines Jahrgangs, Herr Juell«, sagte ich.

Der Vater setzte sich wieder, schaute seine Ehefrau an.

»Wollen wir sagen, dass das damit überstanden ist?«

Agnete Juell nickte und legte einen Stapel Papier auf den Tisch zwischen uns und zeigte darauf:

»Das ist das Menü, Bernhard.«

Das war nicht nur ein Menü, das war eine ganze Landwirtschaft, das war Norwegens Fauna, ein gastronomisches Lexikon. Es begann mit einer klaren ausgelösten Schildkrötensuppe, anschließend gekochtem Steinbutt mit Sauce hollandaise und fuhr fort mit gesalzener Ochsenzunge, garniert mit grünen Erbsen, Rosenblättern und gerührter Butter sowie Truthahn mit Blumenkohlgratin, aber wenn jemand glaubt, damit wäre es zu Ende gewesen, dann irrt er sich, es war noch nicht zu Ende, denn dann kam Lebermousse, Elchsteak mit Kompott und Kartoffelkroketten, Vanillesorbet mit warmer Schokoladensauce und vor dem Dessert Käse, Kaviar, Brot und Butter, und das Dessert war etwas so Einfaches wie Obst, Konfekt und natürlich die Hochzeitstorte. Dazu sollte Folgendes getrunken werden, in dieser Reihenfolge: Eispunsch, Bordeaux, Steinwein, Chateau La Tou, Champagner und Madeira.

»Ist das ein Vorschlag?«, fragte ich.

»Nein, das ist schon entschieden. Alles von unserem eigenen Grund und Boden! Bis auf die Weine natürlich. Stell dir das vor.«

Ich hätte fast gefragt, ob sie auch Schildkröten auf ihrem Grund und Boden hatten, vielleicht ja im Springbrunnen, aber mir war klar, dass ich das lieber lassen sollte.

»Habt ihr auch Schildkröten auf eurem Grund und Boden?«, fragte ich.

Es sollte lustig sein.

Die Mutter schaute mich geradewegs an und war offenbar nicht der Meinung.

»Die ausgelöste Schildkrötensuppe wird mit einem gekochten Kalbskopf zubereitet. Ist das etwa nicht gut genug?«

»Doch, natürlich. Ich liebe Schildkrötensuppe. Ausgelöste.«

Der Vater schob die Speisekarte beiseite.

»Und das Gleiche gilt für die Gästeliste. Außerdem habe ich für euch im Westminster Hotel in Nizza eine Suite mit Bad bestellt, mit Blick auf die Promenade des Anglais und das Mittelmeer. Was sagst du dazu, Bernhard?«

Ich breitete die Arme aus, um meine Begeisterung zu zeigen.

»Dann ist ja alles geregelt. Vielen Dank. Eigentlich hätte ich gar nicht kommen müssen.«

Sofort war mir klar, dass meine Worte ziemlich unglücklich gewählt waren, und ich zog sie zurück.

»So habe ich es nicht gemeint. Ich meinte nur, dass es fantastisch ist. Alles klipp und klar. Schwanz und Fotze.«

Die letzten Worte flüsterte ich nur, Krümel auf den Lippen, trotzdem wurde es ganz still im Raum. Ich zog wieder das Taschentuch heraus und putzte mir die Nase, so fest ich konnte.

Der Vater schaute mich an, während ich das Taschentuch zusammenfaltete, bis es nicht mehr größer als eine Briefmarke war.

»Nicht alles ist geregelt, Bernhard. Willst du nicht jemanden auf die Gästeliste setzen?«

Das war wahrlich ein wunder Punkt.

»Ich verzichte«, sagte ich.

»Du verzichtest? Was meinst du damit?«

»Dass ich niemanden auf meiner Gästeliste habe. Ich bin sehr zufrieden damit, wie sie jetzt ist.«

»Du hast sie dir doch noch gar nicht richtig angesehen.«

»Wie gesagt, ich vertraue euch. Alles ist in guten Händen.«

Die Mutter legte wieder diese gigantische Hand auf meinen Arm, ich schwöre, sie hatte die Größe eines Tennisschlägers, doch ich brauchte keinen Trost von niemandem. Trost ist etwas für Verlierer. Ich war kein Verlierer. Ich war der Beste meines Jahrgangs. Ich hatte eine glänzende Zukunft vor mir, oh ja, eine glänzende Zukunft. Nein, Trost erzeugt nichts anderes als Verlierer. Trost ist eine wohlmeinende Schikane, eine herablassende Zärtlichkeit. Oh verdammte Seidenmöse! Ich hätte ein ganzes Dutzend Medizinstudenten aufzählen können, die gern eine Einladung zu meiner Hochzeit bekommen hätten, um zu sehen, wie Bernhard Hval einen Skandal verursachte, damit sie anschließend die ausgeklügeltsten wahren Gerüchte verbreiten konnten.

Der Vater lehnte sich auf seinem Stuhl zurück und zögerte, bevor er fragte:

»Was ist mit deiner Mutter?«

»Das denke ich nicht.«

»Nein? Aber sie muss doch zumindest eine Einladung bekommen? War es nicht Neuseeland, wo sie sich aufhielt?«

»Ja. Christchurch. Ganz oben in der Ecke. Eine kleine Stadt. Das hört man ja schon am Namen. Christchurch. Das ist nicht gerade eine Millionenstadt, oh nein.«

Sigrids Eltern schauten einander an.

»Dann wird die Einladung sie ja wohl kaum vor der Hochzeit erreichen«, sagte die Mutter.

Ich lachte.

»Das hätte gerade noch gefehlt! Könnten Sie bitte gestern gekommen sein? Aber Moment mal. Wenn hier Dienstag ist, dann ist da unten Montag. Vielleicht geht es ja doch. Oder war es umgekehrt?«

Der Vater wurde ungeduldig.

»Kannst du uns nicht wenigstens ihre Adresse geben?«

»Sie ist gerade am Umziehen, das ist etwas schwierig.«

Hörte ich da einen Seufzer der Erleichterung? Ja, ich hörte ihn.

Wir alle seufzten erleichtert auf, sogar meine Mutter, dessen bin ich mir sicher, auch sie seufzte vor Erleichterung, denn so brauchte sie nicht dankend abzulehnen, zur Hochzeit ihres einzigen Sohnes zu kommen, oder, was noch schlimmer wäre, sich gezwungen sehen, in die Hauptstadt ihrer Schande zurückzukehren, gebrandmarkt und verspottet.

Dann fiel mir etwas ein.

»Es gibt doch jemanden, den ich einladen möchte«, sagte ich.

»Nur heraus damit, Bernhard.«

»Direktor Lund. Vom Rikshospital in Oslo. Und seine Frau.«

Der Vater leerte sein Glas, stellte es mit einem feierlichen Knall auf den Tisch und sah mich verschmitzt an.

»Rikshospital? Wo du dich um eine Stelle beworben hast? Sehr gut, Bernhard. Sehr gut.«

Das, was er offenbar dachte, hatte ich nicht im Sinn gehabt. Und darauf wollte ich sofort hinweisen. Doch die Mutter kam mir zuvor.

»Und wie heißt sie?«

»Wer?«

»Die Frau von Direktor Lund. Du hast heute anscheinend viel zu viele Gedanken in deinem Kopf, Bernhard.«

»Alma«, sagte ich. »Sie hat einen äußerst schönen Wintergarten.«

Stille, während die Mutter die Namen notierte.

Der Vater wandte sich schließlich wieder an mich.

»Und einen Trauzeugen brauchst du, Bernhard. Um den kommst du nicht herum.«

Der Ton war, wie man sich denken kann, äußerst freundlich.

»Natürlich. Ich werde euch und Sigrid möglichst bald Bescheid geben.«

»Ich dachte, Alfred sollte der Trauzeuge sein«, sagte die Mutter.

Zum ersten und einzigen Mal widersprach ich meinen Schwiegereltern.

»Das lässt sich leider nicht machen, so, wie die Situation jetzt ist.«

Einar Juell, dieser Baumstamm, klappte die Zweige zusammen, dass es im Wohnzimmer sauste.

»Gut! Nur gut, ganz offen mit der Sprache herauszukommen. Nicht wahr, Agnete?«

Wir erhoben uns alle gleichzeitig, und ich nutzte die Gelegenheit:

»Ihr kennt nicht zufällig einen Notto Fipp?«, fragte ich.

Die Mutter schüttelte den Kopf.

»Notto Fipp? Kann man so heißen? Fipp? Ist das erlaubt?«

»Er ging hier die Straße entlang. Er wollte nach Kristiansand. Ich habe kurz mit ihm reden können.«

Der Vater lachte.

»Bestimmt nur einer von diesen Idioten aus der Anstalt. Die dürfen manchmal raus. Mir wäre es lieber, wenn sie ein für allemal eingesperrt blieben. Wer weiß, auf welche Ideen sie noch kommen.«

»Das kannst du dir sicher denken, Bernhard«, sagte die Mutter, »als Arzt. Einer von ihnen hat übrigens ein Schaf mit einem Hammer erschlagen und dessen Blut getrunken. Letztes Jahr. Oder war es eine Kuh?«

Nein, noch einmal musste ich widersprechen.

»Notto Fipp ist ein freier, harmloser Mann«, sagte ich.

Der Vater schnitt die Diskussion ab.

»Wir kennen keinen Notto Flipp! Willst du ihn etwa einladen?«

Ich lächelte.

»Fipp. Er heißt Notto Fipp. Er ist nach seinem Bart benannt. Ein stattlicher Spitzbart.«

Der Vater legte mir seinen Arm auf die Schulter und führte mich entschieden hinaus in die Eingangshalle, und hier, als wir einen Augenblick allein waren, während die Mutter der Küche Bescheid gab, flüsterte er mir zu:

»Darf ich dich nach einer Kleinigkeit fragen, so von Mann zu Mann?«

»Aber natürlich.«

»Was bedeutet das eigentlich, was du in der Aula gesagt hast?«

Ich wollte ihn ein wenig auf die Folter spannen.

»Was?«

»Scheiße. Du weißt genau, was ich meine, Bernhard.«

»Nein, ich kann nicht ganz folgen.«

Der Vater sprach noch leiser.

»Schwanz in … Schwanz in …«

»Ach so. Im Riesenrad.«

»Und was zum Teufel bedeutet das?«

»Riesenrad? Das ist ein kleines Loch im Mast mit einer Seilrolle, um das Seil zu hissen.«

Er blieb einen Moment lang stehen, es arbeitete in seinem Kopf.

»Machen die Studenten heutzutage so etwas?«

Ich zuckte mit den Schultern.

»Es kommt vor.«

Der Vater trat noch einen Schritt näher, es wurde unangenehm.

»Es ist mir scheißegal, was du da unter diesen ungehobelten Studenten redest, solange du es nicht auf der Hochzeit meiner Tochter tust! Haben wir uns verstanden?«

Wir hatten uns verstanden.

Jetzt wusste ich nur, dass ich nicht daran denken durfte, ich durfte nicht an Schwanz im Riesenrad denken, denn sonst würde sich das festsetzen, und ich würde es sagen müssen, Schwanz im Riesenrad, ich durfte es nie wieder sagen.

»Schwanz im Riesenrad«, sagte ich.

Zum Glück kam da die Mutter zurück, gefolgt von dem Diener, der mir die Mütze mit einer leicht überheblichen, auf jeden Fall übertriebenen Verbeugung überreichte, daran gab es keinen Zweifel. Er hatte sie nach allen Regeln der Kunst gesäubert und geputzt, selbst das Schweißband war fort, und die goldene Kordel auf dem Schirm war neu gedreht und strammgezogen worden, oh ja, es stand fest, er verhöhnte mich, ich stand unter ihm, ich stand tiefer als der Diener.

Ich verbeugte mich genauso tief, nein, noch tiefer. Mein Vater hatte mich gelehrt, mich zu verbeugen. Ich war ein ausgezeichneter Verbeuger.

»Ich weiß gar nicht, wie ich Ihnen danken soll«, sagte ich.

Die Mutter unterbrach mich, etwas beschämt, natürlich in meinem Namen.

»Schon gut, Bernhard. Bist du dir sicher, dass du nicht zum Essen bleiben willst?«

Wieder antwortete der Vater für mich, als wäre ich bereits in absentia:

»Bernhard hat vieles zu überdenken.«

Ich richtete mich auf und schaute ihn an.

»Haben wir das nicht alle?«, fragte ich, »vieles zu überdenken?«

Wir verabschiedeten uns voneinander.

Dann fuhr ich nach Hause und war bei weitem nicht mehr so gut gelaunt wie vorher, als ich in die andere Richtung gefahren war. Schwermut hatte mich überfallen, diese schwere Melancholie, die einen im Gegensatz zu dem Leichten, Flüchtigen, das zeitweise angenehm ist und regnerischen Sonntagen ähnelt, hinabzieht, nach unten, Schwermut ist ein Bleilot vom Herzen, ein Klotz am Bein, ein Mühlstein um den Hals. Ich warf die Mütze in ein Waldstück, und einige Tauben flogen auf. Baut doch ein Nest da drinnen! Scheißt hinein! Das ist mir ganz egal! Mein einziger Trost war, dass ich meine Schwermut und meine Unruhe so laut hinausschreien konnte, wie ich nur wollte. Es hörte mich ja doch niemand. Oh, ihr Bartholonischen Drüsen! Oh, Hodensack, Prälapsus und hängende Ärsche! Ja, ja! Hier kommt Bernhard Hval, ein harmloses Monster, ein kantiger Papagei, sein eigener Chauffeur und Feind! Brüllen und fahren! Vielleicht könnte mich die neue Zeit mit all ihrem Treiben und all ihren Speedometern und Orchestern verbergen? Wenn ich in meiner eigenen Zeit aufginge, konnte ich dann vielleicht unsichtbar werden? Eine bestechende Idee. Aber wenn jemand glaubt, dass ich nach solchen Ausbrüchen einem gepflegten Monat oder zweien entgegensehen konnte, der irrt sich leider. Es braut sich nur alles zusammen. Der Zwang ist nicht zu umgehen. Vielleicht kann ich mich eine Woche lang im Zaum halten, doch dann bricht es wieder hervor. Oh, du Donnervulva!

Ich hielt an der Stelle an, wo ich Notto Fipp getroffen hatte. Ich war auf heiligem Boden. Ich zündete mir eine Zigarette an und blieb eine Weile so stehen, mit geschlossenen Augen. Wie weit er wohl gekommen war? Ich warf die Kippe fort und öffnete die Augen. Der Himmel war bereits von der dunkelblauen Sorte.

Dann fuhr ich weiter.

Doch bald überkam mich eine Unruhe. Was war das? Da war etwas. Es war die Kippe. Hatte ich sie ausgedrückt? Ich machte um 180 Grad kehrt, dass die alten Reifen nur so quietschten, und gab Gas. Es hatte seit mehreren Tagen nicht mehr geregnet. Ich könnte einen größeren Waldbrand verursachen. Haustiere würden verbrennen. Die Ernte würde in Asche gelegt werden. Familien würden ihr Heim verlieren, wenn sie nicht selbst im Feuer umkamen. Mit der ersten Zigarette war es offenbar gut gegangen, aber die zweite, die ich gerade eben erst weggeworfen hatte? Geht es zwangsläufig auch mit der zweiten gut, nur weil es mit der ersten gut ging? Keineswegs. Ich sage: eher im Gegenteil. Einmal ist verzeihlich. Zweimal, das heißt, das Schicksal herausfordern. Von dreimal will ich gar nicht reden. Dreimal ist der Tod. Ich purzelte fast aus dem Wagen und kroch im Gras herum, wo war sie, zum Teufel, ich musste sie finden, und schließlich fand ich sie, gerettet, nur Asche und trockener, türkischer Tabak von Myhre auf der Karl

Johan. Aber konnte nicht trotzdem irgendwo noch Glut liegen und vor sich hin glimmen? Ich fuhr fort, jeden Grashalm umzudrehen. Wie konnte ich sicher sein? Ein kleiner Bach lief dicht vorbei. Ich hätte nie die Mütze wegwerfen dürfen! In ihr hätte ich Wasser sammeln und damit den Brand löschen können, der bisher auf dem heiligen Grund, auf dem ich Notto Fipp zum ersten Mal begegnet war, noch nicht entfacht war. Stattdessen riss ich mir die Schuhe von den Füßen und lief zum Bach, füllte sie mit Wasser, lief zurück und benetzte das Gras, und so machte ich eine ganze Weile weiter, lief hin und zurück mit den Schuhen voll Wasser, bis ich meinte, ich könnte sicher sein, dass ein größerer Brand verhindert worden war, doch sicher kann man nie sein, das ist das Einzige, was ich sicher weiß. Übrigens sind es nicht meine Worte, die wenigsten sind meine Worte, sondern die von Doktor Greve. Er pflegte das zu sagen, wenn er sich einer Sache sicher war und auf diese Art, mit wohlformulierter Demut, unterstrich, wie recht er hatte, und das hatte er meistens. Ich zog mir auch noch die Strümpfe aus, stopfte sie in die Schuhe, die ich ordentlich nebeneinander an den Straßenrand stellte. Dann fuhr ich mit nackten Füßen und ruhigerem Gemüt davon, auf nach Oslo. Insgesamt war ich bis jetzt mit dem Tag zufrieden, und er war ja noch nicht vorüber. Ein schöneres Denkmal als ein Paar Schuhe konnte man nicht an der Stelle errichten, an der man Notto Fipp begegnet war. Es tut mir leid. Das dachte ich natürlich erst später, im Nachhinein, in einer rückgewandten Einsicht, als alles vorüber war. Doch ich möchte keinen Schatten auf meinen Zustand werfen. Ich sagte zu mir selbst und musste deshalb auch nicht rufen: Heute, Bernhard Hval, heute bist du beispielhaft. Außerdem möchte ich allen empfehlen, barfuß zu fahren. Das ist äußerst angenehm. Man kann fast spüren, wie die Geschwindigkeit an den Fußsohlen kitzelt und auf diese

Art und Weise herrliche Mitteilungen direkt an Punkte im Gehirn sendet, zu denen man nur selten Zugang hat.

Oh, du großes Ich!

Sonnenuntergang, schlaffe Segel, diese zarten Schatten und die Fotze des Fjords, unmöglich zu übersehen natürlich, wer kann so eine dunkle, glitzernde Fotze zwischen den fruchtbaren Hügeln übersehen und nicht zuletzt die Musik aus den Gärten, Swing, Jazz, Eiswürfel, chinesische Lampions, die brannten, und feuchte Lippen und Frauen, die lachten, worüber, weiß ich nicht, Frauen, die lachen, die haben etwas an sich, und die Bristol Bar, weiße Hemden mit Schweißflecken, Konkurse und fröhlich laute Stimmung vor einem weiteren Fall, oh, es war die gleiche Geschichte wie am Morgen der Zeit. Was gibt es darüber noch zu sagen, außer dass es herrlich ist und vorbei?

Mösenkalender! Mösenglocken! Hurenlos!

Aber noch nicht. Nein, gütiger Gott, noch nicht.

Und Gott möge mich bewahren und mir meinen Mund vergeben, einen Berg hineinlegen und die Lippen mit Guttapercha im sonnenbleichen Gesicht verschließen.

Oh Schande! Oh Schande!

Ich parkte oben am Skovveien, und das Erste, was ich sah, als ich schließlich die Tür zu meiner bescheidenen Wohnung auf dem zweiten Treppenabsatz öffnete, war der Tennisschläger, der neben den Regenschirmen stand. Ich schloss die Tür, so leise ich konnte, hinter mir, doch das nützte nichts, nein, wir waren bereits mitten im Spiel.

»Bist du es, mein Feuerzähnchen?«

Die Stimme kam natürlich aus dem Schlafzimmer, woher denn sonst?

»Ja, hier ist dein Feuerzähnchen!«, rief ich.

Ich schlich mich, so gut ich konnte, hinein und blieb in der Türöffnung stehen.

Sigrid Juell, meine Verlobte und zukünftige Ehefrau, 23 Jahre alt, lag auf dem Bett, nur im Unterhemd, und sonst verbarg sie nichts, ich wiederhole, nichts. Das war ein Anblick! Oh ja, das war es. Es war ein Anblick für Götter und Männer und wahrscheinlich auch für so einige Frauen. Lasst es mich kurz und bündig machen: Sie war bodenständig wie ihre Mutter, fest und breitschultrig, sie spielte nicht umsonst Tennis, die Oberschenkel und Arme waren muskulös, die Unterschenkel fest und die Hüften breit wie Flügeltüren. Zu der Zeit mochte ich keine mageren Frauen. Sie erinnerten mich an die Stunden bei der Obduktion. Die Knochen konnten wir uns schenken. Außerdem trug sie kurzes, blondes Haar, sorgfältig zu einem schiefen Pony die Stirn entlanggeschnitten, wodurch all ihre Vorteile unterstrichen wurden, insbesondere die Ohren waren herrlich, dort leckte ich sie fast am liebsten. Und wenn ich zuvor meine Verlobte als Baumstamm bezeichnet habe oder sie mit einem ganzen Wald verglich, so sage ich an dieser Stelle lieber, in einem glücklichen Augenblick, dass sie der Fluss war. Sie war alles, sie war Fluss, Wald und Holz. Erst später wurde sie zur Säge. Sie war weit offen, und ich brauchte ihr nur zu verfallen und zu verschwinden, das war mein innigster Traum, in einem anderen Menschen zu verschwinden und nie wieder gefunden zu werden.

»Hast du dir schon die Schuhe ausgezogen?«, bemerkte Sigrid.

»Ich konnte es nicht abwarten.«

Sie wollte spielen.

»Wusstest du, dass ich hier bin?«

»Ich habe den Tennisschläger gesehen.«

»Nur dadurch?«

Sie strich sich mit einem Finger über die Schenkel.

»Ich habe deinen Duft erkannt«, sagte ich.

»Wo?«

»Schon seit langem. Bei Bygdø.«

»War das schön?«

»Das war wunderbar.«

»Worauf wartest du?«

Ich riss mir den Rest herunter und wartete nicht länger. Ich weiß nicht, warum, aber dass sie das Unterhemd anbehalten hatte, erregte mich nur noch mehr und machte mich noch gieriger. Das Tugendhafte und Verbotene waren Seite an Seite und dennoch grenzenlos, Kleidung und Haut, Wolle und Fotze.

»Sag etwas«, flüsterte sie.

»Darf ich?«

»Ja, sag etwas. Schnell!«

Ich beugte mich zwischen ihre Schenkel.

»Meine Undine! Meine geile, feuchte Undine!«

Sigrid packte mein hervorstechendstes Merkmal mit festem Griff, und endlich vereinten wir unsere Geschlechtsorgane und schniegelten in dem Bett, bis wir die erhöhte Lebensaktivität und die darauf folgende Spannung in den Organen erreicht hatten. Anschließend lagen wir nebeneinander auf dem Rücken, rauchten und schauten die Ringe an, die wir an die Decke schickten und die sich dort auflösten. Ich war nicht in der Lage, etwas Symbolisches darin zu erkennen.

»Wie bist du hier reingekommen?«, fragte ich.

Sigrid spielte empört, ihre Hauptrolle, und sie war wirklich gut darin, ich schaffte es nie, sie zu übertreffen, doch einmal gelang es mir, ein einziges Mal, aber nur Geduld, ich werde darauf noch zurückkommen.

»Möchtest du nicht, dass ich hier bin?«

»Du weißt, dass ich das möchte.«

»Soll ich lieber gehen?«

»Glaubst du, ich möchte, dass mein Brunnen mich verlässt.«

Sigrid lachte.

»Brunnen? Das kannst du besser, Bernhard. Nun komm schon.«

Eigentlich wurde ich langsam müde.

»Na, dann Kussmund«, sagte ich.

Sigrid ließ ihre Zigarette in das Wasserglas auf dem Nachttisch fallen und lutschte mich, und ich kam, bevor ich noch das Wort dafür fand, und sie nicht weniger, sie keuchte, während es aus ihrem Gesicht tropfte.

Eine Weile Stille.

Dann sagte ich:

»Bist du nicht bei Tora?«

»Ich bin hier. Hast du das noch nicht bemerkt?«

»Und wie.«

»Warum fragst du dann?«

»Weil deine Mutter gesagt hat, dass du bei Tora bist.«

»Stimmt. Tora hält uns den Rücken frei. Aber morgen müssen wir Tennis spielen. Um den Schein zu wahren. Hat Mutter noch mehr gesagt?«

»Sie hat nur das Menü erwähnt. Es beginnt mit ausgelöster Schildkrötensuppe.«

»Mhm. Lecker. Und Vater?«

Sie zündete sich eine neue Zigarette an.

»Dein Vater hat für uns ein Zimmer in Nizza bestellt.«

»Und ich habe den Reserveschlüssel geklaut, als ich das letzte Mal hier war.«

Sigrid lachte wieder laut auf und legte ihre Wange auf meinen Brustkorb, während sie eine neue Zigarette rauchte. Ich sah ihren Nacken, die Schultern, und wahrscheinlich hörte sie mein Herz. Es war schön. Es raubte mir fast den Atem. Ich fuhr ihr langsam und vorsichtig mit der Hand durchs Haar. Aber warum erinnere ich mich daran auf eine so sentimentale, fast rührselige Art und Weise? Sind es die Schläge der Standuhr hinter mir, die mich dazu bringen? Und ab wann ging es dann alles schief, alles, was nur schiefgehen konnte? Ich sollte all das zerstören, vernichten, makulieren und stelle mich jetzt ans Fenster, von wo aus ich den Blick auf glückliche, unausrottbare Menschen auf dem Weg zur Arbeit, in den Urlaub, zu Festen genießen kann, ich sehe den Blumenhändler, der Sträuße hineinträgt, und einige Jugendliche, nein, noch Kinder, mit merkwürdigen hohen Frisuren und erhitzten Gesichtern.

Kommt zu mir, bevor es zu spät ist. Es ist immer schon zu spät, bevor du es weißt. Und diejenigen, die zu mir kommen, sie kommen zu spät, auch wenn sie rechtzeitig kommen.

Wer ist der Netteste hier in dieser Straße?

Das ist der Doktor Hval.

Und wer ist der Verrückteste hier in der Straße?

Das ist auch der Doktor Hval.

Ich setze mich und fange wieder an oder fahre dort fort, wo ich aufgehört habe, ich streiche und schreibe, müde, wie alte Männer müde werden, auf eine sonderbare, klare Art, wenn sie auf ihr versäumtes Leben zurückschauen: Die Hand wird zu einer Lupe, und zwischen den Fingern ist alles zum Besseren und Schlechteren vergrößert.

Hier, zum Teufel, seht nur, seht!

Ich lag also im Bett im Skovveien neben Sigrid, ziemlich erschöpft nach diesem Satz und Spiel. Es war August 1929, spätabends, fast nachts, das Fenster stand offen, die Gardinen flatterten im Zimmer, und wir konnten die schmatzenden Geräusche der Stadt hören. Sie war glücklich, alles andere wäre nicht wahr, mit so einer Zukunft, von der sie noch nichts wusste, nur dass sie hell und voller Feste, Tennis, Drinks und Hotelzimmer war, über die ich, ihr Feuerzähnchen, solange es währte, nun erzählen kann, was sie niemals wird hören, sehen oder erinnern können, glücklicherweise, wie ich wohl sagen darf.

Psst.

Weckt Sigrid nicht auf.

Ich dagegen konnte nicht schlafen, nachdem ich von ihr so in die Mangel genommen worden war. Eine Unruhe hatte sich nämlich breitgemacht in dem Glück, eine Unruhe, die bald zu einer Besessenheit werden sollte. Denn wir, die Kantigen, tun nie nur ein wenig von etwas, wir tun alles oder nichts, und wenn wir erst einmal alles getan haben, dann hören wir nicht auf, sondern tun es noch einmal, und so geht es immer weiter. Deshalb stand ich auf und schlich mich ins Arbeitszimmer und setzte mich an denselben Tisch, an dem ich jetzt sitze, fest entschlossen, diese Festschrift und Grabrede, sowohl das eine als auch das andere, zu vollenden, und sie der Allgemeinheit zugänglich zu machen. Ich bekam nämlich Notto Fipp nicht aus meinen Gedanken. Er war dabei, meine neue Besessenheit zu werden. Ich holte einen Atlas heraus und maß die Entfernung bis Evje, Notto Fipps Ziel, und anschließend denselben Weg bis Oslo. Aber wie schnell ging er? Schließlich stolzierte er nicht gerade. Ich sah ihn vor mir und konnte aus der Erinnerung konstatieren, dass sein Gehen schneller war als üblich, ich nahm an, dass er sechs, vielleicht sieben oder acht Kilometer in der Stunde zurücklegte, und mittels einfacher Kopfrechnung kam ich zu dem Schluss, dass Notto Fipp sich in zwei Tagen zwischen Drammen und Oslo befinden würde. Was mir Sorgen bereitete. Wenn er nicht genügend Flüssigkeit bekam, konnte er hinter der nächsten Kurve umfallen. Je mehr ich daran dachte, umso unruhiger wurde ich. Hatte ich nicht eine Pflicht zu erfüllen? Hatte ich nicht einen Eid abgelegt? Aber was sollte ich tun? Vorläufig konnte ich gar nichts tun. Stattdessen blieb ich bis zum hellen Morgen sitzen und dachte über das Wesen des Gehens nach, diese einfache, aber so entlarvende Bewegung, bei der sich der Körper mit Hilfe der Muskelkraft der Beine von einem Punkt zum anderen fortbewegt. Oh, ist nicht die Geschichte der gesamten Menschheit in diesem Fortschritt versammelt, den Notto Fipp zur reinsten Kunst erhob? Vielleicht lag ja in diesem Stoff mein Doktortitel und nicht in normalen Stinknasen. Was erzählte das Gehen über das einfache Individuum und den Menschenschlag? Was unterscheidet beispielsweise die Gangart des Bauern von der des Industriearbeiters? Was macht die Physiognomie der Frau, ihre breite Beckenpartie, aus ihrem Gehen im Vergleich zu dem des Mannes? Gehen Phlegmatiker anders als Choleriker? Ob wohl arme Leute eine andere Art haben, ihre Beine zu nutzen, als die Gutsituierten? Bewegen sich Sozialisten anders fort als Direktoren? Geht man in der Stadt anders als auf dem Land? Oh, das konnte eine Abhandlung werden, die all die großen Themen in einem zusammenfasste, Gesundheit, Politik, Geschichte, Philosophie, Sport, nein, nichts kam an einer dieser natürlichsten und menschlichsten Eigenschaften des Menschen vorbei: am Gehen. Meine Forschung würde ebenso gut in der Medizin von Nutzen sein wie in der allgemeinen Erziehung und in den Sozialwissenschaften. Ich konnte nützlich sein. Und gab es etwas, was ich mir mehr wünschte als das, entweder nützlich oder unsichtbar zu sein? Ich konnte sogar die ganze Bevölkerung auf ein höheres, edleres Niveau heben. Ich war bereits begeistert von der Idee, während ich noch dort saß. Ich konnte einen Ministerposten erlangen. Ich konnte am Tisch des Königs sitzen. Ich wurde ehrgeizig und boshaft, während ich dort saß. Ich konnte sogar Notto Fipp im Dienste der Forschung benutzen, doch das verwarf ich voller Schamgefühl wieder, als wäre ich ganz plötzlich aus meinen Träumereien erwacht. Ich war kein Schmarotzer, wenn es um Menschen ging, wie einige glaubten, sie glaubten beispielsweise, ich würde wegen des Geldes heiraten. Das stimmt nicht. Ich habe Sigrid geliebt, solange das möglich war, vielleicht in erster Linie, weil sie mich akzeptierte, ja, meinen Trieb und meine Redewendungen sogar schätzte, und es gibt auf der ganzen Welt nicht genug Kapital, was sich damit messen könnte. Auf jeden Fall würde ich Notto Fipp zuerst fragen, damit wir feststellen konnten, ob wir gemeinsame Interessen in dieser Angelegenheit hatten, was meine Doktorarbeit betraf. Ich würde mich weiß Gott nicht in Notto Fipps Aktionen sonnen wollen und mich schon gar nicht auf seine Schultern stellen, um einen besseren Blick zu haben. Andererseits wollte ich Notto Fipp auch nicht in den Schatten stellen. Ich wollte nur ebenso uneigennützig und vorbildlich wie er sein.

Das sage ich jetzt.

Du kleiner Furz, du Stück Dreck, du selbstgerechter und schamloser Hagiograph!

Ich bin müde, meiner Person selbst müde und sehne mich nur noch danach, auszuruhen.

Ausruhen, das ist, als würde ich die Kathedrale der Leere betreten, entweder es ist ein Rausch, ein tiefer, traumloser Schlaf, Ekstase, oder um es in Notto Fipps Sprache zu sagen: Wenn ich gehe, denke ich weniger.

EIN SATZ

Am nächsten Morgen fand Sigrid ihren Verlobten in tiefen Schlaf versunken im Arbeitszimmer, über all seine spitzfindigen Notizen und Träume gebeugt. Vielleicht stand sie ja eine Weile dort und betrachtete ihn, maß ihn sozusagen und wog ihn ab. Vielleicht erfüllte er ihre Erwartungen. Vielleicht zweifelte sie an ihm. Vielleicht auch beides, vielleicht ballte sie die Fäuste und weinte leise. Nein, ich glaube nicht, dass es so war. Sigrid war eine einfache Seele, ohne dass ich damit ihre Leistungen schmälern möchte. Sie war entweder oder. Sie wollte ihr Fleisch entweder durchgebraten oder roh. Aber trotz allem ist man wehrlos im Schlaf im Beisein von wachen Menschen. Die Wachen haben die Übermacht. Die Schlafenden sind in ihrer Hand. Dann wurde ich schließlich von Sigrid geweckt, die die Gardinen aufzog und all die Sonne hereinließ. Es war fast zehn Uhr.

»Wollte mein Stutenprinz heute Nacht nicht bei mir schlafen?«, fragte sie.

Sigrid hatte bereits ihre Sportkleidung angezogen, das heißt, flache weiße Schuhe, halblange weiße Strümpfe, einen weißen Rock, der so lang oder besser gesagt so kurz war, dass die Knie zu sehen waren, und einen ebenso weißen Pullover, der über Brüsten und Schultern stramm saß, mit einem kleidsamen blauen Rand um die Taille, der das meiste betonte. Nicht umsonst wird Tennis der weiße Sport genannt. Sie war bereit für den ersten Satz, und ich war gerade mal unter die Lebenden zu rechnen.

»Ich musste etwas Wichtiges vorbereiten.«

Sigrid legte den Kopf schräg.

»Etwas Wichtiges? Gibt es etwas Wichtigeres als mich?«

Meine Arme schossen in die Luft, als wären sie hinaufkatapultiert worden, zuerst der eine, dann der andere, aber es ging so schnell, als geschähe es gleichzeitig. Sigrid ließ sich dieses Mal nichts anmerken. Das konnte, wenn man es nicht besser wusste, fast wie Morgengymnastik aussehen. Es war ein neuer Schritt in meinem Ballett. Ich erweiterte mein Repertoire. Ich hätte ja lieber das ausgefeilt, was ich bereits draufhatte, aber mir blieb keine andere Wahl. Ich holte tief Luft, schlug mit den Händen auf den Tisch und schob die Papiere zusammen.

»Das habe ich nicht so gemeint. Aber eine Doktorarbeit ist ja wohl auch nicht so ohne weiteres unter den Tisch zu kehren?«

Sigrid war sofort interessiert und schaute mir über die Schulter.

»Eine Doktorarbeit? Werde ich einen Professor heiraten?«

»Das ist nicht auszuschließen.«

»Und dann werden wir vielleicht aufs Schloss geladen?«

»Auch nicht unmöglich. Zumindest in die Akademie der Wissenschaften. Oder nach Akershus.«

Sigrid gab mir einen Kuss in den Nacken und flüsterte:

»Wenn wir aufs Schloss geladen werden, dann darf mein Stutenprinz keine schlimmen Worte sagen, so dass der König sie hören kann.«

Ich war beschämt von ihren Worten.

»Selbstverständlich nicht.«

»Denn du sagst die schlimmen Worte nur zu mir, nicht wahr?«

Ich dachte nach, dass es knackte.

»Natürlich, du meine Rückhandfotze.«

Sigrid lachte und schlug mir leicht auf die Wange.

»Bald bin ich aber deine Vorhandfotze.«

»Und wann?«

»Na, wenn wir verheiratet sind, du Dummchen. Ich muss mich für den Kampf noch ausruhen.«

Glücklicherweise fragte Sigrid nicht, wovon meine Doktorarbeit handeln sollte. Das hätte nämlich so seine Zeit kosten können, ihr das zu erklären, und ich glaube nicht, dass sie großes Interesse an dem Thema gehabt hätte.

Ich duschte, zog mir leichte Kleidung an, und wir aßen ein einfaches, aber leckeres Frühstück bei Sim. Solberg im Hegdehaugsveien, Kaffee und Kopenhagener, fast französisch. Dann spazierten wir durch den Frognerpark, zum Tenniscourt von Madserud. Es war ein perfekter Tag für jegliche Entfaltung, Sonne, aber nicht zu heiß, der August stand vor der Tür. Das Einzige, was die ansonsten wunderbare Stimmung störte, abgesehen davon, dass Sigrid auf Teufel komm raus mit Tora Tennis spielen wollte, das war dieser größenwahnsinnige Vigeland, der sich das Recht herausnahm, diesen ehemals schönen Park mit seinen nackten Kolossen zu bevölkern, aus Bronze und norwegischem Granit gearbeitet und in den unvorteilhaftesten Stellungen drapiert. Aber am Schlimmsten von allem war dieser Pfahl von 120 Tonnen, der ausschließlich aus kletternden Männern, Frauen und Kindern bestand, auch sie nackt, alle zusammen; es war wohl Vigelands Vision, dass diese armen Kreaturen dem Licht entgegenstreben sollten. Ich fand es eher so zu interpretieren, dass sie verzweifelt versuchten, Vigeland zu entkommen. Konnte er die Natur nicht einfach in Frieden lassen. Das dürfte doch wohl nicht so schwer sein. Sigrid dagegen war begeistert von Gustav Vigeland und seinen Ideen.

»Vigeland ist der Größte«, sagte sie.

Ich hätte nur ungern über so etwas Kleinliches wie diese Urzeitgestalten mit ihren Stiernacken und Pipetten zwischen den Beinen gestritten. Zwar hätte ich andeuten können, dass Vigeland verrückt war, ja, vielleicht größenwahnsinnig, wie schon gesagt, aber das waren doch eigentlich die meisten Mittelmäßigen sowieso, größenwahnsinnig. In meinen Augen war dieser Gustav Steinbeißer nicht mehr als ein Dekorateur, das war Prahlerei und noch mal Prahlerei, aber war es nötig, deshalb eine ganze Nation damit zu überschwemmen?

»Ja, wohl nicht größer als dein Stutenprinz, oder?«, bemerkte ich.

Ach meine selige Phrasendrescherei!

Sofort schob Sigrid ihren freien Arm unter meinen.

»Niemand kann meinen Stutenprinz schlagen. Aber siehst du nicht die Kraft?«

»Kraft?«

»Ja, diese robusten Körper. Die Muskeln. Die Freude. Die Gesundheit.«

»Doch, schon. Ich fürchte nur, dass er zu viel des Guten will.«

Sigrid ließ mich los.

»Zu viel? Wie meinst du das?«

Ich musste nach den richtigen Worten suchen.

»Ich meine nur, dass man nicht übertreiben sollte. Dass es nicht zu viel an Pomp und Süffisance sein sollte.«

»Und was ist dann mit dem Schlimmen? Kann es auch zu viel des Schlimmen werden?«

Ich musste mich verteidigen.

»Nicht, solange es in den eigenen vier Wänden passiert! Und außerdem mache ich keinen ganzen Park daraus!«

Nach so einer Rede mit dem Paukenschlag brauchte ich einen Baum, an dem ich nach Luft schnappen konnte.

Sigrid schaute mich durch die Saiten des Tennisschlägers an.

»Findest du, dass ich zu viel Gesundheit, Freude und Muskeln bin, Bernhard?«

»Keineswegs. Ich meinte die Kunst. Dass die Kunst ein gewisses Maß halten muss.«

»Maßhalten ist langweilig. Du hörst dich schon wie ein Professor an.«

Ich biss die Zähne zusammen.

»Jeder nach seiner Façon.«

»Was hast du gesagt?«

»Jeder nach seiner Façon.«

Sigrid nahm den Schläger hoch, und fast fürchtete ich, sie würde meinen Hut für einen Aufschlag benutzen.

»Streiten wir uns, Bernhard?«

Ich umarmte sie statt des Baumes.

»Lass nicht diesen Vigeland zwischen uns kommen«, sagte ich.

Wir gingen weiter zum Madserud Court, wo Tora bereits wartete, ungeduldig darauf, mit dem Satz zu beginnen, bevor die Sonne zu hoch stand. Sie winkte mir zu, und die Mädchen ließen den Ball ein paar Mal hin und her fliegen, bevor sie ihr erstes Spiel begannen. Ich fand einen Platz im Schatten, zündete mir eine Zigarette an und genoss das Spiel in langen, tiefen Zügen. Tora war genauso gekleidet wie Sigrid, aber was Größe und Breite betraf, konnte sie sich nicht mit ihr messen. Tora war schlank und kerzengerade, die Hüften stachen kaum an den Seiten hervor, ganz zu schweigen von den Brüsten, und das tue ich auch nicht, ich sage nur, dass sie auch ziemlich platt waren. Doch was Tora an Muskeln und Formen fehlte, das machte sie in Geschmeidigkeit und Geschwindigkeit wieder wett. Tora war Sigrids Trauzeugin und engste, vielleicht auch einzige Freundin. Sie hatten einander kennengelernt, als beide Familien vor vielen Jahren in Luzern im Winterurlaub gewesen waren. Ihr Vater war in der Restaurantbranche; er besaß mehrere Etablissements in der Stadt, unter anderem das *Georges* unten im Zentrum, in der Sehesteds gate. Ich hatte den Namen schon früher gehört, unsere Hausmädchen gingen nämlich dorthin, wenn es hoch herging am Samstag, denn dann trafen sie andere Dienstboten aus dem Norden. Später ging auch Sigrid dorthin, aber nicht, um Bekannte aus dem Norden zu treffen, sondern Deutsche, und das Lokal hatte inzwischen seinen Namen gewechselt, es hieß jetzt *Nürnberger Hof.* Tora war ziemlich bissig, obwohl sie immer wieder ihr Herz an Männer verloren hatte. Aber inzwischen hatte sie sich fürs Zölibat entschieden. Sie war gerade von einem Mann im Stich gelassen worden, den sie geliebt und von dem sie geglaubt hatte, auch er würde sie lieben. Deshalb war sie so bissig geworden. Ich hätte mir diesen Schurken gern vorgeknöpft, oh ja, das hätte ich, und das wäre ihm nicht besonders gut bekommen. Übrigens sagte Tora oft zu mir: Wenn du Sigrid nicht glücklich machst, dann bringe ich dich um. Ich zweifelte keinen Augenblick daran, dass ihr das mit Bravour gelingen würde. Ich konnte nicht so recht sagen, ob ich sie mochte. Beanspruchte sie nicht zu viel Aufmerksamkeit? War sie möglicherweise zu aufdringlich in ihrem Zölibat? Ich zündete mir eine weitere Zigarette an und konnte nichts dagegen tun, ich wurde geradezu verhext von diesen beiden Freundinnen, die sich nach einem schwierigen oder hohen Ball streckten, diesen festen, glänzenden Wadenmuskeln und ebenso den Schenkeln, die zum Vorschein kamen, besonders, wenn sie auf Zehenspitzen balancierten und aufschlugen und manches Mal in einer Art stöhnten, die woanders zu Hause sein sollte. Kurz und gut, es war ein herrlicher Anblick. Dann fing ich auch noch an, die Schläge zu zählen. Ich war an diesem Tag also für Grillen nur so disponiert. Der Zwang war wie Eisen. Ich war Eisen. Ich war ein Magnet. Ich versuchte mich loszureißen, doch es nützte nichts, das wusste ich natürlich. Ich war in dem gefährlichen Bereich. Ich zählte bis achtzehn. Ich zählte bis elf. Ich war ein nichtsnutziger Schiedsrichter in einer geordneten Welt. Ich hätte mich woanders hinsetzen sollen, weiter in den Schatten. Stattdessen begann ich an Notto Fipp zu denken. Es half, dass ich an Notto dachte. Der Kampf dauerte seine Zeit, und das ist es, was mir an Tennis nicht gefällt. In anderen Sportarten ist die Zeit begrenzt, Fußball, Boxen, ja, bei den meisten Sportarten geht es sogar darum, möglichst wenig Zeit zu brauchen, wie Schlittschuhlaufen, Laufen, Skifahren. Aber ein Tennismatch kann im Prinzip ewig dauern. Und das ist unerträglich. Doch schließlich gab es ein Ende, wie bei den meisten Dingen, mit einem knappen Sieg für Tora, sechs zu fünf, glaube ich, ich kann mich nicht mehr so recht daran erinnern, und ehrlich gesagt habe ich mich auch nie wirklich mit den Regeln beschäftigt, das wäre einfach zu riskant gewesen, ich habe genügend Regeln, die ich im Zaum halten muss. Doch als Tora zum Netz lief, rutschte sie auf dem Kies aus und fiel hin. Sie schrie, vielleicht etwas zu laut. Trotzdem lief ich zu ihr und sah, dass ihr Knie blutete. Nach einer genaueren Untersuchung konnte ich feststellen, dass es sich nur um eine Schürfwunde handelte, eine äußere Verletzung, die aber möglichst bald gereinigt werden sollte. Ich konnte Tora damit trösten, dass das Knie selbst nicht verletzt war, also nicht gebrochen, sie würde in kürzester Zeit wieder auf den Beinen sein, buchstäblich gesprochen. Sigrid blieb auf der anderen Seite des Netzes stehen, da war etwas mit ihrem Schläger, während ich Tora zum Clubhaus half und sie dort auf einen Stuhl setzte, und erst da kam Sigrid hinterher. Unnötig hinzuzufügen, dass sie eine ziemlich schlechte Verliererin war. Ich ging hinein und bat den Kellner, Wasser zu kochen, und zwar schnell, es hatte sich ein Unfall ereignet. Der Kellner hatte bereits kochendes Wasser parat, und ich ging mit einer Schüssel und einem sauberen Tuch wieder auf die Terrasse. Und da kam mir plötzlich in den Sinn, dass mir das gefiel. Es sollten mehr Unfälle in meiner Umgebung geschehen. Ich war zu etwas nütze. Das machte mich glücklich. Unglücksfälle machten mich glücklich. Ich war nicht Bernhard Hval. Ich war der Arzt. Ich rettete Menschen. Ich, der Kaputte, reparierte sie.

Was sage ich da?

Als ich ankam, auf der Terrasse, hörte ich Sigrid sagen:

»Der Ball war im Aus.«

Tora stöhnte und zeigte auf ihr blutiges Knie.

»Verdammt, siehst du nicht, dass ich verletzt bin!«

»Aber der Ball war trotzdem im Aus«, beharrte Sigrid.

»Hast du kein Mitleid, du Unholdin!«

»Der Unfall geschah, nachdem der Ball im Aus war. Deshalb gilt das nicht!«

»Das war er nicht. Der war im Feld! Genau auf dem Strich. Perfekt.«

Ich musste die beiden unterbrechen.

»Nun, nun«, sagte ich.

Ich hockte mich hin und reinigte sorgfältig die Wunde. Tora schrie wieder ein wenig. Sigrid mochte sie nicht hören und ging lieber hinein, um für uns Limonade zu holen. Als wir drei jeder bei einem Glas zusammensaßen, sagte Tora:

»Bist du dir auch sicher, dass die Wunde ordentlich gesäubert ist, Bernhard?«

»Ja, da kannst du ganz beruhigt sein.«

Sigrid stöhnte.

»Das ist doch nur eine Schramme! Jetzt reiß dich mal zusammen.«

Tora legte sich ihre Tasche auf den Schoß.

»Aber benutzt man zum Reinigen nicht etwas Kräftigeres als Wasser, Herr Doktor?«

Es war nicht mehr so zufriedenstellend, nützlich zu sein.

»Du kannst es ja mit ein wenig Jod betupfen, wenn du zu Hause bist.«

»Und was ist damit?«

Tora schaute sich um und zog einen glänzenden Flachmann aus der Tasche hervor, drehte den Verschluss ab und kippte schnell etwas in unsere Gläser. Wir prosteten uns zu und tranken. Es war Gin.

»Willst du nicht auch ein bisschen deinem Knie einschenken?«, fragte Sigrid.

Tora leerte ihr Glas.

»Das tut gar nicht mehr weh.«

Beide Mädchen, wie ich sie nannte, 23 und 22 Jahre alt waren sie, lachten laut auf, sie verbreiteten Freude, auch wenn Gin vor zwölf Uhr hart an der Grenze war, rein fachlich gesehen. Ich lachte nicht mit, weil ich so kurze Zähne hatte. Es sieht einfach nicht gut aus, wenn ich lache.

»Gefällt es dem Herrn Doktor nicht, dass wir trinken?«, fragte Sigrid.

Ich wollte nicht als Spielverderber und Tugendwächter erscheinen.

»Abusus non tollit usum«, sagte ich.

Tora lachte:

»Du bist für uns einfache Mädchen zu gelehrt, Bernhard. Sag uns lieber, was das bedeutet. Wenn es nur nicht zu boshaft ist.«

»Missbrauch schließt den Gebrauch nicht aus«, sagte ich.

Die Mädchen lachten noch lauter im Chor.

War es ihnen bereits zu Kopfe gestiegen? Nicht so unwahrscheinlich, wenn man die physischen Anstrengungen mit in Betracht zog, denen sie sich ausgesetzt hatten, außerdem noch die Hitze, die sich langsam bemerkbar machte. Ich schwitzte ja selbst bereits und wurde müde.

»Könnt ihr beide nicht einen Satz spielen!«, rief Tora.

Das musste um jeden Preis und auf jeden Fall umgangen werden. Wenn ich Geschmack am Tennis finden würde, konnte das eine Katastrophe nach sich ziehen. Bevor Sigrid etwas sagen konnte, schrie ich fast:

»Nein, das ist nichts für diesen Kerl!«

Tora schaute mich an, die Augen halb geschlossen.

»Hast du dich vielleicht schon bei Sigrid überanstrengt, Herr Doktor? Noch vor der Hochzeit?«

Sigrid beugte sich über den Tisch und tat, als wäre sie wütend auf ihre Freundin und Trauzeugin.

»Pfui, schäm dich!«

Alles war nur Spiel, Gin und eine kleine Schürfwunde.

Wieder lachte Tora.

»Na, zumindest kannst du uns noch ein wenig Limonade holen.«

»Das kann Bernhard tun. Nicht wahr, Bernhard?«

Nur zu gern wollte ich ihnen zu Diensten stehen und diesem Augenblick entkommen, doch Tora packte mich am Arm und klebte daran fest.

»Der Doktor muss hierbleiben und auf mich aufpassen«, sagte sie.

Sigrid stand auf, wenn auch widerstrebend, und verschwand.

Und während sie fort war, war es plötzlich nicht mehr nur ein Spiel, Gin und Schürfwunde.

Ich musste etwas sagen:

»Ihr könnt nur froh sein, dass ihr keine Krinoline tragen müsst. Stell dir vor, Tennis in so einem Gefängnis von Kleidungsstück zu spielen. Nein, da war wohl nur Krocket möglich.«

»Ja.«

»Aber wäre es wirklich ein Greencourt hier, dann hättest du dich nicht so aufgeschrammt. Ich meine Gras. Ein Grasplatz.«

Tora schien überhaupt nicht interessiert zu sein, was ich nur zu gut verstehe. Ich redete Blödsinn und steckte meine Hand in das Wasser, das inzwischen lauwarm geworden war, denn ich bin nicht sehr geschickt unter vier Augen, unter sechs übrigens auch nicht, abgesehen von Sigrid, wenn ich Glück habe.

»Sag ein paar schlimme Worte«, sagte Tora.

Hörte ich richtig? Ja, ich hörte richtig.

»Wie bitte?«

Tora schob den Stuhl näher heran.

»Sag ein paar schlimme Worte«, wiederholte sie.

»Was meinst du damit?«

»Du weißt, was ich meine.«

»Nein, das weiß ich wirklich nicht.«

Tora hatte ihre Augen wieder halb geschlossen.

»Wenn du etwas richtig Schlimmes zu mir sagst, dann wird mein Knie sicher gleich besser werden.«

Natürlich tat ich so, als verstünde ich überhaupt nichts.

»Etwas Schlimmes?«

»Ja. Etwas Schlimmes. Wie du es zu Sigrid sagst.«

Tora beugte sich noch weiter vor, schloss die Augen und wartete.

Worauf wartete sie? Einen ganzen Schweizer Kuhreigen? Sollte ich sie in Grund und Boden jodeln?

»Der Ball war im Aus«, sagte ich.

Da kam glücklicherweise Sigrid mit unserer Limonade zurück.

»Erzählt dir der Doktor von seiner Doktorarbeit?«, fragte sie.

»Nein, weiß Gott, das tut er nicht«, sagte Tora. »Eine Doktorarbeit?«

Sigrid setzte sich.

»Ja. Bernhard will promovieren. Hat er nichts davon gesagt?«

Ich versuchte sie zu unterbrechen.

»Nun, nun«, sagte ich, »nun mal eins nach dem anderen. Zunächst werde ich im Rikshospital arbeiten und Blinddärme und Geschwülste entfernen.«

»Igitt«, sagte Tora.

Aber Sigrid hörte nicht auf mich.

»Bald bin ich Frau Professor, egal, wofür eigentlich, Hauptsache, ich bin Frau Professor«, sagte sie.

»Das ist ein Grund, uns zu feiern!«, rief Tora.

Sie ließ nie eine Gelegenheit zum Feiern verstreichen, vielleicht war das der Grund, dass ich sie eigentlich richtig gern mochte, nein, nicht nur deshalb, sondern auch, weil nur sie es so ausdrücken konnte: *uns* zu feiern.

Es gab mehr an der Quelle, und wir tranken weiter Gin. Irgendwann musste ich austreten. Und während ich dort stand und Wasser ließ, dachte ich darüber nach, wie es war, glücklich zu sein. Ich hatte keine große Erfahrung bezüglich dieses Zustands. Es war schlicht und ergreifend einfach herrlich. Das war schon mal klar. Doch das Glück war nicht von langer Dauer. Als ich zurückkam, waren die Mädchen mitten in einem Lachanfall, der sich nicht so schnell beenden ließ. Sie beachteten mich gar nicht. Ich hätte ihnen in der Zwischenzeit eine Vorlesung übers Lachen halten können: Unter stoßweisem Zusammenziehen, besonders der Muskeln des Zwerchfells, geschieht das Ausatmen, während Mund und Gesichtsmuskeln in der zusammengezogenen Stellung bleiben, die sie beim Einatmen eingenommen haben. Es ist übrigens für diejenigen, die von Natur aus schwermütig sind, nützlich, sich im Lachen zu üben, sie können es als eine Art Kur ansehen und zu bestimmten Zeiten Lachübungen machen, was ihnen nicht nur ermöglicht, das Leben leichter zu nehmen, sondern was außerdem einen positiven Einfluss auf den Appetit und die Verdauung hat.

Lachten sie über mich? Über wen sonst?

Ich versuchte zu lachen, doch es gelang mir nicht so recht, mein Mund saß zu stramm.

»Könnten die Damen ihren humoristischen Sinn vielleicht mit dem Rest der Gesellschaft teilen?«

Sie hörten mir nicht zu, sie waren in ihrer eigenen Welt, die nur ihnen vorbehalten war, und einen Moment lang fürchtete ich, dieser Lachkrampf könnte in Hysterie übergehen, was in dieser Umgebung äußerst unpassend gewesen wäre. Ich setzte mich und fasste Sigrid am Arm.

»Nun sag schon! Lacht ihr über mich?«

Endlich waren sie fertig mit dem Gelächter.

»Über dich? Warum sollten wir über dich lachen, Bernhard?«

Ich blieb eine Antwort schuldig. Ach, hätte ich es nur dabei bewenden lassen! Dass ich es auch nie lernte!

»Nein, lacht nur, ihr beide.«

Tora, atemlos und erhitzt, zeigte auf die aufgeschlagene Zeitung auf dem Tisch.

»Das Bristol hat den Charleston verboten!«

Sie konnte kaum den Satz beenden, bevor sie schon wieder losprustete, und ich begriff nicht, was daran so lustig sein sollte. Das verstand ich erst, als ich die Begründung las: Ein Direktor Harildstad präzisierte, dass das Verbot nur Leute betraf, die den Charleston richtig tanzen konnten. Denn diese würden andere Tänze behindern, die schließlich voller Schönheit und auf eine moralisch vertretbare Art und Weise getanzt wurden. Ich war schlicht und einfach überwältigt. Das musste ich noch einmal lesen. Das Verbot galt einzig und allein für diejenigen, die wirklich Charleston tanzen konnten! Das war ein Verbot nach meinem Geschmack. Den Perfekten wurde der Zugang verweigert! Das hatten sie nun davon. So konnten sie ihre eigenen Pillen schlucken, diese Leute, die alle anderen ausschlossen, die nicht auf gleichem Niveau mit ihnen waren. Sigrid leerte ihr Glas, von dem ich hoffte, dass es nur Wasser enthielt.

»Jetzt lassen sie nur noch dich ins Bristol, Berny.«

Und noch mehr Gelächter.

In dieser Nacht war ich unkonzentriert und erfüllte nur ungenügend meine Pflicht, wie sehr ich es auch versuchte. Zumindest gab Sigrid mir zu verstehen, dass dem so war. Sie selbst war auch unwillig und schwierig, und das war keine gute Kombination. Insgeheim gab ich Vigeland die Schuld. Ja, Vigeland hatte die Schuld. Daran bestand kein Zweifel. Deshalb lag ich hier und war in Sigrids Augen nichts anderes als ein Holzklotz. Und auch mit meinen Worten war sie nicht zufrieden. Sie waren schlaff und unbeholfen, wie ich zu hören bekam. Als ich ihr etwas Schlimmes zuflüsterte, sagte sie nur:

»Das hast du schon mal gesagt.«

Ich versuchte es noch einmal:

»Meine Singlevenus!«

»Schon besser.«

Ihr kam nie in den Sinn, dass sie mich nur ihren Stutenprinz nannte und sonst nichts, abgesehen von der Hochzeitsreise, in der wir eine Zeitlang Siggen und Berny waren. Aber eigentlich war ich froh darüber, dass sie keine neuen Namen für mich erfand. Wenn wir es beide machen würden, dann würde es ganz einfach zu viel werden.

»Meine Aufschlagmöse!«

Sigrid schob mich von sich.

»Hast du nichts anderes auf Lager als Tennis! Ich kann nichts mehr vom Tennis hören!«

»Du bist sauer, weil du verloren hast«, sagte ich.

Sie warf mir einen rasenden Blick zu.

»Nein. Ich bin sauer, weil du deine Augen nicht von Tora lösen konntest. Du Schwein.«

Ich wusste nicht, ob ich weinen oder lachen sollte.

»Das ist eine Lüge! Glaubst du das wirklich? Dieses Klappergestell! Dieses ...«

Sigrid unterbrach mich.

»So redest du nicht über meine Freundin! Außerdem gibt sie uns ein Alibi!«

Ich war verstört und verwirrt.

»Aber ich sage doch nur die Wahrheit! Ich ...«

»Jetzt hast du es wieder gemacht.«

»Wie bitte? Was denn?«

»Die Arme gehoben.«

»Habe ich nicht!«

»Da siehst du mal. Du weißt nicht einmal selbst, was du in deinem eigenen Bett machst.«

Plötzlich nahm ich all meinen Mut zusammen und schlug mit der Faust zuerst auf die Matratze und dann auf das Kissen.

»In meinem eigenen Bett tue ich, was ich will!«

Sigrid ließ nicht locker.

»Du siehst aus wie ein Verkehrspolizist.«

»Was sagst du?«

»Du siehst aus wie ein Verkehrspolizist, wenn du das machst. Nach rechts fahren! Stopp! Bitte schön! Und weiterfahren!«

Sigrid lachte und äffte meine Armbewegungen nach.

Ich drehte ihr den Rücken zu und blieb so liegen, beleidigt, verletzt, missverstanden, und ich hatte allen Grund dazu.

Bald wurde es ganz still hinter mir.

Dann spürte ich, wie Sigrid dicht an meinen Rücken rutschte.

»Das wollte ich nicht«, flüsterte sie.

Ich gab keine Antwort. Ich wollte ihr auf keinen Fall entgegenkommen.

»Kannst du mir verzeihen? Bernhard? Mein Stutenprinz. Sag doch was.«

Zuerst wollte ich Sigrid fragen, warum sie Tora von meinem vorlauten Mund erzählt hatte, meinen Redewendungen, meinen Sprichwörtern, Doppelfotzen, etwas, was ich dann doch nicht tat.

Zumindest ließ ich eine Sekunde verstreichen, bevor ich ihr vergab.

»Ja«, sagte ich.

Sigrid legte mir ihren Arm um die Schulter.

»Außerdem hat sie das mit Absicht gemacht.«

»Was?«

»Hinfallen. Sie wollte nur, dass du dich um ihr Knie kümmerst. Diese Schlampe.«

»Das ist doch nicht dein Ernst?«

»Und ob es das ist. Sie ist eifersüchtig.«

Eifersüchtig. War Tora eifersüchtig auf Sigrid? Konnte jemand wegen meiner minderwertigen Existenz eifersüchtig sein? Das war gar kein so schlechtes Gefühl. Ich wuchs im eigenen Ansehen und drehte mich zu Sigrid um.

»Meine herrliche Sultanentraube«, flüsterte ich.

Sie war fast zufrieden.

»Ja?«

»Ich werde dir deine Schnurrhaare lecken!«

»Ach ja?«

Immer noch nicht ganz zufrieden.

»Ich werde dich hier und dort beschnuppern!«

Sigrid war zufrieden.

»Ja!«

Und so kam es.

In diese Höhen wuchs es.

Wir vergnügten uns, bis das Bett nachgab.

Oh, beati possidentis!

Dann fiel Sigrid wie ein Stein in den Schlaf. Doch ich konnte nicht schlafen, ganz gleich, wie erschöpft ich auch von unseren Übungen war. Ich knirschte mit den Zähnen und dachte, dass ich dem Fahrer niemals hätte kündigen dürfen. Denn jetzt musste ich Sigrid am nächsten Tag nach Hause nach Drammen fahren, und vielleicht musste ich dann sogar ihre Eltern wiedertreffen. Und ich war ein elender Lügner. Selbst wenn ich die Wahrheit sage, glauben viele, dass ich lüge, aufgrund meiner Ideen und Einfälle. Und wenn ich gar nichts sage, dann bin ich dennoch ein so elender Lügner, dass ich andere als Lügner entlarve. Und Sigrid musste lügen. Sie war also zwei Tage lang bei ihrer Freundin und Trauzeugin Tora gewesen, um Tennis zu spielen und sich in den Geschäften der Hauptstadt Kleider für die Hochzeitsreise anzusehen, während sie doch in Wahrheit den größten Teil der Zeit mit mir verbracht hatte, ja, lag sie jetzt etwa nicht neben mir und schlief, obwohl ich mit den Zähnen knirschte und Kies gegen die Decke spuckte? Das waren ziemlich viele Lügen auf einmal. Tora würde für Sigrid bürgen, und ich zweifelte nicht einen Moment daran, dass Tora eine hervorragende Lügnerin war, ein Alibi, von dem jeder Verbrecher nur träumen konnte. Außerdem waren ihre Eltern auf einer Tagung der Restaurateure in Bergen, weshalb sie nur wenig zu der Sache sagen konnten. Mit anderen Worten war das Ganze sorgfältig geplant und erforderte von den Lügnern strenge Disziplin und ein präzises Gedächtnis. Aber wer konnte sich für mich verbürgen? Niemand hatte sich jemals für mich verbürgt, abgesehen von Notto Fipp.

Ich lag die ganze Nacht wach und genoss diese gleichzeitig süße und qualvolle Wartezeit. Waren meine Berechnungen korrekt? Würde er morgen an derselben Stelle sein, auf dem Weg zurück nach Oslo, um zwölf Uhr? War er überhaupt noch am Leben, oder hatte es ihn bereits das Leben gekostet? Oh gütiger Gott! Ich faltete die Hände und betete ein schnelles Gebet, dafür betete ich es gleich dreizehneinhalb Mal. Da drehte sich Sigrid im Bett um und flüsterte etwas, wahrscheinlich im Schlaf:

»Halte diese verfluchte Uhr an!«

Sie meinte die Standuhr in meinem Arbeitszimmer.

Die Sekunden dröhnten bis zu uns.

Ich begann die Schläge zu zählen. Die Welt ist voller Dinge, die man zählen kann. Alles kann gezählt werden, Tennis, Herzen, Zeit. Dann stand ich auf, vor Sigrid, denn ich konnte nicht länger warten. Die Sonne tat es mir gleich, und war das etwa kein Zeichen? Auch Zeichen kann man zählen: die Vögel auf der Telegrafenleitung, die Blätter, die vom Kastanienbaum auf den Hof fallen, Tränen, nur Lachen und Weinen lässt sich nicht zählen, aber Tränen beinhalten beides. Ich zog mir leichte Kleidung über, goss reichlich Wasser in eine Kanne, wickelte Brotscheiben und ein großzügiges Stück Schweizer Käse in ein Papier, legte eine Rolle amerikanisches Pflaster in die Tasche, nur sicherheitshalber, und dann fiel mir etwas ein, was Notto gesagt hatte. Als Stockfleths, der Kolonialwarenladen im Frognerveien, endlich aufmachte, lief ich hinüber, kaufte zwei

Flaschen Milch und bekam einen Eisblock dazu, mit dem ich sie so lange kühlen konnte, wie es ging. Als ich zurückkam, war Sigrid ebenfalls aufgestanden und bereit zur Abfahrt. Ich trug ihr Gepäck in den Wagen, sie selbst nahm ihren Tennisschläger, und schließlich fuhren wir los.

Es war bereits zehn nach elf.

Wir fuhren den Drammensveien entlang, an der Frognerbucht vorbei, die blau und glatt zwischen Bygdøy und der Strandpromenade lag, wie eine frisch gebügelte Tischdecke, gedeckt mit tiefen Tellern und hohen, weißen Servietten, bald gab es die letzte Mahlzeit des Sommers.

Oh, Jeunesse dorée!

»Fährst du?«, fragte Sigrid plötzlich.

Wir mussten beide lachen, die Frage war ziemlich idiotisch, ich meine, es war ja offensichtlich, dass ich es war, der fuhr.

»Wie du siehst.«

»Hat dein Fahrer frei heute?«

»Der Fahrer ist gefeuert worden«, sagte ich.

»Warum das?«

Ich legte ihr die Hand aufs Knie, schob den Rock zur Seite und ließ die Finger die muskulösen Schenkel entlangrutschen, während ich gerade noch mit der anderen Hand lenken konnte, um nicht zu sagen, mich selbst lenken konnte.

»Darum.«

Ich war kurz davor, in den Graben zu fahren, Sigrid schrie begeistert auf wie ein Kind im Zirkus, und ich riss das Lenkrad im letzten Moment herum und bekam den Roadster wieder auf die rechte Spur.

Das gefiel Sigrid.

»Ich wusste nicht, dass du fahren kannst«, sagte sie.

»Ich war nicht ohne Grund der Beste meines Jahrgangs«, sagte ich.

Bald hatten wir die Stadt hinter uns gelassen. Jetzt musste ich an andere Dinge denken. Es war Viertel vor zwölf. Würde er kommen? Die Sonne brannte. Es wurde heißer, als ich gedacht hatte. Sigrid rauchte eine Zigarette, schloss die Augen und reckte die Arme in die Luft, um sich abzukühlen. An den steilen Hängen nach Lier hinauf, fast ganz oben, fuhr ich an die Seite, auf die Einmündung eines kleinen Wegs, und parkte den Wagen dort.

Sigrid öffnete die Augen.

»Was wollen wir hier?«

»Wait and see.«

»Der Tank ist doch wohl nicht leer?«

»Ganz und gar nicht. Warte nur einfach ab.«

»Was soll ich abwarten?«

Sigrid wollte ihre Zigarette in die Natur werfen. Sofort packte ich sie beim Handgelenk und zog einen Aschenbecher aus dem Armaturenbrett. In ihm drückte sie die Kippe aus, und ein weiterer Waldbrand war vermieden worden.

»Genau das sollst du ja abwarten«, erklärte ich.

Wir warteten.

Nichts geschah.

Die Hitze flimmerte über der Straße in einem Durcheinander von Staub und Insekten.

Sigrid deutete nach vorn.

»Was ist das da hinten? Ein Tier, das überfahren wurde?«

»Ein Paar Schuhe«, sagte ich.

»Kannst du das von hier aus erkennen?«

»Ein Arzt braucht gute Augen. Ich war der Beste meines Jahrgangs.«

»Warum stehen die da?«

»Das kann ich doch nicht wissen. Wahrscheinlich hat sie nur jemand dort abgestellt.«

Es geschah immer noch nichts.

Ich schaute auf die Uhr, schon nach zwölf Uhr.

Sigrid wurde ungeduldig, und ich wurde nervös.

»Nun sag schon, was es ist«, sagte sie. »Sonst gehe ich.«

»Ich möchte nur, dass du einen Freund von mir triffst.«

»Einen Freund?«

Dann kam er. Notto Fipp höchstpersönlich. Er kam über die Bergkuppe, undeutlich wie ein Gespenst in Staub und Licht, doch es bestand kein Zweifel, es war Notto Fipp. Er trug dasselbe Gepäck wie beim letzten Mal und dieselbe Kleidung, wenn man sie denn überhaupt so nennen darf, nur dass sie noch verschlissener war. Den Strohhut hatte er mittlerweile gegen eine Schirmmütze ausgetauscht, die ich sofort wiedererkannte, die Chauffeursmütze, oh ja, Notto Fipp wusste sich das zunutze zu machen, was er am Wegesrand fand.

Jetzt ging er an den Schuhen vorbei, zögerte, blieb stehen und ging zurück zu ihnen.

Es war, als hielte ich ein Schlüsselbund mit hundert Schlüsseln in der Hand und hätte beim ersten Versuch den richtigen Schlüssel getroffen.

Sigrid erhob sich fast von ihrem Sitz.

»Das da hinten. Kannst du erkennen, was das da hinten ist?«

»Das kann ich, meine Liebe. Warte nur ein bisschen.«

Ich öffnete die Tür und ging zu Notto Fipp, mit meiner kleinen Tasche unter dem Arm und der Kanne in der Hand.

»Erkennen Sie mich wieder?«, fragte ich.

Notto Fipp war in erster Linie damit beschäftigt, die Schuhe zu wechseln, und er schien mit seinen neuen Schuhen zufrieden zu sein, sie waren weich und passten gut, auch wenn ich sicher eine größere Schuhgröße trug, aber seine Füße waren seit dem letzten Mal angeschwollen.

»Ja«, sagte er. »Ich erkenne alle wieder, denen ich begegne.«

»Und alle, die Ihnen begegnen, erkennen Sie sicher auch wieder.«

Notto Fipp zuckte mit den Schultern und richtete sich auf.

»Doch, ja. Aber die meisten wollen nicht von mir wiedererkannt werden.«

Ich dachte über diese Worte nach und fragte:

»Wie ist die Tour verlaufen?«

»Sie ist noch nicht zu Ende gegangen.«

»Übrigens, Sie sind dünner geworden.«

»Ja, Gott sei Dank bin ich nicht mehr so dick.«

Ich hätte fast losgelacht, was ich aber natürlich nicht tat. Das war eher besorgniserregend.

»Dick?«

»Ein Kerl aus Tönsberg sagte, dass ich dick bin.«

»Das muss ein Scherz gewesen sein. Ein schlechter Scherz.«

»Aber seitdem habe ich fünf Kilo abgenommen. Und zwei weitere werde ich wohl noch los, bevor ich in Oslo ankomme.«

Ich reichte ihm die Kanne mit Wasser. Er hob sie an den Mund und trank ausgiebig.

Sigrid rief mir etwas aus dem Wagen zu, aber ich hörte nicht auf sie.

»Man muss vorsichtig sein mit solchen Experimenten«, sagte ich.

Notto Fipp wurde wieder abweisend und wollte weiter.

»Wie schon gesagt, ich gehe am besten, wenn ich Hunger habe. Danke schön.«

Er stellte die Kanne ab, und ich erlaubte mir, ihn noch ein wenig zurückzuhalten.

»Aber ein bisschen Milch werden Sie nicht ablehnen?«

Notto Fipps Gesicht erstrahlte in einem Kinderlächeln, sein mageres, spitzes Gesicht, das mit einer kleinen Haarlocke begann, weiterging mit einem verschleierten und dennoch festen Blick, einer dünnen, knochigen Nase, einem ebenso schmalen Mund, dem ein paar Zähne fehlten und in dem struppigen Bart endete, dem Spitzbart, dem Fippsbart selbst, wurde in meinen Augen schön wie das schönste Ölgemälde.

»Haben Sie Milch?«

Ich lachte.

»Und ob ich Milch habe! Ich habe Milch, gelagerten Schweizer Käse und Fotze mit amerikanischem Pflaster!«

Ich ließ Notto Fipp stehen und drehte mich beschämt um, doch auch er blieb stehen, nahm die Milch und trank eine der Flaschen im Laufe eines Wimpernzuckens leer. Was hatte ich gesagt?

»Wenn wir uns unterhalten, würde ich Sie lieber duzen«, sagte Notto Fipp.

Ich schaute ihn an, und vielleicht erkannte er mich erst jetzt wieder, erkannten wir einander wieder, wir waren vom selben Geschlecht, dem des kantigen Volkes.

»Brauchen Sie, ich meine, brauchst du noch mehr?«, fragte ich leise.

»Nein, danke. Ich kann nicht länger bleiben.«

Dennoch reichte ich ihm den Käse und die zweite Milchflasche, er legte alles zusammen mit den Stiefeln in seinen Sack, und das Pflaster schob er in etwas, das aussah wie eine Tasche.

»Du kannst nicht nur Käse essen«, sagte ich. »Du brauchst auch Eisen.«

»Meine Verdauung ist nicht einfach zu handhaben, wenn ich zu viel in mich hineinstopfe. Außerdem will ich nicht wieder dick werden.«

Das war eine noch alarmierendere Rede, und ich hätte ihn sofort in Behandlung nehmen sollen, aber ich wusste, dass ein widerspenstiger Patient noch kränker werden kann, wenn man sich aufdrängt. Und Notto Fipp stand trotz allem aufrecht vor mir, und er schleppte sich nicht dahin, er stolzierte.

»Könntest du mir einen Gefallen tun?«, fragte ich.

»Den bin ich dir schuldig. Wenn er mich nur nicht zu sehr aufhält. Und ich bitte dich, frage mich nicht, ob ich mitfahren will, denn ich sage so ungern Nein.«

Ich schüttelte den Kopf.

»Das brauchst du nicht. Und es dauert nur einen Augenblick.«

Notto Fipp kam mit mir zum Auto, in dem Sigrid immer noch saß, sie war ungeduldig und schaute uns mit Verwunderung und einer gewissen Abscheu an.

Ich stellte die beiden einander vor.

»Das ist Sigrid Juell, meine teure Verlobte, und hier ist mein Freund Notto Fipp.«

Notto Fipp verbeugte sich und streckte die Hand aus, die, um bei der Wahrheit zu bleiben, und das wollen wir, nicht gerade sauber und gepflegt war und in letzter Zeit sicher keiner Maniküre unterworfen gewesen war. Sigrid starrte lange auf diese fünf Finger und weigerte sich, sie überhaupt zu berühren.

»Enchanté«, sagte sie.

Dann setzte Notto Fipp seinen Weg nach Oslo fort, und wir fuhren in die andere Richtung, nach Drammen. Sigrid lachte laut auf.

»Wo hast du denn diesen Patienten aufgelesen?«

»Er ist kein Patient. Er ist ein Freund. Ich habe ihn auf dem Weg zu deinen Eltern getroffen.«

»Ich wusste nicht, dass du mit solchen Leuten verkehrst.«

»Solchen Leuten?«

»Ja. Solchen lächerlichen Personen.«

»Er ist keine lächerliche Person. Er hat eine außerordentliche Gangart.«

»Sprichst du von einem Pferd?«

Sigrid lachte noch mehr.

»Ich meine, dass er ein außerordentlicher Geher ist.«

»Du kannst ruhig sentimental und barmherzig sein, Bernhard, das ist edel von dir, aber bitte vergeude meine Zeit nicht mit Idioten.«

Und während Sigrid diese Worte sagte, wusste ich, dass es nicht auf Dauer sein konnte, denn eines schönen Tages würde sie genau das Gleiche über mich sagen, dass ich eine lächerliche Person sei, ein Idiot, der ihre Zeit vergeude und der es nicht wert war, mit ihm die Zeit zu vergeuden. Ich hätte unsere Beziehung beenden sollen, damals an diesem Ort, zwischen Oslo und Drammen, ich hätte den Knoten zerschlagen sollen, der da Verlobung heißt, mit allem, was es mit sich führte, denn das wäre auf jeden Fall weniger schmerzhaft gewesen als das, was später noch folgen sollte. Das hätte ich tun sollen. Das hätte ich sagen sollen, so laut und deutlich wie nur möglich.

Stattdessen sagte ich gar nichts, bis wir vor dem Haus und dem Springbrunnen vorfuhren, vor dem die Eltern glücklicherweise nicht standen.

Da sagte ich:

»Ich kann leider nicht mit reinkommen.«

»Warum nicht?«

»Ich muss einen Termin im Rikshospital wahrnehmen. Habe ich das nicht gesagt?«

»Nein, das hast du nicht gesagt. Was für einen Termin?«

»Aber so ist es. Ich muss. Den Termin wahrnehmen. Die Anstellung betreffend.«

Ich log, heiliger Strohsack, und wie ich log, ich musste gar nicht zum Rikshospital, und Wunder über Wunder, Sigrid glaubte mir, zumindest tat sie so. Ich half ihr mit dem Gepäck, und sie gab mir einen Kuss auf die Wange, und ich knirschte mit keinem einzigen Zahn.

»Ich bin stolz auf dich, mein Stutenprinz«, flüsterte sie.

Dann sprang ich wieder ins Auto und fuhr, was das Zeug hielt, zurück nach Oslo, rief das eine oder andere in die frische Luft, Gamaschenschwanz und Klatschenfotze, aber ich holte Notto Fipp nicht wieder ein, und eine Weile glaubte ich, ich hätte ihn verpasst und diesen einzigartigen Menschen für immer verloren. Ich kam nach Hause, schwer niedergeschlagen, und brauchte viel Zeit, um hinter Sigrid aufzuräumen. Sie hatte die schlechte Angewohnheit, das meiste umzuräumen, und so konnte es nicht bleiben, Aschenbecher, Vasen, Flaschen, Tassen, sogar Stühle vertauschte sie, und es kostete einige Mühe, alles wieder an Ort und Stelle zu richten. So wachte ich beispielsweise eines Nachts jäh auf und wusste augenblicklich, dass etwas nicht stimmte, lief sofort wie ein schlaftrunkener Detektiv ins Wohnzimmer, und was sage ich, hatte ich es nicht gewusst, das Bild in Glas und Rahmen über dem Kamin hing schief, und sicher hatte auch hier Sigrid ihre Finger im Spiel gehabt. Ich richtete es gerade und kam endlich zur Ruhe. Das musste für den Moment genügen. Ich setzte mich in einen Sessel und mixte mir einen kräftigen Drink, auch wenn das rein fachlich nicht zu verantworten war, schließlich war es Nacht, und ich trug einen Pyjama. Andererseits tat der erste Schluck meinem Herzen wohl und hielt die Zunge fest im Mund, solange es währte. Übrigens handelte es sich bei dem Bild um eine Fotografie. Ich liege in Mutters Armen vor dem Haus auf Besserud. Sie trägt einen Hut mit einer so breiten Krempe, dass er auch auf mich seinen Schatten wirft. Ihre Taille ist schmal und fest, und sie lächelt, also kann es nicht Vater gewesen sein, der das Foto machte, wahrscheinlich war es unser Fahrer, dieser Melingen, in dem Herbst, in dem ich geboren wurde, also 1900, diese runde, verhöhnende Zahl. Und wenn man näher hinschaute, konnte man deutlich erkennen, dass ich bereits damals mit den Zähnen knirschte, obwohl ich noch gar keine Zähne zum Knirschen hatte, aber ich presse die Kiefer so fest aufeinander, dass mein Gesicht einer schrumpligen Kastanie ähnelt. Es war das einzige Mal, dass Mutter mich so hielt. Satans Schurkensohn! Dein Zambo! Der Drink war geleert, und ich ging, ohne zu zögern, zum Kamin und donnerte mit der Faust gegen die Wand, wo das Bild hing. Ich gab mir selbst, oder meiner Mutter, eins auf die Fresse, wie man so sagt, und das Glas verteilte sich wie spitzer Staub über das ganze Wohnzimmer. Glücklicherweise hatte ich noch mehr amerikanisches Pflaster, das ich auf die Knöchel kleben konnte, und den Rest der Nacht und noch drei Tage lang lag ich auf dem Boden und suchte Scherben, es nahm einfach kein Ende, sollte ich hier morgens oder abends barfuß gehen wollen, könnten fürchterliche Dinge mit mir geschehen oder mit Sigrid, wenn sie das nächste Mal hierherkam und alles in Unordnung brachte. Ich musste mit ihr darüber sprechen, dass alles so stehen bleiben musste, wie es stand, dort liegen bleiben sollte, wo es lag, und hängen, wo es hing. Nur so dreht sich die Erde weiter und löst sich nicht aus ihrer Bahn, um in das öde Universum zu stürzen. Es musste Regeln geben. Übrigens hing das Foto jetzt nicht mehr dort. Der Raum war umgekippt. Ich rollte aufs Sofa zu. Ich musste es wieder einrahmen lassen, auch wenn Mutter und ich fast makuliert waren. Doch daraus wurde nie etwas. Noch eine Nacht fand ich Schlaf, mit Hilfe der weißen Hunde, wie wir Studenten sie nannten, aber nicht mehr, als fachlich zu verantworten war. Dann kamen zwei Briefe, einer an Bernhard Hval, Skovveien, und einer an Bernard Val, Skoveien. Der erste war vom Rikshospital. Ich hatte die Stelle als Assistenzarzt in der Chirurgischen Abteilung erhalten und sollte bereits im Oktober meinen Dienst antreten. Unterzeichnet von Direktor Lund. War das etwas, um an die Decke zu springen? Das hätte gerade noch gefehlt. Ich war trotz allem der Beste meines Jahrgangs. Der zweite Brief war dafür umso überraschender und ein Grund, um an die Decke zu springen. Er kam von Notto Fipp. Zwar fehlten ihm einige Buchstaben in seinem Alphabet, aber was soll's? Wir verstanden einander auch so. Er enthielt einen Gruß, geschrieben auf ein Stück abgerissene Pappe:

Lieber Bernard Val. Einige Zeilen als Dank, falls das einen gelehrten Mann wie Sie interessiert. Besonders das amerikanische Pflaster war sehr nützlich, weil meine beiden Füße lädiert waren, sowohl vorn als auch hinten und unten. Beiliegend ein Ausschnitt aus der Zeitung Fædrelandsvennen, beheimatet in Kristiansand, in der ich nach bestem Wissen und Gewissen einige meiner Bemühungen beschreibe, und in der auch Ihr Name erwähnt wird, ich hoffe, Sie nehmen es nicht zu persönlich. Momentan liege ich ruhig in Alvims Pension und denke zu viel. Das ist einfach nicht gut.

Hochachtungsvoll Notto Fipp

Ich gebe den Zeitungsausschnitt hier wieder, der Teil eines längeren Artikels gewesen sein muss, unter der Überschrift *Der Mann, der ging*, und eines der Kleinodien ist, die mir am liebsten geworden sind, und hiermit überlasse ich das Wort wortgetreu dem, dem es zusteht, nämlich Notto Fipp:

Fædrelandsvennen, 3. August 1929

Der letzte Tag der Tour:

Habe letzte Nacht in einer Scheune geschlafen und bin um 10 Uhr von Sande aus aufgebrochen. Der Körper ist dünn wie ein Zwei-Öre-Stück, und wenn ich ihn mit Mühe und Not endlich bis Oslo mitgeschleppt haben werde, wo ich am Ziel angekommen sein werde, dann ist er sicher nichts mehr wert, und dann wird zumindest niemand behaupten können, dass ich dick bin und es mir zu gut geht. Ich habe beschlossen, dass es heute so weit sein soll, denn ich habe nur noch eine kurze Entfernung zu gehen, nur 27 Kilometer. Doch dann kam der Zeitpunkt, an dem ich normalerweise etwas esse, und meine Eingeweide fingen langsam, aber sicher an, eine richtige kleine Revolution zu veranstalten, die im Laufe der Zeit immer unangenehmer wurde. Und genau in dem Moment, als es einfach zu schlimm wurde, sowohl was die Füße als auch was den Bauch betrifft, da sah ich ein Paar Schuhe am Straßenrand stehen, es war ein Paar richtig gute Schuhe, und ich fragte mich, wer wohl auf die Idee gekommen war, so ein Paar Schuhe wegzustellen, auch wenn das Leder etwas ausgebeult war, doch schnell bekam ich eine Antwort auf mein Kopfzerbrechen. Ein junger Herr kam von einem Auto, das nicht weit entfernt geparkt stand, auf mich zu, und ich erkannte ihn wieder, es war derselbe, dem ich schon einmal begegnet war, als ich die Tour begonnen hatte, Bernard Val, Arzt und Doktor, und dieses Mal hatte er Milch, Wasser, Käse und amerikanisches Pflaster dabei, als könnte er hellsehen, und ich kann wohl sagen, dass er mich das letzte Stück des Wegs gerettet hat, bis ich auf der Vaterlandbrücke, direkt vor Alvims Hospiz, in Ohnmacht fiel. Danke Bernard Val und danke für die

Tour dieses Mal, auch wenn ich mich genau wie andere enttäuschen musste, da ich nie ganz bis nach Evje kam, bevor ich umkehrte, ich drehte bereits bei Tvedestrand um. Ich verspreche hoch und heilig, das wiedergutzumachen, wenn ich erst neue Kräfte gesammelt habe, mit einer noch verwegeneren Route, von Kristiansand nach Oslo und denselben Weg wieder zurück.

Ihr Notto Fipp

Ich las es immer und immer wieder, wie ich es seitdem oft getan habe, und ich konnte meine Tränen nicht zurückhalten, ich weinte, sowohl aus Angst als auch aus Dankbarkeit. Der eine verbindet seine Hand, und der andere pflastert seinen Fuß. Wir sind durch das amerikanische Pflaster zusammengeheftet. Ich musste umgehend Notto Fipp finden.

EINE TUGEND AUS UNNÜTZEN GRÜNDEN

Habe ich nicht schon seit langem behauptet, dass Kindheit ein überschätztes Genre ist? Laut Doktor, später Direktor Lund, meinem Mentor, dauert sie also bis zum vollendeten 16. Lebensjahr, während sich das Jugendalter bis 25 erstreckt, und auch das ist kein Grund zum Jubeln, und dabei habe ich noch nicht einmal erwähnt, dass es anschließend bergab geht. Wir haben unseren ersten Zahnwechsel, wenn wir die Milchzähne gegen die Reißzähne austauschen, doch dann verlieren wir auch diese, langsam aber sicher, und einer nach dem anderen kullert heraus. Und im Greisenalter, das, wie die meisten wohl begreifen, das Ende der Lebenszeit bedeutet, wohlgemerkt nur für diejenigen, die es so weit bringen, riskieren wir, Gott steh mir bei, einen weiteren Zahnwechsel, es sind die Milchzähne, die wieder hervorkommen wollen, als würde jemand auf sehr hohem Niveau seine Scherze mit uns treiben, und wir werden wieder zum Kind, mit dem Gebiss des Todes. Es gibt keine Fender, wenn du anlegst. Deshalb möchte ich dies ein für alle Mal beenden, und eine Festschrift von meiner Seite kann ich nicht versprechen, eher einen Trauermarsch: Mutters Nervosität, die Hausbediensteten, die Kindermädchen, die Stecknadeln, der Roadster, der Chauffeur, der schattige Garten, Vaters Selbstmord und die ganze Chose. Ich kann ebenso gut im Garten anfangen. Es war der einzige Garten in Besserud, von dem aus man nicht den Fjord sehen konnte. Die Hecke war zu hoch und zu dicht, nicht, dass wir vergessen hätten, sie zu schneiden, oder einfach das Unkraut wuchern ließen, nein, es war gewollt, dass es so wurde. Das bedeutete nämlich, dass uns auch niemand sehen konnte. Aber ich bin nun derjenige, der im Garten steht, in dem feuchten Gras zwischen den Obstbäumen, und ich zähle die Sekunden, die unsere riesige Standuhr schlägt, die ich sogar hier draußen hören kann, und ich kann ihre Schläge kaum von meinem eigenen Herzschlag unterscheiden. Ich knirsche mit den Zähnen, um diese Geräusche zu übertönen, ich drücke mein Gesicht wie eine Ziehharmonika zusammen. Ich bin sechs Jahre alt. Es ist August. Das Licht ist klar und durchsichtig. Vielleicht höre ich deshalb so gut. Alles ist nahe und größer als ich. Nur dass ich nicht zählen kann. Deshalb schlage ich für jede Sekunde oder jeden Herzschlag eine Kerbe in die Rinde des Apfelbaums, bis meine Finger und Nägel bluten. Ich habe etwas gesehen. Und zwar vor kurzem. Ich habe etwas Sonderbares, nein, etwas Wunderbares gesehen, von dem ich nichts verstanden habe und das mich erschüttert hat. Ich genoss und verachtete es gleichzeitig, das, bei dem ich zugegen war, und, was das Schlimmste ist: Ich wurde auch noch neidisch. Vielleicht werde ich nie sagen, was ich zu sehen bekam. Es blutet. Ich kann nicht weiterzählen. Also muss ich auf den Baum klettern, was sonst, so hoch ich nur kommen kann: bis ganz nach oben. Von dort kann ich den Fjord sehen. Er ist voller weißer Kerben und fließt langsam auf eine andere Welt zu. Ich zähle, wie viele Segel ich sehen kann, ich zähle ohne Zahl, doch das ist beschwerlich, denn die Boote bewegen sich die ganze Zeit, tauschen ihre Plätze, verschwinden, in Mustern, die nie stillhalten. Das macht mich nervös, fast wütend. Ich schnappe mir einen Apfel, schlage meine Zähne in ihn, der Apfel ist hart wie ein Stein, und etwas löst sich im Mund, ein Zahn, nein, zwei, und das Blut läuft über den Apfel, während ich beide Schneidezähne ausspucke, und es ist die reine Freude, sie loszuwerden. Dann höre ich ein anderes Geräusch. Es ist die Equipage, die sich auf dem engen, gewundenen Weg, der hierherführt, nähert, und die Räder und die Hufe lassen Staub und Kies zu allen Seiten aufspritzen. Vater kommt früh nach Hause. Als ich mich umdrehe, kann ich direkt in Mutters Schlafzimmer schauen. Sie liegt immer noch im Bett, nackt, und die Hausangestellte, eine von ihnen, Beate dieses Mal, dunkelhaarig und aus dem Norden wie alle anderen, sitzt auf der Kante und zieht sich die Strümpfe an. Ich weiß nicht, was richtig oder falsch ist, ich weiß auch nicht, was ich da eigentlich gesehen habe, aber ich habe dieses deutliche Gefühl von etwas, das falsch ist, verdammt falsch, und ich muss sie warnen, muss Mutter warnen. Mutter entdeckt mich, ruft etwas, das ich glücklicherweise nicht höre, das Hausmädchen verschwindet, und ich muss wohl auch ein spezieller Anblick gewesen sein, Bernhard Hval, der einzige Erbe von *Hvals Nadelfabrik*, blutig oben auf dem Apfelbaum im Garten von Besserud. Mutter reißt das Fenster auf.

»Bernhard!«, schreit Mutter.

»Ja?«

»Was machst du da?«

»Gucke, wie Vater kommt«, sage ich.

Ihr scheint die Luft auszugehen, und sie wird blass und kleinlaut.

»Kommt Vater schon?«

»Ja. Er ist gleich da.«

Schnell schließt Mutter das Fenster und zieht sich ins Zimmer zurück, bis ich sie nicht mehr sehen kann. Dann falle ich kopfüber in den Schatten in das hohe, feuchte Gras.

Ich könnte es dabei bewenden lassen.

Ach, sputum!

Im Nachhinein habe ich begriffen, dass dieser Tag im August mehr umfasste als nur diesen Tag und mehr als nur ein Datum auf meinem Kalender war. Es war der Tag, an dem ich mein Wesen entdeckte, und wusste, ohne es wissen zu können, dass ich zu den kantigen Leuten gehörte. Ich war der spitze Winkel. Ich war die Nadel, und der Tod war der Faden. Ich muss trotz allem berichten, was ich gesehen habe, und was einen derartigen Eindruck auf mich gemacht hat: Ich dachte, ich wäre allein im Haus. Ich war noch nie auf diese Art und Weise allein gewesen, nicht, dass ich mich erinnern konnte. Es war neu und herrlich. Die Uhr tickte und tickte und ließ den Fußboden erzittern. Ich lief durch alle Räume, was mir sonst nicht erlaubt war. Ich setzte mich in Vaters Ledersessel im Raucherzimmer und steckte mir seine Pfeife in den Mund, unnötig hinzuzufügen, dass auch das nicht erlaubt war, überhaupt war mir vieles nicht erlaubt, wenn ich mich recht besinne, und deshalb war es so unwiderstehlich, sich Freiheiten zu nehmen, wenn sich die Gelegenheit dazu bot. Ich lief in die Küche und aß Schokoladenpudding mit den Fingern. Dann ging ich die breite Treppe hinauf, die sich in der Mitte teilte und jeweils in einen Flügel führte. Ich nahm den rechten, und dort hörte ich noch etwas außer der Uhr. Diese Geräusche, die fremd und ungewohnt waren, kamen aus Mutters Schlafzimmer. Ich schlich mich dorthin, um besser hören zu können. War Mutter wieder traurig? War Mutter wütend und nervös und warf Dinge gegen die Wand? Nein, es schien nicht so, so schien es ganz und gar nicht, nein, das konnte sie nicht sein, nicht wütend, nervös oder traurig, denn das, was ich hörte, klang schön. Ich lauschte ziemlich lange, und die Geräusche nahmen an Lautstärke zu, vielleicht änderte sich auch die Tonart, von gut zu besser, viel besser. Vorsichtig öffnete ich die Tür und schaute hinein. Mutter und Beate, unser Hausmädchen, lagen aufeinander im Bett, irgendwie auf dem Kopf, Mutter zuunterst, mit dem Gesicht zwischen Beates Schenkeln, und diese lag mit dem Po in der Luft und dem Mund zwischen Mutters Schenkeln. Sie waren nackt, und die Geräusche, die verrieten, dass es ihnen gut ging, stammten von ihnen. Aber woran sich mein Blick besonders klammerte, das waren die runden Formen, die fast ineinander übergingen, die Schultern, die Arme, die Hüften, eine doppelte Frau, eine weiche, glatte Maschinerie, die Lust und Laute produzierte, keine Nadeln, und in diesem Moment, genau in diesem Moment, habe ich festgestellt, dass ich wusste, dass ich zu den Kantigen gehörte, mit allem, was das an Seligkeit, Scham, Furcht und Erleichterung mit sich brachte, genau wie auch Notto seine Veranlagung erkannte, sein Kennzeichen, auf dem Weg von und zur Schule, und in diesem Zusammenhang seine berühmten Worte äußerte: *Wenn ich gehe, denke ich weniger.*

Bitte missverstehen Sie mich, oder uns, nicht. Ich sehne mich gern und oft nach Frauen, aber ich sehne mich in keiner Weise danach, so zu sein. Diese Veranlagung haben wir trotz allem nicht. Ich bin einigermaßen zufrieden mit meinem Geschlecht. Aber leider sind wir vorwiegend Männer. Es könnten gern mehr Frauen unter den Kantigen sein. Das ist wie eine Tanzschule, die aus dem Gleichgewicht gerät. Wir laufen Gefahr, alle Mann zu Mauerblümchen zu werden.

Und dann begriff ich noch einen weiteren Zusammenhang.

Es wurde auf Besserud über die vielen Hausmädchen und Kindermädchen, die bei den Hvals kamen und gingen, geflüstert und getratscht. Was passierte da hinter der hohen Hecke? Was trieben die da? Was tat beispielsweise Herr Hval, wenn Frau Hval »einen Ausflug machte«, wie sie es nannten, und er das Haus für sich allein hatte? Die Gerüchte wussten Bescheid.

Die Gerüchte wissen alles und sehen nichts. Denn es war doch offensichtlich. Er hatte was mit ihnen, den Hausmädchen und den Kindermädchen, vielleicht sogar mit mehreren gleichzeitig, da war es doch kein Wunder, wenn sie in kurzen Abständen kamen und gingen.

Weder Mutter noch Beate sahen mich. Ich schloss leise die Tür, und ich erzählte nie etwas davon, bis jetzt, da es keine Rolle mehr spielt. Außerdem wusste ich nicht, was ich hätte sagen sollen, wenn ich etwas hätte sagen wollen. Der Anblick, der sich mir bot, war außerhalb meines Wortschatzes. Aber hätte ich damals dennoch etwas gesagt, wäre Schande über die Familie Hval gekommen, und damit hätte Vater nicht leben können. An Gerüchten dagegen stirbt man nicht, und er wusste auch nichts von diesen Gerüchten, über ihn und die Mädchen, und wenn sie wahr gewesen wären, was sie also nicht waren, dann wäre er nicht der Einzige auf diesem Hügel westlich von Oslo gewesen, der etwas mit der Dienerschaft hatte. Man kann ja viel über meinen Vater sagen, aber ein Mann von Ehre, das war er, dieser Idiot, und diese verfluchte Ehre sollte uns teuer zu stehen kommen.

Wenn ich jetzt sowieso schon so weit gekommen bin, kann ich gern noch ein wenig fortfahren:

Als ich nach meiner Flucht vom Apfelbaum die Augen öffnete, starrten mehrere Gesichter auf mich herab. Ich erkannte sie bald wieder. Es waren der Kutscher Alfred, das Hausmädchen Beate und mein Vater, der selige Oscar Hval. Ich lag auf dem Rücken im Gras. Von hier aus hatte ich die Welt noch nie gesehen. Der Himmel stand vollkommen still. Aber die Wolken wechselten Form und Muster, genau wie die Segelboote auf dem Fjord. Vaters Gesicht war mir am nächsten.

»Bernhard? Hörst du mich?«

»Ja, Vater.«

»Was ist passiert?«

»Habe Äpfel gepflückt.«

»Die sind doch noch gar nicht reif, du Dummkopf. Aber deshalb blutest du doch wohl nicht?«

Plötzlich sagte ich etwas, es platzte einfach aus mir heraus, als müsste ich es loswerden, ein Wort, das ich meinen Vater hatte sagen hören, wenn er ausnahmsweise einmal wütend war auf Mutter, und es war das extremste Wort in seiner gesamten Sprache.

»Zum Teufel!«

Vater öffnete den Mund, ich konnte alle Zähne sehen, riesig und scharf, sowohl oben als auch unten, während der Fahrer und Beate zur Seite wichen oder näher kamen, und es war so herrlich, dieses Wort zu sagen, vielleicht war ja auch Blut an ihm. Ich war die gespannte Saite am Bogen, die endlich den Pfeil loslassen konnte. Ich sank noch tiefer in den feuchten Boden. Das Gras war ein Himmelbett. Ich wollte schlafen. Doch es dauerte nicht lange.

»*Was* hast du gesagt?«

Im selben Moment war es zu Ende mit der Herrlichkeit, und sie wurde von einer anderen Grimasse abgelöst, die ich noch nicht benennen konnte, die ich jedoch bald kennenlernen würde, besser als jeder andere. Und wenn meine Nervenstränge mit der Holmenkollenbahn verglichen werden könnten, wäre ich schnell an allen Haltestellen ausgestiegen. Sie hießen Erleichterung, Furcht, Seligkeit, Scham. Es war nur zu hoffen, dass Scham nicht die Endstation war, 442 Meter über dem Meeresspiegel.

»Ich glaube, ich bin runtergefallen«, flüsterte ich.

»Runtergefallen?«

»Ja, Vater.«

»Bist du auf den Baum geklettert?«

»Ganz hoch.«

Vaters Gesicht veränderte sich.

»Ganz hoch? Ausgezeichnet. So soll es sein!«

Dann trug er mich ins Haus, und Beate, die gleichzeitig verlegen und stolz zu sein schien, versorgte meine Wunden an den Händen und im Mund, ohne ein Wort zu sagen oder meinen Blick nur ein einziges Mal zu erwidern, während der Fahrer draußen im Garten blieb und im Gras nach den beiden Schneidezähnen suchte. Aus irgendeinem Grund fand er sie nie, und das war eigentlich auch nicht so wichtig.

Mutter kam erst zum Essen herunter, um Punkt sieben Uhr, und aß nichts.

Vater dagegen war gut gelaunt und erzählte:

»Ich kann euch berichten, dass wir den Betrieb erweitern werden. Vom heutigen Tag an heißt es nicht mehr *Hvals Nadelfabrik*. Wir heißen *Hvals Nadeln & Industrie.*«

Er hob sein Glas, schaute Mutter an und wartete auf einen Kommentar.

Doch der kam nicht.

Er trank, stellte sein Glas ab und sagte:

»Das bedeutet unter anderem, dass wir auch Angelhaken produzieren und eine Reihe lokaler Betriebe im Ausland gründen werden, um die Schutzzölle zu umgehen, und gleichzeitig können dadurch die Transportkosten gesenkt werden. Wir geben Leuten Arbeit und sehen großem Reichtum entgegen.«

Vater hob erneut sein Glas, er bettelte um Applaus, doch es nützte nichts.

Beate räumte die leeren Teller ab, schnell, lautlos, geduckt, als wollte sie sich unsichtbar machen.

Vaters Laune war nicht mehr so strahlend.

»Hast du gehört, was ich gesagt habe?«

Mutter schien von Männern genug zu haben.

»Ja.«

»Und hast du dem nichts hinzuzufügen? Nicht einmal ein kleines Hurra?«

Mutter wartete, bis Beate verschwunden war.

»Ich werde morgen nach Wörishofen fahren.«

Vater stellte sein Glas ab.

»Schon wieder?«

»Ja. Oder ist etwas?«

»Ich bin ja wohl derjenige, der diese Frage stellen sollte.«

Mutter hob ihr Glas.

»Ich brauche Pflege.«

Vater wand sich auf seinem Stuhl.

»Kannst du die nicht hier kriegen?«

»Du weißt, dass Wörishofen der beste Platz ist.«

»Warum musst du dann andauernd dahin fahren, wenn die Kur so fantastisch ist? Wirst du doch nicht kuriert dort?«

»Du verstehst nichts von Wasserkuren. Die brauchen ihre Zeit.«

»Könnte es nicht vielmehr so sein, dass dieser Kneipp, oder wie immer er auch heißt, einfach nur auf leicht verdientes Geld aus ist?«

»Na, davon verstehst du wohl was.«

Vater war auf der Hut.

»Wie meinst du das?«

Mutter leerte ihr Glas, langsam, verbittert, in Kneipps Namen.

»Können wir es uns nicht leisten, mein Lieber?«

»Natürlich können wir es uns leisten! Hast du nicht gehört, was ich gerade gesagt habe! Wir vergrößern uns! Wir beißen uns fest! Aber ich könnte dir doch wohl ebenso gut tausend Kronen geben, damit du im Gaustadbach herumspazierst! Ganz zu schweigen von Doktor Lund!«

Vater schob die Hand in die Innentasche seines Jacketts, zog ein paar Scheine heraus und warf sie auf den Tisch.

Mutter rührte sie nicht an.

Sie sagte nur:

»Und wenn wir zurückkommen, soll Beate fort sein.«

Vater schien nicht zu glauben, was er hörte. Er beugte sich vor.

»*Was* sagst du?«

»Du hast es gehört. Ich will ein neues Hausmädchen haben.«

»Aber lieber Gott! Ich dachte, du wärst mit Beate zufrieden! Bist du nicht mit Beate zufrieden? Du hast doch immer ...«

Jetzt war Mutter an der Reihe, sie beugte sich über den Tisch und unterbrach ihn.

»Bernhard ist in den Apfelbaum geklettert! Er hätte sterben können! Und du meinst, ich soll mit ihr zufrieden sein?!«

»Aber das ist doch wohl nicht Beates Schuld?«

»Sie sollte auf ihn aufpassen!«

»Sie? Vielleicht solltest du lieber auf ihn aufpassen!«

Mutter zögerte einen Moment, zog sich dann zurück, bevor sie sagte:

»Du bist es doch gewohnt, Leute rauszuschmeißen, oder?«

»Wenn es nötig ist und ich keine andere Wahl habe, ja! Aber ich tue es nicht leichten Herzens!«

»Es ist notwendig, und du hast keine andere Wahl. Mit dem Herzen kann ich leider nichts machen.«

Plötzlich lächelte Vater, als wäre ihm etwas Vorteilhaftes eingefallen, und er faltete die Hände vor sich.

»Ich würde lieber sagen, dass Bernhard heute eine kleine Großtat vollbracht hat. Auf die Spitze des Apfelbaums klettern. Das war mutig. Und da muss man halt damit rechnen, herunterzufallen. Und er hat überlebt. Nicht wahr, Bernhard?«

Vater wandte sich mir zu, und es war vielleicht das erste Mal, dass er richtig stolz auf seinen Sohn war.

Mutter seufzte tief und verzichtete darauf, etwas zu sagen.

Ich nickte und starrte vor mich hin, dorthin, wo niemand saß, während ich die Schläge der Uhr zählte.

Vater hatte Blut geleckt und warf einen Blick in die Zukunft:

»Zuerst die Volksschule hinten in Midtstuen, Bernhard, dann machst du einen schnellen Mittelschulabschluss, anschließend das Kristiania Handelsgymnasium und ein Jahr mit Latein an der Universität, und dann steht es dir frei, Ökonomie und Wirtschaft zu studieren, entweder hier oder im Ausland.«

Vestigia terrent!

»Und dann, Bernhard, fängst du bei *Hvals Nadeln & Industrie* an, nicht ganz oben, nur weil du mein Sohn bist, sondern ganz unten sollst du anfangen, um dann hochzuklettern. Du wirst jeden einzelnen Zweig kennenlernen. Nicht wahr, Bernhard?«

Ich nickte erneut.

Aber plötzlich änderte sich Vaters Laune wieder, und er warf Mutter einen Blick zu.

»Wir? Wie meinst du das?«

Mutter war auch nicht gerade bester Laune:

»Wir? Habe ich tatsächlich wir gesagt? Ja, und?«

»Du hast gesagt, wenn *wir* zurückkommen. Wen meinst du damit?«

Endlich stellte Mutter ihr Glas hin, und es wurde auch Zeit, denn eine Weile fürchtete ich, sie könnte es mit den bloßen Fingern zerbrechen.

»Bernhard kommt mit.«

Lange Zeit blieb Vater schweigend sitzen und starrte sie an.

»Bernhard kommt mit? Warum das?«

»Es tut ihm gut, ein bisschen rauszukommen.«

»Er könnte lieber mit mir in die Fabrik kommen. Davon hätte er mehr. Nicht wahr, Bernhard?«

Mutter schlug mit der Hand auf den Tisch.

»Sag nicht die ganze Zeit, nicht wahr, Bernhard!«

Vater stand auf. Er war blass und fast nicht wiederzuerkennen.

»Gib Alfred Bescheid, wann er euch zum Bahnhof fahren soll.«

Er ließ seine Serviette auf den Boden fallen und ging zur Tür.

Mutter wurde einsichtiger und war nicht mehr so bissig.

»Wohin willst du?«, fragte sie.

»Ich werde Beate die allerbesten Referenzen geben«, sagte Vater.

Er warf die Tür so hart hinter sich zu, dass die Scheine auf dem Tisch hochflogen, und noch bevor sie wieder gelandet waren, öffnete er sie wieder und zeigte auf das Geld, das auf die weiße Tischdecke hinabsegelte, zwischen Gläsern, Bestecken, Tellern, Karaffen, Blumen und uns.

»Und das kannst *du* Beate als Anerkennung geben! Tröiedüs!«

Ja, tröiedüs!

Deutlicher konnte es nicht gesagt werden.

Habe ich übrigens schon erwähnt, dass Vater keinen Humor hatte, genauso wenig wie Gott, was übrigens nicht zu vergleichen ist? Vielleicht irre ich mich aber auch, was Vater betrifft, meine ich. Er hatte Humor. Aber er wusste selbst nichts davon, und deshalb war es für uns andere auch schwer, ihn zu entdecken, und er war umso leichter misszuverstehen.

Lange, nachdem ich ins Bett gegangen war und schlaflos dalag, hörte ich, dass Mutter ein schlechtes Gewissen hatte. Ich hörte es an ihren Schritten. Sie ging zu Vater hinein.

Am nächsten Abend fuhren wir mit dem Nachtzug nach Kopenhagen, wo wir den Zug wechselten und mit einem anderen Zug weiter nach München fuhren. Ich schlief die meiste Zeit. Träume huschten vorbei. Sie rochen nach Parfüm, Samt und Kohle. In München wurden wir von einem Wagen abgeholt und nach Wörishofen gebracht, genauer gesagt in das berühmte Kurbad von Monsignore Kneipp. Aber darüber werde ich vorläufig nicht mehr sagen.

EIN GENTLEMAN AUF DER VATERLANDSBRÜCKE

Das ist einfach nicht gut.

Nottos Worte erschreckten mich. Es musste ziemlich schlimm um ihn stehen, wenn er solche Worte von sich gab. Die Zeit war knapp. Die Zeit langer Umschweife war vorbei. Ich steckte alles, was ich an Medikamenten und Hilfsmitteln hatte, in die Tasche, nahm die Straßenbahn bis zum Stortorvet und ging entschlossen nach Grønland, zur Vaterlandsbrücke. Keine weiteren Umschweife! Kurs geradeaus! Die Zeit ist, wie gesagt, für uns alle knapp! Dennoch blieb ich einen Augenblick mitten zwischen dem Ost- und dem Westteil der Stadt stehen, schaute hinunter auf den dunklen Fluss, und mir fiel ein, was der Volksmund sagt, als Warnung, als Drohung, selbst auf Besserud hatte ich es gehört, heimlich auf dem Schulhof geflüstert, unter dem Hauspersonal, und hatte nicht Alfred es auch einmal erwähnt: *Pass auf, sonst landest du auf der anderen Seite der Brücke.* Was bedeutete das? Das bedeutete, ins Gefängnis gesteckt zu werden, in Botsen. Aber ich wollte trotz allem nicht dorthin, ich wollte zu Alvims Herberge, eine schiefe Bruchbude, in der es auch einen Tabakladen gab. Ich ging dort hinein, wo ich annahm, dass hier die Rezeption war. Eine stattliche Frau stand dort, die Ellbogen auf den Tresen gestützt, den

Kopf in den Händen, sie hatte wenige oder gar keine Zähne, das Doppelkinn quoll zwischen ihren Fingern hervor – haben Sie um Gottes willen Nachsicht mit meiner vorurteilsvollen und aufdringlichen Präsentation. Ich war in fremdem Land. Und möchte im Namen der Gerechtigkeit nicht damit hinterm Berg halten, dass die Pensionsmutter mich und meinen Auftritt mit all dem Widerwillen musterte, der sich aus menschlichen Poren herauspressen lässt.

Keine Umschweife!

»Ist Herr Notto Fipp hier zu finden?«

»Wenn noch etwas von ihm übrig ist. Und wer sind dann Sie?«

»Ich bin sein Freund! Was haben Sie gesagt? Noch übrig?«

Die Pensionsmutter lächelte breit mit dem leeren Mund.

»Freund? Hat Notto so feine Freunde wie Sie, mein Herr?«

»Ich bitte Sie geduldig, sich zu beeilen.«

Sofort wurde die Pensionsmutter wieder misstrauisch. Ihr Gesicht war ein ganzes Laboratorium.

»Sie sind doch nicht von der Polizei? Denn hier ist alles in Ordnung!«

Jetzt wurde ich ungeduldig, ich begann zu zittern, versuchte es jedoch zu verbergen und hätte fast gerufen:

Schlammfotze!

Stattdessen streckte ich ihr die Hand entgegen.

»Ich bin außerdem auch Notto Fipps Arzt. Bernhard Hval. Rikshospital. Könnten Sie mir sein Zimmer zeigen?«

Die Pensionsmutter seufzte.

»Gott sei Dank. Ich habe schon eine Zeitlang gefürchtet, ich müsste den Totengräber rufen.«

Totengräber? Konnte diese Person nicht einfach geradeheraus und ohne Umschweife reden?

Doch ich hielt mich im Zaume. Kurs geradeaus.

Die Pensionsmutter öffnete eine Luke im Tresen, schob sich hindurch und ging mit mir in den ersten Stock, leichtfüßig, trotz ihrer Schwere. Ich war natürlich noch unruhiger geworden. War Notto Fipp am Rande des Todes? Am oberen Treppenabsatz stand ein Spucknapf. Viele hatten nicht getroffen. Darum konnte ich mich jetzt nicht kümmern. Wir gingen einen engen Flur entlang, der nach rechts abfiel, es war, als wären wir an Bord eines sinkenden Schiffes, und schließlich blieben wir vor der letzten Tür stehen.

Die Pensionsmutter klopfte an.

Niemand öffnete.

Ich klopfte an.

Auch dieses Mal kein Erfolg, es war kein Geräusch aus Zimmer elf zu hören. Vielleicht lag er da und schämte sich, weil er seine Tour nicht beendet hatte? Vielleicht war er bereits tot?

»Notto Fipp! Hier ist Bernhard Hval!«

Als riefe ich in den Wald.

Stattdessen wurden die anderen Türen weit aufgerissen, und eine bunte Schar von Passagieren, Männer wie Frauen vom untersten Deck, Kupfernasen und Rotschöpfe, Große wie Kleine, steckten ihre Köpfe heraus, neugierig, erschrocken und halbnackt. Es gab offensichtlich Seiten an diesem Etablissement, die das Tageslicht scheuten. Das war kein Geheimnis.

»Hat jemand Notto gesehen?«, fragte die Pensionsmutter.

Niemand hatte ihn gesehen. Niemand hatte überhaupt etwas gesehen. Sie waren auffällig blind.

Und die Pensionsmutter wurde blass, denn von Todesfällen und Verbrechen wollte sie nichts wissen. Das war nicht gut für den Ruf, auch wenn Alvims bereits mehr als einem Vagabunden, der nach Oslo gekommen war, um sein Glück an der Vaterlandsbrücke zu suchen, Herberge gewährt hatte. Nein, Gerüchte waren eine Sache, die Wahrheit eine andere. Sie war viel schlimmer. Sie drohte mit der Faust, und die Gäste und Kunden zogen sich sofort zurück, alle zugleich, widmeten sich wieder ihren dunklen Geschäften.

»Ich hole den Schlüssel«, sagte sie.

Ich schob sie beiseite.

»Dafür haben wir keine Zeit. Gehen Sie zur Seite.«

Ich nahm so weit Anlauf, wie in dem engen Flur möglich war.

»Eins, zwei, tröiedüs!«, rief ich.

Dann trat ich die Tür ein, und der Anblick, der sich uns bot, war schlimmer, als ich erwartet hatte, und selbst die Pensionsmutter, von der ich annehme, dass sie schon so einiges gesehen hatte, was es auf der menschlichen und unmenschlichen Skala und dessen Maßstab zu finden gab, verbarg ihr Gesicht in den fleischigen Händen, und ihre Finger sahen aus wie dicke Würstchen, die auf einem hellblauen Teller schwammen. Nein, Notto Fipp hatte nicht übertrieben, eher im Gegenteil. Es war schlimm. Mir kamen die Tränen. Die Schuhe standen vor einem Stuhl, ohne Absätze und Sohlen. Die Mütze hing an einem Haken, der Schirm hatte sich gelöst. Und er selbst lag auf dem Bett wie ein Skelett, zusammengeflickt mit Sicherheitsnadeln, damit nicht alles auseinanderfiel, gekleidet in die jämmerlichsten Flicken und Fetzen. Sein Gesicht war eingefallen und knochig, die Augen zu groß, der Mund zu klein, der Spitzbart wuchs in alle Richtungen, und der linke Fuß war angeschwollen und fast blau und fiel wie ein schweres Lot über den Bettrand, während das Kopfhaar aussah wie der reinste Pulverhaufen. Hier war nicht nur ein Arzt gefordert. Hier mussten auch ein Schneider, ein Friseur und ein Schuhmacher her. Ich riss mich zusammen, um meinem Ruf folgen zu können.

»Hörst du mich, Notto Fipp?«

Seine Augen richteten sich mit leerem Blick auf mich.

»Ja. Das ist nicht schwer.«

»Erkennst du mich wieder?«

»Ich kenne nur einen Menschen mit Weste und Uhr. Bernhard Hval.«

Notto Fipp lebte und war, soweit ich das beurteilen konnte, im Vollbesitz seiner geistigen Kräfte. Es fehlte nur einiges an seinen physischen. Ja, da fehlte so einiges. Ich setzte mich zu ihm auf die Bettkante. Das war keine Suite mit Bad und water closet im Westminster Hotel in Nizza, Promenade des Anglais, nein, das war Alvims Herberge in Grønland, Vaterlandsbrücke, und ich hätte liebend gern mit ihm getauscht, das sage ich mit der Hand auf dem Herzen, dass ich gern getauscht hätte, mich selbst als ein Wrack auf ebendiese hartgelegene Matratze gelegt und Notto Fipp auf Hochzeitsreise geschickt hätte. Diese Idee erwähne ich nicht, um mich besser zu machen, als ich war, denn das nützt sowieso nichts, sondern um mich zumindest nicht schlechter zu machen, als ich bin.

»Wie lange liegst du schon hier?«, fragte ich.

»Das weiß ich nicht. Die Zeit verschwimmt.«

Die Pensionsmutter trat nun auch herein und schaute sich um.

»Er ist seit letzten Mittwoch hier. Und was haben Sie gedacht, was Sie mit der Tür machen wollen?«

Notto hatte also seit fast zwei Wochen hier im Zimmer Nummer elf geschmachtet, und zwar ohne dass die Pensionsmutter nach ihm gesehen hätte. Sie ging mir auf die Nerven. Ich hätte sie an die Regeln erinnern können. Galten die nicht auch für Pensionsmütter? Ich hätte sagen können, dass ich mit einem Fingerschnips die Herberge schließen und für alle Zeiten verbarrikadieren konnte. Was zählte in diesem Zusammenhang eine Tür? Kurz und gut, ich musste sie loswerden, koste es, was es wolle.

»Ich werde natürlich für die Tür remboursieren«, sagte ich.

Die Pensionsmutter kam mit ihrem gesamten Bug gefährlich nahe, und ich wollte auf keinen Fall Landberührung mit ihr riskieren.

»Das haben Sie bereits getan! Ich dulde hier keine weitere Remboursierung mehr!«

Ich holte tief Luft und schluckte den Gestank nach verdorbenen, verschimmelten und verirrten Geschöpfen hinunter und hätte fast so laut losgeschrien, dass selbst die Vaterlandsbrücke Risse bekommen hätte. Ja! Was für ein Durcheinander! Kuddelmuddel und Schinkenspeck! Flittchen!

Stattdessen sagte ich, mit all dem Gewicht und der Autorität, die ich in jedes einzelne Wort legen konnte, ja, jede Silbe war ein Zeigefinger:

»Ich muss doch darum bitten, dass Sie das Zimmer verlassen und mich mit dem Patienten allein und in Frieden lassen, bis ich einen anderen Bescheid gebe!«

Meine Damen und Herren, bitte rot im Kalender anstreichen! Rot im Kalender der Alvims Herberge anstreichen, die so niedrige Decken hatte, dass selbst die totgeborenen Föten in den Gläsern im Rikshospital ihre Marken hinterlassen konnten! Errare! Aber ich war nicht nur ein Lästermaul. Ich hatte mir selbst einen Eid geschworen und hielt mich an der Kandare. Welch ein Sieg!

Die Pensionsmutter ließ sich jedoch nichts sagen.

»Sie haben hier gar nichts zu bestimmen. Hier bestimme ich.«

Ich holte ein paar Scheine hervor, die ich ihr gab, und sie ließ sich mindestens zweimal bitten. Während sie nachzählte, auf den Daumen spuckte und noch einmal zählte, wurde ihre saure Miene zu Sukkade.

»Und seien Sie so gut und machen die Tür hinter sich zu«, sagte ich.

Die Pensionsmutter zögerte einen Moment, denn die Tür ließ sich nicht schließen, schob die Scheine in den Kleiderärmel und ging schließlich, widerstrebend und zufrieden.

Dann waren wir endlich allein.

»Bin ich jetzt dein Patient?«, fragte Notto Fipp.

Ich öffnete die schwarze Tasche, in der ich meine bescheidene Ausrüstung mitgebracht hatte, das war nicht mehr als ein Medizinschrank, den ich herumtragen konnte. Besser als nichts.

»In allerhöchstem Grade«, sagte ich.

Sein Fuß machte mir die größten Sorgen. Die Füße waren sein Werkzeug. Eine Hand hätte er opfern können, sogar einen Arm. Der Fuß dagegen war nicht zu ersetzen. Hatte bereits der Wundbrand eingesetzt? Es war keine Zeit zu verlieren. Aber erst einmal maß ich den Puls. Und das Herz schlug im Takt, wenn auch in einem gewissen Stakkato. Als ich sein Hemd zur Seite schob, standen die Rippen wie Eisenbahnschienen vor und konnten mit bloßem Auge eine nach der anderen gezählt werden. Bei Berührung gab es keinen Zweifel. Die Abfuhr war geknebelt. Er war ganz einfach zu und verstopft.

»Wann hattest du das letzte Mal Stuhlgang?«

»Stuhlgang?«

»Ein dringendes Bedürfnis. Wann hattest du das letzte Mal ein dringendes Bedürfnis?«

»Du brauchst nicht in Rezepten mit mir zu reden.«

»Das wird sich nicht wiederholen. Wann hast du das letzte Mal den Enddarm entleert?«

»Das weiß ich nicht mehr.«

»Nachdem du hierhergekommen bist oder während du gegangen bist?«

»Ich glaube, während ich gegangen bin. Auf jeden Fall musste ich bei Stange hinter einen Baum.«

Notto Fipp hatte sich also seit fast einem Monat nicht mehr entleert. Er konnte an Vergiftung sterben. Er konnte ganz einfach platzen. Ich durfte es nicht zeigen, damit er sich nicht noch elender fühlte.

»Tut das weh, wenn ich hier drücke, Notto?«

»Ja. Ich bin wieder dick geworden.«

»Dick? Hast du dich mal im Spiegel gesehen? Du bist nicht runder als ein norwegischer Flaggenmast.«

Notto Fipp war jedoch unerschütterlich und hielt an seiner Meinung fest.

»Ich muss bald raus und wieder gehen«, sagte er.

Schnell begriff ich, dass hier andere Mittel als Behauptungen, Ermahnungen oder gutes Zureden gebraucht wurden, unter anderem Rizinusöl. War ich etwa nicht auf seiner Seite? Waren wir etwa nicht vom selben Schlag?

»Warum bist du vor Evje umgekehrt?«, fragte ich.

Notto Fipp schloss die Augen, und hätte man es nicht besser gewusst, man hätte glauben können, dass er auf seinem eigenen Totenbett lag. Sprach er im Schlaf, redete er wirr?

»Was bedeutet eigentlich tröiedüs?«

Dann hatte er uns also doch da draußen gehört, sich aber geziert und mich gezwungen, die Tür zu ramponieren.

Ich erwiderte seine Nachsicht.

»Das war nur etwas, was mein Vater immer zu sagen pflegte. Es stammt aus dem Französischen. Trois et deux. Ein schlechter Wurf beim Würfeln.«

»War er ein Spieler, dein Vater?«

Ich dachte nach.

»Vielleicht war er das. Er ist schon seit langem tot.«

»Davor müssen wir uns in Acht nehmen, Doktor. Vor dem Spiel. Das kann uns den Tod kosten.«

Notto Fipp sagte *wir*. Jetzt war es bestätigt. Der Stempel war aufgedrückt. Ich war auf seiner Seite. Wir gehörten zu dem kantigen Volk. Ich war bewegt, soviel darf ich einräumen, und nicht gerade wenig, das gebe ich auch zu. Es war, als wäre ich endlich zu Hause angekommen.

»Du bist nicht mein Patient«, sagte ich. »Du bist mein Freund, Notto Fipp.«

Ihm fehlte die Kraft, etwas dazu zu sagen.

Vorsichtig legte ich den blauen, angeschwollenen Fuß auf seinen Platz im Bett.

»Tut das weh?«

Notto Fipp versuchte sich ein wenig im Bett aufzurichten, um bessere Sicht zu haben.

»Ich merke gar nichts. Es ist, als wäre er gar nicht da, obwohl ich ihn doch deutlich sehen kann.«

Dass er keine Schmerzen verspürte, konnte ein gutes Zeichen sein, dafür, dass die Entzündung sich nicht ausgebreitet hatte, aber ebenso gut konnte es ein schlechtes Signal sein, dafür, dass der Fuß tot war und amputiert werden musste.

Ich kam direkt zur Sache: »Du brauchst Nahrung.«

»Soll ich noch dicker werden?«

Ich war gezwungen, ihn hart anzufassen:

»Nein, Notto Fipp. Du brauchst Nahrung, sonst verschwindest du in dir selbst und kannst nicht mehr gehen!«

Er lauschte diesen kraftvollen Worten und war für eine Weile gefügig.

»Welche Art von Nahrung?«

»Ich dachte, wir fangen an mit Fleischpepton. Was sagst du dazu?«

Nicht mehr gefügig, ganz im Gegenteil:

»Lass mich in Ruhe.«

Es gab keinen Zweifel: Fieber, aber nicht typhoid. Er redete nur vor sich hin.

»Willst du Milch haben?«

Notto Fipp schaute mich an, seufzte schwer, und sein mitgenommenes Gesicht leuchtete derart auf, dass es der Unschuld und reinen Schönheit eines Kindes ähnelte, als wäre das Fieber im selben Moment weggepustet.

»Ja«, sagte er. »Ein bisschen Milch könnte mir schmecken.«

Ich untersuchte seinen Fuß noch einmal, und jetzt fand ich einen Abszess an der Hacke, hart wie eine Kastanie. Ich hatte weder Skalpell noch Lanzette in meiner Tasche, ganz zu schweigen von Betäubungsmitteln. Aber wie mein Mentor, Doktor Lund, immer zu sagen pflegte: Benutze das, was du zur Hand hast, wenn ein Leben auf dem Spiel steht. Ich nahm eine der Sicherheitsnadeln aus dem Pullover, entzündete ein Streichholz und erhitzte die Nadel, während Notto Fipp kein Wort sagte. Er war in meinen Händen. Dann steckte ich die Nadel in die Beule, schnell und brutal, und der Eiter floss heraus, und ich hörte ein lautes Stöhnen von meinem Patienten, Notto Fipp, das in einen tiefen Seufzer überging, Leiden und Erleichterung gleichzeitig.

Das hätte Vater sehen sollen.

Seine Nadeln kamen in meinen Händen zu ihrem Nutzen.

Ich reinigte die Wunde mit ein wenig Branntwein, den ich mitgebracht hatte, genauer gesagt, mit echtem Cognac, und legte einen Verband an.

»Wir müssen wohl in einer Woche einen Widaltest machen, um ganz sicherzugehen«, sagte ich.

Notto Fipp war misstrauisch:

»Widaltest?«

»Dann nehme ich nur am Ohr ein bisschen Blut ab und schicke es ins Krankenhaus. Du musst nicht mit. Nur das Blut. Wir können nicht das Risiko eingehen, dass der Typhus sich wieder ausbreitet.«

Notto Fipp reichte mir die Hand.

»Du bist ein guter Mensch, Bernhard. Und davon gibt es nicht so viele.«

»Na, immerhin sind wir schon zu zweit«, sagte ich.

Wir waren beide gerührt.

Bevor ich ging, um meine Einkäufe zu erledigen, überlegte ich, gab ihm drei Gramm Bromkalium, und sofort schlief er ein.

Unten an der Rezeption stand immer noch die Pensionsmutter, und ich legte einen weiteren Schein auf den Tresen. Nichts macht die Menschen weicher als ein wenig Kapital.

»Bringen Sie einen der Landstreicher dazu, die Tür zu reparieren, und sorgen Sie dafür, dass abgekochtes Wasser bei Herrn Fipp steht, wenn ich zurück bin.«

Die Pensionsmutter war die Hilfsbereitschaft in Person, ja, sie schien sich sogar Sorgen zu machen.

»Und wie geht es ihm?«

»Den Umständen entsprechend einigermaßen. Aber lassen Sie es nicht zur Gewohnheit werden, dass in Ihrem Hospiz die Gäste dahinsiechen und sterben.«

Die Pensionsmutter senkte den Kopf und bekreuzigte sich, und alles war ziemlich abstoßend.

»Ich dachte, Sie wären von der Polizei.«

Und plötzlich überkam es mich, eine Inspiration, wie eine Eingebung, ja, eine Eingebung in allen Bedeutungen des Wortes, so müssen sich Dichter in gewissen Momenten fühlen, wenn die Gedanken sich vom Anker der Finsternis befreien und Segel setzen können. Ich kann es nicht mit weniger Worten beschreiben.

»Pisang!«, rief ich. »Musa sapientum!«

Die Pensionsmutter fuhr erschrocken zusammen und war bereits kurz vor den Tränen, sie war Sukkade und Zitrone, eins ums andere.

»Ich bitte sie«, flehte sie. »Sie können Ihr Geld zurückhaben.«

Ich musste sie beruhigen.

»Sie können in den Zimmern machen, was Sie wollen. Das geht mich nichts an. Mir ist nämlich gerade eine wunderbare Idee gekommen. Machen Sie sich keine Sorgen mehr. Wirklich nicht, liebe Pensionsmutter.«

»Danke. Sie sind ein wahrer Gentleman.«

Ich hatte keine Kräfte mehr, um ihr zu widersprechen.

Dann fuhr ich schnurstracks hinaus nach Filipstad, wo Bananen-Matthiessen seine neue Bananenreifanlage hatte, ging in die Veredlungshalle hinein und sah diese herrlichen, graziösen Früchte in Reih und Glied hängen, so weit das Auge reichte, noch grün, doch bald würden sie wie gelbe, weiche Bumerangs glänzen. Ein Paternoster brachte die Last direkt vom Schiff, das am Kai lag, hierher, und eine Mannschaft von drei Mann hob die Bündel umgehend aus den Luken und hängte sie an das Laufband unter der Decke. Das waren die modernen Zeiten. Bananen und Industrie! Ich musste erst einmal den obersten Hemdenknopf öffnen. Die Hitze erschien aufdringlich. Das bemerkte ich erst jetzt. Wir befanden uns in einer tropischen Zone des Osloer Hafens. Hier, in einem klaren, deutlichen Bild, kam also das Fremde, dem wir entgegenstrebten, zum Vorschein. Pisang! Musa sapientum! Kurz gesagt, Bananen! Wir waren ein Teil der Welt. Wir waren dabei. Sollten doch im Frognerpark Palmen wachsen und die Mitternachtssonne nach Afrika ziehen! Es war nämlich meine Idee, meine Königsidee, dass dieser leicht verdauliche Stoff der beste für Notto Fipp war. Bananen konnten ihm Nahrung geben und die Gedärme schmieren und sein Rectum arbeitswilliger machen. Bananen konnten ihn wieder auf die Beine bringen, dorthin, wo er hingehörte. Zwischen zwei Schichten gelang es mir, mit einem der Arbeiter zu sprechen. Er verwies mich an einen Mann in weißem Kittel, der mit einem Thermometer und einem Notizblock zwischen den grünen Waren herumlief. Ich reichte ihm die Hand und störte ihn.

»Mein Name ist Doktor Bernhard Hval. Rikshospital. Ich würde gern eine Bestellung aufgeben.«

Eine gewisse Skepsis:

»Doktor? Was wollen Sie hier? Sind Sie auch im Handel tätig?«

»Ganz und gar nicht. Ich möchte die Banane in medizinischer Absicht benutzen und könnte mir denken, dass wir in diesem Zusammenhang gemeinsame Interessen haben.«

Plötzliches Entgegenkommen.

Der Temperaturmesser nahm meine Hand.

»Jonas Jensen. Reifungsingenieur. In welcher medizinischen Absicht, wenn es erlaubt ist, zu fragen?«

»Aber sicher. Verdauung. Wir haben einen Patienten, ich kann nicht näher darauf eingehen, aber er leidet unter akutem Nährstoffmangel, und ich würde gern in diesem Zusammenhang Ihre Bananen ausprobieren.«

Jonas Jensen wurde immer eifriger.

»Da sind Sie an den rechten Mann gekommen. Lassen Sie die Bananen einen Tag lang bei Raumtemperatur hängen. Ich kann auch empfehlen, die unreifen Bananen zu kochen. Eine Delikatesse.«

Zum Schluss bekam ich eine Handvoll Bananen, und wir unterschrieben eine Abmachung, laut der die genannte Frucht geliefert werden sollte, wenn die Behandlung sich als erfolgreich herausstellen sollte, und zwar an meine Adresse am Skovveien. Auf dem Rückweg schaute ich in der Apotheke in Grensen vorbei und kaufte ein Glas mit Rizinusöl und Dittens Frostsalbe, Milch holte ich auf dem Youngstorget, Kautabak in dem Laden neben Alvims Herberge, und als die Pensionsmutter mich wiedersah, schöpfte sie Verdacht, was immer das auch zu bedeuten hat, aber ein Mann mit Bananen sorgt so oder so für Aufmerksamkeit, das muss ich zugeben. Es gelang mir jedoch, an ihr vorbeizukommen, ich lief die Treppen hinauf, die Tür zu Zimmer elf war bereits repariert, aber nicht verschlossen, und Notto Fipp schlief immer noch. Ich setzte mich zu ihm und betrachtete diesen Mann, der vom ersten Augenblick an so einen Eindruck auf mich gemacht hatte, vielleicht, weil er mein Spiegel war, er wusste, wer ich war, aber habe ich jemals erfahren, wer er war, und hatte ich jemals die Möglichkeit, ihm das zu sagen? Ich weiß es nicht. Deshalb schreibe ich das hier auf, damit Gerechtigkeit herrscht. Ich maß seinen Puls. Er war niedrig und gleichmäßig. Gut. Der Fuß war nicht länger derart angeschwollen. Auch gut. Die Pensionsmutter hatte sogar eine Schüssel mit abgekochtem Wasser ins Zimmer bringen lassen. Sehr gut. Ich wechselte den Verband, säuberte die Wunde, flößte ihm Rizinusöl ein, nahm bei der Gelegenheit selbst einen Schluck von dem Cognac und weckte somit Notto Fipp.

Es dauerte eine Weile, bis er bei sich war.

»Ich fühle mich immer noch dick«, sagte er.

»Das wird nicht mehr lange dauern.«

»Ich darf nicht so dick sein, wenn ich von Kristiansand hierhergehen will.«

Ich ließ ihn in aller Ruhe ausreden.

»Du willst von Kristiansand aus gehen?«

»Habe ich mir so gedacht, ja.«

»Und warum nicht in Oslo anfangen?«

»Weil es besser ist, den anderen Weg zu nehmen.«

Notto Fipp fing an zu jammern, und ich half ihm aus dem Bett, brachte ihn zu dem jämmerlichen Abtritt auf dem Flur, setzte ihn dort ab und wartete. Es ging seinen Gang. Ich musste ihm alte Zeitungen zerreißen und alles an Papier und Taschentüchern geben, was ich hatte. Doch alle wissen, welche Erleichterung es ist, endlich seinen eigenen Müll loszuwerden. Notto Fipp stand auf und kam als ein neuer Mensch heraus. Ja, er war augenblicklich bereit, wieder loszugehen. Einiges an Überredung und physischer Anstrengung waren nötig, um ihn zurück ins Zimmer und ins Bett zu bringen, wohin er vorläufig noch gehörte.

Er bekam Milch und leerte umgehend die Flasche.

»Wie willst du denn nach Kristiansand kommen?«

»Ich habe mir gedacht, mit dem Fahrrad zu fahren. Wenn der Fuß sich endlich wieder zusammengerissen hat.«

Ich sah ihn ungläubig an.

»Mit dem Fahrrad? Willst du erst von Oslo nach Kristiansand radeln und anschließend hin- und zurückgehen?«

»Ich kann die See nicht ab, und eine andere Mitfahrmöglichkeit kann ich mir nicht leisten.«

»Mein lieber Freund. Ich werde dich fahren. Beide Wege, wenn es denn sein muss.«

Notto Fipp schaute in meine Richtung.

»Das ist zu viel verlangt.«

»Das ist gar nichts. Dann haben wir endlich einmal Zeit, uns miteinander zu unterhalten.«

Plötzlich hob Notto Fipp seine Stimme.

»Nein, das wäre geschummelt.«

»Geschummelt? Wir können gerne einen Vertrag darüber aufsetzen, dass du nie einen Fuß in mein Auto gesetzt hast. Sind wir etwa keine ehrlichen Menschen? Wir müssen gar nicht miteinander reden. Ich gebe dir nur Bananen und Milch.«

Notto Fipp hob die Hand, und ich ergriff sie. Das genügte für unsere Abmachung.

»Warum tust du all das für mich?«, fragte er.

»Muss ich einen Grund dafür haben?«

»Ja, das musst du.«

Ich drückte seine Hand noch fester.

»Als der egoistische Mensch, der ich tief in meinem Inneren bin, möchte ich, dass du mir auch einen Dienst erweist.«

»Das würde eine große Freude für mich sein! Sag, was ich tun soll.«

»Ich möchte, dass du mein Trauzeuge bist.«

Notto Fipp ließ mich los und stand erschrocken auf, nein, vollkommen verwirrt stand er aus dem Bett auf.

»Dein Trauzeuge? Bei deiner Hochzeit?«

»Wenn du zusagst, wird mir eine Last von meinen Schultern genommen. Ich hoffe, der zwölfte September ist noch frei auf deinem Kalender.«

»Muss ich dann auch eine Rede halten?«

»Das musst du leider. Das gehört dazu.«

Notto Fipp schwieg eine ganze Weile, in sich versunken ließ er sich wieder aufs Bett sinken.

»Worte sind nicht gerade meine stärkste Seite.«

»Es müssen auch nicht viele sein«, sagte ich.

Ein zweites Mal nahm ich Notto Fipps Hand und erwähnte lieber nicht, dass der Schneider bei Franck im Bogstadveien ihn nach der neuesten Mode herrichten und der Friseur im Grand sein Haar richten und den Spitzbart, diese dünne, aber unverwechselbare Signatur trimmen würde, zu einem würdigen Abschluss des Gesichts.

»Ein Gentleman kann kommen, wie er will«, sagte ich.

IN DER ZWISCHENZEIT

Nach einigen wird Brot und eine Kur benannt, während andere stillschweigend übergangen werden und in Vergessenheit geraten. Das ist eine Verteilung, die ich nicht akzeptieren kann. Deshalb ist es mir ein Anliegen, auch in diesem Elogium Notto Fipp sichtbar zu machen. Kneipp! Monsignore Johann Sebastian Kneipp, päpstlicher Kammerherr und Gemeindepfarrer in Bayern! Was ist nicht alles nach ihm benannt worden! Es gibt ihn in Bäckereien und Bibliotheken auf der ganzen Welt! *Kneippbrot! Zum Wohle des Magens, des Bluts und der Zähne! Mein Testament! Natura sanat!* Weniger tut es nicht. Welche Komik! Und dabei habe ich noch gar nicht die Sandalen erwähnt, die ebenfalls seinen Namen tragen. Es gibt bald in jeder Hauptstadt von Bedeutung eine Kneippkur, selbst in Oslo hat er eine Halle, die Kneipphalle im Midtstuen Sanatorium. Ich rechne damit, dass sie schon vor langer Zeit geschlossen wurde. Was hat er doch geschrieben, so demütig, in seinen gesammelten Werken, die er als nichts Geringeres als *Mein Testament* bezeichnet hat. Ja, genau. *Gegen den Tod fließt kein Wasser.* Kneipps Kur bestand mit anderen Worten aus Wasser, Wasser und nochmals Wasser, und dazu eine bestimmte Diät, die auf jeden Patienten einzeln zugeschnitten wurde, Gemüse, Obst, Quark, Sauerkraut, und selbstverständlich Brot, Kneippbrot. Sein Wahlspruch: *einfach, gut, nahrhaft und billig.* Doch das Wasser war Kneipps wahres Element, sein Werkzeug. Und dennoch konnte dieser Kammerherr und Gemeindepfarrer immer vollständige Heilung versprechen. Oh, päpstlicher Scharlatan! Ich werde dich ohrfeigen! Derjenige, der behauptet, immer recht zu haben, irrt sich am meisten. Derjenige, der am meisten verspricht, bricht seine Versprechungen am häufigsten. Dorthin reisten meine Mutter und ich im August 1906 also, zu Kneipps berühmter Kur in Wörishofen, während Notto Fipp noch im Tal der Schatten wanderte, als könnte er nicht der Dunkelheit von The Morgue entkommen.

Es war, wie ins Paradies zu kommen.

Der Dampf von den Becken und Wannen lag wie ein sanfter hellblauer Nebel über allem, und Menschen der unterschiedlichsten Façon, Frauen wie Männer, zeigten sich und verschwanden wieder, wie Gespenster oder Engel, einige fast nackt, andere in weißen Gewändern. Es sah aus, als gingen sie auf dem Wasser, und um alle kümmerten sich Ärzte und Bademeister, die treuen Schüler des verstorbenen Kneipp, und niemand sagte etwas, es war still, abgesehen von allem, das floss und nie ein Ende nahm, und das machte mich auf eine Art und Weise schläfrig, die ich nie zuvor gekannt hatte, und trotzdem konnte ich nicht schlafen, und die Zeit setzte aus. Ich trieb und ließ mich treiben. Eine Zeitlang war das herrlich. Wir wohnten in einem weißen, luftigen Zimmer. An den Abenden konnte ich die grünen Wiesen sehen, auf denen die Schafe grasten, und die steilen Felsen, die jedes Mal ihre Farbe wechselten, wenn eine Wolke vorbeizog. Dachte ich das damals oder erst jetzt zur schreibenden Stunde: Die Wolken sind stärker als das Gebirge. Dann wurde auch ich nervös, wenn ich es nicht schon längst gewesen war. Ich trieb nicht mehr. Ich sank. Ich hatte keine Zeit, an der ich mich hätte festhalten können. Jetzt waren wir zwei Patienten. Doch nur Mutter bekam eine Behandlung. Und man konnte nicht nur Wannenbäder oder Wässern bekommen. Hier gab es Schlammbäder, Umschläge, Abreibungen, Eispackungen, Wickel, Sturzduschen, Dämpfe, um nur einige der Methoden zu erwähnen. Kneipp war außerdem sehr an Füßen interessiert. Man konnte zwischen heißen und kalten Fußbädern wählen, Wechselfußbädern, Fußduschen und einfachen Fußbädern. Es war die Botschaft des Monsignore, dass an jeder Krankheit der gesamte Körper beteiligt war. Wenn Mutter im Kopf nervös war, konnte das durch Abhärtung der Füße kuriert werden, beispielsweise, indem sie fünf Minuten im kältesten Becken Wasser trat, um anschließend ebenso lange im Dampfbad zu sitzen, um danach wieder zurück zum Becken zu gehen. Das sollte in einem *Umstimmen des Organismus* resultieren. Wenn dem doch so gewesen wäre. Kneipps begeisterter Schüler, Dr. med. Albert Schalle, der selbst aus Wörishofen stammte, empfahl außerdem Heublumensäckchen auf dem Knie und nicht zuletzt die Anwendung von Lehm, sowohl im Umschlag als auch als Streupulver. Er behauptete Ozaena, also Stinknasen kurieren zu können, indem er bolus alba, weiße Tonerde, zwischen die Zehen legte. Ja, du natura sanat! Meine Mutter entschied sich jedoch für den spanischen Umhang. Das bedeutete, dass sie dick eingewickelt auf einer Bank in der frischen Luft lag, gerne mehrere Stunden lang. Es war übrigens eine riskante Kur, da geringere Wickelungen um einzelne Körperglieder leichter zu erwärmen sind. Mutter dagegen erkältete sich und drohte damit, ihre Hoheit Kneipp zu verklagen, auch wenn er tot war, wurde jedoch überredet, stattdessen den Dampfkasten auszuprobieren. Kneipp hatte nämlich lokale Dampfbäder eingeführt, und Mutter entschied sich für das Unterleibdampfbad. Ich durfte nicht zusehen: Sie saß auf einem Stuhl mit durchlöchertem Sitz über einem dampfenden Topf, dem Heublumen, Haferhalme und Kamille zugesetzt worden waren, zehn Minuten lang, anschließend wurde sie langsam mit Fußbädern und Knieschlammpackungen abgekühlt.

Mutter ging es besser.

Mir nicht.

Eines Morgens, als Mutter ihr Kurfrühstück aß, Kneippbrot, Kornkaffee und Kraftsuppe, und Fett für die Nerven bekam, hockte ich in dem flachsten Wasserbecken, knirschte mit den Zähnen und schnaubte, ich schaute mich um, schnaubte und knirschte mit den Zähnen, gekrümmte Gestalten wateten in dem schweren, klammen Dampf an mir vorbei, gebeugte Knochengerüste und Somnambule in Umhängen und engen Kappen. Ich war nicht mehr im Paradies. Gegen den Tod fließt kein Wasser. Der Wind von den Alpen brachte die Quellen des Todes zum Erzittern und schlug einen tiefen Riss in den Dampf. Da merkte ich, dass mich jemand beobachtete. Wir sind in dieser Beziehung sensibel. Andere sind aufmerksam Geräuschen oder Licht gegenüber. Ein Blick, von dem wir gesehen werden, ist gleichzeitig Geräusch und Licht. Denn wir wecken Aufmerksamkeit. Wir spüren die Blicke hinter uns. Wir spüren sie neben uns und um die Ecke herum, in Fenstern und Spionen. Ich drehte mich um, und plötzlich stand ein Mann da, die Hände auf dem Rücken. Er musste Arzt sein, denn er trug einen weißen Kittel und hatte Sandalen an den Füßen. Zuerst winkte er und wollte wohl, dass ich zu ihm komme. Aber das wollte ich nicht. Ich knirschte mit den Zähnen und schnaubte, schnaubte und knirschte mit den Zähnen. Dann zog der Arzt sich die Sandalen aus und kam stattdessen zu mir.

»Frierst du?«

Er sprach Norwegisch. Alle hier sprachen andere Sprachen, abgesehen von Mutter und mir, aber bis jetzt hatte ich noch nichts gesagt, auch jetzt nicht.

Ich schüttelte den Kopf.

»Hast du dich vielleicht erkältet?«

Noch einmal schüttelte ich den Kopf.

Der Arzt hockte sich hin und sagte etwas, das ich nie vergessen werde.

»Bist du wütend?«

Einen Moment lang hörte ich auf, mit den Zähnen zu knirschen, und ich schnaubte auch nicht mehr, mich überkam dieses Gefühl, durchschaut zu sein, auf frischer Tat ertappt, als hätte ich Vaters Waffenschrank geöffnet. Ich war entlarvt, denn ich wusste, dass ich wütend war, aber ich wusste nicht, worauf ich wütend war. Ich war wütend auf alles. Alles war wütend auf mich.

»Nein«, antwortete ich.

»Wie heißt du?«

Ich konnte mich gerade noch an meinen Namen erinnern und fing wieder an, mit den Zähnen zu knirschen, Funken sprühten aus meinem Mund.

»Bernhard. Hval. Bernhard. Bernhard. Hval.«

Der Arzt legte mir die Hand auf die Schulter.

»Warum beißt du die Zähne so fest aufeinander, Bernhard?«

Ich schaute in das kalte Wasser, versuchte aufzuhören, aber ich konnte es nicht, es war, als würde ich explodieren und in die Luft gehen, wenn ich nicht mit den Zähnen knirschte und schnaubte, schnaubte und mit den Zähnen knirschte, ich musste es tun, sonst würde ich sterben, und Mutter würde sterben, Vater würde sterben, und Alfred und Beate und der Rest des Hauspersonals würden sterben, und das war meine Schuld. Es wurde nur noch schlimmer als vorher. Ich war kurz vorm Weinen. Ich schluckte und schluckte, und das kam dann auch noch über mich, ich musste einfach schlucken. Ich knirschte mit den Zähnen, schnaubte und schluckte, schnaubte, knirschte mit den Zähnen und schluckte. Ich war eine ganze Fabrik. Und dennoch ging es um etwas anderes. Es war nur ein Umweg, eine Ausflucht, eine falsche Erklärung. Ob ich das damals eingesehen habe, als ich mich in Wind und Wasser kauerte oder es mir erst später zurechtgelegt habe, das kann ich nicht sagen, aber es gefällt mir, daran zu glauben, dass diese Gedanken bereits damals Form annahmen, in diesem entscheidenden Moment, nämlich dass es keine Moral, kein Gott, keine Obrigkeit und kein Diktator ist, der unsere hektischen Bewegungen steuert, es ist der *Zwang*, der uns antreibt, dieser unwiderstehliche mechanische und sinnvolle Zwang, das *sind* wir, unsere Signatur und unser Profil, und er wird von den anderen als komisch, unnütz und sinnlos angesehen. Sie haben nichts verstanden. Wir sind es, die Kantigen, die wir uns um all das Überflüssige auf der Welt kümmern. Wir tragen diese Bürde, damit die anderen frei von ihr sind. Es ist die Abwärme unserer Anstrengungen, die die Erde sich drehen lässt. Könnte nicht jemand zumindest einmal Danke sagen?

Ich habe sie schon früher erwähnt, die Gefahr, die damit verbunden ist, sich selbst zu finden, denn die meisten finden nicht das, wonach sie suchen, oder sie ertragen nicht das, was sie finden. Ich fand mich selbst in Kneipps Wasserbecken, am 28. August 1906.

Übrigens habe ich vergessen, unser schlechtes Gewissen zu erwähnen. Das muss als ein Teil unserer Vernunft hinzugefügt werden. Wir haben ständig ein schlechtes Gewissen. Wir tun unser Bestes, aber es ist nie gut genug. Das Gewissen bleibt, wie es ist. Verbirgt sich Gott darin, in dem Gewissen und allem, was dazugehört, nämlich die Scham und die Wut?

Trotzdem antwortete ich auf die Frage, warum ich die Zähne so zusammenbiss:

»Weiß ich nicht. Nein. Weiß ich nicht. Weiß. Weiß.«

Und dieser unbekannte Mann, von dem ich kein deutliches Bild zeichnen kann, weil ich ihm nie direkt in die Augen sah, etwas, was mich immer noch quält, er hielt meinen Kopf fest in seinen Händen, und ich ließ es geschehen.

»Denk an etwas anderes«, flüsterte er.

»An was?«

»Ganz gleich, an was, Bernhard. Vögel. Bäume. Berge. Das Erste, was dir einfällt.«

»Zahlen.«

»Wie weit kannst du zählen?«

»Bis zehn.«

»Bis zehn? Da bist du aber schon weit gekommen.«

Und so lernte ich zählen: Mein unbekannter Freund und Tröster malte Striche und Tabellen in das grüne Wasser. Besonderen Wert legte er auf die ungeraden Zahlen. Aber was er nicht wusste, war die Tatsache, dass es für uns nichts anderes gibt. Etwas anderes heißt nur, mehr auf sich zu nehmen, und wir haben schon mehr als genug. An etwas anderes zu denken, das ist nichts anderes, als noch mehr bedenken zu müssen, denn wir können nicht das fallen lassen, was wir bereits gedacht haben. Wir sollten lieber unser Bestes tun, um uns zu begrenzen, damit wir nicht überhandnehmen, und beispielsweise Notto Fipp ein Beispiel genau dafür sein lassen. Er hat den normalen Gang zu kostbarer und demütiger Schönheit verfeinert und erhöht, und das gelingt nur dem Unikum, dem Einzigartigen. Ich möchte Notto Fipp auf eine Stufe stellen mit Nansen und Amundsen, wenn ich die Letztgenannten nicht sogar eine Stufe unter ihm platzieren möchte.

Ach, du Paradiesfeige! Ich werde dich trommeln! Satan!

Der weißgekleidete Mann, dessen Gesicht ich nie sah, erhob sich und ging durch die Risse im Dampf zurück.

Seitdem habe ich oft an diesen Arzt denken müssen, er war

der Erste, der mich sah, abgesehen davon, dass ich mich selbst bereits gesehen hatte, und das ist etwas ganz anderes, und ich denke gleichzeitig mit Dankbarkeit und Unruhe an ihn. Ich habe nämlich in dieser Angelegenheit einige kleine Untersuchungen machen lassen und herausgefunden, dass zu diesem Zeitpunkt kein Norweger bei Kneipps Kur in Wörishofen angestellt war. Der einzige norwegische Arzt, der diesen Ort häufig besuchte, war der großartige und leider idealistische Møinichen, aber das war zwei Jahre, bevor wir dorthin fuhren. War es nur ein Patient gewesen, der sich die Uniform des Arztes angezogen hatte, weißer Kittel und Sandalen? Aber im August 1906 gab es auch keine norwegischen Patienten, bis auf meine Mutter. Und ich konnte auch keine Berichte über deutsche Ärzte finden, die Norwegisch sprachen. Ich war also zu dem Schluss gekommen, dass es ihn gar nicht gab. Rein fachlich gesehen habe ich meine Schäfchen im Trockenen. Doktor Lund erwähnte häufig diese Zustände, die gewisse Menschen, insbesondere die begabtesten – wieder Doktor Lunds Worte, nicht meine eigenen – erleben können, im Guten wie im Schlechten, wenn die Schwingungen in dem sogenannten Seelenleben zu groß werden, und die er ganz einfach *wache Träume* nannte. Es kommt vor, dass ich immer noch diese Tür im Dampf sehe, durch die mich jemand beobachtet.

Ich wurde auf dem Rücken liegend im Becken gefunden, das Gesicht ragte gerade noch aus dem Wasser heraus. So lag ich schwebend da. Das Personal trug meinen blau angelaufenen Körper ins Haus und legte ihn in ein warmes Halbbad. Sie wandten Halswickel an und benutzten Johanniskraut, um wieder Leben in diesen Leib zu bringen. So bekam ich schließlich auch noch eine Behandlung nach Kneipps Kurvorschriften. Zum Schluss konnte ich meine Mutter erkennen, und hinter ihr wartete eine besorgte Schar von Kneipps weißen Jüngern.

»Neunundneunzig«, sagte ich.

Eine erleichterte, aber dennoch verwunderte Mutter:

»Was sagst du da, mein lieber Bernhard?«

Mein lieber Bernhard.

Das hatte ich noch nie zuvor gehört.

»Neunundneunzig«, wiederholte ich.

Die Ärzte, vier an der Zahl, rückten näher heran. Hatten sie zu viel Johanniskraut gegeben?

»Neunundneunzig was?«, fragte Mutter.

Doch das wusste ich nicht.

Ich wusste nur, ohne es zu wissen, dass Zahlen Grenzen setzen, und dennoch sind sie grenzenlos, wie riesige Rechenaufgaben im Wasser.

»Fotzen«, sagte ich.

Dann schloss ich schnell wieder die Augen.

Am nächsten Tag fuhren wir heim, denselben Weg durch Europa, nur jetzt nach oben hinauf, in den Norden. Mutter glaubte, ich würde in dem blauen Coupé, das mit Samt ausgeschlagen war, immer noch schlafen. Aber ich tat nur so, als ob ich schliefe. Ich lag auf der unteren Koje und zählte die Nähte in den Schienen, das scharfe Klicken unter uns, das die Wagen jedes Mal erzittern ließ. Es war unmöglich, es nicht zu tun. Ich konnte zählen. Warum sollte ich dann nicht zählen? Was hätte ich sonst tun sollen? Ich hatte keine andere Wahl. Manchmal kam ich aus dem Takt und musste von vorn anfangen. Vielleicht habe ich trotz allem zwischendurch immer mal wieder geschlafen. In China wird es als Todesstrafe eingesetzt, den Verurteilten wach zu halten. Es dauert nur ein paar Tage, höchstens drei, bevor der Tod eintrifft. Mutter rauchte Zigaretten und trank aus einem großen Wasserglas. Sie war kuriert, aber jetzt auf eine andere Art und Weise nervös. Wenn der Zug auf einem Bahnhof anhielt und die flackernden, scharfen Lichter und die lauten

Stimmen, die Schaffner, die riefen, die Fahrgäste, die einander übertönten, sich durch meine Augenlider schnitten, zog sie das Fenster nach unten und lehnte sich hinaus, und alles kam noch näher, schwer und aufdringlich, und drückte mich zu einem festen, harten Muskel in der Koje zusammen. Ich fragte mich, ob sie nach jemandem Ausschau hielt oder nur frische Luft brauchte. Aber die Luft war nicht frisch. Es stank nach Öl, Staub und dieser Kohle. Dann fuhr der Zug endlich weiter, aus irgendeiner Stadt, einem Dorf, und Mutter schob das Fenster wieder an Ort und Stelle und trank noch mehr, während sie sich eine weitere Zigarette anzündete und der Rauch sich an dem dichten Samt entlang die hohen Sitze hinauf bis an die Decke kringelte und einen Moment lang aussah wie der Dampf in den Becken und Bädern, nur dass er kräftig war und mir in den Kopf stieg. Plötzlich begann Mutter zu sprechen.

»Du brauchst keine Angst zu haben, Bernhard. Schlaf nur. Das ist das Beste für dich.«

Was hätte ich gesagt, wenn ich wach gewesen wäre?

»Ich habe keine Angst, Mutter.«

Und so verlief unser Gespräch. Ich hörte sie. Aber sie konnte mich nicht hören. Trotzdem fand ich es merkwürdig, dass sie in dieser Art zu mir sprach, obwohl sie doch dachte, ich würde schlafen.

»Warum hast du das gesagt? Fotzen. Mein Gott. Neunundneunzig Fotzen. Was war mit dir los? Ich habe nicht einmal gewusst, dass du das Wort kennst.«

»Du hast es oft gesagt. Zu Beate. Ich stand auf der Treppe. Du hast mich nicht gesehen.«

»Du hast doch wohl noch nicht solche Träume? Oder?«

Es blieb still, und dann spürte ich, wie Mutter die Hand unter die Decke schob und meinen Pyjama befühlte, am Schlitz.

»Na, jedenfalls bist du nicht steif«, sagte sie.

»Doch, Mutter. Ich bin steif. Niemand ist steifer als ich.«

Mutter seufzte, zog die Hand wieder zurück, und ich hatte das Gefühl, als lehnte sie ihren Kopf an den Sitz und schaute zu dem blauen Nachtlicht an der Decke.

»Du bist schon eine Klasse für sich«, sagte sie.

»Aber ich will keine Klasse für mich sein«, rief ich.

Mutter schenkte sich noch einmal ein, öffnete das Fenster ein wenig und warf den Rest ihrer Zigarette hinaus. Eine Zeitlang blieb sie mit dem Rücken zu mir stehen, betrachtete die Dunkelheit oder ihr eigenes Spiegelbild, das einen Moment lang hinter den Funken verschwand, die von den Schienen und Rädern hochsprangen, vielleicht war es auch die Zigarette. Ich weiß es nicht. Ich schlief ja.

»Ich bin nicht gut für dich, Bernhard.«

»Sag nicht so was, Mutter.«

»Ich tue dir nicht gut. Nein, das tue ich nicht. Du verdienst mich nicht. Und ich verdiene dich nicht.«

»Halt die Klappe, Mutter.«

Der Zug fuhr in einen neuen Bahnhof ein. Die gleichen Lichter, nur in noch mehr Farben, und die Stimmen, auch sie noch lauter, es schien, als würde das Eisen rufen, mit einem verzögerten Echo, das Coupé ausfüllen. Aber dieses Mal lehnte Mutter sich nicht hinaus. Stattdessen schloss sie das Fenster und setzte sich, schweigend, trank, und wartete, bis der Zug wieder losgefahren war. Dann sprach sie weiter, und es war offensichtlich, dass sie mit sich selbst sprach. Ich wollte es nicht hören, konnte es aber nicht umgehen.

»Als ich dich in meinem Leib getragen habe, Bernhard, da habe ich etwas geträumt. Ich habe etwas Merkwürdiges geträumt. Ich war im siebten Monat. Ja, im siebten Monat. Dem schlimmsten Monat. Ich wollte dich raushaben. Du hast in mir getreten und geschlagen. Da habe ich geträumt, dass ich nicht rechtzeitig ins Krankenhaus gekommen bin. Nur Alfred war dabei. Er schlug in einem fort mit der Peitsche und hetzte das Pferd vor der Equipage, aber es nützte nichts. Wir kamen nicht rechtzeitig an. Ich gebar dich auf dem Friedhof Frelsers Gravlund. Alfred musste das Kind herausziehen. Aber es war kein Kind. Es war ein Fohlen. Du warst ein kleines Pferd, Bernhard. Und nicht genug damit. Mitten auf deiner Stirn wuchs ein spitzes Horn. Seitdem hatte ich eigentlich keine Lust mehr, dich zu haben, du kleines Einhorn, denn jedes Mal, wenn ich dich ansehe, genau wie jetzt, ähnelst du einem lächerlichen kleinen Tier, das es nicht gibt. Weißt du was, du Pferd? Ich bin all deine Unarten so leid, dass ich am liebsten kotzen würde.«

Mutter ließ ein bitteres Lachen vernehmen und verstummte jäh. Ich hörte, wie sich das Glas aus ihren Händen löste und geräuschlos zu Boden fiel, und ihre Stimme zitterte. Sie war diejenige, die Angst hatte, nicht ich.

»Du schläfst doch wohl, Bernhard?«

Ich konnte nicht mehr zählen und fing stattdessen an, mit den Zähnen zu knirschen, denn irgendetwas musste ich tun. Ansonsten lag ich, so still ich nur konnte.

»Bernhard? Du schläfst doch, nicht wahr?«

Mutter setzte sich auf die Bettkante. Ihr Atem ging schwer und schnell. Dann schüttelte sie mich wach, um sicher zu sein, dass ich schlief. Ich öffnete die Augen und schaute zu ihr auf. Sie weinte. Über wen weinte sie? Nie hatte ich sie hässlicher gesehen. Sie atmete erleichtert auf.

»Was ist denn, Mutter?«

»Nichts, mein Junge. Ich habe nur daran gedacht, wie du im Becken gelegen hast und fast ertrunken wärst. Verzeih mir.«

»Wo sind wir?«

»Wir sind bald zu Hause. Schlaf jetzt. Ich wollte dich nicht wecken.«

Mutter legte sich neben mich, obwohl sie doch ihre eigene Koje über mir hatte. Es wurde eng. Mutter nahm viel Platz ein. Außerdem roch es nicht gut aus ihrem Mund. Ich schlief erst wieder, als Alfred uns am Bahnhof Østbanen abholte. Ich schlief, während das Pferd uns durch Kristianias kühle, leere Straßen zog und weiter den steilen Hang im Westen hinauf, auf dem die Bäume bereits verwelkten und das Laub sich in gelben Kolonnen löste und den neunten Monat in die scharfe Luft zeichnete: September. Und dann wurde ich noch einmal in das dunkle Haus von Besserud getragen, an der Standuhr und dem Waffenschrank vorbei, einer neuen Haushaltshilfe überlassen, Jorunn oder Borghild, oder wie sie nun alle hießen, und sie muss stärker gewesen sein als Beate, denn Beate konnte mich jedenfalls nicht tragen, und wenn ich schon so umständlich und selbstherrlich dieses Kapitel angefangen habe, dann kann ich ebenso gut so weitermachen und den Rest meiner Kindheit in einem Schwung nehmen, damit sie so schnell wie möglich überstanden ist, diese zählebige Kindheit, die stets laut Doktor Lund andauert, bis ich sechzehn Jahre alt war, also 1916, genau bis zu dem Jahr, in dem Vater sich das Leben nahm.

Über meine Schulzeit ist so viel zu sagen: Ich war der Beste. Ich war der Beste in der Klasse, und nicht nur das, ich war der Beste in der ganzen Schule, vielleicht sogar in der Stadt, und es ist nicht ausgeschlossen, dass ich das auch in Bezug auf das gesamte Land sagen kann, ja, wahrscheinlich stand ich an der Spitze. Ich war nicht besonders begabt. Ich wusste nur, dass ich einen Vorsprung haben musste. Ich musste vorn liegen. Ich musste die innere Bahn nehmen. Wenn nicht, würde alles ans Licht kommen, meine Unarten, wie Mutter sie nannte, die, das heißt ich, würden ans Licht kommen, und jeder würde sehen können, dass ich ein Pferd mit einem Horn auf der Stirn war. Deshalb saß ich in den Nächten da und las, paukte, rechnete, schrieb, große und kleine Buchstaben, denn so ist es und war es schon damals, wir müssen unsere Kohle zu Diamanten pressen, sonst verstreuen wir unseren schwarzen Staub vergeblich. Ich konnte mehrere Tage durchhalten, ohne zu schlafen. Wäre ich ein chinesischer Gefangener gewesen, wäre ich bald umgekommen. Ich ging auf die Vinderen Schule, 128 Meter über dem Meeresspiegel, und war also der Primus der Klasse, ich war der Streber. Ich konnte als Erster antworten, am weitesten zählen und am schönsten schreiben. Ich wurde natürlich schief angesehen, nicht nur von meinen Mitschülern, sondern auch von den Lehrern und Lehrerinnen, die anfangs ganz begeistert waren, aber im Laufe der Zeit misstrauisch wurden. Ich war zu gut, um wahr zu sein. Es kam nämlich vor, dass ich antwortete, bevor sie gefragt hatten. Damit hörte ich bald auf. Es schien, als warteten sie die ganze Zeit darauf, mich beim Schummeln zu erwischen, was dazu führte, dass ich umso emsiger lernte. Das ist nur einer der Teufelskreise, in denen wir uns befinden. Ich fand keine Freunde. Niemand stand mir nahe. Damit konnte ich leben. Ich versuchte auch nicht, mich selbst jemandem zu nähern. Das wäre ein zu großes Risiko gewesen. Ich hätte entlarvt und durchschaut werden können, und dieses Risiko wollte ich nicht eingehen. Dann lieber die Einsamkeit. Es gelang mir, die Stunden durchzustehen, ohne Rad zu schlagen, mit den Zähnen zu knirschen, zu schnauben oder neunundneunzig Fotzen zu rufen. Aber in jeder einzelnen Pause, die der brave Studiendirektor Bae die Zwischenzeit nannte, nutzt gut die Zwischenzeit, Jungs, befahl er uns, da lief ich aufs Klo in den Schuppen hinter dem Schulhof, wo ich auf jeden Fall allein sein konnte, denn aus dem offenen Loch unter der Sitzbank stank es nach Tod und Verderben, und nur ich traute mich freiwillig dorthin. Die anderen in der Schule hielten aus, bis sie blau im Gesicht waren, und liefen gekrümmt herum, oder aber sie schissen in den Garten nebenan. Aber es stand nicht die Darmentleerung auf meinem Stundenplan für die Zwischenzeit. Sondern Frieden und keine Gefahr. Hier konnte ich loslassen, heulen und mich werfen und drehen und wenden. Außerdem gefiel es mir in meiner eigenen Gesellschaft. Was sage ich da? Speigatt! Spölkum! Ich war eine Pest und eine Plage im Einzelzimmer und hatte nie Ruhe vor mir selbst.

Doch was mich am meisten quälte, das waren die Kleider.

Auf einem Klassenfoto, gemacht im Herbst 1910, von dem Meisterfotografen Wilse, kann man 29 Jungen und die Lehrerin Agnes sehen, von der ich aus irgendeinem Grund nur noch den Vornamen erinnere. Vielleicht liegt es daran, weil sie eine Kopfbedeckung trug, die überhaupt nicht aussah wie etwas, das an einen Hut erinnern konnte. Sie sah aus wie ein Regenschirm ohne Stäbe oder wie ein Lampenschirm. Wir konnten sie kaum erkennen, selbst wenn sie das Licht angemacht hatte, wie jemand scherzhaft sagte. Und alle lachten laut los. Deshalb wurde sie ganz einfach der Lampenschirm genannt. Aber ich nannte sie nie so. Ich war und bin der festen Meinung, dass die Leute bei ihrem richtigen Namen genannt werden sollen und nicht nach ihren Eigenschaften, Unarten oder Attributen. Agnes! Ich erinnere mich an sie mit einer gewissen Wehmut. Aber es sind diese Jungen, die ich betrachten wollte: 28 von ihnen kommen von unten her, von Frøn, Majorstuen, Valkyrien, Fagerborg, und sie tragen alle ausnahmslos dicke Jacken aus Wollstoff, Stiefel und Mützen. Nummer 29 ist Bernhard Hval aus Besserud. Er sitzt ganz vorn links und trägt einen langen Mantel, flache Schuhe und einen engen, weißen Kragen mit einer Schleife. Außerdem kann ich gleich zugeben, dass ich auch spezielle Unterwäsche trug, aus Ramis, einem glatten, weichen Stoff, hergestellt aus indischen Pflanzen. Es war natürlich meine Mutter, die es so haben wollte. Ich war eine

Klasse für mich. Ich war nicht nur der Primus der Klasse, ich war außerdem der Lackaffe der Schule. Vielleicht sahen mich deshalb die Lehrer und Lehrerinnen so schief an, weil der Lackaffe auch noch der Beste und Fleißigste war, und das konnte doch nicht sein. Der Lackaffe sollte faul und frech und schleimscheißerisch sein. Nach aller Erfahrung wurde das so erwartet. Aber ich wollte nichts Besonderes sein. Ich wollte wie die anderen sein. Ich wollte unsichtbar sein. Ich musste eine Lösung finden.

Währenddessen war mein Vater groß im Geschäft. Es wurden immer weniger Nadeln und immer mehr Industrie. Er verkaufte die Fabriken im Ausland wieder und baute stattdessen eine noch größere auf Lilleaker, nicht weit von der Stadt und nahe am Meer. Darüber wurde sogar in der Aftenposten berichtet. *Hvals Nadeln & Industrie* wurde zu *Hvals Industrien.* Vater rahmte sich das Foto von sich selbst vor dem riesigen Gebäude ein, aus dem gerade einige Arbeiter, mit dunklen Gesichtern und weißer Stirn, hinausgehen wollen, durch das breite Tor direkt hinter ihm. Sie bleiben stehen, wollen umkehren, wie es scheint, und wieder hineingehen, was sie jedoch nicht schaffen, bevor das Foto geschossen wurde. Irgendwie vermisste ich die Nadeln. Mir gefiel der Gedanke, dass mein Vater die kleinsten Werkzeuge herstellte, die es gibt, Nadeln, die für Kleidung, Menschen, Tiere benutzt werden konnten, ja, überall waren sie von Nutzen, aber Vater wollte Größeres. Nadeln waren nicht genug. Jetzt ging es um Kabel, Trossen, Ketten, Walzen. Waren es etwa keine guten Zeiten? Hatte der Ministerpräsident Knudsen nicht gesagt, dass der Himmel wolkenlos ist? War es nicht herrlich, in einem Land zu leben, in dem der Ministerpräsident sagt, der Himmel ist wolkenlos, mit anderen Worten, nur immer frisch gewagt. Ich glaube, da habe ich meinen Vater erkannt. Es war nicht der Reichtum oder Überschuss an sich, der ihn antrieb. Luxus war nur etwas Angenehmes und Unnützes, das sozusagen mitgeliefert wurde. Und was seinen eigenen Lebensstil betraf, so war er genügsam, fast asketisch, abgesehen von einigen wenigen Ausschweifungen, eine außergewöhnlich teure Flasche Wein zum Essen, ein Auto, das damals ein Vermögen kostete, Champagner im Garten an einem Sonntag. Er war niemals geizig, im Gegenteil, er war sehr großzügig. Es gab eher etwas in Vaters Wesen, tief darin verborgen, das ihn antrieb. Mit anderen Worten: Auch mein Vater hatte seinen Zwang. Doch es war ein zielgerichteter, umrissener und tadelloser Zwang. Der etwas abwarf. Vater war eine Stütze, ein beispielhafter Bürger. In der naseweisen Reportage in der Aftenposten sagte er, dass sein Ziel in erster Linie sei, das Land aufzubauen und Arbeitsplätze zu schaffen, er selbst komme erst an zweiter Stelle. Er hatte ein Projekt, eine Mission. Kann schon sein. Auf jeden Fall klang es toll, und könnte ich doch das Gleiche mit der gleichen Überzeugung von meinen Widerwärtigkeiten sagen. Aber tief in seinem Inneren war er ein Spieler, ein Zocker, der nie zufrieden war mit dem, was er in seinen Händen hielt, und der immer weiter nach oben strebte. Er investierte, verkaufte, lieh, tauschte, riss nieder und reiste. Er schmückte sich mit schönen Phrasen, da war er nicht bescheiden, und ihm wurde geglaubt. Doch er war nur ein verlogener Kapitalist, so wie es die meisten Kapitalisten sind, verlogen und unentbehrlich. Und ist das nicht eigentlich das Gleiche, so lange es gut geht? Es waren die *Risiken*, sie waren Vaters Kern. Es waren die Risiken an sich, die so eine magnetische Kraft auf den ansonsten so nüchternen Mann ausübten. Ein Risiko war dazu da, eingegangen zu werden. Und die Risiken führten ihn dorthin, wo alles enden sollte.

Hohl wie eine Kokosnuss!

Ein Toast auf *Hvals Industrien*!

Vater hob sein Glas, und es war ein ganz gewöhnlicher Dienstag, es war Herbst, die feuchte Dunkelheit drückte sich gegen die Fenster, und die Uhr ließ sieben scharfe Schläge ertönen, ich konnte es in den Füßen spüren.

Mutter ihrerseits:

»Können wir nicht ausnahmsweise einmal am Tisch nicht von Geschäften reden?«

Vater stellte sein Glas ab.

»Ich rede nicht von Geschäften.«

»Aber ich bin der Meinung, dass du es gerade getan hast.«

»Ich sprach einen Toast auf unseren Betrieb aus.«

»Kannst du nicht ausnahmsweise einmal etwas anderes finden, auf das wir anstoßen können?«

Es sah aus, als würde Vater gründlich nachdenken, vielleicht saß er auch nur da und verfluchte uns alle.

Die Haushaltshilfe, es war wohl dieses Mal Ingrid, lautlos und flink wie alle anderen vor ihr, kam mit den Speisen herein und verschwand wieder.

»Worauf denn?«, fragte Vater.

Mutter verdrehte die Augen.

»Worauf was?«

»Sollen wir vielleicht auf die Haushaltshilfe anstoßen? Wie heißt sie noch? Sara? Borghild? Ich komme bei all diesen Namen noch ganz durcheinander.«

Mutter überhörte seine Kritik und senkte den Blick.

»Schau dich um, Oscar. Gibt es nichts anderes im Leben, auf das wir trinken können, als der Betrieb?«

»Gäbe es nicht die Betriebe, könnten wir nicht hier sitzen und uns zuprosten, meine Liebe.«

»Und was glaubst du, wo wir dann sitzen würden, mein Lieber?«

So redeten sie miteinander, zumindest, wenn ich dabei war. Ich glaube, es war gar nicht böse gemeint, und ich möchte sie keinesfalls in ein schlechtes Licht rücken. Es war eher eine Art Spiel oder ein Duell, und wie sie miteinander umgingen, wenn sie allein waren, das kann ich nicht sagen, falls sie überhaupt jemals nur zu zweit waren. Sie hatten jedenfalls jeder ein eigenes Schlafzimmer.

»Auf dem Plumpsklo mit dem Kopf im Scheißloch«, sagte ich.

Danach ließ ich Messer und Gabel fallen, nein, bereits während ich das sagte, und als das Besteck auf den Teller auftraf, hob meine Mutter ihr Glas, und mein Vater drehte sich zu mir um.

»Wie läuft es unten in der Schule, Bernhard?«

Ich konnte kaum atmen und schaute zu Boden.

»Gut.«

»Welches Fach ist momentan dein bestes?«

»Rechnen.«

»Gut. Mach weiter so.«

Vater schenkte Mutter mehr Wein ein.

Hatte er es nicht gehört, oder tat er nur so, als hätte er es nicht gehört? Und was war mit Mutter? Sie hatte so was schon vorher gehört. Neunundneunzig Fotzen. Aber sie hatte nicht mit der Wimper gezuckt. Wollte sie es nicht hören? Das war vielleicht das Schlimmste, denn nun fing auch ich an zu zweifeln. Auf dem Plumpsklo mit dem Kopf im Scheißloch. Hatte ich es wirklich laut gesagt oder nur für mich, waren die Worte nur eine lautlose Eingebung gewesen, ein Gedanke, oder hatte ich vielleicht etwas ganz anderes gesagt? Oh, himmlisches Blau! Eine Ohrfeige wäre mir lieber gewesen.

»Darf ich vom Tisch aufstehen?«

Vater beugte sich vor.

»Was hast du gesagt? Du willst vom Tisch aufstehen?«

»Ja«, flüsterte ich. »Ich …«

Er unterbrach mich.

»Wir haben doch noch gar kein Dessert gehabt. Außerdem hast du noch nicht aufgegessen, was du auf dem Teller hast.«

Das war schlimmer als der Kopf im Plumpsklo und neunundneunzig Fotzen.

»Nein.«

Ich holte tief Luft, ergriff Messer und Gabel und schnitt die letzten Fleischstückchen in so kleine Würfel, dass es nicht mehr zu erkennen war, dass diese Krümel einmal ein Kalb gewesen waren. Trotzdem bekam ich sie nicht hinunter. Ich schluckte und schluckte. Doch es nützte nichts. Ganz im Gegenteil. Das, was bereits unten war, kam langsam wieder hoch, eine antiperistaltische Bewegung, bestehend aus Galle, Darmresten und halbverdautem Essen, und ich konnte nicht länger an mich halten, ich spuckte alles, was lose war, auf die Tischdecke, es war ein so umfassendes Erbrechen, dass der Kronleuchter schaukelte und Hammer anfing zu wiehern.

»Was gibt es denn überhaupt zum Dessert heute?«, fragte Vater.

Mutter schüttelte den Kopf.

»Keine Ahnung.«

»Ausgezeichnet. Wer wartet, wird es sehen.«

Mutter tupfte sich den Mund ab, faltete die Serviette zusammen und bohrte ihren Blick in Vater.

»Du mutest dir doch hoffentlich nicht zu viel zu, Oscar?«

»Ob ich mir zu viel zumute? Wie meinst du das?«

»Na, der Betrieb, Oscar. Ich hoffe, du verzettelst dich nicht.«

Vater faltete die Hände vor sich, zufrieden mit diesem Interesse.

»Ich verteile die Werte so, dass die Summe größer wird«, sagte er.

»Ich hoffe nur, dass du nicht zu viel riskierst, Oscar. Eigentlich bin ich der Meinung, wir hätten uns mit den Nadeln zufrieden geben können.«

Vater schüttelte lächelnd den Kopf angesichts dieser charmanten Unwissenheit.

»Wenn sogar der Ministerpräsident sagt, dass der Himmel wolkenlos ist ...«

Mutter unterbrach ihn.

»Ach, es ist doch die Pflicht der Politiker, zu behaupten, dass der Himmel wolkenlos ist, auch wenn es in Strömen regnet.«

Vater blieb eine Weile schweigend sitzen. Dann sagte er:

»Ihr habt große Überraschungen zu erwarten.«

Mutter zog beide Augenbrauen hoch.

»Überraschungen?«

»Ja, Betty. Große Überraschungen.«

»Und was für welche?«

»Wenn ich das sage, dann ist es doch keine Überraschung mehr.«

Mutter wurde kindlich und ganz weich.

»Nun sag schon«, sagte sie.

»Du wirst schon sehen«, sagte Vater.

Mutter wurde wieder hart.

»Sind es gute oder schlechte Überraschungen? So viel kannst du ja wohl sagen!«

Es gab Apfelmus zum Dessert.

Dann durfte ich in mein Zimmer hochgehen.

Mutter, die also Betty hieß, aber eigentlich Beatrise, niemand wird heutzutage noch Beatrise getauft, trieb auch so ihre Sachen, nicht nur Vater. Sie trieb die Haushaltshilfen in den Wahnsinn, und in der Zwischenzeit reiste sie zu immer neuen Kurorten, Druskieniki, Gmunden, Bukowine, was aber auch nichts nützte, und sie hängte dicke schwarze Samtvorhänge vor die Fenster, denn sie litt nämlich an der Mondkrankheit, weshalb sie so melancholisch und zerbrechlich war, der Mond nahm die Nerven mit auf eine lange, gefährliche Reise, und es gab viel Mond über Besserud.

Ich blieb die ganze Nacht wach und schaute ihn an.

Ein andermal, nein, das muss noch warten, bis zu einem andermal.

Alfred, der Kutscher, später Chauffeur, den ich zum Schluss feuerte, hatte übrigens Hammer draußen stehen lassen. Er trottete im Garten herum, zwischen den Apfelbäumen und den Büschen, ohne Scheuklappen, Beißstange und Geschirr. Es war abgenommen worden, so dass ich es benutzen konnte. Natürlich. Besonders die Beißstange. Sie war für mich gedacht. Damit ich nicht auf die Decke kleckerte. Die Trense auch. Die Trense legte ich nachts an, damit ich nicht mit den Zähnen knirschte. Wie alt kann ein Pferd eigentlich werden? Älter als sein Reiter, seine Peitsche? Ich dachte, dass ein Tier wohl umso älter wird, je größer es ist, und umgekehrt. Ein Elefant wird mindestens 150 Jahre alt, ein Pferd sicher 110, während eine Fliege es nur schafft, ein paar Sekunden lang zu leben. Hammer blieb stehen und fraß etwas, was im Gras lag, höchstwahrscheinlich ein verrotteter Apfel. Der Mond lief über die dunklen, fast schwarzen Flanken, und als Hammer wieder seinen Kopf hob, ganz plötzlich, als wäre er etwas gewahr geworden, vielleicht mich, da war ich sicher, dass ich sehen konnte, dass aus der glatten, flachen Stirn ein Horn hervorwuchs, aber das lag wohl nur an dem Licht.

Als der Morgen graute, hatte ich eine Lösung gefunden.

Ich legte einfach einmal Wechselkleidung in den Schulranzen, ging als ein Lackaffe in die Schule, als das Muttersöhnchen, das ich nach Meinung der meisten wohl war, doch statt diesem Weg zu folgen, nahm ich eine Abkürzung über Ris durch den Wald, und in einem niedrigen, wackligen Holzschuppen wechselte ich schnell die Kleider und ließ Mantel und Schleife unter ein paar Baumstämmen liegen. Wenn ich mich umdrehte und zwischen den Bäumen hindurch auf die Lichtung schaute, würde ich Gaustad sehen können, das Krankenhaus für die Geisteskranken, das Asyl, das Irrenhaus, das ringsum von hohen Zäunen umgeben war und einem Schloss ähnelte, mit seinen roten Mauern und dem üppig wachsenden wilden Wein, doch wenn man sich näher heran wagte, dann konnte man die Gitter vor den Fenstern erkennen, und diejenigen, die dort lebten, sie waren schwere, langsame Gespenster, und die Gäste, die zu Besuch kamen, sie waren noch langsamer und hatten riesige Sträuße verwelkter Blumen bei sich.

Dann konnte ich schnell das letzte Stück in der dicken wollenen Jacke und mit der Mütze laufen, die ich sonst nur anzog, wenn wir im Wald spazieren gingen oder im Garten arbeiteten, was wir aber nur selten taten. Und ich ging mit geradem Rücken. Was wollte ich damit erreichen? Was wollte ich damit einlösen? War es ganz einfach die Anerkennung, nach der ich mich sehnte? Sollte diese Häutung eine Art Eingeständnis sein, eine Abbitte, nämlich dahingehend, dass ich nicht besser war als die anderen, dass ich nicht über ihnen stand? Glaubten sie denn, dass ich 242 Meter ü.d.M. war, nur weil ich auf Besserud wohnte? Ach, wenn sie nur wüssten! Wenn sie nur wüssten, wie tief meine Wohnung lag. Als ich das Tor zum Schulhof öffnete, blieben sie sonderbarerweise alle mit dem Rücken zu mir stehen. Und dabei hatte ich gedacht, sie würden mich alle umringen. Aber war es nicht eigentlich genau das, was ich gewollt hatte: übersehen werden. Nein, nein und nochmals nein. Fissuren und Bandwürmer! Oh, du verfluchte Phimose! Ich wollte gesehen werden, anerkannt, geschätzt. Habt Erbarmen mit mir. Ich war doch noch ein Kind, laut Doktor Lund, und ich hatte weder Nottos Stamina noch seine Würde.

Die Lehrerin Agnes wartete am Pult. In bestimmten Stunden behielt sie diesen schrecklichen Hut auch drinnen auf, wenn es beispielsweise besonders kalt oder feucht war, wie an diesem Tag. Ich dehne einen Gedanken von damals bis in die heutige Zeit: Wie konnte es sein, dass die Lehrerin Agnes mit so einem Wirrwarr auf dem Kopf herumlief, ohne dass das weitere Folgen hatte, als dass wir sie den Lampenschirm nannten, worüber sie sich übrigens absolut nicht im Klaren war, denn niemand traute sich natürlich, diesen Spitznamen laut zu sagen, wenn sie in der Nähe war. Das hätte nämlich ungeahnte Folgen gehabt. Lag es daran, dass sie so pflichtbewusst und gewöhnlich war, dass sie sich so einen überdrehten Kopfschmuck leisten konnte? War das das Privileg der Pflichtgetreuen? Wenn ich die Verrückten hinter den Zäunen von Gaustad sah, ob sie nun auf einer Bank saßen oder langsam um die Bäume herumgingen, dann fiel mir auf, dass sie alle ganz genau gleich gekleidet waren, in graue, eklige Anzüge, und mussten die Häftlinge im Gefängnis nicht auch in der gleichen Art von Kleidung herumlaufen, nur dazu noch gestreift, um diese erniedrigende Gleichheit zu betonen, und die Soldaten mussten Uniformen tragen, die den einen dem anderen zum Verwechseln ähnlich machte. Ich dachte, oder ich denke, denn dieser Gedankensprung wird zu lang: Soll der Mangel an Farben uns heilen und retten?

»Wie heißt der norwegische …«

»König Haakon der Siebte, der Siebte!«

»Gut, Bernhard. Und wie heißt …«

»Kronprinz Olav!«

»Bernhard, antworte nicht, bevor ich mit meiner Frage fertig bist, bitte sei so gut.«

»Königin Lampenschirm die Erste!«

»Was hast du …«

»Nichts! Die Zweite! Lampenschirm die Zweite!«

In der nächsten Pause lief ich hinüber zum Plumpsklo, schob den Haken vor die Tür und blieb dort, bis zur nächsten Stunde geläutet wurde. Ich erzähle nicht alles, was ich in der Zwischenzeit tat, nur, dass ich meine selbsterfüllende Prophezeiung war. Ich stand kopfüber im Plumpsklo, mit Kopf und Hals im Scheißloch. Ach, hundert Stinknasen mal achtzehn! Ich kann immer noch den Gestank riechen, den Gestank nach schlechtem Gewissen, dem niemand entgeht, wenn ich in der Nähe bin, was ich aber nicht mehr bin. Aber als ich herauskam, übersahen mich die anderen immer noch. Vorher wurde ich schief angesehen. Jetzt wurde ich übersehen. Sie hatten nämlich ihren Blick auf etwas anderes gerichtet, auf die Lehrerin Agnes. Diese stand am Tor und hatte ihren Hut abgenommen. Die kleine Frisur wirkte lächerlich in Wind und Wetter. Jetzt fällt mir übrigens ihr Nachname auch wieder ein. Sagen. Agnes Sagen. Gasen. Nages! Ich wünschte nur, sie würde den Lampenschirm wieder aufsetzen, aber das tat sie nie wieder. Vergebt mir! Vergebt mir, ihr alle, die ich verärgert und verletzt habe, hoch und tief, lebendig und tot, Fräulein oder König. Ja, er, König Olav V., hat sicher gehört, was ich damals in der Holmenkollenbahn sagte. Denn starb sein geliebter Hund nicht kurz darauf? Gebt mir ein wenig Gymnastik und Vergebung! Ich knirschte mit den Zähnen, bis der Mund niederbrannte. Notto Fipp dagegen ließ nie ein böses Wort über jemanden fallen, nicht einmal über mich.

Ich machte also in diesem Herbst mit meinen Dingen weiter, genau wie mein Vater und meine Mutter. Wir waren eine geschäftige Familie. Ich wechselte auf halbem Weg meine Kleidung in dem Holzschuppen, sowohl hin als auch zurück, zuerst war ich ein Lackaffe, anschließend wurde ich ein Flegel, und zum Schluss kam der Lackaffe wieder. Einige der Verrückten und Idioten, das waren die Namen, die alle benutzten, Idioten; Geisteskranke, Trottel ging auch und nicht ganz dicht, hinter dem hohen Zaun wurden sie mit der Zeit auf mich aufmerksam. Ich war so deutlich zu sehen, dass sie winkten. Ihre Hände waren offenbar nur schwer zu heben. Sie legten sich ins Geschirr. Ein kleiner Finger mehr, und sie wären umgefallen. Es kam vor, dass ich ihnen auch zuwinkte. Warum hätte ich es nicht tun sollen? Sie hatten mir nichts getan, ganz im Gegenteil, sie winkten ja.

Dann setzten sie ihre mühsame Arbeit auf den Feldern fort, die Werkzeuge erschienen bei ihnen fehl am Platze, während andere Laub harkten oder einfach nur auf einer Bank saßen. Ich glaube, sie aßen alles, was sie selbst anpflanzten, denn niemand wollte es haben, Blödkopfkartoffeln, Idiotenkarotten, Wahnsinnsrüben, man konnte ja wahnsinnig werden, wenn man sie nur aß. Was ich nicht so ganz verstand. Waren nicht die Samen alle die gleichen? Waren die Früchte nicht zum Verwechseln denen ähnlich, die wir auf dem Tisch hatten? War es nicht dieselbe Erde, in die sie gepflanzt wurden?

Sie waren Bauern, die niemals ernteten, nur Unkraut zupften.

Aber eines Tages. Oh ja. Jetzt will ich doch ein wenig jammern und klagen. Also eines Tages, es war fast Winter, Frost in dem blauen Gras, die Bäume knisterten, Raureif auf dem Zaun. Es wurde immer kälter, sich umzuziehen. Meine Knie zitterten. Aber ich hielt durch. Da wurde ich von ein paar Jungs aus der Klasse überrumpelt, vier an der Zahl, genauer gesagt. Sie waren mir gefolgt. Es ist nicht nötig, in diesem Zusammenhang Namen zu nennen. Ich kann den Leser damit trösten, dass es ihnen trotz allem im Leben gut ergangen ist. Sie wurden Reeder, Juristen und Buchhalter, und jetzt sind sie alle zusammen hoch dekoriert und tot. Doch an diesem späten Tag, am Nachmittag, bereits in der Dämmerung, sah die Sache anders aus. Plötzlich standen sie um mich herum, ich in der Mitte in meiner indischen Unterwäsche. Sie betrachteten mich voller Verwunderung und Abscheu. Ich wusste natürlich, dass ich in Gefahr war. Was mir aber die größten Sorgen machte, war, dass ich sie nicht vorher bemerkt hatte, nicht gehört oder gerochen hatte. Jetzt war es zu spät. Jetzt kam ich nicht mehr davon.

Si vis pacem, para bellum.

Es ging folgendermaßen vor sich:

Drei Jungen hielten mich fest, während der vierte das Verhör führte:

»Wichst du hier im Holzschuppen?«

»Nein.«

»Was machst du denn dann nackt hier?«

»Ich sonne mich.«

»Du wichst nicht hier im Holzschuppen, weil du in den Pausen schon genug gewichst hast. Stimmt's?«

»Nein.«

»Warum rennst du dann immer aufs Scheißhaus? Hast du Dünnpfiff?«

»Ja.«

»Denkst du an den Lampenschirm, wenn du wichst?«

»Nein.«

Sofort war mir klar, dass die Antwort total falsch war.

Alle lachten, alle, bis auf mich.

»Dann wichst du also doch!«

»Nein!«

»Du hast doch gerade gesagt, dass du wichst.«

»Habe ich nicht gesagt.«

»Denkst du an diese Hure, wenn du wichst?«

»An wen?«

»Deine Mutter.«

Ich versuchte mich loszureißen, aber es nützte nichts. Ich war deutlich in der Minderheit. Ich hatte keine Kraft. Ich konnte nur noch mit den Zähnen knirschen. Ich knirschte mit den Zähnen. Die Kälte färbte meine Haut fast blau. Ich fing stattdessen an zu heulen. Das muss ihnen Angst eingejagt haben. Der Junge, der meine Hände auf dem Rücken festhielt, ließ los.

»Bernhard erfriert ja«, flüsterte er.

Der Anführer, er hieß Anton, Sohn des Apothekers vom Valkyrie plass, trat einen Schritt zurück und musterte mich. Dann sagte er:

»Wir sind barmherzig. Du kannst dir aussuchen, welche Kleidung du anziehen willst.«

Ich entschied mich für Mantel und Schleife. Niemand sagte derweil etwas. Ich fragte mich, was wohl als Nächstes kommen würde. Es war offensichtlich, dass sie noch nicht fertig waren. Meine Finger waren angeschwollen. Ich schaffte es kaum, das Hemd zuzuknöpfen und die Schnürsenkel zu binden. Dann stand ich da, in meinem wahren Kostüm, der Lackaffe, der ich war.

Anton zog ein Papier aus der Gesäßtasche.

»Hör genau zu, Bernhard Hval. Hörst du?«

Ich nickte.

Und Anton fing laut an zu lesen, und war es nicht ein Wink des Schicksals, ein deutlicher Wink, dass sich herausstellen sollte, dass er aus Doktor Lunds monumentalem Informationswerk *Medizinisches Handbuch für das norwegische Heim* las? Doch wer hier winkte, das kann ich nicht mehr sagen. Anton hatte offenbar Seiten aus einem Exemplar herausgerissen, das sein Vater, der Apotheker, im Bücherregal stehen hatte, oder aber unter dem Tresen liegen. Und wie sollte Anton später erklären, dass ausgerechnet die Seite 526 fehlte? Dass nach *Mannesalter* gleich *Menstruation* kam? Vielleicht war ich es doch, der da winkte. Ich musste innerlich lachen.

Masturbation. Selbstbeschmutzung, die durch künstliche Irritation der Geschlechtsteile den Nervenakt hervorruft, der nach den Regeln der Natur und den Gesetzen der Moral nur aufgrund eines Geschlechtsverkehrs vor sich gehen soll. Dieses Laster kann viel Unglück über den Einzelnen bringen. Es tritt ein bleichsüchtiger Zustand mit fahler Gesichtshaut und bläulichen Ringen unter den Augen ein. Die geistigen Fähigkeiten lassen nach, besonders das Gedächtnis. Der Sinn wird getrübt, und es entwickeln sich Misstrauen und ein Hang zur Verwirrung. Unter diesen Umständen ist es notwendig, sich an einen Arzt zu wenden.

Den letzten Satz wiederholte er mit Nachdruck.

»Unter diesen Umständen ist es notwendig, sich an einen Arzt zu wenden.«

Anton faltete das Papier zusammen, schob es sich wieder in die Gesäßtasche und schaute mich an.

»Du musst zum Arzt, Bernhard Hval«, sagte Anton.

Und damit wurde ich zum Zaun gezerrt. Zuerst versuchten sie mich drüberzuschieben, doch das ging nicht. Der Zaun war zu hoch. Anton wühlte in seinem Schulranzen und fand schließlich eine Säge, die er beim Werkunterricht hatte mitgehen lassen. Es war also alles genau geplant. Er sägte ein passendes Loch, und mit vereinten Kräften zwängten sie mich durch den Lattenzaun von Gaustad.

Eine Weile blieben wir jeder auf einer Seite stehen und schauten einander an.

Sie wussten nicht so recht, was sie jetzt machen sollten.

War das alles gewesen?

Dann liefen sie den Weg hinunter, während sie im Chor

sangen, und bald konnte ich sie nicht mehr hören. Und dieses Lied existiert seitdem im Volksmund, und so wie mein Vater der Begründer des Ausdrucks »hohl wie eine Kokosnuss« war, so wurde ich Schöpfer der etwas direkteren und unverschleierten Zeilen in dem berühmten Refrain: *Es ist ein Loch im Zaun von Gaustad, es ist ein Loch im Zaun von Gaustad, es ist ein Loch im Zaun von Gaustad, und deshalb bist du hier.*

Nutte! Nutteputtewichsfotze!

Aus dieser kleinen Anekdote kann man zumindest erkennen, dass Camouflage auf die Dauer nichts nützt, ich musste mich bitte schön mit meinem beschmierten Konterfei arrangieren, mein Alter Ego gab es nicht; wie schon allein der Versuch, sich zu verbergen, neuen Verdacht erwecken kann, der dich nur auf andere Art und Weise bloßstellt. Das galt sowohl für Mutter als auch für mich. Und somit war auch Vater auf eine äußerst unglückliche Art darin verwickelt. Zwar konnte er mit dem Gerücht, dass er eine gewisse Anzahl an Hausmädchen auf den Rücken gelegt und dann rausgeworfen hatte, leben, ja, er konnte gut damit leben, aber die Wahrheit, dass Mutter es mit ihnen getrieben hatte, die war unerträglich. Und nicht zuletzt: Ich befand mich auf der falschen Seite des Zauns von Gaustad, nämlich innen.

Außerdem sollte ich Folgendes lernen: dass ein Loch nicht immer in beide Richtungen weist.

Deshalb war ich hier.

Als ich nämlich versuchte, mich zurückzuzwängen, gelang es mir nicht. Das Loch war zu eng. Ich kam nicht durch. Das war ein Mysterium. Es war dasselbe Loch. Ich war derselbe. Aber es war unmöglich. Dass ich den Mantel auszog, nützte nichts. Einen Moment lang fürchtete ich gar, festzusitzen und nicht wieder freizukommen, weder in die eine noch in die andere Richtung. Doch schließlich konnte ich mich befreien, aber über den Zaun zu klettern, das schaffte ich auch nicht, denn meine verfrorenen Finger rutschten jedes Mal ab, und ich glitt die rauen splittrigen Holzplanken hinunter und blieb schließlich in dem kalten, steifen Gras auf dem Rücken liegen.

Der erste Schnee fiel.

Es schien, als würde der Himmel zerfallen, und der Himmelsstaub war weiß.

Oh, vanitas vanitatum!

Langsam stand ich auf und ging los, ging ebenso langsam auf die Gebäude zu. Alles schien leer und tot. Ich sah nicht einen Menschen, nicht eine lebende Seele. Als ich näher kam, konnte ich die Gitter vor den dunklen Fenstern erkennen, Sprossen und Kreuze aus Eisen. Der Schnee war schwer. Ich suchte Schutz in den Bogengängen. Hier hallten meine Schritte wider, ein Echo, das zwischen den Balustraden in alle Richtungen geworfen wurde, als folgte mir ein ganzes Regiment. Ein Schild zeigte hierhin und dorthin: *Station für die Ruhigen und Anständigen. Station für die Lärmenden und Gewalttätigen. Station für die in Unreinheit und Unzucht versunkenen Kranken.* Wohin sollte ich? Wo gehörte ich hin? Ich blieb vor der ersten Tür stehen. Die leeren Hoden deiner kastrierten Engel! Hängepimmel! Ich legte die Hand auf die Tür und schob sie von mir. In dem Moment hörte ich andere, merkwürdige Geräusche, eine fremde, und doch menschliche Musik: Lamentieren, Jammern, Rufe, Weinen, Ungehörigkeiten und Gelächter, über das es nichts zu lachen gab. Plötzlich stand eine Frau vor mir. Sie war fast so breit wie die Türöffnung, trug einen langen Kittel, auf die Brust war der Name des Irrenhauses genäht, und er hatte tiefe Taschen, in denen sie ihre Hände verstecken konnte. Sie schien wütend und entschlossen zu sein. War das eine Ärztin oder eine Aufpasserin? Konnte überhaupt eine Frau Ärztin in Gaustad sein? Auf jeden Fall war sie groß genug, um eine Aufsichtsperson zu sein.

»Was machst du hier?«

»Nichts. Ich …«

Die Frau unterbrach mich.

»Wie hast du die Tür aufgekriegt?«

Ich trat einen Schritt zurück, sicherheitshalber, damit ich schnell abhauen konnte.

»Sie war offen.«

Die Frau kam mir nach.

»Offen. Ach was. Die Tür ist abgeschlossen!«

»Aber das stimmt. Sie war offen.«

Sie zog eine Hand heraus und hielt darin einen riesigen Schlüsselbund.

»Ich bin diejenige, die hier die Türen abschließt. Und ich bin es auch, die sie wieder öffnet!«

»Ach so«, flüsterte ich.

Die Frau lächelte und hob die Hand zu meinem Gesicht, langsam, als wäre jeder Finger aus Blei, und jetzt sah ich, dass es keine Schlüssel waren, die sie da hielt, sondern nur Holzstückchen und schwarze Streichhölzer, die an einem Ring befestigt waren.

Das Jammern und die Litaneien wurden hinter ihr lauter und immer schlimmer, bald würde es nicht mehr möglich sein, ihnen zu widerstehen.

Oh, fort von all meinen wachen Träumen.

»Ich suche nach dem Ausgang«, sagte ich.

»Warum bist du dann hereingekommen?«

Bevor ich mit meinem eigenen Wechselgesang anfing, mit allem, was er beinhaltete, lief ich zu den Bogengängen zurück, während jemand hinter mir her rief und gegen die Fenster hämmerte, auf Glas und Eisen, ich hörte eine Sirene oder eine Glocke, die Kirchenglocke der Idioten, die nur zum Eintritt läutet, ich lief weiter die festgetretenen, mageren Äcker entlang, und endlich, hinter ein paar Kühen, die frierend dalagen, fand ich eine Pforte, und endlich war ich draußen.

Dann holte ich meinen Schulranzen und die alten Kleider, ging nach Hause und konnte meinem Repertoire eine neue Nummer hinzufügen, bisher hatte es aus Schnauben, Zählen, Schlucken, Fechten, Heulen und Zähneknirschen bestanden. Ich war unerschöpflich. Hurra! Und mir war klar, dass es viel wichtiger war, eine Liste darüber aufzustellen, was ich *nicht* tat, als darüber, was ich bereits tat. Und die Liste über alles, was ich bis jetzt noch nicht getan hatte, machte mir große Angst. Es würde nicht genug Zeit zur Verfügung stehen. Spucke! Sag das nicht. Tritt! Sag das auch nicht! Pfeife! Hüpfe! Zwinkere! Schnipse! Balle die Fäuste! Auf und zu! Rein und raus! Halleluja! Die Schläge der Standuhr gingen mir durch Mark und Bein. Doch eins war sicher: Doktor Lund irrte sich. Ich verlor nicht das Gedächtnis und wurde auch nicht fahlhäutig oder verwirrter oder misstrauischer als zuvor. Das Einzige, was ich merkte, ich wurde etwas gefühllos in der Hand, empfindsam im Hoden, die Vorhaut war abgerieben, und bald hatte ich keine Taschentücher mehr, die ich wegwerfen konnte.

Hinc illae lacrimae!

Und Vater trieb es noch mächtiger als je zuvor, denn weniger konnte er nicht tun. *Hvals Industrien* wuchs, die Produktion nahm zu, Emballage, Bestecke, Tonnenbänder, Angelhaken. Er suchte neue Märkte und ging ins Seefahrtsgeschäft. Was trieb ihn eigentlich, auf diesem letzten Stück? Oh ja, er musste die Gerüchte in den Schatten stellen, er musste sie überdecken, die Gerüchte über meine Mutter und ihre Philomene, ihre Nachtigallen, wie unsere Hausmädchen genannt wurden, die Gerüchte über mich und meine sogenannten Unarten, und er schaffte es. Vater war aus Eisen. Er lud die High Society zu sich nach Hause und präsentierte uns, um zu zeigen, dass er nichts zu verbergen hatte. Er baute einen Pavillon hinten im Garten, in dem man Champagner trinken konnte. Ich begrüßte Männer, die Vater ähnelten, und jedes Mal, wenn sie zu Besuch kamen, waren sie noch überschwänglicher. Mutter huschte unbeschwert zwischen ihnen hin und her und ließ sich von dem einen oder anderen auf Wange oder Hand küssen. Ich hielt mich in meinen Bahnen und war der echte Prinz von Besserud. Nie ging es meinen Eltern besser. Anschließend, wenn die Pflichten der Gastgeberin überstanden waren, saß meine Mutter im Bad und übergab sich, während Abmachungen auf den Tisch kamen und zwischen Flaschen und Verträgen terminiert oder hinter geschlossenen Türen unterzeichnet wurden. Ich hörte bis tief in die Nacht Gelächter aus dem Pavillon, und oft graute schon der Morgen, bevor Alfred Hammer anspannen und die Gäste heimbringen konnte. Ja, Vater war aus Eisen. Er drückte der Erde deutlich seine Fußspuren auf, so dass kein Zweifel bestand, wohin ich zu folgen hatte.

Vestigia terrent.

Mehr sage ich vorläufig nicht.

Der Himmel immer noch wolkenfrei.

So vergingen einige Jahre, und endlich komme ich zu einem anderen Kapitel:

Ich stehe mitten im Garten unter dem Apfelbaum und zähle Äpfel. Ich trage den neuen Macintosh, den ich von Mutter bekommen habe, als ich dreizehn wurde, obwohl es an diesem Tag nicht regnet, im Gegenteil, der Himmel ist wie gesagt wolkenfrei. Ich zähle die saftigen, bunten Äpfel, die immer noch an den Zweigen hängen, und als ich damit fertig bin, zähle ich die, die leider im Gras liegen und verrotten, um herauszufinden, wo es die meisten Äpfel gibt, am Baum oder auf der Erde. Das erfordert Fleiß und Gewissenhaftigkeit. Aber ständig fallen Äpfel vom Baum, so dass ich immer wieder von neuem anfangen muss. Die ganze Zeit muss ich neu anfangen. Ich zähle schneller und schneller, um die Äpfel einzuholen, es ist unmöglich, aber ich muss es schaffen, und wenn ich hier beim Baum stehen bleibe, bis dieser leer ist und das Gras voll. Da höre ich die Räder der Kutsche, Alfreds Peitsche und Hammers Wiehern, die näher kommen, schneller als ich zählen kann, und ich bin immer noch nicht fertig. Ich schaffe es nicht. Ich gebe auf. Doch in der Sprache der Kantigen gibt es den Begriff Aufgeben nicht, das heißt anders, und ich sinke auf die Knie nieder und fange stattdessen an zu heulen, und in dem Moment kommt Vater und zieht mich wieder auf die Füße hoch.

»Erwartest du Regen?«, fragt er.

Ich ziehe den Macintosh zurecht, knöpfe ihn zu, verlegen und peinlich berührt.

»Nur sicherheitshalber«, sage ich.

»Das ist gut. Immer vorbereitet sein. Auf jeden Fall. Wenn es nicht regnet, kannst du ihn ja einfach ausziehen. Hast du dir wehgetan?«

»Mir wehgetan?«

»Ja. Bist du nicht hingefallen? Du hast doch auf der Erde gelegen.«

»Ich habe mir nicht wehgetan.«

»Übrigens, du bist ja ein Ass im Zählen.«

Ich schaue weg, zu Alfred, der Hammer mit Karotten füttert und ihm mit langsamen, zärtlichen Bewegungen über das Maul streichelt.

»Danke, Vater.«

Mein Vater seinerseits erscheint aufgeregt, nicht wütend, sondern begeistert auf eine fast gefährliche Art und Weise, sein Gesicht steht in Flammen, und er schaut zum Pavillon hinüber, wo der runde Tisch immer noch voller leerer Flaschen und Gläser ist.

»Dieses verfluchte Fallobst! Ich bin auf ihm auch schon einmal ausgerutscht.«

Und plötzlich hebt er einen Apfel vom Gras auf, weich und braun, und zeigt ihn mir.

»Siehst du, was das ist, Bernhard?«

»Ja, Vater. Ein verrotteter Apfel.«

»Was ist der Unterschied zwischen einem verrotteten und einem frischen Apfel?«

»Ein frischer Apfel schmeckt besser.«

Vater kommt näher.

»Woher weißt du das?«

Ich denke nach.

»Ich weiß es nicht«, antworte ich schließlich.

»Willst du probieren?«

Vater drückt mir fast den kranken Apfel ins Gesicht.

»Nein, danke.«

Vater lacht.

»Genau. Frische Äpfel hängen hoch. Verrottete Äpfel liegen dir direkt zu Füßen. Das ist der Unterschied.«

Und dann drückt Vater den verrotteten Apfel in seiner Hand zusammen, und zwischen seinen Fingern sickert eine braune Soße heraus, zusammen mit Würmern und Larven.

»So«, sagt er.

Er sagt nur dieses Wort, als hätte er mir damit etwas Wichtiges beigebracht. So.

Er schüttelt den Matsch von den Fingern und wischt sich die Hand im Taschentuch ab.

»Wo ist Mutter?«

Ich zögere.

»Mutter schläft.«

Vater wirft einen Blick zu ihrem Schlafzimmer hoch, in dem immer noch die dicken blauen Vorhänge vorgezogen sind.

»Komm«, sagt er.

Aber plötzlich ist es Vater, der zögert, und er sieht mich stattdessen genauer an.

»Bist du auch mitten am Tag müde, Bernhard?«

»Nein. Wieso?«

»Du hast schwarze Ringe unter den Augen.«

Wir gehen zur Kutsche und setzen uns hinter Alfred und lassen uns in die Stadt, Kristiania, tragen, die glänzend und klar auf dem Grund der Welt liegt. Es sind Herbstferien, die Bauern von Gaustad stehen auf ihren Äckern und zupfen Unkraut, die Schüsse der Jäger sind aus den brennenden Wäldern zu hören, bis nach Stryken oder Katnosa. Vater geht nicht mehr auf die Jagd. Der Waffenschrank ist verschlossen. Er hat andere Trophäen in Sicht. Wir fahren durch Majorstuen und weiter den Kirkeveien entlang, am Frognerpark vorbei, wo die Vorbereitungen für die Weltausstellung stattfinden. Ist der Himmel etwa nicht wolkenfrei?

»Wohin fahren wir?«, frage ich.

Vater legt mir den Arm um die Schulter.

»Abwarten«, sagt er.

Und wir halten erst, als wir in Skøyen ankommen, vor A/S Auto, wo zwei Männer in ihrem feinsten Zwirn sich vor ein glänzendes Auto gestellt haben. Andere Schaulustige wollen auch dabei sein und rücken näher, Tratschtanten, Briefträger, Zeitungsjungen, Klosettreiniger, Hausierer und Volontäre, denn niemand möchte sich dieses Wunder entgehen lassen. Vater springt hinunter, ich habe ihn noch nie so energisch gesehen, er begrüßt die Männer lange per Handschlag, diese nehmen ihre Hüte ab und verneigen sich. Und erst nach einer Weile begreife ich, dass das Vaters Auto ist. Er hat es gekauft und bezahlt. Es ist unser Auto, das Auto der Familie Hval. Ich springe auch hinaus, hinter Vater her, der langsam um den

Wagen herum geht und ihn in Augenschein nimmt, ihn streichelt, sich in ihm spiegelt, während Alfred auf dem Kutschbock sitzen bleibt, mit gekrümmtem Rücken, allein, die Peitsche in der Hand.

Alfred! Alfred Melingen! Mein gekündigter, schicksalsschwerer Chauffeur, mein Erbstück! Lasst mich ihm Gerechtigkeit zuteil werden. Er hatte zunächst die Stellung eines Faktotums bei *Hvals Nadelfabrik*, damals, als sie nur so hieß, und lief die ganze Zeit zwischen Vaters Büro und Besserud hin und her. Dann fiel ihm ein Muringanker auf den rechten Fuß, als er am Hafen entlanglief, um irgendwelche Frachtpapiere an Bord eines spanischen Frachters zu bringen, fing an zu hinken und konnte nicht mehr alles so schnell ausliefern. Vater wollte auf diesen zähen, loyalen Mann aber nicht verzichten, ein Junggeselle für alle Zeiten, und stellte ihn deshalb als Kutscher und rechte Hand der Familie ein. Alfred nahm mich zum Beispiel mit ins Frogner Stadion, damit ich beim Eisschnelllauf zusehen konnte, und es war so kalt, dass Oscar Mathisen auf den Geraden einen Mundschutz benutzen musste. Jedes Mal, wenn er eine Runde gelaufen war, zog ein blauer Nebel an den engen Tribünen vorbei, und ich freute mich über diese heilige Gemeinsamkeit, mein Atem war ein Teil des allgemeinen Atems. Aber was mich am meisten freute, das war der Lauf nach der Pause: Ein Mann namens Axel Paulsen war nicht nur ohne Unterbrechung 25 000 Meter von der Frognerquelle her gegangen, er hatte außerdem einen neuen Zweig im Schlittschuhsport erfunden. Er ging nämlich rückwärts. Das war sonderbar anzusehen. Es versetzte mich in eine tiefe Ruhe, zuzusehen, wie Axel Paulsen, der nie ein Denkmal vor dem Stadion bekam, rückwärts lief. Der gesamte Sport sollte rückwärts vor sich gehen. Das war einleuchtend. Axel Paulsen schaute in die eine Richtung und ging in die andere, sogar in den Kurven. Er tanzte auf zwei Hochzeiten. Er hatte den Überblick. Ich glaube, er lief sogar einen Weltrekord, aber das war vielleicht auch nicht besonders verwunderlich, da er ja der Erste war, der rückwärts auf Schlittschuhen lief. Wenn ich mit Eisschnelllauf anfangen wollte, dann würde ich es auch tun, rückwärts laufen. Ich begriff nicht, warum das Publikum lachte. Die Gemeinschaft war nicht mehr heilig. Ich war allein auf der Tribüne. Mein Atem gehörte mir allein. Übrigens passte Alfred auch auf Mutter auf. Niemand wusste so recht, woher er kam. Es hieß, dass er ins Geschlecht des fahrenden Volkes gehörte, das in der weiten Gegend der finnischen Wälder und um die schwedische Grenze herum lebt. Er hatte auch braune Augen und einen anderen Hautton als wir Stadtmenschen. Er selbst redete wenig oder gar nicht. Ich wusste nicht, wie alt er war. Ich glaube, das wusste er selbst nicht. Alfred war schon immer alt. Ich mochte Alfred richtig gern. Ich hätte ihn nie entlassen dürfen.

»Alfred!«

Es ist Vater, der ruft.

Und Alfred steigt widerstrebend zu uns herab, und wir gehen noch einmal um den Wagen herum, und Alfred hat immer noch die Peitsche in der Hand, als wollte er nichts riskieren, falls dieses Fahrzeug durchgeht, würde er es schon zähmen. Dann bleibt Vater vor den Scheinwerfern stehen, beugt sich über den einen Kotflügel und sagt:

»Ja, ja, mein guter Mann. Jetzt hat Hammer seine Dienste getan.«

Alfred schaut zu Boden.

»Das hat er sicher.«

»Es ist der Fortschritt, der ihn eingeholt hat. Ich hoffe, du verstehst das.«

»Ich verstehe. Wir werden nicht mehr gebraucht.«

Vater richtet sich auf und legt Alfred fest eine Hand auf die Schulter.

»Was hältst du davon, wenn ich dich vom Kutscher zum Chauffeur befördere?«

Ich stehe neben ihnen und rufe in meinem Inneren laut Ja, während der Verkäufer und der Techniker geduldig warten, die Hände auf dem Rücken.

»Ich kann nicht fahren«, sagt Alfred.

Vater lacht laut auf.

»Ach, das ist einfach. Es gibt zwei Pedale. Eines, um Fahrt zu kriegen, und eines, um zu bremsen. Und das Lenkrad ist dazu da, um die Kurve zu nehmen. Vergiss das nicht. Ohne Lenkrad kein Automobil.«

Vater dreht sich zu den Männern um.

»Habe ich so ungefähr recht?«

Beide nicken, und der Techniker kommt näher, falls er kurzfristig gebraucht werden sollte.

Aber Alfred sträubt sich immer noch.

»Ich habe keinen Führerschein.«

Vater nimmt ihm einfach die Peitsche weg und wirft sie den Jungen zu, die sich sofort darum prügeln. Anschließend zieht er eine kleine Mappe aus der Innentasche, eine Art zusammengefaltete Karte, die er Alfred gibt.

»Was ist das?«, fragt dieser.

»Eine Fahrerlaubnis, lieber Alfred. Von der Auto-Chauffeurschule.«

»Aber dadurch kann ich doch nicht fahren.«

So langsam verliert mein Vater die Geduld.

»Du kannst doch nicht fahren lernen, wenn du das Zertifikat noch nicht hast!«

Ich glaube, in dem Moment liebe ich meinen Vater, zumindest schätze ich ihn höher als je zuvor. Und es sieht so aus, als würde Alfred Vaters Raisonnement, das in meinen Augen genauso schön ist wie Axel Paulsens Schlittschuhlaufen rückwärts, akzeptieren.

»Und was ist mit Hammer?«, fragt Alfred leise.

Alle drehen sich zu Hammer um, nur ich nicht.

»Ja, was ist mit Hammer?«, wiederholt Vater und gibt sich selbst die Antwort: »Wir haben wohl keine andere Wahl.«

Doch ich sehe nur das Automobil. Und wenn ich diesen Wagen so genau und umständlich beschreibe, dann liegt es daran, dass er eine so entscheidende Rolle in unserer Geschichte oder in unserem Leben spielt, und er ist in gewisser Weise sogar größer und von mehr Einfluss als meine langgezogene Kindheit. Es ist ein schwarzer Minerva, aber Vater nannte ihn nur den Roadster, von belgischem Fabrikat, mit Originalkarosserie, mit Klappverdeck, vier Sitzen in braunem Leder, vier Türen und vier Rädern. Fußhocker und Steigbrett, sowie zwei Signalhupen, ein elektrisches und ein manuelles Signal, zwei Lampen, zwei Sätze Zündkerzen, einer von der Zündspule und einer vom Magneten, ein vierzylindrischer Motor mit 26/50 PS, Kolbenquerschnitt und Schlag von 100/140, Chassisnummer 22228, und das Einzige, was an ihm rund ist, das sind die Räder und das Lenkrad, der Rest ist spitz und voller Kanten.

Es stand König Haakons eigenem Auto in nichts nach.

»Es steht König Haakon in nichts nach«, sagt Vater laut.

Ich drehe mich um und sehe, dass sie fast fertig damit sind, Hammer abzuschirren, und ich weiß nicht so recht, ob Vater das Auto oder das Pferd meint. Alfred hakt die Deichsel und die Kutsche selbst aus, während Vater die Beißstange, die Trense, den Nasenriemen, die Scheuklappen und die Schweifstange löst. Zum Schluss steht Hammer nackt und bloß da. Weiß er, was ihn erwartet? Die Rückenmuskeln zittern. Bin ich derjenige, der diese ganze Ausrüstung übernehmen soll?

Sagt es nur. Ich brauche sie, nicht wahr? Ich brauche Scheuklappen und Zaumzeug. Nein, Vater hat andere Pläne. Er ist großzügig. Er schenkt alles den Schaulustigen, die sich um jede Kleinigkeit streiten, die Weiber ziehen an den Riemen, die Jungen können sich nicht einigen, wer das hintere Zaumzeug haben soll, und sie fangen an, sich zu prügeln, die Hausierer wollen sich die Rosette sichern, aber die Klosettentleerer tragen den Sieg davon, die Kutsche gehört ihnen. Ich mag nicht zuschauen. Ich muss die Zähne zusammenbeißen, sie abfeilen, ich muss zählen, bis es keine Zahlen mehr gibt, das Zäpfchen hinunterschlucken und den Rotz bis ins Hirn ziehen und im Takt meiner Herzschläge trampeln, meiner und Hammers. Eine Art Dunst steht um Hammer. Ich glaube, er weiß, was passieren wird. Ich weiß es noch nicht. Endlich öffnet der Verkäufer die Türen des Roadsters, Vater und ich setzen uns auf die Rücksitze, und Alfred nimmt hinter dem Lenkrad Platz. Seine Hände zittern leicht. Der Mechaniker zeigt ihm die einfachsten Dinge, rechts, links, vor und zurück. Selbst ein Kind könnte das. Außerdem ist die Geschwindigkeitsbegrenzung 24 Kilometer in der Stunde, ganz gleich, in welche Richtung.

Vater beugt sich vor.

»Ich werde dir bei Franck im Bogstadveien eine Uniform schneidern lassen.«

»Warten Sie zumindest, bis ich gestartet habe«, sagt Alfred.

Der Motor knallt, und der Wagen macht einen Satz nach hinten. Die Zuschauer werfen sich zur Seite. Wir fahren rückwärts. Ja, Alfred fährt rückwärts bis ans Ende der Welt! Aber leider gelingt es ihm anzuhalten. Der Mechaniker stürzt auf uns zu.

»Habe ich nicht gesagt, dass das linke Pedal der Rückwärtsgang ist!«, ruft er.

Alfred ist beschämt.

»Meine Füße sind ungleich. Ich hinke! Das ist der Grund.«

Der Mechaniker zieht sich wieder zurück, und Alfred versucht es noch einmal. Wir machen noch einen Satz. Dieses Mal nach vorn. Dann gelingt es ihm, sich und den Wagen zu beruhigen, und wir sind auf dem Weg. Es geht nur ruckweise, aber es geht. Und neben uns läuft Hammer, die Hufe klingen auf dem Kopfsteinpflaster, dann ist es kein Pflaster mehr, nur Kies, und das Einzige, was ich höre, sind der Motor und die Räder. Ist es etwa nicht die neue und die alte Zeit, die einander begleiten, dieses letzte Stück, jede auf ihre Weise und jede auf ihr Ziel hin, aber in derselben Richtung?

»Zur Fabrik!«, befiehlt Vater.

Und so fahren wir weiter, das Verdeck heruntergeklappt, zu den großen Hallen und Werkstätten bei Lilleaker, zu *Hvals Industrien,* wo es Alfred gelingt zu bremsen, wonach er schweigend sitzen bleibt, die Hände auf dem Lenkrad. Die Arbeiter drehen sich nach uns um, lassen alles, was sie in den Händen haben, fallen und reißen sich die Mütze vom Kopf. Mehrere Männer erscheinen in dem breiten Tor, bleiben dort stehen, reißen sich auch die Mützen ab, ihre Stirne glänzen weiß über den dunklen, schmutzigen Gesichtern, wie Glorienscheine, und sie beschatten die Augen in dem grellen Herbstlicht. Einige verneigen sich sogar tief, und das finde ich gleichzeitig unangenehm und anziehend.

Vater und ich stellen uns auf das Trittbrett.

»Schau dich gut um«, sagt er.

Ich tue, was Vater sagt.

Die Arbeiter umringen uns. Und als sie nahe herangekommen sind, bemerke ich etwas anderes, nicht Untertänigkeit, nicht die weißen Stirnpartien, die schmutzigen Gesichter, sondern Verachtung. Hammer wird unruhig.

»Eines Tages gehört all das dir«, sagt Vater.

Ich schließe die Augen und versuche es vor mir zu sehen, die Spuren, denen ich folgen soll, damit alles mir gehört, doch es ist unmöglich.

Dann höre ich Vater rufen:

»Wo ist der Schmied?«

Als ich die Augen wieder öffne, lassen die Arbeiter einen älteren Kerl durch, er trägt eine Art Lederschürze. Er ist größer als alle und überragt sogar Vater, obwohl wir auf dem Trittbrett stehen.

»Womit kann ich zu Diensten stehen, Herr Direktor Hval und Sohn? Ist der Wagen kaputt?«

Die Arbeiter hinter ihm grinsen, einige erdreisten sich zu lachen.

Vater klettert noch höher, auf den Fußschemel, aber immer noch ist er kleiner als der Schmied.

»Mit dem Wagen ist alles in bester Ordnung, mein guter Mann. Es ist das Pferd.«

»Das Pferd?«, fragt der Schmied. »Das ist ja wohl nicht kaputt?«

»Es ist alt genug«, sagt Vater.

Ich drehe mich um und sehe Alfred, der aus dem Wagen steigt und Hammer in einem fort über die Mähne streicht.

Der Schmied tritt einen Schritt zurück.

»Und was soll ich nach Meinung des Direktors daran tun?«

»Den Vorschlaghammer holen und kurzen Prozess machen. Was sonst?«

Der Schmied zögert.

»Kann der Direktor nicht selbst kurzen Prozess machen?«

Plötzlich bohrt Vater seinen Blick in den des Schmieds, er lässt nicht locker.

»Will mein Schmied mir nicht gehorchen?«

Es ist der Schmied, der zum Schluss nachgibt. Der Schmied

ist einen Moment lang kleiner als Vater. Vater tritt vom Fußschemel und dem Trittbrett hinunter und ist größer geworden als der Schmied.

Alfred geht mit Hammer hinunter zu einer Baracke. Alfred hinkt. Hammer wirkt ruhig. Ich sehe den Schmied an. Er hat den Vorschlaghammer geholt. Jetzt hält er ihn in beiden Händen und hebt ihn über den Kopf.

»Ist es nicht besser zu schießen?«, flüstere ich.

»Hammer ist Schlachtvieh«, sagt Vater.

»Schlachtvieh? Sollen wir Hammer essen? Wir wollen doch wohl Hammer nicht essen?«

Genau in dem Moment, als der Schmied den Vorschlaghammer in einem weiten, zähen Bogen schwingt, schließe ich die Augen, und ich höre, wie er Hammers Stirn trifft, und das Geräusch ähnelt nichts, was ich vorher gehört habe.

»Jetzt ist Mutter sicher aufgewacht«, sagt Vater.

Der Schmied spült den Vorschlaghammer an der Wasserstelle ab.

»Sorge dafür, dass sie gerecht teilen«, sagt Vater.

Der Schmied nickt und will gehen. Vater hält ihn zurück, aber ich bin es, an den er sich wendet.

»Mit welchem Fuß hinkt Alfred?«

»Mit dem linken.«

Vater lässt den Schmied los, lächelt.

»Ich würde mir gern deinen linken Schuh leihen.«

Der Schmied, verblüfft:

»Den linken Schuh? Was …«

Vater unterbricht ihn.

»Dafür bekommst du den Oberschenkel. Sehr zart.«

Der Schmied, immer noch verblüfft, aber dennoch gefasst, zieht sich den linken Schuh aus, der aus Holz geschnitzt und riesig wie ein Floß ist, das die Frognerquelle überquert, beschlagen mit Eisen und Nägeln, und diesen bedeutenden Schuh gibt er Vater. Dann gehen wir auch zum Auto. Und plötzlich merke ich, dass ich hinke. Es ist mir nicht möglich, den Fuß mitzuziehen. Zuerst hinke ich rechts, und als ich den Fuß an Ort und Stelle bekommen habe, nach vielem Hin und Her, hinke ich stattdessen mit dem anderen Fuß. Vater sieht mich verwundert an. Es liegt eine Ohrfeige in der Luft.

»Machst du dich über Alfred lustig?«

»Nein, Vater.«

»Dann geh ordentlich, mein Junge!«

Ich versuche es, so gut ich kann. Es kostet mich all meine Kräfte. Ich muss die Füße gegen die Erde stemmen und davonschlurfen, während ich die Kiefer feile und in einem fort schlucke und schnaube. Ich mache mich über Alfred nicht lustig. Das ist das Letzte, was ich will, mich über Alfred lustig zu machen. Ich weiß nur, dass ich eine neue Nummer in meinem Repertoire habe. Ich äffe nach. Ich bin ein Nachmacher.

Satans Pickelhaube! Mach mich blind! Lass mich in Ruhe!

Vater reicht den Schuh des Schmieds weiter an Alfred, der ihn ohne zu murren anzieht, und ich setze mich zusammen mit Vater auf die Rückbank, und bald sind wir wieder unterwegs, in gleichmäßiger Fahrt. Mit einem kleinen und einem großen Schuh ist Alfred ein Meister am Steuer. Jetzt hinkt er nicht mehr auf den Pedalen. Er ist der reinste Rennfahrer. Aber Hammer galoppiert nicht mehr neben uns. Jetzt gibt es nur noch die neue Zeit. Die neue Zeit, das sind wir. Die alte wird aufgegessen. Noch nie ging es schneller hinauf nach Besserud.

»Tu, als wenn nichts wäre«, flüstert Vater.

Zuerst probiert Alfred es mit dem elektrischen Horn.

Die Vorhänge sind vor Mutters Fenster immer noch vorgezogen.

Alfred benutzt die Gummihupe.

Es geschieht nicht wirklich etwas.

Mir fällt auf, dass alle Äpfel vom Baum gefallen sind und jetzt im Gras liegen, braune, schrumpelige Kugeln, als hätte hier jemand vor mindestens einem Jahrhundert Cricket gespielt und alles einfach liegen lassen. Warum hat niemand in unserem Garten Äpfel geklaut? Ist das hier wie in Gaustad, dass niemand die Kartoffeln oder Karotten von dort essen will? Das denke ich wahrscheinlich jetzt, also zur schreibenden Stunde, schließe jedoch nicht aus, dass mich schon damals dieser Gedanke gestreift haben könnte.

Alfred benutzt jetzt beide Hupen gleichzeitig, die elektrische und die manuelle. Da erscheint Mutter auf dem Balkon, im Morgenmantel, sieht uns, geht wieder hinein und kommt endlich nach ungefähr einer halben Stunde heraus, in einem langen schwarzen Kostüm, mit Sonnenbrille, Hut und Schal um den Hals. Vater kurbelt das Fenster herunter.

»Du kannst vorn sitzen«, sagt er.

Mutter setzt sich neben Alfred und hat immer noch nichts gesagt.

»Weiter«, befiehlt Vater.

Und wir fahren weiter ganz bis Kroghstøtten und bleiben im Roadster sitzen und genießen die Aussicht, mitten zwischen dem wolkenfreien Himmel und der lautlosen Stadt.

»War es das, was wir abwarten sollten?«, fragt Mutter.

»Reicht das nicht? Jetzt kann Alfred dich bis zu Kneipps Kurort fahren, oder wohin du auch immer willst.«

Mutter weiß nicht so recht, was sie davon halten soll. Ist Vater ironisch oder einfach nur richtig gut gelaunt?

»Können wir uns das leisten?«, fragt sie.

Das ist eine Frage, so unpassend, dass ich sicher bin, dass Vater Mutter gleich hinausbefördert und sie zu Fuß nach Hause gehen lässt, wenn er sie überhaupt wieder reinlässt.

Aber Vater lächelt, geheimnisvoll, überzeugend und verschmitzt.

»Vielleicht ist ja noch mehr zu erwarten«, sagt er.

Mutter scheint erleichtert zu sein, als sie in einem munteren, leicht gekünstelten Ton fragt:

»Will der Herr Direktor uns wieder auf die Folter spannen?«

»Dieses Mal nicht so lange, meine Liebe.«

Und da macht Mutter etwas vollkommen Überraschendes. Sie dreht sich zu Vater um und gibt ihm einen Kuss auf die Wange. Wir werden allesamt verlegen, und jetzt muss Vater raus mit der Sprache, aber das widerstrebt ihm auch nicht, ganz im Gegenteil. Doch vorher muss er eine Rede halten, die er auswendig gelernt hat. Darin ist er Spitze. Deshalb hat er es auch so weit gebracht, wie viele behaupten. Oscar Hval vergisst nämlich nie etwas. Seine Stimme trägt über die ganze Stadt:

»Wir, Oscar, König von Gottes Gnaden über Norwegen und Schweden, die Goten und die Wenden, geben bekannt, dass Wir es in Hinblick auf den Paragraph 23 des Grundgesetzes für dienlich halten, einen Königlich Norwegischen Ritterorden zu stiften, den Wir, in Gedenken an den König, der zu seiner Zeit Norwegen von fremder Herrschaft befreit hat und der als zweiter Gründer des Reiches sowie erster Verkünder seiner christlichen Gesetzgebung angesehen werden muss, beschlossen haben, St.-Olavs-Orden zu nennen, und für den Wir uns als Herr und Großmeister erklären. Verkündet in Christiania am 21. August 1847. Unter unserer Hand und dem Siegel des Reiches.«

Vater verstummt und ist kurz davor, sich vom Sitz zu erheben.

Goten und Wenden!

Mutter wird ungeduldig.

»Nun komm schon zur Sache«, sagt sie.

Vater kommt gern zur Sache:

»Der Industrieverband hat mich für Den Königlichen Norwegischen St.-Olavs-Orden Ersten Grades vorgeschlagen. Für meinen Einsatz für das Beste des Landes. Ich habe akzeptiert.«

Eine ganze Weile lang ist es still.

Schließlich fragt Mutter:

»Akzeptiert? Heißt das, dass du ihn kriegst?«

Ich glaube, Vater würde diesen Moment gern in die Länge ziehen, diesen Augenblick, so lange, dass er ewig währt oder sich abgehoben von allem befindet, wie ein Flügel im Leben, den wir besuchen können, wann immer wir wollen. Doch das geht nicht. Das ist unmöglich. Aber noch hält der Augenblick an, während wir im Himmel über Oslo parken.

»König Haakon hat im Staatsrat zugestimmt. Ich bin Kommandeur von St. Olav, Ersten Grades.«

Alfred lässt zweimal die Hupe ertönen und einmal das elektrische Signal.

Oh, Fährmann! Oh Mephitis' Gestank und upper ten!

Hammer ist tot! Es lebe Hammer!

Höher als jetzt konnten wir nicht mehr kommen. Dann hätten wir auf den Sprungturm auf dem Holmenkollen klettern müssen, und das erschien uns nicht notwendig. Mit anderen Worten: Ab hier gab es nur noch einen Weg, und der führte nach unten. Sie können gern eine Weile mitfahren, Station für Station, da Sie ja schon so lange dabei sind. Wir, oder vielmehr Vater, hielt uns noch eine Weile über Wasser. Erfolg hat seine eigene Kraft. Sie wirkt noch, selbst wenn er vorbei ist. Es geht nur immer langsamer. Dann wirft der Erfolg einen Schatten, der zur Verwechslung einem grellen Licht ähnelt. Plötzlich hatte ich viele Freunde an der Schule, die eine Chance sahen, im Auto mitfahren zu dürfen. Das geschah ihnen nur recht. Alfred erhielt eine maßgeschneiderte Uniform mit Epauletten und acht glänzenden Knöpfen, vier auf jeder Seite, von Franck im Bogstadveien, doch den einen Schuh des Schmieds, den behielt er an, des Gleichgewichts wegen. Mutter ließ eine Haushaltshilfe länger bei uns bleiben als üblich, sie hieß Signe, und Mutter kam mit ihr, einer freundlichen, etwas wortkargen Frau aus Halden, ein paar Jahre älter als die vorherigen Haushaltshilfen, gut zurecht, und das war Mutter ja auch geworden, ein paar Jahr älter, und über Signe war nichts weiter zu sagen, außer dass sie Mutters Nachtigallenfreuden mit Freuden teilte, sie fanden einander, so kann man wohl sagen, und standen darüber, sie waren wohl beide mondsüchtig, ja, das auch. Ich kann das auch als mein oder sogar als das Motto aller Kantigen unterstreichen: das Darüberstehen. Wir standen über unseren Dingen. Vaters Geschäfte und Ehrungen machten ihn immun gegen den Virus der Gerüchte und jede soziale Ansteckung, das glaubten wir fast bis zum Schluss. Er wurde also zum Kommandeur von St. Olav ernannt. Das ging so vor sich: Die Zeremonie fand in der Fabrik statt, in einer der Hallen. Die Arbeiter bekamen eine Stunde frei, die Räder standen still, ja, es war ein Ausnahmezustand sondergleichen. Vater hatte ein Podium zwischen den Maschinen errichten lassen. Zwei Repräsentanten des Schlosses waren anwesend, der Kanzleivorsitzende und der Adjutant. Der Kanzleivorsitzende las zunächst die Begründung. Vater war ein Wegbereiter. Vater war ein Visionär. Vater übernahm Verantwortung. Ohne solche Männer würde Norwegen stillstehen. Vater war der Fortschritt in eigener Person. Vater schuf Arbeitsplätze. Vater hinterließ Spuren. Oh, diese Spuren! Die Arbeiter applaudierten, und das taten sie mit einer Aufrichtigkeit, die nicht misszuverstehen war. Sogar der Schmied klatschte in seine gewaltigen Hände und rief Hurra, und er zog den Rest der Belegschaft gleich mit sich: dreimal ein dreifaches Hurra für Oscar Hval! Mutter und ich waren auch zugegen. Ich war an diesem Tag sehr stolz auf Vater, und ich glaube, Mutter war es auch. Vielleicht war das der schönste Augenblick, den wir zusammen erlebten. Wir waren größer als wir selbst und konnten alles Kleinliche zur Seite legen. Ich knirschte nicht einmal mit den Zähnen. Ich war genauso ruhig wie die Fabrik. Und besonders im Nachhinein sehe ich die Größe darin, oder die Demut, was ja oft auf das Gleiche hinauslaufen kann, nämlich darin, dass er diesen Moment mit seinen Arbeitern teilen wollte, vielleicht hatte er aber auch andere Gründe. Dann bekam Vater endlich die Dekoration um den Hals gehängt, mit der Inschrift, *Recht und Wahrheit,* die durfte er nur bei großen Anlässen anlegen, wie bei Galaauftritten, Staatsbesuchen, öffentlicher Trauer, siebzehntem Mai oder anderen Beerdigungen, sowie ein Etui mit einer Rosette darin, nicht größer als ein Marienkäfer, die er bei kleinen Anlässen am Revers tragen konnte, wie an Geburtstagen, Hochzeitstagen und im Krieg, damit niemand vergaß, wer er war. Dann war Vater an der Reihe, seinen Senf dazuzugeben. Ich möchte hier nur einzelne Zeilen einer Rede wiedergeben, die in ihrer Gänze höchstwahrscheinlich über das nationale Bruttosozialprodukt hinausging, aber sie war aufrichtig gemeint und kam von Herzen, wenn ich so einen Ausdruck verwenden darf, soviel soll zumindest gesagt sein: Vater dankte den Arbeitern. Ohne sie wäre er nichts. Vater dankte dem Königshaus, dem Parlament, dem Ministerpräsidenten, der Regierung und dem Industrieverband. Vater dankte Norwegen, Alfred, dem Schmied und dem Rest der Welt. Am gleichen Abend war er bei einer Audienz bei König Haakon VII. Dorthin ging nur Mutter mit. Und ich sage von Herzen vielen Dank, sowohl den Goten als auch den Wenden, dass ich es zumindest umgehen konnte, zwei Könige auf dem Gewissen zu haben. Ich blieb daheim mit der Nachtigall, Signe, und durfte lange aufbleiben.

»Jetzt bist du sicher stolz«, sagte Signe.

Wir saßen im Wohnzimmer, sie hatte Kakao gemacht.

»Ja«, sagte ich.

»Denk dir, so einen Vater zu haben.«

»Denk dir, so eine Mutter zu haben«, sagte ich.

Signe sah mich an, einen Moment auf frischer Tat ertappt, oder wie man nach solchen überraschenden Wortwechseln sagt, die plötzlich die Richtung wechseln, aber nur für einen Moment.

»Quält dich das?«

»Was?«

»So eine Mutter zu haben?«

Signe, dieses freimütige Gotteswort von Halden, schenkte mir mehr Kakao in die Tasse und legte noch einen Klacks Sahne oben drauf.

»Du weißt, was ich meine, Bernhard.«

»Nein, sag es mir.«

Das gefiel mir. Wir führten einen kleinen, freundschaftlichen Krieg dort im Wohnzimmer von Besserud, während Vater sicher mit König Haakon über Industrie, Automobile und die Zukunft der Nation sprach und Mutter mit Königin Maud schweigend Champagner trank, auch die beiden waren sich nicht so ganz fremd.

»Deine Mutter ist ein guter Mensch, aber es geht ihr nicht immer so gut«, sagte Signe.

»Warum nicht?«

»Weil es so viele Arten gibt, es gut zu haben, die nicht allen gefallen.«

»Warum gefällt es einigen nicht, wenn es anderen gut geht?«

Signe blieb mir die Antwort schuldig, obwohl ich wusste, dass sie in dieser Angelegenheit so einiges zu sagen gehabt hätte. Sie legte mir eine Hand auf den Schenkel, ihre Finger waren voll Schlagsahne, und gerade das erregte mich so sehr, dass beide Beine anfingen zu zittern, ich biss die Zähne zusammen und versuchte so fest ich konnte, an Lampenschirme zu denken, an Hammer und St. Olav, was auch immer, nur an etwas anderes. Doch die Gedanken mussten der Überlegenheit des Moments weichen, und eine bisher unbekannte Musik ertönte aus meinem Mund. Sie war nicht besonders schön. Und ich möchte darauf hinweisen, dass ich dieses Intermezzo mit einer gewissen Scheu notiere, eine konkurrenzlose Tugend, die leider verloren gegangen und in unseren trüben Zeiten zur Mangelware geworden ist, weil die jungen Leute, die heute aufwachsen, Schamlosigkeit mit Freisinn und Rohheit mit Fortschritt verwechseln. Wie sie sich doch irren, wie sich stets die Jugend geirrt hat! Und sie irren sich immer mehr, oder sind es nur wir Alten, die glauben, dass wir vermehrt recht behalten? Die Jugend und das Alter gehen jeder seines Weges. Ich bin mir nicht mehr sicher. Aber ich weiß, dass die Schamlosigkeit das letzte Visier der Puritaner und der Faschisten ist. Hört deshalb meine einzige Botschaft, während ich mich selbst zur Seite schiebe, so weit fort wie nur möglich, und Notto Fipp Platz mache, meiner Hauptperson. Er war schüchtern, aber nicht kleinlich. Er war bescheiden, aber nie untertänig. Mit anderen Worten: Er war beispielhaft. Er war die Summe aus demütiger Größe, aus der Generosität des Siegers und der überlegenen Kraft des Verlierers.

Ich dagegen. Ja, ich dagegen. Ja, ich, ja! Lassen wir es vorläufig darauf beruhen.

Signe wischte sich die Sahne von den Fingern, und ich fragte mich, wie viele Ringe man wohl davon unter den Augen bekam.

»Fotzenzäpfchen«, sagte ich. Näpfchen! Näpfchen, Fotzenzäpfchen und Berberäffchen!

Und ich umklammerte meine Knie und erbrach mich zwischen den Schuhen.

Signe beugte sich über ihre Hände, bevor sie mich wieder ansah, mit einer anderen Art von Blick. Was hatte ich falsch gemacht?

»Du bist ein guter Junge, Bernhard. Das habe ich schon gewusst, als ich herkam.«

Was hätte ich sagen sollen? Das einzig Mögliche:

»Ich bin nicht gut«, flüsterte ich.

Doch Signe hörte wohl nicht, und wenn noch Zeit bleibt, Zeit, Zeit, denn nur die Zeit ist es, von der alles abhängt, dann werde ich um der Gerechtigkeit willen auf sie zurückkommen.

»Es kann sein, dass deine Mutter und ich dir eines Tages Schmerz zufügen«, sagte sie leise.

Schmerz? Das war nicht möglich. Kein Schmerz konnte sich mit dieser Freude messen. Denn Signe hatte mich soeben von der strengen Reihenfolge meines Repertoires befreit, und ich war ihr auf ewig dankbar, ganz gleich, wie kurz es auch nur anhalten würde, für eine Zwischenzeit, einen Stopp, einen Hauch von Ruhe, selbst das, eine Atempause, ist ein Paradies für die Kantigen.

Bald hörten wir, wie sich der Roadster von unten her näherte, die Standuhr schlug bereits elf Mal, und Signe scheuchte mich ins Bett.

In dieser Nacht schlief Vater in Mutters Schlafzimmer.

Dann stieg Vater der Erfolg zu Kopfe, besonders, nachdem ein Foto von ihm in voller Montur im Aftenposten abgebildet war, unter der Überschrift »Neues aus dem Ministerium«. Dieser sonst so besonnene, genügsame und nüchterne Mann wurde nachlässig und übermütig. Er hielt sich selbst für fehlerfrei und absolutistisch. Er wurde mitgerissen. Es war nicht mehr Vater, der ein Risiko einging. Es waren die Risiken, die

Vater aufsuchten. Und um eine lange Geschichte kurz zu machen: Der Himmel war nicht länger wolkenfrei. Der Weltkrieg begann, Norwegen versuchte sich an beide Seiten zu halten, das heißt, neutral zu bleiben. Ich mischte mich nicht in die Politik ein. Das kann nicht anders als schiefgehen. Und in diesem Chaos aus Tod und Spekulation entdeckten einige die Möglichkeit, in kurzer Zeit das große Geld zu machen. Einer von ihnen war mein Vater. Er kam auf die Idee, Kokosnüsse zu importieren, *clean cocos*, wie es heißt, und er setzte alles, was er besaß, auf diese Fracht, sein Kapital, seinen Besitz, das Inventar, die Produktion, die Lizenzen, die Aktien, Obligationen, Apfelbäume und den Gartenpavillon. Er war der festen Überzeugung, dass es nichts Besseres als die Kokosnuss in der Natur gab, was den Nutzen und die Anwendungsmöglichkeiten betraf: Die Schale konnte für die Seilproduktion benutzt werden, für Bast und Matten, in der unreifen Frucht gab es Kokosmilch, die nahrhaft und erfrischend ist, in der reifen lag ein schmackhafter Kern, der selbst gegessen werden oder zu Kokosnussbutter und Kokosnussöl ausgepresst werden konnte. Es konnte einfach nicht schiefgehen. Oh, cocos nucifera! Ein Schiff fuhr unter norwegischer Flagge von Nordafrika über die Bucht von Biscaya und durch den Ärmelkanal zur Nordsee. Doch eine derartige Fracht bedeutete ein Spiel mit nur zwei möglichen Ausgängen: märchenhafter Gewinn oder Katastrophe. Vater saß im Pavillon, seine Auszeichnung um den Hals und die Rosette am Jackenrevers, rauchte und trank und wartete auf Nachricht. Warum hörte er nichts? Warum kam Alfred nicht mit einer Nachricht zu ihm? Musste das Schiff nicht bald anlegen? Da alle Werte in diesem halsbrecherischen Unternehmen festgezurrt waren, musste die Produktion in der Fabrik eingestellt werden, und die Arbeiter wurden für eine Zeitlang beurlaubt. Vater kam nicht aus dem Pavillon heraus, nicht einmal Alfred konnte ihn zur Vernunft bringen, und er nutzte die Zeit, um einen langen, wütenden Artikel für die Aftenposten in Verbindung mit der Verlängerung der Holmenkollenbahn zu schreiben und darin zu erklären, wie skandalös es war, dass die Holmenkollen-Haltestelle weiter nach oben verlegt werden sollte, weg von uns, während wir, die wir hier am längsten lebten, auf Besserud zurückbleiben mussten, das war nichts anderes als eine grobe Beleidigung. Er bekam den Artikel zurück und schickte ihn deshalb noch einmal, dieses Mal direkt an den Redakteur und erinnerte diesen daran, wer er, Oscar Hval, war, ernannt zum Kommandeur von St. Olav im Ministerrat, was jedoch auch nichts nützte.

Clean cocos.

Hatte Vater da schon seinen Spitznamen bekommen? Lachten sie bereits hinter seinem Rücken, die Konkurrenten, die Redakteure, die Gläubiger, die Nachbarn, und erzählten sich flüsternd untereinander, dass der gute Oscar Hval jetzt wohl den Mund zu voll genommen hatte und das bekam, was er verdiente? Er hätte bei den Nadeln bleiben sollen, ja, das hätte er, das passte besser zum Format der Familie Hval. Ich lachte nicht.

Glaubt mir, glaubt mir keine Sekunde lang! Ich bin nachlässig, sowohl was Menschen, Begriffe als auch Begebenheiten betrifft. Ich verschiebe gern Feiertage und feiere Silvester im Februar. Es ist gegen meine Überzeugung, ja, gegen meine Natur, mich so an den Kalender zu klammern. Manchmal spielt mir auch die Erinnerung einen Streich. Ich werfe Gesicht und Geschehen durcheinander. Wenn ich zurückschaue, ist mir, als starrte ich in ein dunkles, klares Wasser, beunruhigend ruhig, in dem sich alles, was sich unter der Wasseroberfläche befand, brach und in umgekehrte Muster und Farben verschob, anders und dennoch wiedererkennbar. Vergesst nicht, ich bin ein alter

Mann. Habt Erbarmen. Vielleicht gingen Sigrid und ich gar nicht genau in diesem Sommer durch den Frognerpark, vielleicht erst im folgenden Jahr. Und dieses Gokstadschiff, das durch die Hauptstraßen der Stadt segelte, vielleicht habe ich es niemals gesehen. Was soll's! Die Schiffe kommen aus dem Dunkel und legen in unserem Licht am Kai an. Und Vigelands Skulpturen stehen immer noch dort, und sie werden noch an demselben Ort stehen und in Granit klagen, wenn die meisten von uns das Leben verlassen haben. Sie werden über Sigrid und mich klagen. Als ich jung war, sagten viele, ich wäre reif für mein Alter. Ich konnte bis zehn zählen. Als ich älter wurde, sagten ebenso viele, ich wäre unreif für mein Alter. Quatsch! Makulatur! Nach mir kann man sich nicht richten, gut möglich, ich bin in schlechter Gesellschaft, ebenfalls gut möglich, aber mich einen Schwindler, einen Scharlatan oder einen einfachen Dieb zu nennen, das kann ich nicht gutheißen. Ganz einfach: Vertraut mir nicht, vertraut nur dem, was ich erzähle:

Nie kam ich meinem Vater näher als in dieser Zeit, aber ich kam ihm nicht wirklich nahe. Ich sah ihn nur hinter den Fenstern des Pavillons, meistens mit dem Rücken zu mir, ein einsamer, hochdekorierter Mann, der die Tür abgeschlossen hatte. Ich begriff seine Einsamkeit nicht. Niemand kann die Einsamkeit des Gestürzten begreifen. Manchmal lief er da drinnen herum, in diesem Lusthaus, das Lachen und Champagner verlassen hatten. Die Blätter fielen und legten sich auf den Garten. Der Schnee fiel und legte sich auf die gelben Blätter im Garten. Der Schnee schmolz, und ich sah, dass der Garten ungepflegt und fast nicht wiederzuerkennen war. Eines Tages, als ich heimkam, war Vater nicht im Pavillon. Hatte Vater gute Neuigkeiten? Ich hatte jedenfalls gute Neuigkeiten für ihn, immerhin. Ich war fertig mit der Mittelschule, dem Lateinzweig, der Beste meiner Klasse. Wie der Studienrat es gesagt hatte. Ich war etwas Besonderes, eine Klasse für mich. Es gibt viele Möglichkeiten, das zu zeigen. Dieses war eine. Meine Spuren standen mir deutlich vor Augen, bevor ich sie gesetzt hatte. Aber wie gesagt, mein Vater war nicht im Pavillon, und schnell lief ich ins Haus. Dort war es still auf eine andere Art und Weise als sonst. Es erinnerte mich an Hammer. Und jetzt, so viel später, erinnert es mich an das Wasser, dieses stille Wasser, das nicht gestört werden darf. Ich störe.

»Mutter!«, rief ich.

Niemand antwortete.

Dann fiel mir ein, dass Mutter mit Signe nach Halden gefahren war und sich erst wieder auf Besserud zeigen wollte, wenn Vater zur Vernunft gekommen war.

Vernunft? Auf Besserud gab es keine Vernunft mehr.

Und warum rief ich nicht als Erstes nach Vater? Das weiß ich nicht und werde es auch nie wissen. Die Zeit erstreckt sich nicht weit genug, und der Gedanke greift auch zu kurz.

»Vater!«, rief ich.

Auch darauf keine Antwort.

Da sah ich, dass der Waffenschrank offen stand, und ich warf den Schulranzen von mir.

»Vater!«, rief ich noch einmal, so laut ich konnte.

Im mittleren Fach fehlte eine Waffe, ein Gewehr.

»Vater! Ich bin aufs Handelsgymnasium Oslo gekommen!«

Und plötzlich stand er in der Tür zum Wohnzimmer. Das weiße Hemd war am Hals offen und von Schweißrändern verunstaltet. Er hatte den Orden abgenommen. Er wirkte bleich und entschlossen, hielt auf eine unbeholfene Art beide Hände auf dem Rücken.

»Aufs Handelsgymnasium Oslo? Das ist gut«, sagte er. »Ich bin stolz auf dich.«

»Danke.«

»Du musst von vorn anfangen.«

»Von vorn? Wie meinst du das?«

»Das Schiff ist von den Deutschen in der Nordsee versenkt worden. Mannschaft und Ladung sind auf Grund gesunken. Es ist zu Ende. Wir stehen auf dem nackten Boden.«

»Kannst du denn nicht von vorn anfangen?«

Aber Vater schüttelte nur den Kopf.

»Die Arbeiter werden ihre Jobs verlieren. Es gibt keine anderen Arbeitsplätze. Und wir, wir verlieren Grund und Boden. Begreifst du, was ich getan habe, Bernhard?«

»Aber das war doch nicht deine Schuld. Das waren die Deutschen …«

Vater unterbrach mich.

»Schuld? Sprich hierbei nicht von Schuld. Ich habe großen Schaden verursacht. Ja, ich habe allen großen Schaden zugefügt. Sag lieber Verantwortung. Es ist meine Verantwortung. Und deshalb muss ich es tun. Merke dir dieses Wort.«

Vater sprach auf eine sonderbare, fremde Art und Weise, in Rätseln, und ich trat einen Schritt zurück oder zur Seite.

»Was musst du tun?«

»Das Gartenhaus ist ein ausgezeichneter Ort, um eine Entscheidung zu treffen«, sagte er.

Jetzt sah ich, was er hinter dem Rücken versteckt hielt: ein Gewehr, die Remingtonrifle.

Und Vater sah, dass ich es gesehen hatte. Deshalb holte er die Waffe jetzt hervor. Es gab nichts mehr zu verbergen.

»Vater«, sagte ich nur.

Er schüttelte den Kopf, traurig und erleichtert.

»Es ist entschieden.«

»Vater«, wiederholte ich, hilflos. »Nicht …«

Wieder wurde ich unterbrochen.

»Kannst du mir mit der Jacke helfen?«

Vater nickte zum Stuhl hin, über den er sie gehängt hatte. Ich tat, was er gesagt hatte. Ich zog Vater an, knöpfte das Hemd am Hals zu und band die Schleife. Er war tadellos gekleidet, er war wieder Oscar Hval, wenn da nicht die Rifle gewesen wäre, die er umklammerte.

»Können wir nicht Alfred bitten, uns zu Mutter zu fahren?«, fragte ich.

Vater lachte kurz auf.

»Alfred hat heute frei. Mutter hat frei. Alle haben frei. Selbst du, Bernhard. Du hast auch heute frei.«

»Was meinst du damit, Vater?«

Vater zeigte auf das rote Lederetui mit dem Siegel des Königs darauf: *Recht und Wahrheit.* Es lag auf der Kommode.

»Denk daran, dass der Orden zurückgegeben werden muss. Ist das klar, Bernhard?«

Ich nickte und fragte:

»Warum denn?«

Vater schaute weg, er hatte es auswendig gelernt:

»Bezugnehmend auf Paragraph 16 der Statuten der Orden müssen die verliehenen Orden an die Ordenskanzlei im Königlichen Schloss zurückgegeben werden beim Tod des Ordensinhabers, wenn dem Kommandeur oder Ritter des Ordens ein höherer Grad zugeteilt wird oder wenn er sich als unwürdig erwiesen hat, diesen zu tragen.«

Er drehte sich wieder zu mir um.

»Denn ein Orden wird nicht vererbt, Bernhard. Soll ich dir ein Geheimnis verraten?«

»Und was?«

»Ich habe nicht ein Wort von dem verstanden, was König Haakon gesagt hat. Er hat genuschelt wie ein dänisches Mädchen. Wie ist eigentlich das Wetter?«

»Gut. Sonne.«

»Dann kann es so ablaufen. Bist du dabei?«

»Wobei?«

Vater gab keine Antwort, und ich folgte ihm hinaus in den Garten. Einen Moment lang blieb er stehen und holte tief Luft, als genieße er das. Dann ging er weiter am Roadster vorbei, der am Tor geparkt war, und zwischen den Apfelbäumen hinunter zu dem kleinen Springbrunnen, der in einer Ecke stand und voll mit verrotteten Blättern vom letzten Jahr und fast vergessen war. Vater setzte sich auf den Rand, das Gewehr zwischen den Händen, und schaute mich an.

»Das soll jedenfalls keiner von mir behaupten können«, sagte er.

»Was denn, Vater?«

»Dass ich kein Mann von Ehre bin.«

»Was meinst du damit?«

Vater antwortete nicht sofort. Stattdessen zog er aus dem rechten Schuh den Schnürsenkel und befestigte ihn an dem Abzug des Gewehrs.

»Was meinst du damit?«, wiederholte ich.

»Und noch eins, Bernhard. Hörst du?«

»Ja, Vater.«

»Du musst sagen, dass es ein Unfall war.«

»Ein Unfall?«

»Ja. Und nimm den Schnürsenkel weg.«

Vater hatte recht. Er war ein Mann von Ehre. Das Letzte, um das er mich bat, war eine Lüge.

Denn bevor ich noch irgendetwas tun konnte, beugte er sich zur Mündung hinunter, schob sie sich zwischen die Lippen und zog am Schnürsenkel. Sein Gesicht verschwand in dem Knall und wurde zu einem Durcheinander von Zähnen, Fleisch, Knochensplittern, Blut und Pulver, doch in der Austrittswunde, oberhalb der Schläfe oder direkt über dem Ohr, formte das Projektil ein sternförmiges Loch mit zerfetzten Rändern, in der Größe eines Einkronenstücks, und er wurde fast in die Luft geschleudert und landete auf dem Rücken in dem braunen Wasser, das sich langsam rot verfärbte. Nein, schwarz. Das Wasser wurde schwarz. Schwarzes Wasser und gelbes Laub, darin trieb Vater. Noch lange konnte ich den Widerhall hören, während Vater ruhig und zerschossen in diesem Wasser und Laub trieb. Und als erster Gedanke kam mir in den Sinn, dass ich jetzt doch nicht in dieses verfluchte Handelsgymnasium Oslo gehen musste, unten in der dreckigen Munchs gate, sondern auf die Kathedralschule Oslo in der Pilestredet. Oh, Herrlichkeit! Halleluja! Sei gepriesen! Vater hatte recht. Ich hatte frei. Ich war frei. Die Fußspuren waren tot. Das Gras erhob sich und jubelte.

Das alte Laub bedeckte bald Vaters Gesicht.

Ehre! Lasst alle Ehre fahren! Hat eine andere menschliche Eigenschaft je größeren Schaden verursacht als die Ehre? Ist der Ehrenhafte nicht nur ehrgeizig, ehrpusslig? Es ist die Ehre, die ehrrührig ist. Verflucht sei die Ehre, und ebenso verflucht sei das Gewissen, diese Bürden, die immer andere tragen müssen.

Nil admirari!

Ich wiederhole, auf Ehre und Gewissen: Nil admirari!

Das Gewehr lag mehrere Meter entfernt.

Und ich kann es jetzt berichten, nicht, um mein Herz zu erleichtern, dazu sehe ich keine Veranlassung, und die Ehrlichkeit ist auch nicht die Tugend, die ich als höchste schätze, ganz im Gegenteil, wie bereits angedeutet, sondern weil ich nichts zu verlieren habe: Ich löste den Schnürsenkel, der schwarz vom Pulver war, vom Abzug und versteckte ihn in meiner Jacke.

Dann sank ich auf die Knie nieder, und Nachbarn kamen herangeeilt.

»Vater ist gefallen!«, rief ich. »Es war ein Unfall!«

Ich glaube, ich fiel in Ohnmacht, denn das Nächste, an das ich mich erinnere, ist, dass ich mit einem Glas Wasser im Wohnzimmer saß und zwei Polizeibeamte vor mir standen.

»Schaffst du es, ein paar Fragen zu beantworten?«, fragte der eine.

Ich nickte.

»Du weißt, dass dein Vater tot ist?«

Ich nickte.

»Hast du gesehen, was passiert ist?«

Wieder nickte ich.

»Was ist passiert, Bernhard?«

»Vater ist gestorben.«

Der eine Beamte hockte sich vor mich.

»Wie ist es passiert?«

Ich begann mit den Zähnen zu knirschen. Ich spürte das Blut in den Mundwinkeln brennen und den Eisengeschmack am Gaumen. Hatte Vater den gleichen Geschmack gespürt? Der Beamte musste mich festhalten und zog ein Taschentuch hervor.

»Wie ist es passiert?«, wiederholte der andere.

»Er ist gefallen. Es war ein Unfall.«

Da stand plötzlich Alfred da.

»Quält den Jungen nicht«, sagte er nur.

Ein Krankenwagen brachte Vater fort.

Am nächsten Tag kam Mutter aus Halden zurück, ohne Signe, sicher nur um des Scheines willen. Habe ich nicht gesagt, dass sie zurückkommen wollte, wenn Vater Vernunft angenommen hatte?

Vater hatte ein für alle Mal Vernunft angenommen.

Wir durften ihn im Gerichtsmedizinischen Institut im Keller des Rikshospitals sehen. Ich war auch dabei. Mutter sagte, ich müsse nicht mitgehen, aber ich wollte es. Alfred fuhr uns hin und blieb im Wagen sitzen. Vater lag auf einem Zinktisch in dem kühlen, nackten Raum, mit einem weißen Laken über sich. Ganz unten, an den Füßen, war eine Art Abfluss, der zu einem Siel im Boden führte. An den Wänden hingen verschiedene Instrumente und Werkzeuge, Messer, Skalpelle, Scheren in allen Größen, Ahlen, etwas, das aussah wie ein Bohrer, und einiges, von dem ich gar nicht wusste, wie es hieß. Es lagen mehrere Leichen dort, mindestens acht, soweit schaffte ich es zu zählen. Vater war nicht ganz allein. Der Pfarrer vom Vestre Aker war auch zugegen. Der Arzt, der Gerichtsmediziner selbst, ein untersetzter Mann mit nassgekämmtem Haar, weißem Kittel und einer blasierten, gleichgültigen Miene, als würde er sich ganz schrecklich langweilen, hob das Laken hoch, so dass wir Vaters Gesicht ein letztes Mal sehen konnten. Dabei schaute dieser Rechtsmediziner meine Mutter nicht an, er sah die ganze Zeit nur mich an. Das war unangenehm. Sein Blick suchte nach etwas. Ich stellte mich hinter Mutter, die so schwer atmete, dass sie kurz davor war, in Ohnmacht zu fallen. Der Pfarrer trat zu ihr und hielt ihre Hand, während er ein Gebet las. Ich fand, dass Vater eigentlich gar nicht so schlecht aussah, wie er dort lag. Ich hatte ihn schon schlimmer gesehen. Offenbar hatte jemand an seinem Aussehen genäht, auch wenn mit dem Mund nicht mehr viel zu machen gewesen war. Der wurde von einer Art Geschirr oder Strick an Ort und Stelle gehalten, unter dem, was vom Kinn noch übrig war. Die Austrittswunde war dafür übrigens umso deutlicher, denn sie hatten das Haar abrasiert: ein schwarzer Stern, der im Schädel versank, seine einzige Auszeichnung, die nicht zurückgegeben werden musste.

Alfred fuhr uns wieder hinauf nach Besserud. Er sagte nichts. Ich war mir jedoch sicher, dass er nur darauf brannte, zu fragen, ob er seine Stelle als Chauffeur behalten würde. Aber das war wohl in so einem Moment nicht angebracht. Alfred war auch ein Mann von Ehre. Er hatte sich eine Trauerbinde um den Arm geheftet.

Vorläufig meldete sich niemand als Käufer des Hauses.

Es ist nicht so leicht, den Garten eines Selbstmörders zu verkaufen.

Aber am Tor stand ein Wagen, und drei Männer waren bereits dabei, die Einrichtung herauszutragen, den Waffenschrank, die Sofas, die Gemälde, die Stühle, alle Dinge, unsere Dinge.

Mutter eilte hinein, mit gesenktem Kopf, und zog die Vorhänge vor.

Übrigens kam die Polizei zurück, es waren nicht die Gleichen wie beim letzten Mal, jetzt kam nur einer, und er trug keine Uniform, sondern einen langen, grauen Mantel, der fast über den Boden schleifte. Vielleicht wollte er keine Aufmerksamkeit erregen. Was er aber dennoch tat. Ich stand draußen im Garten, nicht weit entfernt von dem baufälligen Springbrunnen, dem Tatort, der jetzt leer war, denn ich ertrug es nicht, bei Mutter zu sein, und sah, wie er näher kam. Er ging nämlich nicht weiter zum Haus, sondern in meine Richtung, ich zählte seine Schritte, 36, es ist ein ziemlich großer Garten, und er blieb einen Meter von mir entfernt stehen, vielleicht noch weniger. Er erschien freundlich und gerissen. Ich ahnte Unheil. Die ganze Zeit warf er Blicke zu den Fenstern, hinter denen immer noch alle Vorhänge zugezogen waren, aber bald wurden auch die abgeholt, und dann konnten wir auf keinen Fall mehr dort wohnen. Der Mann stellte sich als Kommissar vor. Ich sagte meinen Namen, obwohl ich sicher war, dass er bereits wusste, wie ich hieß. Er wollte offenbar unter vier Augen mit mir sprechen. Glücklicherweise redete er nicht lange um den heißen Brei herum. Es gab nämlich eine Frage, die er mir gerne stellen wollte. Hatte ich die ganze Wahrheit gesagt, als ich erklärte, dass mein Vater gefallen war und sich durch ein Versehen erschossen hatte, war es ein Unfall gewesen?

»Ja«, sagte ich.

»Wo ist er gefallen?«

»Wo?«

»Ja, kannst du mir das zeigen?«

»Er ist über den Beckenrand gestolpert. So.«

Ich zeigte dem Kommissar, wie es ungefähr passiert war, stolperte über den Rand des Springbrunnens und stand wieder auf.

»Warum hatte er eigentlich das Gewehr dabei? Hatte er es in der Hand, und wenn ja, in welcher, oder über der Schulter?«

»Das weiß ich nicht mehr. Ich glaube, er hatte es in der Hand.«

»Weißt du, was ein Gerichtsmediziner ist, Bernhard?«

Ich zuckte mit den Schultern.

»Einer, der sich mit Leichen beschäftigt. Ich glaube, wir haben ihn gesehen, als wir Vater noch einmal sehen durften.«

»Fast richtig. Er beschäftigt sich mit dem Grund, warum jemand gestorben ist. Er untersucht genau den Körper, die Kleidung und die Umstände eines Todesfalls. Und ich will dir noch eine Chance geben. War es ein Unfall?«

Ich konnte es nicht mehr unterdrücken, fing an zu trampeln.

»Vater ist gefallen. Vater ist gefallen!«

Der Kommissar kam näher.

»Ich weiß, das ist schwer. Aber …«

Ich unterbrach ihn, trampelte, schluckte und schnaubte.

»Das Schiff ist gesunken! Es war ein Unfall!«

Der Beamte legte mir die Hand auf die Schulter, und ich versuchte mich aus seinem Griff zu befreien, aber er hielt mich fest.

»Der Gerichtsmediziner hat etwas Merkwürdiges entdeckt, weißt du. Der Schnürsenkel vom rechten Schuh ist weg.«

Ich atmete aus, er ließ los.

»Ja, und? Deshalb ist er wohl gestolpert. Er ist über seinen rechten Schuh gestolpert.«

Der Kommissar schaute mich lange an, fast lächelte er.

»Das kann sein. Du bist schlau. Aber der Gerichtsmediziner sagt außerdem, dass dein Vater Spuren vom Gewehrlauf im Mund hatte, also Pulver. Was meinst du, was das bedeutet, Bernhard?«

Ich war ganz ruhig.

»Weiß der Gerichtsmediziner das nicht? Müssen Sie mich das fragen?«

»Ja, das frage ich dich.«

Ich konnte ganz einfach nicht mehr.

»Das bedeutet, dass er sich selbst erschossen hat. Ich habe es gesehen. Er saß auf dem Springbrunnenrand, hat sich das Gewehr in den Mund geschoben und abgedrückt.«

Der Beamte schwieg eine Weile, zündete sich eine Zigarette an.

»Warum hast du das nicht gleich gesagt?«

»Spielt das eine Rolle? Er ist doch so oder so tot.«

»Die Wahrheit spielt eine Rolle, Bernhard. Das solltest du wissen.«

Was versuchte dieser Mann mir beizubringen? Die Wahrheit? Ich lachte ihm direkt ins Gesicht.

»Ich habe das nicht gesagt, weil ich wollte, dass meine Mutter glauben konnte, dass es ein Unfall war, ein Fehlschuss, ein Unglück. Ich wollte ihr nicht noch mehr wehtun.«

»Das war schön von dir gedacht. Glaubt sie es? Dass es ein Unfall war?«

»Nein. Meine Mutter ist nicht dumm.«

»Wir auch nicht. Deshalb gibt es noch etwas, wonach ich dich fragen muss, jetzt, wo die Situation klarer geworden ist. Und ich hoffe, dass du mir das nicht übel nimmst. Möchtest du, dass wir deine Mutter herholen?«

»Scheiße, nein. Was soll sie hier?«

Der Beamte zuckte zusammen, einen Moment lang war er sprachlos, außer Gefecht gesetzt.

Plötzlich kam mir ein Gedanke. Als die Kugel mit voller Wucht durch Vaters Kopf schoss, da musste sie doch zum Schluss irgendwo gelandet sein. Vielleicht hatte sie einen Vogel getroffen, vielleicht hatte Vater sich und einen Vogel auf einen Streich erschossen? Er hätte sogar mich treffen können. Denken Selbstmörder an so etwas?

»Du machst eine schwierige Zeit durch«, sagte der Kommissar.

Die Worte standen ihm nicht. Solche Worte stehen nur selten jemandem. Ich schaute zu Boden. Sein Mantelsaum war nass vom Gras.

»Danke. Ja. Es ist schwer für uns alle. Besonders für Mutter.«

Du verfluchte Ranunkel!

»Trotzdem muss ich dich noch etwas fragen, denn unser Gerichtsmediziner meint, dass dein Vater es nicht hätte schaffen können, sich auf diese Art das Leben zu nehmen.«

Jetzt verstand ich nicht mehr, worauf er hinauswollte.

»Wieso? Ich habe es doch gesehen.«

»Dein Vater hatte den Gewehrlauf im Mund, und wir, der Gerichtsmediziner und ich, wir meinen, dass es sehr unwahrscheinlich ist, dass er aus eigenen Kräften hat abdrücken können, wenn es nicht etwas gegeben hat, um daran zu ziehen, zum Beispiel einen Schnürsenkel. Und deshalb ist es meine Pflicht, dich zu fragen: Hast du ihm in irgendeiner Form geholfen?«

»Geholfen?«

»Ja. Abzudrücken.«

»Er hat das ganz allein geschafft. Soll ich Ihnen das auch noch zeigen?«

»Das brauchst du nicht. Aber du hast auch nicht versucht, ihn daran zu hindern. Du standst nur da und hast zugeguckt, oder?«

»Mein Vater war ein Mann von Ehre«, sagte ich.

»Darf ich mal deine Hände sehen.«

»Wozu das?«

»Wenn dein Vater ein Mann von Ehre war, dann kannst du mir doch sicher deine Hände zeigen.«

Ich streckte die Hände vor. Der Kommissar betrachtete sie genau, drehte sie, dass die Handflächen nach oben zeigten. Dann ließ er mich los.

»Du hast deine Hände gut gewaschen, nachdem es passiert ist«, sagte er.

»Ja. Das tun wir hier oben täglich.«

»Aber die Fingernägel zu reinigen, das hast du anscheinend vergessen. Sieh sie dir an.«

Ich hob die Hände, drehte sie erneut und musste die schmutzigen Ränder ansehen.

»Ich habe Unkraut gezupft. Deshalb bin ich ja hier im Garten.«

Der Kommissar lächelte, war es ein trauriges Lächeln, ja, das auch, traurig und resigniert, und lange schüttelte er den Kopf.

»Das sind Pulverreste, Bernhard. Wo hast du den Schnürsenkel versteckt?«

Das war nicht mehr lustig. Und was sollte ich mit einem Schnürsenkel?

»Hier«, sagte ich.

»Wo?«

Ich zog Vaters Schnürsenkel aus der Tasche und gab ihn dem Kommissar.

Warum all diese unmöglichen Umwege? Warum diese Dienstbeflissenheit? Ja, weil Vater nämlich vor gar nicht langer Zeit eine Unfallversicherung unterzeichnet hatte, die uns, das heißt Mutter und mich, finanziell absichern sollte. Habe ich etwa nicht gesagt, dass Vater ein Mann von Ehre war? Er dachte an seine Familie, bis ganz zum Schluss, ja, mit dem Gewehr im Mund hatte er noch den Blick erhoben und schaute nach vorn. Aber ich ließ ihn im letzten Moment im Stich, nein, nicht im letzten, sogar noch nach dem letzten Augenblick verriet und verpetzte ich ihn und ließ ihn im Stich, meinen eigenen Vater. Ein Sohn ohne Ehre, das war ich, der sich nicht einmal an eine Wahrheit halten kann. Übrigens galt die Versicherung nicht bei Selbstmord. Deshalb wollte Vater, dass es aussah wie ein Unfall. Nun stellte sich jedoch heraus, dass es sowieso unwichtig war, was ich gesagt hatte. Es war vollkommen gleichgültig. Denn diese Versicherungsgesellschaft war auch Konkurs gegangen, es gab nicht einen einzigen Schein mehr dort zu holen.

Una salus victis, nullam sperare salutem.

Der Kommissar blieb übrigens noch eine Weile im Garten stehen und schaute auf den Schnürsenkel, roch an ihm, betastete ihn, als könnte dadurch ein großes Rätsel gelöst werden. Dann warf er ihn plötzlich weg, zum Springbrunnen hin. Er zögerte, aber nur einen Augenblick, bevor er ein Stück ging, sich bückte und den Schnürsenkel vom Gras aufhob.

Er drehte sich zu mir um und zeigte ihn mir.

»Guck mal, was ich gefunden habe«, sagte er. »Was glaubst du, wie der hier gelandet ist, Bernhard?«

»Der muss sich vom Abzug gelöst haben.«

Der Kommissar nickte und ging an mir vorbei.

»Merkwürdig, dass ihn hier vorher niemand gefunden hat«, sagte er. »Merkwürdig. Aber so ist es manchmal.«

»Kann ich ihn zurückhaben?«, fragte ich.

Der Kommissar blieb stehen, drehte sich wieder um.

»Warum?«

»Als Erinnerung an meinen Vater«, sagte ich.

Er zuckte mit den Schultern.

»Warum nicht.«

Ich sah ihn nie wieder.

Die Beisetzung fand in aller Stille statt. Alles war verloren. Mutter hatte übrigens ein Konto, das nicht vom Konkurs angetastet werden konnte, ich glaube, nicht einmal Vater wusste davon, und einige wertvolle Schmuckstücke, die sie verkaufen oder verpfänden konnte. Sie kaufte eine Wohnung im Skovveien, die damals im Verhältnis zu dem Haus auf Besserud wie ein Vogelkäfig wirkte, aber heute, so viele Jahre später, so groß wie ein Vergnügungspark ist, hier sitze ich und schreibe diese Festschrift, meine letzte Handlung, die nicht von mir und meinen Possen handeln soll, sondern von Notto Fipp. Ansonsten verloren wir, wie schon gesagt, alles, bis auf Alfred, den Roadster und die Standuhr. Ich möchte aber noch hinzufügen, sozusagen zum Abschluss dieser Angelegenheit, dieser überbewerteten Kindheit, dass Mutter, nachdem Vater für immer auf dem Friedhof Vestre Gravlund in die Erde gelegt worden war, hinunter zum Schloss ging, um den St.-Olavs-Orden, der in dem roten Etui, versiegelt mit *Recht und Wahrheit*, lag, zurückzugeben. Ich ging mit ihr. War das christliche Gesetzgebung, etwas zurückzugeben, was man bekommen hatte? Mutter trug ein langes schwarzes Kleid und Witwenschleier, und sie hielt mich so fest bei der Hand, dass ich fürchtete, sie könnte mir die Finger brechen. Sie verlangte, zu König Haakon vorgelassen zu werden. Sie hatte etwas Dringendes zu erledigen. Aber das wurde uns nicht erlaubt, obwohl er zu Hause war. Die Flagge auf dem Dach war nämlich gehisst, aber nicht einmal auf halbmast. Wir mussten gut und gern eine Stunde auf dem Schlossplatz in dem kühlen Frühlingswind stehen. War es Vaters Tod oder sein unwürdiges Verhalten, das uns dazu zwang, den Orden zurückzugeben, oder hatte er sich einer höheren Medaille verdient gemacht, dem Stern im Hinterkopf? Weder der Leiter der Kanzlei noch der Adjutant wollte uns empfangen. Geschenkt ist geschenkt, wiederholen ist gestohlen! Ich rief es über den Schlossplatz. Oh Freude! Lang lebe der tote König! Mutter bremste meinen Wortschwall mit einem schnellen Handschuh von beiden Seiten meines Gesichts. Dann musste sie sich die Nase unter dem Schleier putzen und bat mich, solange das Etui zu halten, und ich nutzte die Gelegenheit, Vaters Schnürsenkel hineinzulegen, unter die Medaille. Ein Lakai kam heraus und nahm das rote, vergoldete Etui in Empfang.

DIE VORBEREITUNGEN SIND IM GANG

Als Notto Fipp so langsam wieder zu Kräften kam und auf eigenen Beinen stehen konnte, siedelte ich aus Alvims Herberge in Frau Byes Hotel am Egertorget um. Dort gab es Waschtisch, Kleiderschrank und zweimal in der Woche sauberes Bettzeug im Zimmer. Schlechter sollte Notto Fipp nicht wohnen, während er Kräfte für seine nächste Tour sammelte, von Kristiansand nach Oslo, und dort wollte er, wie er es gewohnt war, umkehren und in seinen eigenen Fußspuren zurückgehen, aber vorher musste ich ihn ja zur Startlinie nach Sørlandet verfrachten. Konnte er nicht einfach von hier aus losgehen und seinen Marsch in Frau Byes herrlichen Betten beenden? Oh du Knödel, du lächerlicher Theodolit! Wer bist du, dass du glaubst, es besser zu wissen als Notto Fipp? Waren wir denn nicht von Natur aus gegen den Uhrzeigersinn geschaffen? War es denn nicht unsere Absicht, gegen die Sonne zu gehen? Übrigens hatte das Zimmer auch einen Balkon. Und wenn Notto Fipp sich weit genug hinauslehnte, dann konnte er bis zum Schloss hoch sehen. Davon war ich nämlich damals überzeugt, jung wie ich noch war, dass das gut wäre für seinen moralischen Habitus, er hatte im wahrsten Sinne des Wortes etwas, dem er sich entgegenstrecken konnte, während er gleichzeitig langsam, aber sicher physisch Fortschritte machte. Seele und Fleisch! Kopf und Füße! Trotz allem hängen wir zusammen. Trotzdem gab ich ihm die Anweisung, sich noch eine Woche lang zu schonen, ganz gleich, wie ungeduldig er war, endlich loszukommen. Zu früh zu starten, das würde nicht wiedergutzumachende Schäden und heftige Rückschläge verursachen. Deshalb empfahl ich ihm lieber einige einfache Übungen, besonders im Hinblick auf die Wadenmuskeln und Knie, die Notto Fipp im Zimmer ausführen konnte, wann immer er wollte. Ich gab Frau Bye, der obersten Instanz des Hotels, Bescheid, dass jeden Morgen frische Milch und Bananen in Notto Fipps Zimmer gebracht wurden. Die Bananen hatte ich bereits bei Bananen-Matthiessen bestellt. Außerdem betonte ich, dass er hier inkognito wohnte und das Personal die notwendige Diskretion walten lassen musste, damit die Presse nichts von seinem Aufenthaltsort erfuhr. Frau Bye senkte die Stimme.

»Selbstverständlich. Unsere Gäste stehen immer an erster Stelle.«

Frau Bye war eine Frau nach meinem Geschmack.

Ich gab ihr einen Umschlag mit dem notwendigen Vorschuss, eine Sonderzulage für die Zimmermädchen und meine Telefonnummer.

»Und lassen Sie ihn nicht raus, bis ich es sage.«

Frau Bye hielt mich zurück.

»Darf ich fragen, wer er eigentlich ist? Nur dass wir wissen, mit welcher Größe wir es hier zu tun haben.«

»Das werden Sie bald erfahren«, sagte ich.

Ich eilte die Karl Johan hinauf und weiter den Drammensveien entlang. Es wäre natürlich schneller gewesen, durch den Schlosspark zu gehen, aber ich hatte mir geschworen, dass ich auf dieses erbärmliche Stück Erde nie wieder einen Fuß setzen würde, nachdem meine Mutter und ich mehrere Stunden dort hatten warten müssen, um den Orden zurückzugeben. So viel dazu. Der September war also gekommen. Die Luft war kühl und klar, zwölf Grad, es durfte nicht kälter werden, wenn Notto Fipp in Kristiansand startete, zumindest nicht weniger als zehn Grad. Die Hochzeit sollte in einem Monat stattfinden, und es war mein ausdrücklicher Wunsch, dass er seinen Lauf noch vorher ausführte, auch wenn ich so meine Zweifel hatte. So eine Hochzeit konnte ihn irritieren, und ganz besonders dachte ich an das Menü. Aber die Hochzeit zu verschieben, das kam nicht in Frage. Ich war ein Mann von Ehre. Bandwurm! Sollte es so schlimm kommen, dass Notto Fipp den großen Anstrengungen nicht gewachsen war, bevor ich Sigrid in Trondenes Kirche mein Jawort gab, dann musste ich zunächst versuchen, etwas an der Hochzeitsreise zu verändern. Außerdem sollte ich meine Stellung im Rikshospital eine Woche vor der Trauung antreten, und es waren auch noch Ringe zu kaufen, Notto Fipp einzukleiden und ihn so herzurichten, dass er einem Trauzeugen ähnelte, und außerdem hatte ich die Rede an die Braut noch nicht geschrieben, ja, die Braut, ja, sie hatte sicher auch so einiges zu bedenken, das Kleid, die Schuhe, die Frisur, die Maniküre und alles, was eine Braut sonst noch zu tun hatte und von dem ich wenig oder gar nichts verstand. Wir hatten uns in all der Aufregung kaum gesehen, aber ausgerechnet an diesem Abend saß sie im Skovveien im Wohnzimmer und wartete auf mich.

Meine Hände sprangen ebenso schnell in die Luft, wie ich sie auch sofort wieder in die Tasche steckte, vielleicht hatte sie es gar nicht bemerkt.

»Ist das Frau Hval, die zu Besuch gekommen ist«, sagte ich.

Doch Sigrid war nicht zu Späßen aufgelegt.

»Ich habe schon gefürchtet, du hättest mich vergessen«, sagte sie.

»Dich vergessen? Ich tue nichts anderes, als an dich zu denken.«

»Wirklich? Und was hast du sonst noch getan?«

Meine Hände zuckten und zerrten in meinen Hosentaschen.

Wenn sie nicht zu Späßen aufgelegt war, war es sicher das Beste, den Geheimnisvollen zu spielen.

»Dinge, die ich nicht verraten darf«, sagte ich.

Und damit sank ich auf die Knie und küsste ihre Knie.

Sofort wurde Sigrid sanfter.

»Wollen wir nicht schon vor der Trauung ein Kind zeugen?«, fragte sie.

»Du meinst, jeden Schutz beiseitelegen und es einfach drauf ankommen lassen?«

»So in der Art, ja. Was hältst du davon, mein Stutenprinz?«

»Ich werde dich verschmausen, bis die Schüssel leer ist!«

Sigrids Laune wurde besser, während sich meine verschlechterte, und auf diese Weise blieb die Summe der Laune zwischen uns ausgeglichen, sie war nur anders verteilt. Sie legte ein Bein über die Armlehne, und sie trug nicht viel darunter. Um nicht von diesem Ausblick erregt zu werden, möchte ich nur daran erinnern, dass ich vor ihr kniete, um alles wiedergutzumachen. Aber ich war ein wenig kühl und introvertiert geworden. Das lag an dem Gerede von einem Kind.

»Ich habe einen Trauzeugen gefunden«, sagte ich.

Sigrid zögerte einen Moment, legte das Bein wieder an Ort und Stelle, unnötig langsam, als wollte sie mir noch eine Chance geben. Als ich diese nicht ergriff, zündete sie sich eine Zigarette an.

»Etwas nicht in Ordnung, Bernhard?«

»Nicht in Ordnung? Wieso?«

»Es scheint mir, als wärst du mit deinen Gedanken woanders.«

»Ganz und gar nicht. Ich habe nur gesagt, dass ich einen Trauzeugen gefunden habe. Meine kleine Huri!«

Ich küsste noch einmal ihre Knie und lag mit anderen Worten immer noch auf den Knien.

Sigrid blies Ringe an die Decke.

»Findest du Tora hübscher als mich?«, fragte sie.

»Tora hübscher als dich? Hast du den Verstand verloren? Sie liegt Meilen hinter dir.«

»Findest du sie also hässlich? Ist meine Trauzeugin deiner Meinung nach hässlich?«

»Nein, das habe ich doch gar nicht gesagt. Dass sie Meilen hinter dir liegt, bedeutet, dass sie immer noch als hübsch zu bezeichnen ist. Sehr hübsch.«

Sigrid schien mit der Antwort zufrieden zu sein und ließ den Rest der Zigarette in eine Vase fallen. Ich wollte schon etwas dahingehend sagen, dass Vasen keine Aschenbecher sind, dass Teller, Tassen, Gläser und Flaschen auch keine Aschenbecher sind, dass die Dinge dazu geschaffen wurden, ihre Aufgabe zu erfüllen, aus ihnen zu trinken, von ihnen zu essen, einzuschenken, Blumen hineinzustellen, und nicht umgekehrt. Das war etwas, über das wir früher oder später würden reden müssen. Aber sie kam mir natürlich zuvor, wie immer.

»Es ist wichtig, dass die Trauzeugen einen guten Eindruck machen, Bernhard, aber keinen besseren als das Brautpaar. Ich hoffe, dein Trauzeuge ist nicht viel schicker als du.«

»Hand aufs Herz. Ich kann dir versichern, dass keine Gefahr in dieser Hinsicht besteht. Aber er hat einen unwiderstehlichen Charme.«

Sigrid lachte.

»Charme? Sagt man das nicht gerade über unattraktive Männer? Dass sie Charme haben.«

Ich kämpfte hart, und es gelang mir, mich und meinen Mund im Zaum zu halten.

»Da ist nur eine Kleinigkeit«, sagte ich.

»Kleinigkeiten können sich anhören wie große Dinge, Bernhard. Und was?«

»Er ist Vegetarier.«

»Vegewas?«

»Aber wohlgemerkt von der moderaten Art. Er hat einen äußerst empfindsamen Darm, der die Nahrung nicht auf gewöhnliche Art und Weise aufsaugt.«

Sigrid gab mir einen Klaps aufs Ohr, und ein Klaps von Sigrid konnte einem schon den Atem rauben.

»Hör auf! Ich will nichts davon hören!«

»Aber ich versuche es doch nur zu erklären, Sigrid.«

»Möchtest du, dass ich an die Gedärme deines Trauzeugen denke, wenn wir vorm Altar stehen?«

Ich holte tief Luft.

»Es geht nur um das Essen, Sigrid. Leider verträgt er weder Fisch noch Fleisch, aber er kann Nüsse, Obst, Käse, Milch und Bananen zu sich nehmen.«

»Bananen?«

»Und einen Likör zum Kaffee, das denke ich schon.«

»Wann werde ich dieses Geschöpf kennenlernen?«

»Du hast ihn bereits kennengelernt.«

»Habe ich? Und wer ist es?«

Ich muss zugeben, ich zögerte eine Weile, bevor ich sagte:

»Notto Fipp. Der Mann, der ging.«

Sigrid sah mich fassungslos an.

»Notto Fipp? Meinst du, dieser …«

Zum ersten Mal nahm ich all meinen Mut zusammen und unterbrach sie, schroff, entschlossen, vielleicht rief ich sogar:

»Sag es nicht! Sag das nicht! Notto Fipp ist ein Gentleman, und er ist mein Trauzeuge!«

Sigrid verstummte ein für allemal. Und ich, ja, ich bekam eine Heidenangst. Was hatte ich getan? War ich zu weit gegangen? Hatte ich den Mund zu voll genommen und Hochzeit und Zukunft aufs Spiel gesetzt? Was würde Sigrid jetzt tun? Sie stand auf, gab mir einen Kuss, einen ganz anderen Kuss, weich und leicht, so, wie Ehefrauen küssen, bildete ich mir ein.

»Danke«, flüsterte sie.

Ich war verwirrt und geschockt.

»Wofür?«

»Dass du auf mich aufpasst, wenn ich böse bin.«

Dann ging sie in den Flur und holte ihren Mantel.

»Wohin willst du?«, fragte ich.

Sigrid tat unnahbar.

Ich folgte ihr.

»Du kannst jetzt nicht nach Hause fahren. Es ist schon zu spät.«

»Ich will auch nicht nach Hause. Ich übernachte bei Tora.«

»Kannst du nicht hier übernachten?«

Sigrid drehte sich zu mir um.

»Wir sind doch noch gar nicht verheiratet, Bernhard. Außerdem muss ich ihr erklären, dass sie höchstwahrscheinlich mit einem Mann tanzen muss, der Notto Fipp heißt.«

Und damit ging sie.

Ich blieb in Gedanken versunken stehen, wie lange, das weiß ich nicht. Aber merkwürdigerweise fühlte ich mich aufgekratzt und übermütig und dachte, dass ich in dieser außergewöhnlichen Laune eine Rede schreiben könnte, die meine echte Liebe zu meiner Braut, Sigrid, ausdrückte. Zuerst musste ich aber hinter ihr her räumen. Dann setzte ich mich in die Küche, mit einer Flasche echtem Cognac, einem Blatt Papier und einem Stift. Es dauerte und dauerte. Die Worte wollten nicht heraus. Sie saßen fest. Die Formulierungen, von denen ich dachte, ich würde sie nur so aus dem Ärmel schütteln, waren verschwunden. Und als die Flasche leer war, war das Papier immer noch leer. Ich traf eine Entscheidung. Meine vorherige Rede, gehalten in der Aula der Universität, noch frisch in Erinnerung, vom Schwanz im Riesenrad, beschloss ich, dieses Mal ohne Manuskript zu halten. Ich würde frei von der Leber weg sprechen und keine Umwege machen.

Dann kam ich in dieser unruhigen Zeit endlich zur Ruhe und schlief am Küchentisch ein, zufrieden mit meinem Entschluss und berauscht vom Cognac, fachlich vertretbar, wohlgemerkt, da Cognac als Medizin betrachtet in entsprechenden Portionen getrunken werden darf, um eine schwindende Lebenskraft zu stützen, die Nerven zu behandeln und das Herz und andere Muskeln zu aktivieren. Und hatte ich nicht einen immensen Einsatz gezeigt? Hatte ich etwa nicht im Laufe eines einzigen Abends eine fantastische unsichtbare Rede geschrieben und Widerspruch eingelegt?

Oh, boletus luridus!

Am nächsten Morgen wachte ich erst vom Telefon auf, das klingelte. Es war Frau Bye von Frau Byes Hotel. Notto Fipp war nicht mehr zu bändigen. Er hämmerte gegen die Türen. Er wollte raus. So konnte es nicht weitergehen. Ich musste kommen. Und ob ich kam! Ich schnappte mir meine Arzttasche und eine Extragarnitur Kleidung, damit er so wenig Aufsehen wie möglich erregte, und fuhr, was die Riemen und das Zeug hielten, hinunter zu Frau Byes Hotel am Egertorget. Dort warteten Frau Bye und zwei verschreckte Zimmermädchen. Ich bat sie, in der Rezeption zu bleiben, und lief hoch zu Notto Fipp. Der saß auf der Bettkante, nur in Unterwäsche, noch so mager wie beim letzten Mal, und wiegte sich hin und her, ein äußerst schlechtes Zeichen, was seinen Sinneszustand betraf. Ich setzte mich neben ihn, holte eine Pipette hervor, und bevor er noch wusste, was los war, hatte ich ihm bereits einen Tropfen Blut aus dem Ohr entnommen.

»Und jetzt eine kräftige Dusche, mein Freund!«

Ich holte ein Handtuch und folgte Notto Fipp zu der Kabine am Ende des Flurs. Und ich musste in den sauren Apfel beißen, wie man so sagt, ich musste es mir verbeißen, musste nämlich eine der Methoden des Quacksalbers Kneipp empfehlen, und zwar den raschen Wechsel zwischen kaltem und heißem Wasser, gern drei Abreibungen am Stück, denn hier gab es nur eins, auf das Rücksicht genommen werden musste, und das war Notto Fipps Gesundheit. Er gehorchte. Ich wartete draußen und hörte das Wasser laufen. Und als er wieder zum Vorschein kam, erschien er viel gesünder. Zu meiner Zufriedenheit konnte ich sehen, dass seine Magerkeit ein Teil seiner zähen Natur war, er war sehnig und ohne ein Gramm überflüssigen Fettes, doch er selbst war nicht überflüssig, er war notwendig, ein Vorbild und ein Spiegel, das war er. Dennoch brauchte er etwas, von dem er zehren konnte, ein Reservoir, aus dem er schöpfen und sich nähren konnte. Ich würde Notto Fipp zu einem norwegischen Kamel machen. Wir gingen zurück ins Zimmer, und er zog den Anzug von mir an, den ich ihm mitgebracht hatte. Er schlotterte an ihm, und ich bin nun wirklich kein Fettsack. Aber das musste genügen. Doch auf seinen abgewetzten Strohhut wollte er nicht verzichten. Als wir hinunter zur Rezeption kamen, glaubten Frau Bye und ihr Personal trotzdem, ich hätte einen anderen Mann bei mir.

»Das ist nur der Anfang«, sagte ich.

Und mehr Worte fielen bei dieser Gelegenheit nicht.

Wir gingen hinaus.

Es war noch früher Morgen. Die Geschäfte würden bald öffnen. Die Stadt würde bald ihre Tore aufschlagen und Kunden, Büroleute, Revisoren, Politiker, Schlachter, Verkäufer, Polizisten, Gäste, Notto Fipp und mich entgegennehmen, um nur einige zu nennen. Der letzte Zeitungsjunge lief den Bürgersteig entlang. Seine Schritte hallten von allen Seiten wider, bevor er um die Ecke des Grand Hotels verschwand. Vom Meer her waren die Fähren zu hören, die anlegten, genau nach Fahrplan, soweit ich feststellen konnte. Ein größeres Schiff lag ein Stück entfernt im Trockendock. Die Arbeiter wechselten sich Tag und Nacht auf der Werft ab. Die Möwen flogen in großen Kreisen über den Fischkuttern, während die elektrische Straßenbahn sich dem Stortinget näherte und der eine oder andere Bauer mit Pferd und Wagen noch Kurs auf die Buden auf dem Youngstorget nahm. Noch einmal stießen die neue und die alte Zeit zusammen, wie zwei Boxer im Ring, und es waren nicht viele, die ihr Geld auf den Älteren von beiden setzten. Aber es gab dennoch eine Art Ordnung in diesem Nähkasten. Die Welt bekam es hin. Ich war ziemlich optimistisch. Ich schlug vor, dass wir ums Bislet gehen könnten, statt das Auto zu nehmen, durch die ruhigen Gassen dort, um dann zu Franck im Bogstadveien zu gelangen.

Notto Fipp wollte lieber durch den Schlosspark gehen.

»Wir können gern am Sankthanshaugen abbiegen«, sagte ich. »Da gibt es einige saftige Hügel.«

»Ich würde aber gern durch den Schlosspark gehen«, sagte Notto Fipp.

Es war diese Sturheit, sie war seine Stärke, sie machte ihn zu dem, was er war. Mit anderen Worten war es eine vornehme Sturheit, sie adelte sein Wesen. Und es war meine Pflicht, nicht nur als sein Arzt, sondern auch als sein Freund, alle persönlichen Interessen fahren zu lassen, ganz gleich, wie ungern ich an den Gardesoldaten vor dem kleinen Häuschen dort oben auf dem Prachtgrundstück vorbeiging.

»Dann machen wir es natürlich«, sagte ich.

Königsflundern!

Wir gingen auf den Schlosspark zu. Notto Fipp war zuerst unsicher, jeder Schritt war eine Probe, ja, eine Prüfung. Er wackelte wie ein Kind. Vielleicht lag es daran, dass er nicht seine übliche Montur trug, vielleicht lag es an seiner Verfassung, dass sie so schlecht war, dass sein Talent, das Gehen, das Notto Fipp ausmachte, ernsthaften Schaden genommen hatte. Das, im Zusammenhang mit seiner Sturheit, machte mir große Sorgen. Vielleicht lag es auch nur an diesem verdammten Kopfsteinpflaster, eine unmenschliche Unterlage, um sich darauf zu bewegen, und ich als Arzt würde vorschlagen, diese Klötze überall dort zu entfernen, wo sie hineingeschlagen worden waren. Aber eines war zweifellos sicher: Notto Fipp musste stark und geschmeidig genug werden, um jeden Untergrund meistern zu können, Kies, Asphalt, Sand, Matsch, Gras, Schotter und also auch Kopfsteinpflaster. Notto Fipp sollte nicht nur ein Kamel werden. Ich hätte ihn gern auch zu einem Kraftsportler gemacht, einem Akrobaten.

Ich? Du Idiot! Notto Fipp war er selbst. Vielleicht war ich ja sein Arzt, im besten Fall sein Freund. Vielleicht wollte ich mich auch nur in seinem Licht sonnen. Sein Cicerone war ich auf jeden Fall nicht, denn ich folgte ihm nur, ja, das tat ich, der Mörder, und versuchte seinen Platz auszufüllen, als er tot war.

Übrigens äußerte ich nichts hinsichtlich meiner Besorgnis. Stattdessen ermunterte ich ihn. Auch das ist die Pflicht des Arztes und Freundes.

»Es wird besser auf den Fußwegen«, sagte ich.

Doch bevor wir so weit kamen, geschah etwas Bemerkenswertes. Und lasst mich noch einmal betonen, dass ich nicht von Natur aus abergläubisch bin. Ich lese nicht in den Sternen. Das, was ich lese, das finde ich im Lexikon, in Almanachen und Wörterbüchern. Aber das hier war ein Omen, eindeutig, oder ganz einfach eine Gelegenheit. Gott oder wie auch immer er heißen mag, griff ein und berührte uns. Es kam nämlich ein Wikingerschiff die Karl Johan entlanggesegelt. Wir blieben stehen und ließen diesen fabelhaften Anblick auf uns wirken. Es war ein abgetakeltes Schiff, das jeden Moment sinken konnte, aber es schwamm in seiner schön geschwungenen Form, kurz und gut, es war das Gokstadschiff, das zum Seefahrtsmuseum auf Bygdøy transportiert wurde, gezogen von einem Trecker der Feldartillerie. So berührte Gott, oder wie immer er auch heißen mag, uns, damit wir die Hand ausstrecken und die Geschichte berühren konnten. Und in dem Moment dachte ich: Wir, Notto Fipp und ich, wir werden auch Geschichte schreiben.

Dem Schiff folgte eine ganze Reihe Autos und neugierige Jungen auf Fahrrädern.

Stimmt es etwa nicht, was ich sage: Vergangenheit und Zukunft auf derselben Straße, mehr sage ich nicht dazu.

Dann fuhr das Gokstadschiff auf den Drammensveien, und wir gingen in die andere Richtung, durch den Schlosspark.

Oh je, ich elender Bukoliker!

Wie dem auch sein, Notto Fipp fühlte sich gleich besser, als er auf die Fußwege kam, zwischen den Bäumen, nach Grotten hin. Er nahm Geschwindigkeit auf, ruderte heftig mit den Armen, eine entgegengesetzte Bewegung zu den Beinen, was notwendig ist, während ich zurückblieb, vielleicht ließ ich ihm auch nur einfach diesen Vorsprung. Es gab mir die goldene Chance, seinen Gang genauer zu studieren. Und wer glaubt, dass der Gang eine einfache Sache ist, etwas, das von alleine vor sich geht, buchstäblich gesprochen, der irrt sich. Das Gehen ist ein gewissenhaftes Studium wert, und der Gedanke, es zum Thema meiner Doktorarbeit zu machen, war keineswegs beiseitegeschoben. Ich hatte sogar schon eine Definition zusammengeschustert. *Das Gehen, der Tatbestand, bei dem der Körper sich mit Hilfe der Muskelkraft der Beine von einem Ort zum anderen bewegt.* Mein Ziel war es, zu beweisen, dass die Eigenart eines Individuums in seiner Gangart liegt, vom unsicheren Gehen des Kindes, über die elastischen Sprünge der Jugend und dem festen Schritt des Erwachsenen bis wieder zurück zu der hilflosen Beinführung des Greises. Mit anderen Worten: Der Mensch geht im Kreis, ebenso schwankend in die Welt hinein wie aus ihr heraus. Aber ich wollte diese offensichtlichen Observationen nicht breittreten. Ich wollte dem Thema einen psychologischen und sozialen Blick hinzufügen: Der Bauer ist schwer zu Fuß, während der Seemann leichten Fußes ist. Der Fischer geht langsam und schwankend. Der Reiter hat O-Beine. Diejenigen, die im Büro sitzen, haben einen weniger sicheren Gang, oft mit vornübergebeugtem Körper. Beim Militär muss der Gang taktfest sein. Kurz gesagt, bei dem Gang des energischen, tatenlustigen Menschen ist der Schritt schnell und sicher. Bei den Faulen und Schlaffen ist der Gang ungleichmäßig, schleppend. Daneben kann man, etwas spezifischer, behaupten, dass der Phlegmatiker ruhig und besonnen geht, der Sanguiniker leicht und der Choleriker schnell. Der Melancholiker steht entweder still, oder er geht im Kreis. Was war Notto Fipp? Er ähnelte keinem. Er war nur er selbst. Und diese Annahme will ich umkehren, er ging nicht für sich, er ging auch von sich, an einen Ort, wo er Ruhe finden konnte. Ich möchte noch einmal an sein Motto, seinen Wahlspruch erinnern: *Wenn ich gehe, denke ich weniger.* So ging er für uns alle. Außerdem möchte ich gern den alten, mehrdeutigen Begriff *einen Fuß auf den Boden pflanzen* in Erinnerung rufen, der bedeutet, einen Halt zu finden, der aber gleichzeitig einen anderen Zustand mit einbezieht, das Gegenteil vom Halten, nämlich die Bewegung, das Gehen. Notto Fipp pflanzte einen Fuß nach dem anderen auf den Boden. Im Gehen fand er seinen einzigen Halt. Aber genug davon, wir sind ja nicht mitten in einer Dissertation, sondern in einer Festschrift. Jetzt blieb Notto Fipp auf dem Weg stehen, drehte sich zu mir um, lächelnd, und zwirbelte seinen dünnen Bart zwischen den Fingern.

»That's all right«, sagte er.

Wir setzten unseren Weg fort und waren die ersten Kunden, die an diesem Morgen bei Franck im Bogstadveien eingelassen wurden. Wir hatten das gesamte Herrenausstattungsgeschäft für uns, und achtzehn Verkäufer, auf vier Etagen verteilt, standen zu unserer Verfügung. Einige dieser Verkäufer, besonders die jüngeren, ohne weitere Ausbildung, musterten Notto Fipp mit einer gewissen Missbilligung, ja, höhnischem Grinsen, aber ich schickte ihnen dafür einen Blick zurück, der deutlich verkündete, dass Franck im Bogstadveien einen guten Kunden und Arbeitsplätze verlieren würde, wenn sie sich nicht in Acht nahmen, dass das Renommé des gesamten Ladens auf dem Spiel stand. Es könnte ja sein, dass wir unseren Einkauf zu Øye ein Stück weiter oben in der Straße verlegten. Wir waren in den ersten Stock gekommen, in die Damenabteilung. Notto Fipp seinerseits bemerkte weder Blicke noch Grinsen. Er schaute sich nur mit großen Augen um, betrachtete die schicken Garderoben, Seide, Hüte jeder Façon, Schals, hochhackige Schuhe und nicht zuletzt die Unterwäsche, die in Glasvitrinen lag. Er war vielleicht in Kuba und Amerika gewesen, aber Franck im Bogstadveien, das war etwas anderes. Er war fast nicht vom Fleck zu kriegen.

»Ich vermisse eine Weibsperson«, sagte Notto Fipp.

Und bevor ich wegschaute, bemerkte ich, dass er etwas aus der Krempe des Strohhuts zog, ein Papierstückchen mit einem handgeschriebenen Gedicht darauf. Ich schaute weg, denn dieses intime Geständnis machte mich verlegen und gleichzeitig dankbar. Ich wusste, dass ich hiermit sein Vertrauen gewonnen hatte. Schnell schob er das Gedicht wieder an seinen Platz.

»Lass dich von den Weibspersonen nicht verwirren«, sagte ich.

Schließlich gingen wir weiter in den nächsten Stock, wo die beiden eleganten und makellosen Verkäufer und ein ebenso wohlsituierter Schneider uns entgegenkamen, zögernd, aber auch ehrfürchtig, und sie erkannten mich natürlich wieder, Bernhard Hval, denn sie waren es gewesen, die sich um meine großartige Bekleidung gekümmert hatten, als ich vor den frischgebackenen Medizinern und ihren Vorgesetzten und Verlobten und nicht zuletzt den Professoren, wissenschaftlichen Mitarbeitern und dem ganzen Verein in der Aula eine Rede gehalten hatte. Es schien mir Jahre her zu sein. Dabei handelte es sich nur um einen Sommer und ein paar Wochen. Trotzdem lag ein Leben dazwischen. Notto Fipp hielt sich im Hintergrund. Der Strohhut saß wieder auf seinem Kopf. Die Verkäufer warfen ein paar herablassende Blicke über meine Schulter, auf Notto. Schleppte ich solche Penner mit mir zu Franck im Bogstadveien? Ja, von der Seite war wohl nichts anderes zu erwarten. Ich konnte ihre Körperhaltung einfacher lesen als eine Überschrift oder ein Reklameschild vor einem Kino, aber ich machte keine Affäre daraus. Das war es nicht wert. Sie waren die Mühe nicht wert. Sie waren alles andere als makellos, auch wenn sie glänzten. Und wenn wir, die Kantigen, jedes Mal eine Affäre daraus machen wollten, dann würde die Zeit eine andere sein, und die Zeit ist, wie schon gesagt, kostbar für uns. Wir üben lieber Nachsicht.

Der Schneider begrüßte mich mit Handschlag.

»Darf ich Ihnen zu Ihrem Examen gratulieren. Der Beste

seines Jahrgangs. Ich habe es im Aftenposten gelesen. Das ist einzigartig.«

»Oh, danke schön. Es kommt natürlich darauf an, wie gut die anderen sind.«

Wir lächelten über unsere Bescheidenheit, falsch und von Herzen.

Die Stimme des Schneiders wurde leiser.

»Wie geht es Ihrer Mutter?«

»Sie ist in Neuseeland, es geht ihr gut dort.«

Eine Weile Schweigen, nur das Rascheln von Maßbändern und vielleicht eine Nadel, die ein paar hundert Stockwerke hinunterfiel.

»Und Alfred, wie ...«

Ich unterbrach den Schneider.

»Still going strong«, sagte ich. »Still going strong. That's all right. Oh ja.«

Noch ein Schweigen kam und ging.

»Womit kann ich den Herren heute dienen?«, fragte der Schneider.

»Vielleicht mit einer Weibsperson oder zweien«, antwortete ich.

Oh, lapsus calami! Lapsus linguae! Sogar lapsus memoriae!

Wir lachten leise unter uns Herren.

Es gibt nichts, was dem Besten seines Jahrgangs erspart bleibt.

Der Schneider, äußerst korrekt:

»Ist der Junggesellenabschied bereits in Gang, Herr Hval?«

»Wie bitte?«

Als hätte ich vergessen, dass ich heiraten würde! Aber an den Junggesellenabschied, an den hatte ich nicht gedacht. Ein Polterabend ganz allein, das war wohl etwas gewagt, Alfred konnte ich auch nicht fragen. Das fehlte gerade noch. Ihn erst rausschmeißen und dann zu einer Feier einladen. Und Notto Fipp derartigen Beanspruchungen auszusetzen, wie sie ein Junggesellenabschied mit sich bringt, das kam auch nicht in Frage.

In diesem Augenblick bei Franck im Bogstadveien wurde mir meine Einsamkeit bewusst.

Der Schneider fuhr mit den Fingern über das Maßband, das er immer um den Hals trug.

»Ich habe es im Aftenposten gelesen. Dass Sie verlobt sind mit …«

Wieder unterbrach ich ihn und wandte mich Notto Fipp zu, um die Sache endlich in Schwung zu bringen.

»Das stimmt! Ich werde heiraten. Und wie! Ich meine, wie gut! Ich nehme genau das Gleiche wie letztes Mal. Aber dieses Mal ist es für meinen Trauzeugen. Macht ihn zurecht. Die Zeit ist knapp! Die Ressourcen sind groß!«

Und somit kam Schwung in die Sache.

Wir suchten die Dinge von dem obersten Regal aus, und das bedeutete einen Boswell Frack mit allem Zubehör, Perlmuttknöpfe, Silbermanschetten, weiße Weste, weiße Schleife, weiße Hosenträger, schwarze Strümpfe und glänzende Lackschuhe. Ich musste mit Notto Fipp in den Umkleideraum. Er zitterte. Aber was tut man nicht alles. Was tut man nicht alles mit Freuden. Wir mühten uns eine Weile ab. Und dann schob ich ihn hinaus zu den Spiegeln, wo der Schneider und die Verkäufer bereits warteten. Doch da wurde Notto wieder überraschend unwillig und drehte sich selbst entschieden den Rücken zu. Ich begriff es sofort. Dass ich so unbedacht sein konnte, so wenig feinfühlig, so gedankenlos und böse! Ich schämte mich sehr. Wir brauchten keinen Spiegel. Wir waren einander Spiegel genug. Ich legte Notto die Hand auf die Schulter.

»Du siehst aus wie ein König, Notto. Nein, du *bist* ein König!«

»Es reicht mit einem Trauzeugen«, sagte Fipp.

Wieder herrschte Schweigen, aber dieses Mal in anderer Form, das professionelle Schweigen, das gleichzeitig beruhigend und furchteinflößend ist. Ich bin, oder ich war, wie gesagt Arzt und weiß, was ein Blick bedeutet, er soll gleichzeitig Autorität und Sympathie ausstrahlen, Ruhe und Tatkraft.

Der Schneider schaute mich an, bevor er sich Notto Fipp vorsichtig näherte.

»Entschuldigen Sie, dass ich das erwähne, aber vielleicht passt Ihr Strohhut nicht so ganz zu der übrigen Kleidung.«

»Schon gut«, sagte ich, laut, vielleicht etwas zu laut.

Und es wurde von allen Ecken und Enden Maß genommen, und es wurde aufgekrempelt und ausgelassen, eingefasst und verlängert, und ich hoffe, dass Notto Fipp das Gleiche sah, als wir uns in die Augen blickten, einen Gentleman, auf jeden Fall einen Gentleman, und ich darf in aller Bescheidenheit hinzufügen, zwei wahre Gentlemen, nämlich den Bräutigam und seinen Trauzeugen, Bernhard Hval und Notto Fipp, von Angesicht zu Angesicht bei Franck im Bogstadveien, ich werde es jedenfalls nicht vergessen, ganz gleich, wie unbedeutend und schicksalsträchtig mein Bild war. Mein Anfall von Einsamkeit war vorüber.

Ich bezahlte bar. Die Kleider konnten am folgenden Montag abgeholt werden. Der Trauzeuge war also von oben bis unten eingekleidet. Der Geher musste von unten nach oben angezogen werden. Das versteht sich von selbst. Die Füße sind die wichtigsten Gliedmaßen des Gehers, sie sind sein Werkzeug und müssen mit größter Sorgfalt gepflegt werden. Ich wandte mich dem jüngsten Verkäufer zu, vielleicht tat ich es aus reiner Bosheit, um ihn auf die Probe zu stellen und ihm eine Lektion zu erteilen.

»Und dann noch ein Paar Mokassins«, sagte ich.

Er war sofort verwirrt.

»Mokassins?«

Ich seufzte über diese Unwissenheit.

»Ja. Mokassins. Rede ich nicht deutlich genug? Oder bedienen Sie hier nicht?«

Der Verkäufer errötete, der arme Junge, und er tat mir sogleich leid. Warum musste ich mich so zeigen, von meiner schlechtesten Seite? Und warum tat mir derjenige immer gleich leid, dem ich mich so zeigte? Eine zermürbende Gleichung.

In einer Geste der Versöhnung legte ich ihm die Hand auf die Schulter.

»Ich wusste auch nicht, was Mokassins sind, bevor ich es erfahren habe. Ich meine ganz einfach ein Paar leichte Schuhe, aus einem Stück Leder genäht, mit losen, angenähten Sohlen.«

Wir wurden ins Erdgeschoss in die Schuhabteilung geleitet. Wieder blieb Notto Fipp wie gebannt stehen, oh, was waren wie schon gesagt Kuba und Amerika und diverse Kontinente gegen das, gegen die Regale voller glänzender Schuhe bei Franck im Bogstadveien. Ich bat ihn, sich zu setzen und die Schuhe auszuziehen. Neue Verkäufer standen bereits um uns herum. Das Gerücht war uns vorausgeeilt. Bernhard Hval selbst gab heute sein Geld aus. Ich möchte die Leser nicht mit überflüssigen Expertisen langweilen, dies hier ist trotz allem eine Festschrift, aber das jetzt muss trotzdem seinen Platz bekommen: die Mode darf nicht über eine Sache entscheiden, die für jeden von uns so wichtig ist, und weder der Schuhmacher noch der Verkäufer haben das Recht, auszusuchen. Nur unser eigener Verstand und unser Gefühl dürfen gelten, wenn es um Schuhe geht. Ich übertreibe nicht, wenn ich sage, dass Notto Fipp viele Paare ausprobierte. Er ging vor und zurück, zog andere an, wechselte die Sohle, legte einen Keil ein, und zum

Schluss endeten wir bei einem Paar schottischer Wanderschuhe aus solidem Material, aber dennoch leicht und luftig, die gut saßen und nicht zuletzt Notto Fipp gefielen, ja, er war kurz davor, vor lauter Begeisterung das Geschäft zu verlassen. Wir hielten ihn zurück. Ich überlegte. Ein Paar war nicht genug. Er wollte ja beide Wege zurücklegen, von Kristiansand nach Oslo und von Oslo nach Kristiansand. Und hin und zurück, das ist nicht gleich lang. Das wissen wir. Er brauchte zwei Paar. Ich kaufte drei und bat um vier, um auf der sicheren Seite zu sein.

Ach, du seliger Kretinismus!

Die dünne Luft oben auf Besserud hatte mir einen großen Kopf und einen nur gering entwickelten Verstand beschert. Es war Sigrids Geld, von dem ich zehrte. Aber alles für die gute Sache! Alles für die gute Sache! Ich würde es ihr zurückzahlen. Mit Zinsen und Zinseszinsen würde ich es ihr zurückzahlen. War ich etwa nicht ein Mann von Ehre. En avant! Bald war ich in Lohn und Brot und konnte sie Tag und Nacht versorgen.

Aber jetzt war ich erst einmal fast pleite.

Wir gingen hinunter zu Sim. Solberg im Hegdehaugsveien und fanden Plätze an einem Fenstertisch. Wir verdienten eine Pause. Notto Fipp wirkte erschöpft. Ich auch. Ich glaube, er wäre am liebsten so schnell wie möglich zurück in sein Zimmer bei Frau Bye gegangen, und auch ich wollte nach Hause. Aber noch fehlte etwas. Ich musste ihn auf die Probe stellen.

Die Kellnerin kam zu uns, um die Bestellung aufzunehmen.

Notto Fipp schaute mich an.

»Bei Sim. Solberg gibt es die besten Sandwiches der Stadt«, sagte ich.

Er schüttelte den Kopf und legte den Strohhut zwischen uns.

»Kein Hunger«, sagte er.

»Kann dich nicht einmal ein Krabbensandwich mit selbstgemachter Mayonnaise locken? Oder ein Kopenhagener?«

Ganz im Gegenteil:

»Ich werde zu dick.«

Ich versuchte ihn noch einmal zu nötigen, aber in erster Linie um meiner selbst willen. Ich hatte es zumindest versucht:

»Und wie wäre es mit einem süßen Brötchen?«

Notto Fipp wiederholte:

»Ich darf vor der Tour nicht dick werden.«

Ich schaute zur Kellnerin, die tat, als wenn nichts wäre, während sie dort stand und genau zuhörte. So soll es sein.

»Einen Kaffee und ein Glas Milch bitte.«

Wir sagten erst wieder etwas, als die Tasse und das Glas auf dem Tisch standen.

Aber wir mussten beide den Strohhut anschauen, der fast durchsichtig war, mit einem blauen Band um die Krempe, durch das die ganze Chose zusammengehalten wurde. Und hier hatte er also das Gedicht für die treulose Gro versteckt, das er in seiner frühesten Jugend geschrieben hatte. Doch darüber sprachen wir nicht. Und jetzt, während ich diese Kapitel schreibe, hier in meinem erbärmlichen Büro im Skovveien, genau fünfzig Jahre später, kann ich nicht umhin, zu denken, dass es ein Trauerband war, ein Band, das uns zusammenhielt, aber nicht nur in Trauer, sondern auch in Freude, ein Freudenband und ein Trauerband, in einem einzigen Knoten gebunden. Ich muss mich selbst daran erinnern, das nicht zu vergessen.

»Festivita lente«, sagte ich.

Notto Fipp nickte und trank Milch.

Ich übersetzte es lieber für ihn:

»Wir müssen uns beeilen …«

Notto Fipp unterbrach mich.

»Langsam. Ich habe nur drei Jahre die Schule besucht, aber deshalb bin ich nicht dumm.«

Notto Fipp leerte sein Glas, und ich senkte meinen Blick, beschämt, demütig, und das zu Recht. Wer war ich im Vergleich zu ihm? Niemand. Eine Null. Eine eckige Null ohne jeden Inhalt, die nicht mehr von der Welt gesehen hatte als Besserud, Kneipps Kur und Franck im Bogstadveien.

»Was ich damit meine: Wir müssen uns entscheiden, ob die Tour vor oder nach der Hochzeit stattfinden soll«, sagte ich schließlich auf Norwegisch.

»Möglichst vorher«, sagte Notto Fipp.

»Das ist auch meine Meinung. Aber das ist riskant.«

»Du glaubst, ich schaffe es nicht?«

»Als dein Arzt und dein Freund, gern in umgekehrter Reihenfolge, als dein Freund und Arzt, ist es meine Pflicht, es klar heraus zu sagen.«

Ich holte Stift und Papier hervor.

»Wollen wir jetzt die Reden schreiben?«, fragte Notto Fipp.

»Wir wollen den Status festhalten. Du hast bereits vier Paar Schuhe, die du unterwegs wechseln kannst.«

»Die muss ich selbst tragen.«

Notto Fipp hatte recht. Seine Rechtschaffenheit war vorbildlich und selten. Das kann nicht oft genug gesagt werden. Vorbildlich! Selten! Ich strich das letzte Paar von der Liste.

»Natürlich musst du die Schuhe selbst tragen. Deshalb begnügen wir uns mit drei Paar schottischen Wanderschuhen mit den dazugehörigen Einlegsohlen und Schnürsenkeln. Du brauchst auch Collodiumpflaster in Reserve für eventuelle Druckstellen, Hühneraugen oder Schwielen. Ich wiederhole: eventuelle! Wir müssen das Schlimmste fürchten und das Beste hoffen! Wir haben auch Branntwein in Reichweite.«

»Du tust zu viel für mich, Bernhard Hval«, sagte er.

»Ganz und gar nicht, mein Freund. Ich kann gar nicht genug tun.«

»Aber ich trinke nicht.«

»Der Branntwein wird nur äußerlich angewendet. Und du musst mitnehmen, was du an Bananen brauchst.«

Notto Fipps Miene erhellte sich.

»Die kann ich um den Hals tragen.«

»Das ist notiert.«

»Und du darfst nie näher als fünfzig Meter an mich heranfahren.«

Ich schrieb weiter an der Liste, die bald voll war.

»Das ist auch notiert. Du sollst es so haben, wie du es haben willst, Notto Fipp.«

»Nenn mich Notto«, sagte er plötzlich.

»Und du mich auch. Ich meine, Bernhard. Damit wir nicht von den Nachnamen irritiert werden und unnötige Zeit mit ihnen verschwenden.«

Und er wollte sogar noch ein Glas Milch. Das ging wie geschmiert. Das verhieß nur Gutes, wenn es nur nicht zu viel Flatulenz in den bereits empfindlichen Gedärmen schuf. Es ist immer abzuwägen zwischen dem Heilenden und dem Schädlichen, dem Stärkenden und dem Schwächenden. Das ist die haarfeine Waage der Medizin. Gesundheit ist nicht das Gleiche wie Glück. Aber eine Krankheit ist nur selten zu etwas gut. Das ist nur die Ausnahme: Wir, die Kantigen, müssen einen Vorteil aus unseren Eigenschaften ziehen, aus unserem Zwang. Und genau in dieser Beziehung ging Notto Fipp als ein leuchtendes Beispiel voran.

»Noch eins«, sagte er.

»Immer heraus damit.«

»Du darfst mich nie, niemals bitten, im Auto zu schlafen. Das ist geschummelt.«

Ein weiteres Mal zeigte er mir seinen unverfälschten Willen, seinen edlen Sinn und nicht zuletzt seinen Stolz. Ich war ganz einfach gerührt und kurz davor, eine Hand auf seine zu legen.

»Das habe ich voll und ganz verstanden. Aber nur noch ein guter Ratschlag. Wenn du es als notwendig empfindest, einen Wind zu lassen, ganz gleich, wo du bist und wer in deiner Nähe steht, dann zögere nicht und halte ihn nicht zurück. Der Wind muss heraus. Ist das verstanden?«

Notto Fipp nickte.

Ich ging mit ihm zum Hotel von Frau Bye und spürte eine große innerliche Freude, als ich sah, wie leichtfüßig er in den schottischen Schuhen ging, und besonders als er im Schlosspark, zwischen der Grotten und der Karl Johan, so viel von seinem angesammelten Gas fahren ließ, dass die Gardesoldaten glaubten, es wäre Wachwechsel. Aber noch war viel zu tun. Ich fuhr heim, schloss auf, und als ich unvorbereitet und vollkommen unschuldig die Tür zu meinem Schlafzimmer öffnete, standen Sigrid und Tora da drinnen und agierten dort vollkommen eigenmächtig. Es gab Geschrei und Empörung, natürlich vollkommen übertrieben, ein Spiel fürs Publikum, und ich nahm es wie ein Mann. Ich drehte auf der Türschwelle um. Ich habe immer noch das Bild vor Augen. Sigrid probierte nämlich das Brautkleid an, und ich durfte sie nicht sehen, bevor die Zeit in der Kirche reif dafür war. Das war nämlich ein schlechtes Zeichen, verstehe das, wer will. Wir spielten schüchtern und tugendhaft. Aber sie hatten mittlerweile bereits eine Flasche Champagner getrunken, und ich konnte einen kurzen Blick auf Sigrid erhaschen, meine schwarze Braut in dem weißen Kleid. Und sie war die Allerschönste. Ja, das war sie. Aber trotz allem wurde ich fortgejagt und setzte mich in mein Arbeitszimmer, wo ich die Papiere vom Rikshospital durchlas, während ich das Gelächter der Damen hörte. Denen ging es gut. Ich fühlte mich ausnahmsweise einmal wie ein normaler

Mensch, um einen Begriff von Notto Fipp zu benutzen. Und niemand schaute auf mich herab, und ich musste auch nicht aufsehen. Ich stand auf gleicher Stufe. Ich würde in genau einer Woche in der chirurgischen Abteilung anfangen. Direktor Lund selbst hatte die Einstellungserklärung unterzeichnet. Ich war der Beste meines Jahrgangs. Ich schaute auf meine Hände. Sie zitterten nicht.

In derselben Nacht, als ich dachte, Sigrid wäre schon vor langer Zeit gegangen, kam sie noch einmal zurück und legte sich neben mich, und sie hatte nicht viel vom Brautkleid an ihrem Körper.

»Graust es dir schon?«, flüsterte sie.

»Wovor?«

Das war eine außergewöhnlich dumme Frage oder Antwort, und ich erwartete das Schlimmste, doch etwas in ihrer Stimme klang anders, es gab einen Ernst darin, und ich kannte sie kaum wieder, obwohl es doch dunkel war. Es verging eine Weile in aller Stille, bevor sie sagte:

»Du zitterst.«

»Tatsächlich?«

»Ja. Das ganze Bett zittert.«

»Das ist nicht wahr.«

»Wovor hast du Angst, Bernhard?«

»Fotzengulli«, sagte ich.

»Rede jetzt nicht so.«

Ich schwieg.

Wovor graute mir? Wovor hatte ich Angst? Darauf kann ich kurz und knapp antworten: vor allem.

Doch auch das stimmt nicht. Die Antwort fällt geringer aus: vor mir selbst.

Doch das sagte ich nicht.

Und ich will an dieser Stelle erneut keine kostbare Zeit verschwenden, um im Detail zu berichten, wie ich fast wie ein Weberschiffchen zwischen Sigrid und Notto Fipp hin und her lief. Denn ich musste ihn nicht nur wieder in Form bringen, ich musste ihm außerdem diverse Etiketten beibringen, die leider von einem Trauzeugen gefordert werden. Das geschah während unserer Touren auf Bygdøy. Notto Fipp machte Fortschritte. Ich weiß nicht, wie viel er von dem, was ich sagte, aufnahm, über Ringe, Sitzordnung, Besteck, aber zumindest konnte ich mit Freuden sehen, dass Notto Fipp dabei war, sich von seiner besten Seite zu zeigen. Er ging sicher und gleichmäßig. Die schottischen Mokassins, die er immer mal wieder benutzte, taten ihm gut. Ich konnte kaum Schritt mit ihm halten. Und war irgendetwas wichtiger als das? Oh nein. Verlobe mich, solange du willst, mein Äquivok! Nun komm schon! Oh Scheiße. Sag es nur frei heraus. Acht Kilometer die Stunde waren zu schaffen, sechs Stunden am Tag, vielleicht sieben, mit anderen Worten, er würde mindestens zehn Tage für eine Tour brauchen. Das Wichtigste war jedoch nicht die Geschwindigkeit, sondern die Ausdauer, dass er mit Stil dabeiblieb. Und ein weiteres Mal musste ich jeden Stolz fahren lassen und Kneipps Methoden anwenden. Ich bat Notto Fipp, die Schuhe auszuziehen, und dort, wo es am flachsten war, entlang der Felsen draußen vor Huk, im Wasser zu gehen, anschließend kam er an Land, und ich wickelte seine Füße in Handtücher, die ich auf dem Motorblock des Autos gewärmt hatte. Das wiederholte sich vier- oder sechsmal. Dann ging es zurück zu Sigrid und den Schwiegereltern in spe. Es kam vor, dass ich stattdessen zum Krohgdenkmal hinauffuhr, dort parkte und im Wageninneren heulte und um mich schlug, schnaufte und schluckte, mit den Zähnen knirschte und die Blätter zählte, die immer mehr und mehr fielen. Ich musste es herauskriegen. Ich kriegte es heraus. Danach hieß es nur, zu warten, wann sich der Zwang das nächste Mal melden würde. Ich kann auch ein anderes Wort benutzen, wenn ich es mit dem Begriff *Zwang* nicht deutlich genug gemacht habe. Das Wort ist *Hunger.* Der Hunger! Das Gespräch zwischen uns, zwischen Sigrid und mir in der Nacht, als wir nackt nebeneinander lagen, ohne uns zu bewegen, ohne den Mund zu voll zu nehmen, hatte mir einen Schrecken eingejagt, denn ich hatte in dieser Nacht zum ersten Mal erkannt, dass ich bis über beide Ohren in sie verliebt war.

Eine Festschrift, keine Opera buffa!

An einem grauen, feuchten Montagmorgen Ende September fand ich mich im Rikshospital ein, und die Gebäude in der Pilestredet erschienen noch grauer als sonst. Der Nebel zog vom Fjord herein. Ich wurde von einem Krankenpfleger in die chirurgische Abteilung A geführt, durch drei Flure hindurch, die die Gebäude nahe der Nordahl Bruns gate miteinander verbanden, obwohl ich doch wusste, wo mein Arbeitsplatz lag, und den Weg auf eigene Faust hätte finden können. Die Einrichtung des Rikshospitals war ein Teil des Studienpensums gewesen. Ich kannte sie auswendig. Ein Arzt darf keine Umwege machen. Außerdem war ich hier geboren und hatte meinen Vater im Leichenkeller gesehen. Ich kann bei dieser Gelegenheit auch gleich etwas über die armseligen Verhältnisse sagen, unter denen wir, und nicht zuletzt die Patienten, litten. Dazu genügt es, aus den Gesetzesvorlagen Nr. 49 von 1927 zu zitieren: *Die jetzigen Räumlichkeiten lassen in vielerlei Hinsicht zu wünschen übrig. Es braucht nur erwähnt zu werden, dass die Klosetts noch nach dem Latrinensystem funktionieren, geheizt wird mit riesigen alten Koksöfen, wobei die Feuerung Lärm und Staub in die Räume trägt und die Wärme äußerst schwankend ist. Wenn Kranke gebadet werden sollen, müssen sie in den Keller hinuntergetragen werden, wo es der Abteilung gestattet ist, 1 – eine – Badewanne für 60 bis 70 Patien-*

ten zu benutzen. Das spricht für sich. Ich war mittlerweile bereit für den Kampf. Man gab mir meinen weißen Kittel, meine weiße Hose und meine luftigen Schuhe, mein Name stand bereits auf dem Garderobenschrank Nr. 8, und ich wurde von meinen Kollegen begrüßt. Einige kannte ich aus der Studienzeit. Sie waren freundlich und zurückhaltend, auf eine zweideutige Art, aber so ist es wohl, wenn ein Neuankömmling aufgenommen werden muss. Vielleicht war es ja auch meine Redegabe, mein loses Mundwerk, das sie zu diesem Verhalten verleitete. Dann wurde ich gebeten, mich umgehend im Büro von Direktor Lund einzufinden, und sofort verstand ich, woher diese höfliche Zweideutigkeit resultierte. Sie wussten, dass ich nicht nur der Beste meines Jahrgangs war, sondern auch, dass Direktor Lund seine schützende Hand über mich hielt. Sie glaubten, ich sei unangreifbar. Wenn sie nur wüssten. Also ging ich wieder zurück und ein Stockwerk höher zur Verwaltung, griesgrämig, und fand das sonderbar. Warum war ich nicht direkt zu ihm geschickt worden, zu Direktor Lund, wenn es so pressierte? Warum Zeit verschwenden, wenn sie genutzt werden konnte, um Leben zu retten? Und was pressierte denn so? Ach, du sanfter Wintergarten! Was hatte ich getan? Vergebt mir! Ich machte einen Purzelbaum auf dem Flur und schnaubte. Nichts ist geschehen! Ich habe nicht einen einzigen Finger auf Ihre eigenhändige Frau gelegt! Lasst alles, was nicht geschah, ein für alle Mal ungeschehen bleiben! Doch als ich durch die medizinische Station B kam, wurde ich dringend in eines der Krankenzimmer gerufen, in dem zwei Pfleger sich mit einer widerborstigen Patientin abmühten, einer Frau, 58 Jahre alt, Vigdis Juliussen, wie ich dem Krankenblatt entnahm, die unter inwendigen Hämorrhoiden litt, sogenannten goldenen Adern, wobei ich in Klammern hinzufügen möchte, dass dieser Name, goldene Adern, in der medizinischen Terminologie seinesgleichen sucht. Er ruft Gelächter hervor. Das ist Ironie auf niedrigstem Niveau. Wahrscheinlich waren ihre Leiden durch einen ausschweifenden Alkoholmissbrauch verursacht worden, der außerdem Leber und Nieren geschädigt hatte und damit den Rest des Körpers. Jetzt stellte sich heraus, dass sie im Laufe der Nacht einen Vorfall erlitten hatte, das heißt, dass der Enddarm sich fast gelöst hatte und einen roten, wundartigen Kreis bildete, eine wurstförmige Geschwulst mit einer Öffnung in der Mitte. Die direkte Ursache ist eine Schwäche im Schließmuskel, aber das ist nur das sichtbare Resultat eines langen, schicksalsträchtigen Prozesses, wie gesagt. Die Behandlung musste so schnell wie möglich geschehen. Das war also der Grund gewesen. Sie wollten mich auf die Probe stellen, mich sozusagen ins kalte Wasser schmeißen. Ich war bereit. Ich ließ umgehend die hysterische Frau umdrehen, die nicht nur eine Plage für sich selbst war, sondern auch für die anderen Patienten, sechs an der Zahl, und die natürlich von dieser ganzen Aufregung, von der sie lieber hätten verschont werden sollen, unruhig wurden, einige bis zu den Tränen. Zum Schluss stand diese Frau jedenfalls auf den Knien im Bett, das von Blut und Kot verdreckt war, und die Pfleger mussten sie festhalten, während ich resolut die Unterwäsche aufschnitt und so mit eigenen Augen ihren missgebildeten Anus sah, ein unappetitlicher Anblick, und dennoch ein Teil des Menschlichen. Ich schmierte mir die Hände mit Fett ein und wollte das Hervorgestülpte wieder an seinen Platz zurückschieben. Da bemerkte ich, dass ich zitterte. Meine Hände zitterten. Ich klammerte mich an Vigdis Juliussens Hintern fest. Ihr Hinterteil war mein Anker, mein Haltepunkt. Dieser gewaltige, schwabbelige Arsch war das Zentrum des Universums. Die Pfleger wurden ungeduldig und warfen mir misstrauische Blicke zu. Da rief ich:

»Eins, zwei, tröiedüs!«

Und ich schob den Darm dorthin, wo er hingehörte. Die Frau schrie noch mehr. Und ich ließ die Hand eine Weile dort drinnen, denn ich spürte etwas anderes, ein Fremdkörper hatte sich festgesetzt. Ich bekam ihn zu fassen und zog ihn heraus. Es war ein Korken, der Korken einer Branntweinflasche. Ich tat, als wenn nichts wäre. Die Pfleger hoben die Frau hoch, die jetzt bereiter war, mitzuarbeiten, wechselten das Bettzeug und legten sie auf den Rücken. Ich zeigte ihr den Korken.

»Ist da, wo der herkommt, noch mehr?«, fragte ich.

Die Frau sah mich sprachlos und beschämt an und schüttelte den Kopf.

»Darf ich, aus rein professionellem Interesse, fragen, wie das, also dieser Korken, dort gelandet ist, wo ich ihn fand?«

»Ich weiß es nicht. Der …«

Ich unterbrach die Frau.

»Sie wissen es nicht? Der ist doch wohl nicht zufällig dort gelandet? Oder sind Sie vielleicht mit einem Korken im Enddarm geboren worden?«

Die Frau war kurz vor den Tränen.

»Ich kann mich nicht mehr erinnern. Ehrenwort.«

»Glauben Sie, ich bin sieben Jahre auf die medizinische Fakultät der Königlichen Frederiks Universität von Oslo gegangen, um Korken aus dem Enddarm von Alkoholikern zu ziehen?«

Die Frau weinte, konnte kaum reden.

»Entschuldigen Sie, Herr Doktor.«

»Und Sie sind sich ganz sicher, dass da drinnen nicht noch mehr ist, denn sonst müsste ich auf eine gründlichere Art und Weise vorgehen.«

»Nein, Ehrenwort«, wiederholte sie.

»Sie sind also sicher, dass nicht noch außerdem Glas, Flaschen, Korkenzieher, ein Paar Schuhe oder vielleicht ein Aschenbecher und eine Schachtel Streichhölzer im Enddarm sind? Sie rauchen doch, oder?«

Was hatte mich nur geritten?

War das ein neuer Zwang, ein anderer Hunger, andere auszuschelten und zu demütigen und nicht irgendwelche Leute, sondern die, die ganz unten standen, die nicht noch tiefer fallen konnten? Nein, das war nur der Pöbel in mir, der Quälgeist, der übernahm. War ich jetzt, in diesem Augenblick, ich selbst? War das der echte Bernhard Hval? Oh, zehn wilde Pferde! Ich hätte lieber Dornenbüsche, Kreuze, Autoreifen und Eheringe und was ich sonst noch zur Hand hatte so tief wie möglich in meine eigene Öffnung gesteckt, als das, was ich jetzt tat.

Und plötzlich wechselte die Frau ihre Attitüde und wurde zu einem rasenden, wütenden Menschen.

»Wer sind Sie eigentlich, sind Sie ein Doktor oder nicht, hä? Sie elender Quacksalber!«, schrie sie.

Ich beugte mich über die halbnackte, bebende Frau und legte einen Finger auf ihre Halspulsader, in erster Linie des Scheins wegen.

»Es ist wohl leider tatsächlich so, dass hier der Doktor vor Ihnen steht«, sagte ich. »Habe ich etwa vergessen, mich vorzustellen? Bernhard Hval. Guten Tag, Vigdis Juliussen. Fühlen Sie sich jetzt besser?«

Sie nickte und drehte den Kopf weg.

»Ich meine, besser ohne Korken? Und mit dem Po, wo er hingehört?«

Es wurde ganz still im Krankenzimmer. Der Augenblick der Wahrheit, wie es heißt, Triumph oder Niederlage:

»Ja«, flüsterte sie, »ich fühle mich viel besser, Herr Doktor.«

»Na, sehen Sie. Und lassen Sie es nicht zur Gewohnheit werden, Korken im Enddarm aufzubewahren. Das ist ein empfindsames Instrument, gemacht für die Stuhlentleerung, nicht für den Abfall. Dafür haben wir Mülleimer und Speibecken.«

Ich schaute mich um, doch die Blicke, denen ich begegnete, waren nicht anerkennend, respektvoll, gehorsam. Was hatte ich erwartet, dass sie auf die Knie fallen und mir die Schuhe küssen würden? Nicht einmal die übrigen Patienten waren auf meiner Seite. Ich war es, der sie beunruhigt hatte. Die Älteste des Pflegepersonals wollte mich sogar loswerden, doch da nahm ich sie nur am Arm und sagte entschlossen:

»Dreht die Patientin um«, sagte ich.

Sie taten, wie ihnen geheißen.

Ich wollte sehen, ob sie auch einen Vorfall in der Scheide hatte und dann einen Mutterkranz hätte, der hineinzuschieben wäre. Ich hob die fleckigen Hautfalten hoch, die den ganzen Schambereich bedeckten, und fühlte. Aber es war zum Glück nicht nötig.

Ich wandte mich wieder an die älteste Krankenschwester.

»Ein einfaches Klistier vor zwölf Uhr«, sagte ich.

Damit verließ ich das Krankenzimmer.

Ich fand einen Besenschrank und schloss mich darin ein.

Der erste Tag bei der Arbeit, und ich hatte bereits über die Stränge geschlagen.

Ich verbarg mein Gesicht in den Händen, damit das Geheul nicht zu hören war. Es nützte nichts. Ich heulte zu laut. Ich war ein Wolf in einem Besenschrank. War das mein Wesen, ich meine, mein Unwesen? Ich schob mir einen Lappen in den Mund und zerkaute ihn. So blieb ich dort stehen, bis es für dieses Mal vorbei war. Und für dieses Mal vorbei, das hieß nur, aufs nächste Mal zu warten. Nichts anderes als eine Zwischenzeit! Das war alles, was ich hatte. Eine Zwischenzeit! Ich wurde von dem großen Handschuhgefühl ergriffen, war taub vom Schädel bis zu den Fußspitzen. Ich dachte: Hatte ich etwa nicht eine gute Tat begangen? Hatte ich nicht einen Korken entfernt, ganz gleich, wo er auch gelandet sein mochte, und einen Vorfall im Anus wieder an Ort und Stelle geschoben? War die Patientin nicht in einem schlimmeren Zustand gewesen, bevor ich mich um sie gekümmert hatte? War ich ihr nicht sogar zu Hilfe geeilt? War meine gute Tat nicht größer als meine gemeine Haltung? Ach, wir stellen unmögliche Rechnungen auf, wir wollen, dass es für uns aufgeht, doch unsere eckigen Zahlen genügen dafür nicht.

Ich trat hinaus, und eine andere Krankenschwester blieb abrupt stehen und schaute mich verblüfft an. Was hatte ich in dem Besenschrank zu suchen? Ich lachte laut auf.

»Falsche Tür«, sagte ich. »Ich bin neu hier. Bernhard Hval. Tatsächlich habe ich heute erst angefangen. Heute Morgen, um es ganz genau zu sagen.«

Ich gab ihr die Hand, wir begrüßten uns.

»Das kann dem Besten mal passieren«, sagte sie.

Wie die Worte doch die Dinge an ihren Platz rückten! Das kann dem Besten mal passieren! Als wenn nicht alles dem Besten passieren kann! Ich hätte auf die Knie fallen und ihr die Schuhe küssen können. Aber glücklicherweise hielt ich ihre Hand nur noch fester und hätte sie am liebsten gar nicht wieder losgelassen.

»Dann können Sie mir sicher sagen, wo das Labor liegt?«, fragte ich.

Die Krankenschwester bekam einen strammen Zug um den Mund, der nicht zu der Freundlichkeit passte, die ich in dieser Begegnung bisher erlebt hatte.

»Erster Flur rechts«, sagte sie.

Dann zog sie schnell ihre Hand zurück, drehte mir den Rücken zu und ging eilig in die entgegengesetzte Richtung.

»Danke!«, rief ich ihr hinterher. »Danke schön.«

Ich fand das Labor, in dem der Laborant, ein glatzköpfiger Mann mittleren Alters, über ein Mikroskop gebeugt saß, zwischen Regalen und Schränken voll mit Reagenzgläsern, Gläsern, Föten in Spiritus, und hinter dem Laboranten stand sein Assistent, wie ich annahm, ein jüngerer Mann in meinem Alter, über ihn gebeugt. Zunächst nahmen sie gar keine Notiz von mir. Ich ließ sie ihre Arbeit beenden. Doch da sie das nicht taten, unterbrach ich sie.

»Könntet ihr euch das hier bitte mal anschauen?«

Ich stellte die Probe, die ich von Notto Fipp genommen hatte, auf den Arbeitstisch.

Beide drehten sich zu mir um.

Ich streckte ihnen die Hand entgegen.

»Bernhard Hval.«

Aber keiner von beiden ergriff sie. Stattdessen schauten sie auf das kleine Gläschen mit Notto Fipps Blut, und offenbar nicht mit Freude.

»Was für eine Probe soll es sein?«, fragte der Laborant.

»Widals Reaktion«, sagte ich.

»Und wer ist der Patient?«

Ich senkte die Stimme.

»Es ist ein Freund.«

»Ein Freund von Ihnen. Und Widals Reaktion?«

»Es geht um Leben und Tod«, erklärte ich. »Bitte, tun Sie mir den Gefallen.«

Der Laborant zuckte mit den Schultern.

»Aber dann sind Sie mir auch einen schuldig.«

»Aber selbstverständlich. Selbstverständlich! Und noch was.«

»Ja? Es ist immer noch was.«

»Können Sie mir irgendwelche stärkenden Tabletten empfehlen?«

Der Laborant und sein Assistent tauschten heimliche Blicke, aber es kümmerte mich nicht.

»Kräftigend? In welcher Weise?«

»Für die Ausdauer.«

»Ich werde sehen, was mir einfällt.«

»Danke. Das ist äußerst großzügig.«

Ich streckte noch einmal meine Hand vor. Doch keiner ergriff sie.

»Willkommen an Bord, Bernhard Hval.«

Ich verließ das Labor, erleichtert, und fand endlich den Weg zu Direktor Lunds Büro. Die Sekretärin im Vorzimmer stand sofort auf, als wollte sie mir zuvorkommen, und zeigte auf ein Waschbecken in der Ecke. Sie wirkte unangenehm berührt und dennoch energisch. »Borax steht im Schrank«, sagte sie nur.

Da begriff ich: die Hände! Diese Hände! Ich hatte sie nicht gewaschen. Sie waren in Vigdis Juliussens Enddarm und in ihrer Scheide gewesen, und ich hatte sie nicht gewaschen, und ich hätte sie nicht nur hinterher waschen müssen, sondern zwischen Enddarm und Scheide auch, vielleicht hatte ich Bakterien vom Anus zur Vagina übertragen. Unverzeihlich. Und jetzt war das Gerücht bereits im Umlauf und bis ins Vorzimmer von Direktor Lund gedrungen. Oh, verfluchte Sykophanten! Ich versuchte meine Scham zu verbergen, ging zum Waschbecken, drehte das heiße Wasser auf, nahm das Borax aus dem Schrank und schüttete mir die desinfizierende Seife über die Hände, bevor ich sie unter das glühend heiße, brennende Wasser steckte, während ich mich selbst im Spiegel betrachtete: Bernhard Hval, 29 Jahre alt, ziemlich blass, tiefliegende Augen, ein wenig braun, von meiner Mutter, von meinem Vater hatte ich die hohe Stirn und den geraden Nasenrücken, wie ich annehme, und, ich werde es nicht mehr wiederholen, Bernhard Hval, der Beste seines Jahrgangs.

Dann konnte ich zu Direktor Lund hineingehen. Ich war, ehrlich gesagt, nicht besonders optimistisch. Hatte er mich eingestellt, um mich am selben Tag wieder kündigen zu können? Er stand hinter seinem Schreibtisch auf. Wir begrüßten uns und setzten uns. Sein Haar und sein Schnurrbart waren im Laufe des Sommers weißer geworden, aber er hatte immer noch seine alte Würde, als er seine Weste zurechtzupfte und die Uhr aus der Tasche zog, eine Unart hatte er, eine Unart! Die grüne, geschwungene Lampe verbreitete im Raum ein angenehmes Licht. Dennoch beunruhigte mich dieses Gespräch mit Direktor Lund umso mehr.

»Ich habe gehört, dass du schon tätig gewesen bist«, sagte er.

»Ja. Ich wurde sozusagen ins kalte Wasser geschmissen.«

»Gut. Aber vergiss nicht, dass du immer noch nur Assistenzarzt bist.«

»Das war doch nur eine Kleinigkeit.«

Direktor Lund zog erneut seine Weste zurecht. Ich hätte bereits jetzt Unrat wittern sollen.

»Nichts ist nur eine Kleinigkeit. Selbst ein Splitter im Finger ist nicht zu unterschätzen. Alles ist groß genug für uns.«

Ich betrachtete die Portraits an der Wand, vier Männer, ehemalige Direktoren des Rikshospitals, und es war, als würden sie ihren Blick, betreten, enttäuscht, dem Stuhl zuwenden, auf dem ich in dem scharfen grünen Licht saß und versuchte die Kiefer zusammenzupressen und gleichzeitig zu reden.

»Selbstverständlich. Eine Scheuerwunde genügt. Ein Hühnerauge ...«

Direktor Lund unterbrach mich.

»Es ist nicht mehr lange hin bis zur Hochzeit, oder?«

Ich war dankbar für den Themenwechsel:

»Nein, der Termin nähert sich bedrohlich schnell.«

Wir lachten ein wenig.

»Und vielen Dank für die Einladung. Alma und ich wissen das sehr zu schätzen. Sie ist sehr stolz auf dich und freut sich für dich. Nicht zuletzt über dein Prüfungsergebnis.«

Ich schluckte und schluckte und legte die Hand auf den Adamsapfel.

»Ohne euch hätte ich nichts davon geschafft«, sagte ich, »weder meine Braut finden noch das Examen.«

Lund, der es gar nicht mochte, gelobt zu werden, er sah Lob als ungeeignetes Mittel an, das eher Schaden als Nutzen anrichtete, schüttelte den Kopf und wurde förmlich:

»Deine zukünftige Ehefrau und dein Examen, und auch deine Stellung hier beim Rikshospital, das hast du alles allein dir zu verdanken.«

Ich schaute auf meine Hände.

»Übrigens sind es meine Schwiegereltern, die die Einladung verschickt haben. Ich habe damit gar nichts zu tun. Mit der Gästeliste, meine ich.«

Was redete ich da? Was hatte ich da geredet? Ich hätte mehr sagen sollen, meine Unbesonnenheit übertünchen, mein loses Mundwerk, doch Lund kam mir wie üblich zuvor. Das war seine Art, mich zu retten.

»Und wohin geht die Hochzeitsreise?«

Ich atmete erleichtert auf: »Nizza. Westminster Hotel.«

»Schönes Klima. Etwas feucht, aber der Wind von den Bergen lindert es. Hast du eigentlich bei dieser Gelegenheit von deiner Mutter gehört?«

»Nein.«

»Hat deine Mutter von dir gehört?«

»Sie hat die Adresse gewechselt. Ich erwarte, bald von ihr zu hören.«

Direktor Lund, mein Mentor, mein zweiter Vater, wechselte rücksichtsvoll das Thema:

»Hast du noch weiter über deine Doktorarbeit nachgedacht? Ozaena?«

Ich beugte mich vor.

»Ich habe meine Pläne geändert. Ich möchte mich lieber in die Disziplin des Gehens vertiefen, inwieweit das einzelne Individuum dadurch, dass es die Gehweise entfaltet und verfeinert, auch den Rest des Körpers und nicht zuletzt den moralischen Status stärkt.«

Direktor Lund schwieg für eine Weile. Ich wartete auf eine Antwort. Dann sagte er:

»Willst du dich der Orthopädie widmen?«

»Nein, nein. Ich will das Gehen als Teil des gesamten Körpers betrachten, von den Fußsohlen bis zur Hypophyse.«

»Und das hast du dir genau überlegt? Du weißt, dass das eine äußerst wichtige Entscheidung ist. Du wirst dein Leben von dieser Entscheidung abhängig machen.«

Ich klemmte meine Hände zwischen die Knie.

»Ich habe eine Chance bekommen, die ich mir nicht entgehen lassen kann.«

»Eine Chance? Inwiefern?«

»Ich habe einen Mann kennengelernt, der Großtaten ausführt, was das Gehen betrifft. Wirkliche Großtaten. Er hat mich auf neue Gedanken gebracht.«

»Wer ist es?«

»Notto Fipp«, sagte ich.

Direktor Lund zwirbelte seinen Schnurrbart.

»Auch wenn es unnötig sein sollte, möchte ich dich daran erinnern, dass du nicht über irgendein x-beliebiges Thema promovieren kannst. Es geht um das Ansehen der Universität und des Krankenhauses und nicht zuletzt um deine und meine Ehre.«

Diese Worte belasteten und erleichterten mich zugleich. So

viel hatte ich jedenfalls im Laufe eines ziemlich vergeblichen Lebens gelernt, dass der Unterschied zwischen Enttäuschung und Lob oft so klein ist, dass man das feinste Mikroskop benutzen muss, um ihn zu finden.

Ich sagte:

»Eigentlich heißt er Senum. Notto …«

Sofort wurde ich unterbrochen:

»Es war nicht der Name, der mir durch den Kopf geht, ich denke daran, dass du dich nicht von Zufällen beeinflussen lassen sollst. Wir treiben hier Wissenschaft.«

Ich spürte Lunds Unwillen, ließ mich aber nicht beirren, ganz im Gegenteil, eher leckte ich Blut und wappnete mich. Ich redete ziemlich laut.

»Ozaena! Die Nierenfunktion des Schleimaals! Der Chromosomendefekt bei der Bananenfliege!«

Direktor Lund schaute mich lange Zeit an.

Schließlich sagte er:

»Unterschätze die Bananenfliege nicht.«

»Natürlich nicht. Das war nicht meine Absicht.«

»Ohne Bananenfliege wären wir nicht das, was wir heute sind.«

»Das ist wahr. Und ohne den Schleimaal auch nicht.«

»Aber ich schätze deine Begeisterung. Auch die darf nicht unterschätzt werden.«

»Danke schön.«

Und so beendete Lund das Gespräch:

»Suaviter in modo, fortiter in re.«

Doch da leckte ich noch mehr Blut:

»Als hätte ich es selbst gesagt! Und könnte ich, wenn ich schon einmal hier bin, um Urlaub bis zum November bitten, um genauere Feldstudien betreiben zu können?«

Am ersten Arbeitstag um Urlaub bitten? Jetzt war ich auf

jeden Fall zu weit gegangen. Ich biss die Zähne zusammen, knirschte jedoch nicht, biss nur, lautlos, bis ich fast die Kiefer ins Fleisch presste.

Lund, wir redeten uns nie mit Vornamen an, stand auf.

»Erinnerst du dich, was ich in meinen Vorlesungen immer über die Chirurgie gesagt habe?«, fragte Lund.

Lob und Dank. Seine Nachsicht war grenzenlos.

»Ich erinnere mich an jedes einzelne Wort«, erwiderte ich.

»Daran zweifle ich. Selbst ich brauchte ein Skript.«

Ich lachte, unpassend, doch da er auch lachte, vereinte sich unser Lachen in einem gemeinsamen Humor auf sehr hohem Niveau.

»Ich erinnere zumindest das meiste«, sagte ich.

Der Direktor unterbrach mich mit einer schnellen Handbewegung.

»Aber ich denke dabei nicht an Details, Schnitte oder lateinische Phrasen. Das kann man auswendig lernen. Ich denke an das Übergeordnete.«

»Hygiene«, sagte ich leise.

Er hatte es wohl nicht gehört, denn er fuhr fort:

»Dass nämlich die Chirurgie von dem Ausübenden eine klare Entscheidung, Geistesgegenwart, eine leichte Hand sowie Takt und Gefühl und nicht zuletzt ein beruhigendes, mitfühlendes und vertrauenserweckendes Wesen erfordert. Daran erinnerst du dich doch noch, oder?«

Ich nickte.

Lund hatte noch mehr auf dem Herzen:

»Deshalb bin ich froh, dass du deine Unarten abgelegt hast.«

»Wie bitte? Welche Unarten?«

»Das weißt du genau. Mit den Fingern zu knacken. Das konnte man ja noch auf der Karl Johan hören.«

War das ein Lob oder eine Warnung?

Direktor Lund setzte sich.

Ich hatte dem nichts hinzuzufügen. Aber er:

»Du kannst bis nach der Hochzeitsreise Urlaub nehmen. Dann werden wir weitersehen.«

War es so einfach? Wollte er mich loswerden? Warum bat er mich nicht vielmehr zu bleiben, die Verlobung zu lösen oder zu verlängern?

»Danke«, sagte ich. »Das ist viel zu viel.«

Ich stand auf, ohne mich wieder zu setzen, wollte gehen.

»Bernhard.«

Es war das erste Mal, dass Direktor Lund meinen Vornamen in einem Gespräch benutzte, jetzt, wo es aufs Ende zuging.

»Ja?«

»Was ich eigentlich sagen wollte, Bernhard.«

Direktor Lund stand auch auf und stützte sich mit den Händen auf den grünen Filz auf dem Schreibtisch.

»Ja?«

Und er schaute mir direkt in die Augen, als er Folgendes sagte:

»Du weißt, wir kommen nicht um dich herum.«

»Danke.«

Ich lief durch die elenden Flure des Rikshospitals, während diese Worte weiterhin in mir zogen und zerrten. *Du weißt, wir kommen nicht um dich herum.* War ich der unbrauchbare Primus? Der überschätzte Einfältige? War ich der Beste, dem alle aus dem Weg gehen wollten, aber dem niemand entkam? Da hörte ich eine leise Stimme meinen Namen flüstern: Bernhard Hval. Bernhard Hval. Ich blieb stehen, widerstrebend, und drehte mich um. Das war diese verfluchte Vigdis Juliussen. Jemand hatte die Tür offen stehen lassen. Sie lag allein da und streckte mir eine Hand entgegen, die sie kaum heben konnte. Vigdis Juliussen. Sie stand mir ganz einfach im Weg. Ich hasste sie. Warum mussten sie und ihr Vorfall diesen Tag für mich kaputt machen, der doch ein Erlebnis, ein Meilenstein hätte werden sollen? Meinetwegen konnte sie gern sterben. Ich würde daneben stehen und zusehen und hinterher sagen, dass die Welt dadurch weder besser noch schlechter geworden war, vielleicht sogar tatsächlich ein bisschen besser. Ich ging hinein und setzte mich auf die Bettkante. Sie ergriff meine Hand.

»Ich wollte dem Herrn Doktor nur danken«, sagte sie.

»Dafür gibt es keinen Grund.«

»Sie heißen Bernhard Hval, nicht wahr?«

»Ja, das stimmt.«

»Danke. Es geht mir jetzt viel besser.«

»Wissen Sie, ich habe nur meine Pflicht getan.«

»Aber es hat nichts genützt.«

»Aber Sie haben doch gerade gesagt, dass es jetzt viel besser geht.«

»Ich werde trotzdem sterben, Herr Doktor.«

»Das müssen wir alle. Es geht nur darum, den Tod ein wenig aufzuschieben.«

»Warum?«

»Warum? Dann kann ich Sie ja gleich fragen, warum Sie mir dann eigentlich danken?«

»Weil es besser ist, ohne Schmerzen zu sterben, als mit Schmerzen zu leben. Wissen Sie das nicht?«

Vigdis Juliussen ließ meine Hand los und schloss die Augen.

Ich blieb eine Weile sitzen und betrachtete sie, ein Wrack, da bestand kein Zweifel, nach Jahren mit Alkohol, Geburten, wahrscheinlich noch mehr Abtreibungen, Misshandlung, elender Ernährung, ja, ein Wrack, im wahrsten Sinne des Wortes, doch immer noch ein Mensch, und irgendwo, tief in diesem Misthaufen aus Fleisch, Materie, Knochen und Blut, leuchtete vielleicht ein Gedanke, oder der Anfang eines Gedankens, den noch niemand zuvor gedacht hatte. Fachlich betrachtet bewegte ich mich hinüber in eine andere Fakultät, die philosophische oder die psychologische, zumindest leisteten mir die Metaphysiker Gesellschaft. Und wie gesagt, dort blieb ich eine Weile. Gehirnwattenpest! Das Einzige, was ich mit Sicherheit sagen konnte: Vigdis Juliussen war einmal ein Kind gewesen. Und da haben wir diese überschätzte Kindheit wieder, meine Damen und Herren! Das Skelett ist das Einzige, das standhält, das Knochengerüst, die allerletzte Wiege. Eiapopeia, mit Kokablättern den Anzug voll. Ja, eiapopeia, Vigdis Juliussen! Ich erhob mich vom Bett, und in der Tür standen zwei Krankenschwestern mit großen Augen. Meine Arme ruderten in der Luft.

»Ist es nicht üblich, vorher anzuklopfen?«, fragte ich.

Die Älteste erwiderte:

»Die Tür stand offen.«

»Und genau dafür haben Sie zu sorgen, dass sie nicht offen steht! Aber ich will es dieses Mal noch einmal durchgehen lassen! Auf Wiedersehen. Ach, und noch eins. Legen Sie Charpi auf die Liegewunden. Und noch eins. Geben Sie ihr eine Dosis Borsäure.«

Silentium!

Endlich gelangte ich zurück auf die chirurgische Station A. Dort saßen meine Kollegen, zumindest einige von ihnen, und tranken Kaffee, der Laborant übrigens auch. Ich suchte mir einen Platz am Ende des Tisches. Ich nahm an, dass der Neue sich hinten in der Schlange anstellen musste, und wollte möglichst den Spielregeln folgen. Niemand sagte ein Wort. Sie sahen mich nur an. Offensichtlich war etwas im Busche, aber ich wusste nicht was, und ich war kurz davor, im Chaos zu versinken, als der Laborant mir die Blutprobe reichte.

»Dein *Freund* ist nicht schwanger«, sagte er.

Gelächter brach los, und alle ließen ihre Tassen auf den Tisch knallen.

Ich behielt die Fassung.

»Na, dann weiß ich jedenfalls das. Herzlichen Dank. War sonst etwas zu finden?«

»Negativ. Negativ. Und negativ. Und jetzt schuldest du uns, wie abgemacht, einen Gefallen, Hval.«

»Aber selbstverständlich. Und was soll es sein?«

»Da du uns nicht zu deiner Hochzeit eingeladen hast, möchten wir dich gern heute Abend zu einem kleinen Junggesellenabschied ausführen. Wir nehmen an, dass du diese Einladung mit Freuden annehmen wirst?«

Ich weiß nicht, wie lange ich den Atem anhielt, um nicht mit den Zähnen zu knirschen oder ihnen mein gesamtes Repertoire zu präsentieren. Also davon hatte das ganze abgekartete Spiel gehandelt, von einem unschuldigen Junggesellenabschied. Sie wussten natürlich, dass ich bald heiraten sollte. Mein Misstrauen war also vom ersten Moment an vollkommen grundlos gewesen. Ich war erleichtert, gerührt und erschrocken.

Der Laborant beugte sich vor.

»Ist die Einladung angekommen, Hval?«

»Ja. Aber ich muss leider absagen.«

»Ja. Absagen?«

»Ja. Es geht leider nicht.«

»Meinen Herr Bernhard Hval tatsächlich, dass die Probe positiv ist?«

Ich nickte. Jetzt nicht einknicken. Nicht nachgeben. Das ist unmöglich. Ich nickte noch einmal. Standhaft bleiben. Im Glauben. Im Fleische. In allem. Meine Hände zitterten. Ich hielt mich fest. Ich stand auf.

»Ich muss heim zu meiner Verlobten.«

Ich verließ das stumme Lachen, zog mich in der Garderobe um, und als ich draußen auf der Pilestredet stand, da heulte ich wie ein Krankenwagen und trampelte wie ein Elefant.

Für einen Moment war ich Mitglied der Loge gewesen. Jetzt war ich hinausgeworfen worden.

Aber ich war woanders Mitglied, dort, wo niemand außer uns eingelassen wurde, im Kreis der Kantigen.

Mit anderen Worten: ich musste meiner Aufgabe nachgehen.

Schnell überquerte ich den Egertorget, ging zu Frau Byes Hotel. Der Anzug von Franck im Bogstadveien hing in der Rezeption bereit. Ich nahm ihn mit hoch zu Notto Fipps Zimmer. Dieser stand am Fenster, die Hände auf dem Rücken, er trug nichts außer den langen Unterhosen. Leise schloss ich die Tür.

»Wir können auf den Balkon gehen«, sagte ich.

Notto Fipp schüttelte den Kopf.

»Warum nicht? Von dort können wir bis zum Schloss gucken.«

»Ich mag die Höhe nicht. Dann wird mir schwindlig.«

»Ist das alles, was dir Sorgen macht? Wir können eine Etage tiefer ziehen.«

Aber er hörte nicht, was ich sagte, er sank dort, wo er stand, in sich zusammen.

»Es ist die Rede.«

Ich bekam Notto Fipp wieder auf die Füße und fing an ihn anzuziehen, nur sicherheitshalber, nicht, weil ich dem Schneider bei Franck im Bogstadveien nicht traute, keineswegs, wir alle sind Meister in unserem Fach, aber wir konnten in einer Welt voller Missverständnisse trotzdem das Risiko nicht eingehen. Außerdem war es das reinste Vergnügen. Ich glaube, Notto konnte mir diesbezüglich zustimmen. Wir unterhielten uns und amüsierten uns.

»Hattest du guten Stuhlgang die letzten Tage?«

»Ja. Es kam so einiges raus.«

Ich zog ihm die Hemdenbrust über den Kopf, befestigte hinten die Hosenträger, kämpfte, die Perlmuttknöpfe an Ort und Stelle zu bekommen, und musste ihn zweimal um uns beide herumdrehen, bevor die Schleife richtig saß.

»Du hast genug Bananen?«

»Das schaffe ich nie.«

»Zerbrich dir nicht den Kopf über die Rede! Du hast anderes, an das du denken musst!«

»Ja. Ich schaffe es nie, diese Schleife zu binden.«

»Aber mein lieber Notto! Ich werde es dir zeigen!«

»Oh, danke. Aber ich kann trotzdem nicht hinter meinem eigenen Rücken stehen und damit herumfummeln.«

Schließlich stand Notto Fipp da, in Zimmer 312, in Frau Byes Hotel, gentlemanlike, ein Trauzeuge, ganz nach meinem Geschmack. Es fehlte nur noch ein Friseur. Ich ließ sogleich Frau Bye selbst C. F. Hansen herbeirufen, den Meister vom Grand. Doch er wollte nicht kommen. Wie bitte? Er behauptete, ich hätte das letzte Mal, als er mit mir zu tun gehabt hatte, Unarten gezeigt. Ich sprach persönlich mit diesem Hansen. Erklärte ihm, dass ihn ungeahnte Herausforderungen erwarteten. Wenn es ihm glückte, würde sein Name von jetzt an in goldenen Lettern in den Annalen der Innung stehen. Dieser Mistkerl erschien erst nach einer halben Stunde, nahm Notto Fipp lange in Augenschein und wandte mir dann barmherzig seinen Blick mit folgender undelikaten Äußerung zu:

»Ja, was ist das denn für ein Storchennest!«

»Ist das alles, was Sie zu sagen haben?«

»Habe ich freie Hand?«

Da mischte sich Notto Fipp ein:

»Er rührt meinen Bart nicht an!«

C. F. Hansen nahm den Bescheid mit der Würde entgegen, die dieses vornehme Handwerk erfordert. Ich möchte hier nicht in Details gehen, welche Eingriffe er vornahm, das soll unter uns bleiben, aber ich vermag ganz einfach festzustellen, dass ich nie einem Wunder näher war als in dem Moment, als Notto Fipp sich nach beendetem Kampf vom Stuhl erhob: ein neuer Mann und dennoch derselbe! C. F. Hansen konnte seine Ausrüstung einpacken, und ein weiteres Mal entlohnte ich ihn großzügig mit dem wenigen, was ich hatte, ja, ich war geradezu barmherzig.

»Wie läuft es eigentlich mit dem Lehrling?«, fragte ich.

»Glücklicherweise ist er Linkshänder, deshalb wird er es schaffen. Trotz der Schäden.«

»Er erschien mir in keiner Weise besonders geeignet zu sein.«

C. F. Hansen blieb an der Tür stehen, mit seiner schwarzen Tasche in der rechten Hand, in der er seinen gesamten Salon verstaut hatte, abgesehen von den Stühlen, die mit Elefantenhaut bezogen waren.

»Finden Sie nicht?«

»Nein. Das kann ich wohl sagen! Er hat sicher nicht die schärfste Schere in seinem Kittel. Und da drücke ich mich noch vorsichtig aus. Sie sollten sich einen neuen Lehrling suchen.«

»Als meinen Sohn? Der Lehrling ist mein Sohn, Bernhard Hval.«

Und der Vater des Lehrlings ließ die Scheine auf den Boden fallen, auf die Haare rund um seine Füße.

Dann war er fort.

Ich ließ das Geld liegen.

»Am Morgen nach der Hochzeit fahren wir nach Kristiansand«, sagte ich.

Notto Fipp nickte vorsichtig und zupfte an seinem Spitzbart, als wollte er sich versichern, dass der immer noch dort hing.

»Du gehst jetzt sicher zum Junggesellenabschied, oder?«

»Oh nein. Das würde Sigrid nie zulassen.«

Und so verließ ich Notto Fipp, in seiner, oder unserer besten Ausrüstung, und es ging heimwärts zu meiner Verlobten und baldigen Ehefrau, die auf mich im Skovveien wartete, was sie absolut nicht tat. Aber sie hatte ihre Spuren hinterlassen, alles stand, hing und lag am falschen Platz. Es war fast nicht auszuhalten. Ich musste mich durch die Räume räumen, Stück für Stück, eins nach dem anderen. Als ich endlich mit dem Wohnzimmer fertig war, fand ich eine Nachricht von Sigrid, und nicht nur das, sie hatte eine weiße Rose in eine Vase neben eine Flasche Champagner gestellt. Ich hielt es dennoch aus. Ich war ja verliebt. Ich setzte mich und las die Nachricht. Sigrid war zum Junggesellinnenabschied mit Tora und anderen Freundinnen. Die Nachricht endete folgendermaßen: *Frage mich niemals, was wir getan haben, mein Stutenprinz.* Zuerst war ich erleichtert. Dann wechselte ich schnell meine Meinung. Selbst auf meinen Wankelmut konnte man sich nicht verlassen. Glaubte sie vielleicht, dass ich nicht auch Junggesellenabschied feiern würde? Da irrte sie sich aber gewaltig. Sofort schickte ich eine Nachricht zum Rikshospital, Chirurgische Station A, dass der Test doch negativ war. Meine positive Antwort war natürlich nur ein Scherz unter Freunden gewesen. Das Telegramm wurde nach einer halben Stunde an der Tür abgeliefert: *Operationsbeginn 19 Uhr. Bristol Bar.*

Ich duschte, zog mich um, wollte zunächst einen alten Anzug anziehen, den ich da hängen hatte, doch dann entschied ich mich für den Frack, die ganze Montur. Wenn schon, denn schon! Dann brach ich die Rose ab und steckte mir die Blüte ins Knopfloch. Anschließend trank ich in aller Ruhe ein Glas

Champagner und fiel in Gedanken. War das mein letzter Tag als Junggeselle? Begann jetzt das Leben, das gewöhnliche Leben, nach dem ich mich so gesehnt hatte, die tägliche Routine, Pflichten, Termine, eine Tochter oder ein Sohn, vielleicht beides, Haushaltshilfe, Doktorgrad, insgesamt: Ansehen, ein guter Ruf, festes Einkommen und ein Sitzplatz im Himmel? Ein Saufgelage! Fröhlich konnte ich in eigenen Kreisen sein. Bereits jetzt vermisste ich Notto Fipp. Und bemühte mich, so schnell ich konnte, diesen Seitensprung hinter mich zu bringen. Das ging nicht nach fachlichen Regeln vor sich: Ich traf wie abgesprochen im Bristol ein, wo meine Freunde oder Kollegen bereits an der Bar standen und Champagner tranken. Es waren fünf oder sieben Stück, ich kann die Anzahl nicht genau wiedergeben, sie kamen und gingen, und es dauerte auch nicht lange, bis ich außerstande war zu zählen. Ich nenne sie Christian, Holger, Julius, William. Wir sprachen uns mit Vornamen an. Das Einzige, was ich mit Sicherheit sagen kann: Der Laborant war dort, und Direktor Lund war nicht dort, Gott sei Dank. Ich wurde mit offenen Armen empfangen. Die Korken knallten, die Gläser schäumten über, Applaus. Wir waren die hohen Herren der Stadt, unbesonnen, unerträglich und populär. An diesem Abend war fast alles erlaubt, und ich war der Mittelpunkt dieses Interregnums, doch jeder Macht beraubt. Im Gegenteil, ich musste gehorchen. Rattatam! Bald nahm das ganze Bristol an meinem Trinkgelage teil, alle wollten mit mir anstoßen, und ich musste in alle Richtungen trinken. Ich war leider Alkohol und andere Rauschmittel nicht mehr gewohnt, zumindest nicht in größeren Mengen. Als die Uhr acht schlug, brauchte ich etwas zu essen und rechnete damit, dass meine Freunde eine Tafel in der Maurischen Halle bestellt hatten. Doch da irrte ich mich. Sie hatten andere Pläne gehabt. Wir mussten weiter. Vorher jedoch musste Bernhard Hval tanzen. Tanz für uns, Bernhard Hval! Ich weigerte mich. Doch es hatte keinen Sinn, sich zu weigern. Ein Orchester tauchte auf und spielte eine dieser schnellen, unerträglichen Melodien aus Amerika. Charleston. Ich versuchte es noch einmal und meinte, gute Gründe zu haben. Doch die hatte ich anscheinend nicht.

»Soweit ich weiß, ist es verboten, hier Charleston zu tanzen«, sagte ich.

»Nur für die, die tanzen können!«

Die Gäste bildeten einen Kreis um mich. Das Orchester fing mit demselben Stück noch einmal von vorne an. Alle klatschten im Takt, und ich glaube, sie riefen meinen Namen, Bernhard, Bernhard, Bernhard, Berny! Hatte Sigrid, diese Klatschtante, etwas mit dieser Idee zu tun? Ich tanzte. Ich löste Knie und Ellenbogen. Ich hatte großen Erfolg, und mir wurde bei späterer Gelegenheit der Zutritt verweigert. Dann ging es weiter zu der deutschen Bierschänke *Nürnberger Hof*, die früher unter dem Namen *Nord-Norge* firmiert hatte und später noch einen anderen Namen bekam, nämlich *Georges.* Zu allem Überdruss lag diese Bierkneipe im selben Gebäude wie die Medizinische Gesellschaft, in der Sehestedsgate, nicht weit entfernt, vielleicht hatten meine guten Freunde dieses Lokal deshalb ausgesucht. Eine Glocke läutete, aber ich war nicht in der Lage, den Ton zu deuten. Ich war, wie schon angedeutet, berauscht, wenn auch nicht übermäßig, bis jetzt war ich erst auf einem Bein unsicher, aber dennoch beschloss ich, ab jetzt kleinere Schlucke zu trinken, vielleicht jeden zweiten auszuspucken. Als wir die Tür zum *Nürnberger Hof* aufschlugen und uns Eintritt verschafften, begriff ich augenblicklich, warum diese Glocke geläutet hatte. Hier saßen alle Hausbediensteten von Besserud, Mutters Nachtigallen, die sie benutzt und verworfen hatte. Ich sah ihre Blicke durch den dicken Tabakrauch, und sie sahen mich ebenfalls an, mit zweideutigem Blick. Ich konnte nicht länger zwischen Verachtung und Mitleid unterscheiden. Die Uhr zeigte nach neun. Aber wir waren ja als Herren auf Stadttour. Jetzt hatten wir eine Bierstube eingenommen. Wir setzten unsere Flagge und mischten uns unters Volk. Was natürlich geplant gewesen war. Falls sie mir einen Streich spielen oder mich in Verlegenheit bringen wollten, nur zu. Ich ließ mich nicht so schnell erschüttern. Ein runder Tisch stand mitten im Lokal bereit. Es wurden Bier, Schnaps und Würstchen in großen Mengen gebracht, später gab es auch noch Whisky und Cognac. Ich spuckte nicht jeden zweiten Schluck aus. Im Gegenteil, ich nahm doppelt so viele zu mir.

»Und du hast heute einen Korken in einem vorgestülpten Enddarm gefunden, Hval«, sagte Julius oder William, oder wer immer es gewesen sein mag, das kann ja auch ganz egal sein.

»Brandy! Das könnt ihr mir glauben!«

»Das tun wir. Erzähl, was du gefunden hast, Holger!«

Holger ergriff das Wort:

»Ein Mann, achtunddreißig Jahre alt, Musiker, ich sage nicht, wo, offensichtlich gesund, erscheint aber unleidlich und klagt über Schmerzen im Anus. Und was finde ich da? So eine Messingkugel, wie sie an der Spitze von Bettpfosten steckt, in der Größe eines Tennisballs. Ich versuche sie herauszudrehen und zu ziehen, aber ohne Erfolg, die Schließmuskeln sind zu fest. Zunächst überlege ich eine gesteuerte Sprengung des Muskels. Doch dann bitte ich ihn stattdessen, sich auf alle viere zu stellen, den Hintern in die Luft, eine Stellung, die ihm übrigens nicht ganz unbekannt ist, und dann packe ich ihn kräftig um den Leib mit einem halben Nelson, und raus springt die Kugel wie ein Kanonenschuss und reißt Hämorrhoiden, Haare und alles Mögliche mit sich. Er sah hinterher am Anus aus wie ein Orientale. Es gibt übrigens immer noch Spuren an der Wand davon unten in Saal 18. Wir mussten ihn mit achtzehn Stichen in- und auswendig nähen.«

Wir lachten herzlich, und die Kellnerin ging herum und schenkte die Gläser voll, und auch die Kellnerinnen waren nicht zu unterscheiden, alle trugen sie karierte Schürzen, hatten blondes Haar und große Schuhe. Julius oder William, nein, es war der Laborant, nahm einer die Flasche aus der Hand und schloss sie in seine Arme.

»Suaviter in modu, fortiter in re!, mein reizendes Mägdlein.«

Das gefiel der Kellnerin gar nicht, sie zog Arm und den Rest ihres Körpers resolut an sich.

»Redet Norwegisch, wenn ihr mehr haben wollt.«

Die Kellnerin war bereits auf dem Weg, doch der Laborant bekam sie noch einmal zu packen.

»Ich dachte, alle reden hier Deutsch«, sagte er. »Heißt das Lokal nicht *Nürnberger Hof*? Und seht ihr nicht alle aus wie Tiroler? Oder sind wir falsch hier? Sind wir in Nordnorwegen gelandet?«

Die Kellnerin wurde verlegen, und ich hätte natürlich zu diesem Zeitpunkt gehen sollen; zumindest hätte ich sie verteidigen sollen. Aber ich fand nicht den richtigen Ansatz.

»Ach, dieses falsche Spiel auf meiner Lustharmonika!«

»War das Deutsch, was ihr gerade geredet habt?«, fragte sie.

Noch eine Runde Gelächter, das in die spirituosa gekippt wurde, und wer lachte am lautesten, wer war das? Ich.

»Tut mir leid. Ich muss Sie enttäuschen. Das war Latein. Ein Dialekt aus der Pilestredet. Der Herr kann für Sie übersetzen.«

Der Laborant deutete auf mich.

»Stark in der Sache, milde in der Art«, murmelte ich.

Der Laborant gab der Kellnerin die leere Flasche und ließ sie endlich los.

»Mit anderen Worten, mehr Schnaps!«

William, oder Julius, beugte sich über den Tisch.

»Das Problem ist nicht, wie man Fremdkörper aus dem Rektum herausbekommt, sondern wie sie hineingekommen sind.«

Wir wandten uns wieder Holger zu.

Er fuhr fort.

»Und genau danach fragte ich ihn, diesen Musikanten, er spielte übrigens die erste Geige. Wie um alles in der Welt haben Sie es geschafft, die Messingkugel von einem Bettpfosten da hinten rein zu kriegen? Aber darauf wollte er nicht antworten. Hat jemand Sie misshandelt?, fragte ich. Soll ich die Polizei benachrichtigen? Da begann er zu reden. Er hatte nach einem Konzert in der Losjen im Victoria Hotel übernachtet, ein Glas Wein auf seinem Zimmer getrunken und war eingeschlafen, aber im Laufe der Nacht muss er sich in bewusstlosem Zustand auf den Bettpfosten gesetzt haben, er schlief nämlich immer nackt.«

Gelächter.

»Und wie kam der Schnapskorken in den Hintern deiner Juliussen? Diagnose, Hval! Subjektiver und objektiver Bericht!«

Kannten sie ihren Namen auch?

Einen Moment lang wurde ich von einer heftigen, müden Sachlichkeit ergriffen.

»Ich glaube ganz einfach, dass sie grob misshandelt wurde«, sagte ich.

Stille am Tisch, genau so lange, wie meine Sachlichkeit währte.

Dann Flaschen. Gläser. Tabak. Jemand sitzt auf meinem Schoß und wiegt sich. Das muss eine Kellnerin sein. Es knistert in trockenen Scheinen. Sie bedient mich großzügig.

Es vergingen also einige Stunden, für die ich nicht garantieren kann. Dann rief Julius, oder Holger, vielleicht auch alle beide, mir etwas zu, ihre Gesichter dicht vor meinem, Schweißtropfen, rotgefleckte Wangen, glänzende Stirne, Augen, die verhangen und hellwach sind, aufgeweckt und gerissen zugleich, der heiße, hitzige Atem, Speichel, was riefen sie?

»Schwanz im Riesenrad, Hval! Schwanz im Riesenrad!«

Kurz gesagt, die Gesellschaft forderte von ihrem Mittelpunkt eine Rede. Ich war nicht abgeneigt und erhob mich. Augenblicklich wurde es still in der verrauchten, heißen Kneipe.

»Ein Prosit«, begann ich.

Ich kam aus dem Konzept, denn ich stellte fest, dass ich nichts hatte, womit ich hätte prosten können. Der Laborant schob mir ein Glas in die Hand.

»Ein Prosit«, fuhr ich fort. »Ein Prosit auf die Hausbediensteten, die Nachtigallen, die Kellnerinnen, die Soubretten, die Huren, die Bordsteinschwalben, die Mütter und die ganze Gynäkolokratie und, last but not least, auf sie, die ich morgen Nacht in bona fide penetrieren und lieben will, vom Bug und Heck und allen Kanten! Hurra!«

Dann hob ich mein Glas, leerte es bis auf den Grund und erinnere nichts mehr, bis ich im Leichenkeller erwachte, auch die Mäusehalle genannt, im Rikshospital, direkt neben Vigdis Juliussen.

EINE HOCHZEIT LÄUFT VOM STAPEL

Meine sogenannten Freunde hatten mir also in der Zwischenzeit einen kleinen Streich gespielt, wie es sich gehörte, etwas, über das sie in den kommenden Tagen noch viel würden reden können. Bernhard Hval im Schlafsaal in Anzug, Schuhen, mit Rose im Knopfloch, immer noch sturzbesoffen und Junggeselle. Aber um ehrlich zu sein: Es gibt schlimmere Orte, um aufzuwachen. So hätte beispielsweise ein putzmunteres weibliches Wesen neben mir liegen können, das sich Freiheiten herausgenommen hatte, nachdem mich die Dunkelheit in der Kneipe überfiel, aber es war Vigdis Juliussen, die auf dem nächsten Tisch lag, und sie war richtig tot und ungefährlich. Trotz der Kopfschmerzen und einer ansonsten, fachlich betrachtet, erbärmlichen Verfassung, kam mir dennoch in den Sinn, dass es vielleicht keinen besseren Ort gab, um nachzudenken, als einen Leichenkeller. Alle sollten sich hier einmal eine Nacht gönnen. Mit anderen Worten: Ich schreckte also nicht voller Panik auf, schrie wie am Spieß und weckte die Toten, wenn es das war, was diese Scherzkekse und Spaßvögel sich gedacht hatten, nein, ganz im Gegenteil. Ich blieb ruhig auf meinem Platz liegen und starrte an die Decke. Es war an der Zeit, eine Art Rechnung aufzumachen, das Konto zu betrachten, die eigenen Entscheidungen unter die Lupe zu nehmen und zum Schluss zu sehen, ob es einen gewissen Ausgleich gab oder die Entscheidungen ins Minus tendierten. Nachdem Vater tot war, zogen wir wie gesagt hinunter in den Skovveien, in den Vogelkäfig, wie Mutter es höhnisch und unglücklich nannte, aber trotz allem hatte sie immer noch eine Stange, auf der sie sitzen und um die sie sich drehen konnte. Ich begann im lateinischen Zweig der Kathedralschule, und später wechselte ich zu den Naturwissenschaften. Und wieder wurde ich der Beste, nicht, weil ich der Beste war, sondern weil ich mich einfach zum Besten machte, und das ist einfacher, als die meisten glauben. Ich konnte nicht anders, ich musste die ganze Zeit vorn liegen. Noch eine Ära verging mit Pauken, nämlich die Jugend, die nicht weniger überschätzt wird als die Kindheit. Ich behaupte, dass das Leben insgesamt vollkommen überschätzt wird. Es endet so oder so in einem Crash, und was nützt dir dann dein Konto? Null, nichts. Wir lassen uns so oder so von Wolkenkratzern fallen. Lassen Sie mich ein Motto anführen, das selbstverständlich nicht den Ansprüchen standhält, denn es steht weit unter Notto Fipps Weisheit: Das Leben ist ein Wechsel, der nie eingelöst wird. Leider habe ich das auch meinen Studenten gesagt: Unterschätzt nie die Banalitäten! Ich lernte Latein auswendig, so wie ich es mit dem meisten tat, ich konnte alles und verstand nur wenig, ich streckte meine Hand hoch und wurde erneut der einsame Primus, der in der Ecke, mit dem niemand etwas zu tun haben wollte, das war ich, der in der Ecke, ganz gleich, wo ich auch stand. Ich war ein für alle Mal der Sohn des Selbstmörders. Mir wurde mit einer zurückhaltenden Neugier begegnet, einem Eifer, den niemand zugeben wollte, er war nämlich ungezogen, es war eine Neugier, die einer ungeduldigen Erwartung zur Verwechslung ähnelte, als wäre ich eine Vorstellung, von der alle erwarteten, dass sie bald begänne. Na, näher bin ich der Wahrheit selten gekommen. Wann hätte ich erzählen können, was wirklich dort oben auf Besserud passiert war? Erschoss ich ihn, meinen eigenen Vater? Und wie sah er hinterher aus? War der Mund vollkommen weg? Spritzte Blut auf mich? Was ähnelt einem toten Menschen? Konnte er noch reden? Und was war das Letzte, was er sagte? Selbstverständlich fragten sie nicht. Die Fragen hingen nur in der Luft wie eine Art Gas. Die Höflichkeit war nämlich ein eigenes Fach an dieser Schule, und selbst der einfachste Pöbel bestand darin mit Glanz und Gloria. Man musste nur so tun als ob. Mittlerweile glaube ich allerdings, dass es eine Anweisung gab, von der Leitung der Schule und den Eltern aus der Klasse, dass diese Sache nicht erwähnt werden durfte. Das waren Dinge, über die man nicht sprach. Über das meiste sprach man nicht. Es war die Zeit, lange bevor man sich selbst finden sollte. Was mich betrifft, hätten sie mich gern fragen können. Und ich hätte ihnen erzählt, was passiert war, dass das Blut bis in den Himmel spritzte und die Vögel rot färbte und dass ich seit Vaters Schuss auf dem linken Ohr taub war und dass ein toter Kopf in erster Linie aus Zähnen, Knochen und Knorpel in einer ziemlich unschönen Mischung besteht. Dann hätten sie glauben können, was sie wollen, und spekulieren und tratschen wie die eifrigsten Klatschweiber und hoffentlich viele Nächte schlaflos daliegen. Doch mein Mund blieb geschlossen. Einen gewissen Stolz hatte ich schließlich, bekam aber leider keine Gelegenheit, ihn zu zeigen. Er ist trotz allem meinem Konto gutgeschrieben worden, hat aber nichts abgeworfen. Mehr ist über diese Zeit nicht zu sagen, über meine lateinische Phase, abgesehen davon, dass ich wahrscheinlich der Einzige in der Klasse war, der keine Beziehung zu einem Mädchen hatte. Ja, und? Sigrid war meine Erste, die Beste, und darauf werde ich noch ausführlich zurückkommen. Meine Mutter und ich wohnten also im Skovveien, genau hier, wo ich jetzt sitze und mich mit Freuden meinem Tod nähere, und wir lebten in einer sonderbaren, fast stummen Gemeinschaft, einer Verbindung ohne andere Bande als die Verbitterung über ein verspieltes Leben, das war meine Mutter, die dafür stand, und meinen Zwang, meinen Hunger, während Alfred in einer Pension im Hegdehaugsveien wohnte und immer noch unsere rechte Hand war, einen loyaleren Menschen wird man wohl kaum finden, und trotzdem habe ich ihn hinausgeworfen, nicht darum herumreden, eher ficken, du Prachtvoller, du Unredlicher, und beschneide dich selbst mit einem Taschenmesser, und Signe, unsere letzte Haushaltshilfe und Nachtigall, sie blieb in Halden wohnen, bis sich das Ganze beruhigt hatte. Genau so formulierte Mutter es: bis sich das Ganze beruhigt hat. Wie lange Zeit braucht es, bis sich das Ganze beruhigt hat? Bis es sich beruhigt hat, sagte Mutter. Und sie betrachtete mich mit einer Ungeduld, deren Größe ich nicht ganz begriff. Ich konnte alles auswendig, aber begriff nur wenig. Ich war ihre äußerste Grenze. Und die musste sie überschreiten. Ich, ihr Sohn, war ihr Gefängnis. Ich fügte eine weiterc Nummer zu meinem bereits dicht gepackten Programm hinzu. Jedes Mal, wenn ich ein Wort schrieb, ob auf Latein oder Norwegisch, musste ich es wieder durchstreichen und von vorne anfangen, und so ging es in einem fort. Was bedeutete, dass ich mehr als doppelt so viel Zeit für die Hausarbeiten brauchte und bald Gefahr lief, im Verhältnis zu den anderen in der Klasse ins Hintertreffen zu geraten. Kurz und gut: Ich lief Gefahr, ein Versager zu werden. Das durfte nicht geschehen. Das wäre mein Untergang gewesen. Was das an Kräften kostete. Ich habe kaum die Kraft, dies zu beschreiben. Einen Zwang umzupolen, einen Hunger zu wenden, einen Einfall zu steuern und sein inneres Wesen zu verbergen, das ist, als wollte man eine Lokomotive mit dem kleinen Finger anhalten. Stattdessen fing ich an, mir die Hände zu waschen. Womit ich nicht die normale Pflege und Hygiene meine. Ich wusch mir die Hände 56 Mal am Tag. Es geschah meistens daheim, aus natürlichen Gründen, aber es kam vor, dass sich mir die Gelegenheit bot, mich auch in der Schule in die Toilettenräume zu schleichen und sie dort zu schrubben. Ich lernte, schrieb, wusch die Hände, schrieb, lernte, schluckte, schnaubte, schüttelte den Kopf, wusch die Hände, streckte sie in die Luft und wirbelte sie herum, und so holte ich das Versäumte auf und kämpfte mich wieder an die Spitze. Die Haut auf meinen Händen wurde rot, rissig und fiel fast vom Fleisch. Die Fingernägel wurden weich. Aber das war es wert. Meine Mutter dagegen wurde wütend. Wollte ich der Stadt das Wasser abdrehen? Gab es kein heißes Wasser mehr für sie? Was trieb ich da drinnen? Das machte mich verlegen, denn ich hatte keine Antwort auf ihre Frage. Ich antwortete: Ich wasche mir die Hände, weil ich mit Tinte gekleckert habe. Tinte, weißt du! Ach, gäbe es nur genug Zeit! Das Leben reicht nicht. Hätten wir genug Zeit, könnten wir uns austoben, ohne Rücksicht auf Stundenpläne, Uhren, Termine, Mütter, Abmachungen, Abfahrten und Blicke. Es ist die Zeit, die wir vermissen, wir, die Kantigen, und es ist die Zeit, nach der wir uns sehnen. Unser Leben nimmt einen zu großen Platz ein. Das Leben ist zu eng. Wir brauchen größere Koffer für diese Überfahrt. Wir brauchen mehr Schuhe. Und apropos Uhr, die Standuhr stand im Skovveien und schlug ihre Stunden, wie ein Echo von Besserud, die gleiche Zeit und dennoch war es ein anderer, erschütternder Rhythmus. Mutter ging eines Nachts auf die Standuhr los, ich erwachte von dem Radau, sie hatte getrunken, und jetzt wollte sie sie ein für alle Mal zerstören, was war das für ein Mann, der seiner Frau nur eine lächerliche Standuhr hinterließ, die sie an den Tod erinnerte und an nichts anderes, als dass dieser sich unaufhaltsam näherte. Ich konnte nicht sagen, dass ich anderer Meinung war, es war kein besonders netter Zug von Vater gewesen, dennoch musste ich Mutter zurückhalten, bevor es zu schlimm wurde. Sie lief Gefahr, von der Uhr erschlagen zu werden. Sie weinte und tobte und sagte, was ja stimmte, dass wir hier nicht hingehörten, wir waren im Gefängnis, wir waren unschuldig verurteilt, und womit hatten wir das verdient? Näher kamen meine Mutter und ich uns im Laufe dieser drei Jahre wohl niemals. Sie weinte. Ich tat, als weinte ich auch. Wir umarmten einander. Hinc illae lacrimae!, sagte ich. Mutter gab mir eine Ohrfeige und rief, jetzt hör um Gottes willen auf mit diesem bescheuerten Latein, rede Norwegisch. Als hättest du nicht schon genug Unarten! Sie sagte Unarten. Das war nicht zu entschuldigen. Ich hätte antworten können, dass sie dabei war, hässlich zu werden, richtig hässlich, sie, die zu ihrer Glanzzeit doch schön, sanft und für jedes Geschlecht attraktiv gewesen war. Sie ging nicht mehr aus, und niemand kam zu ihr. Sie war ganz einfach versauert. Das Schöne verschwand im Körper und hinterließ eine verzerrte Maske, nämlich die Rückseite ihrer Schönheit. Ich weine, heute, nicht damals, oh nein, da ließ ich nur den Schlag auf meiner Wange brennen, aber jetzt, während ich es aufzeichne, im Takt mit dem Glockenschlag. Ich weine, ich, ein böser, alberner und zynischer Greis. Einen schlimmeren Anblick gibt es wohl kaum. Es sind die Nachtigallen, die unterwegs sind. Sie singen für mich. Das ist kein gutes Zeichen. Ich kann hinzufügen: sentimental. Das bin ich auch, und vielleicht ist das der schlimmste Bestandteil meiner chemischen Mischung. Ich wurde übrigens der Beste meiner Klasse, nein, ich wurde der Beste in der ganzen Stadt, damit das gesagt ist, in sämtlichen Fächern, Sport eingeschlossen, und ich konnte meine Zukunft hemmungslos wählen. Doch ein Hindernis lag mir im Weg: das Militär. Dieses Risiko durfte ich nicht eingehen. Nicht, weil ich Pazifist gewesen wäre oder friedliche Absichten hegte und um Entschuldigung bitten möchte, ganz im Gegenteil, wenn mir jemand droht, begegne ich ihm gern mit Lachen, geballten Fäusten, Kanonen und allem, was noch schlimmer ist. Ich hatte auch nichts dagegen, den Krieg zu erklären. Der Krieg hat viel Gutes mit sich gebracht. Hätte es keinen Krieg gegeben, wir säßen nicht hier. Aber da war die Sache mit dem Gewehr, dem Zielen und der Disziplin, ganz zu schweigen davon, mit mindestens achtzehn Mann in meinem Alter im selben Raum zu schlafen. Ich würde entlarvt werden, durchschaut und am ersten Tag, oder in der ersten Nacht, zerstört werden. Wer hat schon sein eigenes Zimmer beim Militär? Das haben die Offiziere, die Generäle, die Könige oder die Verräter. Deshalb wurde ich zu einem Embusqué. Das klingt vornehm, nicht wahr? Aber es ist genau das Gegenteil. Es bedeutet Verräter. Vaters Selbstmord machte mich unfähig für den Kampf und untauglich, unser Vaterland zu verteidigen. Mit der Waffe in der Hand könnte ich Gefahr laufen, sie gegen mich selbst und die Meinen zu richten. Ich führte lange Gespräche mit sogenannten Menschenkennern in der Festung von Akershus und führte meine Leiden lang und breit aus. Ich führte sie alle an der Nase herum. Ich benutzte den Selbstmord meines Vaters schamlos. Nie hatte ich eine bessere Verwendung für Vaters Selbstmord gehabt. Es war sein letztes Kapital. Er hätte sich in seinem unseligen Grab umgedreht, nicht nur einmal, sondern zweimal, wahrscheinlich sogar drei- oder viermal. Kam ich etwa nicht aus einer Familie mit einem Waffenschrank? Sie brüsteten sich mit Kriegen ohne Ende. Sie hatten gegen Schweden, Dänen, Schleswiger, Deutsche und Russen gekämpft, es gab keinen Völkerschlag, gegen oder für den sie nicht gekämpft hatten. Ich glaube, sie übertrieben. Ich kann mich jedenfalls noch am besten an die

Geschichte mit den beiden Fürsten aus Liechtenstein erinnern, die nach Kristiania kamen, um in Vaters Betrieb zu investieren. Aber vorher wollten sie auf Großwildjagd gehen. Der österreichische Generalkonsul, ich glaube, er hieß Peter Petersen, organisierte in Zusammenarbeit mit meinem Vater eine Treibjagd auf Elche in den Wäldern, die dem Gutsbesitzer Haneborg gehörten, nicht weit von der Stadt entfernt. Diese Treibjagd wurde zu einem Ereignis und war sicher als einzigartig in Norwegen anzusehen. Sechshundert Mann machten sich gegen Mitternacht mit Fackeln auf den Weg und umringten ein Waldgebiet von zwanzig Grundbuchblattnummern, das seit vielen Jahren befriedet war. Alle bewegten sich mit Fackeln auf einen bestimmten Treffpunkt zu, wobei sie schrieen und johlten. Erschrockene Hasen, Füchse und Vögel flüchteten Hals über Kopf. Bis auf die Elche wurde alles Wild aus dem Kreis wieder freigelassen, und zum Schluss wimmelte es von diesen prächtigen Tieren auf einer engen Lichtung im Wald. Um sechs Uhr morgens kamen die Fürsten mit ihrer Eskorte und erlegten acht Elche auf der Stelle. Sie mussten nicht einmal aus ihren Wagen aussteigen. Doch das Nachspiel war das Aufsehenerregendste, denn der Amtmann, Haugen, beschlagnahmte die toten Elche und verhängte über die Fürsten eine Strafe, die größte, die jemals in Norwegen verhängt worden war, da er behauptete, dass man laut Gesetz nur einen Elch pro Grundbuchblattnummer schießen dürfe. Und hier waren alle an einer Stelle erschossen worden. Die Strafe betrug sechstausend norwegische Kronen für das Tier Nummer zwei und das Doppelte für jedes folgende. Die Fürsten reisten heim, ohne eine einzige Münze zu hinterlegen, während mein Vater und der Konsul Peter Petersen einen langwierigen Konflikt austrugen über die Frage, wer die Strafe zu bezahlen hatte. Näher war meine Familie einem Krieg wohl nie gekommen: Besserud, das in Liechtenstein einmarschierte. Satan! Ich schweife ab. Die Uhr hämmert auf den Boden. Das Lot steht schief. Ich habe immer noch sein Blut an meinen Händen, erklärte ich und zeigte bereitwillig die aufgescheuerten, rotfleckigen Finger. Sehen Sie das nicht? Da sind noch Flecken von der Gehirnmasse, es gelingt mir nicht, sie wegzuwaschen. Sie haben sich eingeätzt. Verstehen Sie? Es war in Wirklichkeit mein Vater, der auf mich schoss. Des Nachts schlief ich nicht. Vaters Schnürsenkel hatte sich um meinen Hals gelegt, der Galgen der Väter. So leicht ist es zu lügen. Um die Wahrheit ist es schlechter gestellt, was meiner Meinung nach eine gute Lösung ist. Ich wurde vom normalen Dienst befreit, konnte meinem Vaterland jedoch auf andere Art und Weise dienen. Ich wurde nämlich den nichtkämpfenden Truppen zugeteilt und konnte den Sanitätern helfen, wenn es nötig war, etwas, das die Offiziere und die anderen gewöhnlichen Idioten als unmöglich ansahen, ein Traum, während sie doch gerade einen Weltkrieg hinter sich hatten. Wie dem auch sei, dem Militär waren meine ungewöhnlichen Fähigkeiten nicht entgangen, schließlich war ich ja der Beste in allen Fächern in der Kathedralschule gewesen, was sie heroisch fanden, und dazu noch meine tragische Vergangenheit, und als sich dazu herausstellte, dass ich Medizin studieren wollte, vielleicht hatte ich das in einem dieser Gespräche erwähnt, dass ich meinen Vater dadurch ehren wollte, indem ich andere rettete, da erschien diese Lösung naheliegend. Bernhard Hval im Sanitätsdienst! Damit konnte ich leben. Alle zufrieden! Europa war gerettet. Das hatte die Welt noch nicht gesehen. Ich wurde also im Herbst 1919 an der königlichen Frederiks Universität immatrikuliert, in einem ungewöhnlich schönen Herbst für diese Zeit. Heute ist der Herbst nur eine Plage, grau, verrußt, wie eine Ansichtskarte aus Osteuropa, aber das ist wohl in erster Linie meine Schuld. Es ist der Frühling, in dem sich die Leute umbringen. Da ich kein Latinum hatte, musste ich zunächst Eingangsprüfungen in Latein absolvieren, sie bestanden in einem Kursus von zwei Semestern, bevor ich mit meinen medizinischen Studien beginnen konnte. Meine Mutter und ich aßen Sahnetorte in Halvorsens Konditorei und tranken Portwein zur Feier des Tages. Es war eine der seltenen Gelegenheiten, zu denen sie überhaupt das Haus verließ. Sie redete nicht viel, aber es war offensichtlich, dass sie etwas auf dem Herzen hatte, etwas Wichtiges. Wenn ich jetzt daran denke, an die Sahneschnittchen, den Portwein in den kleinen Gläsern, die Ruhe und den Herbst auf Wessels plass vor der Konditorei, dann fällt mir ein, dass sie nicht älter als 39 Jahre gewesen sein kann und trotzdem einem Menschen ähnelte, der das Leben hinter sich hatte. Als wir in den Skovveien kamen, stand jedoch ein Koffer im Flur bereit, und mir war klar, dass etwas geschehen sollte, etwas, was ich schon früher hätte bemerken müssen und dem ich am besten hätte zuvorkommen sollen.

»Du musst wissen, dass ich stolz auf dich bin, Bernhard«, sagte sie.

Ein derartiger Einstieg in ein Gespräch verspricht nie etwas Gutes. Als Arzt weiß ich, dass es etwas Unheilbares bedeutet, eine Diagnose jenseits aller Wissenschaft. Das wusste ich damals natürlich noch nicht, ich verstand es nur auf eine andere Art und Weise, die letztendlich auf das Gleiche hinauslief.

Deshalb schwieg ich und ließ sie fortfahren, und wie durch ein Wunder gelang es mir, mich im Zaume zu halten, nicht ein Schnauben, nicht ein Schlucken, nicht ein einziges Trampeln mit dem Fuß oder ein Arm in der Höhe, nein, es schien eher, als wäre ich aus Ruhe und Besonnenheit gegossen.

Dann kam sie zur Sache.

»Du bist jetzt ein erwachsener Mann und kommst deshalb allein zurecht.«

»Danke.«

Mutter zögerte einen Moment, bevor sie weitersprach.

»Signe und ich, wir fahren nach Neuseeland. An einen kleinen Ort, der Christchurch heißt. Sie hat Verwandte dort. Das Konto und die Wohnung sind auf dich übertragen, ebenso der Wagen und Alfred. Ich schicke dir die Adresse, sobald wir angekommen sind. Verstehst du, Bernhard?«

Das klang komisch: Alfred war auf mich übertragen worden.

»Danke«, wiederholte ich.

»Danke? Ist das alles, was du zu sagen hast?«

»Was soll ich denn deiner Meinung nach sagen? Sag, was ich sagen soll, dann kann ich es sagen.«

»Hasst du mich so sehr?«, fragte Mutter.

Ich hätte Mutter sagen können, dass ich ihr Gefängnis war, neunzehn Jahre hatte sie bei mir verbüßt, und jetzt war sie frei. Ich hätte außerdem sagen können, dass sie es war, die mich freiließ. Ich hätte sagen können, fick doch, wen du willst.

»Ich hoffe nur, dass du wieder schön wirst«, sagte ich.

Mutter hob den Koffer und stellte ihn wieder hin. Draußen hörte ich den Roadster.

»Das spielt keine Rolle mehr, aber das war schön von dir gesagt.«

Sie trat einen Schritt näher und griff nach mir.

»Ich will mir nur erst die Hände waschen«, sagte ich.

Ich drehte ihr den Rücken zu und ging stattdessen ins Wohnzimmer, blieb dort am Fenster stehen. Ich sah, wie Alfred den Koffer in den Kofferraum legte, mir einen kurzen Blick zuwarf, bevor Mutter sich auf die Rückbank setzte. Dann fuhren sie hinunter zum Hafen bei Akershus, wo Signe wartete. Sie nahmen die *Queen Elizabeth* bis London, und von dort fuhren sie weiter nach Neuseeland, Christchurch. Weiter weg konnte Mutter nicht kommen. Das war Mutters letzter Kurort, dort, wo es Dienstag wurde, während hier noch Montag war. Mit anderen Worten waren unsere Rechnungen und Kalender ständig außer Balance. Übrigens sah ich sie nie wieder.

Was sollte ich mit all dieser Trauer und Freiheit anfangen?

Keine Ahnung.

Freiheit ist unbrauchbar für uns. Trauer dagegen können wir benutzen. Aber nicht Trauer und Freiheit zugleich.

Eine Uhr schlug, und einen Moment lang glaubte ich, es wäre die alte Standuhr, die ihre Schläge von Besserud in den Skovveien schickte, ein harter, unerbittlicher Applaus mit Getrampel, der enden würde, wenn ich mich verabschiedete. Es waren die Kirchenglocken, die ich hörte. Ich lag auf dem lit de parade in dem großen Schlafsaal, auch Mäusehalle genannt, im Rikshospital in Oslo, und es war Sonntag. Ich hatte meinen Junggesellenabschied hinter mir. Es war der Tag, an dem ich zum Altar gehen sollte! Oh, du Schwanz im Riesenrad! Oh Christchurch und Westminster und Frau Bye und Notto Fipp! Schleifen! Ringe! Hobel! Frisch geputzte Schuhe! Rasierschaum! Bauchbinde! Mundwasser! Hosenträger! Der Roadster! Und wir mussten vor zwei Uhr in Drammen sein! War ich dabei, ein neues Repertoire aufzustellen, hier, wo ich lag, nämlich die Toten nachzuahmen? Das hätte gerade noch gefehlt. Das wäre sozusagen der Nagel zu meinem Sarg gewesen. Also sprang ich doch auf und schrie los, und falls meine Freunde irgendwo standen und mich beobachteten, so hatten sie wirklich etwas zu lachen, Krupp und Hippokrates, aber es war diese Vigdis Juliussen, die im Weg lag, und ich konnte sie ganz einfach nicht so daliegen lassen. War ich schuld an ihrem Tod? War ich so grob mit ihr umgegangen? Das musste ich herausfinden. Ich holte die Werkzeuge, Messer, Scheren, Säge, Skalpelle, dieses blankgeputzte Besteck, mit dem ich noch nicht vertraut war, aber von dem ich wusste, in welcher Reihenfolge es bei der Mahlzeit benutzt wurde, so nannten wir es, natürlich niemals in Gegenwart von Direktor Lund, die Toten dagegen tun ja nichts zur Sache. Also zog ich den Regenmantel an, wie man merkt, waren wir nicht besonders empfindlich oder sensibel in unseren sprachlichen Bildern, zog das Laken zur Seite und betrachtete Vigdis Juliussens Körper, den selbst die Einsamkeit verlassen hatte, zusammen mit den Schmerzen, der Misshandlung, der Erniedrigung. Sie war letztendlich sie selbst. Darf ich das so sagen? Eine Leichenöffnung ist übrigens nicht nur für den Arzt und die nächsten Angehörigen von Interesse, sondern im Interesse der gesamten Menschheit, denn sie hilft der medizinischen Wissenschaft voranzukommen, sie deckt das auf, was verschleiert ist, fügt das hinzu, an dem es mangelt. Einem derartigen Unternehmen Hindernisse in den Weg zu stellen ist ganz einfach der Gegensatz von Kultur und Zivilisation. Eine Leichenöffnung an sich ist ja äußerst unangenehm für den Arzt, und deshalb sollte die persönliche Aufopferung wertgeschätzt, ja, lobgepriesen werden und in keiner Form misstrauisch beäugt. Eine Obduktion kann übrigens vollständig durchgeführt werden, wenn alle Hohlräume untersucht werden, oder sie kann teilweise und eingeschränkt unternommen werden. Vigdis Juliussen, ich komme! Ich werde nur teilweise und eingeschränkt vorgehen. Und zu meiner Verblüffung, nein, fast zu meinem Schrecken sah ich, dass meine Hände nicht zitterten. Sie waren sicher wie Elfenbein. Das Skalpell und die Säge, Messer und Gabel, sie lagen wie angegossen in meinen Händen. Und das sogar damals, nach dieser Nacht. In der Gegenwart der Toten war ich frei, solange die Angehörigen mir nicht zu nahe kamen, sie sind das

Schlimmste von allem. Ich setzte einen Schnitt von der Halsgrube bis zur Scham, breitete Vigdis Juliussen zur Seite, und der Anblick war präzise und schön. Weder der Vorfall noch der Korken im Darm waren die Todesursache gewesen, auch nicht eine Schrumpfleber oder ein zu heftiger Herzschlag. Ich sah es augenblicklich. Im Schatten der Gebärmutter lag ein Fötus, mumifiziert, wahrscheinlich im siebten Monat, und er ähnelte deshalb einem Menschen. Dieser Fötus hatte schließlich, weil er sich langsam, aber sicher verschoben hatte, einen massiven, umfassenden Blutpfropf verursacht. Das tote Kind nahm seiner Mutter das Leben. Vigdis Juliussen war ein Grab, nein, eine Pyramide, mit einem Pharao in ihrer Tiefe. Ich nähte sie wieder zu, warf Regenmantel und Handschuhe in den Müllschlucker, das Gleiche tat ich mit der vertrockneten Rose aus dem Knopfloch, spülte das Besteck ab und war auf dem Weg hinaus. Da kamen mir Zweifel, und Zweifel sind für uns Kantige unerträglich. Ein Schritt vor, einer zurück, zwei Schritte vor, drei zur Seite. War es nur ein unschuldiges Fibrom, das in der Gebärmutter lag und diese Embolie verursacht hatte, und nicht ein Fötus? Ich war bereits auf dem Weg zurück zu Vigdis Juliussen, um sie erneut zu öffnen, und ein für allemal festzustellen, was die Todesursache gewesen war, mit dieser Ungewissheit hätte ich nicht leben können. Es war mein Hochzeitstag. Da spürte ich, dass etwas in einer meiner Taschen lag. Es war eine fröhliche Nachricht von meinen Zechbrüdern, meinen Freunden und Kollegen, ich nehme an, es war die Handschrift des Laboranten, denn sie war sehr viel deutlicher als die eines Arztes, es war sogar lesbar: *Herr Hohl wie eine Kokosnuss jr. wir müssen alle das für uns passende Element finden. Das Rezept für die black drops ist ganz einfach: Ein Drops ist Unterhaltung, zwei sind Schlaf, drei oder mehr sind der sichere Tod. Wenn du in der Lage bist, das zu lesen, hast du mit ande-*

ren Worten nur einen intus, oder zwei, je nachdem, wie man es sieht. Wir wünschen dir Glück, wenn du nun bald deine absolute Freiheit verlierst und in den unerbittlichen Ketten des Hymen landen wirst. Viele Grüße, die Bierstube, der runde Tisch. In der anderen Tasche lag ein rotes Etui, ohne Etikett, mit acht ovalen Tabletten, diesen sogenannten black drops. Mit ihnen war nicht zu scherzen. Ich machte meinen ersten Salto rückwärts. Eine Ohrfeige! Mauvais sujet! Herr Hohl wie eine Kokosnuss junior! Ich zerriss den Zettel in 47 Stückchen, warf sie in den Abfluss, behielt aber die Tabletten. Lebe wohl, Vigdis. Endlich fand ich hinaus, glücklicherweise inkognito, aber es herrschte ja nicht gerade Riesenandrang rund um die Mäusehalle im Rikshospital. Leider schien die Sonne und brannte mir in die Augen, so tief stand sie. Die Bäume in der Pilestredet warfen immer noch ihre Blätter ab. Die Straßen waren so still, wie sie nur an einem Sonntag sein können. Ich, der Einzige in der Stadt, stürmte zum Egertorget, und Frau Bye persönlich stand in der Rezeption.

Ich lag ausgetrocknet über dem Tresen und konnte kaum reden.

»Wie geht es Notto Fipp?«

Frau Bye musterte mich.

»Viel, viel besser als Ihnen«, sagte sie nur.

»Kann ich, darf ich um ein einfaches Glas bitten, ich meine, ein Glas Wasser?«

Frau Bye gab mir ein Glas Selters, ich wandte mich ab, schob die Hand in die Tasche, fand einen Drops und schluckte ihn hinunter, während ich trank. Sollte ich etwa dem Laboranten nicht vertrauen, der behauptete, dass ein Drops Unterhaltung sei? War das nicht ein Tag der Freude? Ich konnte ebenso gut noch einen Drops schlucken. Doppelt so viel Freude.

Ich gab das leere Glas zurück.

»Er hockt immer noch auf seinem Zimmer«, sagte Frau Bye.

»Ist er nicht einmal unten gewesen?«

»Wie gesagt, er ist auf seinem Zimmer.«

Ich beugte mich vor, und sie lehnte sich zurück.

»Darf ich Sie um noch einen Gefallen bitten? Dass Sie Alfred Melingen in Cochs Herberge anrufen und ihn bitten zu warten, bis wir kommen?«

Frau Bye nickte.

Ich nahm die Treppe zu Notto Fipps Zimmer in vier Schritten, öffnete die Tür, ohne anzuklopfen, und der Anblick, der sich mir bot, rührte ganz einfach zu Tränen. Ich blieb auf der Schwelle stehen, wie gelähmt, weinend, brachte kein Wort heraus. Notto Fipp saß auf dem Bett, so wie ich ihn verlassen hatte, in voller Montur, Frack, Schleife, alles zusammen, klipp und klar, und starrte vor sich hin.

»Aber Notto«, flüsterte ich.

Er gab keine Antwort und sah mich auch nicht an.

Ich trat näher heran.

»Sitzt du so, seit ich gegangen bin?«

Notto Fipp nickte.

»Ich denke an die Rede«, sagte er.

Welche Aufopferung, welch Disziplin und Umsicht! Welch ungeheure Menschlichkeit! Er hatte sein Gehen, sein Wesen, seinen Sinn an sich, beiseitegeschoben und stattdessen still dagesessen, schlaflos und wach, um bereit zu sein und mir zur Verfügung zu stehen: mein Trauzeuge. Ich kann mich nicht erinnern, je ein schöneres Bild gesehen zu haben, weder in Museen, Träumen oder sonst wo auf der Welt. Ich fühlte mich erbärmlich, demütig und dankbar. Ich hätte hinknien und seine unberührten Lackschuhe küssen können. Hatte ich jemals etwas Ähnliches zustandegebracht? Kaum. Nein, nicht nur kaum, nie hatte ich das. Ich habe immer nur an mich selbst und noch einmal an mich selbst gedacht, um sicher zu sein, dass ich es war, an den ich dachte.

»Wir haben andere, wichtigere Dinge zu bedenken als die Rede, Notto!«

Endlich drehte er sich zu mir um, bleich und hohlwangig wie die Schlaflosen.

»Zeit!«, rief ich, »Zeit! Donner, Doria und Zeit!«

Zum Schluss gelang es mir, ihn aus dem Zimmer und hinunter zur Rezeption zu verfrachten, unter den Augen aller, doch dort wartete ein Telefon auf mich und irritierte mich, und ich musste hinter den Tresen, den Hörer nehmen und Zeit vergeuden. Es war Alfred Melingen.

»Alfred Melingen«, sagte er.

»Was gibt's?«, fragte ich.

»Du bist derjenige, der anruft. Nicht ich.«

Und da fiel es mir natürlich wieder ein, wie hätte ich es vergessen können?

»Lieber Alfred. Ich möchte dich wieder installieren.«

»Installieren?«

»Du bist nicht mehr nicht mein Chauffeur. Ich möchte, dass du uns, so schnell es geht, nach Drammen fährst.«

»Ja, du sollst heute heiraten. Ich habe es in der Zeitung gelesen.«

»Genau. Das ist ein großartiger Tag.«

»Dann willst du mich wieder einstellen? Als Chauffeur?«

»Jetzt verstehen wir uns. Als Chauffeur. Als Gefährte. Und anschließend wirst du den besten Platz am Tisch bekommen.«

Eine Weile blieb es still am anderen Ende, in Cochs Pension. Übrigens war ich froh, dass niemand mithörte.

Dann sagte Alfred Melingen, dieser hinkende Teufel mit zwei verschiedenen Schuhen:

»Bernhard Hval. Dein Vater ...«

Sofort unterbrach ich ihn.

»Ich bin es. Bernhard Hval. Worum geht es? Was hat das mit meinem Vater zu tun?«

»Das will ich dir sagen, wenn du es dir nicht selbst sagen kannst. Dein Vater war ein Mann von Ehre. Deine Mutter, und du kannst von ihr sagen, was du willst, sie ist eine Frau von Ehre. Aber du, Bernhard Hval, du bist ein simpler Emporkömmling.«

Ich ließ diese Worte in mir sacken.

Alfred Melingen hatte doch Humor. Ich hatte mich also gründlich in ihm geirrt.

»Hast du getrunken?«, fragte ich.

»Und nicht nur das, Bernhard Hval. Du bist nicht ganz bei Verstand. Du bist nicht bei Sinnen. Du gehörst eingesperrt, ja, das gehörst du. Vielleicht kannst du einem auch nur leidtun.«

Ich lächelte über beide Ohren und hielt den Hörer mit beiden Händen.

»Darf ich das so verstehen, dass du mein generöses Angebot ablehnst und nicht mein Chauffeur sein willst?«

Es wurde aufgelegt, während ich sprach. Dennoch sprach ich weiter.

»Und du? Ja, du, Alfred Melingen! Wer bist du? Nichts anderes als ein hinkendes Faktotum und ein elender Chauffeur mit dem ausgetretenen Schuh des Schmieds auf dem Gaspedal, oder war es die Bremse? Du hättest denselben Weg gehen sollen wie Hammer! Jetzt ist es endlich einmal gesagt!«

Warum war ich nicht derjenige, der auflegte? Warum schmiss ich nicht einfach den Hörer hin und ließ Alfred Melingen Selbstgespräche in Cochs Herberge führen, statt dass ich dies in Frau Byes Hotel tat? Weil wir höflich sind.

Ich wandte mich Notto Fipp zu und rief:

»Keine Zeit! Wir haben nie genug Zeit! Zur Sache!«

Und um es kurz zu machen: Wir begaben uns zum Skovveien, und dieses Mal war es Notto Fipp, der mich anziehen musste, den Ring in die Westentasche, dann fuhren wir schneller als der Blitz im Roadster nach Drammen, oh, ich hätte gern meine Füße in Kneipps zweifache Fußbäder gesteckt, während ich fuhr, etwas, das sich aus offensichtlichen Gründen nicht machen ließ, diese Pedale waren ja im Weg, weshalb ich die, die etwas von diesen Dingen verstehen, mit Entschiedenheit auffordere, Autos ohne Pedale zu bauen, so dass man ein Fußbad nehmen kann, entweder ein zweifaches oder ein einfaches, heiß oder kalt, während man fährt, das würde höchstwahrscheinlich die Anzahl der Unfälle verringern, und die ist bereits unnötig hoch, und so wäre das der Gesellschaft gleichzeitig von Nutzen. Es ist meine vollste Überzeugung, dass Wissenschaft, die die Menschheit nicht voran- oder weiterbringt, und wenn auch nur einen Schritt oder einen Sprung, sich nicht Wissenschaft nennen sollte, sondern Humbug, im schlimmsten Fall ein Verbrechen. Wir waren also auf dem Weg nach diesem Drammen, genauer gesagt zur Trondenes Kirche, zu meiner eigenen Hochzeit. Notto Fipp war nicht besonders redselig. Aber ich. All das sagte ich, große und kleine Worte. Übrigens lief es wie geschmiert. Wir kamen genau zur rechten Zeit an, und was wäre besser gewesen? Warum soll man zu früh kommen, solange man nicht zu spät kommt? Wartezeit ist für die Kantigen ein kleiner Tod. Wir fuhren vor der Kirche nach Art der großen Leute vor, hier kommen wir, der Bräutigam und sein Trauzeuge, Bernhard Hval und Notto Fipp, der Zweitverrückteste und der Verrückteste, Platz da!

Tora stand draußen, heimlich rauchend, ungeduldig, ihr Knie schien jedenfalls wieder gesund zu sein, als sie uns sah, warf sie die Zigarette fort und musterte zunächst mich, schüttelte nur den Kopf, bevor sie sich langsam zu Notto Fipp umdrehte, der im Hintergrund geblieben war, und musterte ihn, besonders seinen Spitzbart, und sagte schließlich:

»Du bist also der beste Mann?«

Notto Fipp verstand diese infame Anspielung, dieses in ihren Augen scharfsinnige Wortspiel, ein Aufschlagass, nicht sofort, und er schaute zu Boden, verlegen, und wenn es etwas gibt, was mich rasend macht, dann Leute, die andere verlegen machen, ob es sich nun um Könige oder Bettler handelt, und ich wollte an seiner statt Tora eine Antwort entgegenschleudern, die gepfeffert war. Doch Notto Fipp kam mir zuvor:

»Ach, das weiß ich nicht so recht. Aber ich gebe auf jeden Fall mein Bestes.«

Welche Antwort! Welche Parade! Welche demütige Würde! Welche Rückhand! Und Tora bekam den Schlag buchstäblich zurück auf ihre Stirn. Also wandte sie sich lieber wieder mir zu, zog sogar meine Schleife zurecht und sagte:

»Na, Jungs, wollen wir reingehen und uns ein bisschen verheiraten?«

Hic et nunc!

Lasst es uns hinter uns bringen!

Während wir alle Mann um die Kirche herumgingen, um zur Sakristei zu kommen, schob ich schnell eine Hand in die Tasche, um mich zu vergewissern, dass die Drops dort lagen. Das taten sie nicht. Natürlich nicht! Ich hatte ja den Anzug gewechselt. Die Schachtel lag in der anderen Jacke. Augenblicklich wurde ich von Panik und Durst übermannt, wie ich es noch nie erlebt hatte, ich knirschte mit den Zähnen, saugte den Staub der Keramik in mich und schnappte nach Luft. Es machte die Sache nicht besser, als ein drakonischer Pfarrer uns in Empfang nahm und die Trauzeugen, also Tora und Notto, ermahnte, welche Verantwortung sie übernommen hätten, sie waren die Zeugen Gottes und der Familie, dass das Band, das jetzt geknüpft werden sollte, in einem reinen, züchtigen Knoten gebunden wurde. Tora versuchte ernst zu bleiben, Notto versuchte alles zu verstehen, und ich versuchte ein Glas Wasser zu finden. Meine Hände zitterten um mich herum, ich wurde immer schwächer und verlor bald den letzten Rest an Beherrschung. Ich war schlicht und ergreifend seekrank, musste hinaus auf eine gefährliche Fahrt und war seekrank, bevor wir noch ablegten. Ich könnte meinen Zustand damals, in der Sakristei am 12. September 1929, als *globulus hystericus* bezeichnen, auch wenn dieses nervöse, krampfartige Verhalten meist bei Frauen auftritt, das sie wie ein *Wollknäuel* im Hals beschreiben, das aber, wenn auch selten, ebenfalls bei nervenkranken, schwachen Männern zu beobachten ist. Es gefällt mir, ein wenig an Pensum zu repetieren, meine Dissertation, meinen Doktorgrad. Das hält den Kopf klar, während ich hier mit dem Rücken zur Uhr sitze und schwatze. Die Diagnose war ganz simpel die, dass die Magie des schwarzen Drops mich verlassen hatte, wie die Seele bei gewissen Gelegenheiten den Körper verlässt. Ich ähnelte zum Verwechseln den Patienten, die heutzutage bei mir angekrochen kommen, mit trockenen, aufgerissenen Lippen, und um das große Rezept bitten. Der Pfarrer, der, wie sich herausstellte, gar nicht mehr so drakonisch war, sagte irgendeinen Quatsch in der Richtung, dass es keinen Grund gab, nervös zu sein, ganz im Gegenteil, alles war eitel Freude und Feierlichkeit, und viele hatten das schon vor mir getan, auch wenn ich es das erste und einzige Mal tun würde.

»Du Narrifas!«

»Wasser«, flüsterte ich.

Ich bekam ein Glas, leerte es, das Wasser schmeckte abgestanden, vielleicht war es das Gleiche, das für die Taufe benutzt wurde und hier im Becher jedes Mal stehen blieb, so dachte ich, ich kann mich noch gut daran erinnern, dass ich das dachte, dass ich Wasser trank, mit dem schon Hunderte von Kindsköpfen getauft worden waren. Ich bat um ein zweites Glas und fühlte mich nicht besser. Dann gingen wir ins Kirchenschiff, durch die Tür neben dem Altar, oh, wie ich Tora in diesem Moment segnete, sie war unsere Eskorte, unsere Beschützerin, und schließlich fanden wir unsere Plätze am Ende der ersten Reihe. Die Überfahrt konnte beginnen. Und ich war nicht wirklich waterproof. Ich verschränkte die Hände zwischen den Knien, presste sie zusammen, kaute laut und schluckte, und ich spürte, wie sich das Gewicht der Geschlechter auf meinen Rücken legte, die ganzen Juell, von Sigrids Seite, und die ganzen Horn, von meiner Mutter Seite. Es roch nach Harz und Kapital. Dieses rasselnde Geräusch von Perlen, Auszeichnungen und Medaillen schnitt in den Ohren. Ich durfte mich jetzt nicht umdrehen. Das durfte ich nicht, auf keinen Fall. Ich drehte mich um, und das Erste, was ich unter all diesen Passagieren in diesem vollbesetzten Schiff sah, das war der absolute Blick von Direktor Lund. Was hatte er im Büro gesagt? *Wir kommen ja nicht um dich herum, Bernhard.* Seine Ehefrau, die selige Alma, nickte kurz, und ich konnte nicht erkennen, ob es eine aufmunternde oder eine zurechtweisende Geste war, die Lunds unumgänglichen Blick betonen und unterstreichen oder nur abmildern wollte, damit die Summe ihrer Grüße zumindest als wohlgesonnen bezeichnet werden konnte. Ich war in diesem Moment bereit, mir nicht nur eigenhändig beide Arme zu amputieren, sondern auch eine vollständige Ektomie meiner selbst vorzunehmen.

Und in dem Augenblick brach die Orgel los, alle standen auf, die Türen wurden geöffnet, und Sigrid kam Arm in Arm mit ihrem Vater den Mittelgang entlang. Ihre Mutter, Agnes Juell, die auf der anderen Seite stand, wischte eine Träne unter dem Hut fort. Sigrid war prachtvoll, wie ich hinterher hörte, und auch auf einigen Fotos gesehen habe, die von uns beiden gemacht wurden und die ich schon vor langer Zeit verbrannt habe. In dem weißen Brautkleid hob sie ihre eigene Schwerkraft auf und sah aus wie ein muskulöser Engel, während der Brautschleier ihre symmetrische Schönheit, der ich einst verfallen war, hervorhob und nicht verdeckte. Ich dagegen war vor allem mit meinem Trauzeugen beschäftigt.

»Die Ringe, Notto. Die Ringe!«

Notto fand die Ringe in der Weste und legte sie mir in die Hand. Er legte noch etwas anderes dort hinein: das kleine Etui mit den black drops. *Recht und Wahrheit,* dachte ich plötzlich. Notto Fipp, mein König! Seine Orden musste ich nicht zurückgeben. Sigrid schwebte vorbei, ihr Vater ließ los und überließ sie mir, und sogleich nahmen wir alle vier Aufstellung vor dem Pfarrer am Altar. Jetzt waren wir an der Reihe. War es Gelächter, das ich hörte, das leise, gebildete, herablassende Gelächter, wohlwollend und böse, das mir so vertraut war? War ich derjenige, über den sie lachten? Lachten sie, weil sie wussten, dass ich Sigrid Juell nicht verdiente, die meistgefragte Frau dieser Gegend? Nein, es war Notto Fipp, über den sie lachten. Ein Hosenträger hatte sich bei ihm gelöst, die Hose rutschte über seine knochige Hüfte, und er musste die ganze Zeit das Bündchen festhalten, um die Hose an Ort und Stelle zu halten, und so blieb er mehr oder weniger schief in wackliger Position stehen. Es war meine Schuld. Alles war meine Schuld. Alles Unglück, alle Missverständnisse und Blamagen nahm ich auf meine Kappe und tue es immer noch. Ich brachte Menschen in Verlegenheit. Tora verdrehte die Augen. Eine Weile glaubte ich, sie würden sich ganz nach innen drehen und das corpus vitreum selbst nach außen wenden. Die arme Frau. Schließlich begann der Pfarrer mit den alten Sprüchen, es wurde still im Saal, mit diesen Segensworten, in guten wie in schlechten Tagen, bis dass der Tod euch scheide, wenn er gewusst hätte.

Sigrid schielte hinter ihrem Schleier, während der Pfarrer weiterschwätzte.

»Was hast du gemacht?«, flüsterte sie.

»Frag mich niemals danach.«

»Du mich auch nicht.«

»Du warst diejenige, die angefangen hat«, flüsterte ich. »Aber danke für die Rose.«

Tora schubste Sigrid, die gehorsam der Strafpredigt des Pfarrers lauschte.

Und mir graute, mir graute es vor dem, was ich sagen musste, nicht vor dem Ja, das war ein Klacks, sondern dass die Hochzeitsreise leider verschoben werden musste, weil ich stattdessen am nächsten Morgen Notto Fipp nach Kristiansand fahren und ihm dann nach Oslo und zurück folgen wollte.

Sigrid schielte wieder zu mir.

»Dein Mundgeruch ist einfach schrecklich.«

Ich holte ein Drops hervor, sammelte alles, was ich an Spucke und Mundfäule im Mund hatte, denn ich war wieder vollkommen trocken geworden, ich saugte allen Zunder vom Gaumen, schluckte die schwarze Ruhe hinunter, und plötzlich kam ich durcheinander mit dem Zählen, ein Drops war Unterhaltung, zwei waren Schlaf und drei, was waren drei? Drei waren dreimal drei Hurrarufe! Mein Tröiedüs, sagte ich und küsste meine Braut.

»Schon besser«, flüsterte sie.

Hoppsa! Hallo!

Das war wirklich besser. Ich war augenblicklich beschwipst und sanft in den Ecken und Kanten, ja, sanft in den Ecken und Kanten, und ich wusste, dass das zur Gewohnheit werden konnte, ein Hunger, heftiger und intensiver als sonst, hatte ich ihn nicht gesehen, den Hunger? Ich sehe ihn jeden Tag. Er steht in meinem bescheidenen Büro und bittet um Gnade.

»Willst du, Bernhard Hval, diese …«

»Ja!«, rief ich.

Sigrid Juell bekam die gleiche Frage, nur umgekehrt, ob sie mich haben wollte, und es gab kein Nein in ihrem Mund. Dann waren da die Ringe, sie passten, die runden Ringe, wie ich bereits gesagt habe, es lief wie geschmiert, und Sigrid hob den Schleier, und wir küssten uns, ein leichter, flüchtiger Kuss, wie es sich gehörte, aber ich bekam Lust, ihre Lippen hier und jetzt mit der Zunge zu öffnen. Sigrid riss sich los, mit einem Lächeln, ja, ich glaube, es war ein Lächeln, das bedeutete, warte, mein Stutenprinz, warte nur, denn heute Nacht, da gibt es wieder Orgeln und Jubel, und dann mussten wir spießrutenlaufen zwischen den Familienmitgliedern hindurch, und draußen auf der Kirchentreppe standen die Blumenmädchen und warfen Reis, die Lokalpresse machte Fotos, und dann ging es ab ins Holzfällerschloss. Der Tag war bereits kühl, aber mit klarem, fast gelbem Licht über den Wäldern und dem Fluss. Es ähnelte geradezu dem Wetter in mir, nicht gelb, sondern schwarz und kühl. Die Ecken und Kanten kamen bald wieder zum Vorschein, und sie waren nicht mehr sanft. Es war nur eine Frage der Zeit. Und darf ich trotz allem als Arzt feststellen, dass das Warten auf Schmerzen ebenso schlimm ist, wenn nicht noch schlimmer, als sie zu erleben. Der Champagner wurde übrigens in der Halle mit den Treppen serviert. In dem riesigen Kamin war ein Feuer entzündet. Ich musste alle begrüßen, von Drammen bis hoch nach Bø und wieder hinunter nach Holmestrand. Wir waren ein schönes Paar, Sigrid und ich. Das sagten alle. Ich schaute nach Notto. Er stand in einer Ecke, dort, wo wir Kantigen hingehören, mit einem Glas in der Hand, während ein Kellner dabei war, ihm Champagner einzuschenken. Jedenfalls waren seine Hosenträger wieder an Ort und Stelle. Ich ließ Sigrid stehen und eilte zu ihm.

»Mein Trauzeuge zieht Milch vor«, sagte ich.

Der Kellner schaute mich an.

»Milch?«

»Ja. Wenn es keine Umstände macht. Gern auch fettarme Milch, wenn Sie nichts anderes haben.«

Der Kellner glaubte natürlich, wir würden scherzen.

»Milch im Champagnerglas? Wollen Sie nicht lieber Eispunsch?«

»Milch im Champagnerglas! Das passt ausgezeichnet. Ist das möglich, bevor wir anderen ausgetrunken haben?«

Der Kellner verschwand. Dafür gesellte sich Tora zu uns. Ich hatte ganz einfach vergessen oder übersehen, sie in gebührender Weise Notto Fipp vorzustellen.

»Notto Fipp«, sagte ich und deutete mit der Hand auf ihn, als gäbe es diesbezüglich irgendeinen Zweifel, drehte die Hand und sagte Toras Namen, Tora Gulbrandsen.

»Heißt du wirklich so?«, fragte Tora.

»Den Namen Notto habe ich nach meinem Vater, aber Fipp habe ich mir zum Glück selbst aussuchen können.«

Tora nickte und schaute zunächst auf seinen Bart, dann auf das leere Glas.

»Hast du nichts zu trinken, oder trinkst du so schnell?«

Ich suchte fieberhaft nach einem Zugang zu diesem Gespräch, so dass ich es unterbrechen konnte.

»Ich komme schon zurecht«, sagte Notto Fipp.

Ich komme schon zurecht! Hört lieber auf Notto Fipps Stimme und nicht auf meine.

Doch Tora ließ nicht locker.

»Und was treibst du so, Notto, wenn du nicht Bernhards Trauzeuge bist?«

»Er ist gerade erst von einer längeren Reise aus Amerika zurückgekommen«, sagte ich.

Sofort war Tora interessiert und neugierig und verlor damit die Oberhand, das heißt ihre Maske, und wurde nur zu dem, was sie war, einem kleinen Mädchen.

»Amerika? Ich habe immer schon Lust gehabt, dorthin zu reisen! Wie war es dort?«

Notto Fipp überlegte lange und gründlich.

»Groß«, sagte er schließlich.

Groß! Mit einem einzigen Wort stellte Notto Fipp es fest, ein ganzer Kontinent in einem einzigen Wort. Ach, könnte ich doch nur ein ähnliches Wort finden, ein einziges, dann würde ich es von mir geben und könnte zur Sache kommen, das geringste Wort von allen, mein eigenhändiger Tod. Groß? Das Licht in mir wechselte, von schwarz zu gelb, also ein leichterer Anfall von Yanthopsie, die nach und nach auch die Halle, die Treppen, die Gäste, die Möbel verfärbte, sogar die Geweihe an den gelben Wänden wurden gelb, Trophäen von Tieren, die es nicht gab, nur in Träumen, im Rausch und auf einer Hochzeit.

Champagner! Um Gottes willen mehr Champagner!

Es gibt ja niemanden mehr, der mich hört.

Die Zeit verging.

Wie lange? Vielleicht bis ich Witwer wurde.

Endlich ging es zu Tisch. Ich konnte Notto noch etwas ins Ohr flüstern.

»Denk nicht an die Rede. Sage nur herzlichen Glückwunsch und ihr, besonders Sigrid, seid ein schönes Paar.«

»Es ist nicht die Rede. Es ist das Besteck, vor dem mir graut.«

Ich lachte leise.

»Du brauchst nur außen anzufangen und dich dann nach innen vorzuarbeiten. Da kann man gar keinen Fehler machen.«

Die Türen zum Speisesaal wurden geöffnet, zwei lange Tafeln, 63 Gedecke, mit Namen, auf die Tischkarten gedruckt, wir fanden unsere Stühle, Sigrid und ich auf dem Ehrenplatz, ihre Eltern zu unseren Seiten, Tora und Notto Fipp saßen nicht weit entfernt, aber was mir Sorgen machte, war, dass Direktor Lund mir direkt gegenüber saß, zwar an der anderen Tafel, aber seinem Blick konnte ich dennoch nicht ausweichen.

Als Letzter kam der Sprücheklopfer, ein älterer Cousin von Sigrid, dessen Namen ich hier nicht erwähnen möchte, er ist auch nicht von Bedeutung. Er war Junggeselle und talentlos, hatte ein kleines Portefeuille, mit dem er über die Runden kam, ohne irgendetwas arbeiten zu müssen. Und da er gar nichts tat, richtete er zumindest auch keinen Schaden an. Eine glänzende Lösung. Es sollten mehr Menschen Lohn dafür bekommen, dass sie keinen Schaden anrichteten. Mit anderen Worten war er bereits weit über den Rausch hinaus, und Familie Juell breitete eine Decke über dieses unselige Auftreten, obwohl ich es äußerst unterhaltsam fand, was vielleicht etwas über mein Wesen verrät. Er war ein Blitzableiter für meine lateinischen Versprecher, und wenn er mich auch nicht vollkommen in den Schatten stellte, so nahm er dem Pfeil zumindest die Spitze. Ich hatte zeitweise den Verdacht, er selbst hätte Sigrid gern gehabt, unabhängig davon, dass sie Cousin und Cousine waren, mit allem, was das mit sich bringt an Inzucht und zurückgebliebenen Kindern, Klumpfüßen und Lese- und Rechtschreibproblemen. Jetzt schmiss er zum dritten Mal mit den Türen, das ganze Gebäude erbebte, Glas klirrte, wir mussten uns direkt festhalten. Ich dachte, der Mann wäre im Delirium, aber es stellte sich heraus, wie Sigrid mir berichten konnte, dass es in dieser Gegend ein alter Brauch war, nämlich das Hochzeitsknallen, aber alles in Maßen, und die Energie oder Raserei, die er bei der Ausführung dieser Sitte an den Tag legte, das in meinen Augen der Sachbeschädigung gefährlich nahe kam, überzeugte mich davon, dass er heftig in Sigrid verliebt war und mich deshalb so tief von Herzen verachtete, wie es nur ging. Er sah ganz einfach einen Usurpator in mir. Übrigens suchte er mich einmal in meiner Praxis im Skovveien auf, viele Jahre später, das heißt, es ist jetzt noch nicht besonders lange her. Ich erkannte ihn kaum wieder. Er bat um ein Rezept für irgendwelche unverkäuflichen Pillen, aber das ist eine andere Geschichte, auf die ich wahrscheinlich nicht wieder zurückkommen werde.

Zur Sache! Anästhesie! Die Operation kann beginnen!

Mein Schwiegervater hieß alle am Tisch herzlich willkommen.

Der erste Gang wurde hereingetragen, also diese Schildkrötensuppe. Ich schaute zu Notto hinüber, der wiederum in den tiefen, verlorenen Teller schaute und nach dem richtigen Löffel suchte. Und die Schildkrötensuppe war gar nicht schlecht. Die schaffte sogar Notto in gewisser Weise. Doch als wir zu Steinbutt und Ochsenzunge und Truthahn kamen, wurde es schlimmer. Ich sah bereits, wie sich die einzelnen Gerichte vor Notto auftürmten, der von Wesen und Veranlagung her zu pauvre honteux war, um um etwas anderes zu bitten. Lieber per aspera ad astra! Ich ergriff Sigrids Hand unter dem Tisch. Sie war feucht, fast weich, abgesehen vom Ring, meinem Ring, ihrem Ring, warum mussten alle Ringe auf Gedeih und Verderb rund sein? Sigrid dachte wohl, ich hätte andere Absichten und schob mich sanft zur Seite.

»Nicht hier«, lächelte sie.

»Notto verträgt das Essen nicht«, flüsterte ich.

Sigrids Lächeln verschwand.

»Er kann ja wohl essen wie wir anderen auch.«

Das war also die Frau, mit der ich verheiratet war. Oh, diese

Harpyie! Ich merkte, wie meine Füße unruhig wurden. Ich konnte doch jetzt nicht anfangen zu trampeln. Stattdessen schluckte und schluckte ich die Schildkrötensuppe, zusammen mit nicht unbedeutenden Mengen an Bordeauxwein, oder war es der Steinwein, na, was auch immer, meine Pleonasmen brauchten ihre Zeit. Die leeren Teller wurden hinausgetragen, und herein kam der Steinbutt in holländischer Sauce, und ich sah Notto Fipps Verzweiflung, so ein Steinbutt war eine Granate für einen alten Seemann.

Ich beugte mich zu Sigrid hinüber.

»Er kann bei Tisch sterben«, flüsterte ich.

»Sei still. Schnaub nicht so!«

Wir wurden nämlich von diesem Sprücheklopfer unterbrochen, der aufstand und so hart gegen das Glas schlug, dass ich dachte, jetzt gäbe es noch einmal ein Hochzeitsknallen. Er hielt sich am Tisch fest, und es verbreitete sich eine gewisse Unruhe, noch gemischt mit wohlmeinendem Gelächter, als er mit einem äußerst platten Witz begann, der hier nicht wiedergegeben werden soll. Anschließend sagte er etwas Vorteilhaftes über Sigrid, und bei diesen Passagen wirkte er plötzlich nüchtern und vernünftig, doch als wir anstoßen wollten und glaubten, der Sprücheklopfer würde sich setzen, aus formellen wie auch natürlichen Gründen, begriffen wir, dass er sein Papier gedreht und die Rednerliste auf den Kopf gestellt hatte.

»Jetzt möchte ich gern dem berühmten Direktor Lund das Wort erteilen. Bitte schön.«

Mein Schwiegervater schaute sich um, blass, wütend, er war kurz davor, einen Skandal zu machen. Aber Lund hatte sich bereits erhoben, mit stoischer Ruhe, dieser Ruhe, die er uns Studenten so oft eingehämmert hatte: *Tugend ist das einzig Wahre, Laster das einzig Böse, alles andere ist gleichgültig.*

Die Bestecke verstummten.

Ich notiere hier nur Bruchstücke seiner aufwühlenden Rede, denn während er redete, konnte ich kaum die Arme zusammen halten, sie wollten in alle Ecken springen.

»Lieber Bernhard. Seit du angefangen hast, an der Universität Medizin zu studieren und bei uns zu verkehren, haben meine Frau und ich dich wie einen Sohn in unserem Haus angesehen. Auf diese Weise haben wir dich kennengelernt, und wir sind am heutigen Tag ebenso stolz auf dich, als wären wir deine Eltern.«

Das Geräusch von Taschentüchern.

Ich schaute zu Boden, es kann sein, dass auch ich eine Träne vergoss.

»Wir wissen alle, dass du eine schwierige Kindheit gehabt hast. Aber das hat dich nicht verhärtet, sondern gehärtet, und das ist etwas ganz anderes. Der Schmerz, den du erleiden musstest, hat dich zu einem geraden Menschen gemacht, und du hast dich daraufhin entschieden, dein Leben dem Dienst an Hippokrates zu widmen, nämlich die Schmerzen anderer zu lindern. Jetzt hast du außerdem dein Leben deiner Sigrid gewidmet und dadurch deine Verpflichtungen verdoppelt. Aber die Liebe ist unerschöpflich, und ich bin überzeugt davon, dass Sigrid dir die Kraft geben wird, die du brauchst. Historia magistra vitae! Lasst uns auf das Brautpaar trinken!«

Ich schaute auf und begegnete Direktor Lunds Blick. Er hob sein Glas. Ich hob mein Glas. Meine Obduration war damit vollendet. Ich war zu gehärtetem Stahl geworden. Und lag da nicht eine Träne blinkend in einem seiner Augenwinkel? Doch, sie lag dort, eine glänzende Träne, die kurz davor war, auf die Tischdecke zu fallen. Ich hatte ihn über zerschossene Leichen gebeugt stehen sehen, über misshandelte Kinderkörper, totgeborene Föten, halbe Gehirne, zerfetzte Eingeweide, abgeschlagene Gliedmaßen und sterbende, lallende Patienten, ohne eine Miene zu verziehen, weder in der einen noch in der anderen Richtung, aber auf meiner Hochzeit, da weinte er also, denn ein weiteres Mal musste er das Taschentuch herausholen, um die Tränen an Ort und Stelle zu lassen.

Alle standen auf, um uns zuzuprosten, alle bis auf Sigrid und mich. Und als sie sich alle wieder hinsetzten, blieb mein Mentor, mein Ersatzvater, stehen. Er sagte:

»Eines sollst du wissen, Bernhard, ich habe große Pläne mit dir.«

Und vielleicht war es das, was mich wirklich nervös machte. Welche Pläne, noch dazu große, hatte er? Ich musste immer mehr Wein schlucken und schlucken. Ich fror im Mund und fing an, mit den Zähnen zu knirschen, um wieder warm zu werden. Überraschungen sind nicht unsere starke Seite. Überraschungen sind meistens nur ein verdeckter Angriff aus dem Hinterhalt. Die anderen klatschten und riefen Hurra, seine Worte fielen auf fruchtbaren Boden, große Pläne, besonders mein Schwiegervater war zufrieden, und nicht zuletzt Sigrid. Ihre Hand unter dem Tisch gab einen klaren Bescheid. Alma schaute schnell zu mir herüber, ja, hinunter, die Tafel neigte sich, und sie saß ganz oben auf der gegenüberliegenden Seite. Sie hatte zugenommen, war aufgequollen, ihr Gesicht trug andere Farben. Ich hob ein neues Glas, prostete ihr zu, bevor wir endgültig auseinandergingen, das war alles.

Dann: gesalzene Ochsenzunge, Truthahn, Erbsen, Blumenkohl, Elchsteak. Ich kam mit dem Menü durcheinander, wie der betrunkene Sprücheklopfer mit der Rednerliste durcheinandergekommen war. Ich schaute auf Notto und sah zu meiner Verwunderung oder eher zu meinem Schrecken, dass sein Teller leer war. Sigrid, offenbar weichgeworden durch die Rede und die Lobpreisungen von Direktor Lund, lehnte sich an mich.

»Ich habe Tora überreden können, Notto zu helfen«, flüsterte sie.

Und Tora, die trotz Enttäuschung und unglücklicher Liebe nicht auf den Kopf gefallen war, hatte ihren Teller mit Nottos getauscht. Sie nahm seinen vollen, er ihren leeren. Ich erfreute mich wieder an der Menschheit. Und ich liebte Sigrid mehr als je zuvor. Sie war nicht länger meine Harpyie, sie war meine Blume, meine Reseda.

Und Tora stand ohne Vorwarnung auf und zeigte auf mich, den Bräutigam.

»Das sage ich dir, Bernhard, wenn du Sigrid nicht glücklich machst, dann prügle ich dich ganz einfach tot!«

»Ich verspreche es!«, rief ich.

Jubel und Getrampel.

So sollten Reden gehalten werden.

Und ich zog im Stillen alles, was ich über sie gedacht hatte, in meine innersten Tiefen zurück und hob das Glas, um anzustoßen, unter uns Vieren, dem Brautpaar und den Trauzeugen, wir konnten ein herrliches Kleeblatt werden, doch in dem Moment wurde ich wieder vom Sprücheklopfer unterbrochen, der gegen sein Glas schlug und sich vom Elch erhob, oder war es der Truthahn? Und da wurde mir klar, dass er die Rednerliste nicht umgedreht hatte, weil er betrunken war, es war die reine Bosheit gewesen, er hatte nichts mehr zu verlieren, er hatte bereits Sigrid verloren, er war bereits das tumbe, prächtige und schwarze Schaf, mit leerem Büro, Barschrank und Portefeuille. Ich empfand trotzdem eine gewisse Sympathie für ihn, obwohl jetzt alles schiefzugehen schien.

»Wie wir gerade gehört haben, ist es keine einfache Geschichte, die Bernhard Hval zu tragen hat. Aber wie wir auch gehört haben, so hat er sie mit Würde getragen. Er wurde, wie alle wissen, der Beste seines Jahrgangs. Es ist ihm eine große

Zukunft versprochen worden. Leider kann ich nicht behaupten, dass ich ihn kenne, doch dazu werden wir noch Zeit haben, aber sein Trauzeuge weiß sicher mehr. Es tut mir leid. Wie war noch sein Name?«

Der Sprücheklopfer schaute in seine Papiere, ein Stapel Papier, der unordentlich auf dem Tisch lag. Ich bekam Panik. Ich dachte, Notto hätte bereits seine Pflicht erfüllt. Das war unerhört. Das war ein Bruch der Sitten und Gebräuche. Ich stand unter Feuer.

»Notto Fipp!«, rief der Sprücheklopfer. »Notto Fipp! Wer kann so einen festlichen Namen nur vergessen? Auf ihn werde ich noch zurückkommen. Aber jetzt geht es um die Hauptperson selbst, Bernhard Hval, und ich weiß übrigens noch mehr über ihn, nämlich, dass er sich als ein Redner einen ausgezeichneten Ruf gemacht hat.«

Der Cousin, der Sprücheklopfer, legte die Papiere zwischen die Gläser und sagte ganz einfach: »Wir warten alle gespannt auf die Rede des Bräutigams. Du hast das Wort, Bernhard Hval!«

Ich stand auf, in einem Zustand der Asphyxie, mit anderen Worten, der Lähmung, des vollständigen Aussetzens der Atemzüge, ich war mehr tot als lebendig. Wie lange blieb ich so stehen? Ich weiß es nicht. Und es kann auch niemand berichten, denn alle, die dort waren, am 12. September 1929, das ist jetzt fünfzig Jahre her, wir würden also dieses Jahr Goldene Hochzeit feiern, schafften es aber nie weiter als bis zur stählernen Hochzeit, sind inzwischen von uns gegangen, einer nach dem anderen und jeder auf seine Art, plötzlich, langsam, unerwartet, unter Schmerzen. Bald werde ich an der Reihe sein, und niemand wird zuvor einen ähnlichen Tod erlebt haben. Ich leerte mein Glas mit Chateau Latour, um nicht mit den Zähnen zu knirschen. Stattdessen trampelte ich heftig auf den Boden, nicht nur einmal, sondern dreimal nacheinander.

»Hochzeitsknallen«, rief ich.

Das gefiel den Gästen, es gab ihnen genau die Pause, die sie brauchten, sie lachten, sie entspannten sich, einige klatschten. Sie glaubten wohl, das wäre ein wohlverdienter Fingerzeig von meiner Seite dem ungehobelten und neckischen Sprücheklopfer gegenüber. Sollten sie es doch glauben! Sollten sie doch in dem guten Glauben bleiben!

Nam, nam.

»Lieber Einar, liebe Agnes! Vielen Dank für das mir erwiesene Vertrauen, und ich werde, Hand aufs Herz, das für eure Tochter schlägt, versprechen, dass ich des Vertrauens würdig sein werde. Sigrid, mein Ehrenpreis, du hast diesen Tag zum glücklichsten in meinem Leben gemacht. Ich wünschte nur, meine Mutter, mein Vater, meine Eltern, hätten diese Momente zusammen mit mir, mit Sigrid, mit uns allen, erleben können. Das können sie leider nicht aus Gründen, auf die ich nicht näher eingehen möchte. Umso dankbarer bin ich, dass Herr und Frau Lund heute mit uns feiern, denn sie haben mich buchstäblich wie einen Sohn aufgenommen.«

Ich musste eine Pause machen und mich abwenden. Wieder waren alle in gutem Glauben. Guter Glaube ist eine gute Erfindung. Sie glaubten, ich war zu gerührt, um fortzufahren, was ich ja auch war. Ich war buchstäblich gesprochen bewegt: meine tic convulsif nahmen bald überhand. Die schwarzen Drops in meiner Tasche lockten mich. Doch ich widerstand und bekam mein Gesicht mit Hilfe einer Serviette einigermaßen in den Griff und konnte mit meinem Plädoyer fortfahren:

»Sigrid, du bist meine Huri, meine Huri, meine ewig junge Prinzessin im Paradies der Gläubigen! Und jetzt, nachdem wir mit den Ketten des Ehebundes aneinandergeschmiedet sind, will ich dein Asklepios sein, der Gott der Heilkunst selbst, dem nach einer Heilung ein Hahn geopfert wurde, nur dass ich eine Henne bekommen habe!«

Der gute Glaube war immer noch nicht in ungläubiges Staunen übergegangen. Nein, im Gegenteil, meine Redekünste wurden mit wohlmeinendem Gelächter aufgenommen, vielleicht war er ein wenig zu wagemutig, der Bräutigam, eine Henne, er bezeichnet die Braut als eine Henne, aber reden kann er, das muss man ihm lassen. Ich musste zu einem Ende kommen. Ich musste so schnell wie möglich zu einem Ende kommen. Die Worte saßen im Mund fest, und es war mir nicht möglich, zu schlucken, ich schluckte, aber es gelang mir nicht. Stattdessen erbrach ich sie.

»Meine Damen und Herren! Ich möchte von dem, was ich gerade gesagt habe, einiges zurücknehmen. Sigrid, mein zerbrechliches Hymen, ist keine Henne. Es ist bereits gebrochen. Denn der Urin einer Jungfrau muss schön dünn sein und in Saus und Braus gelassen werden! Hic rhodus, hic salta! Noch einmal!«

Ich hob mein Glas und sprach einen Toast auf die Braut aus, hier darfst du tanzen und zeigen, wer du bist, setzte mich sogleich und konnte mich kaum an ein Wort von dem erinnern, was ich gesagt hatte. Hatte ich das wirklich gesagt? Doch es gibt eine Art Stille, die nur wir Kantigen hören. Es handelt sich um Sekunden, und diese Sekunden sind wie Flutlicht. Die Gesichter verschwimmen ineinander. Ich versuchte die Gabeln zu zählen. Das Besteck blendete mich. Dann konnte ich wieder sehen. Wie lange war ich fort gewesen? Aber es konnte nicht lange gewesen sein, denn der hässliche, schreckliche Küchenchef, der das Menü nicht in Reih und Glied halten konnte, sollte beklatscht werden. Doch bevor es dazu kam, stand Notto Fipp auf und lenkte die Aufmerksamkeit auf sich und damit fort von mir. Ungläubig wendeten sich die Gäste ihm zu. War noch mehr zu erwarten?

Notto Fipp sprach.

»Für alle, die verliebt gewesen sind. Und für alle, die verliebt sind. Für Bernhard und Sigrid, Sigrid und Bernhard. Ich bin kein Mann großer Worte wie Bernhard, der uns in spitzfindigen Redewendungen mitreißt, weil das Verliebtsein ihm direkt in den Kopf gestiegen und dort geblieben ist. Ich bin nur ein einfacher Junggeselle mit Spickzettel in der Flügeljacke. Und wundert euch nicht über den Mädchennamen. Und das sage ich zum Schluss, bevor ich weiterrede, denn Bernhard hat mich gebeten, direkt vom Herzen her zu reden: Verzettelt euch nicht in der Liebe!«

Der Sprücheklopfer, dieses Schwein, versuchte es mit einem Lachen, wurde aber von seiner Tischdame sofort zum Schweigen gebracht, einer älteren Tante, mit der er sich hatte begnügen müssen.

Notto Fipp zog ein zerknittertes Papier hervor, strich es glatt und hielt es in beiden Händen, und Sigrid ergriff meine Hand unter dem Tisch und drückte sie fest, während er las:

MEIN SCHATZ

Ich denke an dich, kleine Gro
eines Tages, da reisen wir, ich und du
leben so weit, weit fort von hier
niemand kennt dann unseren geheimen Platz
mein Schatz

Doch hoch ins Gebirge gehen wir, ich und du
denn dort bau'n wir ein Häuschen in aller Ruh
wo die Vögel singen, hör ihnen nur zu
ja, dort ist unser Platz
mein Schatz

Und sollte die Hütte nicht mein werden dort
dann mache ich mich auf, wandere fort
als Seemann, als Goldgräber
voll Ruhm und Ehr
bis nach Klondyke – weiter geht es nicht mehr!
Dort treffen wir uns wieder, küssen uns an diesem Platz
mein Schatz!

Dann schwieg Notto Fipp, faltete sorgfältig den Bogen zusammen und schob ihn wieder in die Westentasche, aber es dauerte nicht lange, dann erhoben sich alle, und sie applaudierten nicht nur, sie jubelten und stießen mit ihm an. Endlich war sein Gedicht von Nutzen gewesen, das Gedicht, das er vor mehr als dreißig Jahren geschrieben hatte, für sie, die es vielleicht nicht mehr gab, und auch Notto Fipp selbst erschien unwirklich, wie er da stand und an seinem zotteligen Bart zupfte, Notto Fipp, mein rettender Engel, der mich in den Schatten gestellt hatte, und deshalb konnte ich stehen bleiben, als die anderen sich setzten, wie ein tabula rasa, und bekam das letzte Wort. Ich sagte:

»Es ist wohl unnötig zu erklären, warum ich ausgerechnet Notto Fipp als meinen besten, ich wiederhole, meinen besten Mann an diesem glücklichsten Tag in meinem Leben ausgesucht habe. Denn ihr habt gehört, worauf er abzielt, nämlich auf das Herz. Und das Herz ist ein logischer, sonderbarer Muskel, den wir nicht entbehren können. Denn die Arbeit des Herzens in Systolen und Diastolen verträgt keine Unterbrechung, sie währt vom ersten Tag der fötalen Zelle bis zum Tod, der irgendwann unweigerlich eintritt. Deshalb ist das Herz das Bild für ein Versprechen, das wir gegeben haben, nämlich die Treue, aus der die Liebe selbst besteht.«

Ich warf einen Blick in die Tafelrunde. Viele Servietten wurden jetzt an die Augenwinkel gedrückt. Die Kellner standen in Habacht, die Hände auf dem Rücken. Ich legte meine Hand Sigrid ganz schlicht auf die Schulter.

»Außerdem habe ich eine große Neuigkeit zu verkünden.«

Es wurde augenblicklich still.

»Eine große Neuigkeit«, wiederholte ich. »Sigrid und ich haben beschlossen, unsere Hochzeitsreise zu verschieben, weil ich bereits morgen früh meinen Trauzeugen, Notto Fipp, nach Kristiansand begleiten werde, von wo aus er eine Tat vollbringen wird, die im ganzen Land Ruhm und Lobpreisung erhalten wird.«

Tutti frutti!

Die Hochzeitstorte wurde hereingetragen, und Sigrid und ich trennten das erste Stück mit einer Säge heraus, wie es sich in so einer Familie gehört. Der Rest steht mir nur unklar vor Augen und ist auch nicht weiter von Bedeutung, wenn man alles bedenkt, ein Gabentisch, mit größtenteils unnützen, schrillen Geschenken, ich, der Sigrid auf den Tanzboden führte, während alle herumstanden und uns zuprosteten, Tora, die Notto Fipp wie einen Spinnaker mit Armeslänge Abstand führte, und später wurden die Gäste von Chauffeuren, die seit Mitternacht bereitstanden, nach Hause gefahren. Ich erinnere mich nur noch, dass Direktor Lund leise zu mir sprach, zum ersten Mal im Laufe des Abends, er ergriff sogar meinen Arm dabei. Ich dachte, er wollte mir zu allem gratulieren. Doch stattdessen fragte er:

»Hast du wieder angefangen, zu trinken?«

»Nemo saltat sobrius«, antwortete ich.

Tora übernachtete im Gästezimmer, und Notto Fipp schlief in der Pförtnerwohnung, während ich auf Sigrid im Bett in ihrem Schlafzimmer lag, oh, ich will dich tief in den Gabbro meißeln, und wenn ich fertig gemeißelt habe, dann werde ich dein Phantasus sein und dir deine Träume erfüllen, die du noch gar nicht geträumt haben kannst, du Schwester von Morpheus. Ja! Ich atmete aus und kam in rauen Mengen, während sie meinen Kopf mit beiden Händen hielt und ihre Lippen auf meine presste, so fest, dass ich fürchtete, wir würden nie wieder voneinander loskommen. Das tat sie wohl in erster Linie, damit ich nicht den Rest des Hauses aufweckte.

Schließlich löste sie ihren Kuss.

»Du meinst das nicht, was du gesagt hast?«, fragte sie.

Eine heftige Angst überfiel mich plötzlich, keine Todesangst, die handfest ist, sondern eine unbegreifliche Angst, die ich Geburtsangst nenne. Sie umfasst alles, was geschehen ist, bis zurück zum Anfang des Anfangs, ja, zu dem Punkt, an dem das Herz im Fötus zu schlagen beginnt. Wir, die Kantigen, fragen: Was habe ich getan? Todesangst dagegen ist die Angst vor dem, was noch nicht eingetroffen ist. Sie ist banal und schlicht, eine Angst für die Treuherzigen. Wer hat keine Angst vor der Zukunft, von der wir alle wissen, dass sie im Nichts endet? Täglich steht es in den Zeitungen. Darüber hätte ich meine Doktorarbeit schreiben sollen. Ich schweife ab. Ich bitte um Verzeihung. Lasst mich zurückkommen auf meine Angst, die Geburtsangst in der Hochzeitsnacht: Was hatte ich gesagt? Hatte ich es wirklich gesagt? Was war es, von dem sie hoffte, dass ich nicht das meinte, was ich gesagt hatte?

Ich rollte wie ein Holzstamm von Sigrid herunter, blieb neben ihr liegen und starrte an die rosagestrichene Decke.

Ich versuchte mich vorsichtig heranzutasten:

»Meinst du *nemo saltat sobrius*?«

»Was?

»Das bedeutet, dass niemand nüchtern tanzt.«

»Ich meine die Hochzeitsreise! Meinst du wirklich, dass wir sie verschieben sollen?«

Mehr war es nicht? Es hätte viel schlimmer sein können. Es hätte der Schwanz im Riesenrad oder andere Vorfälle und eine andere licencia poetica sein können. Ich wurde ganz fröhlich.

Ich legte ihr vorsichtig die Hand auf die Hüfte, die noch warm war und leicht zitterte.

»Doch. Das habe ich gemeint.«

»Dass wir die Hochzeitsreise wegen diesem Notto Fipp verschieben sollen? Ist das wirklich dein Ernst?«

Dieser Notto Fipp. So redete Sigrid von ihm: dieser.

Ich biss die Zähne zusammen, während ich gleichzeitig versuchte zu sprechen, und die Worte wurden platt und zerfranst: »Eine Woche früher oder später spielt doch wohl keine Rolle?«

»Du bist also der Meinung, dass du zuerst mit Notto Fipp nach Kristiansand fährst und dir anschließend eine Hochzeitsreise nach Nizza mit Sigrid Juell gönnst.«

»Du heißt jetzt Sigrid Hval«, sagte ich.

Sie schob meine Hand weg.

»Fass mich nicht an!«

Wir schwiegen beide eine Weile.

Ich versuchte es noch einmal. Ihre Hüfte war jetzt kalt und fest.

»Fass mich nicht an! Hörst du nicht?«

Ich stand auf, fand das Etui mit den Drops in der Tasche des Fracks, der über einem Stuhl hing, kippte den Rest des Champagners in ein Glas und trat ans Fenster. Es war Licht in der Pförtnerwohnung, und ich konnte Notto Fipps schlaflosen Schatten hin und her gehen sehen. Bei ihm hätte ich sein sollen. Ich öffnete das Etui mit den Drops, änderte meine Meinung und verschloss es wieder. Recht und Wahrheit. Denn wenn man es genau nehmen will, dann haben wir, die Kantigen, die Starrsinnigen, die Untertänigen, eine Disziplin, in der uns niemand schlagen kann. Wenn wir uns erst einmal entschieden haben, dann ist es ein für alle Mal. Dann sind wir standhaft wie Monolithen. Ich beschloss, diese Drops aufzusparen. Ich wollte sie verstecken, bis ich es ernst meinte. Sie waren meine Lebensversicherung. Ich öffnete das Fenster, hörte das kühle Rauschen von Fluss und Wäldern, und spuckte hinaus, drei Rotzklumpen hintereinander und dann noch einen. Mein bereits reichhaltiges Repertoire war durch eine weitere Nummer erweitert worden, und diese Vorstellung kostete mich bald meine gesamte Zeit: schlucken, trampeln, wedeln, zählen, fluchen, schimpfen, Purzelbäume, Finger knacken, Zähneknirschen, all meine wütenden, launischen tic convulsif, und jetzt also noch spucken. Und ich wusste, dass es damit nicht zu Ende war. Für uns Kantige ist alles nur eine Frage der Zeit. Übrigens besorgte ich mir eine Dettweiler Spuckflasche, wie sie Lungenkranke benutzen, ich konnte doch nicht herumlaufen und überall in die Gegend spucken.

Stattdessen zündete ich mir eine Zigarette an.

»Notto Fipp ist noch wach«, sagte ich. »Vielleicht war Tora etwas zu viel für ihn.«

»Sag mal, habt ihr was miteinander?«

Es war Sigrid, die das fragte.

Ich war empört.

»Wer? Tora und ich?«

»Nein, du und dieser Notto.«

Das war wirklich eine unappetitliche Vorstellung.

Ich leerte mein Glas und entschied, es überhört zu haben.

»Möchtest du Champagner? Ich kann eine Flasche holen.«

»Antworte mir, Bernhard. Habt ihr etwas miteinander?«

Glaubte sie etwa an das, was sie fragte? War das ihr Ernst? War sie eifersüchtig? Auf Notto Fipp? Ich war kurz davor, laut loszulachen. Auf eine etwas eklige Art und Weise befriedigte es mich auch. Aber ich riss mich zusammen. Wer konnte nicht eifersüchtig auf Notto Fipp sein? Niemand.

»Hast du nicht gehört, was Direktor Lund in seiner Rede gesagt hat?«

»Doch. Dass er dich wie seinen Sohn ansieht.«

Ich schluckte und spuckte, immer abwechselnd, stand aber glücklicherweise mit dem Rücken zu ihr, und ich beharrte auf meiner Art, spuckte, trampelte und schluckte.

»Dass er große Pläne mit mir hat«, sagte ich.

»Und worin bestehen die?«

»Meine Doktorarbeit, Sigrid. Ich werde Notto Fipp observieren und Aufzeichnungen über seine Splanchnologie machen.«

Eine wütende Stimme aus dem Bett hinter mir:

»Rede so, dass ich dich verstehe, verdammt noch mal.«

Ich weiß nicht, woher ich die Kraft nahm. Wahrscheinlich bekam ich sie durch Notto Fipp. Gemeinsam waren wir eins und stärkten uns gegenseitig. Auf jeden Fall traute ich mich zu sagen:

»Ich dachte, dir gefallen meine Worte, meine kleine Huri.«

Immer noch genauso wütend, aber jetzt mit einer gewissen Sachlichkeit:

»Nicht, wenn wir uns streiten! Dann bleibe gefälligst beim Norwegisch! Vergiss das in Zukunft nicht.«

»Wir werden in Zukunft nicht mehr streiten«, sagte ich.

»Unsere Zukunft hat bereits begonnen, Bernhard. Und wir streiten uns.«

Ich hatte einfach keine Ahnung, dass Sigrid so raffiniert und akademisch sein konnte. Ich entschied mich, bei der Sache zu bleiben.

»Ich werde ganz einfach diverse bahnbrechende Studien über die Einwirkung des menschlichen Gehens auf die Anatomie, die Psyche und die Verdauung machen sowie die Effektivität und Physiologie des Gehens über eine gewisse Zeitspanne messen, in Anbetracht von Ausdauer und Ernährung.«

»Und das musst du in Kristiansand machen? Ausgerechnet jetzt?«

Ich meinte, erkennen zu können, dass ihre Stimme ein wenig sanfter klang.

»Notto Fipps große Liebe stammte aus Kristiansand.«

»Gro? Meinst du Gro aus seinem Gedicht?«

»Ja. Und er ...«

Sigrid unterbrach mich.

»Kannst du nicht lieber ein Gedicht für mich schreiben als eine Doktorarbeit? Ach, bitte. Das könnte meine Morgengabe sein.«

Es lief mir eiskalt den Rücken hinunter. Ich hatte keine Morgengabe. Hatte sie vergessen. Sie war meinen Gedanken entfallen, die bereits genug zu bedenken hatten. Ich klammerte mich an die Tatsachen, fuhr dort fort, wo ich aufgehört hatte.

»Er will von dort nach Oslo gehen, während ich ihm im Wagen folge und meine Studien betreibe.«

Sigrid lachte, ein anderes Lachen.

»Dann ist Notto Fipp gar nicht dein Trauzeuge, sondern nur ein kleines Versuchskaninchen?«

Ich hätte in Wut ausbrechen können. Ich hätte diese Ehe auf der Stelle annullieren können. Ich hätte sie verlassen können. Die Worte trafen mich. Die Worte verletzten mich, sie waren schmerzhaft und wohlverdient. Sigrid durchschaute mich und hielt dennoch weiter mit mir aus, solange es währte. Ich war ein Mann ohne Morgengabe. Ich hätte gern gesagt: Wir, Notto Fipp und ich, wir sind nützlich füreinander, und dieser Nutzen wird erhöht durch eine handfeste Freundschaft zwischen Männern, von der Frauen nichts verstehen.

Stattdessen sagte ich:

»Du und Tora, ihr könnt doch in der Zwischenzeit Tennis spielen.«

»Oh je. Es ist zu kalt. Ich friere. Komm, und leg dich wieder hin, du Quatschkopf.«

»Quatschkopf? Bin ich nicht mehr dein Stutenprinz?«

»Dann eben Stutenprinz, du Quatschkopf. Komm jedenfalls her und leg dich wieder hin.«

Ich schloss das Fenster, konnte immer noch Notto Fipps unruhigen Schatten in der Pförtnerwohnung sehen, und das beunruhigte mich. Unsere eckigen, spitzen Silhouetten hingen an einem Faden zusammen, der uns in einem ruckartigen Walzer einen Schritt vor und zwei zur Seite führte.

Die Ruhe, jetzt eine andere Art von Ruhe, zog durchs Haus, nur ab und zu war ein leises Plumpsen zu hören, als gäben die Holzstämme für einen Moment nach. Dann stand das Haus wieder aufrecht und sicher da. Ein leichter Rausch hing in ihm, von Angst, Geburtsangst, die sich in alles mischt, was gewesen war, und sie wurde eine Weile von anderem übertönt. Ich tat, was Sigrid wollte. Ich legte mich neben sie und zog die Decke über uns. Ich musste fragen:

»Habe ich das gesagt? Schwanz im Riesenrad?«

Sie antwortete nicht.

Das genügte mir als Antwort.

»Direktor Lund sagt, in Nizza ist das Klima im Oktober am besten«, flüsterte ich.

Da begriff ich, dass Sigrid bereits schlief.

Ich umarmte sie und lag schlaflos da, bis ich aufwachte, ohne eine Morgengabe, die ich ihr auf den Nachttisch hätte legen können. Meine Morgengabe war, dass sie fünf Tage Ruhe von mir haben würde. So klein war ich.

NOTTO FIPPS ERSTER UND VORLETZTER TRIUMPH

Notto Fipp wartete bereits am Roadster. Er war mit seiner üblichen Montur ausgestattet, Strohhut, Regenschirm, dem Beutel mit allem, was er an Wechselwäsche brauchte, und einer Decke, es war trotz allem bereits Mitte September, einem abgetragenen lila Hemd, das er am Hals offen trug, und einem Parka. Ich hätte es lieber gesehen, wenn er einen etwas sportlicheren Aufzug gewählt hätte, beispielsweise Knickerbocker, wie sie Skiläufer benutzten, die gut für die Knie waren, und gern eine andere Kopfbedeckung, die besser die Wärme hielt. Aber ich entschied mich, nichts dazu zu sagen. Wir hatten sowieso schon genug zu bedenken. Wenn er denn meinte. Ja, was sonst, wenn er denn meinte. Aber die Mokassins hatte er zum Glück in Gebrauch. Ich selbst hatte einen Spencer ausgesucht, eine Schottenjacke, leichte, bequeme Hosen, ebenso bequeme Fußbekleidung und dünne Lederhandschuhe, da ich ja mindestens vier Stunden am Stück fahren sollte. Es war Punkt sechs Uhr, wie abgemacht. Ich möchte in Klammern gern bemerken, dass wir, die Kantigen, immer pünktlich sind. Das würde man vielleicht gar nicht glauben, bei all unseren zeitfressenden Übungen und Umwegen. Aber genau deshalb brechen wir immer rechtzeitig auf, früher als die anderen und kommen immer pünktlich, wenn uns nicht unterwegs ein neuer Zwang überfällt, was glücklicherweise nur selten passiert, denn wir sind fast immun, wenn wir andere, größere Dinge zu bedenken haben als uns selbst. Jetzt hatte ich Notto Fipp zu bedenken. Er saugte mich auf. Er war mein einziger Zwang. Darf ich das so sagen, ohne von denen missverstanden zu werden, die gerne alles missverstehen und glauben, sie könnten am besten zwischen den Zeilen lesen? Ich stelle eines fest: Alles, was in dieser Festschrift geschrieben steht, steht in den Zeilen, nicht zwischen ihnen. Wir begrüßten uns mit Handschlag, sagten nichts, und setzten uns ins Auto, ich hinters Steuer, Notto neben mich. Ich hätte das letzte Glas Champagner nicht trinken sollen, aber nun war es zu spät! Man heiratet nur einmal. Ich drehte mich zum Fenster im ersten Stock, dort stand Sigrid, nackt oder im Nachthemd, das war schwer zu erkennen, vielleicht hielt sie auch die Bettdecke um sich geschlungen, sicher fror sie. Vielleicht waren es die Tränen, die kalten Tränen, die meine Augen irritierten. Auf jeden Fall schien es mir, als würde sie von einer heftigen Einsamkeit überfallen, dort in dem einzigen Fenster, in dem Licht war. Sie war es, die es gesagt hatte. Die Zukunft hatte begonnen. Ich winkte. Sigrid winkte zurück. Nie habe ich sie mehr geliebt als in diesem Moment, als ich sie an diesem Morgen verließ und auf Hochzeitsreise mit Notto Fipp fuhr.

Dann waren wir endlich unterwegs.

Eine Weile fuhren wir schweigend, am Fluss vorbei und über den ersten Hügel, da hatten wir immer noch nichts gesagt, so sehr wurden wir vom Ernst der Stunde geprägt und nicht zuletzt von allem, was vor uns lag, all die Strapazen und Herausforderungen.

Langsam kam der Himmel in Sicht, klar und rein, nur mit wenigen Wolken im Westen, die fortzogen. Das war ein gutes Zeichen. Ich schätzte die Temperatur auf neun Grad, sie könnte bis zu vierzehn steigen, vielleicht sechzehn, wenn die Sonne am höchsten stand, und bis auf fünf im Laufe des Abends oder der Nacht fallen. Für die kommenden Tage war auch kein Regen angesagt worden.

Zumindest das Wetter hatten wir auf unserer Seite.

Und im Gepäck hatten wir acht Milchflaschen in einem Eimer mit Eisblöcken, einen Leinensack voll mit Bananen, grüne, gelbe und grüngelbe, sie sollten unterwegs reifen und gegessen werden, alle zu ihrer Zeit, sie waren sorgfältig ausgesucht worden, Kautabak, ein Ersatzkanister Benzin, ein gut gefüllter Picknickkorb, und mein Arztkoffer war natürlich auch an Ort und Stelle. Ich trug mein Krankenhaus mit mir wie der Friseur Hansen seinen Herrensalon.

Wenn wir in der Zeit blieben, konnte Notto Fipp seine Tour vom Marktplatz in Kristiansand nach Oslo pünktlich um zwölf Uhr beginnen. Wir waren in der Zeit. Keiner von uns beiden war aufs Reden erpicht. Vielmehr waren wir vom Ernst der Stunde erfüllt, die nicht nur die Augenblicke beinhaltete, in denen wir uns gerade befanden, bei 32 Stundenkilometer Geschwindigkeit, sondern auch den Moment, den wir verlassen hatten, und den, dem wir entgegenfuhren. Bei Holmestrand fiel mir jedoch etwas ein, was ich vergessen hatte zu erwähnen.

»Ich möchte dir für deine Rede danken. Und ich kann dir gar nicht genug dafür danken. Ich hätte mir keinen besseren Mann als dich aussuchen können.«

Notto Fipp wurde verlegen. So war sein gestählter Charakter zusammengesetzt. Er hatte einen schwachen Punkt, der ebenso gut als Stärke bezeichnet werden konnte. Lob vertrug er nur schlecht und Schmeicheleien noch weniger. Und wer ist imstande, Schmeicheleien und Lob voneinander zu unterscheiden? Wir hören das, was wir hören wollen. Notto Fipp dagegen hörte genau das, was gesagt wurde, nicht mehr und nicht weniger. In dem Moment fiel mir Sigrids Spruch ein, der mich so heftig getroffen hatte, mitten ins Schwarze, und immer noch beschäftigte, denn sind nicht Verurteilung und Anklage ebenso schwer zu unterscheiden: dass ich Notto Fipp ausnutzte.

Das ist nicht wahr. Ich schwöre, das ist nicht wahr!

»Ich habe nur das wenige verwendet, was mir zur Hand war«, sagte er.

»Und das Herz, Notto. Vergiss das nicht!«

»Ja, vielleicht auch noch etwas davon. Von meinem Herzen.«

Ich fand nicht sofort die richtigen Worte nach dieser traurigen, fast bitteren Äußerung, so gern ich auch etwas gesagt hätte. Es sah Notto nicht ähnlich, solche Worte zu wählen. War er wankelmütig geworden? War sie zu viel für ihn gewesen, die Hochzeit, bei der er sogar seine einzige Poesie für mich geopfert hatte und auf diese Art und Weise gezwungen war, dem Moment des Verschmähtwerdens noch einmal ins Auge zu sehen? Bald blendete mich die Sonne, tiefstehend und grell, sie stieg nicht höher und zerschnitt die Schatten in lange, spitze Winkel. Ich sah das als Zeichen an. Die Umgebung redete in strengem Ton mit uns.

»Per aspera ad astra«, sagte ich.

»Was bedeutet das?«

»Durch den Kampf zum Sieg.«

Es war nicht mehr weit bis Kristiansand. Die Uhr zeigte elf. Plötzlich sagte Notto:

»Ich möchte das zwischen dir und deiner Frau nicht kaputt machen.«

»Kaputt machen? Wie meinst du das, Notto?«

»Solltest du jetzt nicht lieber bei ihr sein? Als hier bei mir?«

Ich hielt den Wagen an, holte den Benzinkanister aus dem Kofferraum und füllte den Tank auf. Notto Fipp stieg auch aus.

»Du machst gar nichts für niemanden kaputt«, sagte ich, »ganz im Gegenteil.«

Er schaute die Straße entlang.

»Ich würde gern das letzte Stück gehen, damit ich nicht so steif bin.«

»Aber nur so schnell, dass wir uns noch dabei unterhalten können«, sagte ich.

So machten wir es. Notto Fipp ging, während ich im selben Tempo mit heruntergelassenem Verdeck fuhr. Anfangs wirkte er steif und träge. Er bekam die Knie nicht gelöst, sie waren nicht gestreckt genug, und damit wurde jeder Schritt zu einem anstrengenden Gewichtheben im Verhältnis zu der Entfernung, die er zurücklegte. Ich war kurz davor, mir ernsthaft Sorgen zu machen. Doch bald, wohl so nach einem halben Kilometer, zeitlich nach fünf Minuten und zwanzig Sekunden, konnte ich sehen, dass er seinen alten Stil wiederfand, er wurde weicher, und jede Bewegung war eine Augenweide, voller Antrieb, Antrieb, welche Freude!

»Hast du jemals ein Pferd erschlagen?«, fragte ich.

»Warum hätte ich das tun sollen?«

»Du hast doch erzählt, dass du Pferdeknecht warst.«

»Ich habe niemals ein Pferd erschlagen. Niemals. Aber ich habe es einmal gesehen.«

»Und wie ging das vor sich?«

»Es war in einer Schlachterei, nicht im Zirkus. Sie haben zu der Zeit Pferde gegessen. So schlechte Zeiten waren das.«

Er setzte sich in den Wagen, trank ein wenig Milch, atmete ein und aus, und um halb zwölf Uhr kamen wir in Kristiansand an. Als Erstes suchten wir den Redakteur Willumsen von der Zeitung Fædrelandsvennen auf. Er trug auch drinnen einen Hut und empfing uns in seinem Büro.

»Ich werde wieder ein bisschen gehen und könnte mir vorstellen, wieder einige Episteln betreffs der Tour zu schreiben«, sagte Notto Fipp.

Redakteur Willumsen stand hinter einem Schreibtisch voller Zettel, Briefe, Stempel und Aschenbecher, er nahm die Brille ab, behielt den Hut aber auf dem Kopf. Was waren das für Manieren? Sollten wir alle mit Hut in den Häusern herumlaufen? Wie würde das aussehen? Ich bekam große Lust, ihm den seinen vom Kopf zu schnipsen und ein wenig auf der Kopfhaut herumzuwühlen.

»Deine letzten Reisebriefe haben keine große Begeisterung hervorgerufen.«

»Aber dieses Mal wird es anders«, sagte ich.

Der Redakteur drehte sich langsam um, und es schien, als würde sein Hut still stehen, während er rotierte. Was für ein verfluchter Hut!

»Wer sind Sie?«

Ich hob den Arm, oder besser gesagt, der Arm verließ mich, und ich musste ihn in einem Händedruck wieder an Ort und Stelle zwingen, um Unheil zu vermeiden. Wir begrüßten uns.

»Bernhard Hval, ja. Sie wurden ja in einem Reisebrief schon erwähnt.«

»Es war eine große Ehre für mich, meinen Namen in Ihrer Zeitung abgedruckt zu sehen. Eine große Ehre.«

»Und warum wird es dieses Mal anders, wenn ich fragen darf?«

»Weil Notto Fipp es vollenden wird. Er wird von hier nach Oslo und wieder zurück gehen. Soweit ich weiß, hat das noch niemand vor ihm gemacht.«

Der Redakteur kam um den Tisch herum. Langsam wurde er gesprächiger.

»Und Sie sind fast wie eine Art Zeuge dabei, um zu bestätigen, dass alles korrekt vor sich geht?«

»Besser hätte ich es nicht ausdrücken können, Herr Willumsen.«

Dann wandte er sich wieder an Notto Fipp und stellte eine Frage, die mir anschließend zu denken gab:

»Und gegen wen trittst du an?«

Notto war verwirrt. Gegen wen trat er an? Der Gedanke war ihm noch nicht gekommen.

Ich ergriff das Wort:

»Notto Fipp ist ein leuchtendes Beispiel«, sagte ich.

»Wofür?«

Ich ließ das Latein sein, einzig und allein Notto zuliebe, und entschied mich lieber dafür, die Sportkommission von 1917 zu zitieren, was mir übrigens als ganz natürlich erschien:

»Dafür, dass die physische Erziehung und Entwicklung Hand in Hand mit der geistigen gehen muss, um tüchtige, aufgeweckte Bürger dieser Gesellschaft zu schaffen. Ich möchte außerdem noch das Motto des Arbeitersports hinzufügen: *Kenne dein Land.*«

Willumsen musste lächeln.

»Wir wollen doch nicht allzu sehr ausschweifen, lieber Hval. Das hier ist Unterhaltung. Das sind Brot und Spiele für unsere Leser in finsteren Zeiten. Können wir uns darauf einigen?«

Ich sah Notto Fipp an, der nur mit den Schultern zuckte, das Gespräch ging ihn nicht länger etwas an.

»Es zählt nicht, wie man die Prüfungen nennt, solange die Prüfungen Format haben«, sagte ich. Willumsen nahm seine Brille ab, ging um den Schreibtisch herum und notierte etwas auf einem Zettel, den er mir anschließend gab.

»Schicken Sie uns Berichte von unterwegs, dann werde ich sehen, was ich tun kann. Nicht mehr als hundert Worte.«

»Das ist äußerst großzügig von Ihnen. Vollidiot!«

Endlich nahm der Redakteur seinen Hut ab. Das wurde aber auch Zeit!

»Wie bitte?«

»Äußerst großzügig«, wiederholte ich.

Wir verließen den Fædrelandsvennen und setzten uns ins Auto, wo Notto eine halbe Flasche Milch trank, die Gefahr lief, sauer zu werden, wenn wir nicht bald frische Eiswürfel fänden. Ich fand sie unten bei einem Fischhändler an der Brücke und musste zwei Kronen für einen Eimer bezahlen, und ich war kurz davor, einen Skandal zu machen, ist das Wasser nur gratis, wenn es fließt, und umso kostbarer, wenn es gefroren ist? Doch ich ließ es dabei bewenden. Zeit ist auch Geld. Ich eilte lieber zurück zum Wagen und rieb die Mokassins mit Fett ein. Und pünktlich um zwölf Uhr, am 13. September 1929, stand Notto Fipp auf dem Marktplatz von Kristiansand bereit für seine Tour. Er erweckte keinerlei Aufmerksamkeit. Niemand beachtete ihn. That's all right! Dann fing er an zu gehen, mit aufgespanntem Regenschirm, den Strohhut schräg auf dem Kopf und den Beutel über der Schulter. Es war ein feierlicher Moment, obwohl wir ihn allein erlebten. Vielleicht erschien der Augenblick gerade deshalb so feierlich: Das war keine Unterhaltung. Das war ein persönliches Anliegen, erhöht zur reinsten Kunst, wie ich mir zu sagen gestatte. Und nur unter uns. Ich ließ Notto Fipp einen Vorsprung von ungefähr hundert Metern, bevor ich ihm folgte. Weder er noch ich konnten wissen, dass das der Beginn einer märchenhaften, wenn auch leider nur kurzen Karriere war. Meine bangen Ahnungen hinsichtlich des Redakteurs trafen übrigens nicht ein. Die Tour, sowohl hin als auch zurück, wurde voll und ganz journalistisch abgedeckt, und zum Schluss genügten hundert Worte nicht mehr, um die Ereignisse zu beschreiben, und ich bekam freie Hand für unsere Schilderungen. Deshalb lasse ich Notto Fipp wieder zu Worte kommen, durch den Fædrelandsvennen, selbst wenn ich einräumen muss, dass ich derjenige war, der größtenteils die Feder geführt hat, auf Notto Fipps eigenen Wunsch, während er mir erzählte, was seiner Meinung nach dabei sein sollte, und ich versuchte auch nach besten Möglichkeiten, seinen Aussagen und seinem Sprachgeschick insoweit Gerechtigkeit zukommen zu lassen, wie es mir überhaupt nur möglich war, so dass diese sogenannten Reisebriefe selbstverständlich in seinem Namen gedruckt wurden. Meiner war ein überflüssiger, unnützer Name, dem Vergessen geweiht. Bernhard Hval! Die Schlagzeile auf der Rückseite des Fædrelandsvennen vom 14. September 1929, also einen Tag, nachdem die Ereignisse eigentlich stattgefunden hatten, wie die Nachrichten es zur Gewohnheit haben, sie kommen zu spät, und ich war auch hier nicht derjenige, der diese zweideutigen Worte aussuchte, sondern die Nachtschicht, höchstwahrscheinlich auf Anweisung des Redakteurs: NOTTO FIPP IST WIEDER AUF DEN BEINEN: VON KRISTIANSAND IN DIE HAUPTSTADT UND ZURÜCK. Es versteckte sich eine gewisse Gemeinheit darin, wie ich fand. Notto Fipp ist wieder auf den Beinen. Was bedeutete das? Das bedeutete, dass sie sich noch nicht sicher waren, ob sie ihn zum Gespött machen oder den Mann ernst nehmen wollten. Ich kann versichern, dass diejenigen, die lachten, nicht zuletzt lachten und sich das Lachen verkneifen mussten. Ich ziehe es vor, zum Triumph vorzuspringen und hier nur zwei Auszüge aus Notto Fipps Feuilletons zu präsentieren, die bald von der Rückseite über die Sportberichte bis zur Titelseite vorgezogen wurden, und die, wie ich denke, in aller Bescheidenheit zeigen, welchen Prüfungen er sich aussetzte.

Erster Tag:

Ach und weh, es macht nicht nur Vergnügen, als Tourist zu gehen, zumindest nicht auf leeren Magen. Ja, der fängt bereits an, sich leer anzufühlen, obwohl es noch nicht lange her ist, dass ich auf dem Marktplatz von Kristiansand losging, während die Uhr zwölf schlug. Doch dann kommt die Tageszeit, an der ich normalerweise etwas esse, nämlich die Vesper, und nichts dergleichen geschah, und da ich kein großer Esser bin, schon gar nicht von Fleisch und Tieren, so fingen meine Eingeweide langsam an, eine richtige kleine Revolution zu veranstalten, die ich mit der Zeit immer schlimmer und schlimmer empfand, und gerade jetzt bin ich ziemlich schlecht dran. Und das mir, der ich nie krank gewesen bin! Allein die Vorstellung, dass es ein, zwei Tage dauern kann, bis das Elend ein Ende hat, macht mich ziemlich mutlos, und dabei ist das doch erst der Anfang. Also werde ich etwas langsamer, und mein Begleiter, Doktor Bernhard Hval, den ich bereits das letzte Mal erwähnt habe und der mir in der Zwischenzeit ein guter Freund geworden ist, holt mich ein und überreicht mir ein oder zwei Bananen, sowie einen Schluck Milch, die er auf Eis gelegt hat, und bessere Kost kann ein Wanderer sich nicht denken. Sie sollte in Schulen wie daheim obligatorisch sein. Kautabak werde ich mir erst wieder gönnen, wenn ich das wackere Kristiansand erneut erblicke. Wie man wohl versteht, muss ich meinem Weg folgen. Doktor Hval ist Zeuge meiner Herausforderungen und hat die Anweisung, nur einzugreifen, wenn es mir richtig schlecht gehen sollte. Klopft auf Holz. Ich bin von Natur aus optimistisch und nehme es, wie es kommt. Ich bin heute ungefähr vierzig Kilometer gegangen, weshalb ich, ehrlich gesagt, nicht gerade wenig müde bin. Die Luft ist kühl, aber ich friere nicht. Ich hoffe, bald eine Scheune oder einen gewöhnlichen Schuppen zu finden, in den ich meinen sündigen Leib legen und eine Weile ausruhen kann. Ich würde auch mit einer Milchrampe vorliebnehmen. Ich bin trotz allem optimistisch. Gute Nacht!

Hochachtungsvoll Notto Fipp

Siebter Tag:

Heute Morgen habe ich mich aus einem tiefen Loch in einer Heuscheune herausgegraben, klitschnass und erschöpft. Meine medizinische Begleitung saß schön trocken in seinem Auto, fünfzig Meter entfernt. Habe eine Banane gegessen und einen Krug Milch getrunken. Optimistisch grüßt Notto Fipp. Ich gehe, und ich werde weiter gehen. Bin so müde, dass ich es nicht wage, mich umzuschauen. Ich fühle mich nicht mehr besonders stark. Aber ich werde es schaffen.

Grüße von einem kämpfenden Notto Fipp

DIE TOUR NACH DER TOUR

Unterwegs hatte ich bald anderes zu bedenken als eine Doktorarbeit über die Anatomie des Gehens. Notto musste durch Drammen, da führte kein Weg drum herum, und es war auch nicht zu vermeiden, dass ich auf Sigrid stieß, selbst wenn ich es hätte vermeiden wollen. Drammen und die Buskerud Tidende hatten außerdem unsere Ankunft bereits in einer Notiz gemeldet, inspiriert vom Fædrelandsvennen, der das Exklusivrecht an Notto Fipps Briefen hatte, die unter meiner Federführung geschrieben wurden, aber nicht an den Ereignissen. Diese waren für alle frei. Und sobald wir die Straßen erreicht hatten, passte sie mich ab und setzte sich während der Fahrt ins Auto, ich schwöre, während der Fahrt!

»Du hast eine Woche gesagt! Jetzt warte ich schon zwei!«

»Es tut mir leid, aber die Tour braucht mehr Zeit als berechnet.«

»Ich mache keine Hochzeitsreise im Schnee!«

»Wir sind lange vorher fertig, Sigrid. Das verspreche ich dir! Übrigens siehst du hübsch aus.«

»Du brauchst es gar nicht erst zu versuchen.«

Dann sagten wir erst einmal nichts, während wir Notto über die Brücke folgten, auf der sich eine Schulklasse, vielleicht auch zwei, versammelt hatte und mit norwegischen Fähnchen winkte.

»Siehst du«, sagte ich, »siehst du, was wir zustande bringen? Wir schreiben Geschichte!«

Sigrid schüttelte nur den Kopf.

»Wenn du aus diesem Wurm einen Doktortitel herauskriegst, dann bist du gut.«

»Ich bin gut, Sigrid!«

Ich weiß nicht, woher ich meinen Mut und meine Kräfte nahm, aber im Nachhinein habe ich es, wie gesagt, begriffen. Wenn Notto die Kräfte verließen, übernahm ich sie. Das ist eine einfache Rechenaufgabe. Ich parkte in einer kleinen Gasse hinter dem Theater und zog Sigrids Rock hoch. Keine Skrupel! Ich will mit dir schlingern! Ich will die Büchse der Pandora sein! Ich werde dich mit Krebsscheren striegeln, meine herrliche Bagage. Drastica! Übrigens erwies sich der Roadster als ein hervorragender Platz für diese Art von Aktivitäten. Sigrid saß auf mir und konnte sich gegen das Lenkrad lehnen, und dennoch hatten wir immer noch genug Platz. Dass wir nicht schon vorher daran gedacht hatten. Es war wieder so wie damals. Als wir noch nicht verheiratet waren. Dann glitt sie von mir herunter, auf den Sitz, und richtete ihre Kleidung.

»Eines sage ich dir, Bernhard Hval, ich hoffe nur, unsere Hochzeitsreise kommt vor dem Doktortitel!«

»Well, that's all right«, sagte ich.

»Was redest du da? Hast du jetzt auch noch den Verstand verloren?«

Ich gab Sigrid einen Kuss auf die Wange und öffnete die Beifahrertür.

»Grüße deine lieben Eltern von deinem Stutenprinz«, sagte ich.

Gab Gas, jetzt war mir leichter zu Mute, ja, sehr viel leichter zu Mute, ein Joch war mir von den Schultern genommen worden, ich hatte an diesem Tag auf zwei Hochzeiten tanzen können, was uns Kantigen nur selten vergönnt ist, müssen wir uns doch meistens mit dem einen oder dem anderen begnügen. Notto und Sigrid, johlte ich, Versöhnung und Wissenschaft, Hochzeitsreise und Doktorarbeit, heulte ich, es war gar nicht zu überschauen, war mir alles vergönnt war. Ich ruderte mit den Armen und rief einige Worte, die hier wiederzugeben mir nicht angebracht zu sein scheint, aber es war aus reiner Freude, dass ich schrie, heulte und mit den Händen wedelte. Ich holte Notto an den Hügeln bei Lier wieder ein, das heißt, ich hatte ihn im Blick, ich blieb fünfzig Meter hinter ihm. Ich konnte sehen, dass er Probleme hatte. Mehrere Male kam er vom Weg ab, bis zum Straßengraben. Es schien, als könnte er jeden Moment in Ohnmacht fallen. Ich fand das unverantwortlich, das war *force majeur.* Deshalb fuhr ich an seine Seite.

»Du brauchst eine Pause, Notto.«

Er schüttelte den Kopf.

»Ich will Oslo heute sehen. Jetzt oder nie.«

Es war nicht mit ihm zu reden.

Er hatte nur noch eine einzige Banane in seinem Kranz, und ich gab ihm ein neues Bündel, das er sich um den Hals hängen konnte. Er nahm auch einen Becher Milch entgegen, trank ihn aber im Gehen aus. Er wollte einfach nicht anhalten.

»Denk dran, dass du auch noch zurück gehen musst«, sagte ich.

»Im Augenblick denke ich an nichts anderes«, sagte Notto Fipp.

Es schien, als würde ihn der Teufel reiten, und ich fürchtete einen Moment lang, dass die Belastungen ihm auch noch den Verstand geraubt hatten. Wenn man sich einem unmenschlichen Druck aussetzt, kann man einen Punkt erreichen, an dem die Gedanken in gleichem Maße abmagern wie der Körper, und der Betreffende läuft Gefahr, sich zu irren, falsche, schicksalsschwere Entscheidungen zu treffen, er kann Visionen haben, unnötige Risiken eingehen, das Gedächtnis verlieren. Man denke nur an Scott und Amundsen.

»Wenn du hier dein Lager aufschlägst, kannst du morgen früh ausgeruht nach Oslo hineingehen und es sogar noch schaffen, umzukehren.«

»Jetzt oder nie«, wiederholte Notto.

So war er, stur, nicht verwirrt und schicksalsergeben. Er war aus einem seltenen Guss, nämlich aus einem Guss.

Als wir schließlich die Stadtgrenze erreichten, bei Skøyen, um 18.44 Uhr, und auch wenn wir hier an einem der dramatischsten Punkte in Notto Fipps Karriere sind, so werde ich schnell vorangehen und die Leiden nicht ausmalen, denn Leiden gab es genug. Ich fuhr wieder an seine Seite.

»Jetzt hast du dein erstes Ziel erreicht, Notto. Willst du dich nicht hinlegen oder umkehren?«

Auch dieses Mal blieb er nicht stehen. Er ging und flüsterte dabei:

»Ich will erst zum Parlamentsgebäude.«

»Zum Parlamentsgebäude? Was willst du denn da?«

»Das ist der richtige Punkt für die Kehrtwende.«

»Dann können wir in Frau Byes Hotel übernachten«, sagte ich.

»Kommt nicht in Frage.«

Lasst es mich folgendermaßen sagen: Notto Fipp sah nicht gut aus. Auf seinem Rücken baumelte sein Gepäck an ein paar Gummibändern. Der Strohhut war in alle Richtungen zerfleddert, ebenso der Regenschirm, der kaum noch Regen abhalten würde. Die Knöpfe an seinem Hemd waren verschwunden, es hing nur noch mit Sicherheitsnadeln zusammen, vielleicht seinerzeit in *Hvals Nadelfabrik* produziert? Wer weiß. Das wäre doch ein ehrenvoller Wink des Schicksals, Gottes oder der Toten gewesen. Eine Milchflasche hatte er an einer Schnur über der Schulter hängen und reife, fast braune Bananen um den Hals. Er hatte dreizehn Kilo abgenommen. Und in dieser Verfassung begegnete die gesammelte Osloer Presse Notto Fipp, und wenn er noch nicht berühmt war, dann wurde er es jetzt.

Der Weg zurück nach Kristiansand war ein einziger Triumphmarsch. Der Startschuss fiel um 13 Uhr, am 22. September 1929. In aller Kürze können die Ereignisse folgendermaßen beschrieben werden: Notto hatte für sich geplant, die Tour in vier Tagen zu schaffen, sicherheitshalber hatte er aber auf mein Anraten hin der Presse gegenüber von sechs Tagen gesprochen. Anfangs ging es »wie geschmiert«, wie man zu sagen pflegt. Für die ersten hundert Kilometer brauchte er zweiundzwanzigeinhalb Stunden. Doch danach ließ er es ruhiger angehen und erreichte Kristiansand, nachdem er 400 km zurückgelegt hatte, in vier Tagen und zehn Stunden.

Ein Pressemensch schrieb: *Notto Fipp ist ein reines Wunder, ein Troll im Gehen, hundert Kilometer am Tag sind eine Bagatelle und ein Vergnügen für ihn. Nur ungern lässt er sich von so etwas Materialistischem wie Essen in seinem intensiven Marschvergnügen stören, ihm genügen die Milchflasche an einer Schnur und eine Handvoll Bananen. Er ist ein wandernder Fakir, ein Protest gegen die Pferdestärken und Motoren. Er geht, bis er fällt, und buchstäblich fiel er über die Ziellinie, wie ein erschöpfter Sieger, gekleidet in einen sonderbaren Frack.*

Wie gesagt, mir gefielen diese Schreibereien nicht, dieser leicht dahingeworfene Jargon, der sich in der einen Zeile widersprach und in der nächsten in jeder Hinsicht unkorrekt war. Zuerst ist die Wanderung eine Bagatelle und ein Vergnügen, etwas, das Nottos Anstrengungen kleiner erscheinen lässt. Wer würde über Nansen sagen, dass seine Expedition ein reines Vergnügen war? Anschließend fällt derselbe Notto, dessen

Einsatz kurz zuvor nur eine Bagatelle war, ins Ziel, was auch nicht wahr ist, aber diese Journalisten wollten um jeden Preis alles in beide Richtungen auswalzen und waren gar nicht an dem Inhalt interessiert, solange es elegant klang.

Denn was Notto Fipp betrifft, sind gar keine Übertreibungen nötig. Kristiansand war in heller Aufregung, als er sich der Stadtgrenze näherte, an einem Samstagabend um zehn Uhr. Kurz vorher war er hinter einem Baum verschwunden. Ich ging davon aus, dass er sich erleichtern wollte, und nahm das als gutes Zeichen. Doch als er wieder zum Vorschein kam, zeigte sich, dass dem nicht so war. Endlich durfte ich sehen, was er in seinem Beutel versteckt hatte: den Frack! Notto Fipp wollte das letzte Stück im Frack gehen. Er hatte ihn sogar ganz allein angezogen. Welche Krönung des Werks! Wer sonst hätte für so etwas noch überschüssige Kraft und Phantasie gehabt? Niemand! Nur Notto Fipp und niemand sonst. Und so wanderte er die letzten Meter des Weges, in Frack, Strohhut und Regenschirm. Sechstausend Menschen waren auf den Beinen, um ihn auf dem letzten Stück zu begleiten, und die Kinder der Stadt, die zu dieser einzigartigen Gelegenheit noch hatten aufbleiben dürfen, schlossen sich dem Tross an, und auf dem Marktplatz wurde ihm ein Empfang bereitet, der eines Königs würdig gewesen wäre. Die Honoratioren von Kristiansand hatten so einiges auf die Beine gestellt. Es gab Flaggenparaden, Reden, und der städtische Männerchor sang *Norwegens Sonne* aus voller Kehle mit Orchesterbegleitung. Ich hielt mich zunächst einmal im Hintergrund, und wieder fiel mir auf, dass ich gerne auf all diese Aufmerksamkeit verzichtet hätte. Notto Fipp ging nicht, um sich zu brüsten. Er ging, um sich zu verfeinern und sein Wesen zu härten. Nach diesen Festivitäten, die kein Ende zu nehmen schienen, kam natürlich die Reaktion. Notto wankte, die Beine knickten unter ihm weg. Ich sah keinen anderen Ausweg, als ihn ins Krankenhaus zu bringen, wo ich selbst die Untersuchungen seiner erschöpften Körperteile durchführen konnte, und zu meiner Erleichterung und Freude fehlte seinen inneren, edleren Organen nichts, das Einzige, was er brauchte, das waren Ruhe und Nährstoffe. Mit anderen Worten: seine fabelhafte Tour hatte ihm in keiner Weise geschadet, ganz gleich, wie schwer sie ihm auch gefallen war. Er konnte sich mit gutem Gewissen den Kautabak gönnen, den er aufgespart hatte. Ich meinerseits sah mich deshalb genötigt, eine längere Abhandlung für den Fædrelandsvennen zu schreiben, da offensichtlich meine akademische Karriere auf dem Spiel stand, falls jemand dem Glauben verfallen würde, und derartige Kreaturen gab es ganz sicher, dass ich Notto Fipp auf eine Weise zu den Höchstleistungen gedrängt hätte, die fachlich nicht zu verantworten war. Außerdem musste ich mich mit einem Gerücht beschäftigen, und falls es bereits widerlegt war, so musste ich es zumindest um Sigrids und um Nottos willen tun. Ich bringe diesen Artikel in extenso. Redakteur Willumsen ließ ihn zu meiner Freude am folgenden Tag drucken, und sämtliche Zeitungen, die über die Tour geschrieben hatten, brachten ihn ihren Lesern in der kommenden Woche zur Kenntnis.

Dr. Bernhard Hval präzisiert:

Aus Telegrammen über Notto Fipps Ankunft in Kristiansand müssen Außenstehende die Schlussfolgerung ziehen, dass Notto entkräftet und kurz vorm Umfallen war. Dies ist vollkommen falsch. Als derjenige, der Notto auf dem ganzen Weg begleitet hat und dadurch aus erster Hand Kenntnis über seinen Zustand unterwegs ablegen kann, muss es mir gestattet sein, die Kommentare der Zeitungen diesbezüglich zu korri-

gieren, außerdem ist es Notto Fipps Wunsch und Wille, dass ich das tue. Die Wahrheit ist, dass er bei seiner Ankunft in Kristiansand in verblüffend gutem Allgemeinzustand war, obwohl er einen Tagesmarsch von hundert Kilometern hinter sich hatte, den er im Laufe von neunzehn Stunden absolvierte. Versuchen Sie das einmal selbst, meine Damen und Herren!
Kein Mann, der kurz vor dem Umfallen ist, schafft es, auf eine Fensterbank zu springen, um der Volksmenge für die spontane Huldigung, die ihm zuteil wird, zu danken. Deshalb wurde Notto auch nicht als »Gequälter« ins Krankenhaus gefahren, sondern auf mein Verlangen hin, damit ich ihn unmittelbar nach seiner Ankunft untersuchen konnte, um mich von vornherein gegen allerlei legendäre Ausschmückungen bezüglich einer »vollständigen Erschöpfung« usw. abzusichern. Das Resultat der Untersuchung, das mit Notto Fipps großzügigem Einverständnis veröffentlicht wird, läuft darauf hinaus, dass alle Organe in bester Verfassung waren, und die Ärzte, die neben mir zur Stelle waren, unter ihnen Oberarzt Røgler, drückten ihre Verblüffung über den außerordentlich guten Zustand aus. Hier kann genannt werden: Puls 79, normal 72. Blutdruck 112, normal 125. Temperatur 36,7, ein halbes Grad unter normal. Die Ursache dafür ist in Notto Fipps Lebensform zu suchen. Er ernährte sich unterwegs ausschließlich von Bananen und Milch. Nicht trotz, sondern aufgrund dieser strengen Diät konnte Notto diese ungewöhnlichen Strapazen meistern. Und lassen Sie uns das in einer Zeit, die geprägt ist von Humbug und Betrügereien an jeder Straßenecke, als ein Vorbild nehmen. Ziel dieser Tour war es nämlich, zu zeigen, was man mit ganz einfacher, genügsamer, aber natürlich vollkommen ausreichender Kost ausrichten kann, ohne alle Stimulanzien und Genussmittel, ohne Wohlleben und Überfluss. Wir gehö-

ren einem rauen Volksstamm an. Große Männer haben wir hervorgebracht. Und Notto Fipp ist einer von ihnen. Lassen Sie mich noch hinzufügen, dass es meine Aufgabe unterwegs war, nicht nur darauf zu achten, dass alles korrekt und innerhalb der zu verantwortenden Grenzen verlief, rein fachlich gesehen, sondern auch, um zudem Observationen über Notto Fipps Gangart zu machen, und auf diese Art die Grundlage für eine bahnbrechende Doktorarbeit zu legen, die der Gesellschaft, und damit uns allen, von Nutzen sein wird.

Dr. Bernhard Hval. Kristiansand. 22. September

Ich übernachtete genau wie Notto im Krankenhaus, auf einem Sofa im Sprechzimmer, blieb jedoch lange wach liegen und dachte an den Artikel, den ich soeben mit einem Boten zum Fædrelandsvennen geschickt hatte. War er nicht ein wenig übertrieben? War ich zu hart vorgegangen? Wollte die Menschenmenge Notto Fipp nicht gerade so sehen: auf der Ziellinie umfallend, am Ende seiner Kräfte, am Rande des Todes. Wenn er kerzengerade und munter daherkam, warum konnte er dann nicht ebenso gut zurück nach Oslo gehen und später wiederkommen? Ach, ich schmatzte und hielt mir die Hand vor den Mund. Ich musste den Artikel wieder zurückziehen. Ich musste eine Gegendarstellung verfassen: Stoppt die Druckerpresse! Dann schlief ich doch ein und hatte einen merkwürdigen Traum. Ich träumte von Notto Fipps Mutter, die ich nie gesehen hatte, aber es muss sie gewesen sein. Es konnte niemand sonst sein. Im Traum war ich mir dessen sicher. Sie geht den Flur entlang, direkt an mir vorbei, langsam, gekleidet in den grauen, knisternden Kittel des Krankenhauses, es muss schon viele Jahre her sein. Dann bleibt sie stehen und dreht sich um. Sie hat Nasenbluten und wischt das Blut mit einer Serviette ab, die sie in beiden Händen hält, oder ist es vielleicht auch ein Handtuch? »Du Armer«, sagt sie. »Wieso?«, frage ich. »Ich bin nicht krank.« »Du bist eine Klasse für sich«, flüstert sie. Jetzt sehe ich, dass auch an ihren Beinen Blut entlangläuft, in die flachen Schuhe, die bereits voller Blut sind. »Ich will keine Klasse für mich sein!«, rufe ich. Sie lächelt und kommt näher. »Wir sind stolz auf dich. Denk daran.« Dann geht sie weiter, wiegend, in Schuhen, in Blut watend, einem Mann entgegen, der auf sie wartet, mit einem Koffer und einem Schleifstein.

Am nächsten Morgen treffe ich Notto auf der Treppe vor dem Krankenhaus. Er trägt wieder seine normale Kleidung und ist reisefertig.

»Der Frack liegt drinnen beim Oberarzt«, sagt er.

»Aber den sollst du natürlich behalten! Der gehört dir!«

»Willst du noch einmal heiraten und mich um noch eine Rede bitten?«

»Da brauchst du keine Angst zu haben, mein Freund. Sigrid hat mich fest in ihren Klauen!«

»Ja, du bist ein Glückspilz, du.«

»Du wirst sicher auch bald eine Frau finden.«

»Oh, das denke ich nicht.«

»Nach allem, was in den Zeitungen stand, wirst du das kaum vermeiden können! Die stehen bestimmt bald Schlange!«

»Das Gehen hilft wahrscheinlich bei so einem Gesicht wie meinem nicht viel. Meistens lachen die Frauen nur über mich.«

Notto zupfte an seinem Spitzbart, während ich wegschaute und beschloss, mir an meinem Kinn einen ähnlichen Bart wachsen zu lassen, je früher, umso besser.

»Was hast du eigentlich jetzt vor?«

Notto zuckte mit den Schultern.

»Ich werde wohl ein wenig herumtappen. Vielleicht geht es ab in die Gruben.«

»Nicht in die Gruben! Das ist nichts für solche wie dich!«

»Aber solche wie ich müssen trotz allem von etwas leben. So ist es nun einmal.«

Ich musste ihn davon abbringen.

»Wusstest du, dass die Sterberate unter den Bergleuten am höchsten ist«, ermahnte ich ihn. »Und weißt du, welcher Beruf die niedrigste Sterberate hat?«

»Das müssen ja wohl die Ärzte sein. Denn die können sich selbst kurieren.«

»Oh nein. Es sind die, die keiner festen Erwerbstätigkeit nachgehen. Diejenigen, die frei sind, Notto. Wie du!«

Ich suchte nach ein wenig Kleingeld, aber er wollte nichts annehmen. Ich bestand darauf. Er schüttelte den Kopf und legte mir stattdessen die Hand auf die Schulter und sagte:

»Beeil dich jetzt, mein Freund. Auf mich wartet niemand, aber auf dich wartet Sigrid.«

Ich reichte Notto Fipp nicht einmal bis zu den Knöcheln. Das soll ein für allemal gesagt sein! Er war der Beste von allen. Er war zu gutmütig und zu bescheiden, um seinen Triumph auf Kosten anderer auszunutzen, während ich im Gegenteil kleinlich und erbärmlich genug war, darum bemüht zu sein, meine Schäfchen ins Trockene zu bringen und dem Publikum und meinen Vorgesetzten zu schmeicheln. Ich war nichts anderes als ein simpler Scaramouche, leider nicht in einer Komödie, sondern in der Tragödie eines anderen.

Wir standen auf und sagten nichts mehr. Es war genug gesagt worden. Unsere Wege trennten sich. Aber wir wussten, dass sie sich früher oder später wieder kreuzen würden. Womit wir recht behalten sollten. Es sollte gar nicht mehr so lange dauern bis dahin.

EINE HOCHZEITSREISE

Wir nahmen die *Kronprinz Olav,* die neue Dänemarkfähre, nach Kopenhagen und dann den Zug nach Paris. Ich erkannte einiges von der Landschaft wieder aus der Zeit, als ich mit meiner Mutter nach Wörishofen gefahren war, um im Wasser herumzulaufen. Es muss in Norddeutschland gewesen sein, eine Windmühle auf einem mageren Acker, es war, als stünde meine Kindheit dort still, genau dort, in dem zerbrochenen Rad. Bis zu diesem Zeitpunkt war mir nie eingefallen, dass ich meine Mutter vermissen könnte. Ich versank in einem Meer von Zeit. Ich sank träumend in den weichen Samtsitz der Eisenbahn und knirschte mit den Zähnen, fest und sorgfältig schliff ich sie ab, besonders die Backenzähne. Sigrid ging es übrigens nicht gut. Sie hatte ihre monatlichen Beschwerden und schlief, eingehüllt in Decken und Tücher. Ich saß da und betrachtete sie, das kräftige reine Gesicht, das der Schlaf weich und blass machte, fast schön, trotz allem. Die kleine Pille, die sie genommen hatte, half. Was bedeutet es, verliebt zu sein, rein fachlich gesehen? Und bitte kommt mir nicht mit Herzklopfen und Sehnsüchten. Das reicht leider nicht. Das läuft unter der Bezeichnung Leidenschaft, und Leidenschaft ist wechselhaft wie Wind und Wetter und Politik. Leidenschaft ist etwas für die guten Tage, Verliebtsein für die schlechten. Und

Liebe, bei ihr muss man Zuflucht suchen, wenn die Ehe den Polarkreis passiert hat und der Frost Wurzeln schlägt. Sei still, Bernhard Hval, du Hexendoktor! Du hast mehr Leichen geöffnet, als du Bekannte hast, und jetzt näherst du dich der Achtzig, das ist ein langes Leben, und die meiste Zeit musst du sehr einsam gewesen sein. Du hast jeden Winkel und Kringel der menschlichen Leiber studiert und nie den Sitz der Liebe gefunden. Am nächsten bist du der Verdauung gekommen, denn alle Mörder und alle Verliebten weisen Unregelmäßigkeiten in Magenbeutel und Darm auf, und da die Verdauung im Mund beginnt und in der Analöffnung endet, kann man den Schluss ziehen, dass das Verliebtsein seinen Sitz von den Lippen bis zu den Schließmuskeln hat, sich wie eine Schnur von Gefühlen durch den ganzen Körper zieht. Oder bedeutet Verliebtsein ganz einfach, dass man bereit ist, sich zu opfern, voll und ganz für einen anderen Menschen? Nicht ganz wahrscheinlich, denn dann könnte man genauso gut verliebt sein in einen Bruder, eine Schwester, einen Freund, einen Notto Fipp. Ich vermisste ihn. Ich vermisste Notto Fipp. Was machte er jetzt? Passte er auch gut genug auf sich auf? Ich hätte bei ihm bleiben sollen. Fatum diabolo! Ich lehnte die Stirn an das Fenster und zitterte und schnaubte. Sigrid drehte sich im Schlaf. Wenn meine Mutter ihre Periode hatte, kam es vor, wie ich später feststellte, dass sie sich nackt auszog, ganz gleich, zu welcher Jahreszeit, und im Garten herumlief, um auf diese Art und Weise ein Unwetter abzuwehren, Stürme zu verhindern und die Erde fruchtbar zu machen. Was Vater natürlich nicht zulassen konnte, wenn es ganz schlimm war, musste er sie einsperren. Lange glaubte ich, Mutter hätte diese Macken von dem Naturburschen Kneipp, bis ich beim Lateinstudium erfuhr, dass dieser Aberglaube schon viel älter ist. Sie hatte das von dem römischen Schriftsteller Plinius, der dieses Verhalten besessener Frauen beschreibt, wo immer sie es auch her haben mochte, jedenfalls nicht aus Vaters Bücherregalen. Ebenso schlimm konnte es übrigens während der sogenannten Monatswelle sein, genau zwischen den Perioden, am dreizehnten Tag, wenn die Körpertemperatur der Frau ansteigt, so wie sie sinkt, wenn sich das Blut löst. Darauf ist Rücksicht zu nehmen. Dann färbte sie das Haus von Besserud blau, zog die Vorhänge vor, zerbrach einige Spiegel und holte das Winterzeug vom Dachboden, ganz gleich zu welcher Jahreszeit. Das konnte Vater leichter ertragen. Und ein anderer Gedanke drängte sich mir auf: Was machte man auf einer Hochzeitsreise? Ich war der Beste meines Jahrgangs, aber das wusste ich nicht. Warum hatte ich niemanden gefragt? Welche Anforderungen oder Wünsche musste ich erfüllen? Musste ich Geschenke kaufen, wo doch die Reise an sich schon ein Geschenk war? Musste ich nach ihrer Pfeife tanzen? Musste ich etwa sogar Tennis spielen? Wen hätte ich fragen sollen? Wir wollten drei Wochen in Nizza verbringen, und das bedeutete, dass die Monatswelle käme, bevor wir nach Hause fuhren. Bis jetzt waren wir nie länger als zwei Tage allein miteinander zusammen gewesen. Und nun standen uns drei Wochen und der Rest des Lebens bevor. Wie sollte ich mich verhalten? Ich musste eine Runde mit den Armen im Abteil rudern. Ich war meine eigene Windmühle. Sigrid war kurz davor aufzuwachen, sie drehte sich wieder, schlief aber dann doch weiter, die Lippen, die trotz der bleichen Haut oder vielleicht gerade deshalb rot und voll erschienen, rutschten in eine Ecke des Gesichts, und wieder überfiel mich diese verdammte Diplopie, ich sah doppelt, Zukunft und Vergangenheit, mit dem Moment vermischt, der gerade jetzt zu dem harten Rhythmus der Bahn auf dem Weg war. Ich sah das Kind und den Tod, die Unschuld und den Verrat. Natürlich war ich einfach nur müde. Ich war überanstrengt. Die Hochzeitsreise, das sind Ferien, sagte ich. Nicht wahr, Sigrid? Wir können machen, was wir wollen. Aber wir, die Kantigen, können nicht machen, was wir wollen. Wir müssen uns in Acht nehmen. Wir müssen uns im Zaume halten. Sigrid schlief durch Europa. Ich hätte gewünscht, Sigrid hätte mich im Zaume gehalten, so dass ich sie hätte halten können. Dafür braucht es zwei. Vorläufig musste ich mein Vertrauen auf die Leidenschaft setzen. Da hatte ich immer noch einen gewissen Spielraum. Grobian! In Paris mussten wir nicht nur den Zug wechseln, sondern auch den Bahnhof, und das war eine beschwerliche Reise quer durch diese Metropole, durch vielbefahrene, laute Straßen, über Bordsteine und nochmals Bordsteine, vom Gare du Nord zum Gare du Lyon. Außerdem hatte Sigrid Gepäck für mehr als einen ganzen Kreuzzug dabei, vier Koffer, der eine größer, oder kleiner, als der andere, drei Taschen, zwei Tennisschläger und ebenso viele Hutschachteln. So war es nun einmal. Ich selbst begnügte mich mit einem Mäppchen mit dem Nötigsten: Schlaftabletten, Glaubersalz, Pipette, Pflaster und Riechsalz. Wovon wir das meiste brauchten. Mit Müh und Not erreichten wir die Eisenbahn Richtung Marseille, wo wir früh am nächsten Morgen vom hoteleigenen Omnibus abgeholt und entlang dieser unbezahlbaren Küste gefahren wurden, von der ich bisher nur Gerüchte gehört und Bilder gesehen hatte, aber die Farben, welche Farben im Verhältnis zu Norwegens Granit! Weiße Strände, rote Klippen und grüne, weitgestreckte Wellen, die gegen das Land schlugen und zurück in den Himmel rollten, Indigo, woher sie kamen. Und vor dem Westminster Hotel in Nizza wartete eine ganze Armee auf uns, Piccolos, Empfangspersonal, Oberkellner, Kellner, Kaltmamsellen, Chauffeure, Telegrafistinnen, Laufburschen, Barkeeper und ich weiß nicht was noch, alle nach ihrem Rang laut der strengen Disziplin des Hotels gekleidet.

Das war nach meinem Geschmack. Hier gab es keine Möglichkeiten für Missverständnisse. Der Oberkellner hatte eine weiße Schleife, der Kellner eine schwarze, die Lehrlinge trugen weiße Jacken, während der Piccolo in eine rote Uniform mit einer drolligen Mütze auf dem Kopf gekleidet war und das Empfangspersonal sich durch ihre doppelreihigen gelben Jacken unterschieden. Wir wurden auf unser Zimmer, oder besser gesagt, unsere Suite gebracht, um nicht zu sagen, unsere Wohnung, die aus einem *chambre á coucher* bestand, mit doppeltem Himmelbett, *une salle de bain,* mit Badewanne, zwei Waschbecken, zwei ovalen Spiegeln und Fliesen sowohl auf dem Boden als auch an den Wänden, und *un salon privé*, in dem alles, was man brauchte, in Reichweite war. Champagner stand in allen Räumen im Sektkühler, und diese ganze Armee wieder loszuwerden, war keine billige Angelegenheit. Trinkgelder sind nicht mein Gebiet. Wie viel soll man wem geben? Wie viel ist zu wenig und umgekehrt, wie viel ist zu viel? Trinkgelder sollten verboten sein, genau wie Betteln. Entweder die Gehälter werden erhöht, oder das Personal kann eine Spardose aufstellen oder eine Schale, in der Rezeption, in die alle, die wollen, in aller Vertraulichkeit etwas legen können. Und dann sollen sie sich doch nach Arbeitsschluss um die Verteilung prügeln. Als wir endlich in Ruhe gelassen wurden, konnten wir mit dem beginnen, was man auf einer Hochzeitsreise so tun soll, besonders am ersten Tag, also mit der einfachen, reinen Leidenschaft. Wir gingen aufeinander los, obwohl ich eigentlich lieber vorher ein Bad genommen hätte, aber wir waren ja nun einmal auf der Hochzeitsreise. Da gehörte es sich so. Ich löste ihre Binden und nannte sie meine Huri Huri, aber das hatte sie schon früher gehört. Ich nannte sie meinen kleinen Syphong, meine Vulgivaga und rief, lass mich der Untertan sein in deiner herrlichen Gynäkokratie! Sigrid verstand nicht ein Wort, aber das, was wir durchführten, war nicht unangenehm, nur etwas zu glatt, etwas Blut auf dem Laken, das Ganze dauerte eine halbe Minute. Sigrid eilte ins Bad. Ich zog mir einen Morgenmantel an, schenkte uns beiden Champagner ein und blieb in dem privaten Salon am Fenster stehen. Die Dunkelheit setzte abrupt ein. Das Blau ging über in Schwarz, nur gebrochen, fast aufgelöst von den Straßenlaternen, Scheinwerfern auf schneller Fahrt, den leuchtenden Einladungen der Restaurants, Sternen, die so tief hingen, dass man glauben konnte, sie trieben im Mittelmeer selbst, einer Zigarette, die angezündet wurde, von jemandem, der immer noch die Promenade des Anglais entlanglief. Ich öffnete das Fenster und lauschte den Geräuschen, an erster Stelle natürlich dem Meer, einem Rhythmus, der mich gleichzeitig beruhigte und ängstigte, monoton, damit kann ich leben, aber ewig, was kann furchteinflößender sein als die Ewigkeit? Nein, die Ewigkeit, rein fachlich gesehen, ist kein Trost, ganz im Gegenteil. Die Musik machte indes mehr her, Akkordeon, Klarinetten, Jazz, Schuhe, Gelächter, Autos, oder diese Motorräder, die an jeder Ecke Gas gaben, all dieses Flüchtige, das für einen Augenblick das weiche Pendel der Ewigkeit übertönen kann. Ich wurde von all dem verführt. Und dabei habe ich noch gar nicht die Palmen erwähnt. Die Palmen sind das Gegenteil von Fichten. Während die Palme ihre Zweige jubelnd in die Lüfte hebt, steht die norwegische Fichte mürrisch mit den Armen dicht am Leibe da. Plötzlich vermisste ich Notto Fipp. Ich wünschte, er hätte das sehen können, was ich sah, das hören, was ich hörte. In dem Moment stand Sigrid hinter mir.

»Findest du mich eklig?«

»Eklig? Wie meinst du das?«

»Das Blut. Findest du, das war eklig?«

Sie umarmte mich.

»Ich bin Arzt, Sigrid. Ich weiß alles darüber.«

Sie lockerte sofort ihren Griff und nahm stattdessen die Flasche hoch.

»Ich frage dich nicht als Arzt! Ich frage dich als meinen Mann! Ich bin nicht deine Patientin! War es eklig?«

Natürlich wurde ich verlegen. Sigrid war auch verlegen. Das gefiel mir. Das machte uns echt, authentisch. Wir fühlten etwas. Nur wer dem anderen wirklich nahesteht, kann auf diese Art und Weise verlegen werden. Wir waren verlegen. Wir standen einander nahe.

»Findest du, es war eklig?«, fragte ich.

»Ich habe zuerst gefragt.«

»Nichts an dir ist eklig, Sigrid. Komm her. Schnell.«

Und sie kam.

Der Mond stand wie eine Säule in dem schwarzen Wasser zwischen Laternen und Lachen.

Wir stießen miteinander an.

»In zwei Wochen machen wir ein Kind, Bernhard.«

»Was sagst du? Ein Kind in zwei Wochen?«

Sigrid lachte, wie sie es immer tat, wenn sie fand, dass ich rettungslos dumm war und überhaupt nichts kapierte.

»Ich denke, du bist Arzt? Kannst du dann nicht bei mir Temperatur nehmen und mich vollspritzen, wenn sie am höchsten ist?«

Die Monatswelle.

Ich sah sie vor mir: größer und heftiger als die Brandung des Mittelmeers. Sie würde höchstwahrscheinlich unsere Suite überspülen und uns beide zu ertränken drohen, besonders mich, auf die schmerzhafteste Art, wenn ich nicht bald Hilfe fand und sie energisch und umgehend zähmte.

»Doch, ja«, sagte ich.

»Das klang aber begeistert.«

»Liebe Sigrid, es gibt dabei so viel zu bedenken. Lass uns lieber den Moment genießen.«

Welche Worte! Und sie kamen aus meinem eigenen Mund! Genieße diesen Augenblick! Habt ihr das gehört! Ich, der nur überleben kann, wenn er vorn liegt, einen Schritt, zwei Schritt, ja, unser Leben, das Leben der Kantigen, beruht auf gewissenhafter Planung. Wir brauchen zwei Kalender für jedes Jahr. Heute durchschreiten wir bereits das Morgen. Morgen ist die nächste Woche fertig. So viel kann ich sagen, ohne selbstmitleidig zu wirken, diese achte Todessünde, dass es kurz und gut eine Schufterei war. Und damit übertreibe ich nicht. Für uns gibt es nicht den Augenblick. Denn im selben Augenblick ist er schon vorbei.

Sigrid gab mir einen Kuss in den Nacken.

»Du bist so viel klüger als ich«, flüsterte sie.

»Ich habe nur mehr Champagner getrunken.«

Wir stießen an und genossen die Aussicht, auch wenn es zu dunkel war, um etwas anderes erkennen zu können als die künstlichen Lichter. Aber dieses Gerede von einem Kind quälte mich nicht nur, es versetzte mich in Panik, es machte mich sentimental und garstig. Ein Kind zu machen, das mir ähnlich wäre, das war ganz einfach unerträglich. Ich konnte es gutheißen, dass unglückliche Eigenschaften ein Glied in der Kette überspringen, um dann in der nächsten Generation nur noch stärker zurückzukommen. Konnte ich das Risiko eingehen? Gibt es nicht bereits jetzt genug von uns? Wenn wir uns bis ins Unendliche reproduzieren, wird es bald auf der Erde keine Ellenbogenfreiheit mehr für uns geben. Wir müssen unsere Grenzen erkennen. Unsere Grenzen erfordern nämlich ungewöhnlich viel Platz.

Das hätte ich sagen sollen. Das hätte ich Sigrid erklären sollen, die ja im Grunde genommen ein redlicher Mensch war, und ich hätte es tun sollen, bevor wir einander gute und schlechte Tage versprachen. Das Schlechte würde kommen. Das Gute müssten wir hüten. Auf diese Art hätte sie ihre Entscheidung auf der Basis fachlicher und vernünftiger Abwägungen treffen können und nicht auf der kaum zuverlässigen Grundlage flüchtiger Gefühle.

Quousque tandem!

Ich schloss das Fenster und öffnete gleichzeitig einer sonderbaren Stille.

»Weinst du?«, fragte Sigrid.

»Nein, wieso?«

»Lass sehen.«

»Ich weine nicht.«

Sie drehte mich um und legte mir einen Finger auf die Wange, während ich zu Boden schaute. Sie trocknete meine Tränen und sog sie auf.

»Warum weinst du, Bernhard?«

»Weil ich glücklich bin.«

»Ich auch, Bernhard.«

Eine Hochzeitsreise soll man für sich behalten.

Ich empfinde es als unnötig, zu viel zu verraten, und ich habe auch gar nichts zu verraten, abgesehen davon, dass ich mir das Kinn nicht mehr rasierte, mit dem Ziel, mir einen Spitzbart im Geiste Notto Fipps anzuschaffen. Die ganze Zeit wartete ich, dass Sigrid das kommentieren und mich bitten würde, sorgfältiger mit dem Messer zu sein, doch ein derartiger Kommentar ließ auf sich warten. Ihr waren meine neuen Gesichtszüge anscheinend noch gar nicht aufgefallen. Stattdessen wurde ich von einem neuen Drang übermannt. Ich konnte nicht anders, ich musste mich am Kinn zupfen. Aber da war nichts, um darin zu zupfen, bis auf das Kinn. Es war glatt wie Glas. Kam dort nicht bald ein Bart? War mein Kinn verdorrt?

Ich zog an ihm, bis mein Mund schief war. Das wiederum bemerkte Sigrid. Zuerst glaubte sie, ich wäre nachdenklich, und fragte, was mir solche Sorgen bereitete. Ich log auf eine höchst ehrliche Art und Weise: Direktor Lunds große Pläne, antwortete ich. Mein dummer Donkischott, sagte Sigrid und küsste mich aufs Kinn. Du sollst dich freuen, nicht sorgen! Donkischott! Wollte sie jetzt auch noch anfangen, mir Kosenamen zu geben? Das konnte nicht gut gehen. Es reichte, dass ich ihr Namen gab. Wenn wir beide das taten, würde das Spiel kaputtgehen. Doch dann küsste Sigrid mein Kinn nicht mehr und sagte, wenn ich vorhätte, mich in Grund und Boden zu sorgen, dann könnte ich bitte schön gleich auf der Chaiselongue schlafen und mir dort das Kinn abreißen. Ansonsten nahmen wir das Frühstück meistens auf dem Zimmer ein, anschließend spazierten wir die Promenade des Anglais entlang, tranken eine Tasse englischen Tee im Grand Pomel, aßen zu Mittag und Abend im Hotel, promenierten nach dem Cognac Arm in Arm und gingen früh zu Bett, meistens vor zehn Uhr. Die besondere Luft machte uns beide auf angenehme Weise müde. Wir waren enthaltsam, was auf einer Hochzeitsreise vielleicht sonderbar erscheint, aber Sigrid meinte, wir sollten unsere Kräfte, das heißt meine Samen, sparen und keinen Blödsinn machen, bis die Zeit reif war. Aber es gibt dennoch einige Ereignisse, die ich erwähnen möchte, die nicht nur ihre Spuren hinterließen, sondern die auf ganz sonderbare Weise zusammenhingen, entgegen aller Vernunft, und da denke ich auch an meine eigene, schiefe, manches Mal spiegelverkehrte Vernunft, die offen ist für das meiste und geschlossen für das wenigste. Zum Ersten: Ich musste kein Tennis spielen. Gott sei Dank. Das Hotel hatte nämlich ein hübsches Gelände in dem größten Palmengarten angelegt, das sofort Sigrids Interesse weckte, und zwar Hallengolf. Wenn ich nicht schon vorher der Meinung gewesen wäre, dass Golf ein lächerlicher Sport ist, wenn man es denn überhaupt als solchen bezeichnen kann, dass man einen Ball in ein Loch im Gras schubst, wurde meine Haltung zu diesem stupiden, sinnlosen Spiel nicht besser dadurch, und das erst recht nicht, weil es vollkommen ernst gemeint war. Da dieses Vergnügen inhäusig stattfand, war alles entsprechend kleiner gehalten, abgesehen von den Drinks und den Teilnehmern, die vierzehn verschiedene Posten durchlaufen mussten, bei denen der Ball entweder einen engen Tunnel oder eine schlanke Rinne durchlief, um das Loch zu treffen, über einen kleinen Sandkasten, unter einer Hürde hindurch, an einem Kreuz vorbei und zwischen Stangen entlang. Jede Mannschaft hatte ihren eigenen Lakai, der Anzahl der Schläge und Punkte auf einem speziellen Block notierte, und einen Kellner, der dafür sorgte, dass die Flüssigkeit nachgefüllt wurde, wenn es einem zu heiß wurde. Etwas Lächerlicheres habe ich selten erlebt: erwachsene Menschen, Frauen wie Männer, in Smoking und langen Kleidern, hochhackigen Schuhen, mit großen Hüten, die in vollem Ernst einen Ball durch ein Tor schoben, um ein dafür vorbereitetes Loch zu treffen. Sie sahen aus wie einfältige, verwachsene Kinder. Sigrids Interesse an diesem Spiel war leider sofort erwacht, und bereits am nächsten Tag, noch vor dem Mittagessen, wollte sie es ausprobieren. Ich wehrte mich, solange es ging. Wir, die Kantigen, müssen unseren Zwang, unseren Hunger mit größter Sorgfalt aussuchen. Wir dürfen kein Risiko eingehen. Ich hatte mir bereits eine neue Übung aufgebürdet, die ich Hand ans Kinn taufte. Und oft ist es so, dass der Hunger, der Zwang, uns aussucht. Deshalb müssen wir gegen jede überflüssige Versuchung gewappnet sein. Und diese Versuchung, wenn man sie überhaupt so nennen kann, war höchst überflüssig. Sollte sie mich aussuchen, wäre das eine tiefe Beleidigung gewesen. Warum um alles in der

Welt sollte man mit einem Schläger in der Hand drinnen stehen, wenn wir doch in der reinsten Luft und dem sanftesten Wind, den ein Herbst hervorbringen konnte, am Mittelmeer spazieren gehen konnten?

»Können wir vor dem Mittagessen nicht lieber ein wenig spazieren gehen?«, schlug ich vor.

»Sei nicht so langweilig«, sagte Sigrid.

Na gut. Sie fand also, ich wäre langweilig. Ich dachte, dass ich auf diese Art zumindest um das Tennisspielen herumkam. Von zwei Übeln war das Hallengolf vielleicht das kleinste. Und mehr als zwei Disziplinen konnte sie nicht von mir verlangen. Sonst würden wir noch beim Zehnkampf enden, und ich konnte mich von meinem bürgerlichen Leben verabschieden.

»Der Beste bei drei Durchgängen«, sagte ich.

Es wurden der Reihe nach Schläger, Bälle und Startnummern ausgeteilt, und anschließend folgte uns ein junger, eifriger Kellner auf dem Fuße, in weißer Jacke und schwarzer Hose, er war noch nicht weiter auf der Rangleiter des Hotels geklettert, als dass er dieser kindischen Bourgeoisie zu Diensten stehen musste, und uns unterwegs Pernod und Martini servierte, während ein Lakai die Schläge und Punkte mit größter Gewissenhaftigkeit notierte. Die erste Runde gewann ich überlegen, 28 Schläge gegen 39. Und noch einmal: Wieder gewann ich, mit noch größerem Abstand, 27 zu 42. Ich war selbst verblüfft. Ich hatte keine Ahnung, woher ich meine Ruhe und Zielsicherheit nahm. Der Schläger und ich, wir waren miteinander verwachsen. Der Ball schlich sich vorbei und umrundete jedes Hindernis, und ich heimste Applaus von den anderen Mannschaften ein, die eine Pause machten, um zuzuschauen und vielleicht etwas zu lernen, meine meisterlichen, präzisen Schläge, ein exklusives Repertoire an Rückschrauben, Trudeln und Unterschrauben. Ich bekam Angst. Worauf hatte ich mich hier eingelassen? Glücklicherweise wollte Sigrid keine letzte Runde mehr spielen, sie hatte ja sowieso schon verloren. Der Lunch in dem englischen Salon war nicht sehr gelungen, trotz smoked sandwiches und Austern. Sigrid war sauer und rührte das Essen kaum an, trank dafür aber umso mehr vom Rosé.

»Wo hast du Golf spielen gelernt?«, fragte sie.

»Das war ein reiner Zufallstreffer«, sagte ich.

»Ein Zufallstreffer? So etwas gibt es nicht. Zumindest nicht, wenn es acht Zufallstreffer nacheinander sind.«

»Vielleicht habe ich ganz einfach Talent. Probier doch die Austern. Sie sind herrlich.«

Sigrid wurde spitz.

»Talent? Na, was für eine göttliche Gabe. Talent für Hallengolf zu besitzen! Prost!«

»Du warst doch diejenige, die spielen wollte. Nicht ich.«

»Dann hattest du eigentlich gar keine Lust? Hättest du das nicht gleich sagen können?«

»Ich dachte, du hättest Lust.«

»Ja, aber ich habe keine Lust, wenn du keine hast.«

Ich wurde äußerst sachlich, vielleicht in einem Versuch, die Nerven nach dem Triumph wieder zu beruhigen.

»Man kann nicht immer gleichzeitig Lust haben. Dann gilt es, dem anderen auch Lust zu machen. Das ist es, worauf eine Ehe hinausläuft, Sigrid.«

Sie lachte und trank, oder eher umgekehrt, zuerst trank sie und lachte dann umso lauter:

»Wovon redest du da eigentlich? Ich habe keine Lust, dir Lust am Golfspielen zu machen.«

»Ich sage doch nur, dass jeder Sport im Grunde genommen nur ein Spiel ist. Warum heißt es sonst die Olympischen Spiele, Siggen.«

Sie leerte ihr Glas mindestens zum vierten Mal, beugte sich

wieder über den Tisch, mit einem trotzigen Lächeln, doch zu meiner Verblüffung küsste sie mich.

»Morgen werde ich dich schlagen, dass du nicht mehr über den Stiefelrand guckst, Berny.«

Und ich verstand etwas, was ich eigentlich schon wusste, vielleicht, ohne es mir wirklich einzugestehen, nämlich dass Sigrid es nicht nur hasste zu verlieren, sie hasste es so von Herzen, dass sie lieber mit einem Verlierer verheiratet sein wollte, als selbst zu verlieren. Das lag in der Familie, wie ich annahm, wie es auch in meiner Familie lag, die keine Familie mehr war. Mit anderen Worten, es war ein wackliges Gerüst, auf dem wir unser Leben aufbauen wollten.

Siggen und Berny.

Da waren wir also, wir beide.

Und nachdem am nächsten Tag das Frühstück überstanden und verdaut war, standen wir jeder mit unserem Schläger in diesem Kindergarten für Wohlhabende und Imbezile bereit. Und wir waren nicht allein. Das Gerücht über unsere offene Rechnung war offenbar bereits im Umlauf, und die Gäste drängelten sich entlang der engen Loipe. Und das hatte ich am allerwenigsten gewünscht: ein Gerücht. Ich wollte einer unter vielen sein. Ich wollte unsichtbar und höflich sein. Nicht entdeckt werden. Ich musste all meine Kraft darein legen, nicht so hart zu schlagen, dass der Ball zwischen den Flaschen in der Bar Americain landete, in dem angrenzenden Raum, oder einen der Zuschauer verletzte, auch wenn ich große Lust dazu hatte, sie umzuhauen, einen nach dem anderen. Ich umklammerte den Schläger, während ich die Füße auseinander stellte, um das Gleichgewicht zu halten. Nicht zu viel, Berny, nicht zu wenig, genau in der Mitte, Berny, der goldene Mittelweg. Siggen wurde ungeduldig. Ich schlug. Es war ein erbärmlicher Schlag, aber besser als nichts und viel besser als alles.

Das Umgekehrte wäre schlimmer gewesen. Der Ball rollte vielleicht einen halben Meter über den Filz und blieb dann liegen. Das Publikum seufzte. Glaubten sie denn, es wäre meinerseits Taktik gewesen? Glaubten sie, es wäre ein geheimes Manöver, dessen Code nur professionelle Hallengolfer kannten? Wer hat Hallengolf erfunden? Norweger? Ich wiederhole: sollen sie doch, in gutem Glauben! Lasst sie alle in gutem Glauben! Dann war Siggen an der Reihe. Sie schlug gut. Sie musste ihren Schlag im Laufe der Nacht geplant haben, von ihm geträumt haben, ihn gesehen haben, ihn im Schlaf durchgegangen sein, jede einzelne Bewegung, die Winkel der Schulter und der Arme, die Richtung des Ellenbogens und nicht zuletzt den Griff um den Schläger, mit beiden Händen, was sie natürlich vom Tennis her gewohnt war, wenn man von einzelnen Rückhänden absieht, die das Spiel wieder an den richtigen Ort bringen sollen. Sie gewann die ersten acht Runden. Jetzt durfte ich nicht übertreiben. Ich drehte den Ball durch den abschüssigen Kreis, und er schoss in das Loch, in das er gehörte. Ich verteilte den Applaus. So fuhr ich fort. Ich holte Siggen wieder ein. Ich hinkte auf ihre Höhe. Das Publikum hielt die Luft an, oh, welche Idioten, aber plötzlich erinnerte ich mich an früher, als ich zusammen mit Alfred, meinem bedauerlicherweise verabschiedeten Chauffeur, Axel Paulsen rückwärts auf Schlittschuhen laufen gesehen hatte, im Frogner Stadion, und hielt nicht damals das Publikum auch die Luft an, und was war mit mir? Möglicherweise war ich derjenige, der die Luft am längsten anhielt, bis ich kurz davor war, auf der Tribüne in Ohnmacht zu fallen, als Axel Paulsen endlich ins Ziel kam, mit dem Rücken voran, nach fünftausend Metern. Jetzt war ich an der Reihe. Ich hätte am liebsten den nächsten Schlag ebenso rückwärts geschlagen, Scheiben, Flaschen, Fenster, Glas und Brillen zerschlagen. Ich hätte sogar Träume zerschlagen können. Ich hätte zuschlagen können, nicht ins Gesicht, sondern in den Nacken. Aber es gelang mir, mich zu zügeln, auch wenn es mir schwerfiel, mit einer Disziplin, die ich insgeheim mit Notto Fipps Beherrschung verglich. Ich war an dem Punkt angelangt, den man Siedepunkt nennt. Ich hielt es bald nicht mehr aus. Endlich schlug Siggen mich, wenn auch nicht bis tief in die Stiefel, so doch ausreichend, um zu gewinnen, und das war gerade ausreichend genug, nämlich ein disziplinierter Sieg und eine nüchterne Niederlage. Was mehr kann man eigentlich von einem edlen Wettstreit verlangen?

Uns wurden Getränke serviert, und wir prosteten den anderen Gästen zu, das war gar nicht zu vermeiden, Deutschen, Engländern, Schweizern, Italienern, ein paar Russen im Exil, und alle wollten sie etwas über Norwegen hören, über das Königshaus, das Klima und besonders diese Art von Golf, ob das ein Nationalsport war?

»In Norwegen findet das meiste in den eigenen vier Wänden statt«, sagte ich.

Bernhard Hval, weltgewandt und schlagfertig in den meisten Sprachen.

Der Lunch, der berühmte Salade Niçoise, mit reichlich Thunfisch, Eiern, Anschovis, Oliven und genauso reichlichen Mengen an Weißwein, war dann trotzdem nicht besonders erfolgreich, ganz im Gegenteil, es war schlimmer als am Tag zuvor, obwohl doch Siggen den Sieg davongetragen hatte und wir draußen auf der Terrasse saßen, mit einer Decke über den Beinen, und die weiche Luft genießen konnten, die fast an einen nordischen Sommer erinnerte, abgesehen von diesem speziellen Licht und dem langsamen blauen Rhythmus des Mittelmeeres.

Siggens beleidigte Schnute und Bernys Lächeln, das passte nicht zusammen.

Sie rührte kaum ihr Essen an.

»Was ist denn?«, fragte ich.

»Das weißt du ganz genau.«

»Nein, das weiß ich nicht. Du hast doch gewonnen.«

Sie ließ ihr Besteck fallen.

»Du hast mich gewinnen lassen! Glaubst du, ich bin so dumm? Ja?«

»Aber das habe ich doch gar nicht! Das war ein faires Spiel.«

»Gib es ruhig zu! Alle haben gesehen, was du gemacht hast. Du hast mich gedemütigt!«

»Aber meine liebe Siggen …«

»Nenn mich nicht Siggen! Ich heiße Sigrid!«

Ich holte tief Luft und hatte große Probleme, Arme und Mund ruhig zu halten. Einen Moment lang, nur einen kurzen Moment, musste ich mein Kinn reiben.

»Du hast heute gewonnen. Ich das letzte Mal. Damit sind wir quitt, nicht wahr?«

Sigrid stand auf.

»Ich gehe hoch aufs Zimmer. Du kannst ja machen, was du willst.«

Sie ging.

Ich wollte nicht machen, was ich wollte. Wenn ich mache, was ich will, dann bin ich verloren.

Du gütiger garçon! Garçon tant mieux!

Der Kellner war sofort an Ort und Stelle, er räumte den Tisch ab, ließ die Flasche aber noch stehen, verbeugte sich ungewöhnlich tief und sagte *Bonne journée, Monsieur Haut en Bas.* Er musste mich mit einem anderen Gast verwechseln. Ich war nicht Monsieur Haut en Bas. Aber damit konnte ich leben und ließ den Kellner in dem Glauben, dass ich nicht ich war. Ich schätzte es sowieso sehr, verwechselt zu werden. Denn ich wusste, dass es bald aus mir herausbrechen würde. Und dann würde mir eine Verwechslung nur recht sein. Ich war lange genug gezähmt gewesen.

Ich blieb sitzen, trank den Rest des Weines, ein schöner Moment, solange er währte.

Lasst mich zunächst die Sonne, die Brandung, die Farben, den Tabak, die Sonnenschirme preisen, die Aschenbecher, die Koffer, die Diener, die Rufe vom Markt in der Altstadt und die Stimmen, die der Wind auf seinen Schultern von den flachen blauen Fischerbooten draußen in der Bucht hereintrug. Lasst mich auch die Schoßhunde und ihre schwarzgekleideten Frauchen preisen, die Radfahrer, die letzten Pferde, die schiefe Kutschen zwischen den Automobilen hindurchzogen, und lasst mich schließlich die Dreisten preisen wie auch die dummdreisten Matrosen auf Landgang, in ihren breiten, viereckigen Hemden und den engen weißen Hosen mit dem breiten Schlag um die Knöchel. Zeit, zu gehen. Außen hui, innen pfui. Ich ließ ein großzügiges Wiedergutmachungsgeschenk auf dem Tisch liegen, vielleicht zu viel, nur um sicherzugehen, war aber bald im Zweifel und wäre fast umgekehrt und hätte einen Schein wieder mitgenommen, auch um sicherzugehen, zu viel und zu wenig, das ist nämlich auf seine Art beides schlecht, sollte ich das nicht besser wissen als irgendwer sonst? Aber es war so oder so zu spät, der Kellner schaufelte bereits das Vermögen in die Tasche seiner Schürze, und jetzt hatte ich kaum noch Taschengeld für den eigenen Gebrauch, wie gesagt, Trinkgeld, das ist meine Schwäche. In unserer Welt gibt es so etwas nicht. Da ist ein Betrag ein Betrag, wie auch ein Meter nicht länger als exakt ein Meter sein kann. Ich ging, leider ging ich nicht direkt aufs Zimmer und liebte Sigrid in Grund und Boden, sondern die Promenade des Anglais entlang, auf die Klippen im Süden zu, der Sonne entgegen, die ihrerseits mir entgegenkam und mir bald in den Rücken fallen würde. Hier gab es keine Eile. Und blau ist das Wort, das ich wieder benutzen möchte. Vom Strand bis zum Horizont, der auf wundersame Weise vom Himmel abgelöst wurde, in einer in meinen Augen ebenfalls blauen, unsichtbaren Naht, war alles blau, und dennoch nicht zu verfehlen. So viel Blau hatte ich noch nie gesehen, auch später nie wieder. Keine Farbe ist mehr als Blau. Ich kann bis mindestens neunzehn in Blau zählen. Wurde ich nachlässig? Nein, es war nur ein plötzliches Gefühl von Freiheit, das Besitz von mir ergriff. Hier, unter Unbekannten, ein Inkognito, ein Spion, verkleidet und nicht wiederzuerkennen, unter zufälligen Touristen, Fischern, Verkäufern, Handelsleuten, Kindern, Nonnen und last but not least unter fremden Sprachen, in anderen Alphabeten und Sprichwörtern, konnte ich endlich ausatmen, und ich rief, während meine Arme ruderten: Satans kleine Fotzenolive im Wichtelsalat! Es dauerte nicht lange, nur einen kurzen Augenblick erklang der Ruf. Es war vorbei, bevor es verklungen war. Das ist unsere Kunst. Wir sind schnell bei der Hand. Ich kam zur Ruhe. Doch sogleich hörte ich einen Tumult direkt im Hintergrund, ein Stöhnen, einen Aufschrei, der fast Norwegisch klang, und alles in mir erstarrte. Jetzt durfte ich mich nicht umdrehen. Jetzt musste ich schneller werden, nicht laufen, einfach nur schneller gehen, langsam, aber sicher, die Promenade überqueren und ein Versteck in der Altstadt finden. Ich drehte mich um. Ich konnte es doch nicht lassen. Denn wenn ich mich nicht umgedreht hätte, ich hätte den Rest meines Lebens daran denken müssen, und das wäre nicht zu ertragen gewesen. Ich war gefangen und umringt von Zeit und Ort. Ich drehte mich um. Ein älteres Paar, wahrscheinlich ein Ehepaar, jedenfalls hatten sie sich gegenseitig untergehakt, war stehen geblieben und starrte mich an. Die Dame trug ein dunkles, hässliches Kostüm und einen ebenso dunklen, hässlichen Hut, den sie tief in die Stirn gezogen hatte, und sie wirkte mürrisch und empört, mit ihr war sicher nicht gut Kirschen essen. Der Mann andererseits, er hatte einen Stock in seiner freien Hand, er war mit einem eleganten hellgrauen Anzug bekleidet, das Gesicht war glatt, fast mager, was ein braver Schnauzbart noch hervorhob. Es war ein schöner Mann. Aber ich zweifelte daran, dass er angenehm im Umgang war. Er wirkte schlimmer. Doch das Schlimmste war, dass er etwas Bekanntes an sich hatte. Ich hatte ihn schon einmal gesehen, und ich war nicht in der Lage zu sagen, wo, war es bei der Hochzeit, im Rikshospital, in der Universität? Oder hatte ich ihn nur in der Zeitung gesehen? Jetzt hob er entschlossen seinen Stock, zeigte mit ihm wie mit einer Waffe auf mich und sagte in dröhnendem Norwegisch:

»Du widerlicher Hundsfott!«

Dann spuckte er auf den Boden aus, und jetzt waren sie an der Reihe, sie drehten sich um und gingen in die andere Richtung, fort von mir, so weit fort von mir wie möglich. Auch ich spuckte auf den Boden und flüchtete schnell in die Altstadt, auf den Markt, der gerade schließen wollte, und ich begriff ein für alle Mal, dass es keinen Ort, nicht einen einzigen Ort auf der Welt gibt, an dem wir uns verstecken können. Es gibt immer jemanden, der dich sieht. Es gibt immer einen Zeugen in der Nähe. Notto Fipp hatte das schon lange begriffen und präsentierte sich offen und schämte sich nicht, ganz im Gegenteil. Aber seine Nummer war größer als mein gesamtes Repertoire. Notto Fipp rief Jubel hervor. Ich rief Abscheu hervor. Ich hob einen Pfirsich aus dem Rinnstein, drückte ihn, so fest ich konnte, in meiner Hand, und das verdorbene Fruchtfleisch quetschte durch meine Finger. Ich erinnerte mich an die Worte meines Vaters im Garten von Besserud: Woher weißt du, dass ein Apfel verrottet ist, Bernhard? Das war ich, Bernhard Hval, ich war eine verdorbene Frucht, Fallobst, ein mauvais sujet.

War es vielleicht das, was Vater hatte sagen wollen? Der Mann am Stand, ein sonnengebräunter Obstbauer mit weißer Stirn, sah mich an, verwundert, er suchte nach etwas, und schließlich reichte er mir einen anderen Pfirsich, einen frischen, schönen, wobei er nickte und etwas auf Französisch sagte, er wollte offensichtlich, dass ich den nähme. Ich nahm ihn. Er gab mir außerdem ein Tuch, an dem ich meine Hände abwischen konnte, doch als ich bezahlen wollte, schüttelte er den Kopf und weigerte sich, die Münzen entgegenzunehmen. So blieben wir eine Weile stehen, in umgekehrten Positionen, der Verkäufer feilschte, der Kunde wollte den Preis erhöhen. So konnten wir nicht bis in alle Ewigkeiten weitermachen. Wir erweckten Aufmerksamkeit und Spott. Ich hatte für diesen Tag bereits genug Aufmerksamkeit erregt. Deshalb bedankte ich mich und trug alle blauen Farben in Nizza mit mir zurück ins Westminster Hotel, dazu einen sanguinischen Pfirsich, den schönsten, der am Mittelmeer aufzutreiben war, ein Schmuckstück aus süßem Fleische, und dort fand ich Sigrid in deutlich besserer Laune vor, als ich sie verlassen hatte. Das konnte etwas mit all den Kartons zu tun haben, die in allen Zimmern auf dem Boden standen. *L. Vuitton, Jurres, Chanel,* die letzten Novitäten der Mode. Sie war also ausgegangen und hatte eingekauft, sorglos und verschwenderisch, während ich auf der Promenade und dem Markt für Skandale gesorgt hatte. Jetzt saß sie im Bad, vor dem Spiegel, nur in Unterwäsche, mit einer Flasche Champagner in Reichweite und machte sich fertig. Sie summte irgendeine Melodie, war das die französische Nationalhymne, ja, es war die Marseillaise, und wer summt bitte schön die Marseillaise beim Schminken? Sigrid tat es. Deshalb nahm ich an, dass sie größere Pläne für den Abend hatte. Zuerst glaubte ich, sie würde mich gar nicht bemerken, so beschäftigt war sie damit, ihr Äußeres zu verschönern, die Augenbrauen, die Lippen, die

Frisur, während sie dabei Champagner trank und die Marseillaise interpretierte. Und sollte ich es noch nicht gesagt haben, so sage ich es jetzt ein für alle Mal: Sigrid brauchte genau genommen nicht einen Finger zu rühren, was das Aussehen betraf. Es änderte sowieso nichts. Sie war hell, symmetrisch, aus einem Guss. Vielleicht gibt es welche, die behaupten, dass sie eine Spur zu kräftig war, dass sie eine garçonne war. Aber gerade das zog mich an, die Muskeln und ihr Reiz, die eine höhere Einheit bildeten, die ich in meinen besten Momenten als Sigrids Antagonismus bezeichnete. Schön war sie nicht, und es würde auch niemandem einfallen, das von mir zu behaupten, dass Bernhard Hval schön war. Und während ich sie betrachtete, dachte ich, dass ich, wenn eine solche Frau meiner Person verfallen konnte, mir, einem mauvais sujet, einem widerlichen Hundsfott, dann musste sie mich mehr lieben, als ich jemals begreifen konnte. Dann kamen mir andere Gedanken. Sie übersah mich ganz einfach. Mehr war es nicht. Ich schlich mich zurück ins chambre à coucher und fiel aufs Bett, erschöpft, unglücklich und vollkommen unwissend hinsichtlich dessen, was da kommen würde. Aber wenn sie mich übersehen konnte, dann konnte ich sie ebenso gut übersehen.

»Ich habe dir verziehen, Berny!«, rief sie.

Ich wartete eine Weile mit meiner Antwort, oder besser gesagt mit meiner Frage. So leicht sollte sie mir nicht davonkommen.

»Mir verziehen? Was denn, Siggen?«

»Stell dich nicht so dumm. Dass du mich hast gewinnen lassen natürlich.«

»Du hast gewonnen. Ich habe dich nicht gewinnen lassen.«

»Doch. Und das war richtig galant von dir. Deshalb sei dir hiermit verziehen. Vorläufig.«

»Vorläufig? Was meinst du damit?«

»Nun, ich nehme an, es ist nicht das letzte Mal, dass ich dir verzeihen muss.«

Sigrid kam ins Schlafzimmer und stellte sich in ihrer neuen Aufmachung ans Bettende: ein schwarzes, enges Oberteil und ein Rock, der ihr bis über die Knie reichte, flache Schuhe, auch sie schwarz, und ein weißer Hut, fast eine Kappe, schräg auf dem Kopf, so dass ihr Gesicht einen jungenartigen, koketten, schelmischen Ausdruck bekam. Sie drehte sich, damit ich es bemerkte, blieb dann stehen und sah mich ungeduldig an.

»Wenn du nicht bald etwas sagst, dann werde ich dir nicht verzeihen.«

»Was soll ich sagen? Ich bin überwältigt!«

»Überwältigt? Was bedeutet das? Sag mir lieber, wie du es findest! Steht es mir?«

»Dir steht alles, Sigrid.«

»Rede dich nicht heraus. Steht es mir, oder steht es mir nicht?«

»Hand aufs Herz, ich habe nie etwas Schöneres gesehen.«

Einen Moment lang blieb Sigrid stehen, betrachtete mich.

»Was ist mit dir?«, fragte sie.

»Was soll mit mir sein?«

»Zum einen liegst du vollständig angezogen auf dem Bett. Und dann redest du so albern. Bist du betrunken?«

»Ich bin müde. Ich habe den Spaziergang in beide Richtungen gemacht.«

»Was hast du da in der Hand?«

Ich hob die Hand und sah zu meiner Verblüffung, dass ich den Pfirsich zerdrückt hatte. Ich hatte auch den frischen Pfirsich zerdrückt. Fruchtfleisch und Saft flossen aus dem Hemdsärmel, tropften auf das Laken.

»Einen Pfirsich«, sagte ich. »Ich meine, das war ein Pfirsich.«

»Hast du einen Pfirsich gekauft?«

»Für dich. Er war so schön. Probier mal.«

Und tatsächlich setzte Sigrid sich auf die Bettkante, nahm meine Hand und leckte meine Finger sauber, einen nach dem anderen.

Das erregte mich auf eine ganz spezielle Art.

»Meine ungezogene Brunhilde«, sagte ich.

Doch als ich sie in den Arm nahm und mehr wollte, entwand sie sich mir, plötzlich wütend, und verließ das Bett.

»Mach mein Kleid nicht kaputt!«

»Kannst du es nicht einfach ausziehen?«

Sigrid wandte sich dem Spiegel in der Schranktür zu und rückte den Hut zurecht.

»Du musst dich zusammenreißen, bis die Zeit gekommen ist, Berny. Dann legen wir los.«

Mir war klar, dass sie auf die Monatswelle anspielte. Und sie würde in genau fünf Tagen über mir zusammenbrechen, wenn ich richtig gerechnet hatte. Sie wollte also systematisch zu Werke gehen, um die Anzahl der Bevölkerung zu erhöhen und ihren Eltern ein Enkelkind zu verschaffen. Ich ging ins Bad, wusch mir die Hände, musterte mein Gesicht, der Wind und die Meeresluft hatten die Augen rot und die Wangen hager werden lassen.

»Und was ist der Grund für all diese Extravaganz?«, fragte ich.

Sigrid stellte sich in die Türöffnung.

»Rate mal.«

»Du weißt, dass ich es nicht leiden kann, raten zu müssen.«

»Versuche es trotzdem.«

»Essen bei Negresco?«

»Falsch. Aber zieh dir auf jeden Fall das Beste an, was du hast.«

»Wohin wollen wir, Siggen? Sind wir irgendwo eingeladen? Ich möchte es wissen.«

»Wir gehen ins Casino, Berny.«

Kann ich behaupten, dass mein Blut zu Permafrost erstarrte? Kann ich außerdem behaupten, dass ein neuer Anfall von Diplopie mich ereilte, dass ich mein Gesicht doppelt im Spiegel sah, den lächelnden, weltgewandten Bernhard Hval, einen savoir vivre, den Besten seines Jahrgangs, und daneben oder davor, wie eine Schicht auf der anderen, den gequälten, gefolterten und lächerlichen Bernhard Hval? Ja, das stimmt. Was habe ich gesagt: Außen hui, innen pfui. Mich auf ein Casino loszulassen, das bedeutete ganz einfach eine Katastrophe. Ich würde an den Spieltischen, vor den Kartenstapeln, den Jetons und dem Roulette, aller Wahrscheinlichkeit nach einen neuen Zwang entwickeln, größer und gewaltiger als je zuvor, einen Hunger, der alles überschatten würde und alle anderen im Vergleich nur als Grillen und Bagatellen erscheinen lassen würde. Ich würde in Stücke zerbrechen. Und nicht nur ich. Ich würde andere im Fall mit mir reißen. Ich stampfte mit beiden Füßen auf, schnaubte, ein Zucken meines Mundes zerriss mir fast die Lippen, und dann drehte ich mich zu Sigrid um, die immer noch in der Tür stand und auf eine Antwort wartete, als wenn nichts passiert wäre. Manchmal überlege ich, wie lange ein Augenblick dauern kann. Ich weiß nur, dass der kantige Augenblick schlimmstenfalls, so wie jetzt, die Zeit in sich aufsaugen kann, wie ein Magnet, der einen Raum in Sekunden leert.

»Casino? Was sollen wir denn da?«

Sigrid lachte.

»Was glaubst du? Uns entweder noch reicher spielen oder um Kopf und Kragen. Ist das nicht spannend?«

»Nein. Ich gehe dort nicht hin.«

»Sei nicht dumm. Natürlich gehen wir ins Casino, wenn wir schon mal in Nizza sind.«

Ich blieb bei meinem Standpunkt. Ich musste bei ihm bleiben. Ich stampfte weiterhin mit den Füßen auf.

»Ich gehe nicht dorthin! Du kannst gern gehen, aber ich komme nicht mit!«

»Jetzt bist du kindisch, Bernhard. Wie ein Esel.«

Ich holte Luft und lehnte mich ans Waschbecken. Ein Blut tropfen fiel auf das weiße Porzellan. Ich hatte mir auf die Zunge gebissen.

»Das ist ein vulgärer Ort, Sigrid. Ein Ort für Scharlatane, Schwindler, Taschendiebe und …«

Sie unterbrach mich: »Ja, und? Können wir uns nicht ausnahmsweise einfach nur amüsieren?«

»Ausnahmsweise? Langweilst du dich?«

»Ich sage doch nur, dass ich ins Casino möchte. Und ich gehe nicht allein dorthin.«

Ich nahm ein Handtuch und tat, als würde ich mein Gesicht befeuchten, während ich mir das Blut vom Mund wischte. Ich musste wieder einmal meinen Vater benutzen.

»Mein Vater war ein Spieler. Er hat alles verloren. Ich will es ihm nicht nachtun.«

»Mein Gott! Soll dieser Neureiche mir jetzt auch noch alles kaputtmachen!«

Ich ließ das Handtuch fallen. Wir standen einander Aug in Aug gegenüber. Das war boshaft gesagt, gehässig und unfein, und Sigrid sah es augenblicklich ein.

»Verzeih mir, Bernhard. Ich habe es nicht so gemeint.«

Ich ging an ihr vorbei, in *le salon privé*, und trank dort ein Glas Cognac. Sie folgte mir. Ich blieb mit dem Rücken zu ihr stehen. Ich trank noch ein Glas. Sie hielt inne, traute sich nicht, näher zu kommen.

»Verzeih mir«, wiederholte sie, »das war hässlich gesagt.«

Ich drehte mich nicht um, hielt mein Glas in beiden Händen.

»Da gibt es nichts zu verzeihen«, sagte ich.

Sigrids Stimme klang zaghaft.

»Ich habe dir verziehen. Kannst du mir jetzt nicht auch …«

Ich unterbrach sie.

»Da gibt es nichts zu verzeihen, weil du vollkommen recht hast, Sigrid. Er war ein Neureicher. Er hat geglaubt, der Krieg brächte gute Zeiten, und hat das bekommen, was er verdient hat. Hohl wie eine Kokosnuss.«

»Rede nicht so, Bernhard. Bitte.«

Ich muss zugeben, in gewisser Weise gefiel mir die Situation. Sie war von Vorteil. Ich hatte die Macht und konnte die Dinge dorthin schieben, wohin ich es wollte. Deshalb genoss ich den Augenblick in aller Stille und trank noch ein Glas, bevor ich großzügig genug war, um mich zu Sigrid umzudrehen.

»Lass uns aufbrechen zum Spiel!«

Sigrid schaute verwundert auf, verwundert, fast ängstlich.

»Du musst nicht, wenn du nicht willst.«

»Nicht wollen? Warum sollte ich nicht wollen? Ich will spielen. Ich will meinen Einsatz machen! Ich bin nicht mein Vater.«

Sigrid kam näher und küsste mich.

»Danke.«

Ich zog den Smoking an, Sigrid legte einiges an Bargeld in ihre Handtasche, dann nahmen wir den Fahrstuhl hinunter zur Rezeption und gingen hinaus auf die Promenade, wo die Dunkelheit bereits eingesetzt hatte. Diese kantigen Augenblicke dauerten also mindestens drei, vielleicht sogar vier Stunden. Die Luft war ein wenig kühl, ein anderer Zug war in ihr, die Jahreszeit wollte wechseln. Der Sommer, der sich bis weit in den Oktober erstrecken konnte, zog den Herbst nach sich.

Einer der vielen Chauffeure des Hotels bot uns an, uns zu fahren, aber wir lehnten dankend ab, wir zogen es vor, zu gehen, Arm in Arm, vorbei am Negresco, auf die bunten Lichter zu. Ich hätte auf den Mond zeigen können, der im Osten über den Klippen zum Vorschein kam und sagen: Können wir nicht lieber um ihn spielen? Können wir nicht, wenn wir schon so weit gekommen sind, den Mond zwischen den Fingern des großen Croupiers kreisen lassen, nämlich Gott, den ich bereits bei mehreren Gelegenheiten erwähnt habe, und alle unsere guten und schlechten Sterne auf den wolkenfreien Himmel setzen? Aber natürlich sagte ich es nicht. Wozu hätte das gut sein sollen? Ich war beherrscht, diszipliniert und beispielhaft. Ich wusste, worauf ich zuging, und nicht ein Zug in meinem Gesicht verriet mich. Das Pferd zum Hammer. Der Hammer zum Pferd. Mit anderen Worten: es war mir gleich. Sollten sie mich doch mit einem Hammer erschlagen, gleich hier, auf die Stirn. Ich ging, ohne zu zögern, meinem neuen Hunger entgegen. Ich hatte keine andere Wahl. Es war eine schwere Freiheit, die ich mit mir schleppte. Ich schnaubte nicht einmal und verzog nicht das Gesicht. Doch als wir uns dem Casino näherten, dem schrillen Lärm, der lächerlichen Parade der beati possidentes, der sogenannten upper ten, wie wir, die gern einmal die Dinge von unten betrachten, eher den Abschaum nennen, da blieb Sigrid plötzlich stehen, ließ mich los und zeigte nach vorn.

»Siehst du, wer da ist?«, flüsterte sie.

Ich schaute in die Richtung, in die sie zeigte.

Auf dem roten Läufer vor der goldbeschlagenen Kaschemme stand ein älteres Paar und stritt sich. Es war dasselbe Paar, auf das ich schon früher am Tag gestoßen war. Sie zog an seinem Mantel, er versuchte loszukommen. Offenbar wollte er ins Casino, während sie ihn ganz entschieden daran zu hindern versuchte. Sie gaben ein lächerliches Bild ab. Einen Moment lang fürchtete ich, er würde sie mit dem Stock verprügeln. Jetzt waren sie an der Reihe, sich zu blamieren. Aber nichtsdestotrotz wollte ich möglichst nicht wiedererkannt werden.

»Wer ist das?«

»Aber das ist doch Hamsun. Knut Hamsun! Der Schriftsteller!«

»Ich weiß, dass Knut Hamsun ein Schriftsteller ist, Sigrid.«

Ich blieb ganz ruhig stehen. Doch dann musste ich mit den Füßen aufstampfen, die Arme heben und schnauben, alles in einem Atemzug. Jetzt erkannte ich ihn auch. Das war also der Nobelpreisträger für Literatur, der mich einen widerlichen Hundsfott genannt hatte. Diese Pharaoratte!

Sigrid wurde ganz eifrig, auch wenn ich nicht glaube, dass sie etwas von Hamsuns Werken gelesen hatte, vielleicht höchstens ein oder zwei Kapitel in dem Rührstück *Victoria*.

»Wir fragen nach einem Autogramm«, sagte sie.

»Das halte ich für keine gute Idee.«

»Warum nicht? Wenn wir die Gelegenheit haben?«

»Siehst du nicht, dass sie sich streiten?«

»Sich streiten? Quatsch. Die diskutieren doch nur.«

War ich derjenige, der den Auftritt falsch interpretierte? War ich derjenige, der eine unkorrekte Diagnose ablieferte? War es etwa nicht so, dass Marie, die Gattin, an Knut himself zerrte, während er ebenso heftig in die andere Richtung zog und mit dem Stock focht? Waren sie nur unschlüssig darüber, wie viel sie auf die Würfel setzen sollten, auf das Grün, die Tische, den Kreis der Chancen? Sah ich dort Krebs, wo es nur eine gewöhnliche Erkältung gab? Aber leider kann ich nichts anderes bestätigen, als dass ich fest der Überzeugung war, einen unmöglichen Konflikt zu sehen, in dem nur eine der Parteien recht hatte, also ein Sein oder Nichtsein. Ich konnte mich darin wiedererkennen. Das war das Schlimmste.

»Was glaubst du, warum ist Hamsun nach Nizza gereist?«, fragte ich.

»Um zu schreiben. Spielen. Trinken. Bücher vorstellen. Wieso?«

»Um seine Ruhe zu haben, Sigrid. Lass den Mann um Gottes willen seine Ruhe haben.«

»Hast du einen Stift?«

Ich gab Sigrid einen Stift, und sie ging zu Knut und Marie Hamsun, während ich die Augen schloss, ihnen den Rücken zukehrte und spürte, wie die blauen Winde des Mittelmeers direkt durch mich hindurchzogen, als wäre ich nur ein Skelett in einem dünnen, verwaschenen Smoking. Wenn dem doch nur so gewesen wäre, ach, wenn es doch nur so gewesen wäre. Die schlanken Fischerboote waren bereits auf dem Weg zurück vom Schlachtfeld und lagen tief im Wasser. Plötzlich kamen scharfe Wellen auf, Wind und Meer wechselten die Farbe, wurden fast schwarz. Das ging im Laufe eines Augenblicks wieder vorüber. Es war der Herbst, der die Reste des Sommers einholte, und sich zeigte.

Dann hörte ich Sigrid, die im Hintergrund rief, nein, schrie.

»Bernhard! Komm, Bernhard!«

Ich konnte nicht anders, ich musste mich umdrehen. Und da sah ich Knut Hamsun auf dem roten Läufer liegen, mit seiner Frau an der Seite und Sigrid daneben, während Zuschauer, Wachleute und Bedienstete herbeieilten. Lasst ihn dort doch nur liegen und krepieren, dann gibt es einen Zeugen weniger auf der Welt. So dachte ich. Aber ich stand in höheren Diensten, ich hatte einen Eid abgelegt, ich war einer Pflicht unterworfen. Als Sigrid zum zweiten Mal rief, lief ich zu ihnen.

»Ich bin Arzt!«, sagte ich, entschieden und bestimmt, in so vielen Sprachen, wie ich nur konnte.

Und die Neugierigen wichen zur Seite und ließen mich

durch, oder aber ich schob sie beiseite, diese dummdreisten, unnützen Wesen, die sicher heimlich darauf wetteten, ob der Mann überleben oder sterben würde. Schließlich konnte ich mich neben Knut Hamsun knien, knöpfte ihm den Mantel auf, riss ihm die Schleife von der Kehle und öffnete sein Hemd. Da erkannte er mich und schlug meine Hand weg.

»Fass mich nicht an!«, zischte er.

»Ich bin Arzt. Der Beste meines Jahrgangs.«

»Das ist mir scheißegal.«

»Bleiben Sie ganz ruhig liegen. Haben Sie irgendwelche Schmerzen?«

»Was glauben Sie denn, warum ich hier liege? Der Beste Ihres Jahrgangs? Dass ich nicht lache!«

Ich glaube, er spielte Theater, wie ein verwöhntes Kind. Er machte uns einfach etwas vor, weil er seinen Willen nicht bekommen hatte. Ich maß seinen Puls, der war etwas hoch, aber nicht mehr als normal unter derartigen Umständen. Marie Hamsun wollte sich einmischen, ich musste sie energisch bitten, sich zurückzuziehen, und Sigrid kümmerte sich um sie. Ich beugte mich näher zum Patienten. Konnte ich ihn etwa nicht zum Lachen bringen? War das seine Ansicht? Dann würde ich ihn zumindest zum Weinen bringen können.

»Ziehen Sie De Howards, Marshal Halls oder Silvesters Methode vor?«, fragte ich.

»Wovon faseln Sie da?«

»Ich glaube, wir benutzen heute Howards.«

Knut Hamsun packte meinen Schal, als wollte er ihn als Seil benutzen und mich damit strangulieren. Enorme Kräfte schlummerten in seiner Hand.

»Bring mich nur zurück ins Negresco«, flüsterte er.

»Auf die ehrenvollste Art und Weise«, sagte ich ebenso leise. »Womit wir quitt wären?«

Hamsun nickte und ließ los.

Und ich begann mit der Herzmassage, Howards Methode, das heißt, Hamsun lag auf dem Rücken, während ich auf seiner rechten Seite saß und die Hände flach auf seinen Brustkorb legte, zwei Mal, so fest ich konnte, drückte und dann ebenso plötzlich innehielt, so dass der Körper fast einen Satz machte, als die Luft ausströmte, mit Hilfe seiner eigenen Elastizität. Das ist eine einfache Methode, die umso raffinierter erscheint. Diese kontrollierten Übungen wiederholte ich so lange, wie ich es für notwendig ansah, während ich mich gleichzeitig davon überzeugte, dass seine Zunge nicht in den Schlund rutschen und die Atemwege versperren konnte. Dieser Kniff war vielleicht für die Zuschauer der beeindruckendste, und ich wandte ihn vor allem des Effektes wegen an. Ich hielt seine Zungenspitze mit dem Taschentuch fest und zog die Zunge fast bis in den Mundwinkel hinunter, während ich den Unterkiefer hochdrückte. Als ich hörte, dass sich ein Unfallwagen näherte, beendete ich Howards Methode, knöpfte Hemd und Mantel wieder zu und half Knut Hamsun auf die Beine. Er war leicht benebelt und musste sich auf Stock und Marie stützen, aber er stand auf seinen eigenen Füßen, und er kam wieder zu Kräften. Die Zuschauer applaudierten und riefen Hurra. Ein Kellner servierte uns sogar Champagner. Der französischen Ambulanz blieb nichts anderes übrig, als umzukehren. Bernhard Hval hatte alles geregelt und den Patienten geheilt. Knut und Marie Hamsun wurden zurück ins Negresco gebracht. Bernhard und Sigrid Hval gingen heim ins Westminster Hotel. Für diesen Abend war genug gespielt worden, wie ich annahm. Was sich jedoch als falsch herausstellte. Als wir auf unser Zimmer kamen, zog Sigrid sich sogleich aus, auf eine Art, die nicht erregend, sondern nur zielstrebig und sachlich erschien. Sie legte sich aufs Bett, nackt, und sagte, ohne jede Andeutung von Leidenschaft oder Lust:

»Ich bin bereit, Berny.«

»Bereit?«

»Die Zeit ist gekommen. Lass uns in Gang kommen.«

Es war also die Monatswelle, die bereits über mich hinweggerollt war. Ich musste falsch gerechnet haben. Aber ich hatte so oder so keine Wahl. Ich stieg in Windeseile aus den Kleidern und nahm den Platz zwischen ihren Beinen ein.

»Mein kleiner Posaunenengel«, sagte ich.

»Psst.«

»Mein Wildfang! Mein …«

Sie unterbrach mich.

»Das ist nicht nötig, Berny.«

Schließlich gelang es mir, in Sigrids Schoß einzudringen und meine Pflicht zu erfüllen. Nicht ein Wort entschlüpfte meinem Mund. Das war der tiefere Sinn einer Hochzeitsreise: die Fortpflanzung. Zuerst Spiel, dann noch mehr Spaß und anschließend Fortpflanzung. Als ich dabei war, meinen Höhepunkt zu erreichen, stöhnte ich schwer, zitterte und tat, als käme ich ins Ziel. Doch ich hielt mich zurück, hielt mich zurück, eine Kraftanstrengung, so erschöpfend, dass ich eine Weile einfach nur auf ihr liegen blieb und nach Atem schnappte, unbefriedigt, am Rande meiner selbst, während sie mir über den Rücken strich, verliebt und dankbar, was weiß ich. Was ich dagegen sicher weiß: ein größerer Lügner bin ich niemals gewesen. Und es sollte wieder und wieder geschehen, bis ich mit mir selbst ins Gebet gehen sollte und mit eigenen Händen eine äußerst schmerzhafte Kastration oder Sterilisation durchführte. Ich riss mich los, ging ins Bad, schloss die Tür hinter mir und entleerte mein Kargo in die Toilette, dorthin, wo es hingehörte. Ich zog den Morgenmantel über und mochte mir nicht im Spiegel begegnen. Oh, *post coitum homo tristis est.* Stattdessen holte ich mir einen Drink, einen Calvados, trank ihn in einem Zug, und als ich zurück ins Schlafzimmer kam, saß Sigrid im Bett und rauchte.

»Heute bin ich zufrieden mit dir«, sagte sie.

»Bist du das nicht jeden Tag?«

»Doch, mein Stutenprinz. Aber heute bin ich besonders zufrieden mit dir.«

»Danke.«

»Du hast Hamsun das Leben gerettet.«

»Na, so ernst war es ja wohl nicht.«

»Und vielleicht hast du ja auch ein neues Leben erschaffen.«

Ich drehte mich zum Fenster und sah leider nur mich selbst da draußen in der Dunkelheit, das Negativ eines Lügners, also ein doppelter Lügner, ein Lügner, der sich selbst wiederholte, immer und immer wieder.

»Fotzenhutkrempe!«

»Was hast du gesagt, Berny?«

Mein Arm schoss in die Höhe, schräg nach oben, so dass die Knöchel mit einem Knall auf die Fensterscheibe trafen, fast hätte ich sie zerbrochen. Das hätte gerade noch gefehlt.

»*Wir*«, sagte ich, »*wir* haben vielleicht ein neues Leben erschaffen.«

Alles war nur ein einziger endloser circulus vitiosus.

Sigrid zog mich hinunter auf die Bettkante und führte meine Hand zwischen ihre Schenkel. Es roch schwer nach ihr, Tabak, Eau de Cologne und Brunst. Sie war immer noch feucht und lüstern.

»Ich habe Lust, morgen Tennis zu spielen. Beim Beau Rivage gibt es einen schönen Court.«

Meine Finger wurden sofort unruhig, ein Ruck durchfuhr sie, und sie atmete schwer aus.

»Glaubst du, das ist so schlau?«, fragte ich.

»Schlau? Wieso soll es nicht schlau sein, Tennis zu spielen?«

»Ich meine, du solltest dich vielleicht lieber ausruhen, falls wir ein Kind kriegen werden.«

Sigrid lachte, schaute auf die Uhr und schob meine Hand fort.

»In dem Fall bin ich jetzt in der dritten Stunde schwanger. Außerdem hat mein Arzt gesagt, dass physische Aktivität während der Schwangerschaft nur gesund ist. Übrigens habe ich bereits einen Platz reserviert. Wir schaffen drei Sets vor dem Lunch.«

Ich stand auf und blieb einige Sekunden lang unschlüssig stehen, bevor ich sie ansehen konnte. Das kam zu plötzlich für mich.

»Dein Arzt? Bin ich denn nicht dein Arzt?«

»Du bist mein Ehemann, Berny. Wir wollen die Dinge doch nicht vermischen. Sonst kommt nur alles durcheinander.«

Ich musste mich selbst fest an die Kandare nehmen.

»Darf ich dann fragen, wer dein Arzt ist?«

»Frost. Georg Frost. Unser Familienarzt. Macht das was?«

»Natürlich nicht. Aber ich kann mich nicht daran erinnern, ihn bei unserer Hochzeit gesehen zu haben.«

»Er hat dich gesehen, Berny.«

Was sollte das bedeuten? War Familie Juells Arzt bei unserer Hochzeit im Dienst gewesen?

Ich zog die Vorhänge vor, löschte das Licht und legte mich neben sie. Es konnte gar nicht dunkel genug werden.

In dieser Nacht wiederholte ich Mutters Traum und machte ihn zu meinem: Ein Tier erhebt sich langsam aus Lehm und Schlamm, es ist ein Fohlen. Das Fohlen schüttelt die schwere feuchte Erde ab, fällt um, steht wieder auf, bleibt stehen, beginnt auf einen Wald zuzugehen, und während es diese Strecke geht, die nicht lang ist, aber im Traum unendlich erscheint, wächst dieses unsichere Fohlen zum Pferd, und auf seiner Stirn schießt ein Horn hervor, glänzend und gedreht. Es gibt noch andere Tiere in der Gegend, vielleicht ist es eine Savanne, und sie meiden das missgestaltete Pferd, sie greifen es nicht an, sie fliehen nicht, sie weichen ihm nur aus. Am Waldrand wartet ein Mann ohne Gesicht mit einem Hammer, einem Vorschlaghammer, in der Hand.

Genau in dem Moment erwachte ich mit einem Ruck. Das Zimmer war immer noch dunkel, aber ich konnte sehen. Sigrid schlief. Von irgendwoher kam Lärm, den ich nicht orten konnte. Wer machte diesen Lärm? Ich stand auf, ging in *le salon privé* und begriff sofort, worum es sich handelte: ein Unwetter. Es war erst fünf Uhr. Ich schenkte mir einen Drink ein, obwohl ich normalerweise nicht so früh trinke, oder so spät, wie man es nimmt, aber eine Hochzeitsreise ist ein Ausnahmezustand, und ich setzte mich ans Fenster. Der Regen fiel schräg und schwer von einem niedrigen Himmel, die Palmen fegten die Bürgersteige wie riesige wilde Piassavabesen, und die Wellen schlugen über die Promenade hinweg und spülten Stühle und Bänke fort. Es war ein wunderbares Unwetter, um nicht Tennis spielen zu müssen.

Mir ist mit der Zeit klar geworden, dass schlechtes Wetter für uns Kantige gut ist. Wir fühlen uns in grellem Licht nicht wohl. Unsere Schatten werden dann zu deutlich. Wir finden keinen Schutz. Wir stolpern über unseren eigenen Kantstein.

Nach einer Weile wachte auch Sigrid auf, schaute auf die Uhr und wollte mich sofort haben. Sie war bereits bereit. Ich wiederholte meine Nummer, wie ich Mutters Traum oder Albtraum wiederholt hatte, verschwand im Bad und entleerte mich dort, nicht einmal beschämt. So schnell wird man durchtrieben.

»Hast du getrunken?«, rief Sigrid.

Ich schaute zu ihr hinein.

»Die Franzosen trinken gern einen morgendlichen Schnaps. Und wir sind in Frankreich.«

»Dann will ich auch einen.«

»Meinst du, das ist so schlau?«

»Hör auf, immer zu fragen, ob etwas schlau ist!«

Ich holte einfach eine Flasche Champagner für uns, und wir blieben den Rest des Tages im Bett, bekamen die Mahlzeiten aufs Zimmer serviert, und am nächsten Tag, nach noch einer Nacht mit dem gleichen Traum, war das Wetter immer noch unverändert, Halleluja, Regen, Wind und Sturmflut. Ja, selbst der Kellner, der uns das Frühstück pünktlich um neun Uhr brachte, riet uns, drinnen zu bleiben, lose Gegenstände flogen nämlich durch die Luft und hatten bereits mehrere Menschen verletzt, die Cafés waren geschlossen, vier Palmen waren mit ihren Wurzeln herausgerissen worden, und es war nicht mehr sicher auf der Promenade des Anglais. Was er auf das Äußerste bedauerte, als wäre er nicht nur für den Kaffee, sondern auch für das Klima verantwortlich.

»Glücklicherweise ist es nicht Ihre Schuld, dass wir kein Tennis spielen können«, sagte ich.

Der Kellner verstand wahrscheinlich nicht, was ich sagte, aber den Schein, den ich ihm diskret in die Hand drückte, verstand er voll und ganz und verließ uns mit tiefer Verbeugung.

Im Laufe des Vormittags überfiel mich eine große Furcht. War es das, wonach ich mich gesehnt hatte? Wir zwei, Siggen und Berny, in einem Zimmer eingesperrt, auf unbestimmte Zeit?

»Schade, dass du sein Autogramm nicht gekriegt hast«, sagte ich.

»Wessen?«

»Hamsuns. Knut Hamsuns. Des Schriftstellers.«

»Ich weiß, dass er Schriftsteller ist, Berny.«

»Vielleicht schickt er ja ein Dankesschreiben. Dann kriegst du doch noch seine Unterschrift.«

»Das macht nichts. Aber es ist süß von dir, dass du es erwähnst.«

»Jedenfalls war es nicht meine Schuld, dass er zu Boden gegangen ist.«

Sigrid schüttelte den Kopf.

»Deine Schuld? Wieso redest du die ganze Zeit von Schuld? Es war ja wohl nicht deine Schuld, dass Hamsun hingefallen ist. Ganz im Gegenteil! Du hast ihn doch gerettet!«

Dazu sagte ich nichts. Es hätte zu weit geführt, die Schuldgefühle der Kantigen zu erklären. Wir werden damit geboren. Sobald wir die Augen öffnen, sind wir schuldig. Wir wissen nicht, woran, und das ist das Schlimmste. Wir sind uns selbst ein Rätsel. Wir sind anstrengend.

»Du hast recht«, sagte ich nur.

Sigrid kam näher und lehnte sich an mein Gesicht.

»Soll ich dir ein bisschen Vaseline auf dein Kinn schmieren?«

Um 13.30 Uhr ging ich hinunter zur Rezeption, um Näheres über das Wetter zu erfahren. Ja, ich hatte vor, mich über das Wetter zu beschweren. Das war in keiner Weise das, was uns versprochen worden war, nämlich ein wolkenfreier Spätsommer. Ein dänisches Paar war gerade angekommen, triefend nass und ungeduldig. Sie saß auf dem Koffer, das Gesicht in den Händen und einen Regenschirm im Schoß. Er, in einem protzigen, geschmacklosen hellblauen Anzug, mit Flecken vom Regen und anderen Resten, hing über dem Tresen und wollte den Schlüssel für ihr Zimmer, bevor es fertig war. Vielleicht waren sie ja auch auf Hochzeitsreise. Aber es war die Zeitung, die der Herr auf den Tresen warf, die meine Aufmerksamkeit erregte: Politiken, drei Tage alt. Und es waren nicht die großen Überschriften, an denen ich mich festbiss, Zusammenstöße, noch ein Börsencrash, Arbeitslosigkeit und Schiffsunglücke, sondern eine kleine Notiz ganz unten in der Ecke: *Norweger ging von Trondheim nach Oslo.* Das war kein anderer als Notto Fipp. Er war also von Trondheim nach Oslo gegangen. Meine Hände zitterten, ich konnte kaum weiterblättern. Auf der vorletzten Seite stand die Fortsetzung: Dieser witzige Norweger, in Lumpen, Strohhut, Regenschirm, ausgerüstet mit Milch und Bananen, hatte einen Rekord auf der Strecke aufgestellt: neunzehn Stunden und acht Minuten. Auf dem Weg von Gjelleråsen, vorbei an Bredtvedt, das letzte Stück hinunter nach Oslo, hatte er sich sogar noch umgezogen und konnte so im Zentrum der Hauptstadt im Frack ankommen. Die Notiz war mit einer geschmacklosen Zeichnung illustriert, eine boshafte Karikatur, aber es war und blieb zweifellos Notto Fipp.

Ich wurde neidisch.

Ich muss sagen, wie es war, ich wurde neidisch, beleidigt und schließlich wütend.

Notto Fipp war seine bisher längste Tour gegangen, hatte sogar einen Rekord aufgestellt, während sein Freund, sein Weggefährte, Arzt, Vertrauter und späterer Biograph nicht dabei war und seine Flitterwochen in Luxus an der Riviera abhalten musste. Welche Leere! Welche Fallhöhe! Innerhalb einer einzigen heftigen Sekunde erschien mein Leben mir sinnlos, nicht mehr wert als irgendeine der Adiaphora, eine Art Tennis, ein Kinderschuh in einem Sahneeimer, meine Kargo in der Toilette. Ich musste so schnell wie möglich heim und aufräumen.

Der unsympathische, streitsüchtige Däne hatte offenbar bemerkt, was ich da in seiner Zeitung las, und zog seine Schlüsse daraus.

»Sie sind doch wohl kein Norweger?«, fragte er.

»Entschuldigung. Ich war nur neugierig.«

Ich schob ihm die Zeitung wieder hin. Er schob sie zu mir zurück.

»Wir haben etwas viel Besseres.«

Zuerst verstand ich nicht, was er sagte. Diese dänische Kartoffelsprache, diese verdammten Dannebrogvokale, die hinuntergeschluckt werden statt ausgespuckt, sie waren kaum zu begreifen. Man denke nur an König Haakon! Er hätte sich ein anderes Land für seinen Thron suchen sollen oder schweigen.

»Besser? Besser als diese Zeitung? Was sagen Sie da? Haben Sie noch mehr Zeitungen? Darf ich die sehen?«

Der Däne lachte.

»Ich kann hören und sehen, dass Sie ein Norweger sind. Und ich sage laut und deutlich, dass wir einen dänischen Wanderer haben, der besser ist als dieser Notto Fipp.«

Dieser Notto Fipp.

Ich war nicht mehr neidisch und beleidigt, sondern augenblicklich Notto Fipps internationaler Verteidiger und Redner. Das hier sah ich als eine persönliche Konfrontation und eine diplomatische Krise an.

»Das möchte ich bezweifeln«, sagte ich.

»Das brauchen Sie nicht. Wir nennen ihn Biffen, das Steak, und er ging letzten Sommer von Odense nach Flensburg in weniger als zwölf Stunden.«

»Dabei müssen Sie bedenken, dass Dänemark flach ist, während es in Norwegen gewisse Höhen und Steigungen gibt.«

»Ach, es kommt doch nicht auf die Landschaft an. Darauf, ob es Hügel gibt oder nicht. Außerdem führt ein Anstieg ja unweigerlich zum Gegenteil.«

»Was wollen Sie damit sagen?«

»Es ist der Charakter, auf den es ankommt. Nichts anderes als der Charakter. Und der Charakter des Steaks ist gnadenlos.«

»Zweifeln Sie an Notto Fipps Charakter?«

Der Däne musste einige Papiere ausfüllen, während er redete.

»Er scheint mir nicht ganz normal zu sein, dieser Fipp. Bananen!«

»Und warum wird der dänische Wanderer Biffen, das Steak, genannt?«

»Weil er, wenn er geht, zweimal täglich ein Steak isst. Und das Steak ist der größte Wanderer des Nordens.«

Er wandte sich seiner erschöpften Frau zu.

»Das ist er doch, nicht wahr, meine Liebe?«

»Das Steak ist der Beste«, sagte sie ohne größere Begeisterung.

Ich konnte den beiden nicht das letzte Wort auf Dänisch lassen.

»Ich bin bereit, darauf zu wetten, dass Notto Fipp dieses Steak unter allen Umständen schlägt«, sagte ich.

»Wie viel?«

»Wie viel? Darum geht es nicht. Es geht ums Prinzip!«

»Sie meinen also, dass Ihre Banane unser Steak unter allen Umständen schlägt?«

»Ganz genau. Und ich würde es schätzen, wenn Sie ihn nicht Banane nennen. Alles hat seine Grenzen.«

»Interessant.«

Der Däne gab mir eine Karte: *Ulrik Holmsen, Königlicher Hoflieferant, Amager, Kopenhagen.*

Was lieferte er dem Hof?

Ich hätte ihm gern auch meine Karte gegeben, aber ich hatte keine.

Dann holte ein Piccolo das Gepäck der Dänen ab, und wir verabschiedeten uns voneinander in gesitteter, nüchterner Form, wünschten einander viel Glück, wofür, das war mir damals noch nicht so recht klar. Der Gedanke an Biffen, dieses Steak, einen Herausforderer, eine Drohung, quälte mich, zumindest in dem Moment, aber er durfte keinen Schatten auf Notto Fipps Triumph werfen oder in irgendeiner Art und Weise seinen Glanz verdunkeln. Ich schickte ein Telegramm an Frau Byes Hotel, Egertorget, Oslo, Norvège, *Bin unterwegs, gratuliere, dein B. H.*, lief alle Stufen zu unserem Zimmer hoch, unschlüssig war ich, aber eines war glasklar, ich musste nach Hause, riss also die Tür auf und sagte:

»Wir müssen nach Hause.«

Sigrid lag auf der Chaiselongue im *salon privé* und sah mich träge mit müdem Blick an. Vielleicht hatte ich sie ja geweckt.

»Nach Hause? Welchen haben wir denn heute? Habe ich ein paar Tage nicht mitgekriegt?«

»Das Unwetter, Sigrid. Es kann sein, dass keine Züge mehr fahren. Wenn wir jetzt nicht abreisen, riskieren wir, hierbleiben zu müssen.«

»Wäre das denn so schrecklich, Berny? Hierzubleiben, meine ich.«

Ich ging zur Chaiselongue, hockte mich davor und küsste ihre Knie, ihre Ellenbogen, Armbeugen, die Halsgrube. Sigrid roch und schmeckte von oben bis unten nach der Welle, die dabei war, sich zurückzuziehen, ein leerer Sog, und nur ich wusste das.

Ich war atemlos und erschöpft.

»Das Rikshospital«, sagte ich. »Große Pläne. Lunds Worte. Erinnerst du dich nicht. Ich kann mir das nicht entgehen lassen. Du doch auch nicht.«

Am nächsten Morgen fuhren wir nach Hause, auf derselben Route, auf der wir gekommen waren, aber vorher musste Sigrid noch ein Telegramm senden, an ihre Eltern, was die damit zu tun haben mochten, das wusste ich nicht, und auf mich wartete eine Antwort, *Danke, ich warte, dein Freund und Junggeselle, Fipp,* doch ich will mich kurz fassen. Als wir endlich zurück in Oslo waren, erschöpft und schmutzig, und Einar Juells Chauffeur, der Fahrer des Schwiegervaters persönlich, am Bahnhof bereitstand und auf uns wartete, wurde Sigrid ganz mystisch und geheimnisvoll und bat mich, die Augen zu schließen, bis sie sagen würde, dass ich sie wieder öffnen könnte.

»Warum denn das?«

»Es ist eine Überraschung, du Dummerchen.«

»Du weißt, dass ich keine Überraschungen mag, Siggen.«

»Aber diese wird dir gefallen, Berny. Mach die Augen zu und sei nicht kindisch.«

Ich tat, wie mir geheißen, während ich doch mehr als alles andere am liebsten sofort Notto Fipp in Frau Byes Hotel aufgesucht hätte. Doch das war nicht möglich. Und also saß ich auf dem Weg durch Oslo mit geschlossenen Augen da, es gab Anhöhen und Kurven, es dauerte seine Zeit, und zum Schluss hielten wir an, und ich durfte endlich wieder die Augen öffnen. Wir waren auf Besserud, hielten direkt vor unserem alten Haus.

»Was machen wir hier?«, fragte ich.

»Hier werden wir wohnen, Berny.«

Ich war kurz vor einem Wutausbruch.

»Wir werden hier wohnen? Wie meinst du das?«

Der Chauffeur war bereits dabei, unser Gepäck ins Haus zu tragen.

Sigrid nahm meine Hand.

»Vater hat es gekauft. Es ist sein Hochzeitsgeschenk für uns.«

»Dein Vater hat das Haus gekauft, in dem ich aufgewachsen bin?«

»Ja, Bernhard. Freust du dich gar nicht?«

»Ob ich mich freue? Ich bin überwältigt, Siggen.«

Wir stiegen aus dem Wagen und gingen durch das Tor. Sigrid lief um das Haus herum, um sich umzuschauen. Der Fahrer lüftete nur kurz seine Mütze, als er an mir vorbeiging, auf dem Weg zum Auto. Ich gab ihm reichlich Trinkgeld. Meine Hände zitterten bei jedem Schein, und ich vermischte norwegische und französische Valuta. Er ließ sich nichts anmerken, verneigte sich tief, und ich konnte nicht erkennen, ob er zufrieden war, verlegen oder nur nachsichtig.

»Übrigens, könnten Sie mich morgen früh in die Stadt fahren?«, fragte ich.

Der Fahrer setzte die Mütze an Ort und Stelle.

»Ich arbeite für Einar Juell.«

»Wir können meinen Roadster nehmen. Er steht im Skovveien.«

»Ich arbeite für Einar Juell«, wiederholte er.

Da erkannte ich: Er wusste sehr genau, dass ich meinen eigenen Chauffeur, Alfred, gefeuert hatte, und wollte auf diese Art und Weise Solidarität mit einem Kollegen zeigen oder Verachtung mir gegenüber, vielleicht beides zugleich. Das war ja nur ehrenhaft. Ich beneidete ihn fast um diese Eigenschaft. Er war treu. Wäre er nicht bereits beschäftigt, ich hätte ihn vom Fleck weg engagiert. Aber vielleicht mochte er mich auch ganz einfach nicht.

Doch als ich Einar Juells Fahrer einen weiteren Schein geben wollte, als Anerkennung für diese Geste, die Treue sowohl seinem Arbeitgeber als auch seinem Kollegen gegenüber, wollte er ihn nicht mehr annehmen, wortlos drehte er sich auf dem Absatz um und verschwand, während der Schein im feuchten Gras landete. Ich ließ ihn dort liegen, blieb stehen und schaute mich um. Die Hecke war geschnitten, der Apfelbaum war weg, so dass der Garten mehr Licht bekam. Ich fror. Der Pavillon war übrigens auch abgerissen worden. Sie waren sogar so rücksichtsvoll gewesen, den kleinen Springbrunnen zu entfernen. An seiner Stelle stand eine weißgestrichene Bank. Dort konnte man sitzen und sich in Erinnerungen ergehen. Ich schaute das Haus an, dieselben Fenster, aber andere Vorhänge.

Sigrid kam zurück und nahm wieder meine Hand.

Plötzlich wurde ich hellsichtig.

»Es gibt nur eine Sache, um die ich dich bitten möchte«, sagte ich.

»Und was?«

»Dass wir die Wohnung im Skovveien behalten.«

»Was sollen wir denn mit der?«

»Es kann sein, dass wir sie noch brauchen werden.«

»Ach, willst du sie als kleines Liebesnest behalten?«

»Nein, wie kommst du darauf.«

Sigrid lachte laut und schlug mir leicht auf die Wange.

»Du verstehst aber auch gar keinen Spaß, Bernhard. Hast du wirklich gedacht, ich würde so etwas von dir denken?«

Da lachte ich auch, aber warum hätte sie nicht so etwas denken sollen? Glaubte sie nicht, dass ich in der Lage wäre, eine Affäre zu haben, dass sie die Einzige war, die mich, Bernhard Hval, für den große Pläne gemacht worden waren, haben wollte? War sie nicht in der Lage zu glauben, ich könnte untreu werden? Dann müsste sie noch einmal von vorn anfangen zu glauben.

»Falls ich einmal, und ich sage nur falls, meine eigene Praxis eröffnen will, dann kann die Wohnung von Nutzen sein«, sagte ich.

»Mein Gott, mach doch, was du willst mit dem Verschlag. Schließlich gehört er dir.«

Doch ich ließ nicht locker:

»Außerdem wäre es nicht schlau, die Wohnung jetzt zu verkaufen. Ich nehme an, dass dein Vater dieses Haus hier fast umsonst gekriegt hat.«

Sigrid ließ meine Hand los.

»Weißt du, wozu du sie benutzen kannst? Du kannst diese schreckliche Standuhr dort reinstellen. Und außerdem friere ich.«

Sie hatte bereits die Schlüssel in der Hand. Wir gingen gemeinsam das letzte Stück bis zur Eingangstür, an der die Koffer standen. Sie schloss auf.

Ich trampelte dreimal mit beiden Füßen.

Dann gingen wir hinein.

Ich fuhr mir mit den Fingern über das Kinn, das so glatt und bartlos war wie die Fußsohlen und die Handflächen.

Und so begann mein zweiter Aufenthalt in meinem ersten Heim, in dem die Gespenster sich in stummen Prozessionen die Wände entlangschlichen.

Heureka!

Ich versenkte meine Gliedmaßen in die Kindheit und maß das genaue Gewicht der Trauer.

DIE ZUKUNFT GEHT TROTZ ALLEM WEITER

Am nächsten Morgen, nach einer weiteren Nacht, ließ ich meinen Samen in den Sand verrinnen, das heißt in die Toilettenschüssel, und wanderte anschließend ruhelos durch die Etagen zwischen den fremden Möbeln in alten Zimmern und grüßte die ebenso alten Haushaltshilfen, die aus den Besenkammern und Ecken herauskamen und mich zur Ruhe mahnten, wie hießen sie noch alle, Beate, Klara, Mille, dann fuhr ich schnurstracks hinunter zu Frau Byes Hotel, das heißt, was heißt schon schnurstracks, zuerst musste ich die Holmenkollenbahn bis Majorstuen nehmen, von dort zum Skovveien laufen, wo ich meine liebe Mühe hatte, den Roadster zu starten. Doch schließlich stand ich in der Rezeption, und Frau Bye selbst war an Ort und Stelle hinter dem Tresen. Ich hatte keine Zeit zu verlieren und kam deshalb direkt zur Sache.

»Ist Notto Fipp hier?«

»Er hat das übliche Zimmer.«

»Gott sei Dank. Wie viel schulde ich Ihnen?«

»Herr Fipp hat für jeden Tag, den er hier wohnt, bezahlt. Im Voraus.«

»Ach ja? Sind Sie sich dessen sicher?«

»Wenn ich es doch sage. Im Voraus. Herr Fipp ist ein Gentleman.«

Da fielen mir die Bilder auf, die an der Wand rechts von der Tafel mit den Schlüsseln hingen. Ich musste näher herangehen. Es handelte sich um eingerahmte Ausschnitte aus verschiedenen Zeitungen, Dagningen, Hamar Arbeiderblad, sogar Politiken, die Notiz, die ich bereits gelesen hatte. Es waren Bilder von Notto. In Lillehammer stand er mitten in einer Menschenmenge, trug eine lächerliche, ungewöhnliche Kopfbedeckung, eine Art Helm, mit Riemen unter dem Kinn. In Hamar aß er drei Bananen gleichzeitig. Bei Minnesund posierte er vor der lokalen Meierei, während er direkt aus der Flasche trank, ja, fast in Milch badete. Und im Aftenposten wurde er *die Banane* getauft. Mir war unwohl zu Mute. Dass jemand Notto Fipps Großtaten zum eigenen Vorteil ausnutzen konnte, tat mir in der Seele weh. Aber noch mehr schmerzte es mich, dass andere es wagten, ihn wie in einem Zirkus zur Schau zu stellen, in einer Manege für ihre eigenen Ideen. Ich ging hinauf zu seinem Zimmer, klopfte an, nach einer Weile öffnete Notto Fipp, widerstrebend, wie es schien, doch als er mich sah, ließ er mich sofort herein. Wir gaben uns die Hand, setzten uns jeder auf einen Stuhl und suchten nach den richtigen Worten. Er war dünner geworden. Die Kleider schlackerten an seinem Körper. Haar und Bart waren ungepflegt. Er wirkte nicht glücklich, wenn wir, die Kantigen, es überhaupt jemals sein können.

»Ich habe gehört, du bezahlst selbst für das Zimmer?«

»Ja. Das ist nicht umsonst.«

»Dann hast du Arbeit angenommen?«

Notto schaute weg.

»Es kommt vor, dass mir Journalisten einen oder zwei Scheine zuschieben.«

»Bezahlen sie dich?«

»Sie bitten mich, irgendwelche Possen zu reißen, und fotografieren es dann.«

»Hattest du deshalb in Lillehammer eine Jockeymütze auf?«

»Ich habe sie gleich wieder abgenommen, als ich fertig war.«

Solche Zeiten waren es geworden, kein Ernst, keine Tiefe, kaum ein Nachdenken, nur Unterhaltung und wieder Unterhaltung. Das größte Vergnügen war es, auf dem Grab zu tanzen. Es war nicht Notto Fipp, der das Rampenlicht suchte. Im Gegenteil. Das gleißende Rampenlicht suchte ihn.

Ich musste ihn fragen:

»Konntest du nicht warten, bis ich zurück bin?«

»Es ist einfach über mich gekommen«, sagte Notto und faltete die Hände im Schoß.

Ich schaute an ihm vorbei, beschämt. Wollte ich, Bernhard Hval, der Donkischott, mich zum Richter über Notto Fipp erheben?

»Von Trondheim nach Oslo«, sagte ich. »Das sieht dir ähnlich.«

Nachdem wir endlich wieder eine Gesprächsebene gefunden hatten, wurden wir von jemandem unterbrochen, der Nottos Namen unten auf dem Egertorget rief. Ich schaute zum Fenster und entdeckte zwei junge Männer, die Presseheinis der übelsten Sorte ähnelten, mit ihren langen, ungepflegten Mänteln, ihrem frechen Auftreten und ihrem muhenden Jargon, wahrscheinlich fehlten noch ein paar Spalten für die Abendzeitung, und deshalb waren sie den weiten Weg von den Redaktionen in der Akersgaten bis zu Frau Byes Hotel gegangen, um Neuigkeiten von Notto Fipp zu erfahren. Ich musste ihn umgehend in Sicherheit bringen. Ich konnte es nicht zulassen, dass Notto Fipp in seinem Lebenswerk gestört wurde, von dem er selbst Umfang und Format noch gar nicht begriffen hatte. *Die Banane gegen das Steak!* Außerdem konnte dieses Geschmiere meiner Doktorarbeit schaden. Ich riskierte, nicht ernst genommen zu werden.

»Ich habe große Pläne mit dir«, sagte ich.

Mit diesen verpflichtenden Worten gelang es mir, Notto Fipp mit hinunter zur Rezeption zu locken, wo Frau Bye uns einen Hinterausgang zeigte, auf die Straße Grensen, wo er warten konnte, bis ich den Roadster auf der Vorderseite geholt hatte, und gemeinsam fuhren wir zum Skovveien. Ich schloss uns die Tür auf, und als Erstes hörte ich die Schläge der Standuhr, die immer noch die Böden in den verlassenen Räumen widerhallen ließ, auf denen sich bereits ein Hauch von Staub, Schimmel, oder war es Fäulnis, angesammelt hatte. Wir mussten lüften. Mehr war nicht nötig. Ich wandte mich Notto zu, der im Eingang stehen geblieben war.

»Was wollen wir hier?«, fragte er.

»Hier kannst du wohnen«, sagte ich. »So lange du willst.«

Ich überreichte ihm die Schlüssel.

Notto starrte das Schlüsselbund an.

»Zusammen mit euch? Das kann ich nicht. Oh nein.«

Er wollte mir umgehend die Schlüssel zurückgeben.

»Das brauchst du zum Glück auch nicht. Wir sind nach Besserud gezogen. In das Haus meiner Kindheit.«

Notto schob die Schlüssel zögernd, fast widerwillig in seine Hosentasche, während ich ihn in der Wohnung herumführte. Schließlich blieben wir vor der Standuhr stehen, in der Ecke des Büros, in dem ich jetzt sitze und all das aus dem Gedächtnis aufzeichne, und das Gedächtnis ist ein zerbrechlicher Apparat, so viele Jahre später, zum Rhythmus der Sekunden und der gleichen Schläge, die mein Leben festgeschlagen haben, ein Echo, das in beide Richtungen geht und deshalb auch eine Stille beinhaltet, die bald kommen wird.

»Du wirkst nicht glücklich«, sagte Notto.

Ich versuchte diese überwältigenden Worte mit Fassung aufzunehmen.

»Nein?«

»Nein. Warum bist du es nicht?«

Ich sah ihn direkt an.

»Werden wir das jemals?«

»Ab und zu.«

»Ja, Notto. Ab und zu sind wir glücklich.«

Dann war er an der Reihe, mir etwas zu überreichen.

»Du bist da draufgetreten. Das lag im Eingang, unter dem Briefschlitz.«

Es war ein Umschlag, mit so vielen Briefmarken drauf, dass die Adresse und mein Name kaum noch zu erkennen waren. Er war in Neuseeland abgeschickt worden. Also war er von meiner Mutter. Ich ging ins Wohnzimmer, mit Notto in den Hacken, fand eine Flasche Cognac, ja, echten Cognac, nicht irgendeinen Fusel an so einem Tag, ich hatte nach fast zehn Jahren einen Brief von meiner Mutter erhalten, also schenkte ich zwei Gläser ein, trank meines aus, während Notto seines stehen ließ, worauf ich das auch austrank, wenn ich schon einmal dabei war.

»Ich möchte dir diesen Brief gern laut vorlesen«, sagte ich.

»Das brauchst du nicht. Der ist für dich. Nimm ihn lieber mit nach Hause und lies ihn da.«

»Ich möchte ihn aber lieber hier lesen.«

»Ich kann woandershin gehen. Ich möchte lieber …«

Ich unterbrach ihn.

»Vielleicht kannst du ihn mir ja laut vorlesen?«

»Das möchte ich möglichst nicht tun.«

»Aber ich bestehe drauf. Ich möchte das mit dir teilen.«

Schließlich setzte er sich hin. Ich öffnete den Umschlag und zog mehrere Blätter heraus, linierte Seiten, mit Mutters nervöser Handschrift und Flecken von Tinte, Kaffee, Wein, Tabak, Wind, was weiß ich, schließlich hatte er einen langen Weg hinter sich. Natürlich habe ich den Brief schon vor langer Zeit weggeworfen, und ich begann, ihn Notto laut vorzulesen:

Roturura, August 1929

Mein lieber, lieber Bernhard

Ich hätte dir schon früher schreiben sollen, aber es war so viel los. Ich hoffe, du verstehst das. Die Reise war anstrengend und dauerte mehr als zwei Monate. Ich dachte, wir würden nie ankommen. Mehrere Male war ich seekrank, und Signe war mir eine wahre Stütze. Und als wir schließlich die Südspitze von New Zealand sahen, mit ihren steilen, schneebedeckten Bergen und engen Fjorden, da fiel mir auf, dass die Natur hier sehr der in Norwegen ähnelt. Ich war enttäuscht, aber das hat sich inzwischen gelegt. Wir gingen in der kleinen Stadt Bluff an Land, wo für uns die norwegische Flagge wehte und uns der südlichste Konsul der Welt, stell dir das mal vor, empfing, ein Wiig aus Fredrikstad. Er war Segelmacher, Skipper, Fischer und ein Mann für alles Mögliche, und er servierte uns übrigens später am Abend die größten Austern, die ich jemals gesehen habe, und sagte, dass man sie von den Felsen pflücken könnte wie die Preiselbeeren bei uns zu Hause. Von dort fuhren wir mit dem Dampfschiff weiter nach Dunedin, wo ein weiterer Norweger parat stand, Johnson aus Aurskog in Akershus, er war durch künstliche Beine, die er produzierte, sehr reich geworden, außerdem war da der norwegische Pastor, Axelsen, aus Skudenes. Ich glaube, sie hatten ihre Hintergedanken bei all der Aufmerksamkeit, die sie uns zuteil werden ließen, denn keiner von ihnen war verheiratet, und sie sahen zwei Damen wohl als ein Geschenk des Himmels an. Nun, wie dem auch sei. Lange hatte ich gedacht, dass wir uns hier keine Sorgen um unseren Ruf machen müssten. Wir stellten uns als Witwe und Gouvernante vor! Doch selbst auf der anderen Seite vom Globus weiß immer jemand schon alles. (Ab hier sind einige Sätze und Geständnisse ausgelassen worden, die für die Öffentlichkeit nicht von Interesse sind.) *Von der Hafenstadt Lyttelton nahmen wir die Eisenbahn nach Christchurch, unserem Bestimmungsort, zum Schluss ging die Fahrt durch einen langen Tunnel, und dabei ging es Signe sehr schlecht. Ich glaube, sie leidet an etwas, das man Klaustrophobie nennt. Nun war ich diejenige, die eine Hilfe sein konnte. Ich …* (gestrichen) *Doch als wir ankamen, wurden wir nicht so freundlich empfangen. Signes Familie väterlicherseits ist bereits 1832 ausgewandert, denn im Juni dieses Jahres fuhr die Bark* Høvding, *also Häuptling, von Kristiania ab, mit 305 Passagieren an Bord, und die Reise dauerte drei Monate und kostete 8 Pfund. Sie waren Goldgräber, Walfänger und Abenteurer, doch jetzt sind ihre Nachkommen Abstinenzler geworden, religiös und mit anderen Worten ziemlich widerlich. Sie wussten, wo das Land liegt, wie sie immer sagten. Wir hielten vier lange, anstrengende Jahre in Christchurch aus. Das war mehr als genug für uns beide. Besonders Signe litt unter diesen kalten Schultern, die uns gezeigt wurden, besonders meinetwegen, und deshalb nahm sie es doppelt so schwer. Dass Menschen so engstirnig sein können! Wir haben sie doch nicht gestört. Und wenn sie unbedingt in den Himmel wollten, reichte es dann nicht, wenn sie ihren eigenen Pfad rein hielten? Wir fuhren also nach vier Jahren weiter, und ich möchte dich nicht mit all den Widerwärtigkeiten behelligen, aber die Bäume möchte ich trotzdem erwähnen. Hier wachsen alle möglichen Arten, quer durcheinander, denn die Menschen, die herkamen, haben immer Samen aus ihrer Heimat mitgebracht, die sie hier ausgesät haben, um sich wieder heimisch zu fühlen. Ist das nicht eine schöne Idee? In einem Augenblick siehst du*

Regenwald und Palmen, und im nächsten stehst du bei einer Fichte oder Tanne, genau solche, wie sie im Garten von Besserud wuchsen. Signe und ich hatten vergessen, Samen mitzunehmen, vielleicht sind wir auch nie auf die Idee gekommen, was bei uns beiden oft zu Wehmut geführt hat. Aber langer Rede kurzer Sinn, wie es so schön heißt, wir wohnen jetzt, wie du vielleicht gesehen hast, wenn du überhaupt diesen Brief liest, in Roturura, einem kleinen Ort, wenn man ihn überhaupt so nennen kann, zwischen schneebedeckten Vulkanen. Es ist lange her, dass einer ausbrach, deshalb brauchst du dir keine Sorgen zu machen, und wenn sie eines Tages in die Luft gehen, dann hat das sicher auch seinen Sinn. Dafür haben diese Kräfte die sonderbarsten Wirkungen. Hier und da steigen Säulen von herrlichem unterirdischem Dampf in die Luft, und keine ähnelt der anderen. Und der See, an dem wir leben, der am Fuße des Regenbogengebirges liegt, wie die Maori es nennen, sein Wasser ist milchig und voller warmer, heilender Strömungen. Vielleicht weißt du ja gar nicht, wer die Maori sind, auch wenn du ein gelehrter Mann bist? Sie sind schon immer hier gewesen. In den Städten versuchen sie auszusehen wie wir, trinken Whisky und spielen Billard. Aber wir versuchen, ihnen ähnlich zu sein. Signe und ich, wir haben an diesen Quellen eine kleine Badeanstalt gebaut, während die Maori nackt und ungezwungen am anderen Ufer entlanggehen, als Beispiel für den herrlichen Naturzustand. Wir haben unser eigenes Wörishofen hier. Erinnerst du dich, Bernhard? An unsere Fahrt? Nein, das tust du sicher leider nicht, du warst damals noch zu klein. Aber vielleicht war das die schönste Zeit, die wir beide zusammen verbracht haben, ganz gleich, ob du dich daran erinnerst oder nicht. Denk daran. Was ich eigentlich sagen wollte: Ich schreibe, um dir zu gratulieren. Ich habe in der Zeitung, die immer einen Monat braucht, bis sie zu uns kommt, die Anzeige gesehen. Ich wünsche dir von ganzem Herzen alles Gute und bin stolz auf dich, ja, stolz, ob du es glaubst oder nicht. Ich hoffe, du und deine Sigrid, ihr werdet glücklich, glücklicher, als dein Vater und ich es waren, und dass du mir großzügig verzeihen kannst. Ich kann auch verstehen, wenn du mich verachtest und nichts davon wissen willst. Aber du sollst wissen, dass Verachtung etwas ist, das vorübergeht, nicht die Verachtung, sondern die Wirkung. Bin ich zu kompliziert? Das weißt du selbst am besten. Du bist klüger als jeder von uns. Ich bitte dich um Verzeihung, und dass du mich nicht verachtest.

eo ipso
Deine Mutter
(Signe lässt auch grüßen)

Ich schwieg. Was hätte ich sagen sollen? Ich hatte dem nichts hinzuzufügen. Da gab es nicht mehr. Was für eine Schlampe. Meine Mater Dolorosa. Was für ein Schlampenpaar! Ja, da war noch etwas, etwas mehr, wie es bei allen derartigen Briefen ist, Briefen mit Briefmarke, die mit so schlechtem Gewissen gestempelt wurde, dass ein ganzes Land auf der anderen Seite des Globus dafür nötig ist. Aber vorläufig schwieg ich, ich konnte nicht mehr und knirschte stattdessen mit den Zähnen, dass die Funken ins Zimmer flogen.

Mehr Cognac!

Notto blieb still sitzen, die Hände im Schoß.

»Mütter sollten ihren Söhnen keine Briefe schreiben«, sagte ich. »Eher umgekehrt. Söhne sollen ihren Müttern Briefe schreiben. Aber diese beiden Fräulein haben mir ja nicht einmal ihre Adresse gegeben! Nicht wahr?«

»Es ist trotzdem ein schöner Brief«, sagte Notto.

»Da steht übrigens noch mehr. Soll ich das auch lesen?«

»Nur wenn du willst.«

Und ich las laut, *PS,* wie ich es hasse, verachte, verabscheue, ein Brief mit *PS* ist immer heimtückisch, ein falscher Brief, *post scriptum,* das ist etwas, das dir in letzter Minute einfällt, bevor es zu spät ist, aber dann ist es das schon, zu spät:

PS. Noch einmal, lieber Bernhard. Das wird dich vielleicht amüsieren, wenn ich mich nicht vollständig irre. Hier unten geht alles den anderen Weg. Das Wasser fließt zur Sonne hin, die Sonne geht im Osten unter, und die Schatten bewegen sich rückwärts. Nein, ich bin nicht betrunken. Deshalb sind wir euch einen Schritt voraus, auch wenn die Zeitungen einen Monat zu spät kommen und die Post, die wir schicken, noch später zurückkommt. Denn wenn es in Norwegen Montag ist, dann ist es bei uns bereits Dienstag. Und so geht es die ganze Woche weiter. Ich bin dir voraus, Bernhard. Ich habe bereits etwas von der Zukunft gesehen. Deshalb weiß ich, dass es gut gehen wird.

Als ob ich das nicht wüsste.

Ich sank ganz erschöpft auf das Sofa und blieb dort sitzen.

»Du solltest deine Mutter besuchen«, sagte Notto schließlich.

»Und warum?«

»Weil sie das vielleicht verdient hat. Mütter verdienen so sonderbare Dinge.«

Ich faltete den Brief so oft zusammen, wie man einen Bogen Papier nur zusammenfalten konnte, es wurde mein persönlicher Rekord, sechzehn Mal, und legte ihn dann in die kleinste Tasche, die ich tief in einer Jacke finden konnte, die ich nie wieder anziehen wollte. Dann öffnete ich die Standuhr noch einmal und versteckte das kleine Etui mit den schwarzen Drops ganz unten in der Ecke, unter dem Pendel. Übrigens schaute ich nie wieder dort nach. Es kommt vor, dass ich es bereue. Aber meistens ist es so, dass ich wütend werde oder gleichgültig. Als ich das nächste Mal von meiner Mutter hörte, viele Jahre später, war sie tot.

Requiescat in pace.

GUTE UND SCHLECHTE ZENSUREN

Meine Mutter fuhr also ab, zusammen mit ihrer Signe, so weit weg, wie es nur möglich war, und sie ließ mich, den Studenten, elternlos und allein im Skovveien zurück, mit den Zinseszinsen auf einem Konto der Bank und einem Stapel solider Scheine, sicherheitshalber, in einer Keksdose in der Küche. Wer wäre da nicht neidisch? Was soll man mit einer Mutter, wenn man Student ist? Eine Mutter, die steht einem doch nur im Weg bei dem freien Leben. Ich jubelte. Ich drehte mich um mich selbst und schlug vor lauter Freude einen Salto mortale. Dann ramponierte ich die Wohnung, riss Dinge herunter, machte sie mir zu eigen, schuf sie gewissermaßen nach meinem Abbild neu. Das war kein schöner Anblick. Ich weiß nicht, wie oft ich das Bett in ein anderes Zimmer zog, aber was nützte das, wenn ich das Sofa an die andere Wand schob, die Stühle austauschte, die Tische drehte und die Teppiche wechselte, ohne dass es etwas veränderte, und am nächsten Morgen stellte ich alles wieder genau an denselben Platz zurück. So konnte es nicht weitergehen. Ich konnte nicht einmal die Lampen in Ruhe lassen, das heißt die Lichtschalter. Wenn jemand draußen auf der Straße stand und meine Fenster ansah, konnte er glauben, die ganze Wohnung hätte einen Schluckauf. Am Schluss wurde es so schlimm, dass ich, sobald mein Blick auf ein Möbelstück fiel, es brauchte nicht größer als ein Hocker, ein Schemel zu sein, es umstellen musste. Eines Tages, als ich auf dem Weg zur Universität war, musste ich sogar bei Knag am Drammensveien stehen bleiben, es kam einfach mit so heftiger Wucht über mich, ich schoss hinein in den Laden und schob die erste beste Chaiselongue zur Seite, auf die ich stieß, ja, ich war kurz davor, das ganze Knag umzumöblieren, bevor ich von zwei Verkäuferinnen hinausgeworfen und mit der Polizei und Schlimmerem bedroht wurde. Ich ging schnurstracks wieder heim, ließ Vorlesung Vorlesung sein. Ich konnte selbst lernen. Ich war also dabei, einen neuen, anstrengenden Zwang zu entwickeln, einen Zwang, der im Gegensatz zu meinem bisherigen Repertoire, das ich trotz allem in gut einer Stunde absolvieren konnte, bald meine gesamte Zeit in Anspruch nehmen würde. Es war in jeder Hinsicht zerstörerisch. Ich musste ab sofort Möbelgeschäften aus dem Weg gehen, großen wie kleinen, und Einladungen ausschlagen, falls ich welche bekam, ich lief ja Gefahr, auf das Inventar des Gastgebers loszugehen. Ich schloss es auch nicht aus, dass ich mich für den Rest meines Lebens in meiner Wohnung aufhalten und meine eigenen Möbel traktieren musste. Schließlich gab es überall Möbel, in Läden, Restaurants, auf den Fußwegen, und nicht zuletzt Lichtschalter, die Welt war voller Lichtschalter. Mit anderen Worten: ich musste einen Zwang finden, der den neuen ersetzen konnte, und da gab es nur eins: Ich musste stattdessen auf mich selbst losgehen, nicht wirklich schlimm, nur gnadenlos. Es war ausschließlich mein eigener Leib, der büßen sollte, nicht die Umgebung. Diese Einsicht war eine Offenbarung, eine Erleichterung, die mir fast den Verstand raubte, und niemand außer uns, den Kantigen, weiß, wie viel es kostet, so weit zu kommen, und dennoch ist es vergeblich. Denn der Leib ist nichts, wenn er sich selbst genügt. Der Leib muss früher oder später in Kontakt zu anderen Leibern treten, auf die eine oder andere Art und Weise. Was ich bald zu spüren bekommen sollte. Aber wie dem auch sei, ich fand jedenfalls einen anderen Zwang und konnte schließlich die Möbel in Frieden lassen: Ich knackte stattdessen mit den Fingern. Mit der rechten Hand beugte ich die Finger der linken. Dieses trockene Geräusch, oder das Knacken, in den Gelenken und Knöcheln, wirkte auf mich erregend und beruhigend zugleich. Und schließlich saß ich vor der Standuhr, lernte für das Examen philosophicum und knackte mit den Fingern, im Takt der Uhrschläge, außerdem musste ich einen neuen Lateinkursus absolvieren. Mit anderen Worten, ich hatte mit unsicheren, aber dennoch entschlossenen Schritten den langen Marsch auf das Ziel angetreten, nämlich das medizinische Staatsexamen, damit ich der Menschheit dienen und auf diese Art mich selbst übertreffen konnte. Bescheidener kann ich es nicht ausdrücken. Ich bestand die Aufnahmeprüfung mit Glanz und Gloria, wie ich in aller Bescheidenheit hinzufügen möchte, auch wenn ich eine Rüge von einem der Studenten bekam, sie lag eines Morgens auf meinem Studienplatz, es wurde behauptet, ich störe mit meinen Unarten, er nannte sie mit Ausrufungszeichen; Schnauben, Trampeln. Er gehörte offenbar zu diesen Leuten, die sich immer um die Angelegenheiten anderer kümmern müssen, aber dabei nur allen lästig fallen. Ich setzte mich auf einen anderen Platz. Endlich wurde es ernst: Der erste Abschnitt, der aus einer Prüfung in Botanik, Zoologie, mündlicher und experimenteller Prüfung in Chemie bestand, mündlicher und praktischer Prüfung in Anatomie und einer Prüfung in medizinischer Physik und Physiologie. Wir waren insgesamt 630 Studenten, davon zwei Frauen, es war Lund, der damals bei der Universität angestellt war, dem das die angemessene Zahl zu sein schien. Und die Geschichte hat ihm als voraussehenden Logiker recht gegeben. Er schrieb bereits 1912 in der Medizinischen Zeitschrift: »Alle Versuche, die Anzahl der Studenten zu begrenzen, indem die Examensanforderungen hochgeschraubt werden, die Studienzeit verlängert wird usw., ist reine Quacksalberei. Das radikale Kurmittel, das *auf jeden Fall* hilft, ist der eingeschränkte Zugang zum Studium. Unter den herrschenden Verhältnissen sehe ich eine ärztliche Versorgung, die einer Anzahl von einem Arzt für 3000 Einwohner entspricht, als vollkommen ausreichend an.« Wir wurden also buchstäblich auf die Probe gestellt und liefen zwischen den verschiedenen Instituten und Labors hin und her, von der Frederiks gate zur Pilestredet, von der Universitetsgate zum Ruseløkkveien und St. Olavs plass. Ich war der Eifrigste. Manchmal fuhr Alfred mich, aber damit hörte ich auf; das konnte übertrieben und extravagant erscheinen. Und mich in ein schlechtes Licht stellen: dass ich womöglich dachte, ich wäre besser als die anderen. Welches Missverständnis. Außerdem lief ich schnell genug. Ich folgte den Lesungen mit höchster Konzentration, und noch einmal darf ich daran erinnern, welche Kräfte ich brauchte, um mich zu zügeln, nicht zu schnauben, nicht zu trampeln, mich nicht zu drehen, und nur meine Gleichgesinnten, die Kantigen, können sich das vorstellen. Insbesondere möchte ich Professor Lunds unbezahlbare Symposien erwähnen, beispielsweise als er als der letzte konsequente und kompromisslose Fürsprecher für die Einheit der Medizin im Herbstsemester eine Vorlesung hielt, bevor er in die Geheimnisse der Chirurgie selbst eintauchte, unter dem Motto *Medicina interna una et indivisibles,* nämlich dass der Arzt meistens über keine anderen Hilfsmittel als seine Sinne verfügt, seine Hände und sein judicium, und dass die innere Medizin für den selbstständigen und gut orientierten Arzt als Rückgrat des Fachs angesehen werden sollte, nicht als ein medizinisches Spezialgebiet. Ich möchte auch, zugegebenermaßen etwas widerstrebend, die Ausflüge nach Gaustad erwähnen, wo wir mit eigenen Augen diverse Gemütsleiden studieren und diagnostizieren und die Psychologie in Zusammenhang zum Leib setzen konnten. Das waren oft traurige Anblicke, Männer, die im Kreis gingen, und Frauen jeden Alters, die sich die Kleider vom Leib rissen und unfeine Angebote machten. Unter anderem kartierten wir den sozialen Hintergrund, den Beruf, erbliche Leiden, physische Abnormitäten. Wir waren bei den hoffnungslosesten Fällen, auch bei einem Eingriff ins Gehirn, zugegen. Der Chirurg stach eine Nadel in der Größe einer Stricknadel hinter dem Ohr nach oben in die Frontallappen, oder er sägte direkt den obersten Teil des Schädels auf. Das fand ohne Betäubung statt. Wie man weiß, ist das Gehirn gefühllos. Aber ich sah den Schmerz und die entsetzliche Angst in den verzerrten Gesichtern dieser wachen, abwesenden Patienten. Mehrere Studenten fielen derweil in Ohnmacht. Mir gefielen diese Besuche ganz und gar nicht, nicht, weil ich, wenn ich ein Gehirn herausrutschen sah, zu Boden ging, sondern weil ich Angst hatte, wiedererkannt zu werden, oder genauer, weil ich Angst hatte, mich selbst wiederzuerkennen. Übrigens war der Zaun entfernt worden, als ein Schritt der Humanisierung und Modernisierung von Irrenhäusern. Trotzdem sangen die Studenten *Da ist ein Loch im Zaun von Gaustad*, wenn wir die Holmenkollenbahn zurück in die Stadt nahmen. Und diejenigen, die ohnmächtig geworden waren, sangen gern am lautesten und schrillsten. Und ich stimmte ein und sang möglicherweise am lautesten im ganzen Wagen. Es wurde besser, als der klinische Unterricht in die neue psychiatrische Klinik im Blindernveien 85 verlegt wurde, diese öffnete 1926 und ähnelte einem prachtvollen Gutshof, auf dem die langsamen und bei weitem nicht so prachtvollen Gäste sich in dem sorgfältig angelegten Garten vergnügen konnten, Laub harken, Rasen mähen, Rosen beschneiden, Äpfel und Stachelbeeren pflücken. Badminton konnten sie auch spielen, etwas, wovon ich, fachlich betrachtet, abraten würde. Aber was mir im Gegensatz zu den anderen Studenten jedenfalls am besten gefiel, das war die neue Forderung nach »Bestätigung vom Leiter des Anatomischen Instituts über zufriedenstellend durchgeführte Dissektionsübungen«. Obduktion sollte nicht länger ein theoretisches Geschäft sein, was in Anbetracht der Wichtigkeit der Obduktion lächerlich und nicht zuletzt unverantwortlich war, denn sie wird im Interesse der Menschheit durchgeführt, sie bringt die ärztliche Wissenschaft voran. Obduktion theoretisch! Diese Zerlegungen fanden im Rikshospital statt, im dortigen Leichenkeller, der unter Studenten als Mäusehalle bezeichnet wurde. Wir waren immer zu zweit an einer Leiche, aber meistens übernahm ich bald das Kommando und machte den Zweiten zu meinem Assistenten. Diese Leichen waren meistens Wohnungslose, Namenlose, Obdachlose, Trinker, Prostituierte, gern alles auf einmal, mit anderen Worten Menschen oder ehemalige Menschen, denn auf den Tischen in der Mäusehalle waren sie keine Menschen im direkten Sinne mehr, also jemand, den niemand vermisste, und von dem viele der Meinung waren, dass die Gesellschaft gut und gern auch ohne sie zurechtkommen könnte, der Abschaum, aber dachten diese Leute auch daran, dass diese armen Kerle, der Abschaum, nach ihrem Tod von großem Nutzen waren? Hätten sie dann nicht auch ein vernünftiges Leben verdient gehabt, während sie lebten, eine Art Vorschuss? Übrigens hatten einige Bessersituierte und andere Idealisten im Voraus das, was ihre Leiche werden sollte, der Wissenschaft gespendet. Diese enthielt meistens Schrumpfleber, Fettherz, Nierenversagen, verstopfte Arterien, schwarze Lunge. Aber hier war meine Hand sicher und ruhig. In der Mäusehalle, unter den Toten, war ich unübertroffen. Ich konnte mit einem einzigen Schnitt den Leib öffnen und dessen Hohlräume und Geheimnisse lüften. Ja, ich wurde ein Vorbild und Exempel für die anderen Studenten in dieser Disziplin, und sie scharten sich um mich, wenn ich schnitt. An Wein, Weib und Gesang gab es dagegen nur wenig oder gar nichts, um genau zu sein. Aber bald sollte es zumindest Wein geben. Wenn ich nicht von einer Lesung zur anderen lief, saß ich daheim im Skovveien, unter der Standuhr, das Licht in den anderen Zimmern ausgeschaltet, um Strom zu sparen oder um nicht gesehen zu werden, mein Gott, von wem denn, und ich las, paukte, lernte alles auswendig, diese verdammte Chemie, die ebenso verdammte Botanik, ich knackte mit den Fingern, schnaubte, las und trampelte, repetierte Latein, studierte Anschauungstafeln, stellte ein eigenes System auf, das Alphabet des Körpers: Arterien, Becken, Nebenhöhlen. Ich musste den anderen die ganze Zeit voraus sein, um mit meinem Jahrgang Schritt zu halten, und bestand den ersten Abschnitt, und auf diese Art und Weise wurde das sorglose, gedankenlose Leben, das fast von uns erwartet wurde und das ich selbst, wenn auch widerstrebend, ebenfalls erwartet hatte, unmöglich. Unsere Zeit ist zu kurz. Wir brauchen größere Ellenbogenfreiheit. Weil wir das meiste mindestens zwei Mal machen müssen, sollte unser Durchschnittslebensalter nicht 77 Jahre, sondern 154 betragen. Dann wären wir gleichgestellt. Eines Morgens lag übrigens eine Nachricht von der Studentenvereinigung auf meinem Pult im Lesesaal im Domus Medica. Ich öffnete den Umschlag und bemerkte dabei, dass die anderen Studenten aufstanden und den Saal verließen, ohne mich anzusehen, eher im Gegenteil, sie schwiegen und waren auf sonderbare Art und Weise miteinander beschäftigt. Der Bescheid war klar und deutlich, er lautete: »Bernhard Hval, wir möchten Sie freundlich darum bitten, nicht so viele Körpergeräusche zu produzieren, da wir mehrere Beschwerden erhalten haben, sowohl schriftlich als auch mündlich. Wenn Sie dazu nicht in der Lage sind, müssen wir Sie bitten, sich von den Lesesälen und Auditorien fernzuhalten, um den Einsatz der anderen Studenten nicht zu gefährden. Sollten Sie meinen, dass es sich um ein Missverständnis handelt, oder das Ganze als Verunglimpfung ansehen, können Sie in den Foren und Instanzen, die uns zur Verfügung stehen, Widerspruch einlegen, und wir sind im Namen der Studenten der medizinischen Fakultät bereit, die Angelegenheit bis in die höchste Instanz zu verfolgen, falls nicht unmittelbar eine Veränderung eintritt. Mit freundlichen Grüßen.« Ich blieb ganz still in dem leeren Lesesaal sitzen, in dem sich das grüne Licht mit dem Geruch von Papier, Tinte, alten Schriften und meinem eigenen Schweiß vermischte. Wie lange blieb ich so sitzen? Ich weiß es nicht. War es bereits zu diesem Zeitpunkt, dass ich einsah, dass ich nicht wollte, dass es weitere wie mich geben sollte, dass es mein Wunsch war, dass ich mit mir selbst aussterbe? Ich weiß es nicht mehr. Ich weiß nur, dass ich diesen Brief vierzehn Mal zusammenfaltete, bis er nicht größer war als eine Briefmarke, meine Notizen und Bücher in die Tasche schob, die Lampe ausschaltete und auf vielen Umwegen nach Hause ging, in das, was ich im Rückblick betrachtet als meine dunklen Semester ansehe. Ich gab Alfred bei vollem Lohn frei. Als der loyale, diskrete Mann, der er war, fragte er nicht, warum, sein Mangel an Neugier war formidabel. Er versprach mir dagegen, den Roadster in der Zwischenzeit instand zu halten, so dass er in kürzester Zeit bereit stehen konnte, um mich zu fahren, wenn ich es wünschte. Ich bot ihm in einem Anfall unbedachter Güte an, in die Wohnung im Skovveien zu ziehen, was er sehr schnell und entschieden dankend ablehnte, als hätte ich den armen Mann zu Tode erschreckt. Gott segne dich, Alfred! Ich verlor ein Jahr, aber es war trotz allem nicht weggeworfen, das versuche ich mir selbst einzureden. Ich zog die Vorhänge vor und saß im Skovveien und paukte, las, schnaubte, trampelte, schluckte, knackte, lernte, fluchte, mein ganzes Galimatias, *Hand, Hexenschuss, Hirn, Hoden*, ich paukte, las, zählte die Schläge der Uhr, und nicht zuletzt trank ich. Ich fing an zu trinken, um mich wach zu halten. Zuerst trank ich die Flaschen leer, die Mutter und Signe stehen gelassen hatten, das meiste war Sherry, Likör und diese Art süßer Sachen. Ich ging nur aus dem Haus, wenn ich etwas zu essen brauchte, was nicht viel war, und Alkohol, von dem ich umso mehr brauchte. Das Problem war, dass es die Zeit der Prohibition war. Branntwein und Dessertwein waren verboten. Starke Sachen zu trinken war also ein Verbrechen. Ich musste mich mit Wein und Bier begnügen. Ich wechselte die Verkaufsstellen und Lebensmittelläden, damit die Verkäufer mich nicht wiedererkannten und so den Umfang meines Einkaufs hätten ermessen können, Majorstuen, Drammensveien, Fritjof Stangs gate, weiter, immer weiter musste ich gehen, ja, ich überquerte sogar den Fluss unten auf der Vaterlandsbrücke, um in Grünerløkken und Torshov zu bunkern. Doch das nahm zu viel Zeit in Anspruch. An einigen Stellen wurde ich abgewiesen. Die Angestellten meinten, ich sei bereits betrunken genug oder minderjährig. Ich und minderjährig! Ich, Bernhard Hval, eingeschrieben an der königlichen Universität, der medizinischen Fakultät, minderjährig und betrunken genug! Ich schlug auf den Tisch. Was denken Sie von mir! Ich veranstaltete ein sinnloses Theater und wurde natürlich vor die Tür geworfen. Ich konnte sie gut verstehen. Das hätte ich auch getan. Ein rechthaberischer Alkoholiker, was Trinker nun einmal sind, hört nicht zu, er hört nur auf seine eigene Stimme, und diese

Stimme kennt fast nur ein einziges Wort: mehr, und anschließend noch ein weiteres Wort: noch mehr. Dieses Spülwasser reichte nicht für lange Zeit, außerdem wurde ich feist und langsam in den Kurven. So ging es einfach nicht weiter. Schließlich überwand ich all mein Schamgefühl, setzte Leib und Leben und mein Ansehen aufs Spiel und schlich mich zu nächtlicher Stunde hinunter zu den Baracken und zu den dunklen Ecken unterm Akershus, schnaubend, schluckend, während ich die Finger knacken ließ, dass es in den Brückenpfeilern widerhallte, bis mich eine Faust in die Ecke zog und mir ins Ohr zischte, *sei leise, du Scheißer!* Und das Einzige, was ich zu sagen imstande war, mit zitternder Stimme, war, *bitte einen Schnaps*, die Hand im Nacken packte fester zu, *Schnaps, wir haben keinen Schnaps,* und dann erinnerte ich mich an diese Codeworte, mit denen die Journalisten nur so um sich warfen, wenn sie über die Banden schrieben, die diesen Schwarzmarkt betrieben, als schilderten sie einen Robin Hood, der das norwegische Volk rettete, *Geburtstag, Taufe, Beerdigung, Hochzeit, Schlittschuhlaufen, Skispringen, Tennis,* mir fiel nur Oscar Mathiesen ein, *Oscar Mathiesen* flüsterte ich, der Griff in meinem Nacken löste sich, *mit Eis,* Flasche und Geld wechselten schnell von Hand zu Hand, und ich lief, so schnell ich konnte, nach Hause, verschloss die Tür und trank, paukte, wurde ohnmächtig, wachte auf, trank, paukte, doch dann brauchte ich mehr, und nachdem das überstanden war, brauchte ich noch mehr. Die Schwarzmarkthändler hörten schon von weitem, wenn ich kam, und versuchten, mir aus dem Weg zu gehen. Ich war eine Gefahr, das gesamte lichtscheue Geschäft auffliegen zu lassen. Mit all meinen Geräuschen und Unarten konnte ich ihnen den gesamten Polizeicorps der Stadt auf den Hals hetzen. Nachdem sie mich abgefertigt hatten, mussten sie die Treffpunkte und Codewörter wechseln. Zum Schluss gaben sie mir drei Kisten gestrichen voll mit Selbstgebranntem zu einem Spottpreis, 96, nur um mich loszuwerden, und sagten *Hau ab!* Das Verbot hatte Bernhard Hval, ursprünglich aus Besserud, zu einem hartgesottenen Verbrecher werden lassen. Mit dem Taxi direkt nach Hause. Es schmeckte schrecklich, aber gemischt mit Milch oder Hustensaft bekam ich es runter. Also fuhr ich unverdrossen fort, zu trinken, zu lesen, trank aus, verlor an Gewicht, wurde zu einem Skelett im Schlafrock, las weiter, lernte, die Urinmenge bei einem gesunden, erwachsenen Mann beträgt in 24 Stunden durchschnittlich 1500 Gramm, wovon 1440 Wasser ist und der Rest feste Stoffe. Ich wog nicht all meine Pisse, aber viel Wasser war jedenfalls nicht dabei, außerdem war ich nicht besonders gesund, *Urometer, Urticaria, Urämie,* dann trank ich, bis ich ohnmächtig wurde, und wachte auf, als ich in einem Traum ganz hinten in einem Schrank im Schlaf nach Flaschen suchte, und nicht mehr wusste, wo er stand. Ich war genau elf Monate lang ein zum Schreien komischer Alkoholiker, ach, dieser Zwang, dieser Hunger, Flammen, die gelöscht werden mussten, Durst, der umso schlimmer wird, je mehr du trinkst, ein Steppenbrand im Rückgrat, der sich bis in die Fingerspitzen und Zehennägel ausbreitet, ein Sog in der Hypophyse und in den Nackenmuskeln und eine Angst, heftiger, als du sie dir überhaupt vorstellen kannst. Sie kommt von hinten heran, und wenn du es schließlich schaffst, dich umzudrehen, steht sie direkt vor dir, und du weißt nicht, in welche Richtung du dich das nächste Mal wenden sollst. Was kann den Rausch ersetzen? Schmerz. Was kann den Schmerz ersetzen? Rausch. Was kann den Rausch ersetzen? Schlaf. Aber wenn du nicht schlafen kannst? Dann beginnt der Rausch erneut mit seinem Eisengriff. Und der Rausch gibt dir eine Stunde, vielleicht zwei Stunden Ruhe: keine Grimassen, kein Fingerknacken, kein Schnauben, Zählen oder Salti mortali. Du bist befreit. Doch dann geht es wieder los. Ich befand mich in einem Teufelskreis. Mein Kreis war mehr als teuflisch, wenn eine derart unpräzise und spekulative Diagnose verwandt werden soll, denn ich muss hinzufügen, dass jeder Mensch sich in einem Teufelskreis befindet. Aber mein Kreis war nicht rund! Er war gezackt, uneben und hatte scharfe Kanten. Der Kreis der Kantigen ist eine unmögliche geometrische Figur! Oh, du engstirniger Pluto! An die Arbeit! *Waanila, finnische Kneippanstalt, Walderburgs Apparat, Werhoolfs Krankheit, befällt ohne vorherige Warnung gesunde Menschen, Whisky, schottischer und irischer Branntwein (siehe unter Alkoholismus):* Ich blätterte zurück. *Mit der Zeit gehen alle geistigen Fähigkeiten verloren; zurück bleibt nur ein qualvoller, ununterbrochener Drang nach Alkohol, der zum Schluss nicht mehr ertragen wird, bis die Reste des Wracks vom Tod geschluckt werden.* Ob mich das erschreckte? Ich wurde wütend. War vielleicht mit meinen geistigen Fähigkeiten etwas nicht in Ordnung? Ich stand auf, repetierte das Pensum, leerte die nächststehende Flasche, Gläser benutzte ich nicht mehr, denn so war das Studentenleben, oder etwa nicht, mit einem Vater, so begraben, wie es nur geht, und einer Mutter, weiter weg, als es überhaupt möglich ist. Drei Mal ein dreifaches Hurra! Hört nur alle meine Aufgaben ab: von *Austernschalen*, einem Bestandteil der Mixtura Alba bis zur *Zyste*, also einer Schwellung! Ich kenne das Alphabet der Medizin vom ersten bis zum letzten Buchstaben, Austern und Zysten, welch herrliches Entrée und Sorti! Damit kann man leben. Ich kann schnauben, trampeln, schlucken, knacken, zählen, fechten, rudern, meine tic convulsif machen und Salto mortale schlagen, rückwärts gehen und mich trotzdem draußen unter Menschen bewegen, im Schutze einer Willensstärke und Beherrschung und, wenn ich das hinzufügen darf, einer gewissen Form von Humor, der nicht verstanden wurde von diesen übersensiblen, gewissenlosen und empfindlichen Betrügern im Domus Medica, die bald auf das norwegische Volk losgelassen werden sollten, mit Segnung durch den königlichen Thron, bewaffnet mit Skalpellen, Messern, Scheren und anderen scharfen Gegenständen. Oh, ich würde sie alle einholen! Oder etwa nicht? Ich würde sie am liebsten zusammenschlagen. Woran man übrigens sterben kann, wie Doktor Lund so vorsichtig und rücksichtsvoll in Doktor Lunds kleinem Abschnitt über den Alkoholismus andeutet. Seine Sentenz bezüglich *Unarten* ist ebenfalls exzellent: *Wildwuchs am Lebensbaum.* Das klingt wie die reine Poesie.

Doch meine finsteren Verabredungen waren eine umgekehrte Schwangerschaft und ein darauffolgendes Mirakel. Von Austern bis Zyste. Sie endeten in einem kurzen, schmachvollen Untergang und einer entsprechend großartigen Wiederauferstehung. Im April klingelte es nämlich an der Tür. Niemand klingelte an meiner Tür. Ich blieb eine ganze Weile still sitzen. War es Tag oder Nacht? Ich schob die Gardine zur Seite und wurde von dem Licht fast erschlagen, ein Säbel, der den Raum zerteilte und die Standuhr mit zehn todbringenden Schlägen traf. Wieder klingelte es. Ich schlich mich hinaus auf den Flur, immer noch verschlafen und verwirrt. Waren es Nachbarn, die sich beschweren wollten? Hatte ich letzte Nacht zu viel Lärm gemacht? War es Alfred, mein treuer Chauffeur, der etwas von mir wollte? Oder war es, Gott steh mir bei, meine Mutter, die von der Rückseite des Globus zurückgekehrt war? Derjenige oder diejenigen, die draußen standen, klopften jetzt direkt an die Tür, nein, sie hämmerten. Ich schaute durch das Schlüsselloch, zuerst konnte ich gar nichts sehen, dann entdeckte ich einen Stock, die Hand, die ihn hielt, und einen Siegelring. Es war Doktor Lund. Sofort machte ich einen Purzelbaum, hatte aber wohl nicht genug Kraft oder war zu unbeholfen, jedenfalls landete ich auf dem Bauch, verlor die Puste und hörte Doktor Lunds kräftige Stimme aus dem Treppenhaus:

»Bernhard Hval! Ich weiß, dass du da bist! Sei nicht kindisch und mach auf!«

Ich blieb vollkommen reglos liegen.

Wenn ich lange genug so liegen blieb, würde alles verschwinden und wie früher sein. Wie früher?

Ich konnte mich nicht mehr daran erinnern, wie es früher gewesen war. War das die Kindheit? Oder war es gestern?

Mucksmäuschenstill blieb ich liegen.

Wieder hörte ich Doktor Lunds Stimme, dieses Mal ungehaltener:

»Um Gottes willen, Bernhard! Ich schlage die Tür ein, wenn es sein muss!«

Ich kam auf die Füße und öffnete.

Obwohl es dunkel im Eingang war und die Beleuchtung im Treppenhaus auch nicht besonders hell schien, wich Doktor Lund zwei Schritte zurück, offenbar schockiert von dem Anblick, der sich ihm bot, also mir, und Doktor Lund war ein Mann, der schon so ziemlich alles gesehen hatte, was das menschliche und unmenschliche Elend betrifft. Er holte tief Luft, ging schnell an mir vorbei, schob die Tür mit dem Stock hinter sich zu, machte Licht und fragte:

»Hast du einen Spiegel?«

»Was?«

»Du hast gehört, was ich gesagt habe. Hast du einen Spiegel?«

»Ja. Im Bad.«

»Dann gehen wir dorthin, damit du dich genau im Spiegel betrachten kannst.«

Das widerstrebte mir. Ich stellte mich gegen den geschätzten Doktor Lund.

»Warum das?«

»Das wirst du gleich verstehen.«

Und Doktor Lund packte mich im Nacken und zog mich fast wie einen ungezogenen Schuljungen ins Bad, das hinter dem Schlafzimmer lag, und in jedem Zimmer, das wir durchquerten, schaltete er mindestens eine Lampe an: überall Flaschen, halbvolle, leere, zerbrochene, umgekippte, ein Schweinestall. Nie hatte ich mehr Lust gehabt zu trinken, doch ich traute mich nicht. Schließlich stand ich im Bad, vor dem Spiegel, in dem grellen Licht der nackten Glühbirne, und das war nicht mein Gesicht, was ich da sah. Mir fielen die Worte ein: *bis die Reste des Wracks vom Tod geschluckt werden.* Und in dem Moment sah ich mein verunstaltetes Gesicht, eine bleiche, fleckige Maske, die über den Schädel gezogen worden war, die banalste Verkleidung überhaupt beim Karneval des Rausches, es war vorbei. Der Zwang zu trinken war nicht mehr da. Denn ein anderer Zwang, stärker und heftiger, war aufgetaucht: Ich schaute mich nicht mehr im Spiegel an. Bis zum heutigen Tag habe ich mich nicht mehr im Spiegel gesehen. Wenn ich mir ausnahmsweise einmal die Haare schneiden lasse, bitte ich den Friseur, den Stuhl zu drehen. Muss ich Kleidung kaufen, was ich noch seltener tue, als mir die Haare schneiden zu lassen, dann probiere ich sie nie an, da ich sonst Gefahr laufen könnte, dass mich der Verkäufer vor einen Spiegel schiebt. Wenn sie nicht passt, ist es auch egal. Dann gebe ich sie am ersten Sonntag im Advent der Heilsarmee, auf dem Solli plass. Das alles erfordert seinen Mann, denn die Welt ist nicht nur voll mit Möbeln und Lichtschaltern, Barbieren und Verkäufern, sondern auch voller Spiegel, ja, Spiegel sind wohl das, was es am meisten auf der Welt gibt, alles glänzt und kann, ohne dass du darauf vorbereitet bist, dein Ebenbild in grotesken Formen auf dich zurückwerfen und dir so dein wahres Gesicht zeigen,

Radkappen, Reklameschilder, Brillengläser, Schmuck, um nur einiges zu nennen. Und für viele, vielleicht für die meisten, ist der Spiegel ihr liebster Besitz, und sie möchten ihn dir gern entgegenhalten. Ich bin stets in Gefahr. Selbst Fenster meide ich sorgfältig. Ich weiß also nicht mehr, wie ich aussehe. Das Letzte, was ich von meinem Gesicht noch erinnere, das ist eine Träne, die mir aus dem linken Auge läuft, an den Bartstoppeln hängen bleibt und dort eintrocknet.

»Danke«, flüsterte ich.

»Danke! Benimm dich wie ein Mann, Junge!«

»Wie mein Vater?«

Ich spürte den Stock im Nacken.

»Tust du dir jetzt auch noch selbst leid? Dann ist deine Misere komplett. Dann kannst du dich gleich selbst unter den Teppich kehren.«

»Entschuldigung.«

»Mach dich nicht kleiner, als du bist. Du bist schon klein genug. Und kehre mir nicht den Rücken zu, wenn du mit mir redest!«

Ich drehte mich langsam zu Doktor Lund um, der mir einen Schlag mit dem Stock versetzte. Den ich verdient hatte. Er hätte mich gern totschlagen können. Was wollte er eigentlich von mir?

»Entschuldigung«, wiederholte ich.

»Ich habe gehört, dass du das gesagt hast. Und ich weiß besser als jeder andere, was du durchgemacht hast. Aber benutze niemals den Selbstmord deines Vaters als Entschuldigung dafür, dass du zugrunde gehst.«

»Dann ist es vielleicht besser, wenn ich meine Mutter benutze. Sie ist dafür gut zu gebrauchen.«

Doktor Lund betrachtete mich sentimentales Wrack.

»Medicina interna una et indivisibles«, sagte er. »Erinnerst du dich, was das bedeutet, oder hat dich dein Gedächtnis auch schon im Stich gelassen?«

»Ein Arzt verfügt meistens über keine anderen Hilfsmittel als seine Sinne, seine Hände und sein Judicium.«

»Dann verlange ich, dass du Hilfsmittel Nummer zwei benutzt, nämlich die Hände, zuerst, um die Wohnung aufzuräumen und dann um dich selbst aufzuräumen. Und dann werden wir sehen, wozu du deine Sinne und dein Judicium benutzen kannst.«

Ich war zu müde, um Doktor Lund noch einmal zu widersprechen. Ich tat, was er verlangte. Unter seinem kritischen Blick sammelte ich die leeren Flaschen zusammen, leerte die halbvollen und legte sie in eine Kiste, genauer gesagt in zwei, so viele waren es nämlich, und nicht ein einziges Mal kommentierte Doktor Lund meine Tätigkeit oder fragte, woher diese kriminellen Flaschen wohl stammten, was er natürlich nur zu gut wusste, nämlich aus Kisten, die Schmugglerboote im Oslofjord versenkt hatten, an Bojen befestigt, so dass die Schwarzmarkthändler und Hehler sie im Dunkel finden und weiter an Reich und Arm verkaufen konnten. Er achtete nur darauf, dass alles ordentlich vor sich ging und dass die Flaschen zum Schluss nicht mehr zu sehen waren. Dann putzte ich Boden und Wände, warf alte Essensreste weg, wechselte das Bettzeug, duschte, rasierte mich, mit dem Rücken zum Spiegel, schnitt mich dabei natürlich, fand ein Pflaster, kämmte die Haare, trank vier Schluck Vademecum, schlug einen Purzelbaum und traf den Rand der Badewanne, noch mehr Pflaster, zog meine einzigen sauberen Kleidungsstücke an und stand schließlich vor Doktor Lund, so gut zusammengepflastert, wie es ging, und das war nie gut genug.

»Ich war bei deiner Geburt dabei«, sagte er.

»Daran kann ich mich leider nicht mehr erinnern.«

Doktor Lund überhörte meine alberne Parade.

»Deshalb fühle ich mich verantwortlich für dich, so wie es nun einmal gekommen ist. Benimm dich wie ein Mann, Junge!«

Ich wurde den Vater nie los.

Ich sagte:

»Ich übernehme voll und ganz die Verantwortung für meine Handlungen und werde die Fakultät verlassen und nicht nur das, ich werde die Universität aus freiem Willen verlassen.«

Doktor Lund schaute mich lange an.

»Idiot.«

Ich senkte den Kopf, ballte die Fäuste in den Taschen, die Zähne knirschten, was hätte ich sonst sagen sollen:

»Ich weiß. Ich bin ein Idiot.«

»Dann hast du jedenfalls noch deinen Verstand bewahrt. Aber weißt du, welcher Tag heute ist, du Idiot?«

Ich lauschte, hörte aber nicht mehr den Unterschied zwischen den Tagen. Früher konnte ich das, als die Haushaltshilfen und Kindermädchen meine Uhr und mein Kalender waren. Wo waren sie jetzt? Warum passten sie nicht auf mich auf?

»Montag.«

»Es ist Sonntag.«

»Aha. Na, das war ja ziemlich nahe dran.«

Doktor Lund fand es an der Zeit, den Jargon der Studenten zu benutzen, um mich noch weiter zu verhöhnen und zu erniedrigen.

»Es ist eine Sache, sich ab und zu einen hinter die Binde zu kippen, aber die ganze Zeit sternhagelvoll zu sein, das geht nicht. Kapiert?«

Ich nickte.

»Und ich möchte dir noch eines sagen, Bernhard Hval. Und ich möchte, dass du mir genau zuhörst! Ganz einfach: memento mori.«

Ich sollte den Gnadenstoß erhalten.

Er musste ja begriffen haben, dass ich geschmuggelten Schnaps gekauft hatte. Wie hätte ich sonst elf Monate lang sternhagelvoll sein können?

Es gibt eine chinesische Art und Weise, Selbstmord zu begehen, und zwar ganz einfach, indem man lange genug den Atem anhält. Das hätte ich mit Glanz bestanden.

Doktor Lund trat einen Schritt näher und legte mir seinen Stock auf die Schulter.

Schlag nur zu! Das ist am besten! Etwas anderes habe ich nicht verdient!

»Meine Frau und ich, wir würden dich gern zum Essen einladen«, sagte er.

Ich holte Luft, schluckte und schloss die Augen.

»Zum Essen?«

»Ja, kennst du das Wort? Essen. Mittag, gern drei Gerichte, die auf einem Teller serviert werden, und der wird zu diesem Anlass auf einer weißen Tischdecke angerichtet. Wir benutzen auch ein Besteck dabei. Und du solltest möglichst umgehend antworten, denn meine Frau isst sonntags gern um zwei Uhr.«

Ich öffnete erneut die Augen, ließ meinen chinesischen Atem und meine norwegischen Tränen frei.

»Ja.«

Und so wurde Doktor Lund, mein Mentor, zu meinem zweiten Vater und Alma, seine ergebene, schöne und unglückliche Ehefrau, es gibt gar nicht genug preisende Worte, um sie zu beschreiben, meine zweite Mutter. Seitdem aß ich jeden Sonntag bei ihnen, mit Ausnahme einzelner Ferien, Influenza oder Umständen, auf die ich hier nicht näher eingehen möchte, aus Rücksicht auf uns alle. Sogar den Heiligabend feierte ich dort, mit allem, was dazugehört. Wir überreichten einander bescheidene Geschenke, Handschuhe für Alma, ein Füller für mich,

Pfeifenreiniger für Doktor Lund, wir packten diese Gaben mit einer Mischung aus Scham und Freude aus. Einmal schenkte ich ihm einen neuen Stock, gekauft bei Ferner Jacobsen. Er weigerte sich, ihn entgegenzunehmen. Das war zu viel des Guten, und ich musste ihn umtauschen, in vier weiße Hemden und zwei Paar Schottenstrümpfe. Von meiner ersten Mutter, die kopfüber auf der Erde stand, kamen nie Geschenke. Aber mein toter Vater besuchte mich ab und zu, wenn er Zeit hatte.

»Ja, gern«, wiederholte ich.

»Hast du Hunger?«

»Nein.«

»Meine Frau wartet auf uns.«

Wir gingen hinaus.

Es war also ein Sonntag im April 1921, genauer kann ich es nicht sagen. Trotz der schlechten Zeiten, der Brandung des Kriegs und des Optimismus, die den Kontinent überrollten und die sonderbarsten Formen annahmen, fiel mir auf, dass es zu dieser Jahreszeit keine schönere Stadt als Kristiania gibt, wie die Stadt damals hieß. Ich, das Wrack, der ausgewrungene Putzlappen, der Donner, der Lärm und das gierige Füllhorn, ich also, ich schätzte die Schönheit, aber lange hatte ich nicht gewusst, wo es diese Schönheit gab, obwohl sie doch neben mir stand und rief. Wir gingen zur Oscarsgate, grüßten nach rechts und links, denn ich ging gemeinsam mit einem berühmten Mann durch das Viertel. Doch wer war ich? Niemand. Ich sonnte mich in seinem Glanz. So war mein Wesen. Mein Wesen ist ganz einfach. Ich sonne mich im Glanz anderer und verstecke mich im Dunkel. Aber was wollte Doktor Lund von mir?

»Ozaena«, sagte er, als wir den Riddervolds plass überquerten.

War das eine Frage? Hörte er den Lernstoff ab?

Ich bemühte mich, die richtige Antwort zu geben:

»Ein Zustand in der Nase, bei der die Luft beim Ausatmen einen äußerst unangenehmen Geruch annimmt, verursacht durch verrottende Produkte wie Schleim, Eiter und andere Bakterienstoffe. Auch Stinknase genannt.«

»Als hätte ich es selbst gesagt.«

Das hatte er ja auch, das heißt, es war Doktor Lund, der das geschrieben hatte.

Mehr sagte er vorläufig nicht zu dieser Sache.

Da kam mir ein Gedanke: Zielte er mit der Frage auf mich ab? Unwillkürlich legte ich mir die Hand über Nase und Mund, pustete durch die Nase, konnte aber nichts Spezielles bemerken, wobei ich nicht behaupten wollte, dass mein Oxygen direkt angenehm war, aber eine Stinknase?

Doch als wir am Stenspark vorbeigingen, fragte er:

»Hast du dich nach einem Mädchen umgesehen?«

»Dazu hatte ich keine Zeit.«

Ich hätte ebenso gut antworten können: Wer will Bernhard Hval, die schlechteste Karte im Stapel, den verkommensten Kerl im Gericht, die Stinknase himself, haben? Aber dennoch berührte und erschreckte mich diese Vertraulichkeit, diese Fürsorge in seiner Frage. Das war die Zuneigung eines Freunds, eines Vaters.

»Gut. Warte lieber damit, bis du dein Staatsexamen hinter dir hast.«

Wir gingen schweigend am Stenspark vorbei und kamen in die Pilestredet. Es näherte sich also.

»Je weiter die medizinische Wissenschaft kommt, umso kranker werden wir«, sagte Doktor Lund.

Rätsel über Rätsel.

Ich nickte zustimmend.

Doktor Lund schlug eine leere Zigarettenschachtel mit dem Stock zur Seite.

»Und deshalb war meine Einschätzung zu optimistisch.«

Ich musste fragen. Ich konnte nicht länger in Unwissenheit neben ihm gehen und so tun als ob.

»Meine Einschätzung von 1912. Ein Arzt pro dreitausend Einwohner. Aber das war vor dem Krieg. Jetzt brauchen wir mindestens fünf pro tausend, vielleicht sechs. Und es werden weitere, größere Kriege kommen. Außerdem sind wir ein Volk von Waschlappen geworden. Wir jammern und beklagen uns bei jeder Gelegenheit. Und weißt du, was das bedeutet?«

»Mehr Ärzte.«

»Aber zunächst mehr Studenten. Offene Studien. Multiplizierte Mittelmäßigkeit. Elend auf Elend gestapelt.«

»Ja, wir gehen elenden Zeiten entgegen«, sagte ich.

Wir hatten die Lyder Sagens gate erreicht, in der Doktor Lund in einem niedrigen Steinhaus wohnte. Er öffnete die Pforte, und wir gingen eine Stufe hinauf und durch einen kleinen Garten. Das Gras war gelb und vertrocknet. Ich sah eine Frau in einem der Fenster stehen, dann war sie verschwunden.

»Stinknase«, sagte Doktor Lund zum zweiten Mal in dieser kurzen Zeit.

Ich glaubte, Doktor Lund würde in Metaphern reden, dass er auf die offenen Studien hinzielte, den Verfall, die jämmerlichen Zeiten, oder ganz einfach auf mich. Deshalb sagte ich, um mithalten zu können:

»Es gibt zu viele Stinknasen.«

»Das ist es ja, was ich meine. Wenn du dein Staatsexamen abgelegt hast, solltest du an eine Doktorarbeit über Ozaena nachdenken. Das Thema wird unterschätzt und ist zu wenig untersucht worden.«

Das würde ja bedeuten, dass ich immer noch im Rennen war. Etwas anderes konnte es gar nicht bedeuten. Wenn du dein Staatsexamen abgelegt hast, hatte er gesagt. Doktortitel! Stinknasen! Ohrfeigen!

»Ich hatte eigentlich geplant, Kneipps Kuren zu studieren«, sagte ich.

Das platzte aus mir einfach vor reiner Freude heraus.

Doktor Lund blieb abrupt stehen und sah mich böse an.

»Kneipps Kuren? Wir sind doch keine Quacksalber! Sieh nur, wie es deiner Mutter ergangen ist.«

Er schüttelte den Kopf. Das tat ich auch. Ich schüttelte meinen Kopf noch heftiger und rief fast:

»Scherz beiseite! Ich werde jeden einzelnen Riechkolben im ganzen Land untersuchen!«

»Nun, nun«, sagte Doktor Lund.

In dem Moment wurde die Tür geöffnet, und da stand die Frau, die ich vorher im Fenster gesehen hatte. Sie war klein und adrett, gekleidet in ein dunkles, knöchellanges Kleid, mit einem kleinen Kragen, der die zarte Blässe des Gesichts noch betonte. Sie war sehr viel jünger als Lund, das wussten alle, dreißig, so meinten einige, und Lund selbst war vor drei Jahren fünfzig geworden. Dennoch wirkte sie älter, als sie war, wenn es denn stimmte, ja, fast gleichaltrig mit ihrem Mann, der sich seinerseits gut gehalten hatte. Vielleicht lag es an der weißen Haut, die in dem einen Moment glänzen konnte und im nächsten grau wie Asche erschien. Das war also Alma, Doktor Lunds Ehefrau. Wir wurden einander vorgestellt. Ihr Händedruck war fest, energisch, und sie sah mir direkt in die Augen, als suchte sie nach etwas, musterte mich, nicht auf eine unangenehme oder bewertende Art, wie ich es gewohnt war, ganz im Gegenteil. Dennoch verneigte ich mich tief, um dem Blick zu entkommen.

Wir gingen hinein.

Die Wohnung war geschmackvoll eingerichtet, nicht ein Möbelstück zu viel, nicht ein Teil zu wenig. Das gefiel mir.

Doch durch die offenstehende Tür eines Raums auf der Rückseite konnte ich sehen, dass es dort von Blumen und Pflanzen nur so überquoll. Wir setzten uns ins Wohnzimmer. Es war für drei gedeckt.

»Möchtest du ein Glas Sherry vor dem Essen?«, fragte Alma.

»Bernhard möchte Wasser«, antwortete Doktor Lund.

Alma stutzte.

»Aber wir haben noch ein wenig in Reserve. Und ewig kann dieses Verbot ja wohl nicht andauern.«

»Nicht alle haben die gleiche Willensstärke wie du, meine Liebe. Sie fallen den Verführungen zum Opfer.«

Sie verschwand in der Küche.

Doktor Lund wartete ein paar Sekunden, dann beugte er sich zu mir und sagte leise:

»Enttäusche mich nicht.«

Alma kam mit zwei Gläsern Wasser und einem real stout zurück. Das dunkle, schäumende Glas war für Lund.

»Willst du heute nicht auch ein Glas Bier, meine Liebe?«, fragte er.

»Ich leiste Bernhard gern Gesellschaft«, erwiderte sie.

Dann gingen wir zu Tisch. Ich kann mich nicht mehr daran erinnern, was wir aßen. Aber das ist auch nicht wichtig. Es wurde nur wenig gesprochen. Erst nach einer ganzen Weile nahm Doktor Lund sein Glas in die Hand und sprach einen Toast aus.

»Abusus non tollit usum«, sagte er.

Alma wurde ungeduldig, fast wütend.

»Rede so, dass wir dich verstehen.«

»Bernhard versteht mich. Er ist ein Ass in Latein. Nicht wahr, Bernhard?«

Ich schaute auf die Tischdecke, räusperte mich und übersetzte:

»Missbrauch hebt den Gebrauch nicht auf.«

Alma lachte.

»Ihr Quatschköpfe«, sagte sie.

Doktor Lund reichte die Schüssel mit den Kartoffeln weiter. Übrigens waren sie nicht ganz gar. Wenn man sie teilen wollte, blieb das Messer an einem harten Kern stecken, und ich musste kräftig drücken, um durchzukommen. Außerdem hatte ich nicht besonders viel Appetit. Ich hatte fast vergessen, wie es ist, hungrig zu sein.

Jedenfalls währte die Stille fünf Minuten. Das war lange genug.

»Herrliches Essen«, sagte ich. »Ganz bestimmt.«

Alma schaute auf.

»Aber du isst ja kaum etwas.«

Ich nahm noch einmal, eine riesige Portion, ein Gebirge türmte sich auf meinem Teller, hollodrio!

»Vielleicht ist es noch etwas zu früh für dich?«, fuhr sie fort.

»Nein, ganz und gar nicht.«

Ich schaufelte in mich hinein. Tränen standen mir in den Augen. Ich lief Gefahr, einen lapsus linguae zu machen. Rede so, dass wir dich verstehen, du Pfiffikus, du Quasselkopp!

Alma schenkte mehr Wasser in die Gläser ein.

»Ich esse am liebsten zu dieser Tageszeit, weißt du, damit ich schnell mit den Montagen in Gange komme. Es gibt so viel, was ich machen muss.«

Und dann versprach ich mich doch und zwar heftig. Es war ein ehrlicher Versprecher, er kam vom Herzen, als ob es dadurch besser gewesen wäre.

»Und was?«

»Und was?«

Und immer noch gab ich mich nicht zufrieden. Das ist wohl das Schlimmste. Wir geben uns nicht zufrieden. Wir glauben, wir würden es wiedergutmachen, aber wir machen Schlimmes nur noch schlimmer. Wo war Doktor Lund? Konnte er mir nicht zu Hilfe kommen und mich vor mir selbst retten? Ich sagte:

»Ja, ich meine, was ist denn so viel zu machen, dass es nicht warten kann?«

Alma legte ihr Besteck hin.

»Der Wintergarten. Die Pflanzen brauchen viel Pflege. Sie wachsen nicht von allein, wie du dir denken kannst. Hast du Lust, ihn dir hinterher anzusehen?«

Sie hatten keine Kinder. Deshalb diese sorgfältige, fast spartanische Einrichtung. Deshalb diese Stille.

Ich senkte meinen Blick. Ganz gleich, wie viel ich auch aß, es wurde nicht weniger auf meinem Teller.

»Habt ihr keine Kinder?«, fragte ich.

Ich hätte mir die Zunge abbeißen können. Ach, ich hätte mir den Mund abbeißen können.

Alma schüttelte den Kopf und wechselte dabei jedes Mal die Farbe, als wenn die eine Wange grau und die andere strahlend weiß gewesen wäre.

»Hast du Lust, hinterher mit mir hinzugehen?«

»Wohin?«

»Na, in den Wintergarten natürlich. Du bist wohl etwas zerstreut, was?«

»Natürlich. Außerdem mag ich grüne Pflanzen sehr, sehr gern.«

Doktor Lund schlug an sein Glas. Gott sei Dank. Er war immer noch da und wollte etwas sagen:

»Ab kommendem Herbst bin ich nicht mehr an der Universität. Ich werde zurück zum Rikshospital gehen, wo ich derzeit meine Karriere begonnen habe. Aber jetzt als Direktor.«

Alma klatschte in die Hände.

»Stimmt das?«

»Natürlich stimmt das, meine Liebe. Ich werde der Direktor des größten Krankenhauses von Norwegen sein.«

Und Doktor Lund errötete über diesen Worten, die ein Lob sein konnten, das ist das einzige Mal, dass ich erlebt habe, wie er die Kontrolle verlor, nicht einmal, als er Alma und mich auf frischer Tat im Wintergarten erwischte, verlor er sie, oder als er auf meiner Hochzeit eine Rede hielt, auch wenn es damals kurz davor war.

Alma gab ihrem verlegenen Mann schnell einen Kuss auf die Stirn.

»Dann will ich auch ein winzig kleines Bier trinken! Bernhard, willst du …«

Doktor Lund unterbrach seine Ehefrau, dankbar für diese Möglichkeit, wieder er selbst zu werden.

»Bernhard schwört auf Wasser«, sagte er.

Alma lief hinaus in die Küche und kam mit einem Glas zurück, aus dem der braune Schaum fast überlief und auf ihre Finger tropfte.

Wir stießen auf Doktor Lund an, auf Direktor Lund.

»Trahunt fata nolentem«, sagte ich.

Alma stieß mich am Arm an.

»Jetzt hör auf, Bernhard. Wir sind per Du hier im Haus.«

War sie pirium?

Aber Lund ließ mich nicht aus den Augen.

»Der Tatort? Was meinst du? Was ist das für ein Gerede?«

Ich schaute zum Wintergarten.

»Dort wurde ich geboren«, sagte ich.

Lunds Stimme kam näher, hart und belehrend.

»Ein Tatort ist ein Ort, den man untersucht, wenn ein Verbrechen begangen wurde.«

»Das ist es, was ich meine.«

»Du darfst die Begriffe nicht durcheinanderbringen, Bernhard. Das kann Folgen haben. Ein Kreißsaal ist das Gegenteil von einem Tatort. In einem Kreißsaal geschehen Wunder.«

»Aber sollte man Wunder nicht auch untersuchen, als Wissenschaftler, die wir sind?«

Alma schwieg während dieses Disputes und trank lieber ihr Bier aus, gern hätte ich das Gleiche getan, wenn ich denn Bier in meinem Glas gehabt hätte.

»Ich habe deinem Vater versprochen …«

Ich unterbrach Lund.

»Wie Sie wissen, ist mein Vater tot.«

»Ich habe deinem Vater damals versprochen, ein Auge auf dich zu haben. Falls etwas passieren sollte.«

Ich stellte mein Wasserglas ab.

»Falls etwas passieren sollte?«

»Deshalb bist du jederzeit willkommen, mich aufzusuchen, Bernhard.«

Alma drehte sich zu uns um.

»Und natürlich bist du auch bei mir genauso herzlich willkommen«, sagte sie.

Ich sollte eigentlich nicht mehr über diesen ersten Sonntag bei den Lunds in der Pilestredet erzählen, vielleicht auch nicht über meine weiteren Besuche, aus Rücksicht auf alle. Ich war 21 Jahre alt. Auf dem Heimweg ging ich im Cochs Pensjonat im Hegdehaugsveien vorbei und fand Alfred Melingen, meinen Chauffeur, in seinem Zimmer im zweiten Stock. Er gehörte nicht zu den Leuten, die große Gefühle offen nach außen trugen, aber umso deutlicher nach innen.

»Willkommen«, sagte er.

»Such deine Uniform und putze den Roadster. Und hol mich um acht Uhr ab!«

Am nächsten Morgen stand Alfred Melingen mit dem

blankpolierten Roadster im Skovveien bereit. Er erregte Aufmerksamkeit. Kinder, die in die Uranienborg-Schule wollten, umringten uns. Ich musste sie beiseiteschieben, eines nach dem anderen, welch ein Trubel, und setzte mich dann auf den Beifahrersitz, mit der Aktentasche voller Notizen auf dem Schoß, und schließlich konnten wir den Drammensveien hinunterfahren. Es war immer noch in allen Richtungen herrliches Wetter.

»Lass das Verdeck runter«, sagte ich. »Es ist Frühling!«

Alfred drückte auf einen Knopf, und die schwarze Haube glitt langsam nach hinten, der Himmel kam zum Vorschein, und der Wind, oder die Geschwindigkeit, diese herrliche Fahrtgeschwindigkeit, zerrte an meinen Haaren. Ich lachte! Einen Moment lang wiegte ich mich im Glück.

»Sie müssen aufpassen, damit du dich nicht erkältest«, sagte Alfred.

»Ich glaube, wir sind bald wieder beim Du!«, rief ich.

Und ich öffnete meine Aktentasche und ließ 2154 linierte, dicht beschriebene Blätter davonwehen, wie einen paginierten lateinischen Schwarm über Kristiania.

So begann mein neues Leben.

Was sollte ich mit Freiheit? Die Freiheit war unnütz. Das habe ich früher schon erwähnt. Die grenzenlose Freiheit ist ein Gefängnis. Wir, die Kantigen, sind Ordnungsmenschen. Ich brauchte Regeln. Ohne sie sind wir verloren. Und das sind die zehn Regeln, die Bernhard Hval einführte: *1. Vermeide, soweit es möglich ist, den Umgang mit anderen Menschen, besonders mit Frauen. 2. Trage Schuhe mit weicher Sohle, im Falle des Trampelns oder Purzelbaumschlagens. 3. Vermeide Zahlen, soweit sich das machen lässt. 4. Trage immer ein oder zwei große Taschentücher bei dir, für den Fall des Schnaubens, Schluckens, Spuckens (siehe auch Regel 5), tic convulsif oder lapsus linguae (siehe auch Regel 6). 5. Trage auch immer eine Dettweiler Spuckflasche bei dir. 6. Sprich so wenig wie möglich. 7. Habe so wenige Möbel und Lampen wie möglich und keine Spiegel. 8. Trage Handschuhe, für den Fall des Fingerknackens, und Hemden mit weiten Ärmeln für den Fall des Armstemmens oder der Rotation. 9. Überlasse nichts dem Zufall. 10. Verstoße nicht gegen diese Regeln.*

In meinem Ordnungssystem fiel ich zur Ruhe. Das war meine Freiheit, solange sie anhielt. Ich fand nicht mich selbst, doch meinen Stil, das heißt, meinen Lebensstil. Ich war ein Soldat, bewaffnet mit Routinen und Requisiten. Nur auf diese Art und Weise konnte ich überleben und meine Examina durchführen und sie mit Glanz bestehen: erster Abschnitt, laudabilis. Ich verlor einen Punkt bei der Botanik. Ich möchte hier in Klammern anmerken, dass die Universität 1922 zusätzlich zu den vier lateinischen Noten auch ein Zahlensystem von 1 bis 12 einführte, was es mir schwermachte, die dritte Regel einzuhalten. In diesem Zusammenhang tauschte ich die numerische Reihenfolge sofort gegen Buchstaben aus, also von A bis J. Sollte ich meine eigenen Zahlen einführen, wenn die Regel doch lautete, Zahlen zu vermeiden? Ich brach die Regel bereits, indem ich sie aufstellte. Ab jetzt nur Buchstaben! Laudabilis entsprach übrigens der 10 auf der Skala. Das erkläre ich nur einmal. Zweiter Abschnitt: Pharmakologie, Toxikologie, allgemeine Pathologie und Anatomie, die Lehre von Hautkrankheiten und Ophthalmiatrik, sowie eine schriftliche Hausarbeit über eine Aufgabe in einer der hier zum zweiten Abschnitt gehörenden Disziplinen. Ich entschied mich für die Nase, die im wahrsten Sinne des Wortes der hervorragendste Teil des Gesichts und von großer Bedeutung für dessen Prägung ist. Ich benutzte Professor Hyrtls *Topographische Anatomie* als Sekundärquelle. *Eine spitze Nase deutet auf einen wütenden Charakter hin, eine lange, schmale auf einen leichtsinnigen, eine kleine auf Wankelmut, eine stumpfe auf Einfalt, eine gebrochene Nase auf Sinnlichkeit, eine lange, krumme auf Mut und eine große, dicke auf Brutalität.* Was für eine Nase hatte ich? Ich konnte mich nicht mehr an meine eigene Nase erinnern. Ich betastete sie und drückte sie, konnte mich aber nicht entscheiden. War sie spitz oder lang und schmal? Da ich die Regel 7, ich meine G, nicht brechen wollte, suchte ich statt dessen ein altes Foto heraus, ein Klassenfoto von der Vinderen Schule. Es war das Letzte, das von mir gemacht worden war. Doch mein Gesicht war zu undeutlich. Das Licht war verschwunden. Ich hatte keine Züge mehr. Dieser schriftliche Prüfungsteil zog den Durchschnitt etwas herab, aber ich behielt zumindest mein laudabilis und hatte die verlorene Zeit, meine schwarzen Semester, wieder aufgeholt. Das Medizinstudium war nämlich geöffnet worden, wie Direktor Lund es so weise vorausgesehen hatte, was meine Rettung wurde. Die Mittelmäßigkeit hielt Einzug, und es bildete sich eine Schlange zwischen den Abschnitten, und in diese Schlange der Mittelmäßigkeit konnte ich schlüpfen, die anderen einholen und der Beste meines Jahrgangs werden.

Übrigens vergaß ich die Regel K: die Besuche bei den Lunds.

Und wie ich diese Besuche genoss! Ich gab Alfred sonntags immer frei, damit ich gehen konnte, vom Skovveien hoch zur Lyder Sagens gate, und mich nur freute, auf die Gespräche, das Beisammensein, die Stille, die auch auftreten konnte, das Wasser, das besser als irgendwo sonst schmeckte, ja, manchmal lief ich das letzte Stück durch den Stenspark, ruderte mit den Armen und war kurz davor, abzuheben. Aber am meisten freute ich mich auf die langen Gespräche mit Direktor Lund, während Alma im Wintergarten beschäftigt war oder etwas in der Küche regelte. Ich durfte ihn über alles befragen. Lund hatte immer die Antwort. Ich konnte ihm meine Gesichtspunkte darlegen, und Lund nahm sie ernst. Am liebsten sprach ich über das Gehirn. Die Extreme beschäftigten mich, denn sie hatten wie so häufig die gleiche Diagnose. So erwähnte ich beispielsweise die Hirnatrophie und die Hirnkongestion. Das Erstere ist zu wenig Blut im Gehirn, das Letztere zu viel. Aber beide Zustände führen zu verminderter Leistungsfähigkeit, Schmerzen, geschwächter Urteilsfähigkeit und im schlimmsten Fall zum Tode. In diesem Zusammenhang war es nur natürlich, auf Gaustad und die Erfahrungen aus den Besuchen dort zu sprechen zu kommen. War es vielleicht ein Mangel oder ein Überfluss an Blut im Gehirn, der die psychischen Leiden verursachte? Lund: Einige sind angeboren, und um diese Patienten muss sich auf die würdigste Weise gekümmert werden, und wenn sie der Gesellschaft von Nutzen sein können, nichts besser als das. Aber die meisten Leiden sind durch die Lebensweise der Eltern entstanden, und diese muss hart und sichtbar bestraft werden, oder die Abweichungen sind von dem Menschen selbst verursacht worden, und dann ist die Therapie einfach. Sie müssen gestählt werden. Vergiss das nicht, Bernhard. Das meiste ist einfach. Lund wies mich auch manches Mal zurecht. Ich hatte Studenten aus dem dritten Abschnitt schluchzend aus seinem Büro kommen sehen. Das genoss ich. Vielleicht war es das, was ich bei diesen Besuchen am allermeisten genoss: zurechtgewiesen zu werden; wenn es etwas gab, was ich brauchte, dann war es das. Ich wollte an dieser Stelle jedoch das Gespräch auf die Behandlung bringen, der wir gemeinsam beigewohnt hatten, nämlich der Stricknadel, oder Eisnadel, wie es sich herausstellte, die hinter dem Ohr eingeführt worden war. War es besser, das Gehirn mit so einem unpräzisen Instrument noch mehr zu zerstören, als zu versuchen, es zu reparieren? Ich dachte an Crushings bahnbrechende Arterienklammer, die es möglich machte, den Schädel zu öffnen, ohne dass der Patient verblutete. Direktor Lund wollte aber lieber hören, ob ich mir inzwischen weitere Gedanken hinsichtlich der Doktorarbeit gemacht hatte. Der Termin näherte sich ja. Ich berichtete von meinen Spekulationen: dass Ozaena verursacht wird von Syphilis, Lepra, Krebs, Tuberkulose und deshalb als ein Symptom angesehen werden muss. Stinknase, Bernhard. Sag Stinknase, dann verstehen die Patienten, was du meinst. Sagst du Ozaena, dann glauben sie, dass sie an etwas Exklusivem leiden und Anspruch auf Mitleid haben. Und er machte mich meiner Sache sicher. Dennoch, es wäre mir nie eingefallen, mit meinen Examina zu prahlen. Aber Lund hatte natürlich die Resultate bereits von der Fakultät erfahren.

»Gratuliere zum laudabilis«, sagte er.

Und Alma steckte ihren Kopf zur Tür herein:

»Laudabilis? Ist das nicht hervorragend?«

»Nur zweitbestes Ergebnis«, sagte ich.

Es kam auch vor, äußerst selten, wie ich hinzufügen möchte, dass Direktor Lund nicht daheim war, wenn ich zur festgesetzten Zeit kam. Er musste zu einer Konferenz in irgendeiner Stadt oder einen Vortrag in der medizinischen Gesellschaft halten, er war ein gefragter Mann. Dann hielten wir uns lieber im Wintergarten auf und ließen das Mittagessen ausfallen. Ich nahm Teil an Almas Hibernation. Sie trank ihr kleines Bier, aus dem oft mehrere wurden, und ich bekam mein Wasser. Ich genoss diese Stunden vielleicht noch mehr, wenn auch auf andere Art und Weise, als die Dispute mit dem Direktor. Sie versorgte die Pflanzen und Gewächse, zu denen sie ein persönliches Verhältnis hatte. Der Duft dort drinnen war schwer und kräftig, aber dennoch erhebend. Sie lehrte mich neue Namen. Clematis, Belladonna, Gentiana. Ich steckte den Finger in die Erde und spürte den Unterschied zwischen einer Pflanze und der anderen. Ab und zu half ich ihr, die Blätter zu duschen. Dazu benutzten wir eine besondere Form von Flakon. Es gab viel Gelächter, wenn sie mir direkt ins Gesicht sprühte. Ich nahm den Flakon und gab ihr als Antwort auch eine Dusche. Wir redeten nicht viel. Es waren schöne Gespräche. Sie gaben mir Frieden. Wir sagten nichts. Ich hatte herausgefunden, dass die Schulter ... Aber an ein Gespräch erinnere ich mich. Alma hatte einen speziellen Tee gekocht, aus Baldrian, er war besonders stärkend, wie sie behauptete, und das konnte ich gebrauchen, denn ich sollte bald mein letztes Examen ablegen, den dritten Abschnitt. Mit anderen Worten: Es war Frühling.

»Was für eine Nase habe ich?«, fragte ich.

Alma schaute mich verblüfft und fröhlich an.

»Was für eine Nase?«

»Ja, wie sieht sie aus?«

Sie legte ihren Kopf ein wenig schräg, so dass ihr gesamtes Gesicht noch blasser wurde.

»Du bist ein merkwürdiger Junge«, sagte sie.

»Bin ich das? Wieso?«

»Kannst du dich nicht einfach selbst im Spiegel anschauen?«

»Ich möchte, dass du mir das sagst.«

»Soll ich dein Spiegel sein?«

»Ja.«

Alma kam zwischen den Pflanzen einen Schritt auf mich zu. Erst jetzt spürte ich, wie warm es hier drinnen war. Mein Nacken war ganz feucht. Vielleicht lag es an dem starken Tee. Ihr Kleid lag feucht und eng an der Haut. Vielleicht war es nur der helle Portwein.

»Entschuldigung«, sagte sie plötzlich.

»Wofür?«

»Dass ich dich einen Jungen genannt habe. Du bist erwachsen. Du bist jetzt ein Mann, Bernhard.«

Ich wurde verlegen.

»Das macht nichts.«

»Sieh mich an.«

»Ich bin derjenige, der sich entschuldigen muss. Ich habe nur Spaß gemacht.«

»Du musst mich ansehen, Bernhard. Wenn ich dein Spiegel sein soll.«

Ich schaute auf, erwiderte ihren Blick, schloss die Augen und spürte ihre Hand auf meinem Gesicht.

Ach, ich bin doch nichts anderes als ein simpler Belletrist!

Außerdem brach ich die Regel Nummer 1 nach allen Regeln.

Ich hoffte nur, sie würde sagen, dass ich eine gebrochene Nase hatte oder dass sie zumindest lang und krumm war, sie durfte nur nicht sagen, dass sie stumpf war.

Doch bevor Alma so weit gekommen war, meine Nase zu bestimmen, hörte ich jemand anderen sagen:

»Gentiana purpurea. Der enthält einen speziellen Stoff, der auch Bestandteil der sogenannten bitteren Tropfen ist. Die man auch in der Apotheke findet.«

Wie lange Zeit verging, bis ich die Augen wieder öffnete und mich der Tür zuwandte, in der sich Direktor Lund an den Rahmen lehnte, mit einem halbvollen Glas in der Hand, offenem Hemdenkragen und hängender Fliege. Wo war Alma? Alma stand mit dem Rücken zu uns weiter hinten in ihrem Wintergarten.

»Direktor Lund«, sagte ich.

»Ja, Bernhard. Was gibt es?«

»Ich muss leider schon gehen.«

Wir blieben stehen.

Hilf mir, Alma! Aber Alma war selbst hilflos. Welche Regeln galten jetzt? Keine. Ich war außerhalb jeder Ordnung.

Schließlich kam Lund zu mir und legte mir die Hand auf die Schulter.

»Tu das, Bernhard. Du hast andere Examina, die du bestehen musst.«

Ich ging. Auf direktem Weg nach Hause. In den Skovveien. Lernte. Der Termin rückte näher. Dritter Abschnitt. *Prüfung in medizinischer und chirurgischer Klinik.* Wie gesagt. Bevor sie so weit gekommen waren. Bevor ich weitergekommen war. Wie gesagt. Intakt. Ganz und gar. Doch wie weit waren unsere Gedanken gekommen? *Die Lehre von Frauenzimmern und Kinderkrankheiten.* Meine Gedanken waren weit genug gekommen. Ja, das waren sie. *Gerichtsmedizin.* Gelten sie? Gelten die Gedanken, diese schmutzigen Gedanken? *Hygiene.* Repetieren. Ich wusch mir die Hände acht Stunden am Stück, bis die Nachbarin, diese Meckertante, die Vielphrase, vor der Tür erschien und schrie, dass es bald im ganzen Haus kein Wasser mehr gäbe. Ich zog mir wieder die Handschuhe an. Dann war der Tag, waren die Tage gekommen. Das Examen sollte beginnen. Alfred fuhr mich zur Universität. Wir sagten nichts. Auf den Treppen, zwischen den Säulen, standen die anderen Kandidaten und rauchten hektisch. Aber ich, ich hatte gleich zwei Fächer, in denen ich geprüft werden sollte: Medizin und Ordnungssinn. Ich durfte nicht schnauben. Ich durfte nicht prusten. Auch nicht trampeln, keine Purzelbäume schlagen oder spucken, um Gottes willen, nicht beim medizinischen Staatsexamen! Das sage ich ja immer: Wir, die Kantigen, haben immer doppelt so viel zu tun, deshalb sollte die Zeit, die uns zur Verfügung steht, verdoppelt werden. Das habe ich schon früher gesagt. Und das ist es, was ich immer wieder sage! Aber ich möchte lieber fortfahren, nicht an diesem Punkt im Kapitel verweilen, denn diese Tage im Mai 1929 erscheinen mir im Rückblick unklar und irreführend, oh ja. Nur als Anmerkung: die Stille im Saal, die grünen Lampen, der Blick des Prüfungsvorsitzenden, dann das Knistern des Umschlags, in dem die Aufgaben lagen. Und los! Anschließend mündlich. Wahnsinn. Ich erinnere mich, dass ich aus einer Silberschale eine Karte ziehen und über Gerichtsmedizin reden musste. *Medicina forensis wird gemeinsam mit politia medica als Teil der medicina publica angesehen.* Doch auf dieses alberne Getue fielen sie nicht herein, und der Zensor, der in der Mitte saß, fragte auf Dänisch: *Kann der Kandidat Norwegisch?* Trotzdem brauchte ich erst einmal Wasser. Doch bald machte ich es wieder wett, als ich durch einen Glückstreffer den Ausdruck *rechtsmedizinisch denken* fand. Jetzt waren die hohen Herren an der Reihe, sich vorzubeugen. *Kann der Kandidat das bitte vertiefen?* Ich musste es geschafft haben. Man entließ mich. Die übrigen Examinierten, diese Aalquappen, fuhren mit viel Getöse ins Bristol. Ich fuhr leise mit Alfred heim und wartete. Ich hätte so gern Lund besucht, brachte es aber nicht über mich. Ich traute mich nicht. Ich wiederhole, mit aller Kraft, aus vollem Halse, ich schreie es hinaus: Nichts ist passiert! Ich habe ihre Blätter geduscht. Das war alles. Ich habe nur ihre Überwinterung geteilt.

Dann kamen die Zensuren. Alfred fuhr mich wieder hinunter zur Universität. Am liebsten wäre ich auf und davon, doch dazu fehlte mir die Kraft. Die Liste mit den Ergebnissen hing im kleinen Festsaal. Ich stand als Letzter in der Schlange. Einige drängelten vor. Einige zögerten, trauten sich kaum hinzusehen. Einige sanken an den Wänden nieder und verbargen ihr Gesicht in den Händen, während andere mit hochgereckten Armen ins Freie liefen und von stolzen Eltern empfangen wurden. Das war kein schöner Anblick. Ich hatte im Übrigen genug mit mir zu tun. Heimlich holte ich eine Dettweiler Flasche heraus, die ich aus dem Depot in Gaustad entwendet hatte, und spuckte zweimal in die Innentasche. Und plötzlich schien es, als wären wieder alle Augen auf mich gerichtet, doch dieses Mal auf eine andere Art. Wie soll ich es erklären? Mit Respekt? Ich weiß es nicht. Ich knöpfte schnell die Jacke zu und hatte, wie gesagt, mehr als genug mit mir zu tun. Aber mittlerweile sah ich, wie die, die vor mir gestanden hatten, zur Seite wichen und mich durchließen. Was sollte das bedeuten? Konnte man nicht gesittet in der Schlange stehen bleiben? Wozu sonst war eine Schlange gut? Jetzt erkannte ich, wie sie mich ansahen. Das war kein Respekt, sondern eine Art von Wut, gemischt mit Verlegenheit. Das konnte ich ihrem steifen Lächeln entnehmen. Dennoch trat ich an die Liste heran. Die Namen standen in alphabetischer Reihenfolge. A. B. C. D. E. F. G. H. Haud illaudabilis. Laudabilis. Non contemnendus. Doch da. Da! Bernhard Hval! *Laudabilis cum litteris commendatis.* Hätte es besser sein können? Nein. Und für die Kurzsichtigen und diejenigen, die es nicht verstanden, war auch noch eine Zahl hinzugefügt worden: 12. Zwölf ist meine Zahl. Ich brach bewusst und mit Willen Ordnungsregel 3. Was sich rächen sollte. Ich ließ den Blick über den Rest der Liste schweifen. Niemand auf meinem Niveau. Oberste Stufe. Ich stand auf der obersten Stufe und konnte hinuntersehen, dorthin, wo die anderen standen und hinaufschauten und sich das Genick brachen. Welch ein Sieg! Welch eine Katastrophe! Noblesse oblige, nicht wahr? Mein Vater hätte dasselbe sagen können. Der Vorsitzende im Prüfungskomitee, Professor Eick, kam zu mir und gab mir die Hand.

»Bernhard Hval, ich gratuliere. Und Sie wissen, was das bedeutet?«

Da fiel es mir wieder ein.

»Natürlich. Und es wird mir eine Freude sein!«

Jetzt löste sich das steife Lächeln ringsum und wurde zu Gelächter, zu Schulterklopfen, herzlichen Glückwünschen, Bernhard, viel Glück, du, sie glaubten, sie hätten etwas, worauf sie sich freuen konnten.

Professor Eick, möge er in der Hölle schmoren, ließ meine Hand los.

»Schön! Wir freuen uns schon.«

Ich eilte zum Roadster und setzte mich auf die Rückbank.

»Fahr«, sagte ich.

»Zum Skovveien?«, fragte Alfred.

»Wohin auch immer. Und lass das Verdeck runter.«

Die Dunkelheit glitt langsam über mich, wir fuhren, und ich fing an zu weinen.

Nach einer Weile fuhr Alfred an den Bürgersteig und hielt an.

Ich weinte immer noch.

»Ist es so schlecht gelaufen?«, fragte er.

»Ganz im Gegenteil. Ich bin der Beste geworden, Alfred.«

»Und warum weinst du dann? Aus Freude?«

Ich wischte die Tränen ab und schaute auf.

»Weißt du, was das bedeutet, Alfred?«

»Das bedeutet, dass dein Vater stolz auf dich wäre, Bernhard.«

»Das bedeutet, dass ich eine Rede halten muss«, flüsterte ich.

»Was hast du gesagt?«

»Das bedeutet Fotzenhöllenscheiße, dass ich eine Schwanz- und Aalquappenrede bei der Examensfeier in der Aula halten muss!«

Ich schlug mit dem Kopf gegen das Verdeck und lief Gefahr, dass mir der ganze Wagen auf den Kopf rutschte.

Alfred saß so ruhig wie immer da.

»Und ich bin auch stolz auf dich«, sagte er.

Aber das war noch nicht alles.

Ich sank auf dem Sitz zusammen.

»Was soll ich denn anziehen, Alfred? Ich kann doch nicht im Bademantel hingehen?«

Alfred drehte sich um.

»Bei der Rede kann ich leider nicht helfen, aber den Rest werde ich regeln.«

Und Alfred gab Vollgas, am Schlosspark vorbei, umfuhr Cochs Pensionat, wo er selbst Hof hielt, weiter die Straßenbahnschienen entlang, die nach Majorstuen führten und wie stramme Hosenträger aus Silber zwischen den Pflastersteinen lagen, und schließlich hielt er vor Franck im Bogstadveien, dem berühmten Warenhaus für Männer wie für Frauen.

»Die Hvals haben sich hier immer eingekleidet«, sagte er.

Wir gingen in den zweiten Stock nach oben, wo zwei Verkäufer und ein Schneider bereit standen. Doch als sie mich kommen sahen, überfiel sie eine Art Schüchternheit, ein Unbehagen, als würden meine unanständige Mutter und mein selbstmörderischer Vater ihre Schatten bis in die Hemdenabteilung bei Franck im Bogstadveien werfen. Sie mussten sich zusammenreißen und kamen schließlich näher, mit dem Schneider an der Spitze.

»Womit kann ich dienen, bevor Sie wieder gehen, Hval?«

»Nennt mich Bernhard«, sagte ich.

Alfred nahm seine Mütze ab und schob sie wie ein Soldat unter den Arm.

»Bernhard Hval soll in der Aula eine Rede halten und braucht dafür den geeigneten Anzug.«

Ordnungsregel 7! Vergiss um Gottes willen nicht Ordnungsregel 7!

Sie bauten ein Gerüst um mich, rissen die alte Fassade ein und bauten gewissenhaft eine neue auf, von den Zehen bis zur Kopfhaut und von außen bis nach innen. Es dauerte zwei Stunden und zehn Minuten. Dann stand ich erschöpft, zusammengefaltet und gekürzt, in voller Montur da. Hätte ich auch nur den kleinen Finger gekrümmt, hätten mich augenblicklich hundert Stecknadeln gepiekst. Schließlich war der Schneider zufrieden, und die Verkäufer waren es auch. Sie hofften offensichtlich auf einen reichlichen Bonus aufgrund dieser Verkleidung, ja, mein Einsatz an der medizinischen Fakultät zog Kreise.

»Dieser Frack mit Zubehör kann bei jeder feierlichen Gelegenheit getragen werden, selbst bei einer Audienz beim König«, erklärte der Schneider.

»Danke. Sie können alles in den Skovveien schicken. Auf meinen Namen. Bernhard Hval.«

»Wollen Sie es nicht erst im Spiegel ansehen?«

Die Verkäufer schoben von beiden Seiten zwei bodenlange Spiegel auf mich zu.

»Das ist nicht nötig. Ich vertraue Ihnen. Ihnen allen. Ich vertraue allen! Ich vertraue Franck im Bogstadveien!«

Doch der Schneider blieb hartnäckig.

»Aber Sie müssen doch selbst sehen, ob Sie zufrieden sind!«

Stattdessen schaute ich Alfred an.

»Was meinst du?«, fragte ich. »Ich sehe doch hoffentlich nicht aus wie ein Bonvivant?«

Ich lachte laut auf. Ich, ein Bonvivant!

»Dein Vater wäre sehr stolz auf dich«, sagte Alfred.

Bald wurde ich zwischen die Spiegel geklemmt, wie eine Fliege zwischen Himmel und Erde zerdrückt wird, in Nullkommanichts.

Doch ich ging einfach meines Weges, die Treppen hinunter, durch die Damenabteilung, an den Verkäuferinnen und Kassenapparaten vorbei, hinaus auf den Bogstadveien, wo mich die Sonne auf der Stirn traf. Ich blieb stehen und schloss die Augen. Warum ließ man mich nicht in Ruhe? Warum hörten die Leute nicht auf das, was man sagte? War es so schwierig? Warum war die Welt so aufdringlich? Als die Sonne ein Stück weitergezogen war und ich die Augen öffnen konnte, war ich umringt von Fußgängern, die lachend auf mich zeigten. Seht nur, ein Mann voller Nadeln, guck mal, Mama, guck mal, Papa, sieh mal, mein Sohn, schau mal, meine Tochter, der Nadelmann! Ich verneigte mich, drehte diesem genügsamen, billigen Publikum den Rücken zu, war ich vielleicht nicht gratis und ein teurer Kauf, und ging zurück und wieder die Treppen hinauf. Ich hatte Angst, Franck vollkommen zu zertrümmern. Ich hätte wohl ganz oben anfangen und mich dann nach ganz unten vorarbeiten können. Die Verkäufer und der Schneider standen schweigend da, unruhig warteten sie im zweiten Stock auf mich. Alfred musste irgendetwas an seiner Mütze ordnen und war vor allem damit beschäftigt.

»Der Anzug sitzt ausgezeichnet und ist sehr angenehm zu tragen«, sagte ich.

Ich ging weiter in den Umkleideraum, schloss die Tür, spuckte dreimal in die Dettweiler, schluckte, knirschte mit den Zähnen, grunzte, legte mir das Taschentuch aufs Gesicht, trampelte, hob die Arme, aber leider war es zu eng, um hier einen Purzelbaum zu schlagen, das musste warten, bis ich zu Hause war. Dann zog ich mich um, und zum zweiten Mal verließ ich Franck im Bogstadveien, setzte mich ins Auto und zündete mir eine Zigarette an. Alfred kam umgehend nach. Eine Weile blieben wir schweigend sitzen, bis er fragte:

»Kannst du noch, Bernhard?«

»Woran denkst du?«

»Die Haare.«

Wir fuhren zum Grand Hotel und gingen in C. F. Hansens

berühmten Herrensalon, der hinter dem Palmengarten lag. Die Stühle, zwei an der Zahl, waren mit Elefantenhaut bezogen, und leider waren beide frei. Die eine Wand war mit Spiegeln bedeckt. Ich wurde von Spiegeln verfolgt. Jetzt begriff ich, warum. Die Spiegel sollten mich auf die Probe stellen, meine Stärke messen und meinen Charakter herausfordern. C. F. Hansen selbst wünschte uns in seinem langen weißen Kittel willkommen und bat mich, auf dem ersten Stuhl Platz zu nehmen.

Ich blieb stehen.

»Bitte schön«, wiederholte C. F. Hansen.

Ich bewegte mich nicht.

»Wenn Sie lieber den anderen Stuhl nehmen wollen, ist das genauso gut.«

Ich verschränkte die Arme.

»Drehen Sie den Stuhl um«, sagte ich.

Wozu hat man Ordnungsregeln, wenn man ihnen nicht folgen kann?

C. F. Hansen holte eine glänzende Schere aus der Brusttasche.

»Wie bitte?«

Die Welt war an diesem Tag schwerhörig.

Ich musste mich selbst wiederholen:

»Drehen Sie den Stuhl um.«

C. F. Hansen drehte sich stattdessen selbst zu Alfred um. Es war der Stuhl, den ich umgedreht haben wollte, nicht ihn. Würde das denn nie ein Ende nehmen?

»Den Stuhl umdrehen?«

Alfred nahm wieder seine Mütze ab.

»Verstehen Sie, Bernhard Hvals Augen sind Spiegeln gegenüber äußerst empfindlich. Deshalb.«

C. F. Hansen dachte nach.

»Könnten wir dann nicht ein angenehm dampfendes Handtuch über sein Gesicht legen?«

»Ich fürchte, das würde nicht genügen«, sagte Alfred.

C. F. Hansen musste weiter nachdenken.

»Bernhard Hval ist der Beste seines Jahrgangs geworden«, fügte Alfred hinzu.

»In welchem Fach?«

»Medizin.«

Ich unterbrach Alfred.

»Du brauchst nicht allen zu erzählen, dass ich der Beste meines Jahrgangs geworden bin.«

C. F. Hansen rief jemanden, und ein schlaksiger, uninteressierter Junge kam aus dem Hinterzimmer, er trug eine blaue, viel zu große Jacke, war also nur ein Lehrling, der sich noch nicht einmal den weißen Kittel verdient hatte. Wenn der auf mich losgelassen werden sollte, dann war der Besuch bereits jetzt beendet.

»Dreh den Stuhl um«, sagte C. F. Hansen.

Der Lehrling schaute seinen Meister an.

»Den Stuhl umdrehen?«

»Ja. Dreh den Stuhl um.«

»In welche Richtung?«

C. F. Hansen verbarg sein Gesicht in den Händen.

»In welche Richtung? Na, rundherum natürlich.«

»Und warum?«

Jetzt ging der Meister bedrohlich nahe auf seinen Lehrling zu, der alles mit der Nagelschere eingetrichtert bekommen musste.

»Ganz einfach, weil ich es sage.«

Endlich drehte der Lehrling den Stuhl um. Ich setzte mich. War das so schwierig? Warum sich dagegen sträuben. Warum entgegen besserem Wissen einfach mitmachen? Tut das so weh? Ich bekam einen Umhang umgebunden und Krepppapier um den Hals gewickelt. Das Geräusch der Schere erinnert mich an einen Sommer. Der Sommer erinnert mich daran, dass alles bald vorbei ist. Wer kennt nicht diesen Geschmack? Ist es denn nicht unsere gemeinsame Mahlzeit, die der Kantigen wie der Runden? Herrlicher Herbst! Das Tor zum Wintergarten! Komm, lass uns den großen Kamm am Skelett entlangziehen und die Knochen an Ort und Stelle kämmen.

Jemand sagte meinen Namen.

Das war Alfred.

Er schüttelte mich.

»Du darfst nicht einschlafen«, sagte er.

Alfred trat zur Seite und ließ C. F. Hansen den Vortritt.

»Bernhard Hval. Ich frage Sie: Wie möchten Sie Ihr Haar haben?«

Ich antwortete, wie wir es unter Studenten zu sagen pflegen: »Einmal alles bitte.«

C. F. Hansen machte sich an die Arbeit.

Von meinem Platz aus konnte ich seinen Meisterbrief sehen, der an der Wand direkt vor mir hing, ausgestellt 1906, von der Gilde der Herrenfrisöre von Kristiania, unterzeichnet von drei Meistern und einem Sekretär. Das war beruhigend. Leider kamen neue Kunden herein, eine herausgeputzte Mutter mit ihrem kleinen, verzogenen Sohn. Sie setzten sich so, dass wir einander direkt ansehen konnten. Ein Strich durch die Rechnung. Äußerst unpassend. Unruhe in den Ordnungsregeln. Sollte es beim Friseur nicht ein eigenes Wartezimmer geben? Wie würde das aussehen, wenn sich alle Patienten um den Operationstisch scharten? Die Mutter versuchte ihre feminine Verblüffung bei meinem Anblick zu verbergen und war kurz davor, wieder zu gehen, ach, wäre sie das doch, stattdessen holte sie eine Puderdose heraus und bepinselte eifrig die

Haut unter ihren Augen, was übrigens auch nötig war, vielleicht hatten ja schon zu viele schlaflose Nächte oder Vormittage ohne Arbeit, nur mit Butterbroten und langsamer Musik, ihre Spuren hinterlassen. Der Lehrling, dieser Taugenichts, machte den zweiten Stuhl bereit. Der Junge aber, ein richtiger Rotzbengel in Samt und mit Kragen, starrte mich mit offenem Mund schamlos an. Die Mutter stieß ihn in die Seite, einmal, zweimal. Du sollst nicht so starren, schon gar nicht auf komische Menschen. Die können einem leidtun. Hörst du, die können einem leidtun. Guck lieber woanders hin und mach um Gottes willen den Mund zu! Oh, so ein Blödsinn. Es knirschte im Mund. C. F. Hansen unterbrach seine Arbeit und dachte, es wäre etwas mit der Schere nicht in Ordnung. Ich biss geräuschlos die Zähne zusammen, und er konnte seine Arbeit im Nacken und an den Ohren fortsetzen. Zum dritten Mal stieß die Mutter den Sohn an, und als auch das nichts half, er saß immer noch da und starrte mich an, diese ungezogene Miniatur seines sicher ebenso ungehobelten Vaters, gab sie ihm die Puderdose, um wohl ihrem Sprössling auf diese Art Ablenkung und Erziehung zukommen zu lassen, wie sie hoffte, diese Kuh. Wer hat behauptet, dass Kinder und Betrunkene die Wahrheit sagen? Kinder oder Betrunkene? Eine Weile war dieses eklige kleine Menschlein tatsächlich mit der Dose beschäftigt, fummelte daran herum, drehte und wendete sie, pustete hinein, dass das weiße Puder wie eine Wolke um ihn aufstob. Also dummer als ein Hund. Jetzt war ich mit Lachen dran. Doch da, ganz plötzlich, drehte das raffinierte Wesen die ganze Dose um und zeigte mir einen kleinen runden Spiegel auf der Innenseite, und für einen Moment, nur einen kurzen Moment, sah ich darin mein Gesicht, mein abscheuliches Gesicht, die Füße stampften in der Luft, und mein Arm, der rechte, fuhr in die Luft, durchschnitt den Umhang und, was das Schlimmste war, ich traf C. F. Hansen, schlug ihm die Schere aus den Fingern, und diese Schere traf den Lehrling und schnitt ihm tief in die rechte Hand. Viel Blut. Aufruhr. Ich musste wieder die Kontrolle über die Situation gewinnen. Ich war Arzt. Graduierte Kompresse! Sutur! Alfred bekam Kontrolle über mich, bezahlte teuer für die Folter und die Qual, und schließlich saßen wir im Auto auf dem Weg nach Hause.

Ich kann heute noch Meister C. F. Hansen rufen hören:

»Lass dich nie wieder bei mir blicken!«

Alfred hielt im Skovveien.

»Möchtest du mich in der Aula reden hören?«, fragte ich.

»Nein.«

Übrigens lag vor der Wohnungstür ein Paket. Das tat die Schnepfe von der Etage über mir auch fast. Sie hing über dem Geländer und schaute herunter.

»Eine *Dame* hat das abgegeben«, sagte sie.

»Aha.«

Ich fummelte mit dem Schlüssel und traf das Schlüsselloch nicht. Und das ausgerechnet jetzt, wo es am wenigsten passte, aber passt es überhaupt jemals? Das Schlüsselbund klang wie ein Orchester aus einem einfachen Varieté.

Meine reizende Nachbarin:

»Ich habe ihr gesagt, ich könnte das Paket so lange annehmen, bis Sie wieder zurück sind. Aber das wollte sie nicht.«

»Vielen Dank. Das war sehr aufmerksam von Ihnen.«

Schließlich bekam ich den Schlüssel doch ins Schloss, mit zitternden Händen, und drehte ihn um.

Dieser verdammte Nudelsack kam ein paar Stufen herunter und blies noch mehr in die Pfeife.

»War das etwa deine Mutter? Sie sah fast so aus.«

Drinnen. Die Tür hinter mir war geschlossen. Die Sicherheitskette. Das Paket. Ich riss das Papier ab. Das war doch wohl nicht schon die Verkleidung von Franck im Bogstadveien? Nein, so schnell konnte sie nicht fertig sein. Außerdem, wer würde einen Frack so zusammenrollen und ein Band drum herumbinden? Ich hatte mich nicht unter Kontrolle. Konnte es nicht abwarten. Mutter? Es war eine Blume, eine einfache weiße Blume, eine Orchidee. Auf einer Karte stand nur: *Herzlichen Glückwunsch. Alma.* Der Duft schlug mir entgegen, schwer und gemächlich, oder war das nur meine neue Frisur? Es war mir egal. Und das, was ich jetzt aufschreibe, ist äußerst peinlich, und ich tue es nicht, um mich besser dastehen zu lassen, als ich bin. *Bitte das streichen.* Trotz allem haben schon peinlichere Dinge stattgefunden. *Wen es betrifft: Streichen Sie das Wort peinlich im gesamten Manuskript, falls der Text publiziert werden soll, und ersetzen Sie es durch sensibel. Ich selbst habe keine Zeit mehr für derartige Hinzufügungen.* Ich legte die Lippen an die Blätter, biss in den festen Stiel, oh ja, jetzt war ich bereit, jetzt war ich für alles bereit! Doch dann wurde ich wieder mit Nachdruck auf meinen Platz verwiesen. Warum gratulierte Direktor Lund nicht? War er nicht der Meinung, dass es etwas zu feiern gab? Der Beste seines Jahrgangs! Wie viele können sich das an die Brust heften? Wenige. Nur die Besten. Ich hatte nicht übel Lust, zu ihnen zu laufen und Lund am Schnurrbart zu ziehen. *Herzlichen Glückwunsch. Alma.* Stattdessen suchte ich eine leere Vase im Wohnzimmer, in der die Orchidee stehen sollte. Ich machte mir nicht die Mühe, ihr Wasser zu geben. Das hätte sie nur breitgetreten. Ich selbst setzte mich ins Arbeitszimmer, neben die Standuhr, und begann meine Rede zu schreiben. Ich hatte nicht eine Sekunde zu verlieren. Ich wollte es ihnen zeigen. Ich schrieb, strich durch, fügte hinzu, zog ab, memorierte, las laut, las leise. Dann wurde ich von Francks Boten im Bogstadveien unterbrochen, der mit dem Frack u.a. kam. Ich vergaß, ihm Trinkgeld zu geben. Ich hatte anderes zu bedenken. Deshalb blieb er stehen und rührte sich nicht, stocksteif mit forderndem Blick. Ich habe es schon früher erwähnt, dass wir, die Kantigen, feste Beträge brauchen, exakte Zeitpunkte und präzise Abstände, zu denen wir uns verhalten können. Wir können nichts dem Zufall überlassen. Ich musste ihm also einen Schein zustecken, damit er mich endlich in Ruhe ließ. Dieser naseweise Laufbursche! Und dann musste ich noch einmal ganz von vorn anfangen. Das, was ich geschrieben hatte, war nicht zu gebrauchen, Müll, jetzt sah ich es ein, Phrasen, Selbstverständlichkeiten, der reine Unsinn. Ich zerriss die Seiten und dankte im Stillen diesem Boten, der mir die Augen geöffnet und mich auf andere Gedanken gebracht hatte. Ich war froh, dass ich ihn so großzügig entlohnt hatte. Schließlich saß ich mit einer halben Seite da, für die ich bürgen konnte, nicht mehr und nicht weniger, von dem, was einmal hundert dichtbeschriebene Folioblätter gewesen waren. Das musste reichen. Man muss wissen, dass es ein anspruchsvolles Handwerk ist, sich so ein Kostüm anzuziehen, ohne Spiegel und ganz allein, fast schon ein Kunststück. Allein die Manschettenknöpfe! Perlmutt! Die Hosenträger! Dann stand ich bereit, mit der Rede in der Innentasche, und wartete, dass der Abend hereinbräche. Ich stand vier Stunden lang aufrecht da. Sollte ich mir ein Gläschen genehmigen? Nein, ich wollte mit dem Saal Aug in Aug dastehen, mit der höchstmöglichen Disziplin in mir. Dann holte Alfred mich ab. Er richtete die Schleife, war aber ansonsten zufrieden, was er mir mit einem Nicken zu verstehen gab. Wir fuhren hinunter zum Universitätsplatz. Die Gäste waren auf dem Weg die breiten Treppen zwischen den Säulen hinauf. Der Abend war hell, wie nur ein Freitag Anfang Juni in Oslo sein kann. Die dunklen Wolken waren wie verdunstet.

»Bist du sicher, dass du nicht mit hineinkommen willst?«, fragte ich.

Alfred schüttelte den Kopf.

»Ich warte hier auf dich. Wenn du es wünschst?«

»Aber natürlich.«

»Hast du an deine Rede gedacht?«

Ich fühlte in der Tasche nach. Dort lag sie. Eine halbe Seite.

»Ja. Alles dabei. Danke.«

»Darf ich so unverschämt sein, und dir einen kleinen Rat geben, Bernhard?«

»Das ist nicht unverschämt, Alfred. Das ist eine Ehre.«

»Halte dich ans Manuskript. Und jetzt geh und sieh zu, dass du es überstehst.«

Ich verließ ihn, ging die breiten Treppen hinauf, ich folgte den anderen, und sie ließen mich vorbei, sie wussten, wer ich war, der Beste meines Jahrgangs, und ich musste den ganzen Weg den Mittelgang hinunter bis zur ersten Reihe gehen, dort war ein Stuhl auf meinen Namen reserviert. Die Fahne der Mediziner hing auf beiden Seiten von Munchs Sonne. Hätte ich nicht lieber ein laudabilis haben können, dann wäre mir das erspart geblieben, was ich jetzt durchstehen musste. Aber ich möchte es nicht in die Länge ziehen. Es ist, wie es ist. Alles andere hat keinen Sinn. Die Orchidee, sagte ich still zu mir. Die Orchidee! Sagte ich es auch laut? Sei still! Nein. Es wurde acht Uhr. Die Türen wurden geschlossen. Das Programm war umfangreich. Zuerst Gesang des Akademischen Chors, das Königslied, leider alle Strophen, damit ich richtig gut Zeit hatte, ins Grübeln zu kommen und Zweifel aufzubauen. Dann sprach der Dekan der Fakultät zu den werdenden Ärzten, wahrscheinlich hielt er jedes Jahr die gleiche Rede. Jedenfalls stahl er mir keinen meiner Punkte. Ich fühlte noch einmal in der Innentasche nach, alles an Ort und Stelle, und Alfreds Worte dienten der Linderung: Halte dich ans Manuskript! Schließlich war ich an der Reihe. Bernhard Hval, im

Namen seines Jahrgangs. Unnötig, mehr zu sagen. Bereits gesagt. Der Dekan selbst stellte mich vor. Ich ging die drei Stufen zum Podium hinauf, hörte den Applaus, nahm den Platz am Rednerpult ein, mit dem Rücken zu Munchs Sonne, die mir im Nacken brannte, und das Gesicht dem erwartungsvollen Publikum zugewandt, das mich entsprechend wieder abkühlte. Und los! Chaos! Dettweiler! An der Kandare! Ich holte das Manuskript heraus, den halben Bogen, die Buchstaben waren undeutlich. Ich senkte meinen Blick und rief, wie es sich gehört:

»Civis academis!«

Stille. Trotz allem. Etwas anderes war nicht zu erwarten gewesen. Das war nur eine Aufforderung, eine freundliche Geste. Doch es sollte mehr folgen:

»Claris majorum exemplis.«

Jetzt sah ich sie deutlich, einen nach dem anderen, die Professoren, die Doctores phil., cand.phil., meine mittelmäßigen Quälgeister, Quästoren, Prospektoren, Fährmänner, Vollidioten, Haarspalter, Drecksäcke, Dekane, Emeritierte, Angehörige, Blutarme, Liebste, Verlobte und alle akademischen Arschlöcher, kurz gesagt, der ganze Schlamassel.

Ich konnte anfangen:

»Meine Damen und Herren, wir haben reichlich von der Fürsorge, dem Glück und dem Standard genossen, die trotz allem unser geliebtes Land heimgesucht haben. Wenn ich das so sagen darf. Und dafür sollten wir von Herzen dankbar sein. Ohne die Geschichte gäbe es uns nicht. Wir haben das geerntet, was unsere Vorfahren gesät haben, selbst wenn sie sich das Gewehr in den Mund gesteckt und das Gesicht weggeschossen haben, und wir wollen uns nicht nur damit begnügen, das Erbe weiterzuführen, wir wollen besser werden, um auf diese Art diejenigen, die zuerst ihre Spuren über die medizinischen Nordpole gesetzt haben und uns den Weg zeigten, zu ehren.«

Stille.

Ich drehte die Rede um. Da stand nichts. Dann fand ich zurück auf die Vorderseite, auf der die Rede stand. Verschwenderisch.

»Deshalb haben wir eine Verpflichtung. Nicht nur uns selbst gegenüber. Es sollte eigentlich nicht nötig sein, das zu sagen, denn wer hat das nicht? Wir haben sie alle. Wir dagegen, wir haben eine Verpflichtung, die größer ist. Sie wurde von uns ausgesucht und uns auferlegt. Wir stehen unter einem Eid. Lassen Sie mich einen unserer größten Vorgänger zitieren: Wir wollen die Verirrten vom Aberglauben und anderen unzivilisierten Missverständnissen wegführen. Wir wollen der Krankheit vorbeugen, indem wir die Gesundheit durch eine vernünftige Lebensweise stärken, die Abwehrkräfte des Geschlechts bewahren und sie wieder aufrichten, wenn sie aus irgendeinem Grund beschädigt wurden. Das ist unsere Mission. Aber bitte missverstehen Sie mich nicht, unsere Mission ist wissenschaftlich, streng und in allererster Linie human. Wir stehen im Dienste der Menschheit, und einzig und allein im Dienste der Menschheit. Und ich sage Ihnen, denn ein Arzt soll sich an die Wahrheit halten und nur an sie, ganz gleich in welchem festlichen Zusammenhang wir uns auch befinden, oder vielleicht gerade deshalb, denn wir brauchen kaltes Blut in den Adern, wenn es am schlimmsten brodelt: Meine Damen und Herren, wir gehen einem großen Elend entgegen. Sehen Sie sich nur selbst an. Heben Sie das Laryngoskop und sehen Sie Ihrem Nächsten direkt in die Augen. Wir werden überall gebraucht werden.«

Das stand nicht in der Rede.

Wieder drehte ich das Papier um, aber die Rückseite der Rede war immer noch leer.

Es gab mich in zweifacher Ausfertigung, und damit nicht genug.

Leider schaute ich auf und begegnete dem Blick des Publikums. Die festlich gekleideten Ärzte in spe, die ihre Empörung, ja ihre Drohung in Form eines Briefes auf meinen Platz im Lesesaal gelegt und mich in meine finstersten Semester gejagt hatten, sie beugten sich vor, erwartungsvoll, grinsend, jetzt wollten sie endlich das wahre Gesicht des vollkommen verrückten Strebers in seiner freien Entfaltung sehen. Doch die Einzige, die ich sah, das war Alma, kerzengerade, streng und grau von beiden Seiten, und danach Direktor Lund. Sie saßen in der ersten Reihe rechts. Er legte die Hand in den Schoß des Wintergartens. Was sollte das bedeuten? Die Stille, das, was noch von ihr übrig war, konnte nicht so weitergehen.

Ohne Manuskript:

»Aber missverstehen Sie mich bitte nicht, meine Damen und Herren. Ich möchte dieser wunderbaren Stimmung hier keinen Dämpfer erteilen, auch wenn wir dem Elend entgegengehen. Konkurse. Kriege. Zusammenbrüche. Unfälle. Unglücke. Es wird immer schlimmer werden. In rauen Mengen! Lassen Sie uns versuchen, das zu vergessen, was kommen wird. Denn heute Abend gibt es ein Fest! Und das haben wir verdient! Genauer gesagt, wir haben es uns verdient. Denn niemand verdient einfach so etwas, außer einem Tritt von hinten, so heftig, dass der Prolapsus aus dem Mund fällt, wenn er nicht selbst dazu beiträgt. Experto credite! So sei es! Ich spreche im Namen meiner Kollegen, wenn ich das so sagen darf, der Studenten, die ihr Studium hinter sich gebracht haben und vor einem größeren Pensum und einem anstrengenderen Semester stehen: dem Leben, dem Beruf, der Mission. Erlauben Sie mir, so freimütig zu sein, zu behaupten, dass wir die Creme der norwegischen Jugend sind. Und wie gesagt, heute Abend wollen wir noch einmal jung sein! Wir sind, wir sind, ja, wir sind der Schwanz im Riesenrad!«

Woher hatte ich das? Fiel es mir einfach so ein? Ja! Unfreiwillig und gnadenlos. Lapsus! Volapük! Direktor Lund stand auf und wollte applaudieren, offenbar, um das Ganze abzukürzen, je schneller, desto besser, was sonst, und zögernd kam auch der Rest des Publikums auf die Beine, mir war sogar so, als könnte ich Alfred in der Türöffnung sehen, mit der Stadt hinter sich, aber das war wohl nur eine Erscheinung.

Da capo!

Ich kam ihnen allen zuvor. So leicht sollten sie mir nicht davonkommen. Der Abend war noch jung. Ich riss die Rede aus der Tasche und fing noch einmal von vorne an, aber der Anfang war ein anderer, so hatte ich ihn nicht in der Erinnerung. Hatte ich zwei Reden? Ja, natürlich hatte ich zwei Reden! Eine auf dem Papier und eine auf dem Herzen.

Ich hob die Stimme.

»Wir sind das Sahnehäubchen auf der Torte! Cum grano salis! Wir sind der Schwanz im Riesenrad! Und audentis fortuna juvat!«

Gerettet, zumindest vorerst, durch das Latein.

Stehende Ovationen.

Ich verließ das Rednerpult und musste mir keinen Weg bahnen. Ich wurde durchgelassen. Dann war ich endlich draußen, holte tief Luft und lehnte die Stirn gegen die erstbeste Säule. Hatte ich das gesagt? Was hatte ich gesagt? Ich konnte mich nicht mehr erinnern, nicht an ein Wort, während ich dastand und mit dem Kopf gegen die Säule schlug, und ich hätte nichts dagegen gehabt, wenn die ganze Aula zusammengebrochen und über mir und nicht zuletzt den anderen da drinnen eingestürzt wäre. Heute erinnere ich mich besser als damals. Die Zeit spielt mit uns auf eine verdrehte Art. Aber ich will mich nicht zu lange in diesem Elend suhlen, nur in aller Kürze sagen, dass ich plötzlich Stimmen hörte, Frauenstimmen, und

Schluchzen. War es meine Schuld, dass jemand weinte? Hatte ich jemanden verletzt? War meine Rede zu viel gewesen? Da kam mir ein Gedanke: War das Alma? Vorsichtig blickte ich hinter der Säule hervor, und dort, auf der untersten Stufe, saßen zwei festlich gekleidete, verschmähte Mädchen oder besser gesagt Damen. Die eine hatte den Arm um die andere gelegt und tröstete die Freundin. Ich riss mich zusammen und ging langsam zu ihnen, mit meinen Requisiten, Taschentuch, Zigaretten und Streichhölzer, das war alles, was ich zur Hand hatte, und was braucht ein Mann mehr? Zumindest wiesen sie mich nicht augenblicklich ab. Die Weinende blieb sitzen. Aber die andere sprang auf und schien bereit, sich selbst und die Freundin mit Haut und Haaren zu verteidigen, was sie übrigens sicherlich geschafft hätte. Sie war vierschrötig, athletisch und mindestens einen Kopf größer als ich. Sie konnte dem Teufel das Fürchten beibringen und mich am ausgestreckten Arm verhungern lassen. Sie war nicht gerade ein Leckerbissen, wie der Jargon unter den unreifen Studenten lautete, und sie würde wohl kaum zur Miss Oslo gekürt werden, einer Rose, die in Oslos Erde gewachsen ist, wie es in den Statuten heißt. Aber ich war ja auch nicht gerade eine Augenweide, also waren wir quitt. Ich reichte ihr das Taschentuch. Ich weiß nicht, woher ich den Mut nahm. Ich hatte nichts mehr zu verlieren. So stand es wohl um die Sache. Sie nahm das Tuch entgegen und gab es weiter an die Freundin, die in das glücklicherweise saubere Taschentuch schnaubte. Ozaena! Oh nein, hier war alles nur eitel Parfüm, Tränen und keine Doktorarbeit. Aus der Aula waren Musik und Fanfaren zu hören. Das Programm näherte sich also seinem Ende.

»Wollen die Leckerbissen später mit zum Ball kommen?«, fragte ich.

Die Stehende wurde ärgerlich.

»Willst du frech werden? Du auch?«

»Frech werden? Ganz und gar nicht. Im Gegenteil, ich stehe zur Verfügung.«

Sie lachte, während die Freundin weinte.

»Ihr seid doch alle gleich, ihr glaubt, ihr könnt machen, was ihr wollt, nur weil ihr ein Examen bestanden habt!«

Ich zündete mir eine Zigarette an und vergaß, ihr eine anzubieten.

»Jetzt verstehe ich nicht ganz«, sagte ich.

»Dann will ich es dir erklären, du Zwerg. Einer der Kandidaten hat Tora eingeladen, und dann stellt sich heraus, dass er bereits verlobt ist, und die Verlobte schon dasitzt und der Platz besetzt ist.«

Ich musste fragen:

»Wer? Wir Mediziner tun so etwas nicht. Glaube mir. Niemals.«

»Er war sogar Vorsitzender der Studentenvereinigung.«

»Scheiße«, hörte ich unten von der Treppe, also von Tora.

Das war niederträchtig, ausgekocht und unerhört, und es hätte mich nicht gewundert, wenn es derselbe Kandidat gewesen wäre, der damals den Bescheid auf meinen Platz gelegt und mich so in die Finsternis gestoßen hatte. Seinen Namen möchte ich übrigens hier nicht nennen. Ich bin nicht rachsüchtig. Aber möge der Betreffende, wenn er noch am Leben ist, und das hoffe ich, sich wiedererkennen und lange und schwer gequält werden, und möge es Tora genau gegenteilig ergehen.

Ich fing an zu trampeln. Ich trampelte vor Wut und ruderte mit den Armen, dass die Zigarette aussah wie ein Feuerwerk.

»Ja, advocatus diaboli in der Hölle!«

Dann stand diejenige, die Tora hieß, auch auf, und die, von der ich den Namen immer noch nicht wusste, erkannte mich wieder.

»Bist du nicht derjenige, der die Rede gehalten hat?«

Das konnte ich nicht leugnen und nahm an, dass damit das zufällige Treffen beendet war. Jetzt blieben nur noch Hohn, Verachtung und Spott.

Stattdessen fingen die Mädchen an zu lachen, und ich hatte keine Ahnung, wie ich dieses Gelächter auffassen sollte.

Da gingen die Türen auf, und das Publikum strömte heraus.

Die Mädchen lachten nicht mehr. Sie wurden von Panik ergriffen und wollten fort, so schnell wie möglich, fort von hier und um keinen Preis den Verräter noch einmal treffen. Mit anderen Worten: Wir hatten gemeinsame Interessen. Und es verblüffte mich, wie das eine zum anderen führte, in schnellen, unerklärlichen Wendungen und Kniffen und zum Schluss alles an seinen Platz fiel, direkt vor meine Füße, wie ein göttliches Puzzlespiel. Derartiges war ich nicht gewohnt. Die Dinge ergeben sich für uns Kantige nicht von allein. Wir müssen sie erzwingen.

»Darf ich die Damen wenigstens nach Hause fahren?«

Das durfte ich auf jeden Fall. Es sprach absolut nichts dagegen. Es schien, als wäre die Vernunft der Kantigen plötzlich auf meiner Seite, obwohl ich doch Gefahr lief, alle Ordnungsregeln auf einmal zu brechen. Sie hielten trotz allem der Prüfung stand. Aber letztendlich taten sie es doch nicht. Alles rächt sich.

»Folgt mir!«

Und gemeinsam liefen wir über das Kopfsteinpflaster, und die Mädchen kletterten auf die Rückbank, während ich mich vorn neben Alfred setzte, der nicht weniger verblüfft war als ich. Wenn er nicht verstand, was da eigentlich im Busche war, so wusste er zumindest, was angesagt war: fahren. Alfred fuhr weg von der Aula und am Schlosspark entlang hoch. Tora fing wieder an zu weinen, und das nicht gerade verhalten. Alfred tat, als würde er es gar nicht bemerken. Ich drehte mich um. Toras Freundin hatte einen Flachmann in der Tasche, sie tranken beide daraus und beruhigten so wohl ihre Nerven.

»Wohin wollt ihr gefahren werden?«, fragte ich.

Tora wollte nach Hause. Zu Hause war in der Huitfeldtsgate, in einem der stattlichen Wohnblocks dort. Die Freundin brachte sie hinauf. Ich rechnete nicht damit, eine von ihnen je wiederzusehen. Ich hatte mich nur um ein kurzes Glück verdient gemacht, mehr nicht. Meine Rolle als Ritter war hiermit zu Ende. Doch als Alfred wenden wollte, kam Toras Freundin heraus und setzte sich wie selbstverständlich wieder auf den Rücksitz, und da blieb sie sitzen. Alfred verdrehte die Augen, ob über sie oder über mich, das konnte ich nicht sagen. Dann trat er mir gegen den Fuß, und ich beeilte mich, mich nach hinten neben dieses unbekannte, kräftige Mädchen zu setzen. Ich war so etwas nicht gewohnt. Auf diesem Gebiet hatte ich nicht viel Erfahrung. In Almas Wintergarten war es einfacher, möge Gott mir verzeihen und mir den Mund verschließen! Compesce mentem! Du ausgefuchster Gärtner! Dieb des Wintergartens. Ich verspreche, es ist nichts passiert. Ich habe nur ein verdorrtes Blatt gestohlen, sonst nichts.

»Wo wohnen Sie?«, fragte ich.

»In Drammen.«

»Dann nach Drammen!«, rief ich.

Und Alfred fuhr in die Richtung. Es war ein ganzes Stück von Oslo nach Drammen. Mittlerweile wurde es dunkel. Was sollte ich sagen? Wie gesagt, ich war so etwas nicht gewohnt. Ich musste mich nur an der Kandare halten. Sie redete als Erste.

»Sigrid Juell«, sagte sie.

Ich hatte sogar vergessen, mich vorzustellen.

»Bernhard Hval. Tut mir leid.«

»Was hast du da eigentlich in deiner Rede gesagt?«

»Was ich gesagt habe?«

Sie beugte sich zu mir und flüsterte:

»Das mit dem Riesenrad. Oder wie das noch hieß.«

Ich sank auf dem Sitz zusammen und versuchte es wegzulachen.

»Das ist nur so eine Redewendung unter uns Medizinern.«

»Sag es noch einmal. Mein Stutenprinz.«

»Was?«

»Mach es. Bitte. Mir zuliebe.«

Ich zog die kleine Gardine vor, die uns, die wir auf dem Rücksitz saßen, abschirmte, und konnte kurz sehen, wie Alfred lächelte.

»Schwanz im Riesenrad«, sagte ich.

Mehr sage ich nicht. Es artete aus. Compesce mentem? Weit gefehlt. Ich wurde der Beste meines Jahrgangs. Und Sigrid und ich wurden ein Paar.

WARTEZEIT

Ich habe kurze Zähne. Im Laufe der Jahre habe ich sie abgeschliffen. Früher hat mich das gestört, und eine Zeitlang habe ich gar nicht mehr gelacht, um nicht diese lächerlichen Stumpen zu entblößen. Übrigens gab es in dieser Zeit sowieso nicht viel zu lachen, deshalb erschien es mir ganz natürlich. Jetzt stört es mich nicht mehr. Ich öffne den Mund, wie es mir gefällt. Es sieht mich ja sowieso niemand. Und das Essen bekomme ich runter, wenn ich es nur erst ordentlich mit der Gabel zerquetsche, besonders die Kartoffeln, die der Ladenschwengel vom Kolonialwarenladen mir jede zweite Woche vor die Tür stellt. Das einzige Aber: Wenn ich die Kiefer zusammenbeiße und knirsche, dann spüre ich nur, wie die weichen Gaumen gegeneinandergedrückt werden, und das Geräusch, das sie machen, lockt mich nicht. Eine Zeitlang hoffte ich, dass neue Zähne durchbrechen würden, die Greisenzähne, damit ich sozusagen wieder von vorne anfangen könnte. Doch das passierte nicht. Ich muss mich mit dem Kiefer begnügen, den ich habe, und es ist ja auch nicht mehr lange hin, bis ich ihn ein für allemal schließe. Doch damals, frisch verheiratet und als Assistenzarzt im Rikshospital angestellt, da hatte ich Zähne auf Deubel komm raus und konnte mit ihnen knirschen, so viel ich wollte. Jeden Morgen nahm ich die Bahn bis zum Nationaltheater und spazierte dann den kurzen Weg bis zur Pilestredet. Direktor Lund sah ich kaum oder nie, und aus den großen Plänen, die er für mich gemacht hatte, wurde auch nicht besonders viel. Ich machte Visite, hörte mir endloses Gejammer an, versorgte einige Liegewunden, maß Temperatur, tröstete fordernde, egoistische Patienten, führte Krankenberichte. Es kam vor, dass ich bei einer Operation assistierte, war ich etwa kein Assistenzarzt, stand als Nummer drei in der Reihe und durfte, wenn es hochkam, eine Wunde verschließen. Mit der Zeit wurde es auch damit immer weniger. War das der Wunsch von Direktor Lund? Waren das die großen Pläne, die er geschmiedet hatte? Meinte er, dass ich so kleinlich war, dass das groß genug für mich wäre? Wollte er mich so kleinmachen? Übrigens widersprach ich nicht. Ich ergab mich in mein Schicksal. Das ist der Fluch der Kantigen. Wir leiden ständig an schlechtem Gewissen, unaufhörlich, es sitzt uns wie Hämorrhoiden in der Seele, und deshalb nehmen wir alle Schuld auf uns. Wir haben es verdient. Und nicht nur das: Wir haben es uns verdient. Wir möchten allen gefallen. Aber wenn ich allein war, dann schlug ich auf den Tisch, trampelte auf den Boden, und legte die Dinge klar und deutlich dar. Ich, Bernhard Hval, der Beste seines Jahrgangs, das lasst euch gesagt sein, habe etwas Besseres verdient, ja, etwas sehr viel Besseres, als Visite zu machen, den Finger ins Rektum zu stecken und Krankenberichte zu führen! Noch einmal schlug ich mit der Faust auf den Tisch. Dann ging es wieder auf demselben Weg nach Hause, zum Nationaltheater und mit der Bahn hoch nach Besserud, wo Sigrid Gin trank, oft zusammen mit Tora, und laut Musik aus dem Grammophon hörte, diesen Jazz, der mich nervös machte, der mich anzog, lockte und belauerte und dem ich mit aller Kraft widerstehen musste. Aber ich konnte Sigrid auch nicht bitten, ihn nicht mehr zu spielen. Das hätte sowieso nichts genützt. Es kostete Kraft. Ich hatte nämlich Angst, dass ich anfangen könnte zu tanzen. Das Trampeln, mit dem ich leben konnte, lief Gefahr, in einstudierte Schritte überzugehen, in einen schweren, mechanischen Tanz, und das wäre nicht auszuhalten gewesen. An diesem Abend hörte Sigrid glücklicherweise keine Musik, und sie war allein. Hätte ich jedoch gewusst, was kommen sollte, ich hätte Jazz und Tora vorgezogen. Sigrid trank nur Gin und schien etwas beschwipst, aber noch im Rahmen. Das ließ sich, rein fachlich gesehen, vertreten. Sie winkte mit der Aftenposten, während ich den Regen vom Regenschirm schüttelte und den Mantel in der Garderobe aufhängte. Es war bereits spät im Oktober.

»Du stehst in der Zeitung!« Fast rief sie es.

Ich erstarrte vor dem Kleiderbügel und konnte mich kaum umdrehen.

»Na, so was«, sagte ich.

»Bist du nicht neugierig?«

Ich zuckte mit den Schultern. Es war mehr nötig, um mich aus der Fassung zu bringen.

»Da stand schon mal was über Bernhard Hval drin. Als ich der Beste meines Jahrgangs wurde.«

»Aber das hatte nicht Knut Hamsun geschrieben.«

Ich verstand einfach nicht, was Sigrid meinte – war sie doch viel betrunkener? –, und ich drehte mich langsam zu ihr um.

»Was sagst du, Sigrid?«

»Er schreibt über seinen Aufenthalt in Nizza.«

Und Sigrid konnte gar nicht abwarten, sie musste es mir laut vorlesen. Ich legte die Hände auf den Rücken und war bereit. Wenn schon kein Dankesbrief kam, dann musste man sich mit der Zeitung begnügen.

»Lass hören«, sagte ich.

Sigrid hatte bereits einen Auszug aus diesem schändlichen

Beitrag ausgesucht. Folgendes bekam ich zu hören und behielt es in meiner Erinnerung:

Da reist man ganz optimistisch in den Süden, um die Wärme auf einem kalten, jämmerlichen Körper zu spüren, in der Sonne Kräfte zu sammeln und die Anonymität als Ausländer zu genießen. Die Riviera wurde ausgesucht, genauer gesagt Nizza, das schön in einer Bucht gelegen ist, wie ein freundliches Lächeln des Mittelmeers. Man glaubt sich sicher installiert. Die pompöse Gier der Franzosen ist für niemanden eine Überraschung, auch nicht dieses Unwesen, das Trinkgeld heißt; man kann in keinem Hotel ankommen, ohne nach links und rechts austeilen zu müssen. Nein, das lässt sich nicht ertragen. Doch dann stößt man auf den unvermeidlichen Norweger, dieses weichgekochte Wesen, als würde man die Karl Johan entlangspazieren. Doch dieser Norweger hier war ein starrköpfiges und sonderbares Exemplar seiner Art. Seine Manieren ließen zu wünschen übrig. Er spuckte direkt auf den Boden und glaubte wohl, er befände sich immer noch auf seiner Hütte hoch im Norden. Da kam mir in den Sinn, welch Glück es doch ist, dass es Norweger nur in begrenzter Anzahl gibt.

All das und mehr, was ich hier nicht zitieren möchte, musste ich mir in meinem eigenen Heim anhören.

Schließlich schaute Sigrid zu mir auf und erwartete wohl, dass ich etwas sagte.

»Was er nicht sagt«, sagte ich.

Ich ging ins Wohnzimmer, wobei ich ein homerisches Gelächter von mir gab. Das war also der Dank. Man rettet ein Leben und bekommt nichts anderes als Spott und Hohn zurück.

Sigrid kam hinter mir her.

»Wollen wir nicht ausgehen und feiern?«

Feiern? Was meinte sie? Sollten wir diesen Versager von einem Verseschmied feiern, dieser simple Stümper hatte mich schriftlich verunglimpft, zwar nicht mit Namen, aber ich konnte nicht ausschließen, dass die Gerüchte bald kursieren würden, oh, ich kannte meine Pappenheimer und konnte sie schon hören: War nicht Bernhard Hval zur selben Zeit auf Hochzeitsreise in Nizza gewesen?

»Was denn feiern?«

»Na, dass Hamsun über dich schreibt.«

»Das bin nicht ich.«

»Red keinen Quatsch, Berny. Natürlich bist du das.«

»Ich habe ihn nicht um ein Autogramm gebeten. Das wäre mir im Traum nicht eingefallen.«

»Er ist ein Dichter. Er dreht und wendet die Dinge nur ein wenig. Nimm dir das nicht so zu Herzen.«

»Ich nehme mir das gar nicht zu Herzen. Warum sollte ich?«

»Schön. Du bist doch nicht traurig? Sonst müsste Siggen dich trösten.«

»Ich brauche keinen Trost. Aber vielen Dank.«

Sigrid legte mir die Arme um den Nacken und pustete mir ins Ohr.

»Sag mir, was du auf der Promenade gesagt hast, mein Stutenprinz.«

»Ich bitte dich …«

»Sag es! Siggen will es auch hören.«

»Ich war das nicht«, wiederholte ich.

»Soll ich uns einen Tisch im Grand bestellen?«

Laut Ordnungsregeln waren Restaurants verbotenes Gelände. Ich lief Gefahr, die Tische umzustellen. Ich sagte:

»Außerdem habe ich morgen früh eine große Operation. Ein Bruch. Ich muss ausgeruht sein.«

Sigrid verzog das Gesicht und kippte mehr in ihr Glas aus der Flasche, die offen auf dem Tisch stand.

»Es langweilt mich, hier allein zu Haus zu sein.«

»Du hast doch Tora.«

»Sie kann nicht die ganze Zeit hier sein. Außerdem ist die Saison vorbei.«

»Wir können eine Haushaltshilfe einstellen«, sagte ich.

Sigrids Augen verengten sich.

»Ja, an Haushaltshilfen hat es hier ja nie gemangelt. Vielleicht wäre ein Chauffeur besser. Der mich so weit weg wie möglich bringen kann.«

»Du kannst beides haben.«

»Kann ich? Vom Gehalt eines Assistenzarztes?«

»So schlecht geht es uns ja wohl nicht, oder?«

Sigrid leerte ihr Glas.

»Ein Bruch? Sind das die großen Pläne?«

»Nabelbruch«, sagte ich.

»Komm mir nicht mit Nabelbruch.«

Sigrid schenkte sich noch mehr Gin ein. Das lief in die falsche Richtung. Ich musste sie zur Vernunft bringen und sagte natürlich etwas, was genau den gegenteiligen Effekt hatte.

»Aber deine Eltern könnten doch …«

Ich wurde unterbrochen.

»Meine Eltern können uns nicht ewig unterstützen. Ist das klar?«

Sie ließ sich aufs Sofa fallen und soff.

»Können sie nicht?«

Sigrid hob ihren Blick zu mir.

»Wenn dein dummer Vater nicht in Konkurs gegangen wäre und sich erschossen hätte, dann hättest du ihn um Geld fragen können.«

Ein paar Sekunden lang wankte ich, bevor ich das Gleichgewicht wiederfand.

»Das war nicht nötig«, sagte ich.

Sigrid legte sich die Hand auf den Mund, als würde ihr erst jetzt klar werden, was sie gesagt hatte.

»Entschuldige, Bernhard. Ich habe es nicht so gemeint.«

»Und wenn mein dummer Vater sich nicht erschossen hätte, dann hätten wir uns nie kennengelernt.«

»Setz dich zu mir«, bat Sigrid. »Bitte.«

Ich setzte mich neben sie, und sie lehnte sich an meine Schulter.

Eine Weile blieben wir schweigend so sitzen, vielleicht suchten wir beide nach den richtigen Worten, die die Missgunst auslöschen könnten, die zwischen uns aufgetaucht war.

»Meine kleine Majuskel«, sagte ich.

Sigrid brummte und nippte an ihrem Gin.

»Jetzt kannst du es sagen«, flüsterte sie.

»Was?«

»Was du auf der Promenade in Nizza gesagt hast, Berny.«

Ich ließ Sigrid los und ging entschlossen zur Tür, wo ich stehen blieb. Das ertrug ich nicht länger.

»Ich war das nicht!«, wiederholte ich.

Aber sie lachte nur.

»Natürlich warst du das, Berny!«

»Nein, das war ich nicht! Das war ich nicht!«

Ich warf die Zeitung auf den Boden und trampelte auf ihr herum, ich zertrampelte sie, bis die Papierfetzen im Raum aufstoben, trat und trampelte in einem fort, noch nie zuvor hatte ich so heftig getrampelt. Währenddessen fielen meine Augen auf Sigrid, es war, als hätte ich vergessen, dass sie hier war, und würde sie erst jetzt wiedersehen. Sie saß ganz still und stumm auf dem Sofa und verfolgte meinen Auftritt. Außerdem wirkte sie ganz nüchtern. Der Zwang fiel von mir ab. Der Zwang hatte bekommen, was er wollte, und kam mehr oder weniger zur Ruhe, beschämt und zitternd, ich faltete brav die traurigen Reste der Aftenposten zusammen und legte sie auf den Tisch.

»Was guckst du?«, fragte ich.

»Dein Mund.«

»Ja, und? Wollen wir nicht bald essen?«

»Hamsun hat recht.«

»Was meinst du damit. Wieso hat er recht?«

»Dass du unreif bist.«

Das hätte Sigrid nicht sagen sollen.

»Ich habe ihm das Leben gerettet!«, rief ich.

»Trotzdem bist du unreif. Wie ein verzogener Junge. Sieh dich doch nur an.«

Zumindest hätte sie das nicht wiederholen sollen.

»Ich werde es dir zeigen!«

Entschlossen ging ich wieder zur Tür, ohne die geringste Ahnung, was ich ihr zeigen wollte. Vielleicht sollte ich einfach zu Bett gehen und sehen, was geschah. Doch da kam Sigrid mir nach, mein rettender Engel. Zunächst jedoch erschreckte sie mich sehr. Und umso größer war die Rettung.

»Haben wir Geheimnisse voreinander?«, fragte sie.

Das war eine Frage, die viele Gefahren barg. Ich musste die Antwort sehr vorsichtig wählen.

»Inwiefern?«

»Das weißt du wohl am besten, Bernhard.«

Einen Moment lang war ich verunsichert. Woher sollte ich das wissen, ich, der stets zu verbergen sucht, wer ich wirklich bin, und immer und immer wieder entdeckt werde, denn für solche wie uns gibt es kein Versteck, kein anderes als den Tod. Zielte sie auf meine falschen, vergeudeten Samenausstöße ab?

»Ich habe keine Ahnung, wovon du redest.«

Sigrid hielt eine Visitenkarte hoch.

»Wer ist denn beispielsweise das?«

Es war der Däne, Ulrik Holmsen, der Königliche Hoflieferant. Ich hatte ihn fast schon vergessen, und jetzt war Sigrid so liebenswert, mich an ihn zu erinnern. Ich ließ einen Seufzer der Erleichterung vernehmen.

»Wühlst du in meinen Taschen?«, fragte ich.

»Nein, ich wasche sie. Wer ist das?«

»Nur jemand, den ich in der Rezeption im Hotel in Nizza getroffen habe.«

»Und was liefert dieser Ulrik Holmsen dem königlichen Hof?«

Jetzt wusste ich, was ich Sigrid zeigen wollte.

Ich schnappte mir die Visitenkarte.

»Es ist nicht nur Direktor Lund, der große Pläne mit mir hat«, sagte ich.

Und dann ging ich. Ich verließ das Haus glücklich und zufrieden, ohne Mantel, ohne Hut und weder mit einem Tuch um den Hals noch mit Handschuhen an den Händen. Das Risiko musste ich eingehen. Ich ging, so wie ich war, und ließ Sigrid mit leeren Händen zurück. Ich jagte ihr einen gehörigen Schrecken ein. Etwas Ähnliches war noch nie vorgekommen. Das hatte sie nun davon. Konnte ich hören, wie sie im Hintergrund weinte? Sollte sie doch meinetwegen ruhig weinen! Ich ging schnellen Schrittes hinunter in die Stadt, um warm zu bleiben, mit Armen wie Propeller, während ich spuckte, knirschte und heulte. Nur ein Glück, dass ich einen Zufluchtsort hatte! Jeder Mann braucht, wenn nicht ein Versteck, dann zumindest einen Zufluchtsort. Ich hatte den Skovveien. Zuerst klingelte ich. Als niemand öffnete, trotz mehrerer Versuche, schloss ich mit dem Extraschlüssel auf.

»Notto!«, rief ich.

Da konnte die Klatschtante von oben natürlich nicht mehr

an sich halten. Sie kam die Treppe herunter und hockte sich aufs Geländer.

»Ihr Untermieter ist nicht zu Hause, Doktor Hval«, sagte sie.

»Wissen Sie vielleicht, wo er ist?«

»Nein, woher um alles in der Welt sollte ich das wissen?«

»Aber vielleicht wissen Sie, wann er das letzte Mal hier war?«

»Er ist vor drei Wochen ausgezogen. Gott sei Dank.«

»Gott sei Dank? Hat er denn gestört?«

Die Alte warf den Kopf zurück.

»Er passt nicht hier ins Haus.«

Ich schaute auf meine Füße. Ich war in Hausschuhen gekommen. Der einzige Punkt, an dem ich nicht fror, das war der Mund. Der brannte.

»Ausgezogen? Soll das heißen, dass er Gepäck bei sich hatte?«

»Nur sein Clownskostüm.«

»Was sagen Sie? Clownskostüm?«

Diese widerwärtige Person erlaubte sich zu lachen. Sie lachte über Notto Fipp.

»Er hatte einen Strohhut auf dem Kopf, und sein Pullover hing nur noch in Fetzen. Er wird sich totfrieren.«

»Darüber brauchen Sie sich keine Sorgen zu machen.«

Die Alte war beleidigt. Ist das nicht typisch? Erst spotten sie über andere, was das Zeug hält, und dann vertragen sie nicht die geringste Widerrede, diese Jammerlappen und Stinknasen, alle zusammen.

»Ich wollte ja nur ein wenig behilflich sein«, brummte sie.

Du Mimose und Schweinskopf!

»Übrigens, stört Sie der Leberfleck gar nicht, den Sie da an der Schläfe haben?«, fragte ich.

Sofort hob sie die Hand und kratzte an der dunkelbraunen

Kruste und war nicht mehr so aufmüpfig, auch wenn sie sich große Mühe gab.

»Können Sie den sehen?«

»Ich sehe ihn von hier, gnädige Frau.«

Sie unterbrach mich.

»Fräulein!«

»Tut mir leid. Aber ich sehe ihn genau. Und Sie sollten auf jeden Fall mit diesem Leberfleck einmal zu einem Spezialisten gehen, mein Fräulein. Der ist wahrscheinlich bösartig.«

Die Schnüfflerin zog sich schweigend und sehr blass zurück, und ich konnte in aller Ruhe in meine Wohnung gehen, die Tür hinter mir schließen und mit eigenen Augen sehen, dass Notto Fipp nicht dort war. Ich ging von Raum zu Raum, mehrere Male tat ich das, vergebens. Es schien fast, als wenn er nie hier gewesen wäre. Nicht eine Nachricht, kein Zettel, nicht einmal ein Gruß. Almas Blume stand immer noch genauso frisch in der leeren Vase. Ein Wunder im Skovveien! Dann entdeckte ich, dass die Vase gar nicht leer war. Sie war voll mit abgestandenem Wasser, das die Blume aufsog. Das musste Notto gewesen sein, der sich um sie gekümmert hatte, dieser fürsorgliche und herzensgute Mensch. Doch die einzige Erinnerung an ihn, die ich fand, das war sein Frack. Der hing im Schlafzimmer. Der Frack war trotz allem eine Hoffnung, Trost für eine arme Seele. Dann fiel mir die Standuhr ein, ich stürzte zu ihr, hockte mich hin, öffnete den Uhrenkasten, und zu meiner großen Erleichterung lagen die schwarzen Drops immer noch an Ort und Stelle. Ich zählte sie. Die Anzahl war auch dieselbe wie beim letzten Mal. Doch die Sekunden waren zäher als früher. Die Uhr ging zu langsam. Es war die Wartezeit, die bereits eingesetzt hatte. Ich war versucht, mir eine Süßigkeit in den Mund zu stecken, konnte mich jedoch beherrschen. Dafür musste ich viermal in die Dettweiler Flasche spucken. Dann drehte ich den Uhrenschlüssel um drei Zacken nach links, gab dem Pendel einen leichten Stoß und stellte die Zeiger richtig. Anschließend legte ich mich auf das Sofa im Wohnzimmer, blieb aber nicht dort liegen. Es war nicht zu ertragen. Warum hatte Notto keinen Zeitpunkt hinterlassen, ein Datum, einen Monat, ja, zumindest ein Jahr? Ich kann so lange warten, wie es nötig ist, solange ich weiß, wie lange ich warten muss. Aber ich kann nicht aufs Geratewohl warten. Oh, du Menetekel! Allein der Gedanke führte dazu, dass sich vor mir ein Abgrund auftat, und ich fiel in ihn hinein, und alles fiel mit mir zusammen, sogar der Boden des Abgrunds fiel, und deshalb landete ich nie. Ich konnte nicht hierbleiben und der Standuhr lauschen. Außerdem hatte ich Sigrid schon zu lange auf die Folter gespannt. Ich rechnete damit, dass sie weichgekocht war, wie der große Dichter schrieb. Ich legte einen Zettel auf die Küchenanrichte: *Bester Notto Fipp! Melde dich bald bei mir! Dein Bernhard Hval.* Doch als ich wieder oben in Besserud ankam, war keine Sigrid da. Sie war ganz einfach gegangen. Nabelbruch! Ad arma! Ich war doch derjenige, der ging! Und so war es trotz allem mein Los an diesem Abend, in den verschiedenen Behausungen von Raum zu Raum zu laufen und niemanden zu finden. Ich legte mich ins Bett, konnte aber nicht schlafen. Eine schreckliche Nacht. Erst gegen Morgengrauen kam Sigrid. Ich saß auf der Treppe und sah sie. Sie hängte ganz ruhig ihren Mantel auf, schwankte ein wenig, als sie die Schuhe auszog, schaute eine Weile in den Spiegel und rieb etwas aus dem einen Auge. Dann befand sie es endlich an der Zeit, sich zu mir umzudrehen. Sie wirkte in keiner Weise verblüfft oder beschämt und auf jeden Fall nicht aufgebracht. Nicht viel Pönitenz hier am Hofe, oh nein. Sie war einfach chic wie immer.

»Gestern hast du mir gut gefallen«, sagte sie.

Ich wurde nicht schlau aus ihr. Nein, das wurde ich nicht. Und wenn ich jemals aus ihr schlau geworden bin, dann war es dann wohl zu spät.

»Was meinst du?«

»Dass du deines Weges gegangen bist.«

»Das gefiel dir?«

»Ja. Aber es gefällt mir noch besser, dass du zu mir zurückgekommen bist. Vielleicht können wir das noch einmal machen?«

Sigrid lachte über ihren eigenen Einfall. Es roch bis zu mir nach Tabak. So leicht wollte ich es ihr nicht machen, oh nein.

»Wo bist du gewesen?«, fragte ich.

»Du hast dir doch wohl keine Sorgen um mich gemacht?«

Jetzt war ich an der Reihe mit Lachen.

»Sorgen? Ich bin doch selbst gerade erst nach Hause gekommen, dazu habe ich gar keine Zeit gehabt.«

»Ich bin bei Tora gewesen.«

»Die ganze Nacht?«

»Hast du nicht heute diesen Nabelbruch?«

»Die ganze Nacht?«, wiederholte ich.

Sigrid zog sich die Strümpfe aus und kam näher, lautlos und langsam, als balancierte sie auf einem Seil.

»Ich wollte nicht allein im Haus sein«, flüsterte sie.

Ich muss es gestehen: Ich wurde ein wenig weich.

Sigrid setzte sich quer auf meinen Schoß, öffnete mit schnellen Fingern den Reißverschluss, und ich spürte, dass sie inzwischen auch keine Unterwäsche mehr trug. Sie balancierte einige Sekunden lang auf mir und schlug mir die Arme um den Nacken.

»Sag etwas, mein Stutenprinz.«

»Eins, zwei, tröiedüs!«

Sie sank hinab und begann sich zu wiegen.

»Mehr«, flüsterte sie.

»Spürst du meinen Schurigel?«

»Ja.«

»Tief drinnen in deinen feuchten Kavernen!«

»Ja!«

»Citius, altius, fortius!«

Sigrid legte zu, und ich stieß zu. Bald konnte ich die Sklerotien in ihren Augen sehen. Das alles ging auf der Treppe vor sich, ein kniffliger Ort, um sich zu verlagern. Außerdem war die Position an sich beschwerlich, mit ihr oben. Aber allein der Gedanke an einen Erben, mein eigen Fleisch und Blut, der in meine Fußspuren treten würde, war so entsetzlich, dass er mir die Kraft und die Disziplin gab, die notwendig waren. Bei fortius stöhnte ich nach Leibeskräften, schluckte und heulte und setzte den letzten Stoß, während Sigrid noch einmal zulegte und ich schon glaubte, sie würde abtreten, doch dieses Mal nicht, verflucht, sie fing noch einmal von vorne an, Madonna perpetuus, sie spürte wohl, dass ich immer noch standhielt. Selten wurde ich auf größere Proben gestellt. Ich zählte die Äste in der Deckentäfelung. Ich zählte die Nägel am Sarg. Ich zählte den Staub in der Luft und Sigrids schnelle Herzschläge. Ein weiteres Mal musste ich stöhnen, und sie rutschte fast auf die nächste Stufe, blieb dort sitzen und schnappte nach Luft, ganz in Gedanken versunken, wie es schien. Ich nutzte die Gelegenheit, ins Bad zu huschen, wo ich mich sofort über der Toilettenschüssel entleerte, in vier schnellen Zügen, während ich die Zähne zusammenbiss, dass es im Kiefer brannte. Dann versuchte ich mich unter der Dusche wieder instand zu setzen, abwechselnd mit heißem und kaltem Wasser, zog mich um, wusch die Hände ein weiteres Mal und dachte, dass es so auf Dauer nicht weitergehen konnte. Als ich wieder ins Schlafzimmer kam, lag Sigrid auf dem Bett und rauchte eine Zigarette.

»Warum rennst du immer auf die Toilette, wenn wir fertig sind?«, fragte sie.

»Weil das gesund ist.«

»Gesund? Es ist jedenfalls nicht besonders romantisch.«

»Trichuri. Wenn man kurz nach dem Samenerguss uriniert, dann vermeidet man Trichuri.«

»Du bist der Arzt«, sagte Sigrid.

»Und du bist meine Huri. Hast du gehört, dass sich das gereimt hat?«

Ich gab ihr noch einen Kuss.

»Viel Glück mit dem Nabelbruch«, sagte sie.

»Danke, meine Liebe.«

Ich holte meine Tasche, schaute auf das Thermometer am Fenster, fünf Grad, zog mir den Mantel über, nahm Hut, Handschuhe und Schal und ging hinunter zur Besserud-Haltestelle, wo die Bahn pünktlich kam, nahm meinen üblichen Platz ein, kaufte eine Fahrkarte, grüßte mit einem leichten Nicken die Fahrgäste, die ich jeden Morgen traf, wenn ich nicht Nachtwache hatte, und die auch auf ihren üblichen Plätzen saßen, und Gnade dem, der den falschen eingenommen hatte. Das gefiel mir vielleicht überhaupt am allerbesten: die Sitze waren bereits besetzt, bevor sich jemand gesetzt hatte. Wir wussten voneinander, wo wir hingehörten. Ich erhielt verhaltenes Nicken zurück. Es war, wie es sein sollte. Wir waren alle zurückhaltende Männer, oder etwa nicht? Wir wollten nicht gestört werden. Noch vor Gulleråsen wurden die Zeitungen auseinandergefaltet, Aktien, Kurse, Todesanzeigen, Weltrekorde. Ich hatte mehr als genug mit meiner Aktentasche. Ich klammerte mich an meine Aktentasche. Hier durfte ich nicht knirschen, spucken oder die Arme hochreißen. Doch diese Fahrten hinunter in die Stadt waren ein Augenblick des Glücks, genauer gesagt zehn Haltestellen Freiheit. Das war das normale Leben. Eine Weile ähnelte ich den anderen. Wir waren zurückhaltende Männer auf dem Weg zur Arbeit, zum Joch des Tages. Jeder von uns hielt auf seine Art das Rad am Laufen, einer war Rechtsanwalt, einer war Hafeninspektor, ein anderer saß für die Konservativen im Stadtparlament, und dem Mann hinter mir gehörte der Tivoli Kinematograph. Ich gehörte zu ihnen.

Was aber nicht lange dauerte. Es dauerte genau so lange, wie die Fahrt dauerte. Mein normales Glück folgte dem Fahrplan der Holmenkollenbahn: Sonntags kam es seltener.

Doch an diesem Tag währte das Glück kürzer. Es endete im Tunnel von Valkyrien. War etwas an diesen Blicken? Waren sie nicht eher belustigt statt verhalten, und das auf meine Kosten? Hatten sie Hamsuns Epistel gestern in der Aftenposten gelesen und mich und nicht seine Lügen durchschaut? Oder erinnerten sich die Ältesten vielleicht an meinen Vater, der den Verstand verlor, als die Bahn bis zum Holmenkollen verlängert wurde und die Haltestelle Besserud nicht mehr das Ende der Welt war? Lachten sie hinter meinem Rücken? Ich stolperte beim Nationaltheater aus dem Wagen, konnte nicht schnell genug an die frische Luft kommen und fand einen Torweg in der St. Olavsgate, wo ich mein mittlerweile ziemlich abwechslungsreiches Repertoire vom Stapel lassen konnte, Arme und Beine, Nasen und Schlund und nicht zuletzt der Mund, spuck auf die Erde, du Reisender des Satans, du Notto Fipp, mögen dich deine undankbaren Scheuerwunden zu Boden zwingen! Augenblicklich verbarg ich mein Gesicht in den Händen, erschrocken über meine eigenen Worte. Da hörte ich etwas direkt neben mir. Ich schaute durch die Finger. Es war ein Bettler, so ein Lumpenheini. Er war wohl vom Hinterhof hereingekommen. Jetzt stand er einfach nur da und starrte mich an. War es nicht möglich, in Ruhe gelassen zu werden? Nein, das war es nicht. Überall nur Lästermäuler. Ich warf ihm eine

Zehn-Öre-Münze zu. Er fing sie geschickt auf und fuhr sich mit der Zunge um den Mund, schmatzte laut vernehmlich. Ich warf noch eine Münze, er schnappte sie sich, und genau das Gleiche wiederholte sich. Die grüne, fast schwarze Zunge fuhr über die Lippen und unter der Stumpfnase entlang, die mehr Geld witterte, während er wie eine Ente schmatzte. Das musste langsam genug sein. Ich ging das letzte Stück zum Rikshospital, Chirurgische Station A, und zog mich um. Der Tag verlief wie der Tag zuvor und der kommende Tag, mit anderen Worten wie üblich: Krankenberichte, Visiten, ein Todesfall, Weinen auf den Fluren. In einem anderen Flügel: Ein Kind wird geboren, Freude auf den Treppen. Es hält sich die Waage. Ich beklagte mich nicht. Aber kurz vor Schichtwechsel legte der Laborant seine Hand schwer auf meine Schulter, etwas, was bei ihm glücklicherweise nicht üblich war.

»Und worauf freust du dich so riesig, Hval?«, fragte er.

Ich verstand seine Frage nicht.

»Worauf ich mich freue?«

Der Laborant lachte.

»Du schleckst dir den Mund und schmatzt wie ein Kind vor der Sahnetorte, Hval. Hast du eine Frau im Visier?«

»Wie kommst du darauf? Nein! Ich bin verheiratet!«

Ich wand mich aus seinem Griff, rannte auf die Toilette und fiel dort in mich zusammen.

Eine neue Nummer in einer bereits ellenlangen Vorstellung: nachäffen.

Ich sah ein, dass ich keine anderen Menschen mehr anschauen durfte. Wenn ein Patient hinkte, würde ich dann auch anfangen zu hinken? Es war nicht auszuhalten. Ich schlug in einem fort mit der Faust auf den Boden. Je größer das Verlangen, umso enger das Gefängnis. Ich nahm natürlich die Bahn hoch nach Besserud.

Träumte von Notto Fipp: Er geht einen Weg entlang, der über eine Lichtung führt. Ich kann nicht sehen, wo. Ist es eine Stadt, ein Wald, Ruinen, eine Kathedrale? Er trägt den Frack, ist aber barfuß, und beide Füße sind blutig. Er geht weiter, immer langsamer, und er zieht eine glänzende rote Spur hinter sich her, bis er auf der anderen Seite der Lichtung verschwindet, in der Stadt, dem Wald, zwischen den Ruinen oder in der Kathedrale dort. Links im Traum steht ein Mann, weiß gekleidet, mit einem Licht in der Hand. Ein Hund läuft an ihm vorbei. Ist er es, oder bin ich es, wer sieht Notto Fipp verschwinden? Ich bin es. Ich bin es, der sie beide träumt. Abrupt wachte ich auf, setzte mich im Bett auf, feucht vom Schweiß, schmatzend, während ich meine Lippen blutig lecke. Sigrid hat sich im anderen Zimmer schlafen gelegt. Wieso kann ich mich so genau an diesen Traum erinnern, als hätte ich ihn in dieser Nacht geträumt, obwohl ich ihn doch vor fünfzig Jahren träumte? Weil es nicht lange dauern würde, bis ich genau verstand, was dieser Traum bedeutete, auch wenn das fachlich betrachtet, wie ich hinzufügen möchte, außerhalb meines Gebiets liegt und auch in den Kreisen, aus denen ich stamme, nicht ganz stubenrein ist.

Ich träume ihn übrigens immer noch, aber in letzter Zeit hat er sich gedreht, vielleicht hat es dazu auch fünfzig Jahre gebraucht, jetzt bin ich derjenige, der barfuß und blutig über die Lichtung läuft, und niemand sieht mir zu.

Aber ich möchte diese schmerzliche Wartezeit keinesfalls auswalzen, nur noch erwähnen, dass ich alles tat, was in meiner Macht stand, um nicht zu warten. Des Nachts wartete ich nicht. Ich wartete auch nicht den ganzen Tag. Ich studierte nicht die Zeitungen, um zu sehen, ob sie etwas Neues über Notto Fipp brachten. Ich saß nicht in der Deichmanske Bibliothek und blätterte sämtliche Regionalzeitungen durch, die ich finden konnte. Ich telegraphierte nicht an den Redakteur vom Fædrelandsvennen in Kristiansand und fragte ihn auch nicht, ob Notto Fipp dort unten auf den Straßen oder auf dem Weg nach Evje gesehen worden war. Ich nahm keineswegs Kontakt auf zu der Bergbaugesellschaft und fragte dort nicht nach, ob sie einen Arbeiter namens Notto Fipp beschäftigten.

Ich hatte alle Hände voll zu tun.

Ich hatte mehr als genug damit zu tun, nicht zu warten.

Sigrid dagegen, sie hatte nichts, womit sie sich beschäftigen konnte. Sie erledigte zusammen mit Tora tagsüber die Weihnachtseinkäufe und bummelte abends herum, Blom, Grand und nicht zuletzt Bristol, diese lärmenden Bars für Emporkömmlinge und Stutzer, die es nicht oft genug sagen konnten, *ich gehe ins Bristol,* und glaubten, damit gehörten sie zur Elite. Ich glaube, dass den Damen dort einiges spendiert wurde. Ja, und? Es gefiel mir weit weniger, dass sie in den Nürnberger Hof gingen, der Toras Vater gehörte und wo ich meinen feuchtfröhlichen Junggesellenabschied hatte erleben müssen. Wir, die Kantigen, kehren selten oder nie zurück zu den Tatorten, auch wenn es manchmal unumgänglich ist und viele unergründliche Umwege uns dorthin zurückführen. Vielleicht bekam Sigrid einiges über dieses Herrenbesäufnis zu hören, von dem ich so gar nichts mehr erinnerte. Und ganz richtig. Habe ich das nicht schon gesagt: Lästermäuler sind überall. Eines Nachts kehrte Sigrid aus der Stadt heim, genauer gesagt vom Nürnberger Hof, und weckte mich.

»Stimmt es, dass sie dich nach Hause tragen mussten?«, fragte sie.

Ich war verwirrt und buchstäblich aus dem Bett geholt worden.

»Wie meinst du das? Wer soll mich nach Hause getragen haben?«

Sigrid lachte, dass es im ganzen Haus widerhallte.

Lange Zeit blieb ich still liegen. Was hatte ich getan, während ich nicht bei Sinnen war, im Interregnum zwischen dem Nürnberger Hof und dem Moment, als ich in der Mäusehalle im Rikshospital aufwachte? Ich wagte gar nicht, daran zu denken.

Lieber über etwas anderes reden:

»Wie geht es Tora?«

Sigrid zündete sich eine Zigarette an und legte sich neben mich.

»Sie sucht nach einem Mann, die Arme. Das ist etwas anstrengend.«

»Wieso? Kann sie nicht jeden haben, den sie will?«

»Aber es kann nicht jeder, der will, Tora haben, Berny.«

Sigrid rauchte zu Ende. Ich wünschte, sie würde nur in ihrem Zimmer rauchen.

»Haben sie noch was gesagt?«, fragte ich äußerst vorsichtig.

»Hast du Lust auf mich, Berny?«

»Das habe ich doch immer.«

»Du schmatzt so.«

Ich presste die Lippen zusammen.

»Wie wäre es mit einer kleinen Runde im Zapfenloch?«

»Ich bin müde.«

So schnell konnte ich mich nicht geschlagen geben.

»Aber haben sie sonst noch etwas gesagt?«

Sigrid war bereits eingeschlafen, in ihren Kleidern. Ich blieb wach und unwissend liegen, und mir war nicht gerade leicht zumute. Aber es sollte noch schwerer werden. Das eine führte das andere mit sich, was wiederum zum Dritten überleitete. Eine teuflische Logik. Ein circulus vitiosus. Nicht weniger. Am nächsten Morgen ließ ich sie liegen, wie sie war, nahm die Bahn, blieb zurückhaltend, machte mich an die Aufgaben des Tages, Krankenberichte, Visiten, wie gesagt, ich beklagte mich nicht. Zu meiner Freude, die nur kurz währte, wie üblich, durfte ich als Nummer zwei bei einem Blinddarm assistieren, keine besondere Auszeichnung für den Besten seines Jahrgangs, aber immerhin. Der Patient, ein Junge von acht Jahren, hatte zwei Tage lang geschrieen. Als die Krankenschwester mir die Handschuhe überzog, sah ich, dass meine Hände zitterten, aber nicht sehr. Sie sah es auch. Die Operation war jedenfalls erfolgreich. Ich verschloss den Jungen. Eine Weile fürchtete ich, jemand würde die etwas schiefe Naht bemerken, und ich hatte mir bereits eine Erklärung überlegt, aber im Ruheraum hinterher drehte sich das Gespräch um etwas anderes, etwas weit Unangenehmeres.

Die Anästhesie fragte:

»Warst du nicht auf Hochzeitsreise in Nizza, Hval?«

Mir war sofort klar, worauf er hinauswollte.

Ich war an der Reihe:

»Eine herrliche Stadt! Sie liegt in einer Bucht, die aussieht wie ein Lächeln des Mittelmeers selbst!«

Dass ich meinen Mund nicht besser im Zaume halten konnte. Schnell schob ich einen Keks hinein und hörte, wie die anderen sich amüsierten.

Der Oberarzt:

»Hast du den großen Dichter dort getroffen?«

»Wen?«

Die anderen lachten, sie lachten hinter meinem Rücken.

»Na, Hamsun natürlich. Er hat letztens so vortrefflich in der Aftenposten geschrieben.«

Die Gerüchte brauchten ihre Zeit im Rikshospital, zuerst die Diagnose, dann Kir und Ergo, Hand und Arbeit, also Chirurgie, anschließend Gerede, aber seien Sie sich sicher, niemand war sich dafür zu schade. Ihr Lästermäuler, hätte ich rufen sollen. Ja, Lästermäuler! Hört ihr, was ich sage? Ja? Tratschweiber in weißen Kitteln! Jetzt wollte ich es ihnen zeigen, ein für alle Mal, und das so nachdrücklich, dass sie nie wieder die Alten sein würden und sich schämten, wenn sie in den Spiegel schauten.

Ich sagte:

»Weichgekochte Wesen! Dieser Mann bringt es wirklich auf den Punkt. Aber er hat ja schließlich auch den Nobelpreis gewonnen!«

Jetzt wusste ich das, was ich schon lange hätte wissen müssen. Direktor Lund hielt nicht mehr seine schützende Hand über mich. Deshalb ging ich geradewegs in sein Büro und meldete dort mein Erscheinen. Seine Sekretärin erzählte mir, dass Direktor Lund leider nicht im Hause war. Ob sonst noch etwas wäre? Ja, es war sonst noch etwas, und zwar eine ganze Menge. Ich wollte mich über seine großen Pläne informieren. Genug war genug.

»Wann ist der Direktor denn zurück?«

»Er kümmert sich um seine Ehefrau, solange es nötig ist.«

»Aber sie ist doch wohl nicht krank?«

»Wissen Sie es denn nicht?«

Ich musste mich setzen.

»Was fehlt ihr denn?«

Die Sekretärin lachte, was mir äußerst unpassend erschien.

»Sie erwartet ein Kind«, sagte sie.

»Ein Kind?«

»Sie wird im Januar niederkommen.«

Ich saß ganz still da. Alma erwartete ein Kind. Kurz vor Toresschluss ihres Frauenalters, sozusagen nach Dienstschluss, konnte sie endlich ernten. Der Wintergarten stand in Blüte. Das war ein Wunder, ein Wunder in der Pilestredet. Welch Glück! Sollte die Stadt doch auf dem Kopf stehen! Alle Flaggen gehisst werden! Sollten die Kanonen auf Akershus abgeschossen werden!

Die Sekretärin schaute mich prüfend an.

»Fühlen Sie sich nicht wohl, Doktor Hval?«

»Warum fragen Sie?«

»Ich habe den Eindruck, dass Sie elend aussehen.«

»Elend? Tatsächlich? Machen Sie Witze? Soll ich Ihnen ein neues Wort beibringen? Guter! Nie habe ich mich guter gefühlt. Das ist ein Tag der Freude. Juchhu!«

Die Dame, zu der ich sprach, wurde förmlich bis in die Fingerspitzen.

»Kann ich dem Direktor sonst noch eine Nachricht überbringen?«

Ich schlug die Hände zusammen.

»Sagen Sie ihm«, erklärte ich, »dass ich nur zu gern die Dienste zwischen Weihnachten und Neujahr übernehme. Heiligabend eingeschlossen.«

Ein freundlicherer Ton:

»Das ist äußerst großzügig von Ihnen.«

»Großzügig? Wir wollen hier doch nichts verwechseln. Es ist das Rikshospital, das mir seine Großzügigkeit erweist. Und nicht zuletzt Sie selbst. Könnten Sie sich beispielsweise vorstellen, dass wir uns eine Weile küssen, bevor der Direktor zurückkommt?«

Die Sekretärin schlug sich die Hand vor den Mund und riss die Augen auf.

»Aber Herr Hval! Was reden Sie da?!«

Auch ich legte mir die Hand auf den Mund, genau wie sie.

»Nur dass Frau Lund in unseren Gedanken ist. Wir bräuchten Champagner! Aber das müssen wir wohl auf einen anderen Tag verschieben, nicht wahr? Dann trete ich hiermit ab.«

Ich nahm die Bahn vom Nationaltheater, nickte verhalten,

bezahlte und hielt mich an der Kandare. Und wie ich mich hielt! Oh du lieber Gott! Lass einen Satan auch in dich fahren! Was habe ich gesagt? Habe ich jemanden gestört? Hat sich jemand auf einen anderen Platz gesetzt, so weit weg von mir wie möglich, das heißt, ganz hinten in den Raucherwagen? Konnte ich nicht länger verhalten in der Holmenkollenbahn grüßen? Siehst du jetzt vielleicht, was du angestellt hast? Die Welt wurde immer kleiner. Sie kreiste mich ein, langsam, aber sicher. Bald konnte ich nur noch auf einem Bein stehen, mehr Platz war nicht. Ich stieg bei Majorstuen aus und lief die Pilestredet hoch, versteckte mich hinter der Hecke vor der Schule. Worauf wartete ich während dieser Wartezeit, abgesehen von Notto Fipp und den großen Plänen? Ich wartete darauf, wenn auf sonst nichts, dann zumindest darauf, einen kurzen Blick auf Alma werfen zu können. Und wahrhaftig, ja, wahrhaftig, nach einer Weile tauchte sie am Fenster auf, schaute hinaus, während sie sich langsam über die Brüste und den Bauch strich. Es war ein schöner Anblick. Sie sah mich nicht. Ich sah sie, zum letzten Mal.

Ich weiß nicht mehr, wie ich schließlich nach Besserud kam, nur dass es zu Fuß war und in trübe Gedanken vertieft. Aus dem Haus hörte ich diesen Jazz, den ich leider nicht vertrug. Er hätte mich zum Tanzen bringen können, und das hätte mir gerade noch gefehlt. Da setzte ich mich lieber dorthin, wo früher der Springbrunnen stand, Vaters Tatort, nicht meiner. Übrigens begann ich diese Festschrift mit der Andeutung, dass er, mein Vater, keinen Humor besaß. Blödsinn. Ich ziehe hiermit diese Behauptung zurück. Mein Vater war ein großer Humorist. Um ihm eine gewisse Gerechtigkeit zuteil werden zu lassen, behaupte ich jetzt, dass wohl kaum ein größerer Humorist auf Besserud gelebt hat, weder vor noch nach ihm. Es war nicht der Konkurs, der zu dem Selbstmord geführt hat. Mit dem wäre er fertig geworden, dessen bin ich mir ganz sicher. Es war die Verlängerung der Holmenkollenbahn, die den Ausschlag gab. Mit meiner Mutter war das etwas anderes. Sie besaß diese Sturheit und dieses Gefühl des Gekränktseins, das sich nur schwer mit dem Lachen vereinen lässt. Im Laufe meines Lebens habe ich erfahren, dass Selbstmörder im Grunde genommen oft einen Sinn für Humor haben, der sogar eine Art versöhnlichen Schleier über diese jämmerliche und im tiefsten Sinne egoistische Handlung wirft, auch wenn das Lachen an einem Tatort streng verboten ist, es kann einen die Ehre, den Job und noch mehr kosten. Was mir übrigens nur entgegenkam, da meine Zähne verschwanden und ich deshalb sowieso aufhörte zu lachen. Aber nehmen wir nur diesen Mann, der in einem Kellerverschlag im Munkedamsveien gefunden wurde, gleich neben den Eisenbahngleisen, was wohl erklären konnte, dass niemand etwas gehört hatte, denn es muss dort ziemlich lautstark vonstatten gegangen sein. Er lag in einer großen Blutlache, die Axt noch immer in den Händen. Sein Kopf war so zugerichtet, dass er nicht mehr wiederzuerkennen war, nicht einmal von seinen nächsten Angehörigen. Ich zählte insgesamt 35 Hiebe in Stirn und Scheitelregion, dazu drei tiefe Hiebe an der linken Schläfe. Es konnte zunächst einmal wie ein bestialischer Raubmord aussehen, abgesehen davon, dass nicht das Geringste gestohlen worden war. Dann musste ja wohl Eifersucht hinter dieser Untat stecken, denn nur Eifersucht kann eine derartig heftige Gewalt auslösen, wie sie hier an den Tag gelegt worden war, aber der Mann war nicht verheiratet, er hatte wenige bis gar keine Frauenbekanntschaften und war auch nicht in irgendeine Form homoerotischer Aktivitäten involviert gewesen, ganz und gar nicht, und ansonsten wurde er von allen, mit denen wir sprachen, geschätzt. Es war der Mann selbst, der hinter dieser Tat stand. Er hatte sich das Leben genommen, und es gehörte eine große Willensstärke und Entschlusskraft dazu, eine derartige Schlacht mit sich selbst, oder genauer gesagt, gegen sich selbst zu kämpfen. Er muss die Axt mit beiden Händen gehalten und von hinten losgedroschen haben, 35 Mal, bis er einen Volltreffer landete und endlich tot umfallen konnte. Mindestens zwanzig Minuten, vielleicht eine halbe Stunde lang war er dabei. Zwischen den Schlägen wankte er herum, wir fanden mehrere Meter von dem Punkt entfernt, an dem er zum Schluss seinen Frieden fand, Blut an den Wänden, ja, bis hoch an die Decke hatte es gespritzt. Ein weniger erfahrener Gerichtsmediziner, einer, der nicht *gerichtsmedizinisch dachte*, hätte die Tat wie schon gesagt als Mord eingestuft. Doch dabei hätte er übersehen, dass nur die Fingerabdrücke des Toten am Axtstiel zu finden waren, was man natürlich damit hätte erklären können, dass wir es mit einem ungewöhnlich kaltblütigen Mörder zu tun hätten, der nach 35 Hieben immer noch die Fassung bewahrt hatte, seine Spuren abgewischt und die Axt dem Opfer in die Hand gelegt hatte, um den Verdacht auf den Toten zu lenken. Aber wer kann so eine Wut auf einen Mann haben, dass er ihm mindestens 35 Hiebe auf den Schädel gibt, so dass Knochensplitter und Hautfetzen an der Wand kleben? Mit anderen Worten, man braucht in diesem Fach eine gewisse Phantasie. Und ein Mann, der so entschlossen und besessen davon ist, sich von dieser Welt zu lösen, zu verabschieden, dass er mit der Axt auf sich selbst einschlägt, verdient trotz allem Respekt. Humor ohne Ende. Ich beschloss, es so zu sehen, anders war es nicht möglich. Humor minus Lachen. Das ist der Modus des Gerichtsmediziners. Es stellte sich heraus, dass der Mann seit einem Schock, den er sich bei der Explosion in Filipstad während der Okkupation zugezogen hatte, deprimiert gewesen war. Fragt nicht nach meinem Mitleid. Hätte er nicht lieber 35 Deutsche erschlagen können?

Außerdem konnte ich es nur schwer glauben, einen Monat nach einem Knall, so auf sich selbst eindreschen? Es stellte sich heraus, dass seine Katze drei Tage später auftauchte. Sie war seit einer Woche vermisst gewesen. Sentimental, vielleicht etwas übertrieben, werden einige behaupten, aber für mich ist das Grund genug.

Darauf werde ich leider später noch einmal zurückkommen müssen, aber keine Sorge, es wird ein sehr kurzes Kapitel werden.

Die Musik im Wohnzimmer war verklungen. Ich ging hinein und nahm mir dabei viel Zeit. Sigrid stand mit dem Rücken zum Grammophon.

»Ich muss mit dir über etwas reden«, sagte ich.

»Über was?«

»Darüber will ich ja gerade mit dir reden.«

Sigrid drehte sich zu mir um, eine gewisse Verblüffung war nicht zu leugnen.

»Dann sag es doch.«

»Es ist vielleicht besser, wenn wir uns setzen.«

Und einen Moment lang sah ich etwas, was ich noch nie zuvor erlebt hatte. Ich sah eine Spur von Furcht über Sigrids Gesicht gleiten. Ich gebe zu, das gefiel mir. Diese Furcht wollte ich nach Herzenslust ausnutzen. Das sage ich ohne Scham. Es ist selten, dass wir Kantigen eine derartige Macht erlangen.

»Ich setze mich nicht, bevor du mir nicht sagst, wer tot ist! Ist es Mutter? Ist Mutter tot?«

Warum fragte sie nicht, ob ihr Vater tot war?

»Niemand ist tot, liebe Sigrid.«

»Ist jemand krank? Bist du krank, Bernhard?«

Diese Fürsorge rührte mich wirklich. Aber konnte sie nicht verdammt noch mal endlich tun, was ich gesagt hatte, und sich hinsetzen?

»Setz dich«, wiederholte ich.

Endlich setzten wir uns.

»Ja?«

Sigrids Stimme zitterte.

»Niemand ist tot oder krank«, sagte ich.

»Worum geht es dann?«

»Es ist schlimmer.«

Sigrid beugte sich vor.

»Schlimmer? Was ist denn noch schlimmer? Nun sag es endlich, um Gottes willen!«

Ich schaute zu Boden.

»Nur wenn du mir versprichst, nicht wütend zu werden. Kannst du mir das versprechen?«

Sigrids Furcht wurde von Wut abgelöst. Das ging ungewöhnlich schnell. Ja, es ging so schnell, dass die Zeit zwischen diesen beiden Masken auf ihrem Gesicht kaum hätte gemessen werden können.

»Aha, ja, na und?«

»Du musst erst versprechen, nicht wütend zu werden.«

Sigrid lachte und hustete, auf eine bedrohliche Art und Weise.

»Wenn du mit ein oder zwei Krankenschwestern in der Besenkammer warst, dann werde ich ja wohl ein kleines bisschen wütend werden dürfen, Bernhard. Und wenn du nicht weißt, was ein kleines bisschen wütend ist, so wirst du es bald sehen können. Und wenn du dann wissen möchtest, was richtig wütend ist, dann werde ich dir mit Freude auch das zeigen. Nun rede endlich, du Wurm!«

»Aber du lässt mich ja gar nicht zu Wort kommen, Siggen.«

»Nenn mich nicht Siggen! Ich heiße Sigrid in diesem Gespräch, und solltest du mich noch jemals wieder Siggen nennen, musst du schon etwas anderes auf dem Herzen haben.«

»Freust du dich darauf, wenn die Tennissaison wieder anfängt?«, fragte ich.

»Bernhard Hval, du versuchst doch nicht, mir einzureden, dass du dich im November für Tennis interessierst? Hast du jetzt total den Verstand verloren?«

»Es ist schlimmer.«

Sigrid schrie:

»Wie oft willst du das noch sagen! Sag mir lieber, was denn schlimmer ist! Wie heißen diese verfluchten Kittelmädchen, mit denen du dich herumtreibst? Und sag nicht noch einmal, dass es schlimmer ist! Sonst stelle ich Louis Armstrong an.«

Ich hielt eine ganze Weile die Hände im Schoß gefaltet, denn ich konnte den Gedanken einfach nicht von mir schieben, dass Sigrid so große Stücke auf mich hielt, dass sie sogar glauben konnte, ich würde Krankenschwestern verführen. Das war insgesamt ein sehr aufmunterndes Gespräch. Es brauchte manchmal weniger, um die Liebe zu steigern. Und so blieb ich sitzen, bis ich die Andeutung eines physischen Aufruhrs auf dem Sofa hörte und dieser herrliche Augenblick nicht weiter in die Länge gezogen werden konnte, ohne dass der Jazz drohte.

»Ich habe Weihnachten Dienst, Sigrid. Das ist von oberster Stelle angeordnet worden, und wie sehr ich auch versucht habe, es zu umgehen, es war nicht möglich.«

Sigrid schaute mich an, während ich sprach. Sie ließ mich sogar ausreden.

»Ist das alles, was du sagen wolltest?«

»Ich kann also Heiligabend nicht mit dir und deinen Eltern feiern, aber ich verspreche, Silvester da zu sein.«

Sigrid blieb eine Weile sitzen, schweigend, dann setzte sie sich auf meinen Schoß. Es war keine Einladung. Wir fingen nicht sofort an, an den Unterleibern herumzumachen. Es fand auf einer anderen Ebene statt, und ich glaube, dass ich mich nicht daran erinnern kann, dass wir uns danach jemals wieder so nahe gekommen sind wie in diesem Moment. Ich bilde mir sogar ein, dass sie ein bisschen geweint hat und ich ihr die Tränen ablecken durfte.

»Du bist ein guter Mensch, Berny«, flüsterte Sigrid.

»Ich bin froh, dass du es so aufnimmst.«

»Natürlich nehme ich es so auf. Ich bin stolz auf dich. Was hast du denn von mir gedacht?«

Das war fast zu viel.

»Möchtest du die Geschenke vor Weihnachten haben?«, fragte ich.

Sigrid lachte.

»Wir verteilen die Geschenke Silvester! Und jetzt lass uns etwas trinken. Ich möchte dich genauso blau sehen wie im Nürnberger Hof!«

Ich lachte herzlich.

»Und dann kannst du mich hinterher ins Schlafzimmer hochtragen, ja?«

Wir rissen uns voneinander los und gingen zum Barschrank. Ich wollte einen Gin, den ich in eine Vase spucken konnte, falls es zu viel des Guten wurde. Sigrid wollte mit Whisky weitermachen. Wir stießen miteinander an. Worauf stießen wir eigentlich an? Dass ich Weihnachten im Rikshospital sein würde? Oder stießen wir auf Sigrids Erleichterung an, weil das, von dem sie fürchtete, dass es das Schlimmste sei, nur eine Bagatelle war?

»Ist das ein Teil der großen Pläne, von denen Lund gesprochen hat?«, fragte sie.

»Glücklicherweise habe ich auch die Möglichkeit, zwischen den Tagen an meiner Promotion zu arbeiten.«

»Du warst der Beste deines Jahrgangs, Berny. Enttäusche uns nicht.«

Ich wandte mich ab und spuckte den Gin in Töpfe und Pflanzen.

»Hast du eigentlich gewusst, dass Frau Lund ein Kind erwartet?«

Sigrid leerte das schwere Glas.

»Diese alte Frau? Die ist schwanger?«

»Ja. In letzter Minute sozusagen. Im Krankenhaus nennen wir es ein Wunder.«

Sigrid bekam ganz schmale Lippen, sie bebten.

Warum erzählte ich ihr das? Warum konnte ich nicht einfach den Mund halten? Denn das war kein lapsus linguae, kein generatio spontanea, kein tic douloureux. Und das war vielleicht das Schlimmste. Ich plauderte einfach drauf los. Ich konversierte. Und ich tat das bewusst und absichtlich. Aber was sollte auch Gutes dabei herauskommen, nachdem wir uns ausnahmsweise einander wieder genähert hatten? Konnten wir nicht einfach die Ruhe genießen und so schnell wie möglich betrunken werden, schlafen, in aller Ruhe aufwachen? Mit anderen Worten: mir fehlte das normale Ermessen, was ich zu meinem so oft beschriebenen Repertoire hinzufügte. Ich hatte die Regel 6 gebrochen: *Sage so wenig wie möglich.* Ich musste diese Regel 6 umgehend ausweiten: *Und um Gottes willen: keine Konversation.*

»Das ist ungerecht«, sagte Sigrid.

»Ungerecht? Wie meinst du das?«

»Dass diese verfluchte Alte schwanger wird und ich nicht!«

»Die Natur ist leider nicht gerecht, meine Liebe.«

»Ach, halte doch den Mund! Du solltest lieber deine Natur untersuchen lassen! Schließlich bist du doch Arzt, oder nicht?«

»Was meinst du damit? Natürlich bin ich Arzt. Hast du es nicht gerade selbst gesagt? Der Beste meines Jahrgangs außerdem.«

»Ich rede nicht von deinen fantastischen Examina, Herr Hval. Die sind mir scheißegal. Ich rede von dir als Mann! Bist du da auch der Beste deines Jahrgangs?«

»Ich dachte, wir haben es schön zusammen?«, fragte ich.

Ich predigte natürlich vor tauben Ohren. Wäre es doch auch so gewesen, als ich vorher geredet hatte! Wäre es doch immer so: vor tauben Ohren predigen!

Sigrid wurde unmöglich.

»Wenn du es nicht schaffst, mir bis Ostern ein Kind zu machen, dann musst du dich auch untersuchen lassen.«

»Untersuchen lassen?«

»Bei Doktor Frost.«

»Warst du bei ihm?«

»Natürlich war ich bei ihm. Ich bin wie geschaffen für die Fortpflanzung. Und jetzt bist du an der Reihe, herauszufinden, ob du genauso gut bist.«

In diese Ecke hatte ich mich also freiwillig und sinnlos durch mein Gerede hineinmanövrieren lassen.

»Wenn etwas von mir untersucht werden soll, dann wird das im Rikshospital gemacht«, sagte ich.

»Nein. Wenn es so weit ist, gibst du deine Proben bei Doktor Frost ab. Das ist schon abgemacht.«

»Von wem ist das abgemacht worden?«

»Von mir, Bernhard Hval. Und der Familie.«

Ich schaffte es nicht, die Dettweiler herauszuholen, drehte mich um und spuckte in die Palme am Kamin.

»Vertraust du mir nicht?«

»Was hast du gesagt?«

Ich sah sie erneut an. Ich kann wohl sagen, dass ich wütend war.

»Oder deine Familie? Vertraut sie mir nicht? Bin ich nicht gut genug für sie?«

»Haben wir einen Grund dafür, dir nicht zu vertrauen?«

»Natürlich nicht.«

Plötzlich warf Sigrid das schwere Glas an die Wand, aber es zerbrach nicht, es polterte nur auf den Boden, rollte über den Teppich und blieb dort liegen. Vergesst die Stille nicht. Sie kommt am falschen Ort, zur falschen Zeit. Ich wiederhole: Vergesst die Stille nicht. Sie ging durch Mark und Bein. Doch das war, bevor sie schrie:

»Wenn die alte Vettel in der Pilestredet schwanger werden kann, dann werde ich es ja wohl verflucht noch mal auch können! Oder bist du derjenige, mit dem etwas nicht in Ordnung ist? Kommst du nach deiner Mutter, oder?«

Sigrid wurde nicht nur unmöglich, sie wurde ungerecht und gemein.

Dennoch hätte ich es nicht wiederholen sollen:

»Die Natur ist nicht immer gerecht«, sagte ich.

Dieses Mal ging Glas kaputt. Ich bekam eine Scherbe gegen die Wange, kippte ein wenig Gin ins Gesicht, um die Wunde zu säubern. Wozu bin ich schließlich Arzt? Dann gab Sigrid mir eine Ohrfeige, es begann erneut zu bluten, sie lief in ihr Schlafzimmer und knallte auf dem Weg dorthin mit einigen Türen. Ich nahm mich in dieser Nacht heftig vor. Am nächsten Morgen reiste Sigrid zu ihren Eltern nach Drammen. Ich verstand das nicht. Wie sollte sie schwanger werden, wenn wir uns jeder in unserem Bezirk befanden? Nun, wie sie meinte.

Der Tannenbaum auf dem Universitätsplatz wurde angezündet.

Das freute mich jeden Morgen. Ich blieb jedes Mal eine Weile stehen und zählte die Lichter. Es waren immer gleich viele. Einige Male kamen Schulklassen, die singend um den Baum gingen. Dann nahm ich einen anderen Weg, ging stattdessen über den Banktorget. Diese Lichter waren nicht auszuhalten. Oder waren es die Kinder, die mich störten? Es kostete viel, und ich hatte bereits mehr als genug.

Der Schnee fiel schwer und ließ die Straßen funkeln, abgesehen von der Pilestredet, bei der man kaum etwas machen kann. Man konnte sie mit Gold pflastern, es würde nur grau und langweilig in den Sielen und Kloaken der Stadt versickern.

Der übliche Trott: Visite, Temperaturen, Krankenberichte, eine Wunde im Bauch, die geschlossen wurde, eine Hüfte, die eingerenkt werden musste, Kondrome und Bandwürmer. Ach, ich sehnte mich nach Krebs, Geschwülsten, abgerissenen Armen, Malaria, Lepra! Doch dann musste ich mich selbst an Direktor Lunds Worte erinnern: Nichts ist zu gering in der Kartothek des Leidens.

Eine Krankenschwester fragte im Vorbeigehen:

»Haben Sie sich geprügelt, Doktor Hval?«

»Wie bitte?«

Sie zeigte lachend auf den Riss in der Wange.

»Oder waren Sie nur mit dem Skalpell etwas ungeschickt?«

»Da sagen Sie etwas«, sagte ich.

Als ich in den Pausenraum kam, wurde es sonderbar still. Ich setzte mich auf meinen Platz, trank meinen Kaffee, aß dazu eine Waffel, sie war trocken und nur schwer hinunterzuschlucken, aber ich beschwerte mich nicht, ganz im Gegenteil, ich hatte genug Spucke, um mehr als eine alte Waffel aufzuweichen. Außerdem hatte ich einige Papiere durchzusehen, die von größter Bedeutung waren. Es ging um die Hygiene. Mit dem Händewaschen wurde geschlampt. Wir liefen Gefahr, in einem Teufelskreis zu enden. Wir trugen sozusagen die Krankheiten von einem Patienten zum anderen. Jemand bemerkte:

»Du bist also derjenige, der über Weihnachten hier den Laden am Laufen hält, Bernhard?«

Ich schaute auf. Alle sahen mich an. Und ich ahnte es nicht nur, nein, ich schmeckte den Geschmack dieses bitteren, herablassenden Untertons, auf den wir Kantige so empfindlich reagieren. So hing das Ganze also zusammen. Sie glaubten, ich wollte mich bei Direktor Lund einschmeicheln. Und dabei hatte ich Direktor Lund so lange nicht mehr gesehen, dass ich mich kaum noch daran erinnern konnte. Hier, wo die klügsten Köpfe des Landes versammelt sein sollten, stellten sie also derartige Diagnosen, die doch in dunkle Gassen gehörten, auf Kaffeekränzchen und in Cafés.

»Ich mache nur meinen Dienst«, sagte ich.

Und noch eine trockene Waffel.

Ein anderer wechselte das Thema, er flüsterte, dieser Angsthase:

»Und die alte Frau Lund kriegt ein Kind! Darüber könnte man eine Doktorarbeit schreiben!«

»Ja, der Direktor hat beim letzten Durchgang noch einen Volltreffer gelandet.«

Wir lachten alle über diesen Spruch, nicht zuletzt ich, und ich brach sogleich Regel 6, so wenig wie möglich zu sagen. Ich sagte:

»Die Eier waren das ewige Gejammer wohl leid, deshalb haben sie sich ergeben. Ich wette eine Runde im Nürnberger Hof, dass es ein Kaiserschnitt wird, drei Wochen vor dem Termin.«

Niemand lachte.

Diese Stockfische, Jasager, Klatschweiber, Staphylokokken! Die machten ihre Spielchen, wenn die Luft rein war, dann waren sie mutig und schlagfertig, aber sobald der Direktor sich zeigte, krochen sie auf allen vieren und redeten ihm nach dem Mund, bevor er überhaupt etwas gesagt hatte, während ich auf den Tisch schlug, oder tat ich das etwa nicht?

»Apropos, gibt es keine Zeichen für das Ansteigen der Geburtenrate oben auf Besserud?«

Es war der Laborant, der diese lustige Frage gestellt hatte.

Was die Hygiene betraf, so hätte ich mir vorstellen können, noch etwas hinsichtlich der inneren Reinheit hinzuzufügen. Bei der Hygiene handelt es sich nicht nur um die Oberfläche, sondern um alle Hohlräume und Schichten des Körpers. Was mir jedoch die größten Sorgen machte, das war Sigrids fast unverhüllte Drohung. Sollte mein erbärmliches Schauspiel entlarvt werden, Bernhard Hval, der Mann, der seine gutgläubige Frau verließ und sich in die Toilettenschüssel entleerte, sogar teilweise in die Dettweiler Flasche, die ich dafür benutzte? Sollte dieser abgedankte Familienarzt, wenn ich ihn so bezeichnen darf, an dessen Namen ich mich nicht einmal erinnerte, mich an die Wand stellen und intim mit mir zu Werke gehen? Ich lag nächtelang wach und schmiedete Pläne. Zuallererst musste ich mich gut mit dem Laboranten stellen. Er könnte mir noch von Nutzen sein.

Ich lachte.

»Wir liegen nicht gerade auf der faulen Haut.«

Übrigens war ich in Sigrids Abwesenheit hinunter in den Skovveien gezogen, für den Fall, dass Notto dort auftauchen sollte. Denn wir hatten, wie schon gesagt, keine Zeit zu verlieren. Doch er tauchte nicht auf. Dafür aber diese verfluchte Schnüfflerin vom Stockwerk über mir. An einem Nachmittag stieß ich bei den Briefkästen auf sie. Sie fiel mir um den Hals, und ich konnte mich ihrer kaum erwehren.

»Danke, Doktor Hval. Danke!«

Ich verstand gar nichts.

»Wofür wollen Sie mir danken?«

»Der Leberfleck! Wäre ich nicht sofort zum Arzt gegangen, es wäre zu spät gewesen! Sie haben mir das Leben gerettet!«

»Na, so schlimm war es ja wohl nicht.«

»Machen Sie sich nicht kleiner, als Sie sind, Doktor Hval! Das steht einem Mann Ihres Formats nicht.«

Schließlich konnte ich mich von ihr befreien, ging zu mir hinein und ließ diese Worte meiner lieben Nachbarin sacken. Ihres Formats. So sollte es lauten. Ihres Formats! Machen Sie sich nicht kleiner, als Sie sind! Was für eine Nachbarin. Ach, mit so einer Nachbarin gesegnet zu sein! Ich schnaubte, trampelte, zählte, ruderte mit den Armen und spuckte, dass es in der Dettweiler schäumte. Später lag ich schlaflos auf dem Fußboden und dachte an Notto, daran, was ich Sigrid als Weihnachtsgeschenk kaufen sollte, schließlich war es unser erstes Weihnachtsfest, und last but not least dachte ich an die schwarzen Drops in der Uhr. Sie lockten mich, aber ich widerstand ihnen. Ich war gestählt. Ich begnügte mich damit, die Schläge zu zählen. Wie weit kann man zählen? Es ist so oder so die Hölle. Halleluja, du Fotze! Ein Schläger! Ich werde Sigrid einen Tennisschläger schenken!

Weihnachten im Rikshospital versetzte mich wieder in bessere Laune. Das ist die Botschaft der Kantigen: Wir müssen uns selbst vergessen. Die grauen Flure wurden mit Sternen und Körbchen geschmückt, im Gemeinschaftsraum wurde unter viel Gestöhne und Gelächter ein Baum in einen Fuß gestellt, die Kantinenchefin kochte Schinken und Rotkohl, und der herrliche Duft schlich sich in jeden Winkel und jede Ecke und übertünchte den unvermeidlichen Gestank des Leidens. Das Gleiche taten die Weihnachtslieder, sie übertönten die Klagen und Rufe. Für kurze Zeit sahen diese abgenutzten Räume nicht mehr aus wie ein Krankenhaus, sondern wie ein Ort für Feste und Gelächter. Wir konnten die Sterbenden zum Tanz auffordern! Das Beste in den Menschen kam zum Vorschein. Den armen Teufeln, die keinen Besuch bekamen, wurde trotzdem

Aufmerksamkeit geschenkt, und es gab sogar das eine oder andere Weihnachtsgeschenk für sie. Ich beschloss stehenden Fußes, alle zukünftigen Weihnachtsschichten zu übernehmen, gern noch Ostern dazu, solange meine Kräfte gebraucht wurden.

Ein Mann Ihres Formats!

Es muss der Abend vor dem Abend vor Heiligabend gewesen sein. Ich war fast fertig mit meiner letzten Runde, und es war außergewöhnlich still. Man konnte fast den Schnee draußen fallen hören. Da sah ich, dass eine Tür nur angelehnt war. Zu einem Einzelzimmer. Ein Junge lag dort. Er schlief, wie ich annahm, die Augen waren geschlossen, und er hatte die Hände über der Bettdecke gefaltet. Er wirkte so einsam, obwohl er doch schlief. Ich ging zu ihm hinein, zog einen Stuhl ans Bett heran, setzte mich. Aus dem Krankenbericht konnte ich ersehen, dass der Junge Iver Karlsen hieß, elf Jahre alt war, also noch ein Kind, und dass er vor einer Woche mit einer schlimmen, aber trotzdem gewöhnlichen Mittelohrentzündung eingeliefert worden war, dazu noch mit hohem Fieber. Er war an diesem Abend ebenso still wie alles andere. Die Haut seines Gesichts glänzte wie Porzellan. Vorsichtig legte ich ihm die Hand auf die Stirn. Das Fieber war zumindest weg. Vielleicht träumte er etwas Schönes?

»Was wünschst du dir zu Weihnachten, Iver?«

Er antwortete nicht.

»Das ist schlau von dir, Iver. Sag es niemandem. Es ist besser, überrascht zu werden. Sonst macht es keinen Spaß mehr, Geschenke zu bekommen. Aber du freust dich doch darauf, zu Weihnachten nach Hause zu kommen, nicht wahr? Das wirst du bestimmt. Zu Weihnachten zu Hause sein, meine ich. Freu dich ruhig darauf. Du hast doch keine Schmerzen, Iver?«

Stimmen in der Tür.

»Doktor Hval?«

Ich drehte mich um.

Eine Krankenschwester stand zwischen einem Ehepaar, höchstwahrscheinlich den Eltern des Jungen. Sie waren beide schwarz gekleidet. Der Mann schien wütend zu sein, in einer Art und Weise, die ich nicht begriff. Die Frau hob die Hände, als hätte sie eine Offenbarung.

»Iver hat kein Fieber mehr«, sagte ich leise. »Er ...«

Die Krankenschwester unterbrach mich. Ich wurde wütend und wollte ihr eine Rüge erteilen, aber sie kam mir zuvor.

»Er ist tot«, flüsterte, nein, zischte sie.

»Tot?«

»Um Gottes willen, er ist heute Morgen eingeschlafen.«

Ich drehte mich wieder zu dem Jungen um. Da konnte ich es sehen. Die Augen waren geschlossen. Die, die es wissen müssen, sagen immer, und ich weiß es jetzt besser als die meisten: Das Licht in den Augen ist erloschen. Der Mensch selbst verschwindet damit.

Eine Weile blieb ich schweigend stehen, kondolierte und ging dann meines Weges. Gehen darf man nicht wortwörtlich nehmen. Ich schlug ein Rad. Ich stieß mit dem Kopf gegen die Wände. Ich kam schließlich nach Hause in den Skovveien. Wie kann ein Kind einschlafen? Ein Kind mit Mittelohrentzündung? Ist das möglich? Rein fachlich gesehen: ja, es ist möglich. Es kommt auf die Summe der Leiden an. Jedes einzelne muss nicht mortal sein, aber alle zusammen führen sie zum Tod. Wie Direktor Lund sagte: keine Verletzung ist zu gering. Ein Splitter im Finger kann genauso katastrophal sein wie ein Axthieb.

Aber dennoch, wie kann ein Kind für immer einschlafen?

Noch eine schreckliche Nacht.

Keinerlei Weihnachtsstimmung.

Ira furor brevis est.

Am nächsten Tag, also dem Tag vor Heiligabend, schaute ich beim Laboranten vorbei. Er war gerade auf dem Weg nach Hause zu seiner Familie, Pakete in allen Händen.

»Fröhliche Weihnachten«, sagte ich.

»Danke gleichfalls.«

»Ich wünsche euch richtig schöne Feiertage!«

Der Laborant, der eigentlich ein ziemlich unscheinbarer Mann war, klein und pedantisch, ja, fast ekelhaft, nahm die Brille ab.

»Haben Sie etwas auf dem Herzen, Hval?«

»Ja, wenn Sie es schon ansprechen.«

»Ich spreche gar nichts an. Was meinen Sie? Ich habe überhaupt nichts angesprochen.«

Wie kleinlich kann man eigentlich sein? Der Spaßvogel nahm sich selbst ernst. Es war ein erbärmlicher Anblick.

Ich lachte.

»Natürlich nicht. Aber diese Spermienproben, wie kalt müssen die eigentlich aufbewahrt werden?«

»Nicht unter vier Grad. Und nicht über elf. Ungefähr wie ein Gin Tonic. Warum?«

»Dann möchte ich Ihnen noch einmal frohe Weihnachten wünschen. Und grüßen Sie Ihre Familie!«

Fertig mit ihm.

Ich sah Direktor Lund nicht, und auch nicht seine Ehefrau, Alma.

Silvester war der Spaß dann jedoch vorbei. Ich nahm den Zug nach Drammen, wo mich mein Schwiegervater am Bahnhof abholte, all mein Sack und Pack auf dem Rücksitz verstaute, was nicht viel war, nur ein paar Geschenke und ein Koffer, und dann fuhren wir über die Brücke und das Tal entlang hinauf. Er wirkte bedrückt. Erwähnte Sigrid mit keinem Wort.

Vielleicht hätte ich fragen sollen, wenn ich es recht bedenke, aber so etwas kann man leicht hinterher sagen.

»Es ist bald unmöglich«, sagte er.

Ich witterte Gefahr und ging vorsichtig vor.

»Was?«

»Der Fluss ist nicht mehr gut genug. Man muss kreuz und quer Straßen bauen. Und wenn der Fluss nicht mehr gut genug ist, was ist dann noch gut genug, Bernhard?«

»Wenn der Fluss nicht mehr gut genug ist, dann ist gar nichts mehr gut genug«, erwiderte ich.

Mein Schwiegervater nickte mehrere Male, fuhr aber eine Weile schweigend weiter. Der Himmel war fast sternenklar. Die Bäume waren weiß und schwarz, ab und zu rieselte Schnee von den Zweigen, ein Vogel flog auf. Die Dunkelheit setzte rasch ein.

»Ich muss den Flößern kündigen. Ich muss die Fuhrleute entlassen. Ich muss ganze Familien aus ihrem Heim werfen. Ich liege nachts wach da, Bernhard. Die harten Zeiten haben uns bereits erwischt.«

»Du ähnelst meinem Vater«, sagte ich.

Das war ein schrecklicher Ausspruch, aber er war eigentlich gut gemeint. Doch was nützte das? Einar Juell bremste heftig, drehte sich zu mir um und wirkte gar nicht mehr bedrückt.

»Darf ich das so verstehen, dass die Konzeption noch nicht stattgefunden hat?«

Und in dem Moment begriff ich, warum er mich allein vom Bahnhof abgeholt hatte. Es war nicht der Holzschlag, über den er mit mir reden wollte, sondern die Fortpflanzung. Dieser Holzfäller hatte sogar Worte gelernt, die nicht in das Rauschen der Wälder gehörten. Es war wohl der sogenannte Familienarzt, Doktor Frost, der ihn mit derartigen Floskeln ausgestattet hatte.

»Wir haben das Leben noch vor uns«, sagte ich.

»Wie lange noch?«

»Das kann man glücklicherweise, oder leider, nicht sagen.«

Ich musste in die Dettweiler spucken, schlucken und knirschen. Ein schlimmeres Gespräch hatte ich selten, nein, noch nie geführt.

»Trinkst du heimlich, Bernhard?«

Ich richtete mich auf, in einem Augenblick ungewöhnlicher Ruhe.

»Selbstverständlich nicht. Das ist Medizin. Eine Koloquinte.«

»Du bist der Arzt«, sagte mein Schwiegervater.

»Genau. Und du sollst wissen, dass ich ...«

Er unterbrach mich.

»Und da du der Arzt bist, solltest du dir vielleicht einmal darüber Gedanken machen, warum meine Tochter immer noch nicht schwanger ist.«

»Wir sind seit knapp vier Monaten verheiratet. Das eilt doch nicht.«

Einar Juell beugte sich über das Lenkrad, zündete sich eine Zigarette an und musste wieder zu Worten greifen, die ihm nicht standen.

»Sigrid ist nicht glücklich.«

»Nicht glücklich? Den Eindruck hatte ich aber nicht.«

»Sie langweilt sich, Bernhard. Sie langweilt sich, und daran will ich dir gar nicht die Schuld geben, sondern uns. Sie ist unser einziges Kind, und wir haben sie leider schrecklich verwöhnt.«

»Sie langweilt sich? Aber es gefällt ihr doch, Tennis zu spielen. Sie kann es damit noch weit bringen. Wenn sie sich ein wenig anstrengt, dann ist Wimbledon ...«

Unterbrechung.

»Erzähl keinen Unsinn, Bernhard. Sie ist eine elende Spielerin. Sie wird nicht weiter als Madserud kommen, oder wie das nun auch immer heißt.«

Jetzt musste ich mich wirklich erheben und meine Ehefrau verteidigen.

»Sie hat eine fantastische Rückhand!«

Einar Juell drehte sich wieder zu mir um.

»Widersetzt du dich?«

»Wie bitte? Ob ich mich widersetze?«

»Du verstehst genau, was ich meine. Weigerst du dich, den Akt der Ehe zu vollziehen?«

»Aber keineswegs!«

»Dann nehme ich an, dass du dich auch einem Besuch bei unserem Familienarzt, Frost, nicht widersetzen wirst. Er hat seine Praxis am Bragernes torg. Und ich nehme an, dass du selbst weißt, was du ihm mitbringen musst.«

»Darf ich dich daran erinnern, dass ich mein eigenes Krankenhaus habe.«

»Hier machen wir es auf unsere Art, Bernhard.«

»Ich möchte doch annehmen, dass das Rikshospital sehr viel verlässlichere Analysen durchführen kann, als es am Bragernes torg möglich ist. Außerdem …«

Erneute Unterbrechung.

»Du bist mit den juristischen Konsequenzen einverstanden?«

»Wieso?«

»Antworte nicht dauernd mit Wieso und Wie bitte, wenn ich dich etwas frage.«

»Wie bitte?«

Einar Juell holte tief Luft.

»Eine Ehe kann auf Wunsch des einen Ehepartners aufgelöst werden, wenn der andere Ehepartner bei Eheschließung ohne

Wissen des Ersteren an einem körperlichen Mangel leidet, der dazu führt, dass er oder sie zur Ehe ungeeignet ist. Gesetz vom 20. August 1909. Und ich versichere dir, Sigrid ist nicht ungeeignet. Bist du jetzt damit einverstanden, Bernhard?«

Er hatte sich sogar über die juristischen Bedingungen informiert. Sie hatten offenbar nicht nur ihren eigenen Familienarzt, sondern auch ihren eigenen Rechtsanwalt. Ich wurde von allen Seiten bedroht. Ich war umzingelt. Ich wurde gezwungen, mich zu wappnen. Zu ihrer Verteidigung darf ich sagen, dass ich schon vorher daran hätte denken müssen, und habe ich es nicht gesagt, dass ich eine Weile bis über beide Ohren verliebt und nicht im Stande war, langfristig zu denken? Aber warum sagte ich nicht einfach, wie es war, dass ein Kind nicht meine Sache war, und machte damit der erbärmlichen Farce ein Ende? Damit hätte ich allen viel Leid erspart. Weil wir Kantigen nicht aufbegehren. Deshalb. Ganz einfach.

»Bist du einverstanden?«, wiederholte Einar Juell.

»Ja«, sagte ich. »Außerdem hat sie einen wunderbaren Aufschlag.«

Endlich konnten wir weiterfahren. Das Verhör war beendet. Aber nur für dieses Mal.

»Hast du jemanden da in der Großstadt, Bernhard?«, fragte er plötzlich.

»Wie bitte?«

»Die ganzen Weihnachtstage freiwillig arbeiten? Mich führst du nicht so einfach hinters Licht.«

»Das war nicht freiwillig. Das war eine Pflicht. Eine von oben angewiesene Verpflichtung.«

»Ja, ja. Nicht, dass es mich etwas angeht, aber ein Oberarzt in weißem Kittel, der hat sich über ein mangelndes Angebot sicher nicht zu beklagen, oder?«

»Assistenzarzt«, korrigierte ich.

»Ich glaube, du bist ein richtiger Trunkenbold«, sagte Einar Juell.

»Ein Trunkenbold?«

»Schwanz im Riesenrad. Hast du das nicht gesagt? Entspann dich. Wir haben alle unsere Leichen im Keller, Bernhard.«

Er lachte über seinen eigenen Scherz. Darauf konnte ich verzichten, Schwiegervater und Schwiegersohn verschworen auf solch erbärmliche Art und Weise. Ich wollte ihn an seinen Platz verweisen. Ich sagte:

»Na, an Kellerräumen mangelt es dir ja jedenfalls nicht.«

Ich rechnete damit, dass das saß.

Einar Juell lachte nicht mehr.

»Du kannst machen, was du willst, Bernhard, solange du Sigrid nicht verletzt und für ein Enkelkind sorgst. Möglichst einen Jungen. Aber ich bin nicht unverschämt. Ein Mädchen würde natürlich auch mit offenen Armen aufgenommen werden. Wobei ich nicht damit rechne, dass Sigrid sich mit einem Kind zufrieden geben wird.«

Das letzte Stück legten wir schweigend zurück.

Sigrid empfing mich mit offenen Armen, sie wirkte gesund und munter, genau wie ihre Mutter, meine Schwiegermutter. Sie ließen sich von den schlechten Zeiten und dem Holzschlag nicht die Laune verderben. Aber es lag etwas in der Luft. Ich nahm an, dass das etwas mit dem Gespräch zwischen Einar und mir im Auto auf dem Weg hierher zu tun hatte. Wir Kantigen wittern so etwas sofort. Wir sind misstrauisch. Das müssen wir sein, um zu überleben. Zum Glück war Tora auch da, diese direkte, sitzengelassene, herrliche Person. Sie konnte uns im Ernstfall ablenken. Wenn unsere Zivilisation auf einem niedrigeren Niveau gewesen und Bigamie zugelassen wäre, hätte ich sie gern beide genommen, Sigrid und Tora. Ach, wenn es doch möglich gewesen wäre. Ich gab ihr zumindest einen Kuss auf die Wange. Nachdem diese Zeremonie überstanden war, ging ich gleich auf unser Zimmer, um mich umzuziehen. Sigrid folgte mir. Sie sagte, sie könne nicht warten. Also legten wir los. Wir kopulierten, dass sich die Balken bogen. Sie war viel Ski gelaufen. Und welche Worte mir dabei einfielen! Meine gerissene Bekassine! Ich will dich drainieren! Ich werde dich in deinen eigenen zähen Säften angeln. Ich rieb ihren Hintersteven und spielte Morra auf ihren Tangenten, und zum Schluss nahm ich sie von hintern. Da die Toilette so weit entfernt lag, war das die beste Möglichkeit. Wir stöhnten gleichzeitig, und ich zog mich aus dem Schlitz heraus, entleerte die Schmiere in die Hand und rieb sie schnell ins Bettlaken. Sigrid drehte sich auf den Rücken, offensichtlich zufrieden.

»Hast du mit Vater gesprochen?«

Hatte ich es nicht gesagt? Hier wussten alle so ziemlich Bescheid. Es war geplant. Ich saß sozusagen auf der Anklagebank.

»Wir hatten ein sehr interessantes Gespräch über das Flößen«, sagte ich.

Sigrid lächelte.

»Du hast am vierten Februar einen Termin bei Doktor Frost. Wenn nichts in der Zwischenzeit passiert.«

Wir zogen uns um.

Also: mein Moratorium.

Beim Essen kam Tora mit einer aufsehenerregenden Neuigkeit, zumindest für mich war sie neu: Sie hatte eine Weihnachtskarte von Notto bekommen! Ich ließ das Besteck fallen und musste mich an der Serviette festhalten.

»Von Notto? Das ist ja unglaublich aufmerksam von ihm.«

Die Damen tauschten kichernd Blicke aus, sogar meine Schwiegermutter kicherte.

»Ja, nicht wahr? Dein Trauzeuge ist ein netter und sonderbarer Mann!«

Jetzt lachten die Damen lauthals bei Tisch, während mein Schwiegervater nur den Kopf schüttelte und mich anschaute, verschworen, wie wir waren, und sein Blick, dieser eklige Blick von Mann zu Mann, sagte, dass diese Damen, diese erwachsenen Damen, doch hoffnungslos kindisch seien, aber wir können ja nicht ohne sie sein, nicht wahr, Bernhard?

Mein Mund war trocken wie Baumrinde.

Ich wandte mich Tora zu.

»Er wünscht dir sicher richtig schöne Weihnachten«, sagte ich.

»Mehr als das, Bernhard. Er wünscht mich.«

»Wie bitte? Hat er …«

Der Schwiegervater hob sein Weinglas und unterbrach mich.

»Wisst ihr, Bernhard hat da so eine kleine schlechte Angewohnheit. Egal, was man sagt, er antwortet immer entweder mit Wie bitte oder Wieso.«

Mehr Gelächter, wir prosteten uns zu.

Tora schlug gegen mein Glas, und ich leerte es in einem Zug.

»Er wünscht mich«, wiederholte sie.

»Du meinst, er wünscht dir schöne Weihnachten und ein gutes neues Jahr?«

»Nein, Bernhard. Notto Fipp hat um meine Hand angehalten.«

Ich brauchte noch ein Glas Wein und noch eines. Ich stand kurz davor, in Tränen auszubrechen. Welch Einsamkeit! Welch Entschlussfreude! Auf einer Weihnachtskarte zu freien!

»Und du hast natürlich mit Ja geantwortet?«

Erneutes Gelächter.

»Ja, das kannst du mir wohl glauben. Aber wenn du so wenig von mir hältst, dann will ich dieses Jahr kein Wort mehr mit dir reden.«

»Verstehst du keinen Spaß, Tora?«

»Na, du doch auch nicht«, lachte sie.

Ich hätte die Tischdecke herunterreißen können. Ich hätte viermal in die Sauce spucken können. Ich hätte den Stuhl umwerfen und gegen die Wand trampeln und spucken können, bis die Dettweiler überlief. Ich hätte sagen können: Du findest keinen Besseren auf der Welt! Denn Notto Fipp ist zu gut für diese Welt! Er ist von einer anderen Welt, und trotzdem kehrst du seinem generösen Angebot den Rücken zu und verlachst ihn!

»Du hast nicht zufällig die Karte hier?«, fragte ich.

Doch, das hatte sie.

Natürlich hatte sie sie dabei, und sie hatte sie bereits allen gezeigt und auf diese Art Notto Fipp in Verlegenheit gebracht, ja, ihn fast betrogen. Gibt es keine Gesetze gegen so etwas? Wenn es Gesetze gibt, nach denen eine Ehe aufgelöst werden kann, dann muss es doch auch Gesetze geben, nach denen eine Frau, die einem Mann von Ehre untreu ist, in Acht und Bann geschlagen wird, auch wenn sie nicht verheiratet sind?

»Ein hübsches Motiv«, sagte ich.

Ein Pferd, das Baumstämme durch den Schnee zog, und auf den Stämmen stand ein Kobold und hielt die Zügel.

Der Schwiegervater redete mit vollem Mund:

»Dieser Fipp weiß zumindest, worum es beim Holzhandel geht, abgesehen von dem Kobold.«

»Lies sie«, sagte Tora.

Ich drehte die Karte um und sah, dass Notto ihre Adresse in der Huitfeldts gate herausgefunden hatte. Übrigens halte ich es nicht für korrekt, wenn ich genau wiedergebe, was er geschrieben hat und mich damit auf das gleiche niedrige Niveau begebe wie diese Klatschbasen und Lästermäuler, ich möchte nur ganz einfach bestätigen, dass Tora recht hatte: Notto Fipp hielt um ihre Hand an, auf seine Weise; wie schon gesagt, war er kein Meister des geschriebenen Wortes, doch das machte er voll und ganz mit seiner direkten Art wieder gut. Hätte er ihr Aug in Aug gegenübergestanden und hätte Tora ihn dann sprechen lassen, aus seinem ehrlichen Herzen, dann hätte sie eingewilligt, dessen bin ich mir ganz sicher. Die Karte enthielt keinen Reim, keine Gedichtzeilen, er kam direkt zur Sache. Übrigens rührte es mich, dass er einen meiner lateinischen Sprüche aufgegriffen hatte, auch wenn er nicht so ganz am rechten Orte war: cum grando salis. Ihr Notto Fipp.

Die Karte war abgestempelt am 4. Dezember in Norwegen, genauer gesagt in Bodø. Was hatte Notto Fipp dort zu tun? Es war keine große Hilfe, aber zumindest ein Trost zu wissen, dass er noch lebte, jedenfalls hatte er das bis zum 4. Dezember getan. Gleichzeitig war es besorgniserregend, dass er möglicherweise bis nach Nordnorwegen gegangen und sich auf dem Weg vollkommen verausgabt hatte. Und noch schlimmer wäre es, wenn er den ganzen Weg wieder hätte zurückgehen müssen. Ich wagte kaum, daran zu denken. Ich hätte sofort vom Tisch aufstehen und mich darum kümmern müssen, anrufen, telegraphieren, die Polizei alarmieren, die örtlichen Zuständigen, obere und oberste Behörden entlang der Küste. Ich sagte:

»Cum grando salis. Ja, das kann man wohl sagen!«

Als wir vor dem Kamin Kaffee und Cognac tranken, verteilten wir die Geschenke, die vom Heiligabend noch übrig waren. Tora gab ich gern noch einen Kuss auf die Wange, ich hatte ja nicht gewusst, dass sie hier war, ich Hornochse. Meinen Schwiegereltern konnte ich ein signiertes Exemplar von Lunds medizinischem Handbuch geben, das ich noch liegen gehabt hatte. Sie bedankten sich. Dafür bekam ich von ihnen ein Paar Skier, wahrscheinlich aus dem eigenen Laubwald. Sigrid packte den Tennisschläger aus, einen Lacoste, schlug ein paarmal in die Luft und befühlte die Saiten. Sie drückte mich an sich. Ich wünschte, damit wäre es überstanden gewesen. Wir, die Kantigen, mögen keine Geschenke. Wir geben gern, ja, keiner ist großzügiger als wir, aber wir nehmen nur ungern etwas entgegen, insofern wir nicht genau wissen, was wir bekommen. Wir hassen Überraschungen. Für meinen geliebten Bernhard von Sigrid. Ich hatte nichts in der Art geschrieben und war schon verlegen, bevor ich das Päckchen geöffnet hatte. Jedenfalls war es klein. Aber ich hätte es besser wissen müssen. Die kleinsten Dinge können am gefährlichsten sein. Ich öffnete es. Ein Zigarettenetui in Silber, so glänzend, das ich unvorbereitet mein eigenes mageres, kantiges Gesicht sah, dort hinter dem Monogramm und der Verzierung, ich wurde verführt, die Regel 6 zu brechen: die zusammengebissenen Kiefer, hart wie Holzklötze, die Lippen, die stramm gezogenen Lippen über den Zähnen, die bereits stumpf waren, Speichel in den Mundwinkeln, die Falten auf der hohen Stirn, wie mit einem Messer eingeritzt, mein tic convulsif, meine Augen, die auf und ab huschten, die Nasenflügel, mit den roten Blutäderchen von all dem Schnauben, das sah ich, in einem Zigarettenetui, ich, der ich nicht einmal rauche, jedenfalls selten, und ich dachte, dass das nicht stimmte, was ich im Auto auf dem Weg hierher gedacht hatte, was immer ich auch gedacht haben mochte, beispielsweise meine verborgene, verräterische Unlust, mich selbst weiterzupflanzen, aber was stimmte, das war die Tatsache, dass ich Sigrid liebte, oder zumindest nicht ohne sie leben konnte. Ich liebte Sigrid, weil sie es mit mir aushielt, mit all meinen Kapriolen, mit mir, der ich es kaum selbst mit mir aushielt. Was übrigens nichts an der Sache änderte. Ich sehe immer noch dieses Bild, das letzte, das ich von meinem Gesicht sah, ich werde es nicht los, ich trage es in Träumen mit mir, in Albträumen, zwischen Zeilen und in Gedankenfluchten, das gewölbte Portrait des kantigen Bernhard Hval im silbernen Monogramm. Ich schrie.

»Herzlichen Dank«, sagte ich.

Und umarmte Sigrid.

Um zwölf Uhr gingen wir hinaus, oder eher hinein, in das neue Jahrzehnt, die Dreißiger, die das Unerträgliche mit sich bringen sollten. Die Begeisterung war übertrieben, wir umarmten uns zu fest. Wir wünschten uns zu viel.

Im Januar kam Alma Lund mit einem gesunden Sohn nieder, im Karolinska-Krankenhaus von Stockholm. Ich verlor also meine Wette mit dem Kaiserschnitt, aber das hatten sowieso alle inzwischen vergessen. Dass die Geburt im Ausland stattfand, und dazu noch in Schweden, rief eine gewisse Kritik hervor, um nicht zu sagen, gewisse Gerüchte. War dem Direktor sein eigenes Krankenhaus nicht gut genug? So kleinkariert können Menschen sein. Ich hätte sie gern auf einer Raubank gehobelt, und wenn sie es mit mir zu tun gehabt hätten, nein, dann wären sie nicht mehr so sicher und überheblich gewesen, es würden nur noch Späne von ihnen übrig bleiben.

Anfang Februar 1930 tauchte übrigens Notto Fipp wieder auf.

EINE ÜBERREDUNG
UND EINE HERAUSFORDERUNG

Ich war auf dem Weg zu einem einfachen Blinddarm, als ich Bescheid bekam, dass ein starrköpfiger und nicht besonders appetitlicher Patient, so formulierte die Krankenschwester es, mich zu sprechen verlangte, und zwar ausschließlich mich. Sein Name? Den wollte sie nicht herausrücken. Aber der drollige Kerl wartete in der Aufnahme. Niemand gibt Bernhard Hval Befehle! Das musste ein für alle Mal klar sein. Und als ich verstand, wieder laut der Krankenschwester, dass dieser Sturkopf nicht dem Tode nahe war und alle Gliedmaßen an der richtigen Stelle saßen, da ließ ich ihn warten, bis der Blinddarm entfernt war und ich den Schnitt wieder zugekleistert hatte. Anschließend ließ ich mir viel Zeit, um die Hände in so heißem Wasser wie möglich zu waschen, bevor ich hinunter zur Aufnahme ging, um nach diesem Patienten zu sehen, der gefordert hatte, mich zu sehen, von Angesicht zu Angesicht. Ich, Bernhard Hval, dieses Rindvieh, ich langsamer Jammerlappen, ich, dieser schlechte Angeber und jämmerliche und unzuverlässige Menschenkenner! Ich sah die Zeichen nicht länger. Ich las nicht mehr den Text. Denn es war ja Notto Fipp, der dort saß, scheu und einsam, die Hände zwischen den Knien gefaltet, den Kopf gesenkt, so dass der oberste Teil des

Rückgrats aussah wie Murmeln, die sich gegen die Haut pressten. Wer sonst, wenn nicht Notto Fipp! Sicher, die Krankenschwester hatte nicht übertrieben, ganz im Gegenteil, sie war noch schonend in ihrer Einschätzung gewesen. Wenn ich ihn schon früher in schlechter Verfassung gesehen hatte, so war es dieses Mal um Längen schlimmer. Verflucht sei Bodø! Verflucht sei unser langgestrecktes Land! Notto Fipp war hohlwangig, unrasiert und ungepflegt von Kopf bis Fuß. Die Kleider hingen ihm in Fetzen vom Leib. Er war bis auf die Haut abgemagert, dass man fast durch ihn hindurchsehen konnte, abgesehen von den Waden, die hässlich angeschwollen waren. Notto Fipp hatte sich also hierher zurückgeschleppt, um mich zu retten. Ich muss zugeben, mir kamen fast die Tränen, als ich mich neben ihn setzte.

»Wie geht es dir?«, fragte ich leise.

Er zuckte mit den Schultern.

»Ich habe die Nachricht in der Wohnung gefunden. Und bin hergekommen.«

»Danke.«

»Ich bin derjenige, der sich bedanken muss.«

»Nein, das kann ich nicht zulassen.«

»Doch, ich schulde dir großen Dank.«

»Im Gegenteil, mein Freund. Ich schulde dir großen Dank.«

Notto richtete sich auf und nahm es wie ein Mann.

»Die Zeit läuft ab«, sagte er.

Und wer hätte das deutlicher sagen können als Notto Fipp? Die Zeit lief ab. Das ist mein einfaches Rezept, ganz gleich, bei welcher Krankheit und welchem Verlauf. Die Zeit läuft ab. Wollen wir das Leben verlängern oder den Tod?

»Sag das nicht«, musste ich wiederholen. »Im Gegenteil: Wir haben große Zeiten vor uns, Notto.«

»Inwiefern? Ich kann nirgends große Zeiten sehen.«

»Aber du wirst sie bald sehen. Doch zunächst müssen wir dich wieder auf die Beine kriegen.«

Sofort unterbrach Notto mich:

»Ich will nicht eingewiesen werden! Es reicht, wenn ich hier sitzen darf!«

»Es gibt andere Methoden, mein Freund. Aber zuerst muss ich mit meinem Vorgesetzten sprechen.«

Ich nahm alles, was ich noch an Mut besaß, zusammen und bat um ein Gespräch mit Direktor Lund, der wieder an seinem Platz war. Ich wurde nicht müde zu betonen, wie wichtig dieses Gespräch war. Zu meiner großen Verwunderung wurde ich sofort vorgelassen. Doch vorher musste ich in eine Besenkammer und mich abhärten. Ich spuckte, trampelte im Takt, schluckte und heulte. Dann stand ich Aug in Aug mit Direktor Lund. Wir begrüßten uns. Die Begrüßung war förmlich, fast kühl. Er fuhr sich mit dem Finger den kräftigen weißen Schnurrbart entlang. Ich tat das Gleiche, abgesehen davon, dass ich keinen Schnurrbart hatte. Lund setzte sich. Ich blieb stehen, legte die Hände auf den Rücken und ließ sie dort.

»Es ist schwierig, es zu sagen«, sagte ich.

Lunds Blick verschattete sich.

»Hast du etwas zu sagen, was schwierig ist, Hval?«

»Das versuche ich ja gerade zu sagen.«

Seine Fäuste lagen geballt auf dem Schreibtisch.

»Dann sag es, Hval. Sag es einfach!«

Ich holte tief Luft.

»Ich muss noch einmal um einen Urlaub bitten. Die Bedeutung des Gehens und der Disziplin soll zu neuen Höhen erhoben werden. Ich habe, wenn ich es selbst so sagen darf, große Pläne.«

Direktor Lund schaute mich an, während ich sprach. Er begann zu lachen, noch bevor ich fertig war. Das fand ich unpassend, konnte aber zumindest sagen, was ich sagen wollte.

»Du hast meine volle Zustimmung«, sagte er.

»Danke. Ich werde dich nicht enttäuschen.«

Der Direktor blätterte in irgendwelchen Papieren, und ich eilte zur Tür. Doch dort blieb ich stehen. Ich hatte noch etwas vergessen.

»Darf ich euch beiden zum Sohn gratulieren! Und meine allerherzlichsten Glückwünsche an Alma. Ich meine, an Ihre Gattin.«

Lund schaute auf, sein Blick war wieder aus dem Lot geraten.

»Ein Wunder in der Pilestredet, nicht wahr?«

»Besser hätte ich es nicht sagen können.«

»Aber warst du es nicht, der es zuerst gesagt hat, Bernhard? Ein Wunder in der Pilestredet.«

Dass ich nicht meinen Mund halten konnte! Dass ich mich nicht an die Regeln halten konnte, das Grundgesetz der Kantigen, aufgezeichnet von Bernhard Hval selbst.

Ich öffnete die Tür und schloss sie wieder. Viermal tat ich das und kam dennoch nicht hinaus, blieb auf der Stelle stehen. Direktor Lund betrachtete dieses Schauspiel mit großer Gelassenheit. Schließlich sagte ich:

»Über Weihnachten ist hier ein Junge, noch ein Kind, verstorben. Ich glaube, er hieß Iver. Hat man mehr über die Todesursache herausgefunden?«

»Ja, das haben wir. Er ist von seinem Vater misshandelt worden. Die Mittelohrentzündung resultierte von Schlägen mit der flachen Hand über einen längeren Zeitraum. Aber daran ist er nicht gestorben. Er ist an schweren inneren Verletzungen gestorben, die auch aus grober Misshandlung resultierten.«

»Wieso hat man das nicht sofort gesehen?«

»Weil der Vater seinen Sohn regelmäßig und unbeirrt mit Dingen geschlagen hat, die keine äußeren Schäden verursachen. Nasse Handtücher, Peitschen, aus Birkenreisern gefertigt. Er hat dem Jungen sogar den Finger so heftig in die Seite gestoßen, dass die Milz gerissen ist. War sonst noch etwas, Hval?«

Es platzte einfach aus mir heraus:

»Ja, apropos große Pläne. Sie haben in Ihrer Rede so etwas erwähnt. Auf der Hochzeit.«

Mir fiel auf, dass wir ständig zwischen Du und Sie wechselten, zumindest ich tat das, und das machte mich unruhig.

Direktor Lund legte seine Papiere hin.

»Ja, das stimmt. Ich habe große Pläne.«

»Inwiefern?«

»Mir ist aufgefallen, dass du am besten bei den Toten bist. Die Lebenden machst du nervös.«

»Ich verstehe nicht ganz.«

»Die Gerüchte besagen außerdem, dass du dich da unten, in der sogenannten Mäusehalle, wohlfühlst. Dort hast du eine Zukunft, Hval.«

Ich wusste nicht, was ich erwidern sollte. Langsam wurde ich diese Gespräche leid, bei denen nicht gesagt wurde, was eigentlich gemeint war.

»Als Pathologe?«

»Als Gerichtsmediziner. Erinnerst du dich nicht mehr, was du bei der mündlichen Prüfung gesagt hast: Denke gerichtsmedizinisch.«

»Das war nur so eine Redensart.«

»Das interessiert mich nicht. Das war klug formuliert. Und benutze deine Permission, um deine Kenntnisse auf diesem Gebiet zu verfeinern. Ich werde dir die notwendigen Papiere zusenden. Reicht ein halbes Jahr?«

Ich musste die Monate im Kopf nachrechnen. Wir waren im Februar. Notto Fipp wieder auf die Beine zu bekommen, würde seine Zeit brauchen. Falls der Kampf zwischen der Banane und dem Steak stattfinden sollte, musste das im Juni oder Juli sein.

»Vielleicht wären acht Monate besser«, sagte ich.

»Ich schicke einen Antrag an die Leitung, aber das ist reine Formsache.«

»Danke. Ich bin Ihnen äußerst dankbar.«

Schließlich konnte ich die Tür öffnen, ohne sie gleich wieder zu schließen.

»Nur noch eins, Hval. Und hör gut zu.«

»Ich höre Ihnen immer gut zu, Direktor Lund.«

»Lass dich von Ivers Schicksal inspirieren, damit die Schuldigen nicht frei herumlaufen können, wenn sie Verbrechen begangen haben. Haben wir eine Abmachung?«

Ich nickte.

Er wiederholte:

»Haben wir eine Abmachung, mit der wir zufrieden sein können?«

»Ja.«

Ich verließ Direktor Lunds Büro mit vielen unvollendeten Gedanken. Bernhard Hval, Gerichtsmediziner? Der Pathologe Bernhard Hval, der Herrscher der Mäusehalle? Der Gedanke war mir nicht vollkommen fremd. Vielleicht hatte er recht? Zumindest hatte ich mich in der Gesellschaft meines Vaters am wohlsten gefühlt, nachdem er tot war. Aber ich hatte so viel anderes zu bedenken, ja, mehr als ein einzelner Mensch bewältigen kann, ich konnte nicht an alles auf einmal denken. Der Königsgedanke galt auf jeden Fall Notto Fipp. Er wartete immer noch in der Aufnahme, noch zusammengesunkener als je zuvor. Ich hätte ihn gern gewogen, doch dagegen wehrte er sich. Das kam gar nicht in Frage. Ich schätzte sein Gewicht auf 49 Kilo. Deshalb nahm ich ihn umgehend mit mir in den Skovveien, kaufte Bananen und Milch in reichlicher Menge und begann mit der mühsamen Arbeit, ihn wieder auf die Beine zu bringen.

»Es ist zu Ende«, sagte Notto Fipp.

»Zu Ende? Was meinst du?«

»Mit dem Gehen. Ich bin fertig mit diesem Blödsinn.«

»Ich kann nicht zulassen, dass du so redest.«

»Es hat sowieso keinen Sinn mehr.«

Ich sah ein, dass die Rekreationsarbeit mehr erforderte als zunächst angenommen. Deshalb kam ich gleich zur Sache, denn es war keine Zeit zu verlieren.

»Ganz im Gegenteil, du sollst von Kopenhagen nach Oslo gehen«, sagte ich.

Ich schob ihm ein dickes Kissen unter die Füße, um den Druck zu lindern. Die Waden und Gelenke sahen nämlich übel aus, und eine Zeitlang fürchtete ich das Schlimmste: einen Pfropf. Dann hätte ich jedenfalls lange nach meinem Königsgedanken suchen können. Ich benutzte das, was mir zur Verfügung stand, in erster Linie meine Hände. Ich verabreichte Notto eine umfassende Massage, sowohl Kneten, Walken, Klopfen als auch Hacken, damit das Blut besser floss.

»Warum soll ich von Kopenhagen nach Oslo gehen?«, fragte er.

»Du sollst mit einem sogenannten dänischen Geher um die Wette gehen und dem ganzen Norden ein für allemal zeigen, wer der wahre Meister ist.«

»Muss ich dann durch Schweden gehen?«, fragte er schließlich.

»Dazu wirst du wohl gezwungen sein.«

Wir gaben uns daraufhin die Hand, zwei Gentlemen im

Skovveien, denn in diesem Moment waren wir, ich wage es zu behaupten, einander ebenbürtig.

Augenblicklich machte ich mich daran, an den dänischen Hoflieferanten von Amager zu telegraphieren, und bekam auch sogleich eine Antwort. Wir verabredeten ein Treffen in Kopenhagen bereits am folgenden Tag. Ich sagte Sigrid, dass ich nach Dänemark fahren müsse. Es ging um die großen Pläne. Es ging um meine Dissertation. Meine Zukunft stand auf dem Spiel. Sie hatte nichts dagegen, ganz im Gegenteil. Wenn ich nur rechtzeitig zurückkäme.

»Rechtzeitig? Wofür?«

»Zu deinem Termin bei Doktor Frost, Berny. Es geht um *unsere* Zukunft.«

»Selbstverständlich.«

Bei allem, was ich zu bedenken gehabt hatte, hatte ich also vergessen, daran zu denken.

»Selbstverständlich«, wiederholte ich.

Ich musste mich wappnen und eins nach dem anderen in Angriff nehmen. Ulula cum lupis! Zuerst nahm ich die Fähre nach Kopenhagen, es war vollkommen windstill, und ich lag die ganze Nacht über schlaflos in meiner Kabine, heulte und ruderte mit den Armen, warum hatte Ulrik Holmsen nicht nach Oslo kommen können? Am nächsten Tag, um 9.00 Uhr, traf ich ihn wie verabredet zum Frühstück im Restaurant des Hotels d'Angleterre. Er war immer noch derselbe Schnösel, aber jetzt trug er einen dunkelroten oder besser noch burgunderfarbenen Anzug und eine breite Fliege. Wir setzten uns an einen Fenstertisch, er bestellte Schnaps, was ich in keiner Weise brauchte. Wir redeten ein wenig über alles Mögliche, bevor wir zur Sache kamen.

»Sie brauchen einen Schnaps«, sagte er.

»Den brauchen wir beide«, erwiderte ich.

»Sie sehen seekrank aus.«

»Ja, es war schlimm auf dem Skagerrak.«

Wir prosteten einander zu, und Ulrik Holmsen verlangte Nachschlag. Wollte er mich um Sinn und Verstand trinken, bevor wir überhaupt zur Sache kamen?

Ich tat, als schaute ich auf die kleine, unbrauchbare Schlittschuhbahn zwischen den Bäumen, während ich den dritten Schnaps in die Dettweiler spuckte.

»Wofür sind Sie Hoflieferant?«, fragte ich.

»Blumen. Und Sie sind Arzt, soweit ich mich erinnere?«

»Am Rikshospital in Oslo.«

Ein paar Kinder, vielleicht eine Schulklasse, rutschten auf dem Eis herum und fielen größtenteils hin.

»Ich habe nicht gedacht, dass ich wieder von Ihnen hören würde.«

»Aber schließlich haben Sie das. Darf ich vorschlagen, dass wir uns duzen?«

»Das finde ich keine gute Idee.«

Ich drehte mich zu Ulrik Holmsen um. Seine Augen waren fest und klar. Hatte er den Schnaps auch verschwinden lassen? Was mich nicht wundern würde.

»Nein? Sie wollen nicht das Du?«

»Wir sind Konkurrenten, Herr Hval. Keine Freunde. Lassen Sie uns zur Sache kommen.«

Nun ja, wenn er es so haben wollte. Er würde sowieso bald erfahren, mit wem er es zu tun hatte.

»Wo ist das Steak?«, fragte ich.

»Haben Sie schon wieder Hunger? Ich spendiere Ihnen gern ein Steak. Herr Ober!«

Er versuchte sich auf meine Kosten lustig zu machen. Ich hielt ihn natürlich augenblicklich zurück. »Ich meine den dänischen Meister, Herr Holmsen. Ist er hier?«

»Hier? Wir wollen doch unsere Athleten außen vor lassen. Oder haben Sie vielleicht die Banane dabei?«

»Er ist zu Hause und ruht sich aus.«

Holmsen lächelte.

»Fehlt Ihnen etwas, Herr Hval?«

»Wieso?«

»Sie schneiden solche Grimassen.«

»Ich habe doch gesagt, dass ich seekrank war. Das sitzt leider immer noch in mir.«

»Es gibt einen ausgezeichneten Abtritt im Untergeschoss, wo Sie sich erbrechen können.«

»Vielen Dank.«

Ich ging hinunter, trampelte, ruderte mit den Armen und arbeitete es aus mir heraus. Ja, ich fing an, diesen Spritzkuchen so tief zu verachten, dass ich ihn fast schon wieder mochte. Als ich wieder hochkam, hatte er bereits die gegenseitigen Bedingungen und Regeln auf einem von d'Angleterres vornehmen Briefbögen aufgeschrieben: Der Lauf sollte in Kopenhagen beginnen, direkt vor dem Hotel, auf dem Kongens Nytorv, und in Oslo enden, auf Tullinløkken. Keiner der beiden Konkurrenten durfte Begleitung irgendwelcher Art bei sich haben. Benutzte einer Fahrzeuge wie ein Auto, den Zug, ein Fahrrad, den Bus, eine Karre, eine Draisine oder andere manuelle Geräte, um sich fortzubewegen, so würde derjenige umgehend disqualifiziert und der andere zum Sieger ausgerufen werden. Das galt auch für Pferde und andere geeignete Tiere. Eine Ausnahme galt nur für die Fähre oder ein Schiff, wenn sie einen Sund oder einen Fluss überqueren mussten. Ansonsten konnte man gehen und sich aufführen, wie man es wollte, und der Erste, der ins Ziel kam, war der Sieger.

Das konnte akzeptiert werden.

Aber ich hatte ein paar wichtige Einwände.

»Es einen Lauf zu nennen, ist verwirrend. Sie sollen gehen, nicht laufen.«

»Wie würden Sie es dann nennen?«

»Gehen. Und dass ein Fuß immer auf der Erde sein muss.«

»Sie können doch nicht fordern, dass wir jeden Schritt überwachen, den die Männer machen?«

»Keineswegs. Wir müssen unseren Männern vertrauen.«

Ulrik Holmsen nickte und fügte das dem Reglement hinzu.

»Die Banane hat so oder so einen Vorsprung«, sagte er.

Dem musste ich umgehend widersprechen.

»Einen Vorsprung? Darf ich daran erinnern, dass der Wettkampf hier in Kopenhagen beginnt, hier, wo wir sitzen? Ist das etwa kein Vorteil für das Steak? Die Banane hat bereits eine lange Reise hinter sich, wenn er startet.«

Ich nannte ihn also auch Banane. Ich schämte mich, ließ mir das aber nicht anmerken.

»Ist hin und zurück in Norwegen nicht gleich lang? Außerdem hat die Banane den Vorteil, dass er nach Hause geht. Die Sehnsucht wird ihm Kräfte verleihen.«

»Warum haben Sie hinter meinem Rücken Tullinløkken ausgesucht?«

»Wieso, ist der Platz nicht groß genug?«

»Nicht groß genug? Wofür?«

»Wir rechnen doch mit Publikum! Der Sieger soll ja wohl nicht durch die Hintertür hereinkriechen und gleich wieder verschwinden, oder?«

»Darf ich daran erinnern, dass es ein Kampf Mann gegen Mann ist. Und kein Zirkus.«

»Aber wir machen das doch nicht nur um des Spaßes willen, oder?«

»Nein, wir machen das auch um der Ehre willen.«

Der Geherwettkampf sollte am 4. Juni dieses Jahres, 1930,

um 12 Uhr auf dem Kongens Nytorv starten. Ein Apropos in den Abmachungen, was aber dennoch um sowichtiger war, lautete, dass der Däne essen konnte, was er wollte, während Notto ausschließlich von Bananen leben würde.

Auch darauf konnten wir uns per Handschlag einigen.

Wir unterzeichneten mit Namen und Datum, und der Direktor vom d'Angleterre selbst, Herr Hartmann, wurde herbeigerufen, um die Abmachung mit seiner Unterschrift zu bezeugen.

Er forderte, dass umgehend der beste Champagner geöffnet wurde, und meinte, ein Fensterplatz würde sicher für mindestens vierzig Kronen verkauft werden können.

Dann blieb nur noch eines: Der Kampf brauchte einen Namen. Holmsen schlug *Kierkegaards Marsch* vor, also benannt nach dem buckligen herumwandernden Philosophen, der die Pflastersteine in Kopenhagen krummgetreten hatte. Ich fand das unpassend und legte Nansen auf den Tisch, *Nansens Trip*, was meinte Holmsen, dieser Querkopf, dazu? Er wollte keine Politik in unser Vorhaben hineinbringen, und so wurden wir letztendlich einig, dass der Wettbewerb ganz einfach *die Banane gegen das Steak* heißen sollte, aber wir kamen nicht ohne Umwege zu diesem Ergebnis, denn wer sollte an erster Stelle stehen? War es das Steak, das in seinem Heimatland startete, oder die Banane, die in ihrem Heimatland endete? Es gab keine andere Lösung, als alphabetisch vorzugehen, und so wurde es *die Banane gegen das Steak.*

Ich nahm die Oslofähre, wie sie genannt wurde, wenn sie von Kopenhagen abfuhr, am selben Nachmittag fuhr ich wieder nach Hause. Ich war nervös geworden. Ruhelos wanderte ich auf dem Deck entlang und rauchte Zigaretten, etwas, was ich sonst nicht tat, und ich tue selten etwas, was ich sonst nicht tue. Ich habe bereits mehr als genug mit den Dingen zu tun, die ich zu tun pflege. Was verlangte ich da von Notto? Würde er es schaffen? Konnte dieser Gang ihn kaputt machen? Natürlich nicht! Natürlich! Ich hatte vier Monate, um ihn wieder auf die Beine zu bringen. Das würde ich in einer Woche schaffen! Wir würden es ihnen zeigen! So lief ich umher, voller Zweifel und übermütig, den einen Moment meiner Sache vollkommen sicher, im nächsten ebenso tief verstrickt in Zweifel, bis vor Skagen Wind aufkam und ich auf allen vieren kriechen musste, während Wind, Gischt und Schnee mein Gesicht peitschten. Einer aus der Mannschaft musste mich hereinholen.

Als wir am nächsten Morgen anlegten, zwei Stunden und zwanzig Minuten verspätet, fuhr ich zuerst in den Skovveien, mit klopfendem Herzen. Notto Fipp lag immer noch im Bett, aber er war nicht mehr so blass. Er hatte gegessen und getrunken. Eine leere Milchflasche stand auf dem Nachttisch. Vier Bananenschalen lagen auf dem Boden. Ich wechselte seine Umschläge um die Füße und Gelenke. Zu meiner großen Freude sah ich, dass die Schwellung zurückgegangen war. Ich fasste wieder Mut. Zweifel ist das Letzte, was die Kantigen ertragen.

»Alles ist geregelt«, sagte ich.

Dann fuhr ich weiter nach Drammen, um das zu tun, was nach den Worten meines Schwiegervaters, dieses Fettwanst, meine Pflicht war, nämlich eine Spermienprobe abzugeben, um damit zu beweisen, dass ich ein tauglicher Ehemann war. Ich fand Doktor Frost am Bragernes torg. Er war älter als die ganze Familie Juell zusammen. Er missfiel mir vom ersten Augenblick an, und es war offensichtlich, dass das auf Gegenseitigkeit beruhte. Es irritierte mich, dass er eine Haarmähne wie ein Junger hatte. Jetzt erkannte ich ihn wieder. Er war es gewesen, der mit allen Damen getanzt hatte. Er saß in seinem blütenweißen Kittel hinter einem Mahagonitisch, der fast das gesamte Sprechzimmer ausfüllte, und war nicht einmal in der Lage, aufzustehen, vielleicht wollte er es auch nur nicht. Wir gaben uns dennoch die Hand und stellten uns einander vor, Doktor Hval, Doktor Frost, bitte schön, setzen Sie sich, danke, danke, dass Sie gekommen sind, na, das hätte ja gerade noch gefehlt. Wir wahrten den Ton. Trotz allem waren wir Kollegen. Ich setzte mich.

»Ich kann natürlich verstehen, dass Ihnen die Situation unangenehm ist«, sagte er.

»Vielleicht können wir gleich zur Sache kommen.«

»Aber es ist leider nötig.«

»Finden Sie?«

Doktor Frost schob seine Mähne mit beiden Händen nach hinten. Er wollte sicher die Reste seiner Männlichkeit zeigen, der sterbende Löwe, der er war.

»Sie können ja selbst sehen, dass Sigrid wie geschaffen dafür ist, Kinder zu bekommen! Die Hüften, die Taille, die Brüste, die Schenkel, die Muskeln! Sie sind ja wohl nicht blind?«

War er besessen von ihr, meiner Ehefrau? Was konnte sich ein Familienarzt im Laufe der Jahre so alles erlauben? Sollte ich einen Skandal machen? Ich konnte mit einem Fingerschnippen seinen Ruf ruinieren und ihn in die Finsternis der Schande verdammen.

»Natürlich«, sagte ich. »Sigrid ist eine gesunde, schöne Frau.«

»Und da bleiben nur noch Sie übrig, Herr Hval.«

Doktor Frost beugte sich vor.

Ich wurde langsam ungeduldig.

»Deshalb bin ich ja hier«, sagte ich.

Er blieb so sitzen und schien mich zu vermessen.

»Irgendetwas stimmt nicht mit Ihnen, Herr Hval.«

»Wie bitte?«

»Jetzt haben Sie es wieder gemacht.«

»Was?«

»Mit den Zähnen geknirscht.«

»Wie Sie selbst gesagt haben, die Situation ist nicht besonders angenehm.«

»Und ich glaube zu wissen, was es ist.«

»Was?«

»Was nicht mit Ihnen stimmt, Herr Hval.«

Musste ich hier in Drammen sitzen und mich von diesem Minuskel beleidigen lassen?

»Das bezweifle ich aber«, sagte ich.

Doktor Frost zündete sich eine Zigarette an.

»Sie glauben sicher, ich bin nur ein abgedankter, erfolgloser Dorfarzt.«

Ich unterbrach ihn.

»Ich glaube gar nichts über Sie und möchte das Gespräch beendet haben.«

»Warum schnauben Sie die ganze Zeit?«

»Weil ich erkältet bin. Ich komme direkt mit der Fähre aus Dänemark und war leider so unvorsichtig, draußen auf Deck zu stehen.«

Plötzlich hörte ich, wie ich dabei war, Erklärungen abzugeben, etwas, was ich in keiner Weise zu tun brauchte. Ich schuldete ihm keine Erklärung. Ich verstummte.

»Sie sind nicht erkältet«, sagte Doktor Frost.

»Ich bin an Ihrer Diagnose nicht interessiert.«

Plötzlich hob er den Arm, und ich tat das Gleiche. Mein Arm fuhr auch hoch. Ich konnte es nicht verhindern. Wir saßen beide mit einem ausgestreckten Arm da. Das hätte jemand sehen sollen. Es dauerte eine Sekunde, vielleicht weniger.

Doktor Frost schüttelte den Kopf.

»Sie sollten sich Hilfe suchen, Herr Hval.«

Ich zwängte die Hände zwischen die Beine.

»Wofür?«

»Um sich selbst in Schach zu halten.«

Ich stand auf und zeigte auf den Quacksalber. Genug war genug. Ja, genug war mehr als genug. Der Stuhl fiel gegen die Wand.

»Vielleicht erzählen Sie mir lieber einmal, wo ich diese verfluchten Proben ablegen soll?«

»Die Proben sind bereits abgelegt, Herr Hval.«

»Wie bitte?«

»Einar hatte recht. Er hat behauptet, dass Sie in jedem zweiten Satz Wie bitte oder Entschuldigung sagen.«

»Entschuldigung?«

»Da sehen Sie es. Es gibt eine Klinik in Paris, die für Sie passend sein könnte.«

Ich hätte auf den Tisch schlagen sollen. Ich hätte Doktor Frost, diese Knackwurst, zu einem Nichts zertrampeln sollen. Ich holte mein Taschentuch heraus.

»Abgelegt? Sind die Proben bereits abgelegt?«

»Abgelegt und analysiert, Herr Hval.«

»Wie kann das sein?«

»Sigrid hat ein paar Flecken vom Laken mitgebracht. Sie ist nicht auf den Kopf gefallen, wissen Sie.«

Ich holte tief Luft und legte das Taschentuch so lange zusammen, wie ich konnte.

»Ach so. Und was sagen die Analysen?«

Doktor Frost drückte seine Zigarette ebenso langsam im Aschenbecher aus und stand auf.

»Dass leider alles in Ordnung ist. Sigrid tut mir sehr, sehr leid. Auf Wiedersehen.«

Ich ergriff seine Hand. Wir wahrten den guten Ton. Wir waren trotz allem Kollegen.

»Auf Wiedersehen.«

Ich drehte mich zur Tür.

»Ach, eines noch, Herr Hval.«

Hatte dieser niedergelassene Drammener nicht genug Schaum geschlagen?

»Ja?«

»Können Sie sie nicht einfach freigeben?«

Ich ging den ganzen Weg zurück. Ich ging auf meinen nackten Füßen, durch den Schnee, über Schneewehen, gegen den Wind. Ein paar Autofahrer verlangsamten ihre Fahrt und fragten, ob ich mitfahren wollte, freundliche, aufmerksame Menschen sie alle, hätte ich nicht das Gleiche getan? Aber ich schlug ihr Angebot höflich, aber entschieden aus. Ich ging, wie es sich gehörte. Ich wich nicht zurück. Ich härtete mich nicht nur ab, das muss ich zugeben, ich verhärtete mich auch. Der einzige Punkt, an dem ich stehen blieb, das war die Stelle, an der ich Notto Fipp zum ersten Mal begegnet war und wo ich meine Schuhe für ihn hingestellt hatte. Das ist der Unterschied zwischen uns. Ich sank in der Kälte auf die Knie. Ich konnte mich trotz allem nicht mit ihm messen. Als ich in Oslo ankam, war es bereits später Abend geworden. In der Pilestredet sah ich ein Pferd zwischen den Straßenlaternen. Im Rikshospital war es wie üblich ruhig. Der Gedanke kommt mir jetzt: Im Frühling steht der Tod Schlange. Damit will ich etwas anfangen. Ich fand einen leeren Operationsraum, einen der kleinsten, aber mit der nötigen Ausrüstung: Messer, Nadel und Faden. Ich verschloss die Tür und zog die Hose herunter. Auf eine Betäubung verzichtete ich. Ich war, wie gesagt, nicht nur gehärtet, sondern auch verhärtet. Ich war zu allem bereit. Doch der Körper ist standhaft. Er hat seinen eigenen, zähen Willen. Er lässt sich nur selten überreden. Es ist kein Zufall, dass die ehrenhaften Japaner, wenn sie Harakiri begehen, sich nicht das

Schwert in die Brust stoßen, sondern sich selbst in das Schwert fallen lassen, das sie mit beiden Händen halten. Mein Vater benutzte einen Schnürsenkel. Ich werde natürlich bei dem, was ich tat, nicht ins Detail gehen. Ich setzte mich auf den OP-Tisch, schob mir das Taschentuch in den Mund, um mir nicht auf die Zunge zu beißen, hob mit der linken Hand die Hoden, während die rechte das Messer umklammerte, oder die Feile, wie wir es nennen, schob zuerst den einen Testikel auf die Spitze, so dass ich einen schmalen Schnitt machen konnte, dann den anderen, zwei kleine Schnitte, und ebenso schnell durchtrennte ich die Samenleiter und fiel nach hinten. Oh, meine Eier! Ich empfehle das niemandem. Mit einem blutigen Taschentuch im Mund und noch mehr Blut zwischen den Beinen wachte ich auf. Der Rest war Routine. Ich verschloss mich selbst mit zwei Stichen auf jeder Seite, knöpfte die Hose wieder zu, räumte alles auf und säuberte es, löschte alle Spuren und ging hinaus. Dort begegnete ich ihr. Sie kam den Flur entlang, und wir wären fast zusammengestoßen. Es war Alma. Alma Lund. Sie hielt ein Bündel in den Armen, das Kind. Das Kind schlief in ihren Armen. Sie blieb erschrocken stehen.

»Schrecklich«, sagte ich.

»Ist alles in Ordnung mit dir, Bernhard?«

»Auf jeden Fall. Ganz und gar. Und mit Ihnen? Ich meine, mit euch? Es ist ein Junge, nicht wahr? Herzlichen Glückwunsch. Darf man sehen?«

Sie wurde ganz formell und abweisend, als hätten wir nie zusammen im Wintergarten gestanden, so nahe, dass ich mich noch erinnerte, wie ihr Nacken und Haar dufteten.

»Ich will zu meinem Mann. Er arbeitet heute noch spät.«

»Er arbeitet immer spät«, sagte ich.

Ich schaute das Kind an, das immer noch in den Armen seiner Mutter schlief, es war ein anderer Schlaf, wie ich ihn noch nie gesehen hatte, ein ruhiger, lautloser, befreiender Schlaf, das neue Gesicht so weich und entschlossen, und ich fragte mich, ob ich jemals in gleicher Weise geschlafen hatte. Ich hob die Hand und hätte so gern die Stirn des Kindes berührt, die gerunzelte Stirn des Kindes, doch da zog Alma Lund sich zurück, und ihre Stimme war nur wie ein Hauch.

»Nein.«

Das war das Letzte, was sie zu mir sagte, Nein, ganz einfach Nein, und dann ging sie weiter, schnell, entschlossen, und verschwand auf den Fluren, auf dem Weg zu ihrem Mann.

Nunc vino pellite curas!

Ich fuhr hoch nach Besserud, und dort liebte ich Sigrid, ich, der Pathologe und Eunuch, mit all dem Schmerz, den ich ertragen konnte.

DAS FARBBAND

Vor kurzem geschah etwas, das mich tief erschütterte und fast diese Festschrift hier in Gefahr brachte. Das Farbband der Schreibmaschine nutzte sich ab. Die Buchstaben wurden immer schwächer auf dem Blatt, bald waren es nur noch Abdrücke auf dem Papier, unleserlich. Mit diesem banalen und vorhersehbaren Hindernis hatte ich nicht gerechnet, ich, der ich dachte, ich hätte alles bis ins kleinste Detail und mit größter Sorgfalt geplant. Aber nein, ein Farbband! Ein Farbband stand im Weg! Taschenkrebs! Glaubst du, du kannst mich zum Schweigen bringen? Musste ich jetzt zum Bleistift greifen? Nein, das würde meine Hand nicht aushalten. Musste ich hinunter zu Langbrecke, dem Buchladen in der Bygdøy allé, und ein neues Farbband besorgen, musste ich also das Haus verlassen? Nein, das hätte ich ganz einfach nicht ertragen. Das Einzige, was mir blieb: Ich musste mich kurz fassen. Ich trampelte in der dunklen Wohnung herum, spuckte, heulte und schluckte und war sehr weit unten angelangt. Ich versuchte sogar mit den Zähnen zu knirschen, aber wie schon gesagt war mein Mund weich und glatt, und das brachte keine Linderung. Das war nur ein Gefühl, wie auf einem weichen Karamellbonbon zu lutschen. Sollte diese Festschrift auch unvollendet bleiben wie das meiste in meinem Leben? Ein Gedanke kam mir:

Ich konnte die Nachbarin über mir bitten, mir ein Farbband zu besorgen! Hatte ich damals etwa nicht ihr Leben gerettet, indem ich stehenden Fußes eine Diagnose stellte? War sie mir dafür nicht etwas schuldig? Ich war bereits auf dem Weg zur Tür, als mir einfiel, dass sie natürlich tot war, vor vielen Jahren gestorben, ich kann mich nicht mehr erinnern, wann, und es ist ja auch nicht so wichtig. Noch weiter unten. Das Einzige, was mir blieb: mich kurz zu fassen.

Krankenbericht:

Februar, 3./4. Woche, 1930: Notto macht Fortschritte. Leichte Übungen drinnen. Strenge Diät. Bananen, Milch, Zuckerwasser.

März, 1./2. Woche: Notto möchte Tabak haben, den er kauen kann. Ich lehne das ab. Er beklagt sich, dass er fett wird. Schwierige Periode. Bin kurz davor, den Mut zu verlieren. Aber ich gebe nicht auf.

März, 3./4. Woche: Wir nehmen uns einen Tag nach dem anderen vor. Disziplin. Gehen von Raum zu Raum. Es gibt bald einen Pfad, dem wir auf dem Fußboden folgen können.

April, 1./2. Woche: Die Nachbarin beschwert sich über den Lärm. Sie kam an die Tür. Hat eine Narbe vom Leberfleck. Trotz allem besser, als zu sterben. Ich hätte ihr ins Gesicht spucken können. Stattdessen habe ich mich entschuldigt. Es war sowieso an der Zeit, die Übungen nach draußen zu verlegen.

April, 3./4. Woche: Wir gehen durch die Straßen. Zufrieden und besorgt zugleich. Nottos Knöchel sind noch nicht verheilt. Massage. Umschläge. Fußsalbe.

Mai, 1./2. Woche: Studiere die Karte. Fridtjof Nansen stirbt. Lassen uns nicht stören.

Mai, 3./4. Woche: Draußen. Drei Stunden. Um Bygdøy. Optimismus. Notto scheint gesund zu sein.

Juni, der siebte: Sigrid verzweifelt, wieder eine Blutung. Hat eine Vase zerschmettert. Hat nicht mich ausgeschimpft, sondern Notto. War Notto der Einzige, an den ich dachte? Hat sich in den Schlaf geweint. Ich bin böse.
Juni, 3./4. Woche: Notto in seinem Element. Geht, wie ich ihn noch nie habe gehen sehen. Schneidet sich die Haare, stutzt den Spitzbart. Er will unbedingt die gleiche Kleidung wie früher anziehen. Ist nicht umzustimmen. Kaufen Ersatzsohlen für die Mokassins.
PS: Ein neuer Zwang. Bei Franck im Bogstadveien kam er über mich, dass ich alles kaufen musste, was ich anfasste. Es wurde eine teure Angelegenheit. Ich kann nicht mehr in Geschäfte gehen. Brachte sechs Unterhemden, drei weiße Hemden, acht Paar Socken und Hosenträger für ein Vermögen mit nach Hause. Ich habe hohe Schulden bei Franck im Bogstadveien. Nicht ein Wort zu Sigrid. Sofort neue Pläne: die Temperatur. Die Tage drehen sich. Langsam, aber sicher. Notto schläft tagsüber und geht nachts.
Juli, der dritte: Wir sind Optimisten. Bis auf Sigrid. Die es wieder an Notto auslässt. Will nicht mitkommen. Gott sei Dank. Zug nach Kopenhagen.

Aber es war eigentlich nicht das Farbband, das mich so erschütterte. Um zwölf Uhr klingelte es nämlich an der Tür. Das bin ich gewohnt. Meine hinfällige Klientel pflegt um diese Uhrzeit aufzutauchen. Dann haben sie wieder eine Nacht überstanden und glauben in ihrer einfältigen Art und Weise, dass sie auch den Rest des Tages schaffen werden, aber um zwölf Uhr sehen sie bereits der Dunkelheit ins Auge, ihre Hände fangen an zu zittern, und sie müssen bei mir für einen erbärmlichen Moment Schutz suchen, damit ich ihnen allergnädigst eine neue Dosis verordnen kann. Ich überlegte, gar nicht zu öffnen. War ich nicht im

Recht? Ich hatte genug mit dem zu tun, was mich beschäftigte, und musste mir nicht auch noch diese fordernden, sich selbst bemitleidenden Patienten aufbürden. Es klingelte noch einmal. Ich ergab mich meinem Schicksal. Draußen stand ein gut gekleideter Mann mittleren Alters, 49 Jahre alt, wie ich inzwischen weiß. Sein Gesicht war blass, aber nicht ungesund, das Haar schütter und auf eine Art gekämmt, dass es diese Blöße verbergen sollte. Er trug eine große Brille, die Lippen waren schmal. Ich hatte ihn noch nie zuvor gesehen, wie ich glaubte.

»Doktor Bernhard Hval?«

Ich nickte nur und wollte ihn zunächst nicht hereinlassen. Ich erklärte ihm, dass ich die Praxis nicht mehr führte, ich war schon vor langer Zeit in Pension gegangen, sehen Sie mich an, einen zahnlosen Greis. Die Sache war, dass ich glaubte, er käme von den Behörden, und ich hatte, wie ich schon andeutete, in deren Augen keine reine Weste. Doch der Mann bat und bettelte, und schließlich konnte ich nichts anderes tun, als ihm den Weg in mein Arbeitszimmer zu weisen, wo er sich sofort hinsetzte. Außerdem, wenn die Behörden mich überprüfen wollten, dann würden sie ja wohl nicht allein kommen, es müssten mindestens zwei sein, und sie müssten ihre Legitimation vorweisen. Dieser Wurm hatte nicht einmal gesagt, wie er hieß.

»Meine Mutter ist tot«, sagte er.

»Mein Beileid.«

»Sie wurde gestern beerdigt. Im Vestre Krematorium.«

»Aha.«

»Aber Sie lesen anscheinend keine Zeitungen, oder? Ich meine, Todesanzeigen.«

»Wenn Sie etwas zur Beruhigung brauchen oder …«

Er unterbrach mich, und seine Stimme hatte jetzt einen anderen Ton angenommen.

»Sie hätten dort sein sollen.«

»Wie bitte?«

»Sie ist 94 Jahre alt geworden.«

Ich sagte höflich:

»Dann hat sie viel erlebt.«

Plötzlich lachte der Mann laut auf und schaute sich um.

»Schreiben Sie?«

Ich war außerstande, diesen Besuch zu verstehen, diesen fremden Mann, der sich fast jedes Recht in meinem Arbeitszimmer herausnahm und mich mit Beichten und Fragen quälte.

»Nur einige kleine Erinnerungen und Tagebücher«, sagte ich.

Warum sagte ich das? Ich hätte überhaupt nicht antworten sollen. Ich hätte ihn lieber aus der Wohnung jagen sollen. Er raubte mir das Einzige, was ich hatte: meine Zeit.

»Meine Mutter hat das auch getan. Ihre Erinnerungen niedergeschrieben. Sie hat ja so viel erlebt, wie Sie gesagt haben.«

»Und warum erzählen Sie mir das?«

»Sie hat über alle ihre Blumen geschrieben. Wann sie aufgeblüht sind. Wann sie verwelkten. Wie viele Ableger sie gehabt haben. Wie oft sie gegossen werden mussten. Die Temperatur. Sie war sehr gewissenhaft. Ich glaube, der Wintergarten war ihre größte Freude, wenn man alles bedenkt.«

Ich sagte nichts. Ich wollte abwarten, bis er alles gesagt hatte. Anschließend würde ich ihn bis zur Tür begleiten und diese nie wieder öffnen.

»Fühlen Sie sich nicht gut?«, fragte er.

Er, dieses aufdringliche Wesen, fragte mich, den Besten seines Jahrgangs, ob ich mich nicht gut fühlte. Ich hätte ihn mir vornehmen können, diesen Lumpenkerl, ja, Lumpenkerl.

»Wieso?«

»Es sieht aus, als hätten Sie irgendwelche Schmerzen. Es

ist doch wohl nicht das Herz? Soll ich einen Krankenwagen rufen?«

Ich spuckte in die Hand und zuckte mit dem Fuß.

»Ich bin hier der Arzt, und Sie sind hergekommen. Darf ich Sie daran erinnern? Ich habe kein Farbband mehr! Das ist es, was mir fehlt, du Tölpel! Und jetzt möchte ich Sie bitten, zu gehen.«

Ich riss das Band aus der Maschine und warf es auf den Boden. Meine Finger wurden fleckig, die letzte Farbe, die letzte Tinte, klebte an mir.

Aber der Mann blieb dennoch eine Weile schweigend sitzen, starrte auf seine Hände, die er zu Fäusten ballte und wieder öffnete, ballte und öffnete.

»Ich bin Architekt«, sagte er.

»Ah ja.«

»Das heißt, ich bin eigentlich nur technischer Zeichner. Ich assistiere dem Architekten. Ich rechne und messe seine Ideen für die Gebäude nach, damit diese nicht zusammenfallen.«

»Ah ja«, wiederholte ich.

»Ich bin im Großen und Ganzen mit dem Leben zufrieden, wie es bisher verlaufen ist. Ich erhebe keine großen Ansprüche. Schlimmer war es mit meinem Vater. Oder was er auch immer gewesen ist.«

»Vielleicht sollte ich lieber einen Krankenwagen für Sie rufen?«

»Sie hat Sie erwähnt.«

»Wie bitte? Wer?«

»Meine Mutter. Sie hat gesagt, oder geschrieben, dass Sie sie immer in ihrem Wintergarten besucht haben. Sie waren damals Student, nicht wahr?«

Ich fragte noch einmal:

»Warum erzählen Sie mir das?«

»Sie fordern mich auf zu gehen, und trotzdem fragen Sie, warum ich das erzähle? Was wollen Sie?«

»Ich will meine Ruhe haben. Was wollen Sie?«

»Gewissheit.«

»Die kann Ihnen kein Arzt geben.«

Er schüttelte lachend den Kopf.

»Obwohl Sie der Beste Ihres Jahrgangs waren? Sind Sie deshalb so leicht an den Drücker gekommen?«

»Was meinen Sie damit?«

»Hören Sie auch noch schlecht? Dann will ich es so deutlich sagen, wie ich kann. Ich bin richtig froh, dass Sie nicht bei der Beerdigung waren. Es gibt Sie nämlich nicht. Ist das klar? Es gibt Sie nicht! Mein Name ist Jacob Lund.«

Er streckte mir nicht die Hand entgegen, ich ihm auch nicht. Er stand einfach nur auf und ging. Er kannte bereits den Weg hinaus.

Mehr muss vorläufig nicht gesagt werden. Sitzen bleiben. Ich blieb vor der leeren Schreibmaschine sitzen. Als ich auf eine Taste schlug, kam kein Buchstabe. Welche Nacht. Albträume entlang der Tapete. Grau, geballte Fäuste, Trampeln. Der Krankenwagen in den Straßen. Blaue Fenster, die brannten. Ich war kurz davor, mich an den schwarzen Drops zu vergreifen und ganz einfach in diesem Moment Schluss zu machen. Nachdem ich dieser Versuchung widerstanden und mir die Hände geschrubbt hatte, genauer gesagt die rechte, 28 Mal, war ich in der Lage, mich wieder an den Schreibtisch zu setzen, erschöpft im Schutz der Standuhr. Ich blätterte in den Bögen, mit der linken Hand, und las den Anfang, *ich möchte mich erst einmal vorstellen, damit wir es hinter uns haben: Ich war nicht der Verrückteste. Ich war nur der Zweitverrückteste,* und sofort hatte ich eine neue Idee: Makulieren! Makulatur! Makulieren! Was sonst? Aber natürlich! Welche Freiheit! Ich konnte jeden einzelnen Bogen zusammenfalten, wie ich es mit dem ebenso abscheulichen Brief meiner Mutter gemacht hatte. Ich konnte die Seiten auch in Stücke zerkauen und mit mir dahinscheiden lassen. Ich musste übrigens meine Funeralien im Voraus bezahlen, und dann muss ich irgendwann eingeschlafen sein. Wachte auf. Es klingelte an der Tür. Davon war ich aufgewacht. Türklingeln. Oder war es die Standuhr? Die Uhr zeigte genau zwölf. Ich beschloss, die Tür nicht zu öffnen. Das hatte ich ja vorher schon beschlossen. Aber ich konnte es trotzdem nicht sein lassen. Ich änderte meine Meinung. In was für einer Klemme steckte ich! Ich schwankte, lief herum, kroch, und zum Schluss öffnete ich diese verfluchte Tür, die ich am liebsten geschlossen gelassen hätte. Wer stand da? Die Gerippe aus den Rinnsteinen? Die verhärteten Kinder? Es war derselbe wie am Tag zuvor. Jacob Lund. Er stand einfach nur da.

»Sie sehen schrecklich aus«, sagte er.

»Danke. Ist eigentlich Ihr Vater mit Ihnen auch nicht zufrieden? Sie haben so etwas in der Richtung erwähnt.«

»Mein Vater ist tot.«

»Ach ja, so war das. Aber er lässt Sie trotzdem nicht los, nicht wahr? Er will nicht loslassen. Er klammert sich fest. So ist es mit Vätern.«

»Sagen Sie, dass es nicht wahr ist.«

»Doch. Es ist wahr, Jacob. Dein Vater ist tot.«

Ich wollte seine Stirn berühren, diese glatte, ganz gewöhnliche Stirn dieses Mannes mittleren Alters. Aber ich durfte es nicht.

»Nein!«, rief er.

Und Jacob sah mich mit einer Trauer an, wie ich sie noch nie gesehen hatte. Und ich habe schon so einiges gesehen. Doch das nicht. Gleichgültigkeit wäre besser gewesen, Wut auch. So wie er sich gestern aufgeführt hatte, hatte er mir besser gefallen.

»Entschuldigung«, flüsterte ich.

Eine Weile stand er zögernd da. Ich auch. Wir zögerten.

»Ach, ich habe Ihnen übrigens das hier gekauft«, sagte er schließlich.

Er streckte die Hand vor, nicht um zu grüßen oder sich zu verabschieden, sondern um dieses Geschenk zu überreichen.

Dann drehte er mir schnell den Rücken zu und ging.

Als ich mich endlich wieder gesammelt hatte, sah ich, was es war. Ein Farbband. Ich schaffte es kaum, es an seinen Platz in der Schreibmaschine zu befördern. Es funktionierte. Und wenn du, lieber Jacob, das liest, oder vielleicht jemand anderes, dann weiß ich, dass ich, wenn mir schon nicht vergeben wurde, so zumindest nicht vergessen bin.

DER WETTKAMPF

Kongens Nytorv, vierter Juni, kurz vor zwölf Uhr, *die Banane gegen das Steak:* Mehrere hundert Menschen waren zusammengekommen. Nyhavn entlang und auf den Kais standen schwedische Seeleute, die meisten bereits betrunken, und schlugen auf Blechteller. Welch Leben und Treiben! Nicht ein Fensterplatz war noch frei im d'Angleterre. Norwegische und dänische Flaggen wehten. Das Wetter war tadellos, wenn es nur nicht heißer wurde. Journalisten und Fotografen aus dem ganzen Norden waren einzig und allein hergekommen, um dem Start beizuwohnen. Notto selbst war etwas beschämt über all den Aufwand. Musste man so ein Wesen davon machen? Sie wollten doch nur nach Oslo gehen? Da hatte man Notto Fipp, wie er leibte und lebte. Die Journalisten machten sich eifrig Notizen. Jedes Wort, das er sagte, war als Überschrift zu gebrauchen. Aber Sorgen machte mir, dass er etwas unsicher wirkte nach der anstrengenden Zugreise durch Schweden, und wie gesagt, war er ohne Zeitgefühl, wir hatten ja die Nacht zum Tag gemacht, vielleicht hatte ich zu spät damit angefangen. Doch ich konnte Notto Fipp beruhigen, oder vielleicht in erster Linie mich selbst, indem ich ihn ganz einfach bat, einen Blick auf seinen Gegner, Sigurd Bernt alias das Steak, zu werfen, der bereitwillig auf dem roten Teppich vor dem Hotel posierte. Er war breit und füllig, hatte eine Zigarre im Mund, auf der er laut vernehmlich kaute, und war ansonsten in einen dunklen Anzug mit Weste und Goldkette gekleidet, Knickerbocker, Baskenmütze und glänzendes Schuhwerk, das eher für den Tanzboden als für die Landstraße geeignet zu sein schien. Außerdem benutzte er einen Spazierstock, auf den er sich in regelmäßigen Abständen stützte, obwohl er doch noch still stand, er war 24 Jahre alt, ein Lebemann und arbeitete im Büro. Welch pathetische Erscheinung! Ich schätzte sein Gewicht auf 120 Kilo, vielleicht mehr, fast das Doppelte von Notto, aber das sprach, rein fachlich gesehen, nicht unbedingt gegen ihn. Das Steak hat Fett, von dem er unterwegs zehren kann. Er darf auf keinen Fall unterschätzt werden, auch wenn er in keiner Weise aussieht wie ein Sportler. Ich muss derweil auf Nottos Geschick, Erfahrung und Willen vertrauen. Das Steak bekam noch ein großes Glas Bier in die andere Hand gedrückt. Diese Dänen.

»Er ist nicht mein Gegner«, sagt Notto. »Er ist mein Kumpel.«

Wieder eine Schlagzeile:

Wir sind Freunde, keine Feinde.

Notto trug seine übliche Tramperkluft, Regenschirm, lockere Kleidung, ein Bündel Bananen um den Hals, eine Milchflache und andere notwendige Utensilien in seiner Wandertasche, abgesehen davon hatte er sich statt des Strohhuts eine kleine Jockeymütze angeschafft, was ich versucht hatte, ihm auszureden, sie warf nicht genügend Schatten, aber vergeblich.

Die Gegner, ich meine, die Kumpel, schüttelten sich die Hände.

Ich weiß nicht, was sie sagten, sie wurden sofort von diesen Schnüfflern umringt.

Ich begrüßte den königlichen Hoflieferanten. Er hatte sich auch eine Zigarre angesteckt, als feierten die beiden den Sieg bereits im Voraus, hole ihn der Teufel, diesen jämmerlichen, gelb gekleideten Hagestolz, das hätte ich sagen sollen, ja, ich hoffe, dass Sie und Ihr sogenanntes Steak in ein tiefes Loch fallen und dort eine Weile bleiben, und das hätte ich ihm direkt ins Gesicht sagen sollen.

»Wir sind Kumpel, keine Gegner«, sagte ich.

Der Blumenbinder lachte laut und schlug mir auf die Schulter.

»Was für ein Blödsinn.«

Ich schlug ihm auch auf die Schulter.

»Verstehen die Dänen keinen Spaß mehr?«

Auf dem später gedruckten Foto stehen wir lächelnd Schulter an Schulter. Diese Zeitungen habe ich schon vor langer Zeit weggeworfen. Das Lächeln ist auch nicht mehr da. Es wurde ebenfalls aus meinem Gesicht verbannt, dessen Vorderseite schon vorher hässlich genug gewesen war. Ansonsten die allerletzten Ermahnungen: Bleib im Schatten, geh morgens und abends, solange du kannst, ruhe dich aus, wenn die Sonne am höchsten steht, und nicht zuletzt, schüttle das Steak ab, versuche ihn so schnell wie möglich aus dem Blickfeld zu kriegen, lös dich von ihm und lass es um Gottes willen nicht zu, dass er dich verfolgt. Und ansonsten: Bananen und Milch! Vergiss nicht, zu essen und zu trinken. Notto nickte die ganze Zeit.

»Hast du sonst noch Fragen?«, fragte ich schließlich.

»Ich möchte nur zurück nach Oslo«, sagte Notto.

Notto will nach Hause!

Es wurde zwölf Uhr. Fanfaren, Flaggen, Feierlaune. Dann dänische Stille. Unsere Männer an der Startlinie. M. S. Hartmann, der Hoteldirektor, zur Feier des Tages in Zylinder und mit Pistole, ließ einen Schuss ertönen, und unsere Männer gingen unter ohrenbetäubendem Jubel los. Das erste Stück gingen sie Seit an Seit. Ich hatte das Meine getan. Mehr konnte ich nicht tun. Dann war Notto außer Sicht. Das Steak ging einen anderen Weg. Eine heftige, erschöpfende Einsamkeit ergriff mich. Ich war überflüssig. Ich fuhr mit dem erstbesten Schiff zurück nach Oslo. Das Gleiche tat der Däne. Er hatte die Frechheit, mir eine Flasche Champagner in meine Kabine zu schicken. Ich schickte zwei Flaschen postwendend an ihn zurück und hörte nichts mehr von ihm. Den Rest der Nacht saß ich auf der Bettkante, äußerst unruhig, und versuchte Notto vor mir zu sehen, ging er jetzt, in dem kühlen Mondlicht, oder hatte er sich in einer Scheune schlafen gelegt? Würde er es schaffen? Ich verbarg mein Gesicht in den Händen, es war, als tröstete ich einen Fremden, das Gesicht eines Fremden. Ich weinte, trampelte und heulte, alles musste raus, ich war eine Fabrik, ein atemloser Zirkus, wie ich dort saß, bis jemand eine Beschwerde schickte, wahrscheinlich der Däne, überbracht vom Steuermann selbst. Wenn ich nicht augenblicklich zur Ruhe kam, mussten sie mich in Arrest nehmen oder mich in die Schaluppe nach Horten setzen. Ja, das wurde mir in die Kabine gebracht: Champagner und Beschwerden. Ich kam zur Ruhe. Das war ich, das sah mir ähnlich, so sehe ich es heute: Ich schickte den Champagner zurück und behielt die Beschwerden.

Am nächsten Morgen kamen wir pünktlich in Oslo an.

Ulrik Holmsen stieg im Savoy Hotel ab, das nahe am Tullinløkken lag, und hielt dort Hof.

Ich schlich mich an Land und fuhr hinauf nach Besserud.

Quälende Tage. Es würde mindestens eine Woche dauern, bis Notto Oslo erreichte. Ich wusste nicht, ob ich das aushalten würde. Wie gern wäre ich selbst an seiner statt gegangen.

Nach einem sachlichen und zielgerichteten Zusammensein mit Sigrid am selben Abend sagte sie plötzlich:

»Du hast dich verändert, Bernhard.«

»Wieso?«

»Du läufst nicht mehr aufs Klo, sobald wir fertig sind.«

Dass ich so gedankenlos sein konnte! Ich brach die goldene Regel der Kantigen, nämlich möglichst wenige Veränderungen. Veränderungen erfreuen uns nicht. Im Gegenteil, sie stellen uns in ein schlechtes Licht. Ein Leben ohne feste Regeln können wir nicht ertragen. Veränderung ist der Tod. Ich lachte.

»Möchtest du mich lieber schnell loswerden?«

Sigrid lachte auch.

»Ich glaube, du denkst immer noch mehr an die Banane als an mich.«

Sigrid drehte mir den Rücken zu.

Ich legte ihr meine Hand auf die Schulter.

»Habe ich dir eigentlich erzählt, dass ich von Direktor Lund zum Pathologen ernannt worden bin? Ich bin nicht mehr nur Assistenzarzt.«

Sigrid schwieg eine ganze Weile. Dann schob sie meine Hand weg. »Pathologe? Meinst du, dass du in toten Menschen herumwühlen sollst?«

»Das ist eine sehr angesehene Stellung und vornehme Wissenschaft.«

»Ach was.«

»Ach was? Ist das wirklich alles, was du dazu zu sagen hast?«

Ich hatte gute Gründe, beleidigt zu sein.

Sigrid drehte sich zu mir um.

»Ich hoffe, dein Fippsfapps geht zu Grunde, so dass du ihn hinterher aufschneiden kannst.«

Das war nicht nett gesagt, nein, ganz und gar nicht.

Ich ging ins Bad und verschloss die Tür. Es fehlte nicht viel, und ich hätte mich gezwungen, mich im Spiegel anzusehen. Glücklicherweise konnte ich widerstehen. Stattdessen verbarg ich mein Gesicht in den Händen und fühlte das Gleiche wie beim letzten Mal. Es war unangenehm, mich anzufassen.

Sigrid klopfte an die Tür.

»Was machst du, Bernhard?«

»Nichts.«

»Dann schließ auf.«

»Nein.«

»Ich muss pinkeln. Beeil dich!«

Ich antwortete nicht.

Sigrid rüttelte an der Türklinke.

»Bist du sauer?«

Auch darauf gab ich keine Antwort. Das hatte sie nun davon. Ich drehte den Wasserhahn auf, um Sigrids Worte zu übertönen, aber ihre Stimme übertönte trotz allem fast alles.

»Sei nicht kindisch, Bernhard!«

»Ich bin nicht kindisch!«

»Doch! Du bist unreif und kindisch. Ich habe bald keine Lust mehr, mit dir zu reden. Werde endlich erwachsen!«

Sie hätte nichts Schlimmeres sagen können. Ich stopfte mir einen Lappen in den Mund und wusch mir achtzehn Mal die Hände in kochendheißem Wasser, während ich den Lappen in Stücke kaute. Hat schon einmal jemand darüber nachgedacht: Wenn man seine Notdurft verrichtet hat, zieht man an der Schnur, an der höchstwahrscheinlich schon vorher jemand gezogen hat, vielleicht mit Urin und Exkrementen an den Fingern. Aber das ist nicht das Schlimmste, bei weitem nicht, denn denken Sie einmal über Folgendes nach, sehr geehrte Damen und Herren: Man dreht einen Wasserhahn auf, bevor man sich die Hände säubert, aus Rücksicht sich selbst und anderen gegenüber, und anschließend sperrt man das Wasser wieder ab, indem man an demselben Hahn dreht! Der Hahn ist das schwache, das schicksalsschwangere Glied! Auf ihm befinden sich Bakterien, denn man kann sich ja nicht waschen, bevor man nicht das Wasser angestellt hat! Das ist einleuchtend! Das ist unerträglich. Man muss mit Fug und Recht wieder von vorne anfangen, immer und immer wieder, doch es nützt nichts. Wir, die Kantigen, denken an so etwas. Die Welt ist voller Schwachpunkte. Und wir, wir müssen sie vorantreiben, koste es, was es wolle, und manchmal kostet es zu viel. Dann konnte ich schließlich die Tür öffnen. Sigrid stand im Weg. Ich schob sie beiseite.

»Willst du heute Abend Tennis spielen?«, fragte ich. »Es ist dafür sicher bis neun Uhr hell genug.«

Sigrid sah mich nur an.

»Wohin willst du?«

»Auf Notto warten.«

Ich nahm die Bahn hinunter in die Stadt und ging zum Tullinløkken, wo bereits eine große Bühne aufgebaut worden war. An der Ecke zum Hotel Savoy hatte sich schon eine ansehnliche Menschenmenge versammelt, diese Journalisten, natürlich, mit ihren Fotografen im Schlepptau, und andere Neugierige und Schaulustige, Männer wie Frauen, ja, vielleicht in erster Linie Frauen im reiferen Alter, sowie ein Dutzend Rotzbengel auf Fahrrädern, die weggejagt wurden, aber immer wieder zurückkamen, wie eine lärmende Welle. Ich betrachtete diesen Aufmarsch aus sicherem Abstand, gut hinter einem Baum verborgen. Welche Hysterie! Und dabei war es noch mindestens eine Woche hin, bis entweder die Banane, ich sprach lieber von Notto, oder das Steak im Ziel eintreffen würde. Im Fenster im zweiten Stock bekam ich kurz den dänischen Blumenbinder zu sehen, wo er Hof hielt und dem Publikum zuwinkte, als wäre er selbst zum König ernannt worden und lebte die frohen Tage eines Herrschers in Norwegens Hauptstadt, während unsere Männer sich zu dieser Zeit durch Schweden schleppten. Wie mir das alles zuwider war! Wie es allen Idealen widersprach, auf denen dieser Zweikampf aufgebaut war! Sollte er von Strangurie ereilt werden und in seinem eigenen Urin ersaufen! Ich spuckte auf den Boden. Ich schaffte es nicht einmal, die Dettweiler zu treffen, so aufgebracht war ich. Es brannte mir im Mund. Jemand drehte sich um. Ich ging schnurstracks nach Hause in den Skovveien, wo ich diese obskuren, unerträglichen Tage zubrachte. Ich aß nichts. Ich wollte dieser Verweichlichung entgehen. Ich schlief nicht. Ich wusste nicht einmal, ob Sigrid mich vermisste. Mein einziger Trost war mein letzter Ausweg: die schwarzen Drops in der Uhr, wie ein Soldat eine Giftampulle am Körper versteckt, für alle Fälle. Sie liegen übrigens immer noch dort, die Drops. Es ist mein Krieg. Ich werde ihn nicht gewinnen. Aber niemand wird mich lebendig kriegen.

Ich wurde also auf die Folter gespannt und versuchte die Sekunden zu zählen. Unmöglich. Die Zeit stand still. Die Gerüchte dagegen liefen umher, dass es nur so rauschte (*ich halte mich hier an die sogenannten Reportagen der Zeitungen, da ich laut der Wettbewerbsregeln Notto nicht beistehen durfte)*: Die Banane verschwand in Malmö, das Steak wurde vor Göteborg gesehen. Beide verschwanden bei Uddevalla. Das Steak wurde in einem Restaurant gesehen, wo er sich ein halbes Bier und eine Zigarre gönnte. Notto war aufgrund einer ärgerlichen Fußverletzung zurückgefallen und hielt sich bedeckt, um dem Steak nicht den Triumph zu gönnen. Trotzdem gelang es ihm, in der dritten Nacht hundert Kilometer zu gehen. Das wurde bereits als der halbe Sieg angesehen. Ich zitterte vor Freude, bis mich der Zweifel erzittern ließ. Sursum corda! Die Osloer Presse hatte sich in Østfold versammelt, am Samstag, dem 11. Juni, um die beiden Kämpfer in Empfang zu nehmen. Entlang des Weges standen die Menschen dicht an dicht. Niemand wusste, wer zuerst auftauchen würde. Es wurde leise diskutiert, einige setzten auf den einen, die anderen auf den anderen, aber niemand war sich seiner Sache sicher. Es war alles möglich. Um halb elf brach die Sonne plötzlich durch die Wolkendecke. Der Journalist eines christlichen Blattes beschrieb es als biblisch. Eine Gestalt kommt aus dem Wald heraus. Er ist fast nicht wiederzuerkennen, aber es besteht kein Zweifel, wer es ist. Es ist das Steak. Seine Augen sind vor Schlafmangel fast zugeschwollen, und sein Bart hängt in langen Strähnen in dem sonnenverbrannten Gesicht. Einige wollen einen Arzt herbeirufen, der Mann wirkt ja geisteskrank, aber das Steak weist dieses Ansinnen auf das Heftigste zurück, will ihn etwa jemand hier in der Wildnis aufhalten, damit die Banane den Sieg davonträgt? Außer Blasen hat er keine Beschwerden. Ansonsten ist das Steak bester Laune. Er wird interviewt, während er unverdrossen weitergeht.

»Notto ist ein prächtiger Kerl. Wir sind das erste Stück in Schweden zusammen gegangen.«

»Habt ihr euch gestritten?«

»Keine Sekunde lang. Wir sind die besten Freunde auf der Welt und werden es immer sein. Er ist unglaublich gut im Gehen.«

»Aber Sie liegen dennoch vor der Banane?«

»Ach ja, ich bin ja auch nicht so schlecht im Gehen.«

In Hølen nahm das Steak sich die Zeit, sich ein Päckchen Teddy zu kaufen, welche Arroganz, und dann weiterzustapfen, während der Qualm wie eine Wolke um ihn schwebte.

»Haben Sie nicht das Gefühl, dass es schlecht ist, Zigaretten zu rauchen?«

»Wie bitte?«

»Haben die keinen schlechten Einfluss auf Lunge und Herz?«

»Ich habe jeden Tag dreißig Zigaretten geraucht, und sie haben mich sehr erquickt.«

Aber wo blieb Notto ab? Wo war er? Seit Uddevalla war nichts mehr von ihm gehört oder gesehen worden. Warum war ich nicht bei ihm? Ich wiederhole, warum war ich nicht bei Notto? Warum fuhr ich nicht in dieses jämmerliche, sonnenverbrannte Østfold in dieser schicksalsträchtigen Stunde und stand ihm bei? Ich tat es nicht, weil es, wie gesagt, im Vertrag stand, unterzeichnet in Kopenhagen, bezeugt von Hartmann, dem Direktor des d'Angleterre, dass wir unseren Männern nicht folgen durften oder ihnen in irgendeiner Weise assistieren oder sie anfeuern durften. Dann kam mir zu Ohren, dass der Hoflieferant, dieser fette Stachel, sich eine Zeitlang in der Nähe der Grenze aufgehalten hatte, und dem Steak über seine Lakaien sogar Cognac und Lendenbraten gegeben hatte. Wir, die Kantigen, sind es gewohnt, unser Wort zu halten. Ein Wort muss gehalten werden und darf nicht verbogen, gedehnt, verdreht und umgekehrt werden. Wenn das Wort nicht gehalten wird, bricht alles zusammen. Oh verflucht sei manchmal unser Wesen!

Das Steak kam als Erster nach Norwegen.

Notto kam 28 Minuten nach ihm zum Vorschein. Der Abstand zwischen ihnen betrug also gut und gern drei Kilometer. Die Aufgabe erschien unlösbar. Das, was mein und Nottos Meisterstück werden sollte, lief Gefahr, in Schutt und Asche zu zerfallen und als ein Machwerk zu enden. Mein Königsgedanke ähnelte mehr und mehr einem Schwanengesang. Einen derartigen Vorsprung konnte Notto nicht mehr aufholen. Dann hätte er laufen müssen. Und wäre ich dort gewesen, ich hätte es ihm zugerufen, ganz entgegen Punkt vier: Lauf, Notto! Lauf! Oder wir mussten hoffen, dass ein Blutpfropf dem Steak ein Ende setzte. Doch ich war nicht dort. Ich wartete treu und brav am Tullinløkken. Die Bühne war mit frischem Birkenlaub und norwegischen und dänischen Flaggen dekoriert. Zwei Spielmannszüge spielten um die Wette. Und ich wartete nicht allein. Ich übertreibe nicht, wenn ich sage, dass mehr als zwanzigtausend Bürger gekommen waren, um die beiden Kampfhähne zu empfangen. Polizei und Feuerwehr waren auch zugegen, für den Fall, dass die Begeisterung überhandnahm.

Wieder muss ich Zuflucht bei den Schilderungen dieser faulen und aufdringlichen Schmierfinken suchen, wie sie auch in Einar Jodds bescheidenem, aber dafür umso heftiger zugeneigten Pamphlet wiedergegeben werden, und ich möchte noch hinzufügen, dass ich es damals und übrigens auch heute noch äußerst unpassend finde, einen Kommentar von einem Sportler zu fordern, der bereits seit einer Woche gegangen ist und sich jetzt seinem Ziel nähert. Doch das Steak wurde ja auf ähnliche Art und Weise angesprochen, alles, was recht ist. Wenn aber jemand geglaubt hat, dass Notto ein gebrochener Mann war, als er ankam, der kannte Nottos Wesen nicht und irrte sich gewaltig. Er lächelte wie nie zuvor über sein ganzes mageres Gesicht und trat trotz seiner zerschlissenen Tracht elegant auf. Wobei er jedoch ein Bein etwas nachzog.

»Sind Sie müde?«

»Müde? Sind Sie verrückt? Ich war noch nie in meinem Leben weniger müde. Am liebsten würde ich loslaufen!«

»Aber Sie müssen doch zumindest erschöpft sein?«

»Ich habe einige Probleme mit dem einen Bein. Deshalb habe ich letzte Nacht geschlafen, und das war wohl die Rettung.«

»Glauben Sie immer noch, dass Sie gewinnen können?«

»Oh ja. Und außerdem bin ich schneller als das Steak.«

Menschenhorden folgten Notto bis nach Oslo.

Um fünf Uhr überschreitet das Steak die Stadtgrenze. Er ist in Oslo. Er hat eine unglaubliche Geschwindigkeit, während er eine seiner ewigen Zigarren raucht. Erst 45 Minuten später kommt Notto, lächelnd und liebenswert. Der Abstand hat sich also noch vergrößert, doch Notto ist wie immer voller Hoffnung. Die Schlacht ist noch nicht verloren. Und der Einmarsch wird wahrhaft königlich. Ich mache mich nicht größer oder kleiner, als dass ich das mit Bitterkeit in jedem Finger und jedem Buchstaben schreibe. In der Bispegaten ist das Gedränge so groß, dass das Steak kaum durchkommt. Ach, wäre er doch nur nicht durchgekommen. Hätten sie ihn nur niedergetrampelt und liegen lassen! Auf der Karl Johan ist es noch schlimmer. Berittene Polizei muss ihm den Weg bahnen. Genau um sechs Uhr zerreißt das Steak das Zielband, in norwegischen und dänischen Farben, auf Tullinløkken. Das Steak hat gewonnen. Er wird hochgehoben und auf die Bühne getragen, wo er eine Rede halten muss. Er ist sichtlich gerührt über diese nordische Begeisterung, verdammte Scheiße, diese Idioten und Dummköpfe, und es fällt ihm schwer, Worte zu finden. Soll er doch keine finden! Soll er sie alle verlieren! Doch dann eilt der Hoflieferant dem Steak zu Hilfe, wogegen er nicht das Geringste hat. Beide können den Jubel entgegennehmen. Ich stehe im Schatten, allein in dieser wahnsinnigen Menge, ich warte auf Notto, haben sie ihn etwa vergessen?

Folgendes lässt das Steak vernehmen:

»Bananen sind gut, aber Fleisch ist doch das Beste! Lange lebe Norwegen!«

Die Spielmannszüge spielen eine Fanfare. Die Menge jubelt. Notto kommt um sieben Minuten nach sieben. Und es wiederholt sich das Gleiche. Er wird auf die Bühne getragen und muss sich bedanken, auch ich muss dort hinauf, es ist vorbei, der Kampf ist zu Ende.

Notto dreht an seinem Spitzbart, freundlich wie immer ruft er:

»Lasst uns das Steak feiern!«

Erneuter Jubel.

Ich hätte nie auf dieser Plattform stehen sollen, zwischen Laub und Fahnen.

Auch ich muss das Wort ergreifen:

»So spricht ein guter Verlierer!«

Es wird vollkommen still. Ich habe nicht gewusst, dass eine

Menschenmenge auf einmal so still werden kann. Selbst die Musiker legen ihre Instrumente hin. Von allem, was ich hätte sagen können, ist das vielleicht das Schlimmste, und ich habe es mit voller Überzeugung gesagt, denn ich habe es leider so gemeint.

Notto unterbricht mich.

»So spricht eine gute Nummer Zwei!«, ruft er.

Erneut bricht der Jubel los.

Ja, so spricht eine schlechte Nummer Zwei. Notto Fipp hat verloren und die Herzen aller Menschen und die Schlagzeilen gewonnen, während ich, der Hornochse, zur Seite geschoben wurde, es wurde über mich getuschelt, und ich wurde ins unterste Stockwerk befördert, in die Mäusehalle, das kälteste Ziel, an dem niemand gewinnt. Und mir kam ein unmöglicher Gedanke, dass Sigrid und ich vielleicht doch ein Kind hätten haben können, ein Kind wie Notto. Zu spät.

Eine gute Nummer Zwei.

Bald würde ich die Nummer Eins werden.

Beide Männer wurden auf Motorrädern zum Hotel Savoy gebracht, wo eine unabhängige ärztliche Untersuchung stattfand, ausgeführt durch Dr. med. Herberitz vom Ullevål Krankenhaus und Dr. med. Røgler von Gaustad, beide hervorragende Fachleute. Nach einem Bad und einiger Pflege zeigte sich, dass beide in gutem Zustand waren, sie hatten im Großen und Ganzen nur äußere Schäden, die sich einfach behandeln ließen, wie Blasen, Kratzer, Sonnenbrand. Das Steak erlaubte sich sogar, den Journalisten, die sich auf dem Flur stapelten, zu erklären: *Ich hätte eigentlich einen Tag früher hier sein können. Wenn man all die Zeit abzieht, die ich in Restaurants verbracht habe, vielleicht vier Stunden am Tag, während Notto seine Bananen gemümmelt hat, dann bin ich doch sehr zufrieden.*

Eklige Zitate von Siegesherren, wie schon gesagt.

Die Männer legten sich zur Ruhe, was ihnen von den unabhängigen Ärzten verordnet worden war.

Am nächsten Morgen fand ein unangenehmes Schauspiel statt. Notto wollte sich von dem Steak in der Rezeption des Hotels Savoy verabschieden, und bei dieser Gelegenheit wollte er seinem Kumpel seinen Frack schenken.

»Der gehört jetzt dir, weil du gewonnen hast, und du kannst ihn das nächste Mal anziehen, wenn du gewinnst.«

Welch Großmut!

Doch das Steak warf nur einen kurzen Blick auf den Frack und lachte:

»Der ist doch viel zu klein für mich. Behalte du ihn nur, Notto. Aber trotzdem vielen Dank für alles.«

Dann fuhr das dänische Gefolge nach Hause, dorthin, wo sie zu Hause waren, nach Dänemark.

Diese Worte brannten, und sie brennen immer noch, sie jagen und verfolgen mich, sie holen mich ein: *Der ist zu klein für mich.*

Notto Fipp war auch bereit zum Aufbruch.

Ich legte ihm meine Hand auf die Schulter.

»Du kannst den Frack beim nächsten Mal …«

Er unterbrach mich.

»Es gibt kein nächstes Mal. Das war das letzte Mal.«

Notto wirkte so entschieden, dass ich ihm nicht widersprechen wollte. Dafür gab er jetzt mir den Frack. Wir gingen als Kameraden auseinander. Notto fuhr zurück nach Evje, um Arbeit in den Gruben zu suchen. Auch daran konnte ich ihn nicht hindern. Ich nahm die Bahn nach Besserud, mit dem Frack auf dem Schoß. Sigrid saß auf der Terrasse mit einem weiteren großen trockenen Martini und schlug mit dem Schläger, den sie von mir zu Weihnachten bekommen hatte, nach einer Wespe.

VESTIGIA TERRENT

Die Spuren erschrecken.

Aber ich sah sie nicht.

Außerdem lasse ich mich nicht schrecken. Ich bin zu alt dafür. Die Zukunft lasse ich in aller Ruhe auf mich zukommen. Es ist eher die Vergangenheit, mit der ich keinen Frieden schließen kann.

Direktor Lund hatte, vorausschauend wie er war, meine Laufbahn bestimmt: Ich spezialisierte mich auf die Gerichtsmedizin. Ich kann wohl ohne Übertreibung sagen, dass ich eine Kapazität auf diesem Gebiet wurde. Ich war, wie der Vorausschauende gesagt hatte, am besten bei den Toten. Die Toten sind sachlich. Aber ich möchte die Leser nicht mit gedankenlosen und für die meisten Laien abstoßenden und unangenehmen Details langweilen, die zu diesem im Grunde genommen schönen Fach gehören, der medicina forensis. Ich habe ja versprochen, mich kurz zu fassen. Doch es arbeitet noch eine andere Kraft in meinem Herzen: Ich möchte es gern aufschieben, nicht mein Ableben, sondern das, was geschehen ist. Einen Herbst und einen Winter legten wir nach der brennenden Niederlage gegen das Steak hinter uns. Sigrid und ich, wir entfernten uns langsam, aber sicher voneinander. Wir schliefen, oder lagen wach, jeder in seinem Zimmer, abgesehen von unseren festen Terminen und Verabredungen. Diese verdammten Eier brannten. Ich musste die Stiche mit eigener Hand entfernen und mich mindestens ein paar Monate von Sigrid fernhalten. Ich schob es auf die Arbeit, die all meine Kräfte kostete, und dass eine Kohabitation deshalb nutzlos war, ich war von einer temporären aspermi befallen und außerstande, Prästanz zu zeigen.

»Du bist immer noch jung«, sagte ich.

Wie tief kann man sinken, bevor man keine Luft mehr bekommt?

Tiefer.

»Wenn du es sagst«, sagte Sigrid.

Sie zog sich um, fuhr mit Tora zum Nürnberger Hof und kam spät heim.

Direktor Lund verließ uns übrigens ganz überraschend an Silvester, Schlaganfall, er wurde eines Morgens im Wintergarten gefunden, und seine Ehefrau Alma zog mit dem Sohn in eine andere Stadt. Ich ging nicht zur Beerdigung. Ich hatte die gleichen Gefühle wie damals, als Vater sich das Leben genommen hatte: Ich war frei, und niemand konnte mich mehr beschützen. Von Notto hörte ich übrigens kein Wort. Lange glaubte ich, dass ich ihn niemals wiedersehen würde. Wenn dem doch so gewesen wäre. Umso mehr dachte ich an ihn. Und wenn ich an ihn dachte, dann dachte ich an eine Revanche. Die Revanche wurde mein neuer Zwang, der alles andere verdrängte. Ich dachte daran, wenn ich die übel zugerichteten Leichen öffnete und ihre Eingeweide in eine saubere Reihe auf die Arbeitsplatte legte. Ich dachte daran, wenn mir die Landstreicher angeliefert wurden, die sich an dem sogenannten Blitzexpress, der aus Branntwein, Petroleum, denaturiertem Alkohol, Ingwer und Pfefferminztropfen bestand, zu Tode getrunken hatten, einem Cocktail, der dem, den ich in meinen finsteren Semestern, meinen verlorenen Studienjahren, getrunken hatte, nicht unähnlich war. Ich dachte daran, wenn ich totgeborene Kinder und getötete Kinder aufschnitt, die im Waschkessel mit Lauge ertrunken waren, mit einem Handtuch erwürgt oder an Papier erstickt waren, das ihnen in den Hals gedrückt worden war. Ich dachte daran, wenn ich bei einem erschlagenen Kind den Schnitt von Ohr zu Ohr quer über den Scheitel zog, jeden Knochen mit dem Periostkratzer enthäutete, die Sagittalnaht aufschnitt, das lakunäre Kranium mit einer kräftigen Schere kreisförmig aufschnitt und das kleine Gehirn heraushob, in dem kaum ein Gedanke sich hatte festsetzen können, nur Schmerzen. Ich dachte daran, während ich den Kiefer aufschnitt. Ich dachte daran, als ein fünfzehnjähriges Mädchen nach der Obduktion, die den Tod durch Ersticken bestätigt hatte, erklärte, dass die Geburt, die in aller Heimlichkeit stattgefunden hatte, zum Stillstand kam, als der Kopf sichtbar geworden war. Zunächst hätte sie versucht, das Kind mit den Händen herauszuziehen, aber als das nicht ging, hätte sie einen Schal genommen, ihn dem Kind, das mit dem Gesicht nach rechts lag, unter das Kinn gelegt, und so lange gezogen, bis das Kind losgekommen war, bereits zu dem Zeitpunkt tot. Ich fand eine breite Furche, acht Zentimeter lang auf der Vorderseite des Halses, auf der Höhe vom linken Ohr bis zum rechten Sternoklavikulargelenk. Aber wer hat das Recht, das Mädchen eine Mörderin zu nennen? Das ist nicht meine Aufgabe und steht mir nicht zu. Der Pathologe arbeitet nicht hinsichtlich jus civile oder jus talionis. Und wir bemühen auch nicht die Moral, um Ursachen oder Motive in ihr zu finden. Ich hätte sie zweifellos freigesprochen. Hatte sie denn nicht versucht, das Kind zu retten? Derjenige, der sie in eine derartige Einsamkeit verstoßen hatte, ihn hätte ich dagegen mit Freuden zu lebenslangen Qualen verurteilt. Ich dachte an eine

Revanche, wenn ich zu Tatorten fahren musste, an denen sich die widerlichsten Verbrechen ereignet hatten, wie beispielsweise der Mord in der Bjerregårdsgate. Ein 24 Jahre alter Mann hatte seine 62 Jahre alte Mutter ermordet, nur weil sie wollte, dass er aufsteht. Er warf sie zu Boden und trampelte mit nackten Füßen auf ihr herum, besonders auf dem Kopf und dem Nacken. Sie lag mit dem Gesicht auf dem Boden. Und nach ungefähr einer halben Stunde gab sie kein Lebenszeichen mehr von sich. Bei der Leichenschau zeigten sich zahlreiche Schürfwunden, blutunterlaufene Flecken, oberflächliche Brüche und Wunden im Kopf, besonders im Gesicht. Mehrere Knochen im Gesicht waren gebrochen. Die Kopfhaut, inklusive galea aponeurotica, hatte sich in großen Bereichen von der Knochenhaut gelöst, und in den Zwischenräumen hatten sich große Blutmassen angesammelt. Auch am Hals gab es Blutungen an den Muskeln, im Bindegewebe, in den Faszien und am Kehlkopf. Vier Rippen, das Brustbein und drei Finger waren gebrochen. Aus den Verletzungen im Gesicht war viel Blut geflossen. Überall auf dem Boden fanden sich die Abdrücke nackter, blutiger Füße. Mutter und Sohn. Er wollte nur etwas länger schlafen. Es wurde viel über die Standhaftigkeit einzelner Personen gelacht. Ich lachte nicht. Ich dachte an eine Revanche. Ein 65 Jahre alter Kaufmann aus Kolbotn fügte sich zunächst mit einem kleinen Klappmesser mit einer ziemlich scharfen Klinge zahlreiche Stichwunden in der Stirn zu, ohne dass die Klinge durch das Stirnbein drang. Anschließend versuchte er sich die Radialpulsader aufzuschneiden. Doch auch das gelang ihm nicht. Dann stach er sich in die Herzregion. Einige dieser Stiche drangen auch durch den Brustkorb, in den Herzbeutel und den linken Lungenflügel, ohne das Herz oder die Lunge lebensgefährlich zu schädigen. Schließlich kam er zur Vernunft, nahm ein Seil, legte es sich zweimal um den Hals und zog es mit den eigenen Händen so fest zu, wie er nur konnte. Er wurde erstickt aufgefunden. In seiner Buchführung war wohl so einiges durcheinandergeraten. Aber man darf sich nie weigern, eine Obduktion durchzuführen, ganz gleich, wie eklig es werden kann, beispielsweise bei ertrunkenen oder verbrannten Personen. Aber ich dachte nicht mehr gerichtsmedizinisch. Ich dachte an Notto. Ich dachte an eine Revanche. Doch die Toten beklagten sich nicht. Wie gesagt, die Toten sind sachlich. Die Gerichtsmedizinische Kommission war ebenfalls sehr zufrieden mit meiner Arbeit. Die Mäusehalle gehörte endlich mir. Sigrid erklärte wiederholte Male, dass ich nach Leichen roch. Ich glaubte, sie würde einen Spaß machen. Doch das tat sie nicht. Sie hielt sich, oder mich, auf Abstand. Damit konnten wir beide leben. Nach Lund wurde ein neuer Direktor im Rikshospital eingestellt, ein Professor Dr. med. Thøger, er gehörte zu denen, die die Gerichtsmedizin als eigenes Fach als überflüssig ansahen, da es doch nur Wissen benutzte, das auch in den anderen Disziplinen gelehrt wurde. Was natürlich auf einem banalen Missverständnis beruhte, was die Zeit gezeigt hat, wenn es nicht nur der reine Neid war, und manchmal kann es scheinen, als wäre dieses niedere, primitive Gefühl, der Neid, Teil des Studienpensums. Er war kaum älter als ich, ich konnte mich noch aus der Studienzeit an ihn erinnern, ein Streber, und es gefiel mir nicht, einen Vorgesetzten zu haben, der fast im selben Alter war wie ich. Leider war er auch noch ein Tugendbold. Er mischte sich in die Frisuren der Krankenschwestern ein und erklärte, dass cutting und shingle am Rikshospital unerwünscht wären, der Scheitel sollte korrekt nach der Nase verlaufen. Ich hätte einwenden können, dass kurzes Haar an einem Krankenhaus von Vorteil war, bekam dazu aber nie die Gelegenheit. Ich entschied mich, mich auf zwei Gebiete zu spezialisieren, die in meinen Augen eng zusammenhängen:

Untersuchungen, bei denen es um die Zurechnungsfähigkeit einer Person geht, also gerichtspsychiatrische Gutachten, und Selbstmorde. Ich hatte keine Lust, den Rest meiner Karriere beispielsweise mit Fällen wie dem des Streithammels zu verbringen, der bei einer Rangelei mit einem Kameraden auf der Karl Johan eine Regenschirmspitze in das eine Nasenloch gebohrt bekam, durch die basis cranii, hinein bis in die lateralen Ventrikel, er hatte leichtes Nasenbluten, aber der Streithammel konnte noch ins Grand gehen, sich ein Glas Bier bestellen, bezahlen und es austrinken, bevor er starb. Hätte es an dem Abend doch nicht geregnet. Ganz zu schweigen von Jens, dem Fuchs, der bei einem Treffen der Bauernjugend einen Messerstich ins Herz bekam, mit 800 Gramm Blut in der Perikardiumhöhle und 1200 Gramm Blut im linken Lungenflügel; trotzdem konnte er anschließend noch zwei Tanzsprünge präsentieren, weil er zeigen wollte, dass er ein echter norwegischer Kerl war, worauf er anschließend tot umfiel. Vielleicht war es aber auch so, wie ich mir jetzt denken kann, jetzt, wo ich mein ganzes Leben rückwärts betrachte, dass ich mich für diese Fachbereiche entschied, um nicht so viel mit Kindern zu tun zu haben. Ich ertrug das meiste und weigerte mich nie, eine Leiche zu obduzieren, aber mit Kindern war es am schlimmsten. Unzurechnungsfähig nach dem norwegischen Gesetz, § 44, und nicht schuldfähig ist derjenige, der zum Zeitpunkt der Tat *geisteskrank* oder ohnmächtig war. Dagegen führt eine *mangelhafte Entwicklung der geistigen Fähigkeiten,* § 39, was auch senile oder alkoholbedingte Einschränkung mit einschließt, nicht zur Aufhebung der Schuldfähigkeit. Das hat natürlich keinerlei Einwirkung auf das Schicksal des Selbstmörders, ganz im Gegenteil, zeigt sich, dass Selbstmörder zum Zeitpunkt des Geschehens sehr bewusst und zielstrebig vorgehen, wie beispielsweise der genannte Kaufmann aus Kolbotn.

Ich möchte aber bei der Gelegenheit daran erinnern, dass es jedem Arzt auferlegt ist, nicht nur in seinem eigenen Interesse, sondern im Interesse der Allgemeinheit, seine Schweigepflicht nur zu brechen, wenn es notwendig und erforderlich ist. Strenge Diskretion ist die vornehmste Pflicht eines Arztes. Deshalb will ich den Kaufmann hier liegen lassen. Von allgemeinem Interesse ist hingegen, dass die Jahreszeit eine gewisse Rolle spielt: Männer begehen meistens im Frühling Selbstmord, besonders im Monat Mai, während Frauen sich vor allem an den September halten. Man kann außerdem sagen, dass jedes Geschlecht bevorzugte Methoden hat. Männer pflegen sich aufzuhängen oder zu erschießen, es ist seltener, dass sie Gift nehmen oder sich ins Meer stürzen. Frauen, besonders schwangere, nehmen Gift, erhängen oder ertränken sich. Auch der Beruf hat seine Bedeutung. Es gibt unter den Ärzten ziemlich viele Selbstmorde. Der Frühling würde bald kommen. Ansonsten konnte ich mich darüber freuen, dass Knut Hamsuns letzter Roman von vielen Kritikern und Schriftstellerkollegen verrissen worden war. *Die Personen führen sich wie erschöpfte Artisten auf einem Marktplatz auf.* In einer anderen Zeitung stand: *Sie sind es wirklich leid, Illusionen aufzuführen und Narren für das Volk zu sein.* Ich warf diese Zeitung weg und war mehrere Tage lang nervös. Trotzdem schaute ich weiter nach Rezensionen. Wir hatten nämlich in unserem Aufenthaltsraum im Rikshospital ein Regal, in dem Zeitungen aus dem ganzen Land gestapelt wurden, natürlich mehrere Tage lang, vielleicht waren einige sogar Wochen oder Monate alt. Hatte sich ein neuer Zwang gezeigt? Musste ich jetzt sämtliche Zeitungen lesen, die in Norwegen herausgegeben wurden, und dabei drehte es sich um mehrere Hundert. Ich versuchte den Aufenthaltsraum zu vermeiden, vergeblich. Ich musste blättern. Schadenfroh las ich in einer größeren Zeitung: *Hamsun hat schon immer zu dem Stamm gehört, der seine Alten erschlug und sie am Wegesrand liegen ließ, grausam ist er immer gewesen, und das Menschenleben war für ihn nie mehr wert als ein Spiel mit Trieben und dem Tod.* Ich sah zu, dass ich wieder hinunter in die Mäusehalle kam, äußerst unruhig und nicht mehr schadenfroh. Die Leiche auf dem Tisch war ein 48 Jahre alter Mann, tot aufgefunden in einem Hospiz am Rande der Stadt. Er hatte zuerst versucht, sich zu erstechen, und ihm war auch ein Stich in die Herzregion, in die Pleuraregion und ins septum ventric gelungen. Doch damit nicht genug. Anschließend fügte er sich mit einem starken Messer eine große, breite, klaffende Wunde im Nacken zu. Sie erstreckte sich von einem Punkt, drei Zentimeter hinter dem linken Ohr, um den Nacken herum bis zum rechten Ohr, quer durch Muskeln, Faszien und bis ins columna zwischen atlas und epistropheus hinein, in die Hirnhaut und durch den hinteren Halbteil der medulla spinalis. Das war einfach einzigartig. Hinzu stellte sich heraus, dass der Mann geisteskrank war. Wir hatten es mit einem Prachtexemplar zu tun. Ein Assistent schrieb *geistesschwach* ins Krankenblatt, und ich war gezwungen, ihn zu korrigieren. Der Begriff *geistesschwach* sollte nämlich möglichst nicht benutzt werden. Benutzt man ihn trotzdem, dann muss man sich darüber klar sein, dass eine Geistesschwäche nach dem norwegischen Gesetz für Geisteskrankheiten *Idiotie* bedeutet, und Idioten sind als geisteskrank aufzufassen und zu deklarieren, mit anderen Worten, eine Schlussfolgerung wie *nicht geisteskrank, sondern geistesschwach* ist laut norwegischem Recht ein Widerspruch in sich. Dieser Fall beschäftigte mich so sehr, dass ich die Zeitungen ganz vergaß. Am nächsten Morgen war der Zwang jedoch wieder da, das heißt, er war natürlich die ganze Zeit da gewesen, aber ich hatte anderes zu bedenken gehabt. Ich musste in den Aufenthaltsraum und blättern. Und in diesem Zusammenhang stieß ich wieder auf Notto Fipp. Im Fædrelandsvennen vom März, also dem März 1931, bereits zwei Monate alt, konnte ich diese herzzerreißende Klage über das Junggesellentum lesen, unterschrieben von keinem anderen als Notto Fipp: *Es ist heutzutage nicht leicht, Junggeselle in Evje zu sein. In 14 Tagen soll der »Sinter« im Bergwerk von Evje mit neun bis zehn Mann in Gang gesetzt werden, aber es werden nur verheiratete Männer eingestellt. Das Schmelzwerk selbst wird nicht vor Weihnachten in Betrieb gehen. Vielleicht werden auch dort nur verheiratete Männer angenommen. Es herrschen momentan harte Zeiten für Junggesellen. Ich finde, es gibt ein ungerechtfertigtes Missverhältnis zwischen Verheirateten und Unverheirateten. Nicht nur, dass die Junggesellen zu viel von den Steuerbürden der Verheirateten tragen müssen, jetzt sieht es auch noch so aus, als würden sie gar nicht das Recht bekommen, zu arbeiten. Ja, es ist schon wahr, dass es für den Menschen nicht gut ist, allein zu sein.*

Ich ließ mich auf einen Stuhl sinken und stand kurz vor den Tränen. Ein paar aufdringliche, unangenehme Patienten wollten mich trösten. Ich zeigte ihnen mein Skalpell, und sie zogen sich zurück. Doch das war nicht alles, was dort stand. Dem Artikel folgte ein Interview mit Notto, und der Journalist hatte ihn folgendermaßen zu Wort kommen lassen: *Wir sind fünf Junggesellen hier oben, wir haben uns zusammengeschlossen und treffen uns jeden Abend, um diese prekäre Situation zu besprechen. Nach vielen reiflichen Überlegungen sind wir uns einig geworden, dass der einzige Ausweg darin besteht, dass wir heiraten. Doch da wir es als höchst unwahrscheinlich ansehen, dass fünf Frauen uns hier in diesem hintersten Kaff auf dem Präsentierteller geliefert werden, sind wir uns einig darüber geworden, dass wir versuchen wollen, über die Lokalpresse Liebste per Anzeige zu suchen. Das ist der Grund, dass wir uns hier in der Zei-*

tung zu Wort melden. Wir stellen an das Aussehen oder die moralische Lebensweise der Frauen keine Anforderungen. Es geht nur darum, dass sie sich mit uns so schnell wie möglich verheiraten. Man muss dabei bedenken, dass wir bei dieser Hochzeit genauso viel riskieren wie die Frauen. Die einzige Bedingung, die wir stellen, ist, dass sie wirklich frei sind, dass niemand auf sie Ansprüche erheben kann. Ansonsten haben wir nichts dagegen, wenn sie Geld in ihrer Mitgift haben.

Und dann kehrte sich meine Verzweiflung in Jubel. Denn zum Schluss antwortet Notto auf die Frage, ob er mit dem Gehen ganz aufgehört habe:

»Ich würde gern noch einmal gegen das Steak antreten.«

Das war alles, was ich brauchte. Das war das Zeichen, auf das ich gewartet hatte. Wir hatten denselben Gedanken gehabt. Notto Fipp rief. Und ich folgte seinem Ruf. Endlich würde ich meine Revanche kriegen. Die Zeit war reif. Zu meiner Verwunderung wurde mir sogleich von Direktor Thøger eine Permission gestattet, damit ich in aller Ruhe an meiner Doktorarbeit weiterarbeiten konnte. Er legte mir die Hand auf die Schulter und sagte etwas in der Art, dass diese Dissektionen und Leichenöffnungen verkohlter, aufgedunsener, zertrümmerter und zerfetzter Körper, Tag für Tag, dem Hartgesottensten auf die Nerven gehen könnten. Ich war nicht der Einzige und würde auch nicht der Letzte sein, der eine Atempause brauchte. Die Nerven? Es stellte sich heraus, dass einige der Patienten, natürlich nicht die Toten, sich bereits über mich wegen des Skalpells im Pausenraum beschwert hatten. Sie fühlten sich bedroht. Deshalb dieses resolute Entgegenkommen. Wollte er mich loswerden? Aber genug davon. Ich belud die Rücksitze des Roadsters mit Bananen und Milch, legte Sigrid eine Nachricht hin und fuhr schnurstracks Richtung Evje. Zuerst suchte ich die Gruben auf, traf den Hauer, der mir erzählen konnte, dass Notto Fipp nicht dort arbeitete. Hier waren nur verheiratete Männer, sonst gab es zu viel Durcheinander und zu viele Prügeleien. Man konnte von weniger misogam werden. Ich hätte ihm gern eine Lektion erteilt, dahingehend, dass Verhalten und Moral nicht zwangsläufig innerhalb einer Ehe besser sind als außerhalb. Aber ich hatte keine Zeit zu verlieren. Außerdem war ich erleichtert. Notto war immer noch Junggeselle. Er war frei. Ich fuhr weiter zu der achteckigen Kirche von Hornnes, und nachdem ich bei dem Glöckner nachgefragt hatte, fand ich schließlich den Weg, der zu Nottos bescheidenem Wohnsitz führte. Das letzte Stück musste ich zu Fuß gehen, und sicherheitshalber legte ich eine Flasche Milch und ein Bündel Bananen in die Arzttasche. Es war ein erbärmlicher Ort, an den ich kam, einsturzgefährdet, windschief und wacklig. Aber rundherum breitete sich die mächtige Natur aus und drohte es sich einzuverleiben, mit dem glänzenden Fluss, weiten, dichten Wäldern, sowohl Nadel- als auch Laubbäumen, und leicht geschwungenen Wiesen, so grün, dass man glauben konnte, sie wären aus Filz. Notto selbst, dieser pauvre honteux, saß am Schleifstein, der fast zugewachsen war, und putzte seine Mokassins. Er schien nicht überrascht zu sein, mich zu sehen.

»Bist du bereit?«, fragte ich.

Notto zuckte mit den Schultern.

»Ich kann mich wohl schon ein bisschen vom Acker machen, ob früher oder später, ist auch egal«, antwortete er.

Und so begann der letzte Trip, vorsichtig, in den Gefilden der Kindheit, wo alles verfallen und gleichzeitig immerwährend war. Wir schliefen unter freiem Himmel oder in einer Scheune; wenn es regnete, konnten wir einfach im Roadster übernachten, oder wir ließen es halt regnen. Ich ließ Notto nicht eine Sekunde aus den Augen und sah, wie er langsam, aber sicher regenerierte und zu seinen alten Kräften kam, ja, mehr als das. Trotzdem nahm ich noch keinen Kontakt zu dem dänischen Hoflieferanten auf. Ich musste sicher sein, dass Notto nicht nur diesen Marsch auf fachlich gesehen zu verantwortende Art und Weise durchführen, sondern ihn auch gewinnen konnte, etwas anderes war undenkbar und ausgeschlossen, zwei Niederlagen hintereinander hätten uns beiden das Genick gebrochen. Ich streckte mich nach dem Unmöglichen, und das Unmögliche war in Reichweite. Von Evje nach Arendal. Von Arendal nach Kristiansand. Von Kristiansand nach Evje. Ich fuhr mit dem Roadster hinterher. Darf ich sagen, dass das meine glücklichste Zeit war? Ja. Das darf ich mit Fug und Recht behaupten. Notto war erleichtert und kräftig, während ich ihm Schwung in die Hüften gab, der ihn in schnellerer Geschwindigkeit vorwärts trieb und ihn weniger Kraft kostete. Ja, ich war so guter Laune, dass ich eines Vormittags, als wir an einem Wasserfall Rast machten, mich erdreistete, das zu fragen, von dem ich wusste, dass ich es nicht fragen sollte, aber ich konnte es dennoch nicht lassen:

»Woran denkst du, wenn du nicht gehst, Notto?«

Er nahm die Bananen in aufrechter Haltung zu sich. Ich saß auf einem Stein und genoss die angenehme Brise vom Wasserfall, die uns beiden gut tat.

»Dein Auto ist schmutzig«, sagte Notto.

Ja, der Roadster war mit Staub lackiert, und das konnten wir nicht zulassen. Ich holte Wasser aus einer Vertiefung unterhalb des Wasserfalls und sah dort kurz den Schatten eines Fisches, einen geschmeidigen Schatten, der still auf dem Grund lag. Ich weiß nicht, wieso ich mich ausgerechnet daran erinnere. Es berührt etwas in mir. Damals war ich nur froh, dass Notto meine unpassende Frage ungehört hatte verstreichen lassen. Aber als der Roadster vorn wie hinten blank geputzt und frisch gewaschen wie ein Schmuckstück auf Rädern glänzte, da sagte er:

»Wenn ich nicht gehe, dann bin ich übrig.«

Dazu hätte ich viel zu sagen gehabt. Doch ich sagte es nicht. Ich hätte es sagen sollen, oh ja, ich hätte es unbedingt sagen sollen! Ich hätte sagen sollen, dass er nie übrig war, ganz gleich, was er tat, dass vielmehr das Gegenteil der Fall war, wenn es ihn nicht gäbe, dann wären wir anderen übrig gewesen.

Notto lehnte sich an die Karosserie, streckte seine festen Beine und seufzte.

»Außerdem werde ich fett davon.«

Es blieb nicht unbemerkt, dass wir wieder unterwegs waren, entlang der Straßen standen bereits Leute und feuerten uns an. Sie legten ihre Sachen hin und wollten Notto Fipp unterstützen. Da war mir klar, dass die Zeit gekommen war. Ich nahm von der Telefonzentrale des Fædrelandsvennen aus Kontakt zu Ulrik Holmsen auf. Er war gleich am Apparat, als hätte er nur auf diese Nachricht gewartet, und das hatte er tatsächlich.

»Endlich«, sagte er.

Ich war sofort auf der Hut.

»Warum haben Sie mich denn nicht angerufen, wenn Sie so ungeduldig sind?«, fragte ich.

»Der Verlierer fordert heraus, nicht der Sieger.«

»Notto Fipp ist kein Verlierer, sondern eine gute Nummer Zwei«, sagte ich.

Ausgiebiges Gelächter aus Dänemark.

»Sie könnten Hoflieferant für norwegische Sprüche werden, Herr Hval.«

Wie gesagt, mir gefiel dieser Ton nicht.

»Darf ich daran erinnern, dass es hier um ernste Dinge geht«, sagte ich.

»Aber mein lieber Herr Hval, wir können doch ab und zu auch einmal ein wenig scherzen?«

Wir wurden uns über dieselben Regeln wie beim letzten Mal einig, abgesehen von einem: Der Weg wurde auf den Kopf gestellt. Es sollte am Tullinløkken beginnen und in Kopenhagen enden, auf dem Kongens Nytorv. Das Steak gegen die Banane. Die Presse war bereits informiert. Die Gerüchte waren im Umlauf. Schließlich saß ich trotz allem in den Räumen einer Zeitung und sorgte ab und zu für Sensationen. Und ich hätte Notto diese Neuigkeiten gerne selbst überbracht. In zwei Wochen sollte der Startschuss fallen, am 11. Juli 1931. Da hieß es nur, den Frack bereithalten. Ich verordnete Ruhe, Massagen, feste und flüssige Nahrung, also Bananen und Milch in jeder Façon. Aber ich mag nicht länger um den heißen Brei herumschleichen, wie man so sagt. Ich könnte natürlich aus den Winkeln meines Körpers mit rasiermesserscharfer Kälte ein Herz herausschneiden, dass ich selbst erfröre und Handschuhe benutzen müsste, als wäre der Bodenfrost in mein Gemüt eingedrungen. Es war Sigrid, in der ich mich geirrt hatte, sie sagte es: Du hast Bodenfrost in dir, Bernhard. Deshalb seziere ich diese Erinnerungen mit meinem rechten Zeigefinger und komme zur Sache, während die Uhr hinter mir bald Überstunden macht, die große Nachtschicht einlegt: Es war ein herrlicher Tag. Die Sonne strahlte. Die Temperatur stieg gen Himmel. Ich folgte Notto mit einiger Entfernung, um ihn nicht zu stören. Wir waren zwischen Holmestrand und Drammen, sein letztes Joch, bevor es Ernst wurde. Er war in guter Form, ja, teilweise kam es vor, dass er schneller ging, als ich fahren konnte. Was vielleicht mehr über den Roadster als über Notto sagt, aber dennoch. Wir waren Optimisten. An einer Milchrampe, an der ein Bauer gerade seine Milchkannen abstellte, hielt ich an, um ihn zu fragen, ob er vielleicht einen Schluck übrig hätte, ich zeigte ihm die leere Flasche, mehr war nicht nötig.

»War das nicht der Fipp, der da vorbeiging?«, fragte er.

»Das war niemand anderes als Fipp persönlich«, bestätigte ich.

Ohne viel Federlesen hob der Bauer eine ganze Kanne auf den Rücksitz.

»So viel braucht er mindestens. Und ich hoffe, dass er diesem Steak ein für alle Mal davonläuft!«

»Das verspreche ich. Wie viel schulde ich Ihnen?«

»Nichts.«

»Das ist viel zu viel.«

Wir schüttelten uns die Hände, und der Bauer nahm seine Mütze ab, und seine Stirn glänzte weiß über dem sonnenverbrannten Gesicht.

Ich fuhr weiter. In dem Staub, der auf dem engen Weg aufgewirbelt wurde, ich wurde diesen Staub einfach nicht los, in dieser flimmernden Hitze, die die Luft fast zum Vibrieren brachte, ein norwegischer Sommer ohnegleichen, in diesem Staub konnte ich kaum einen Meter weit sehen, weil ich von der Sonne so geblendet wurde. Ich sah Notto nicht. Ich hatte ihn aus den Augen verloren. Ich bog um die nächste Kurve, gleich bei einem Waldstück, steigerte das Tempo, und da war es bereits zu spät. Ich hörte es, bevor ich es wusste: Knochen, die knackten. Ich schlug mit der Stirn gegen die Windschutzscheibe, wurde nach hinten geschleudert, fuhr voller Panik zurück und zog Notto unter der Stoßstange mit mir, dann wurde es vollkommen still. Mit Mühe kam ich aus dem Wagen. Notto lag vor dem Roadster, halbwegs unter ihm. Ich konnte schnell erkennen, wie es um ihn stand. Beide Beine waren mehrfach gebrochen, von den Knien abwärts. Die Füße waren verdreht, Blut floss aus den Mokassins. Das eine Rad war ihm über das

Gesicht oder den Schädel gefahren, hatte ihn zusammengedrückt und ein tiefes schwarzes Muster vom Reifen hinterlassen. Ein junges Paar kam aus einem anderen Wagen herangelaufen. Was war passiert? Notto mit all seinem freien Willen und seinem Drang war stehen geblieben und hatte ihnen geholfen, ihren Wagen zu schieben, der eine Panne gehabt hatte, sie waren auf einem Sonntagsausflug. Die junge Frau schrie.

»Ist das unsere Schuld? Ist das unsere Schuld?«

Dachte sie nur an sich selbst und nicht an den zerschmetterten Mensch, der zwischen uns im Sterben lag? Nein, sie dachte an uns alle.

Der Mann rief:

»Wir brauchen einen Arzt!«

Und ich konnte auf beide Fragen gleichzeitig antworten:

»Es ist meine Schuld. Und ich bin Arzt.«

Ich hockte mich hin und nahm Nottos Hand.

»Bist du es?«, fragte er.

»Ich bin hier. Schone deine Kräfte, Notto.«

Während der Mann zum nächsten Hof lief, um einen Krankenwagen zu rufen, musste ich sowohl Notto als auch die junge Frau versorgen, die mitten auf der Straße saß und hysterisch schluchzte. Ich legte meine Jacke über das eine zerschmetterte Bein, traute mich aber nicht, das andere herauszuziehen. Das hätte Schlimmes noch schlimmer machen können. Wir mussten auf Verstärkung warten. Der Mann kam zurückgelaufen, mehrere Menschen folgten ihm, Kinder und Erwachsene, sie hatten alles stehen und liegen lassen, um sich das hier nicht entgehen zu lassen. Dann stellte sich heraus, dass der Krankenwagen nicht vor zwei Stunden hier sein konnte. Notto würde es unmöglich so lange aushalten. Ich musste eine Entscheidung treffen. Ich befahl vier Männern, den vorderen Teil des Autos anzuheben, so dass zwei von uns Notto herausziehen konnten. Es war schlimmer, als ich gedacht hatte. Der linke Fuß war nicht nur zerquetscht, er hing nur noch an einer Fleischfaser und konnte jeden Moment abfallen. Ich bekam ein Hemd und einen Pullover, die ich zum Verbinden benutzte, es wurde Wasser geholt, und ich mischte einen kräftigen Drink, den ich Notto mit Mühe und Not einflößen konnte. Bald fiel er in einen Dämmerzustand, und ich sah keinen anderen Ausweg, als ihn selbst ins nächste Krankenhaus zu schaffen. Doch da griff jemand ein, diese hysterische Frau, sie wollte keinerlei Verantwortung übernehmen. Sie zeigte auf mich.

»Der war es, der ist gefahren. Es ist seine Schuld.«

Andere, die nicht einmal am Unfallort gewesen waren, sagten das Gleiche, dass ich unvernünftig gefahren sei. Ich sollte warten, bis die Polizei kam. War ich vielleicht betrunken? Die Stimmung wandte sich gegen mich. Selbst der Bauer, der die Milch spendiert hatte, stand nicht länger auf meiner Seite. Ich war umzingelt. Vier Mann legten Notto auf den Anhänger eines Treckers, und so wurde er befördert, wie ein Schlachtvieh, nach Kristiansand, ins St. Josephs Hospital. Der Dorfpolizist kam nach einer Stunde. Ich musste den Hergang erklären: Das Auto des jungen Paares hatte eine Panne gehabt, und Notto, hilfsbereit, wie immer, hatte ihnen beim Schieben geholfen. Ich hatte eine so außergewöhnliche Situation, die Menschenleben in Gefahr brachte, nicht vorhersehen können, Wenn jemand Schuld an dem Unfall hatte, dann das junge Paar. Weiß Gott, was die mit ihrem Wagen angestellt hatten.

Der Polizist maß die Bremsspur, tat seine Pflicht und notierte alles mit einem kurzen Bleistiftstummel auf einem Block. Ich wollte gern behilflich sein, trotz allem war ich eine Kapazität auf dem Gebiet, einer, dem man genau zuhören sollte. Gehe immer äußerst vorsichtig bei deinen Schlussfolgerungen vor! Jedes Wort, jeder Satz müssen sorgfältig abgewogen werden. Man sollte gemeinsam einen Entwurf verfassen und dann darüber schlafen. Wenn man seiner Sache nicht vollkommen sicher ist, muss das offen zugegeben werden.

»Sie haben Notto Fipp also verstümmelt«, sagte der Polizeibeamte.

»Es war ein entschuldbares Missgeschick. Ich lasse es nicht zu, dass …«

Der Polizist unterbrach mich.

»Ein entschuldbares Missgeschick vor allem für das Steak.«

Und erst da wurde mir klar, dass der Sieg des Steaks Bestand haben würde und Notto Fipp nie wieder loslaufen und ich auch niemals meine Revanche bekommen würde. Ja, ich hatte ihn verstümmelt. Ich hatte ihn aus den Augen verloren, um Milch zu holen. Das war mein Verbrechen. Spätabends durfte ich endlich nach Kristiansand fahren. Ich weinte und heulte. Ich spuckte auf die Windschutzscheibe und fuhr im Zickzack, und um 23.54 Uhr kam ich am St. Josephs Hospital an. Notto Fipp lag auf der Endstation. Mit anderen Worten: Sie hatten ihn aufgegeben. Sein Leben war nicht mehr zu retten. Mit Freude hätte ich ihm mein eigenes Herz überlassen, wenn es möglich gewesen wäre. Große äußere Schäden und innere Blutungen, nicht zuletzt in der Lunge und der Milz, dazu die zerschmetterten Beine und der zusammengedrückte Schädel, das war zu viel, selbst für Notto Fipp. Er erkannte mich wieder und nahm meine Hand. Ich hielt seine in meinen Händen. Er war abwesend, bereits auf dem Weg fort. Ich konnte es seinem Blick ansehen.

Der Blick verschwindet als Erstes. Das ist etwas, das wir alle wissen. Es ist das Licht, das im Körper ausgeknipst wird. Dennoch lächelte er.

»Hast du Schmerzen?«

Notto verdrehte die Augen und zerrte an meinen Händen,

ich wusste nicht, ob er sich losmachen oder fester gehalten werden wollte.

»Oh ja, ab und zu, aber so schlimm ist es nicht.«

Er schlief eine Weile ein und kam dann wieder zu sich, oder das, was noch von ihm übrig war, und das war nicht viel.

»Wir geben nicht so schnell auf«, sagte ich.

»Danke, dass du gekommen bist. Das war nett von dir.«

»Ich bleibe hier so lange, wie ich darf.«

»Das möchte ich dir überlassen.«

Er konnte nur mit Mühe die Hand heben. Da war das Papier mit dem Gedicht für Gro.

Kurz darauf fiel Notto Fipp in einen heftigen Todeskampf, und glücklicherweise konnten wir darauf verzichten, ihm die Beine zu amputieren. Das hätte nichts genützt, und er bat auch nicht darum. Er wollte auch kein Morphium oder andere schmerzstillende Mittel haben. Seine letzten Worte, die er aus der Sprache seiner Kindheit holte, lauteten:

»Ich bin mir sicher, wir sehen uns wieder.«

Das, was eine Festschrift werden sollte, wurde ein Schwanengesang.

Und ich habe es die ganze Zeit gewusst, dass wir uns wiedertreffen.

Aber so einen schönen Nachruf, wie Notto Fipp ihn bekam, haben nicht viele hier im Land erhalten. Eine ganze, nein, zwei Nationen trauerten an seiner Bahre.

Das Steak, diese dänische Sahnetorte, ließ Folgendes in den größten Zeitungen abdrucken:

Soeben nach Kopenhagen heimgekommen, erfahre ich zu meiner tiefsten Bestürzung, dass Notto Fipp verstorben ist und dass es deshalb nichts aus unserem nächsten Wettkampf werden wird. Als Kamerad und Freund war er unvergleichlich. Er besaß alle guten Eigenschaften, mit denen er nach bestem Wissen und Ge-

wissen versuchte, seinen Freunden zu helfen. Der Sportsmann Notto Fipp sollte ein Beispiel sein, dem alle Jungen folgen, er war »a gentleman of the sport«, immer aufrichtig, ließ nie jemanden im Stich und vertraute deshalb selbst auch immer seinen Mitmenschen. Er erkannte stets den Sieger an und verhöhnte nie den Besiegten. Ehre sei der Erinnerung an den norwegischen Sportler Notto Fipp. Kopenhagen. Juli 1931. Sigurd Bernt. Gern das Steak genannt.

Notto Fipp wurde in der Kirche von Hornnes beigesetzt. Bereits vor neun Uhr kamen Menschen, um sich von ihm zu verabschieden, mehr als dreihundert, wenn ich nicht falsch gezählt habe oder mich falsch erinnere. Das Mittelschiff der achteckigen Kirche war bedeckt mit Kränzen und Gestecken von fern und nah; besonders fiel mir der Kranz von diesem Sigurd Bernt auf: *Ein letzter Gruß von deinem Freund, dem dänischen Ochsen.* Ich saß ganz hinten und hatte das Gefühl, nicht willkommen zu sein. Es wurde ein Lied gesungen, das H. T. Moseid selbst geschrieben hatte und aufführte. Ich begnüge mich mit dem letzten Vers, obwohl es so viele gab:

Schlafe gut, es kommt der Tag
voll Licht, nach der Nacht, so schwarz
Wenn du wieder mit den Freunden
voller Freuden zusammentriffst
Wo dieser treffliche Gott bei dir ist
Und die Nacht zum Morgen wird

Als der Sarg hinausgetragen wurde, kam es leider zu einer Szene. Eine Dame, die ich leider nicht ignorieren konnte, obwohl ich sie noch nie gesehen hatte, ging an mir vorbei. Sie war verhärmt, ruppig, eine hässlichere Person hatte ich selten gesehen. Niemand wollte etwas mit ihr zu tun haben. Außer mir. Ich hielt sie auf. Sie war auch noch widerborstig, dick und abstoßend. Ich sagte, dass ich Nottos nächster Angehöriger sei, worüber sie nur lachte. Da gab ich ihr das Gedicht, das er für sie geschrieben hatte, und einen Moment lang blieb sie sprachlos und wie vom Blitz gerührt stehen, fast schön, im Lichte der Erinnerung. Ich werde es nie vergessen, dass ein Mensch so überrumpelt werden kann, dass seine Menschlichkeit zu Tage tritt, unvorbereitet und jäh. Diese Erfahrung nahm ich, rein fachlich gesehen, mit. Als ich nach Besserud heimkam, und das dauerte seine Zeit, saß Sigrid immer noch auf der Terrasse, die Wespe war zum Glück fort, und in dem Moment wurde mir klar, dass ich nicht mehr der Zweitverrückteste war, ich war aufgerückt, ich war der Verrückteste und sollte es ab jetzt immer bleiben.

»Bist du jetzt zufrieden?«, fragte Sigrid.

POST FESTUM

Ein Kinderschuh auf dem Boden einer Sahnekanne. So sollte es enden. Aber es ist noch eine Woche hin, bis ich dem heiligen Angesicht zuvorkommen und es um meinen achtzigsten Geburtstag bringen will. Ich habe also noch Zeit übrig, und wozu sonst kann ich sie nutzen, als dazu, die Zeit vergehen zu lassen? Und einige Ereignisse müssen noch aufgeführt werden, abgesehen von dem finsteren Jahrzehnt, das auf Notto Fipps Begräbnis in der Kirche von Hornnes folgte. Die Geschichte wiederholte sich auf banale, tragische Art und Weise. Es gab Zusammenbrüche, Arbeitslosigkeit, Tumulte und Blasmusik. Und in diesem bösartigen Chaos nahm die Zahl der Selbstmorde zu. Es wurde fast zu einer Epidemie. Leute warfen sich vor den Zug, sie erhängten sich auf dem Dachboden oder im Keller, ganze Familien verbrannten, und es war selten ein Unfall oder ein entschuldbares Missgeschick, oh nein, das Feuer war gelegt, meistens vom Vater des Hauses, der Konkurs gegangen war oder sein Erspartes verloren hatte und so erbärmlich war, seine drei Kinder und die Ehefrau gleich mit in die Flammen zu ziehen. Zumindest das ersparte uns mein Vater. Ich möchte nicht ins Detail gehen und beschreiben müssen, wie verbrannte Kinder aussehen, wenn von ihnen überhaupt etwas außer Staub und Knochen übrig ist, und das ist es meist.

Wir finden sie verkohlt und entstellt, aber dennoch wiederzuerkennen, mit Armen und Beinen in so speziellen Posituren, dass man glauben könnte, sie hätten versucht, das Feuer zu löschen oder vor ihm wegzulaufen, aber vergebens. Der abgehärtetste Gerichtsmediziner erstarrt bei so einem Anblick. Es wurde eng in der Mäusehalle im Rikshospital in diesen Jahren. Der Tod gab uns mehr als genug zu tun, und er zeigte sich von seiner schlimmsten Seite, grob und schmerzhaft, und es sollte noch schlimmer kommen. Da ich mittlerweile in dieser Festschrift allein und ohne Illusionen dastehe, erlaube ich mir, eine Sache zu referieren, die in vielerlei Hinsicht meinen Ruf verstärkte. Die Sache war nicht außergewöhnlich schlimm, aber umso verwickelter und zeigte, wie sehr sich diejenigen doch irrten, die meinten, die Gerichtsmedizin sei überflüssig. Wir erwecken nicht die Toten zum Leben. Wir sorgen nur dafür, dass der Gerechtigkeit Genüge getan wird, und das ist nicht nur nur. Das ist Zivilisation. Ein heimgekehrter Norwegisch-Amerikaner aus New York, wo es auch abwärts ging, wohnte zusammen mit seinem jüngeren Bruder in einer kleinen Baracke bei Sandvika, und in der Nacht zum vierten Januar 1932 wurde er sterbend in seinem Zimmer gefunden, mit Kopfschuss und bewusstlos. Er wurde sofort ins Krankenhaus gebracht, starb jedoch am nächsten Morgen und nahm damit den Verlauf des Geschehens mit ins Grab. Am Tatort konnten wir feststellen: Er lag halb bekleidet auf dem Rücken, die linke Hand um den Lauf einer Pistole mit einem 35 Zentimeter langen Lauf, deren Kolben auf seiner linken Schulter ruhte. Die Schusswunde saß auf der linken Scheitelseite, die Kugel war vertikal eingedrungen und hatte sich durch den Mund gesprengt. Der Anblick ließ schlimme Erinnerungen in mir wach werden, die ich jedoch für mich behielt. Eigentlich hatte ich keine Gefühle. Sonst wäre das auf den Verstand übergegangen. Ich war und bin ein Mathematiker des Todes. Ich vermesse Winkel. Kann es eine geeignetere Arbeit für uns Kantige geben? Bei näheren Untersuchungen fand ich außerdem eine weitere Schusswunde, sie war kleiner, wahrscheinlich verursacht von einem abgesprengten Stück der ursprünglichen Kugel. Dagegen fand ich keinerlei Anzeichen für einen aufgesetzten Schuss wie Pulverspuren oder Verbrennungen an Haar und Haut. Da die Umstände so außergewöhnlich waren, wurde gerichtlich eine Leichenöffnung angeordnet. Es wurden auch Schussproben abgehalten, von einem Gerichtschemiker, um den Abstand überprüfen zu können, von dem aus der Schuss abgefeuert worden sein musste. Die Folgerung war, dass es schwierig erschien, sich vorzustellen, dass der Verstorbene mit einer so langen Pistole sich den Schuss selbst gesetzt haben konnte, also Selbstmord begangen hatte, und der Ansatz des Schusses am Vorderkopf und seine Richtung waren von der Art, dass die Polizei annahm, dass ein Verbrechen vorlag. Der Bruder, Halvor H. E., mit dem der Verstorbene zusammengewohnt hatte, wurde verhaftet und des Mordes angeklagt. Er war in der betreffenden Nacht nicht im Haus gewesen, war mit Malerarbeiten auf einem Hof sieben Kilometer entfernt beschäftigt gewesen. Er hätte kaum in der Nacht nach Hause kommen und seinen Bruder erschießen können, ohne dass seine Abwesenheit auf diesem Hof bemerkt worden wäre. Die Pistole, mit der der Schuss abgefeuert worden war, gehörte dem Verstorbenen selbst, ebenso die benutzten Patronen. Nur die beiden Brüder wussten, wo die Pistole und die Patronen aufbewahrt wurden. So war die Lage, als der Fall der Gerichtsmedizinischen Kommission vorgelegt wurde. Nachdem ich die verschiedenen Akten zu dem Fall sorgfältig studiert hatte, gab ich eine Erklärung ab, der sich die anderen Mitglieder umgehend anschlossen, nämlich, dass es nicht auszuschließen war, dass der Verstorbene sich selbst erschossen hatte. Man könnte sich die Situation so vorstellen, dass der Verstorbene, auf dem Boden sitzend, die Pistole mit der linken Hand um den Lauf und den rechten Arm voll ausgestreckt an den Scheitel hält, so dass ein Finger den Abzug gerade noch erreichen kann. Der Abstand vom Scheitel bis zu den leicht gekrümmten Fingerspitzen wurde mit 36 Zentimetern berechnet. Der Schuss wird abgefeuert, und er sinkt nach hinten auf den Boden, die linke Hand immer noch um den Pistolenlauf, während der Kolben auf seiner linken Schulter liegt. Der Bruder wurde freigelassen. Ich erntete allgemeines Schulterklopfen. Eine Pionierarbeit. Sie wurde in ausländischen Zeitschriften veröffentlicht. Sigrid dagegen applaudierte überhaupt nicht. Sie verstand sich nicht auf die Schönheit dieser Details. Was ich ihr nicht vorwerfe. Aber schlimmer war, dass sie nicht einmal stolz auf mich war. Ich, der Beste meines Jahrgangs, wühlte in Leichen, statt Menschen zu retten. Ich mochte ihr nicht mehr erklären, dass Obduktionen die ärztlichen Künste weiterbrachten. Ich rettete Leben, indem ich die Toten untersuchte. Gleich kotze ich, sagte Sigrid. Wie gesagt, wir lebten uns auseinander. Sie ging abends aus, kam immer später nach Hause, besonders oft war sie im Nürnberger Hof. Ich hörte es im Rikshospital, meistens hinter meinem Rücken, aber ich hörte es, dass sie die Königin aller Tische in diesem immer zweifelhafteren Etablissement war, allein der Name war in diesen Zeiten bereits suspekt. Nürnberger Hof, eine Bierkaschemme deutschester Art. Die Medizinische Gesellschaft lag eine Etage darüber. Dort verkehrt Bernhard Hval und hat seine eigene, etwas zweifelhafte Gattin ein Stockwerk tiefer nicht unter Kontrolle. Nichts hört man besser als das, was hinter dem Rücken gesagt wird. Eines Abends fragte ich sie geradeheraus:

»Wieso hören wir nichts mehr von Tora?«

»Und warum fragst du das, Berny?«

»Gehört ihrem Vater nicht der Nürnberger Hof?«

»Er hat ihn verkauft. Interessiert dich das?«

»Du solltest nicht dorthin gehen.«

Sigrid mischte sich einen dieser verdammten Drinks, von denen sie glaubte, sie machten sie schöner. Ich hätte sagen können, dass die Drinks sie hässlicher machten, als sie war, sie machten Muskeln zu Fett, sie entblößten das Gesicht auf eine Art und Weise, wie sie keine Schminke vertuschen konnte. Aber warum sollte ich zur Wahrheit greifen, ich, der sie mit Lügen zerstört hatte?

Dann bekam ich eine gewisse Beförderung, von verschiedenen Seiten, wenn man es so sagen kann. Meine exakte Analyse der Widerwärtigkeiten in Sandvika führte dazu, dass eine andere, sehr viel delikatere Sache in meine Hände fiel. Worauf ich lieber verzichtet hätte. Staatsrat Quisling wurde angeblich am Nachmittag des zweiten Februar 1932 im Verteidigungsministerium von einem Mann angegriffen, der ihm mehrere oberflächliche Messerstiche in der Brust zufügte, außerdem einen Schlag auf den Kopf, der Bewusstlosigkeit hervorrief und später ein ganz typisches Bild einer ernsthaften commotio cerebri. Diese Symptome verschwanden aber im Laufe einiger Tage. Bei meiner Untersuchung fand ich jedoch neben Rissen und Messerstichen durch Weste, Hemd und Haut in die Brust eine sonderbare längliche Schramme auf der Stirn, ungefähr einen Zentimeter breit, vermutlich verursacht von einem länglichen stumpfen Gegenstand, vielleicht einem sogenannten Baton, einem Gummiknüppel. Diese Verletzungen, die sich als die schlimmsten erwiesen, verursachten die Gehirnkommotion. Die große Frage war, ob Quisling selbst sich diese Verletzung hatte zufügen können, um sich auf diese Weise Sympathie und Ellbogenfreiheit zu verschaffen. Vom gerichtsmedizinischen Gesichtspunkt aus, unter anderem auch meiner Person, denn ich war selbstverständlich nicht allein mit dieser Aufgabe betraut, das möchte ich betonen, wurde festgestellt, dass er sich nur schwerlich, ich wiederhole, nur schwerlich, und der Zweifel kommt leider manchmal dem Verdächtigen zugute, die Verletzung auf der Stirn eigenhändig hatte zufügen können. Die Sache wurde nie ganz aufgeklärt, und sie wurde auch 1945 nicht gegen Quisling angeführt, als der Prozess gegen ihn mit seiner angemessenen Hinrichtung endete. Ich glaubte nicht ein Wort seiner Erklärung, aber das war auch nicht meine Aufgabe. Meine Aufgabe ist und bleibt die Sachlichkeit. Ich habe Quisling reingewaschen. Hätte ich es besser gewusst, ich hätte vielleicht die Geschichte verändern können, zumindest die norwegische, in aller Bescheidenheit, da er ja bereits im folgenden Jahr die Nasjonal Samling gründete. Ohne meine gerichtsmedizinische Freisprechung wäre das kaum möglich gewesen. Ich hätte dafür sorgen können, dass er verurteilt wird. Durch mich wäre der Zweifel der Nation zugutegekommen. Doch so wurde über ihn lang und breit in den Zeitungen geschrieben. Mein Name wurde erwähnt. Und dafür gab Sigrid mir alle Honneurs, die sie mir geben konnte. Sie nannte mich ihr herrliches Schleckermaul. Ich war nicht länger nur ihr Stutenprinz. Obduziere mich, mein kleines Schleckermäulchen! Ich zog wieder in ihr Schlafzimmer ein. Und damit hörte Sigrid auch auf, in die Stadt zu rennen. Sie trank auch nicht mehr zu Hause, bis auf ein Glas Wein zum Essen sonntags, und sie beschloss sogar, ein Comeback als Tennisspielerin zu versuchen, sie war ja trotz allem noch nicht einmal dreißig. Das Ziel, das sie sich setzte, war auch nicht gerade ein geringes, nämlich die Sommerolympiade in Berlin 1936, wo Tennis wohl wieder auf dem Programm stehen sollte, sowohl Damen als auch Herren, Single und Double, drinnen und draußen. Sie erneuerte ihre Mitgliedschaft im Norwegischen Rasentennisverbund, kaufte drei neue Schläger, der, den sie von mir bekommen hatte, taugte nichts mehr, er war nur noch dafür gut, Wespen zu töten, und meldete sich in Hemming an. Was der Grund für Sigrids Gemütswandlung war, kann ich nicht genau sagen, ich bin ja kein Menschenkenner, aber ich stellte mir vor, dass es etwas mit Achtung zu tun hatte. Ich war in ihrer Achtung gestiegen, und deshalb musste sie auch steigen, möglichst noch höher. Sie trainierte fleißig und gewann ihre alte Geschmeidigkeit und Kraft zurück. Sie behauptete auch nicht mehr, dass ich nach Leichen röche. Wir ähnelten fast einer Ehe. Dann passierte etwas: Als ich die Bilder von Hitlers Machtübernahme in Berlin sah, mit dem Fackelzug durch das Brandenburger Tor und Tausenden von Menschen, die mit in die Luft gereckten Armen dastanden, war es abrupt Schluss mit meinen eigenen Armschwüngen. Ich brauchte einen Abend und eine ganze Nacht, um sie an Ort und Stelle zu bekommen. Ich konnte es mir nicht erlauben, mit so einem lächerlichen Arm herumzulaufen. Stattdessen übernahm ich einen neuen Zwang, der keineswegs neu war, er hatte seit Nottos Tod dagelegen und gewartet, dass seine Zeit kommt. Jetzt schlug er in voller Blüte aus. Ich fing an zu beten. Worum ich bat? Um alles. Nichts war zu gering. Ich betete um alles und nichts. Für wen ich betete? Für alle, die mir über den Weg liefen, und nicht nur für sie, ich betete für alle, von denen ich las oder hörte und von denen ich meinte, sie bräuchten ein Gebet. Ich musste aufhören, Zeitungen zu lesen, in ihnen stand ja nichts anderes als ein Elend nach dem anderen. Und ich betete für die Schaffner der Holmenkollenbahn. Ich betete für Sigrid. Ich betete für Alfred Melingen und Tora und Sigrids Eltern. Ich betete für meine Mutter. Ich betete für meinen Vater. Ich betete für Alma und ihren Wintergarten, für Doktor Lund und ihren Sohn. Ich betete für das Steak. Ich betete für das Eichhörnchen in der Kiefer hinter dem Haus. Ich betete für die Vögel, wenn es eine Sonnenfinsternis gab. Es kam so einiges zusammen. Bald war keine Zeit mehr für etwas anderes als diesen unablässigen Aberglauben. Ich betete, wenn ich aß, ich betete, wenn ich ging, ich betete, wenn ich schlief, und konnte deshalb nicht schlafen, ich betete, wenn ich die Leichen aufschnitt, und ich betete, wenn ich Sigrid mit meinem hohlen Eisen pikierte. Ich betete lautlos. Ich war eine stumme Kirche. Nur ab und zu kam es vor, dass ich in ein lautes Gebet ausbrach, es konnte jederzeit passieren, beispielsweise in der Bahn auf dem Weg in die Stadt, oh Gott, erbarme dich des Eichhörnchens in der Kiefer, die Passagiere drehten sich mit offenem Mund um, da waren Taschentuch und die Dettweiler von Nutzen, das sage ich euch. Es konnte auch über einer Leiche passieren, wie etwa einem Herrn, der nackt mit einer Wäscheleine zweimal um den Hals gewickelt aufgefunden wurde, aufgehängt an einem Nagel in der Ecke eines Pensionszimmers auf Sagene, und dort hatte er mindestens eine Woche gehangen, lieber Gott, dein Antlitz, lass Sigrid das Mixed Double gewinnen! Die Assistenten und Studenten zogen sich zurück, und da war mein Klosterlatein von genauso viel Nutzen wie die Dettweiler und das Taschentuch. De mortuis nil nisi bene! Was ich diesen Eselsköpfen übersetzen musste: Sprich nichts Schlechtes über die Toten. Ein examinatus juris, noch mit Pickeln auf der Stirn, lachte und machte sich darüber lustig: Der Kadaver kann doch sowieso nichts hören, sagte er. Ich zog den Jungen zu mir heran. Er kam nur widerstrebend. Leg deine Hand auf sein Gesicht, sagte ich. Er weigerte sich. Das Gesicht war zyanotisch, also aufgedunsen und blau, die Zunge in dem weit geöffneten Mund eingeklemmt, die Augen zur Seite geglitten, wie bei einem Fisch. Tu, was ich dir sage, wiederholte ich. Der Junge näherte sich mit seiner Hand, zögerte aber immer noch. Möchtest du lieber seinen Penis anfassen?, fragte ich. Er ist dir doch aufgefallen? Der Junge nickte mehrere Male. Erklär mir das! Er war erleichtert: Die Blutungen in diesen hypostatisch überfüllten Teilen findet man bei Erhängten in den unteren Extremitäten und außerdem im Skrotum und im Penis. Deshalb die Erektion. Ich applaudierte. Hervorragend! Der Junge errötete. Aber du wirst nie ein Pathologe. Denn das ist kein Kadaver. Das ist ein Mensch. Nicht ein Tier! Sie können gehen. Und während ich redete, betete ich in meinem Inneren. Ich sprach sozusagen zwei Sprachen gleichzeitig. Aber nützte das etwas? Keineswegs. Und ich nehme an, dass es nicht mein Fehler war, denn falls es Gott gibt, so muss er ja wohl nicht unbedingt die Gebete hören. Denn was wäre dann mit den Taubstummen? Sollten die nicht auch einen Platz in den himmlischen Logen haben? Ich versuchte es mit dem Gottesdienst unten in der Kirche von Riis, vielleicht würde es ja etwas helfen, mit anderen gemeinsam zu beten oder dass andere an meiner statt beteten. Es half überhaupt nichts. Eines Abends fand ich das Eichhörnchen tot im Gras unter der Kiefer. Die Holmenkollenbahn war verspätet. Sigrid konnte sich nicht qualifizieren, weder im Single noch im Double. Aber es war nicht Gott, ihre Hoheit, das Antlitz, dieser Schelm und Falschmünzer, zu dem ich betete. Und es war auch nicht die Welt, für die ich letztendlich betete. Ich betete nur für mich und sonst niemanden. Mein Hunger musste gestillt werden. Mein Zwang musste erfüllt werden. Meine Kanten mussten geschliffen werden. Meine Saiten mussten erschlaffen.

»Redest du jetzt auch noch mit dir selbst?«, fragte Sigrid eines Morgens.

»Wieso?«

»Na, es sieht jedenfalls so aus.«

Ich zuckte mit den Schultern.

»Kann schon mal vorkommen.«

»Schon mal vorkommen? Du tust es doch die ganze Zeit.«

Sigrid äffte mich nach. Sie bewegte stumm und schnell ihre Lippen. Ich errötete. Sie brachte mich zum Erröten. Ich schaute in meine Kaffeetasse, wütend, beschämt. Es muss ein Sonntag gewesen sein. Der Ton war nicht mehr so gut wie vorher. Sie hatte sich wie gesagt nicht für die Olympiade in Berlin qualifiziert.

»Ich memoriere meine Doktorarbeit«, sagte ich.

Einen Moment lang leuchtete sie auf.

»Dann bist du bald fertig?«

»So eine Arbeit ist nicht gerade eine Postkarte, meine Liebe.«

»Aber was memorierst du dann? Nichts?«

Sie sagte memorieren, als wäre es ein Schimpfwort.

»Ich memoriere den Gedanken«, sagte ich.

»Den Gedanken? Bist du noch nicht weitergekommen?«

»Der Gedanke kommt zuerst, meine Liebe.«

»Du musst nicht die ganze Zeit meine Liebe sagen, mein Lieber.«

»Entschuldige.«

»Du memorierst also etwas, was es noch nicht gibt, wenn ich dich richtig verstanden habe, mein Lieber?«

»Den Gedanken gibt es«, sagte ich.

»Jetzt hast du es wieder gemacht.«

»Was?«

»Mit dir selbst geredet. Gibt es mich nicht?«

Das war eine überwältigende Replik, so unerwartet, so voller Trauer und Anklage. Und sie traf mich mit einer genauso überwältigenden Kraft. Ich versuchte ihre Hand zu ergreifen, doch sie zog sie zurück. Übrigens war der Tisch auch zu groß.

Wir saßen zu weit voneinander entfernt. Ich hätte herum gehen können, tat es aber nicht. Das hätte ich tun sollen.

»Dich gibt es«, sagte ich.

Die Worte klangen armselig, und ich schämte mich noch mehr. Und das war genau der Moment, an dem es mit uns zu Ende war, auch wenn es noch eine Weile weiterlief.

Sigrid stand auf.

»Ich würde gern ein paar Leute einladen. Was hältst du davon?«

»Schön. Du kannst ja beispielsweise Tora einladen. Oder wen du willst.«

»Ja, Bernhard. Genau, wen ich will.«

Sigrid ging hinaus auf die Terrasse und blieb dort stehen, mit dem Rücken zu mir. Ihr Schatten fiel in der niedrig stehenden Morgensonne durch das Wohnzimmer und färbte die Tischdecke schwarz.

Hätte ich nur ein Wort gefunden, das all meine Gebete und Beschwörungen beinhaltete und mich aus der Zeit befreite, ein einziges Wort! Ozaena! Gnade! Notto!

Ja, in Notto war Platz für alles.

Doch ich wurde nicht befreit. Hatte ich das tatsächlich geglaubt? Sobald ich aufhörte zu beten und nur noch ab und zu »Notto« flüsterte, kamen meine alten Zwänge mit voller Kraft zurück. Ich schnaubte, schluckte, trampelte, spuckte, zählte, leckte, äffte nach, meine tic convulsif wurden noch schlimmer, meine lapsus linguae noch grober, ich drehte allen Spiegeln den Rücken zu, vermied die meisten und hielt mich an die Toten.

Oh, alle gesammelten Fotzen des Teufels!

Dann stellte sich heraus, dass Sigrid meinte, was sie gesagt hatte. Eines Abends, es war im Oktober, verzichtete ich auf die Bahn, ich ging den ganzen Weg hinauf nach Besserud, um etwas frische Luft um die Nase zu bekommen. Ich hatte eine erschütternde Arbeit hinter mir, es hatte mich nahezu zerrissen. Eine Frau hatte einen Jungen mit einem Januskopf geboren, also mit zwei Gesichtern, eines auf jeder Seite. Die Mutter verlor den Verstand, als sie ihn leider durch ein Missverständnis zu sehen bekam, eine unerfahrene Krankenschwester wusste es nicht besser. Die Mutter wollte ganz einfach nichts von ihrem doppelten Kind wissen. Dachte sie nicht daran, dass sich dieses Kind nie würde wegdrehen können? Die beiden Gesichter sahen sich übrigens nicht ähnlich. Man hätte nicht gedacht, dass sie miteinander verwandt waren. Dieses doppelte Kind starb nach vier Stunden eines natürlichen Todes, wenn man es so sagen darf. Es wurde nämlich beschlossen, dass Janus, wie wir oder sie, die Gynäkologen, ihn nannten, keine weitere Behandlung bekam, obwohl er sowohl Sauerstoff als auch Blut brauchte, das wäre notwendig gewesen, um das Leben in den beiden Gesichtern zu erhalten. Wir ließen der Natur ihren Lauf, wie es heißt, was sie dann auch tat. Ich habe es selbst gesehen und hatte niemals etwas Ähnliches gesehen, weder vorher noch später: das eine Gesicht schlief zuerst ein, während sich das andere dagegen wehrte, schrie, den Mund aufriss, nach Luft schnappte, bevor es auch starb. Hinterher, unten in der Mäusehalle, zerteilte ich den Januskopf und konnte zu meiner Verwunderung feststellen, dass das Kind bereits ein weit entwickeltes Gehirn besaß. Und beim Anblick dieses prachtvollen Organs musste ich unweigerlich daran denken, welche Fähigkeiten hier verloren gegangen waren, welcher Mensch uns hier wahrscheinlich entgangen war. Das Zelt, die Basis, die Brücke, dura mater, alles war an Ort und Stelle. Man brauchte nur laut Professor Ziehens Karte der grauen Masse zu folgen und fand den ganz außergewöhnlichen Menschen, dem nach nur vier Stunden ein Ende gesetzt worden war, oder genauer gesagt, zunächst nach vier Stunden, dann nach vier Stunden und einer halben Minute! Mathematiker! Musiker! Vielleicht beides. Und dann noch zwei Gesichter! Gott hatte uns sein bestes Modell geschickt. Was ich natürlich nicht sagte. Ich dachte darüber nur auf dem Heimweg nach. Zu Hause war das Wohnzimmer voll fremder Frauen, junger und kräftiger. Zuerst dachte ich, es wäre die feminine Abteilung des Tennisclubs, die sich hier versammelt hatte, und wollte mich ungesehen vorbeischleichen, weiter an meiner Doktorarbeit arbeiten und mich nicht durch den Kampf des Tages stören oder meine Gedanken ablenken lassen. Da entdeckte ich jedoch einen Herrn, der mir bekannt vorkam, ein abstoßender Herr, unangenehm bis zum Äußersten. Er stand vor den Frauen und hielt ihnen eine Predigt. Es war kein anderer als Vidkun Quisling, der Mann, den ich fast freigesprochen hatte, der Anführer der »Nationalen Einheit«. Jetzt stand er in meinem Wohnzimmer und redete. Was mir überhaupt nicht gefiel. Ich will keine Zeit damit vergeuden, zu wiederholen, was dieser Taugenichts aus der Telemark auf dem Herzen hatte, es sollte den meisten bekannt sein. Ich möchte nur sein Haar erwähnen. Es ist ohne jeden Zweifel festgestellt worden, dass eine zu straffe Frisur, Nervenleiden, Migräne, Gesichtsschmerzen und Schlaflosigkeit verursachen kann, etwas, worauf beispielsweise Lund bei diversen Gelegenheiten hinwies. Mehr will ich dazu nicht sagen. Aber was mich vor allem verwunderte, war, welche Wirkung diese pompöse, gestotterte und unbeholfene Rede auf diese Frauen hatte, die anscheinend doch gar kein Tennis spielten. Sie seufzten. Sie applaudierten. Sie beugten sich vor, als wollten sie diesen albernen Kaiser eigenhändig berühren. Leider entdeckte Quisling mich, bevor ich in Sicherheit war, und er unterbrach sein Gelaber, während die Frauen sich, eine nach der anderen, zu mir umdrehten, und da stand ich, ein Eindringling in meinem eigenen Heim.

»Vielleicht möchte Doktor Hval die Versammlung mit einigen Erfahrungen aus seinem Beruf bereichern?«, fragte Quisling.

»Der Stimmung nach zu urteilen denke ich, dass Herr Quisling sie bereits genügend bereichert hat«, erwiderte ich.

Eine der Frauen ergriff das Wort.

»Wir würden gern etwas von Ihnen hören, Doktor Hval!«

Eine andere sagte:

»Erzählen Sie uns, was Sie heute getan haben!«

Ich gab mir den Anschein, als würde ich mich zieren.

»Ach, das waren nur ganz übliche Übungen, die die Damen höchstens langweilen würden.«

Selbst Quisling beharrte auf seine plumpe Art auf der Aufforderung:

»Sie werden sich doch nicht über den Wunsch der Damen hinwegsetzen und uns einen kleinen Einblick in Ihr Fach verwehren? Sie könnten beispielsweise etwas über die neue Rassenhygiene erzählen. Ich nehme an, dass Sie mit diesem Thema vertraut sind.«

Aber absolut! Ich war ein Ass in Rassenhygiene! Schließlich musste ich mich fügen.

Ich möchte nur noch hinzufügen, dass Sigrid es mit aller Macht versuchte zu verhindern, doch ach, vergebens. Quisling hatte mir einen Befehl erteilt. Ich nahm seinen Platz ein, während er in der Tür stehen blieb, mit verschränkten Armen. Ein paarmal in die Dettweiler gespuckt, und ich war bereit. Ein sonderbarer, in die Vergangenheit gerichteter Gedanke kam mir: Warum dankte er mir nicht? Warum bedankte er sich nicht bei mir dafür, dass ich seine Haut gerettet hatte, was den sogenannten Überfall im Büro des Staatsrats betraf? Dann hätte ich die Gelegenheit gehabt, ihm zu sagen, dass es keinen Grund gab, sich zu bedanken. Außerdem hätte ich Quisling gern gefragt, warum er nicht sofort die Polizei alarmiert hatte, sondern stattdessen nach Hause gefahren und sich ins Bett gelegt hatte, so dass der Vorfall erst spätabends angezeigt wurde, und zwar von jemand anderem, nämlich einem Hauptmann im Generalstab, Adolf Fredrik Munthe? Brauchte es so lange Zeit, sich zu besinnen? Und könnte er freundlicherweise erklären, warum es nicht eine einzige Spur des Angreifers oder der Angreifer gab? Nichts ist so verdächtig wie fehlende Spuren. Ich hätte diesen undankbaren Vomitiv festsetzen und nicht freilassen sollen! Ich hätte die Geschichte verändern können! Ich spuckte in die Dettweiler und war bereit:

»Meine sehr verehrten Damen! Und Herren! Es ist mir eine Freude, Ihnen einen Abriss der täglichen Arbeit im Rikshospital zu geben, wo Leben und Tod, Trauer und Freude, Schmerzen und Linderung stets Hand in Hand gehen. Und vielleicht gibt es noch obendrein etwas Rassenhygiene dazu!«

Das war, wenn ich es selbst sagen darf, eine außergewöhnlich vielversprechende Einleitung. Die Damen, abgesehen von Sigrid, beugten sich vor, wie sie sich dem vorherigen Redner entgegengebeugt hatten. Ich fuhr fort:

»Heute Morgen gebar eine junge Frau ein Kind, einen Jungen, die Geburt ging problemlos vonstatten, und kann man Zeuge eines größeren Wunders sein, als zu sehen, wie ein Mensch zur Welt kommt, ganz gleich, wie wenig wunderbar diese Welt auch sein mag?«

Bis auf Sigrid und Quisling applaudierten alle, und zwar voller Begeisterung. Quisling wurde geradezu neidisch, verschränkte seine Arme immer fester vor der Brust, als wäre er seine eigene Zwangsjacke. Rein fachlich gesehen ist das durchaus möglich. Invidia, die vierte Todsünde, war ein Teil seiner Frisur. Und ich hätte nichts dagegen gehabt, wenn ich ihn etwas auf meine bescheidene Art und Weise hätte quälen können.

Dann fiel mir plötzlich ein, aus welchem Grund auch immer, vielleicht lag es an Sigrids schwarzen Augen, die ich kaum jemals dunkler gesehen hatte, dass das meine dritte Rede war. Ich hatte bei der Studentenfeier in der Aula der Universität gesprochen, ich hatte auf meiner eigenen Hochzeit gesprochen, und jetzt sprach ich in meinem eigenen, besetzten Haus, zu Quisling und seiner schönen Anhängerschar. Wann würde es dieses Mal schiefgehen, wann würde ich »Schwanz im Riesenrad« sagen oder Dinge, die noch schlimmer waren? Ich glaube, Sigrid wartete fast voller Vorfreude darauf.

Ich trampelte.

Es wurde wieder still.

Ich konnte fortfahren.

»Der Junge erschien gesund und wohlgestaltet, schrie klar und laut, doch als wir ihn umdrehten, entdeckten wir, dass auf der anderen Seite des Kopfes noch ein Gesicht vorhanden war. Wir hatten es also mit einem echten Janus zu tun. Die Chance dafür liegt bei eins zu einer Million, vielleicht ist sie noch geringer. Das Kind hatte also zwei Gesichter. Eines auf jeder Seite.«

Es wurde noch stiller, doch es war eine andere Art von Stille, eine Stille, die sich nicht vorbeugte, sondern die sich zurückzog. Und ebenso plötzlich wusste ich, dass es dieses Mal nicht auf die gleiche Weise schiefgehen würde wie vorher. Mein lapsus linguae sollte ganz einfach die Lüge sein, die Lüge im Dienste des Guten, und deshalb war sie auch kein Versprecher. Ich war nie ruhiger. Die Lüge war jetzt mein heftigster Zwang.

»Und die Mutter? Was hat sie gemacht, als sie ihr Kind gesehen hat? Sie küsste es auf alle vier Wangen und liebte es doppelt so sehr. Wir wurden Zeugen eines weiteren Wunders. Nämlich das der unbedingten Liebe.«

Eine der Damen flüsterte so laut, dass es alle hören konnten:

Zu einer Missgeburt. Die unbedingte Liebe zu einer Missgeburt. Darauf folgte Gelächter, hinter Händen und Servietten verborgen. Quisling lächelte, mürrisch und gequält. Ich hatte die Damen nicht länger auf meiner Seite. Was ich auch gar nicht wollte.

»Doch vier Stunden später starb das Kind. Wir taten alles, was in unserer Macht stand, um es zu retten, leider vergeblich. Janus, wie wir ihn nannten, holte zweimal ein letztes Mal Luft, in den Armen seiner Mutter.«

Kalte Stille umringte mich.

Dieselbe Dame hob ihren Arm.

»Wie lange kann so eine … so eine …«

Ich kam ihr zu Hilfe:

»Meinen Sie vielleicht Missgeburt?«

Sie nickte, erleichtert, und die Worte purzelten nur so aus ihrem Mund.

»Ja! Wie lange kann so eine Missgeburt eigentlich leben?«

»Zunächst möchte ich nur erwähnen, dass wir diese Bezeichnung nicht benutzen, Missgeburt. Wir verwenden lieber den umfassenderen Begriff Mensch.«

»Und wie lange kann so ein *Mensch* leben?«

Wieder diese Kälte, ein Durchzug, als ständen alle Türen und Fenster offen und spränge der Oktober von Raum zu Raum, um den November einzuholen.

Wenn die Lüge bei ihnen nicht wirkte, dann sollten sie die Wahrheit erfahren.

»Das tote Kind wurde hinunter in den Obduktionsraum gebracht, wo ich, wie Sie vielleicht wissen, der Leiter bin, und es wurde auf den Tisch vor mir gelegt. Dort schnitt ich Janus von Ohr zu Ohr quer über den Schädel, mit einem dafür geeigneten Messer, das dem ähnelt, das wir für Wildfleisch benutzen. Das ist sehr zeitaufwendig, da man keineswegs die Innenseite des Schädelknochens beschädigen darf. Sonst ist die Arbeit sinnlos. Und da der Kopf zwei Gesichter hatte, musste ich äußerst vorsichtig sein, ja, mich fast zwischen den vier Augen des Kindes vortasten und gleichzeitig die Kiefer aufsägen.«

Ich hörte, wie jemand schrie. Außerdem fielen ein oder zwei vom Stuhl, wie ich glaube. Ich fuhr fort:

»Dann schnitt ich mit einer kräftigen Schere weiter, Sie kennen so eine sicher von der Gartenarbeit, durchdrang die Fontanelle mit einem Dorn von der Größe einer normalen Stricknadel, wissen Sie, und konnte schließlich das Gehirn des Kindes mit eigenen Händen herausholen. Und das war das schönste, perfekteste Gehirn, das ich jemals in meinen Händen gehalten habe. Aber ich will Sie nicht mit Details langweilen. Ich glaube jedoch, er hätte ungefähr zwanzig Jahre alt werden können. Das sah ich, als ich den kleinen Brustkasten öffnete und das Herz fand. In dieser Phase der Öffnung benutze ich üblicherweise eine ganz gewöhnliche Säge, aber in diesem Fall brauchte ich nur eine Feile, nicht größer als eine Nagelfeile. Ich hätte Janus gern aufwachsen gesehen. Zu gern hier im Haus! Er hätte so vieles ausrichten können. Wir dürfen den Menschen nicht wegwerfen.«

Da hielten sie sich die Ohren zu. Sie wurden ohnmächtig. Diese mutigen Ameisen! Quisling kehrte mir den Rücken zu, während er sich die Hand, mit der er mich begrüßt hatte, am Hosenbein abwischte. Sigrid versuchte den Abend mit mehr Sherry zu retten. Später am selben Abend nahm ich den Roadster, fuhr, so schnell es ging, in den Skovveien und richtete mich dort ein.

Oh, medulla oblong!

Seit dieser Jacob aufgetaucht ist und von einem Wintergarten geredet und mir ein Farbband gegeben hat, habe ich nicht mehr geschlafen. Aber was soll ich alter, kantiger Mann noch mit Schlaf? Es sind noch einige Dinge hinzuzufügen: Es kam ein Krieg. Es wurde stiller in der Mäusehalle. Weniger Selbstmorde, weniger Unfälle, weniger Verbrechen, nur natürliche Tode. Ich hätte in aller Ruhe an meiner Doktorarbeit weiterarbeiten können. Aber einige Ausnahmen gab es schon. Ein fünfzig Jahre alter Mann lag tot im Bad seiner Wohnung in Vika, in einer sonderbar zusammengekrümmten Stellung mit einer blutigen Axt vor sich. Er hatte 18 Hiebwunden am Kopf mit charakteristischem Aussehen und Verlauf. Einige verliefen quer durch das Schädeldach und in die großen Blutadern im Gehirn. Wer würde glauben, dass es sich hier um Selbstmord handelte? Ich. Der Mann war deprimiert nach einem Schock, den er sich bei der heftigen Explosion in Filipstad zugezogen hatte, als das Lagergebäude der Deutschen in die Luft flog, ob es sich dabei um ein Werk norwegischer Saboteure oder um einen Unfall handelte, das war nicht zu sagen. Das ging mich auch nichts an. Ein andermal wurde eine 48 Jahre alte Frau tot in ihrer Wohnung auf Skorpsno gefunden, getötet durch Schläge auf den Kopf und Ersticken. Außerdem gab es teilweise auf dem Hals, teilweise auf der Brust und teilweise auf der linken Schulter sonderbare Spuren: horizontal verlaufende, leicht bügelförmige Verfärbungen in der Haut mit nach unten gebogenen Rändern auf beiden Seiten, zirka 7 mm breit und begrenzt von einer kleinen Hautbrücke. Mit anderen Worten: Jemand hatte sie gebissen, mit den Vorderzähnen, kein Tier, sondern ein Mensch. Wir hatten es mit einem sadistischen Verbrechen, einem Lustmord zu tun. Die Verstorbene hatte einen ziemlich lockeren Lebenswandel geführt und pflegte Kontakte mit mehreren Männern, wie sich herausstellte. In dem Zimmer, in dem sie lag, wurde eine Brille gefunden, plus 15 und 17. Basierend auf dieser sehr seltenen Brillenstärke konnte das Verbrechen mit großer Sicherheit auf eine bestimmte Person zurückgeführt werden, einen deutschen Unteroffizier, der sie oft besucht hatte und der im Hotel Ritz gleich in der Nähe wohnte. Als wir den Tatort verließen, sagte ein Nachbar zum anderen: Sie hat gekriegt, was sie verdient hat. Ich verstand ihn. Ich verstand ihn gut. Ich drehte mich um und sagte ganz ruhig: Niemand verdient so etwas. Eine Anklage oder Gerichtsverhandlung wurde nicht eingeleitet. Der Deutsche konnte weiterhin tanzen und töten. Nicht nur Norwegen war besetzt. Ich war es auch. Meine ganze Person war besetzt. Innerhalb von fünf Jahren waren meine Kanten abgeschliffen. Es war ein Weltkrieg notwendig, um mir Manieren beizubringen. Dann merkte ich, dass hinter meinem Rücken im Rikshospital über mich geredet wurde. Ich wurde langsam, aber sicher ausgegrenzt. Ich war verdächtig. Verdächtig? Ich? Hätten sie das vor der Okkupation gesagt, dann hätte ich es verstanden, aber jetzt? Dann bekam ich endlich reinen Wein eingeschenkt. Meine runden Kanten hatten mich unaufmerksam und schlaff gemacht. Eines Abends, als ich auf dem Weg zum Skovveien war, wurde ich nämlich in einer Toreinfahrt beim Riddervolds plass von einer Frau angehalten. Sie zog mich mit sich in den Schatten. Zunächst hielt ich sie für ein leichtes Mädchen.

»Wir brauchen deine Hilfe, Bernhard.«

Es war Tora.

Sie legte mir die Hand auf den Mund.

»Hast du deine Arbeitsutensilien zu Hause?«

Ich nickte.

»Hol sie und komm dann zur Uranienborg Kirche. Schnell.«

Tora verschwand im Dunkel. Ich tat, was sie gesagt hatte, holte meine Arzttasche und alles, was ich sonst noch zur Verfügung hatte, und lief hoch nach Uranienborg. Tora war nicht da, zumindest nicht am Hauptportal. Ich ging um die Kirche herum. Ich konnte Tora nirgends entdecken. Plötzlich bekam ich Angst. War ich in eine Falle gelockt worden? Wer war Tora heute? Ich hatte sie seit mehr als zehn Jahren nicht mehr gesehen und wusste nichts über sie. Aber warum sollte sie mich, Bernhard Hval, in eine Falle locken? Ja, ich zweifelte. Dann hielt plötzlich jemand meine Hände auf dem Rücken fest. Ich konnte mich nicht einmal umdrehen. Eine Binde wurde mir vor die Augen gelegt, bevor ich in ein Auto geschoben wurde. Ich glaube, wir fuhren Richtung Bislet. Niemand sagte etwas. Ich fragte:

»Wo ist Tora?«

Niemand antwortete.

Ich fragte:

»Warum macht ihr das?«

»Dir selbst zuliebe. Sei still.«

»Mir selbst zuliebe?«

»Ja, je weniger du weißt, ...«

Ich unterbrach den Mann, der sprach.

»... umso mehr können sie mich foltern.«

Dann waren wir angekommen. Ich wurde eine Treppe hinaufgebracht, durch Türen, einen Flur entlang. Bald hörte ich dicht neben mir ein Jammern, große Schmerzen, es roch nach verbranntem Fleisch und Blut. Während ich immer noch die Binde vor den Augen hatte, sagte dieselbe Stimme:

»Rette den Jungen.«

Als ich endlich wieder sehen konnte, stand ich in einem Schlafzimmer, allein, abgesehen von dem jammernden Jungen voller Todesangst, der im Bett lag. Sein Arm war hässlich verletzt, sehr hässlich. Eine Sprengladung war offenbar zu früh hochgegangen. Ich musste amputieren. Das sah ich sofort. Der Junge weinte und wand sich. Er rief nach seiner Mutter. Er war vielleicht siebzehn, höchstens. Er rief erneut nach seiner Mutter, keinen Namen, nur Mama. Du stirbst. Du bist siebzehn Jahre alt. Du rufst nach deiner Mutter. Seine Augen suchten nach mir, rutschten aber immer wieder weg. Ich gab ihm etwas zur Beruhigung, Morphium, und nahm auch selbst eine kleine Dosis. Wie gesagt, ich war es nicht mehr gewohnt, in lebende Menschen zu schneiden. Außerdem war das Werkzeug, das ich zur Verfügung hatte, nicht ausreichend. Der Junge wurde ruhiger, war aber immer noch voll panischer Angst. Der Tod hatte sich für eine Weile in ihm zur Ruhe gesetzt. Jemand kam schnell und lautlos herein. Es war Tora. Sie brachte kochendes Wasser in einem Topf. Ich konnte mich nicht daran erinnern, dass sie so dünn war. Sie war nicht gesund, nein, das war sie nicht, und es war nicht nur der Krieg, der an ihr gezehrt hatte.

»Schaffst du das?«, flüsterte sie.

»Was ist passiert?«

»Das brauchst du nicht zu wissen.«

»Ich meine mit dir.«

»Denk an den Jungen«, sagte Tora.

»Er muss in ein Krankenhaus.«

»Das ist zu riskant.«

»Das hier ist zu riskant. Ich kann nicht.«

»Alles ist riskant, Bernhard. Tu es.«

»Ich habe nichts zum Schneiden. Begreifst du nicht!«

»Sei still!«

Tora kam mit einem Fahrtenmesser, einem ganz gewöhnlichen norwegischen Fahrtenmesser, geeignet, um Fische auszunehmen.

»Du kannst das benutzen.«

Der Junge jammerte und fing wieder an, den Kopf hin und her zu werfen.

»Halte ihn fest«, sagte ich.

Da ich nichts Besseres hatte, schob ich ihm eine Streichholzschachtel zwischen die Zähne, damit er sich nicht in die Zunge beißen konnte. Dann desinfizierte ich das Messer und säuberte den Arm des Jungen. Es war übler, als ich zuerst angenommen hatte. Bei einer Amputation der oberen Extremität muss versucht werden, so viel wie möglich zu bewahren. Aber hier war nicht viel zu retten. Ich musste ganz hoch bis zur scapula, wo die Schäden am größten waren, und das Schlüsselbein leuchtete weiß in der zerfetzten Schulter. Es war unmöglich. Ich dachte: Niemand schafft es, dem Feind nur mit einem Arm davonzulaufen. Was hätte ich tun sollen? Ich lüge nicht. Leider habe ich schon einiges gesehen. Ich schnitt den Arm ab. Der Junge stand wie ein Bogen im Bett. Ich drückte eine gradierte Kompresse auf die Bruchwunde und konnte nach einer Weile das Blut zum Stillstand bringen. Der Junge sank zusammen. Ich nahm ihm die flachgedrückte Streichholzschachtel aus dem Mund und wusch mir die Hände.

Der Arm war auf den Boden gefallen und lag dort mit gespreizten, kohlrabenschwarzen Fingern.

»Wird er es schaffen?«, fragte Tora.

»Ich lasse Verbandszeug und Desinfektionsmittel hier.«

»Danke.«

Erneut bekam ich eine Binde vor die Augen, und Tora brachte mich die Treppe hinunter, über einen Innenhof, wie ich annahm, und schließlich kamen wir in einer anderen Straße heraus, war das Sankthanshaugen? Sie nahm die Binde ab.

»Warum durfte ich die anderen nicht sehen, während du dich zu erkennen gibst?«, fragte ich.

»Weil ich nichts mehr zu verlieren habe.«

»Was soll das heißen? Haben wir nicht alle etwas zu verlieren?«

»Ich werde bald sterben, Bernhard.«

»Wieso?«

»Eine Geschwulst. Hier auf der Stirn.«

»Mein Gott, Tora! Ich kann dir helfen. Ich kann dir …«

Sie ergriff meine Hand und drückte sie, mit ungewöhnlicher Kraft.

»Du musst Sigrid stoppen.«

»Was meinst du damit?«

»Sie geht ins Ritz. Sie mag die Deutschen zu gern.«

»Ich sehe Sigrid nicht mehr.«

»Es ist gefährlich für sie, Bernhard.«

Das Einzige, was ich spürte, war ein Hauch von Eifersucht.

Darüber redeten sie also hinter meinem Rücken, dass Bernhard Hvals Frau im Ritz mit den Offizieren tanzte.

Ich versuchte zu lachen, äußerst unpassend.

»Sie mag die Deutschen zu gern. Obwohl sie Tennis als olympische Disziplin gestrichen haben.«

»Du hast dich verändert, Bernhard.«

»Nein. Das ist nur der Krieg. Das geht sicher vorüber.«

Tora lächelte vorsichtig.

»Danke, dass du meinen Sohn gerettet hast.«

Dann ließ sie meine Hand los, drehte sich um und ging, und sie drehte sich nicht wieder um. Ich hörte nie wieder von ihnen, weder von Tora noch von ihrem Sohn. Sie sind und bleiben Schatten, lebendig oder tot, manchmal möchte ich fast glauben, dass es sie nie gegeben hat, dass es nur etwas ist, was ich mir ausgedacht habe, dass sie der magere, armlose Wind zwischen den Bäumen auf dem Sankthanshaugen sind, Mutter und Sohn.

Zu viele Gespenster in meinem Leben, es wimmelt nur so von ihnen.

Lichtspuren durchkreuzten den Himmel. Jedes einzelne Fenster war dunkel. Die Straßen lagen leer und verlassen.

Ich beeilte mich, nach Hause zu kommen.

Die Nachbarin stand ein Stockwerk höher parat.

»Sie sollten nicht so spät ausgehen, Herr Doktor«, flüsterte sie.

Ich blieb stehen.

»Haben Sie vielleicht ein bisschen Kohle übrig?«, fragte ich.

»Sie frieren doch nicht?«

Eine äußerst unruhige Nacht.

Ich hatte sogar das Fahrtenmesser in die Arzttasche gelegt.

Am nächsten Morgen fuhr ich mit dem Roadster hoch nach Besserud. Es kostete einige Mühe, ihn zu starten. Und wenn der Roadster vorher noch nicht langsam war, dann war er es jetzt. Ich hatte um einen Dienstwagen angefragt und damit um Zugang zu einer Ration Benzin, falls man kurzfristig zu einem Patienten fahren musste, wie ich erklärte, schließlich war ich ja Arzt. Nicht bewilligt. Jetzt hatte ich einen ganzen Ofen im Kofferraum, in dem die Kohle brannte, die das Gas zum Motor schickte. Ich wäre zu Fuß schneller gewesen. Aber ich wollte ordentlich ankommen.

Als Erstes sah ich ein Hakenkreuz an der Pforte. Ich versuchte es mit dem Taschentuch wegzuwischen, aber ohne Erfolg. Ich kniete mich hin, spuckte und rieb und rieb und spuckte. War die Okkupation über mich gekommen? Fing ich mit meinem alten Repertoire von vorne an? Musste ich die Dettweiler wieder herausholen? Nein. Diese Übungen hatten einen Sinn. Ich wollte ein Hakenkreuz loswerden. Zum Schluss hob ich das gesamte Tor aus den Scharnieren und warf es hinter die Hecke. Dann ging ich schnell zur Haustür. Einen Moment war ich im Zweifel: Sollte ich klingeln oder meinen Schlüssel benutzen. Ich klingelte. Niemand öffnete. Also schloss ich auf. Im selben Moment kam Sigrid im ersten Stock auf der Treppe zum Vorschein, im Morgenmantel. Ich hatte Empörung und Beschimpfung erwartet, einen Auftritt auf höchstem Niveau. Deshalb hatte ich mich gewappnet. Doch stattdessen überfiel sie eine unerwartete

Trauer, als sie sah, wer da gekommen war, ihr Mann. Das war es jedenfalls, was ich sah, eine unerwartete, heftige Trauer. Und gegen die konnte ich mich nicht wappnen. Hatte der Krieg uns beide verändert?

»Was tust du hier, Bernhard?«

»Ich will mit dir reden.«

»Worüber?«

»Da draußen ist ein Hakenkreuz gemalt worden.«

»Die Jungs spielen Widerstand, Milorg.«

»Findest du das passend?«

Sigrid lächelte zaghaft.

»Nein, das finde ich nicht, Bernhard. Ich werde die Pforte putzen.«

»Findest du es passend, ins Ritz zu gehen?«

Das Lächeln verschwand.

»Du weißt nicht, wovon du redest.«

»Hat es mit dem Nürnberger Hof nicht gereicht?«

»Bitte, geh jetzt.«

»Hör mir zu, Sigrid.«

»Du verstehst gar nichts.«

Ich wurde von einer Liebe zu ihr überwältigt, größer als je zuvor, ich wusste nicht, wieso, vielleicht weil ich sie beschützen wollte, sie vor etwas retten wollte, und das war noch nie vorher passiert.

»Es ist gefährlich für dich«, sagte ich.

Sigrid blieb auf demselben Fleck auf der Treppe stehen, band den Gürtel ihres Morgenrocks fester um sich.

»Alles ist gefährlich«, flüsterte sie.

Wieder kam diese trotzige Trauer zum Vorschein, und ich wäre am liebsten die wenigen Stufen, die zwischen uns lagen, in einem einzigen Satz nach oben gesprungen und hätte sie in den Arm genommen. Doch auch das war nicht möglich.

»Wie meinst du das?«

Sigrid legte ihre Hand auf das Geländer. Sie trug keinen Ring mehr. So tief war sie also gesunken. Ich ballte die Hände hinter dem Rücken zu einer Faust.

Plötzlich sagte sie:

»Übrigens gefiel mir die Geschichte, die du damals erzählt hast. Ich glaube, ich habe dir das nie gesagt.«

»Entschuldigung, welche Geschichte?«

»Über Janus. Erinnerst du dich nicht mehr?«

Machte sie sich über mich lustig? War es Spott, was sie im Schilde führte? Ich verstand sie nicht, vielleicht hatte ich das nie getan, und wie schon früher so häufig, wenn wir einander Gesellschaft leisteten, wurde ich eiskalt, meine centripetalen Nerven froren zu Eiskabeln.

»Ich soll dich von Tora grüßen. Und ihrem Sohn.«

Sigrid kam eine Stufe herunter.

»Hast du nicht gehört, was ich gesagt habe? Geh jetzt!«

Wir blieben beide reglos stehen. Wer würde sich als Erstes umdrehen, zum letzten Mal? Ich glaube, das war ich. Ich ging nach draußen und setzte mich in den Wagen. Ich würde nie wieder dorthin zurückkehren, wo ich als Kind aufgewachsen war.

Im Rikshospital drehten mir die Kollegen weiterhin den Rücken zu. Nur die Toten schauten mir in die Augen. Doch ich trug meinen Zweifel wie einen Heiligenschein. Wenn sie nur wüssten. Bald würde dieser Heiligenschein zu einer Trauer werden, die alles in den Schatten stellte.

Drei Tage später klingelte es nämlich an der Tür im Skovveien. Es war frühmorgens. Ich warf mir schnell ein paar Kleider über und eilte zur Wohnungstür. Es konnte doch wohl nicht die Nachbarin von oben sein? Es waren zwei Beamte von der Staatspolizei. Und in diesem Zustand musste ich mitkommen ins Rikshospital, in meine eigene Mäusehalle. Was hatte das zu bedeuten? Sie sagten nichts. Ging es um Toras Sohn? Zu meiner eigenen Verwunderung war ich vollkommen gefasst. Ich würde mich ganz einfach verteidigen: Es war meine Pflicht, Leben zu retten, ganz gleich, wem dieses Leben gehörte. Fand ich einen sterbenden Nazi auf der Straße, würde ich alles tun, was in meiner Macht stand, um auch ihn zu retten. Ein Arzt fragt nicht als Erstes nach einem Führungszeugnis. Hatte ich vielleicht nicht Knut Hamsun gerettet? Aber ich konnte in diesem Zusammenhang nicht anders, ich musste überlegen, ob das Gegenteil nicht vielleicht das Beste gewesen wäre, dass ich ihn in Nizza hätte sterben lassen sollen, bevor er sich in alles verwickelte. Meine Kollegen und Assistenten standen an der Wand, genauso schweigend wie die Polizeibeamten. Direktor Thøger wartete höchstpersönlich an einer Bahre, bedeckt mit einem weißen Laken, das Tod und nochmals Tod bedeutete. Das konnte trotz allem nicht Toras Sohn sein, so viel konnte ich erkennen, ohne zu sehen, wer dort lag. Mein Leben fiel mir in den Rücken, und die Erinnerungen erhoben sich wie ein Spalier, in unangenehmer Klarheit unten in dieser Kälte, in die ich gehörte. Vater. War das derselbe Tisch, auf dem Vater gelegen hatte? Wie lange hatte ich es geschafft, ihn zu vergessen? Lange genug. Direktor Thøger hob das Laken hoch. Es war Sigrid. Ihr Gesicht war übel zugerichtet von den Abdrücken von Autoreifen, den Verletzungen nach zu urteilen, den Vorderreifen. Ich sah es mit bloßem Auge, das war kein Unfall, kein Missgeschick gewesen: Der Mund war zerbrochen und die Nase in die Stirn geschoben. Die oberste Schicht der Epidermis war weggerissen, so dass das rete muscosom sichtbar war, noch feucht und glänzend. Sie musste also gerade erst hierhergebracht worden sein. Jemand musste mehrere Male über sie hinweggefahren sein. Es fiel mir auf, dass die Spuren und Eindrücke so ungleichmäßig, schief waren. Entweder musste es ein Fahrer im Affekt gewesen sein oder ein nüchterner Mörder mit einer ganz speziellen Fahrweise. Während ich dastand, trockneten die Flecken ein, als würde sie immer noch leben, und nach kurzer Zeit bildeten sich gelbbraune, lederartige Partien, so zäh und fest, dass man sie nur mit Mühe durchschneiden könnte.

»Erkennen Sie sie wieder?«, fragte der eine Beamte.

»Das ist Sigrid Hval. Meine Ehefrau.«

»Sind Sie sich sicher?«

»Natürlich bin ich mir sicher. Wer hat sie überfahren?«

»Gerade das wollten wir Sie fragen.«

»Ich möchte alles sehen.«

»Dann sind Sie sich doch nicht sicher?«

»Ich möchte sie sehen«, wiederholte ich.

Direktor Thøger zögerte, warf einige Blicke in die Runde, bevor er das Laken ganz wegzog.

Sigrid war gerädert. Nichts in ihrem Körper hing mehr zusammen. Die Hüften, die Knie, die Füße. Ein Wirrwarr. Ich hatte schon Schlimmeres gesehen, aber das war dennoch das Schlimmste. Da fiel mir auf, dass sie den Ring trug. Sie hatte ihren Ring wieder aufgesetzt. Ich wollte mich über sie beugen. Da gab es keinen Zweifel. Es war mit Absicht geschehen. Es war eine Hinrichtung gewesen.

»Sie wirken nicht besonders berührt«, sagte der andere Beamte.

Die Frage war so unerhört, dass ich mit der Faust ausholte, aber im selben Moment von hinten festgehalten wurde.

»Was wissen Sie denn davon?«, rief ich, nein, schrie ich. »Was wissen Sie von meinen Gefühlen? Das ist meine Frau, die hier liegt!«

Niemand antwortete. Ich wurde aus der Mäusehalle herausgeführt. Erst da begriff ich, dass ich unter Verdacht stand.

Ich musste lächerliche und empörende Verhöre neuer Polizeibeamter in einem äußerst unangenehmen Raum in der Møllergaten 19 durchstehen. Nur ein Beispiel:

»Sie erscheinen nicht besonders berührt?«

»Das hat schon einmal jemand gesagt.«

»Können Sie darauf antworten?«

»Ich bin sehr berührt. Aber das kann ich nicht beweisen. Können Sie Trauer beweisen? Oder hilft es, wenn ich weine?«

»Sie haben Sigrid Hval vor drei Tagen besucht. Was ist da passiert?«

»Wir hatten ein Gespräch miteinander.«

»Über was?«

»Über die Pforte. Ich wollte die alte Pforte austauschen.«

»Ist das der Grund, dass Sie getrennt von ihr leben?«

»Ja.«

»Wegen einer Pforte?«

»Ist das nicht Grund genug?«

»Sie besitzen einen Roadster?«

»Das stimmt.«

Sie nahmen mich mit hinaus auf den Hinterhof. Da stand der Roadster. Die Beulen im Kotflügel und an der Karosserie waren nicht anders zu deuten. Es musste ein äußerst schmerzhafter Tod gewesen sein, besonders, weil das Auto so langsam gefahren war. Sie musste zuerst vorn auf das Auto geworfen worden und dann, als der Wagen bremste, heruntergerollt sein, woraufhin der Fahrer mindestens fünf Mal über Sigrid gefahren war, hin und zurück, sorgfältig und zielbewusst. Sie wurde an der Ecke vom Thomas Heftyes Platz gefunden, nicht weit entfernt vom Ritz, wo die Offiziere und ihre berauschten Glücksritterinnen tanzten. Aber sie hätte ebenso gut auf dem Weg zu mir gewesen sein können. Hatte sie denn nicht den Ring wieder aufgesetzt, mir zuliebe? Vielleicht war sie endlich zur Einsicht gekommen. Der Roadster war am Tatort zurückgelassen und noch in derselben Nacht in die Møllergaten gebracht worden.

»Ist das Ihr Auto, Bernhard Hval?«

»Ja.«

»Wo waren Sie letzte Nacht?«

»Zu Hause in meiner Wohnung. Ich habe geschlafen.«

»Kann das jemand bestätigen?«

»Nein.«

»Sie haben den Wagen nicht benutzt? Behaupten Sie das? Dass Sie nicht gefahren sind? Wollen Sie, dass wir Ihnen das glauben?«

»Ja. Jemand muss ihn gestohlen haben.«

Ich musste zwei Tage in einer Zelle in der Møllergaten 19 verbringen. Schlaflos natürlich. Nicht nur meine eigenen Gedanken, auch die Schreie in meiner Nähe hielten mich wach. Ich hatte keine Angst. So viel kann ich sagen, wenn das von Interesse ist. Ich, der ich Angst vor Spiegeln hatte, hatte in der Zelle in der Møllergaten 19 im Oktober 1944 keine Angst. Um keine Missverständnisse aufkommen zu lassen: Ich war kein Held. Ich sah Sigrids zweideutige Trauer, als sie in Besserud auf der Treppe stand, vor mir. Wie viel Einsamkeit kann man ertragen? Und man kann auch niemanden bitten, sie mitzutragen, denn dann ist es keine Einsamkeit mehr. Ich weinte die ganze Nacht. So war mein Geständnis. Dann wurde ich freigelassen. Jemand hatte für mich gebürgt. Es war die Nachbarin über mir. Sie hatte mich die ganze Nacht rumoren gehört. Was ich nicht verstand. Denn ich rumorte nicht mehr. Vielleicht wollte sie nur den Dienst wiedergutmachen, den ich ihr erwiesen hatte, als ich auf den bösartigen Leberfleck hingewiesen hatte. Oder sie verwechselte einfach ihre Nächte. Vielleicht log sie auch, dann war es eine edle Lüge. Aber es war auch gleich. Sie bürgte für mich. Ich habe ihr nie gedankt. Man bedankt sich nicht bei seinen Zeugen. Das spricht für Schuld. Der Fall wurde also zu den Akten gelegt. Ich wurde zu den Akten gelegt. Unfall. Gestohlenes Auto. Unbekannter Täter. Ich ließ sie in dem Glauben. Gut, dass ich nicht der Sachverständige in dem Fall war. Sigrid wurde zu den Akten gelegt. Und keiner soll behaupten, ich hätte sie nicht gewarnt. Bekam sie das, was sie verdiente, wie die Nachbarn der misshandelten Frau in Skarpsno behaupteten? Ich wiederhole: Nein. Niemand bekommt, was er verdient. Ich hätte sogar mit dem Roadster nach Hause fahren können. Ein Mechaniker hatte die Beulen herausgeklopft. Aber ich fuhr nicht heim. Ich fuhr zu dem alten Lagergebäude bei Vaters Fabrik, von der nur noch Ruinen übrig waren, zerbrochenes Glas, Ziegelsteine, verrostetes Werkzeug und Maschinenteile waren in dem hohen Gras festgewachsen. Und in dem Matsch und Schlamm entdeckte ich ein majestätisches Gerippe, die Reste von Hammer, unserem Pferd. Dort stellte ich den Roadster ein für allemal ab, wie ich dachte, und ging zurück durch die leeren, schmutzigen Kriegsstraßen. Weiß ein Mensch, wann er die falschen Schritte macht und seinem Schicksal unwiderruflich entgegengeht? Ahnt man es, wenn man den falschen Weg einschlägt, in dem Moment, in dem man den Fuß auf den Boden setzt? Ich denke schon. Und trotzdem gehen wir weiter. Wann schlugen Sigrid und ich die falsche Richtung ein? Der ganze Weg führte in die falsche Richtung. Doch zwischen den Schritten, die wir machten, gab es trotz allem eine Art Liebe, schwierig für andere zu sehen, aber umso deutlicher für uns, die wir sie erlebten, solange sie anhielt. Mein größter Fehltritt war, dass ich überhaupt hinaus unter die Menschen ging. Ich brachte ihnen Unglück und fügte ihnen Schaden zu. Ich war so von meinen eigenen Dingen erfüllt, dass es kaum Platz für andere gab.

Alles, was ich mir nahm und mir holte, sollte dem Vorteil dienen, und das war ehrlich gemeint! Ich tat es Sigrid zuliebe. Oh du falscher geläuterter Thomas! Ein Lügner von Rang, das bin ich. Ich bin Spitze im Lügen. Das einzig Wahre an mir ist mein Zwang. Ich sage es noch einmal: Wir nehmen zu viel Platz ein. Die Zeit ist zu knapp für uns Kantige, wie ein Anzug, in den man sich hineinzwängen muss. Wir brauchen eine Nummer größer! Vergebt mir!, rief ich, dass es die Kantsteine entlanghallte und die Wetterhähne sich in alle Himmelsrichtungen drehten. Ich schlug mir die Hand auf den Mund. Es war das erste und einzige Mal im Laufe des Kriegs, dass ich meinem Zwang nachgab. Ich war eine Sirene. Ich war eine Alarmanlage. Sucht Zuflucht im Schutzkeller der Trauer! Vergebt mir! Übrigens bereute ich, dass ich damals Alfred Melingen gekündigt hatte. Brauchen wir nicht alle einen Fahrer?

Die Dissertation: *Pes calcaneus, Pes equinus, Pes valgus, Pes varus.*

Im Rikshospital redeten sie nicht mehr hinter meinem Rücken. Sie sagten mir auch nichts direkt ins Gesicht. Ich weiß nicht, was am besten und was am schlimmsten war.

Sigrid wurde in derselben Kirche beigesetzt, in der wir getraut worden waren. Ich blieb zu Hause. Ich beendete das Kapitel *Pes valgus,* Plattfuß. Ich wollte Notto Fipps Worte zu den meinen machen, genauer gesagt mit einer einfachen Umarbeitung, so dass die These zu meiner Größe passte: Wenn ich schreibe, denke ich weniger. Es sind zu viele Gedanken im Umlauf. Ich hatte eine Verstauchung im Kopf. Die Seele war ausgerenkt. Ich dachte an unsere vergeudete Zeit. Bald jedoch bekam ich eine deutliche, klare Information vom Anwalt der Familie Juell über den Stand der Dinge. Meine Ehe mit Sigrid Juell, er benutzte ihren Mädchennamen, war annulliert worden. Er verwies auf eine Erklärung des verstorbenen Dr. Frost,

Landarzt, und das Gesetz vom 20. August 1909: *Eine Ehe wird auf Begehren eines der Ehepartner aufgelöst, wenn der andere Ehepartner beim Eingehen des Ehebundes ohne Wissen des Ersten an einem körperlichen Mangel litt, das ihn oder sie ungeeignet für eine Ehe machte.* Deshalb hatte ich keinerlei Anspruch auf ein Erbe. Ich besaß nichts mehr. Das Haus auf Besserud gehörte mir nicht. Das Einzige, was ich behalten durfte, war die Wohnung im Skovveien, aus reinem Mitleid, die Familie Juell wollte mich nicht auf die Straße setzen. Ich sollte dafür dankbar sein. Mitleid! Dankbarkeit! Es hätte sie in ein schlechtes Licht gestellt, wenn sie mir alles genommen hätten. Deshalb! Sternendiebe und Ränkeschmiede, alle zusammen! Ich hätte ihnen mit Freuden den gesamten Skovveien mit Inventar und Ausblick überreicht, und Besserud loszuwerden war nur eine Erleichterung! Ich sammelte weder Kindheiten noch annullierte Ehen. Selbst auf den Roadster erhoben sie Anspruch. Doch da schob ich einen Riegel vor und verriet nicht, wo er stand. Zum Schluss schrieb dieser advocatus diaboli, dass ich natürlich gegen diese Entscheidung vor Gericht vorgehen könnte, wovon er mir jedoch abriet, ein Urteil würde sowieso nicht zu meinen Gunsten ausfallen, ganz im Gegenteil, es würde zu einer äußerst peinlichen Gerichtsverhandlung kommen, die mich noch der letzten Reste meines Ansehens berauben würde. Ich hätte antworten können, dass Sigrid den Ring trug, als sie starb. Es kommt übrigens vor, dass ich mir wünsche, sie hätte ihn nicht getragen. Das hätte es leichter gemacht, die Trauer zu tragen. Aber ich muckte nicht auf. Ich beließ es bei dieser Entscheidung.

Pes varus!

Wenn der Krieg still erschienen war, wurde der Frieden umso emsiger.

8. Mai. Als der Jubel durch die Stadt marschierte, musste

die Dettweiler wieder herausgeholt werden, drei Mal spucken, acht Mal trampeln, Zähneknirschen, Armfuchteln, und ein langes Geheul. Ich war in Gang. Meine Kanten waren schärfer als je zuvor. Lehnte ich mich an jemanden, war das Risiko groß, sich blutig zu schneiden. Aber nach einer Weile legten sich die Hurrarufe. Im Frieden kamen die Kriegsverräter zum Vorschein. Es schien, als würden sie durch das kräftige Licht des Frühlings und des Sommers entwickelt, die Silhouetten der Überläufer und Dirnen. Hätte Sigrid noch gelebt, wäre sie auch verunstaltet worden. Soll ich dafür dankbar sein? Alles, was geschah, war notwendig, und widerstrebte mir dennoch, abgesehen von den Schüssen in Vidkun Quislings Herz. Die wärmten. Im Laufe des Herbstes musste die Gerichtsbarkeit Verstärkung anfordern. Sachkundige fehlten. Deshalb wurde ich nach Gaustad geholt, um zu entscheiden, ob ein Nazi zurechnungsfähig war oder nicht. Das gehörte natürlich in den Bereich der Psychiatrie, aber wie gesagt, es herrschte Mangel an fast allem, sogar an mir. Konnten wir nicht ein einfaches Dekret verkünden: Nazi, also zurechnungsfähig. Ich fand mit meinem Vorschlag kein Gehör. Es fiel nicht auf fruchtbaren Boden. Wir sollten sorgfältig zu Wege gehen. Die Gerechtigkeit sollte umfassend sein. Ach, was für ein Mischmasch. Der Frieden ist nie gerecht. Ich saß also von Angesicht zu Angesicht Kollaborateuren, Verrätern, Mitläufern und anderem Pack in dem gelben Zimmer in Gaustad gegenüber. Sie behaupteten, sie hätten den Verstand verloren. Wann haben Sie ihn verloren, sagten Sie? Vielleicht auf dem Weg hierher? Wollen wir uns aufmachen und nach ihm suchen? Sie wollten mich glauben machen, dass sie aufs Datum genau fünf Jahre lang unzurechnungsfähig waren. Ich war fast bereit, sie für unzurechnungsfähig zu erklären, da sie sich auf derartig leicht durchschaubare und sentimentale Behauptungen beriefen. Vielleicht wurden sie unzurechnungsfähig, als sie verloren, aber das ist eine andere Sache. Sie entschieden sich für die falsche Seite. Und man muss nicht verrückt sein, um sich für die falsche Seite zu entscheiden. Es gab sicher genauso viele Verrückte auf der richtigen Seite. Ich saß ihnen wie gesagt Aug in Aug gegenüber. Das Gesicht des Verlierers ist nicht schön. Aber wenn sie geglaubt hatten, sie könnten mich, den Verrücktesten von allen, hinters Licht führen, dann hatten sie sich gründlich getäuscht. Meine Methode war einfach, sinnvoll und etwas zeitaufwendig: Ich sah ihnen in die Augen, holte die Dettweiler heraus, spuckte kräftig hinein, schob sie wieder in die Innentasche und sagte: Cogitationis poenam nemo patitur. Übrigens, wo wohnen Sie? Wenn sie darauf antworten konnten, hielt ich sie für zurechnungsfähig.

Heiligabend im selben Jahr geschah übrigens etwas, eine Episode. Ich hatte wie üblich Dienst. Ich halte mich gern an Traditionen, oder besser gesagt, die Traditionen halten sich gern an mich. Während die meisten in der Stadt ihre Geschenke auspackten und die Kerzen anzündeten, wurde ich gerufen, dieses Mal nicht nach Gaustad, sondern in die Psychiatrie von Vinderen, um mein Urteil abzugeben über einen Querkopf, der sich an den Besitztümern einer jüdischen Familie gütlich getan hatte, nachdem sie mit der Donau 1943 in den Tod geschickt worden waren. Zuerst konnte er nicht reden, simulierte Schock und Apathie mit offenen Augen. Dann behauptete er, dass er sich an nichts erinnerte, und verlangte, dass man ihm glaubte, obwohl die Wohnung, in der er wohnte, voll war mit Gemälden, Möbeln, Kaffeeservice und Vitrinen, die ganz offensichtlich nicht ihm gehören konnten, sondern Eigentum der Verstorbenen waren. Er widersetzte sich dieser Tatsache, solang es ging. Dann fiel ihm ein, dass er sich doch ein wenig erinnerte. Er hatte das alles nämlich von diesen Juden bekommen, es war ein Geschenk gewesen, ist es vielleicht nicht erlaubt, Geschenke entgegenzunehmen, auch wenn Krieg herrscht? Er hatte sogar Papiere darüber gehabt, mit Bestätigung und Unterschrift, aber die waren leider während der Befreiung verschwunden, und in der Zeit hatte man schließlich an anderes zu denken gehabt, nicht wahr? Er war silurisch von Anfang bis zum Ende. Ich war kurz davor, ihn für unzurechnungsfähig zu erklären und ihn so ein für alle Mal hinter Schloss und Riegel zu bringen. Aber glücklicherweise hörte ich auf die Vernunft. Die Scham ist trotz allem eine größere Strafe. Seinem Moratorium würde er sowieso nie entgehen. Übrigens, wo wohnen Sie eigentlich? Ich spuckte in die Dettweiler und erklärte diesen erbärmlichen Lumpen für geistig gesund. Das hatte er nun davon. Doch dann, als ich auf dem Weg nach draußen war, geschah das, was mir jetzt wieder eingefallen ist. Doch zunächst möchte ich an die Schweigepflicht erinnern. Pfarrer, Anwälte, Hebammen, Apotheker und Ärzte sind ihr unterworfen und können eine bis zu sechsmonatige Haftstrafe erhalten, wenn sie Geheimnisse unbedacht weitertragen oder Vertraulichkeiten ausplaudern. Die Schweigepflicht ist umfassend und darf nicht ausgehöhlt werden. Die strenge Diskretion ist unsere vornehmste Tugend. Deshalb nenne ich keine Namen, was diesen Besuch betrifft. Doch das ist die Ausnahme! Denn wir haben außerdem das Recht zu wissen. Deshalb entscheide ich mich dazu, dieses Ultimatum zu verwenden, während ich gleichzeitig nicht jede Diskretion beiseiteschiebe. Nomina sunt odiosa: An diesem Heiligabend verirrte ich mich auf den Fluren der Anstalt. Es schien, als würde das gesamte Personal schon um den Tannenbaum gehen. Ich rief, bekam aber keine vernünftige Antwort, nur unanständige Rufe zur Erwiderung und Hämmern an die Wände. Ich war im Labyrinth des Asyls auf Abwege geraten. Unwillkürlich kam mir der Gedanke: Gehöre ich vielleicht letztendlich hierhin? Da kam ich an einer Tür vorbei, die einen Spalt offen stand. Vorsichtig schaute ich hinein. Ein weißhaariger Greis saß an einem Pult und kaute auf einem Bleistift, und er kaute auf beiden Enden, denn der Stift war nicht angespitzt. Ich erkannte ihn trotz allem wieder. Es war der große Dichter, der jetzt nicht mehr so große Sprüche wagte. Nein, bei dem Kerl war nicht sehr viel Weihnachtliches zu finden. Er versuchte, etwas auf ein Papier zu kritzeln, aber es endete nur damit, dass er es in Stücke riss. Das Gleiche passierte noch einmal, der nächste Bogen verschwand in Fetzen, bevor er den Bleistift wieder in den Mund steckte und wie ein Biber darauf herumkaute. Oh je, was für ein Bild von einem Nobelpreisträger! Ich hätte ihn im Handumdrehen diagnostizieren können, doch vorher hätte ich eine gründliche Desodorisierung angeordnet, gern mit ätherischen Ölen und Rauchwerk, er stank bis zu mir hin. Wenn das nichts nützte, hätte ich zu übermangansaurem Kalium gegriffen, das auch bei Stinknasen angewendet wird. Und dann hätte ich ihn als in Besitz seiner fünf Sinne erklärt, doch geritten von Zwangsgedanken, Verfolgungswahn und anderen ungesunden Vorstellungen. Allein die Art und Weise, wie er auf den Bleistift biss! Ich konnte es mit bloßem Auge sehen. Und die Grimassen. Schließlich bekam ich doch noch Mitleid mit dem Alten, er tat mir leid. Ja, ich war so gerührt, dass ich ihm etwas schenken wollte. Ich hatte immer noch das Fahrtenmesser von der schrecklichen Abtrennung des Arms von Toras Sohn in meiner Arzttasche. Das holte ich heraus, trat einen Schritt in den Raum und legte die blanke Klinge auf den Tisch vor den Dichter. Sollte er es benutzen, wie er wollte.

Schließlich fand ich den Weg zwischen jammernden und tränenüberströmten Verrätern hinaus.

Der Mond stand fest in Kältekreisen. Der Bach, an dem ich

entlangging, war eingefroren. Ich konnte in den steilen Wasserfällen das Dröhnen unter dem Eis hören, Wasser, das in sich selbst versiegelt war, Wasser, das weiterwollte, und weit entfernt Weihnachtsgesang, Kinderstimmen, Gelächter. Die Fenster der Häuser hinter den Bäumen und Zäunen sahen aus wie gelbe Abflüsse, in die die Nacht ablief. Ich fror. Ich hatte mich zu dünn angezogen, keinen Übermantel, keine Handschuhe, nackter Hals. Ich wollte mich noch mehr abhärten. Ich wollte aufhören zu frieren. Am Frognerpark zog ich die Schuhe aus, ließ sie in einer Schneewehe stehen und ging auf Strumpfsocken weiter mitten auf der Gyldenløve gate. In dem abgestellten Springbrunnen entledigte ich mich auch ihrer noch, der Strümpfe, und lief das letzte Stück barfuß. Die gesamte Zeit zwischen den Tagen schlug ich mich mit einer äußerst hässlichen Erkältung herum, die sich in Hals und Stirn festsetzte, Husten, Kopfschmerzen und einer unverantwortlich hohen Temperatur. Ich benutzte die Zeit, um den Entwurf meiner Doktorarbeit fertigzustellen. *Die Anatomie des Gehens,* es fehlten nur noch einige Hinweise und ein Vorwort, und gleich nach Silvester, als ich fieberfrei war, lieferte ich sie persönlich bei Direktor Thøger ab, damit er sie einmal durchsehen konnte, bevor die Fakultät eine Kommission einsetzte und einen würdigen Opponenten fand. Die Gerüchte liefen durch die Station. Bernhard Hval will disputieren. Wird Bernhard Hval disputieren? Es entstand eine gewisse Erwartung, was würde ihm dieses Mal einfallen? Geehrte Stinknasen! Ich spannte sie weiter auf die Folter. Das geschah ihnen nur recht. Ich würde sie reinlegen, wie üblich. Ich würde sie an der Nase herumführen! Eine Woche später wurde ich von Thøger zu sich gerufen. Ich ging dorthin, um Anerkennung einzuheimsen, und verließ das Büro beschämt und ungläubig. Der Direktor saß hinter seinem Schreibtisch. Die Abhandlung lag vor ihm.

»Sie brauchen sich gar nicht erst zu setzen, Herr Hval.«

Ein äußerst schwacher Einstieg.

»Ich stehe ausgezeichnet, danke.«

Er zeigte auf die Papiere.

»Das ist nicht nur ein Machwerk, Hval. Das ist Diebesgut.«

»Jetzt verstehe ich nicht ganz.«

»Dann will ich Ihnen das näher erklären. Abgeschrieben, Hval. Sie haben von Professor Lund abgeschrieben. Sie haben von Professor Harbitz abgeschrieben. Sie haben von Dr. med. Sjøvall abgeschrieben. Und Sie haben sich nicht nur die Arbeit der Meister unter den Nagel gerissen. Sie haben sie auch noch so erniedrigt, dass Sie sogar Einar Jodds Pamphlet über diesen Landstreicher da abgeschrieben haben. Sie sind ein erbärmlicher Kopist. Haben Sie etwas zu Ihrer Verteidigung zu sagen?«

Thøger stand auf. Er hätte nicht Landstreicher sagen dürfen.

»Ich denke, ich habe mir den Stoff zu eigen gemacht«, sagte ich.

»Zu eigen? Zu Ihrem Eigentum? Ein Dieb, der einen Geldschein stiehlt und ihn benutzt, kann also sagen, das ist seiner?«

»Ich finde diesen Vergleich nicht passend.«

»Ach nein, finden Sie nicht?«

»Ich meine, mit Worten und Gedanken verhält es sich anders als mit Dingen. Außerdem hätten Sie ihn nicht einen Landstreicher nennen dürfen. Er heißt Notto Fipp.«

Direktor Thøger stand eine Weile sprachlos da, mit beiden Händen auf den Schreibtisch gestützt. Dann sagte er leise:

»Ihre Abhandlung ist bereits abgelehnt. Ich schlage vor, dass wir das schweigend vonstattengehen lassen. Sie existiert ganz einfach nicht. Sowohl Sie als auch das Rikshospital haben einen Ruf zu verlieren. Sind wir uns einig?«

Ich amüsierte mich und war außer mir vor Empörung. Ich sagte und denke, das war gut gesagt:

»Dann machen wir weiter wie bisher und tun, als wenn nichts gewesen wäre. Danke für Ihre Bemühungen.«

Ich wollte diese Audienz damit beenden und mich zurückziehen, wurde jedoch von Thøger, diesem Spielverderber, zurückgehalten, als er mit lauter Stimme sagte:

»So einfach ist das nicht. Sie sind hier nicht länger erwünscht.«

»Heißt das, Sie geben mir meinen Abschied? Mir, der ich der Beste meines Jahrgangs war! Und wenn ich mich nicht irre, dann kann ich mich noch sehr gut daran erinnern, dass Sie nur der Zweitbeste waren!«

»Ich möchte nicht mit Ihnen konkurrieren. Auf keinem Gebiet.«

»Nein, denn wenn es um deine Bedürfnisse geht, dann bist du ohnegleichen. Du spielst dich auf und versagst!«

Er kam um den Schreibtisch herum. Ich hätte ihn lieber auf Abstand behalten. Er gefiel mir besser, wenn er laut redete, als wenn er murmelte. Auf seine Freundlichkeit konnte ich verzichten.

»Sie haben einen Defekt, Hval. Sie sehen alles in einem anderen Licht. Sie sind nicht auf derselben Welt zu Hause wie wir. Wissen Sie, was Ihnen fehlt?«

Ich ging zur Tür und sammelte Mut.

»Sie sind nicht der Mann, der das entscheiden könnte.«

Thøger folgte mir.

»Sie leiden ganz einfach an einer Mangelkrankheit. Das ist nicht tödlich. Hier geht es nur um den Gemütszustand. Etwas in dir steht seit all den Jahren still, Bernhard. Du bist begabt, aber unreif.«

Ich hätte ihm die Faust ins Gesicht und in sein breites Grinsen pflanzen können und diesem Schleimer echte Nahrung geben. Plötzlich per Du, du. Plötzlich Bernhard und du!

»Erinnern Sie sich an Tora?«, fragte ich.

Einen Moment schien er verlegen zu sein.

»Tora?«

»Die Sie beim Abschlussfest in der Aula haben fallen lassen.«

»Daran kann ich mich nicht erinnern.«

»Wahrscheinlich ist sie inzwischen tot.«

»Und warum erzählen Sie mir das?«

»Ich dachte, es wäre gut, wenn Sie das wüssten.«

Seine Hände zitterten.

»Welche Diagnose, welche Diagnose würden Sie sich selbst stellen, Hval?«

»Dafür bin ich nicht der rechte Mann.«

Thøger zog einen Zettel aus seinem weißen Kittel, in dem er herumstolzierte, obwohl er kaum jemals einen Finger im Inneren eines Patienten gehabt hatte. Es gab viel, was ich in dieser Angelegenheit hätte sagen können, aber ich kam nicht dazu.

»Dann ist vielleicht Direktor Lund der Richtige, Hval. Er hat ein Attest hinterlassen. Er hat geschrieben, dass Sie ein verkommenes Subjekt sind.«

»Na, dann sind wir wenigstens quitt.«

Ich verneigte mich, verließ das Büro und fand am Ende des Flurs eine Besenkammer, schloss mich dort ein und heulte und knirschte und trampelte zwischen Besen, Eimern und Lappen, bis ich keine Kraft mehr für meine Faxen hatte. Dann schrieb ich mein Abschiedsgesuch, gab es im Vorzimmer ab, holte meine Schuhe aus der Garderobe, verabschiedete mich von niemandem, auch nicht von den Toten, die in der Mäusehalle auf mich warteten, ging nach Hause in den Skovveien und richtete mir dort eine kleine Praxis mit dem Allernotwendigsten ein. Zwei Monate später bekam ich meine Zulassung und hängte ein Schild an die Tür. *Dr. Bernhard Hval. Prakti-*

scher Arzt. Ich hatte eigentlich nie Lust auf irgend so eine Praxis gehabt. Die passte nicht zu meinem Gemüt. In erster Linie hatte ich mich eigentlich nur Sigrid zuliebe der Aufgabe gewidmet, und jetzt spielte das keine Rolle mehr. Schürfwunden, Influenza, irgendwelche Infektionen, allgemeiner Trost, Rezepte und Magenkneifen und Albträume. Ich hatte meinen Platz gefunden. Die Wissenschaft, Ameisenhügel und Pyramiden werden von unten aufgebaut. So vergingen auch diese Tage: von unten. Der Nürnberger Hof wechselte klugerweise seinen Namen in Restaurant Georges und wurde wieder ein beliebter Treffpunkt für die Mediziner. Sigrids Eltern starben, einer nach dem anderen. Die Nachbarin über mir starb. Meine Mutter starb. Ich erhielt von den Behörden down under einen Brief, der viele Umwege gemacht haben musste. Sie war vor drei Monaten gestorben. Ich dachte an den vorherigen Brief, den ich bekommen hatte, in dem sie schrieb, dass es in Neuseeland Dienstag war, wenn es bei uns Montag war. Hätte darin gestanden, dass sie gestern gestorben war, wäre sie dann heute noch am Leben gewesen? Ich nahm an, dass Signe, unsere alte Haushaltshilfe, auch tot war, da sie nicht selbst schrieb. Die Toten waren in der Mehrzahl. So vergingen diese Jahre: von unten. Und eines Morgens im Dezember 1973 wachte ich von einer sonderbaren, fast erschreckenden Stille auf. Hatte ich mich bereits der Mehrheit angeschlossen? Ich schaute hinaus. Der Skovveien war frei von Autos. Die Leute gingen mitten auf der Straße, einige sogar auf Skiern. Einen Moment lang kam mir der Gedanke: Ich bin nicht tot. Ich bin nur zu einem früheren Leben erwacht. Ich war im Oslo des Alters eingeschlafen und stand auf im Kristiania meiner Kindheit. Und ich beschloss, mir freizunehmen. Ja, ich wollte mir freinehmen und mich hinauswagen. Mir kam diese verrückte Idee, Ski zu laufen. Ich fand mein altes Paar im Kellerverschlag, dazu ein paar

Stöcke, das dauerte natürlich seine Zeit, aber am Vormittag stapfte ich jedenfalls hinüber nach Majorstuen, übermütig und leichtsinnig, ein paar freundliche, langhaarige Jugendliche halfen mir, die Skier in den Riemen am Straßenbahnwagen zu befestigen, die Stöcke nahm ich mit hinein, und andere noch freundlichere Jugendliche standen auf, so dass ich sitzen konnte. Höflichere Jungen und Mädchen hatte ich selten erlebt. Das war also die Ölkrise. Sie machte uns menschlicher. Es war fast wie im Krieg. Das würden wir auch noch schaffen. In harten Zeiten hielten wir zusammen. Im Überfluss ging es darum, den anderen zu übertrumpfen. Ich saß in meiner alten Bahn, in meiner alten Spur. Wie konnte ich nur! Wie konnte ich es wagen! Denn da sah ich, wer da im anderen Wagen saß, oder war es sogar im selben, jedenfalls war es nicht im Raucherwagen. Es war König Olav V. Doch, er war es. Er kaufte ganz normal eine Fahrkarte. Er war zum Volk hinabgestiegen. Wollte er auch von unten anfangen? Habe ich es nicht gesagt? Wir waren menschlich geworden. Wir kamen an Slemdal vorbei. Jetzt war ich an der Reihe. Oh du Tölpel! Du kleiner Stutenfreund! Wohin?, fragte der Schaffner und beugte sich näher zu mir. Ich hielt mir sofort die Hand vor den Mund. Frognerseteren. Wohin sonst? Ich will doch Ski fahren. Sehen Sie das nicht? Ich bezahlte, bekam meinen Fahrschein. Es war still im Wagen, aus Rücksicht auf Olav, wie ich annahm. Wollte er allein Ski fahren? Es schien so. Wir konnten zusammen fahren! Zwei Witwer! Schließlich waren wir fast gleichaltrig, es trennten uns nur drei Jahre, zu seinen Gunsten, wenn ich mich recht erinnerte. Aber ich würde schon den Anschluss halten. Ich stand auf und stellte mich an die Türen. Ich musste mich beeilen, wenn ich es schaffen wollte, die Skier zu holen, bevor die Bahn wendete und wieder hinunterfuhr. Es gab wenig Platz. Warum hatte ich die Dettweiler nicht mitgenommen?

Mein Mund floss fast über vor Speichel. Ich umklammerte die Stöcke. Tölpel. Dudelsack! Stutenfreund! Er saß so, dass er mich ansah.

»Hat Ihr Vater irgendwann einmal etwas von einem Schnürsenkel erwähnt?«

Olav, der König, lächelte nur vorsichtig, ein königliches Lächeln.

»Er lag in einem Etui zusammen mit dem St.-Olavs-Orden. Ich war es nämlich, ich habe ihn da reingelegt! Für meinen Vater.«

Wieder schnell die Hand vor den Mund, der Blick auf die Schuhe.

Hatte ich geredet? Hatte König Olav etwas gehört? Ich könnte heute noch einen Salto mortale schlagen und einen Veitstanz im Schlafzimmer veranstalten, wenn ich daran denke.

Er fuhr offenbar doch nicht allein.

Zwei Männer kamen aus dem Raucherwagen, und unser Gespräch fand ein jähes Ende. An der nächsten Station wurde ich hinausbefördert. Ich schaffte es nicht einmal, die Skier mitzunehmen, nur die Stöcke. Besserud. Ich war auf Besserud gelandet. Das war eine abgekartete Sache. Das war wie ausgemacht. Ich drehte mich nicht nach der Hecke und dem Haus um. Vielleicht stand es ja gar nicht mehr dort, und warum hätte ich mich dann umdrehen sollen? War es das, was Lund mit dem *Rückschrittsalter* meinte, von siebzig bis fünfundsiebzig, bevor das Greisenalter die Lebenszeit beendet? Man wendet sich rückwärts, weil man keine anderen Orte mehr hat, an die man gehen könnte, ob man nun will oder nicht. Man kommt nicht drum herum. Ich ging nach Hause, spuckte hier und da, und wenn ich hinfiel und mir jemand aufhelfen wollte, stach ich denjenigen mit den Stöcken in die Waden. Eins, zwei, tröiedüs! Ich brachte mich in Sicherheit. Seitdem bin ich nicht mehr draußen gewesen. Ich bekomme die Lebensmittel an die Tür gebracht. Die Rechnungen sind bezahlt. Die Post ist abbestellt. Zeitungen lese ich nicht. Ansonsten habe ich alles, was ich brauche.

Es ist September.

Hier werde ich aufhören.

Morgen ist der Tag, an dem ich achtzig Jahre alt werde.

Ich werde diesen neumodischen Gerichtsmedizinern etwas geben, an dem sie sich die Zähne ausbeißen können. Vielleicht wird ja auch so viel Zeit vergehen, bis ich gefunden werde, dass ich schon mumifiziert bin. Der Gedanke ist mir gekommen. Trotzdem ein sonderbarer Fund, wenn sie mich früher oder später finden: Ich habe bereits das Gewicht in der Uhr gelöst, zusammen mit dem Draht, an dem es befestigt ist. Es ist nicht schwer, aber schwer genug. Viel braucht es nicht. Einen Moment lang wurde es so still, dass ich mein eigenes Herz in den Fingerspitzen pochen hörte. Ich werde die schwarzen Drops in einem Glas Cognac auflösen, mir den Frack anziehen, während die Drops sich auflösen, das Glas langsam leeren und es gründlich auswaschen. Ich werde wahrscheinlich einen leichten Schwips haben, vom Branntwein, nicht von den Drops, und das ist ja nicht unangenehm. Vielleicht mache ich einige Tanzschritte oder einen Purzelbaum rückwärts zu diesem Anlass. Dieser Leichtsinn wird so oder so in eine tiefere Erfahrung übergehen, wenn das Gift anfängt zu wirken. Dann muss ich schnell sein. Ich werde mich in mein Arbeitszimmer setzen, mir den Draht aus der Uhr zweimal um den Hals wickeln, nicht fester, als dass ich immer noch im Vollbesitz meiner Sinne bin, aber stramm genug, dass die Betreffenden eine kräftige Strangulationsfurche notieren werden, die auf der Vorderseite des Halses, zwischen larynx und Zungenbein beginnt. Aber mein Gesicht wird nicht zyanotisch sein. Wird ihnen das auffallen? Was sie jedenfalls nicht übersehen können, das ist das Gewicht, das auf dem Tisch vor mir liegt. Sie werden sich am Kopf kratzen und mit witzigen Kommentaren nicht sparen, ein zynischer Jargon, den sie aus den Kinosälen haben: Ein Clown von einem Kadaver! Vielleicht ist er ja Uhrmacher? In dem Falle geht er falsch. Gelächter, viel Gelächter. Die Uhr ist übrigens um neunzehn Minuten nach elf stehen geblieben, vormittags, ein passender Zeitpunkt. Wie die nächsten Sekunden sein werden, weiß ich nicht, auch nicht, in welchem Zustand ich sein werde. Ich werde auch nie mehr im Stande sein, das zu beschreiben. Ich bin auf Schmerzen vorbereitet. Schmerzen bekümmern mich nicht. Ich bin auf nichts vorbereitet. Ich habe keine Angst. Doch zuvor, vor all diesem umständlichen Handwerk, will ich ganz einfach noch einmal ans Fenster treten, auf den Skovveien hinaussehen, die Welt nach bestem Wissen zum letzten Mal genießen, die nassen Bürgersteige, das Laub in der Luft, die grauen Vögel, die herabstürzen, ich werde dem Regen lauschen, den ich so mag, und zählen, wie viele schwarze Regenschirme ich entdecken kann.

Gesagt, getan.

8. 9. 1980

POST FESTUM II

Bei allen Fotzenhöllen des Teufels! Ich lebe. Das wünsche ich meinem schlimmsten Feind nicht, wer immer das auch sein mag. Ich bin aufgewacht und lebe! Das hätte nicht passieren dürfen. Nein, das hätte es nicht. Es verlief ganz und gar nicht nach Plan. Ich lag auf dem Boden in dem engen Arbeitszimmer und schleppte das Gewicht um den Hals mit mir, meine Hände waren gebunden und gefesselt, außerdem hatte ich hämmernde Kopfschmerzen. Nein, das war wirklich eine Enttäuschung. Ich machte mich los, kroch in die Küche, fand Wasser, spülte den Mund aus. Diese verfluchten Drops, sie hatten zu lange in der Uhr gelegen, es war keine Kraft mehr in ihnen, sie waren nicht schlimmer als Halspastillen. Ich hätte sie früher schlucken sollen, ja, das hätte ich, viel früher. Ich hätte mit allen, die uns verlassen haben, gehen sollen. Heute werde ich also achtzig. Gott hat mich reingelegt. War das sein Geschenk? Ein Geburtstag? Eine runde Zahl? Ich ertrug keine weiteren Auferstehungen mehr. Ich schlug mit der Faust auf den Kühlschrank und versuchte aufzustehen, fiel wieder zusammen und kroch denselben Weg zurück, zum Arbeitszimmer. Ich musste der Tatsache ins Auge sehen, rein fachlich gesehen. Alles hatte seinen Nutzen. Hatte ich beispielsweise je das helle Licht im Tor der Dunkelheit bemerkt? Nicht dass ich wüsste.

Dann mussten es die Straßenlampen im Skovveien sein. Hörte ich Stimmen? Dann mussten das die Nachbarn sein, die sich stritten. Fühlte ich überhaupt etwas? Doch, ich fühlte etwas. Ich fühlte Erschöpfung und Freude. Doch das war nicht zu akzeptieren. Der Tod ist privat, solange er währt. Dann beschlagnahmen uns die Überlebenden. Die Dettweiler! Ich hatte sie bei mir, auf das Letzte vorbereitet, und spuckte, was das Zeug hielt. Hellrot. Blut im Hals. Blut in der Lunge. Trotz allem eine anstrengende Nacht. Ich habe die Festschrift wieder hervorgeholt, und jetzt vollende ich sie erneut. Nicht ein Wort soll gestrichen werden! Nicht eine Fotze soll entfernt werden! Nicht ein einziger Schwanz im Riesenrad oder Lapsus sollen ausradiert werden! Ist das verstanden? Alles oder nichts, im Guten wie im Bösen! So sind wir. Denn das ist kein Schlaflied, sondern mein Testament, und jetzt sollst du hören, mein Antlitz, du, der du mich reingelegt hast, du, der du mir einen enormen Fingerzeig gegeben hast, jetzt werde ich es dir heimzahlen, du verfluchtes Lineal, du Scheißboje, hör jetzt zu, und hör mir gut zu: Ich werde das Gewicht wieder an seinen Platz in der Uhr hängen. Die scharfe Furche in der Halsgrube wird so oder so demjenigen oder denjenigen, die mich finden, Kopfzerbrechen bereiten. Ich werde die Tür ein für alle Mal hinter mir schließen, die Treppe hinunter und hinaus auf den Skovveien gehen. Ich werde merken und bewusst merken, dass es nicht regnet, die Bürgersteige aber noch dunkel glänzen. Ich werde nicht tot sein, noch nicht. Ich werde mit geradem Rücken gehen, während die Leute sich nach mir umdrehen, was denkt dieser Mann im Frack und mit einer Wunde am Hals eigentlich, wer er ist? Er ist Bernhard Hval und niemand sonst. Hurra! Spinal und ein dreifach dreimal Hurra! Die Trübsal schiebt mich weiter. Die Freude hält mich zurück. Ich habe es trotz allem mit Bernhard Hval zu tun. Er ist ein harter Brocken. Er kann sich nur schwer entscheiden. Ich werde an ihn verweisen. Ich werde beim Eisenwarenhandel an der Ecke zur Bygdøy allé stehen bleiben und Klebeband, Streichhölzer und einen Gummischlauch kaufen. Ist das etwa verboten? Ich muss mich warm halten. Ich werde bezahlen, die Waren in einer Tüte bekommen und weitergehen. Und auf diesem Weg werde ich die Gelegenheit nutzen, nachdem ich hereingelegt wurde und trotz allem eine Gnadenfrist bekommen habe, allen zu danken, die zu dieser einfachen Festschrift für einen zusammengewürfelten und unergründlichen Mann, meine einzige richtige Freundschaft, beigetragen haben. Zuallererst möchte ich dem Autor Jodd danken, der frühzeitig eine schöne, redliche Abhandlung über Notto Fipp niedergeschrieben hat, die von unschätzbarem Nutzen war, der norwegischen Königsfamilie danke ich auch, wenn ich schon einmal dabei und nur schwer zu bremsen bin, ich danke dem Redner und Anwalt Ernst Juell, danke, Hochzeitsknallen, dem Redakteur Willumsen, Doktor Lund und seiner Ehefrau Alma, Knut Hamsun danke ich, und ich kann ebenso gut Gro danken, Frau Bye, der Pensionsmutter an der Vaterlandsbrücke, dem Friseurmeister C.F. Hansen und seinem ungeschickten Sohn, den Verkäufern bei Franck im Bogstadveien, dem Pfarrer der Kirche von Bragernes, Biffen, dem Steak, dem Hoflieferanten, allen, die zum Kongens Nytorv und Tullinløkken gekommen sind, ich möchte meinen herzlichen Dank dem Vorsitzenden des Studentenrats aussprechen, der die Beschwerde unterschrieben hat, die auf meinem Leseplatz lag, nämlich dem späteren Direktor Thøger, ich möchte meinen Schwiegereltern danken, Nottos Eltern, meinem eigenen Vater und meiner Mutter, danke den Haushaltshilfen, den Schaffnern der Holmenkollenbahn, den Freunden und Lehrerinnen in der Vindern Schule und später der Kathedralschule, ich möchte Tora danken, ihrem Sohn, und ich möchte Alfred Melingen danken, meinem Chauffeur, den ich nie hätte entlassen sollen. Mit anderen Worten: Ich möchte allen danken, bei denen ich in der Schuld stehe, die auf irgendeine Art und Weise an meinem Leben Anteil hatten und auf denen ich herumgetrampelt bin, die ich ausgeschimpft, gequält, bestohlen und vielleicht in ein schlechtes Licht gestellt habe, obwohl es umgekehrt hätte sein sollen. Ich selbst erwarte keinen Dank, erspart ihn euch. Habe ich jemanden vergessen? Falls dem so ist, tragt euch in die Listen ein! Ich will weiter durch die Straßen gehen, genauso aufrecht wie zuvor, und ich beachte das Lachen gar nicht, das mir gilt. Ich werde zielstrebig und unerschütterlich gehen und laut mit mir selbst reden, mein letzter Zwang auf den letzten Metern in meinem Leben, danke Monsignore Kneipp, danke Doktor Frost, danke Jacob und vergib mir. Ich danke dem September, er ist ein guter Monat. Und dann möchte ich Sigrid danken und nur das Beste von ihr glauben. Inzwischen bin ich bereits ein Stück aus der Stadt herausgekommen, und bald erblicke ich das Grundstück, auf dem früher die Fabrik meines Vaters stand. Ich werde stark im Glauben und noch stärker in der Tat sein. Hinter den neuen Häusern, die erst vor kurzem gebaut wurden, steht noch eine Lagerhalle, kurz vorm Einstürzen. Dorthin werde ich gehen. Ich werde die Türen öffnen und den Roadster dort finden, fast unter Staub und Rost verschwunden. Das macht nichts. Ich will sowieso nicht weit. Ich will nur fort. Welch ein Glückstreffer! Kohle erzeugt ein Gas, das reich an Kohlenoxid ist, viel mehr als die normalen Abgase. Ich werde alle Ritzen und Löcher abdichten, um einen Durchzug zu vermeiden. Ich könnte mich ja erkälten. Dann werde ich den alten Motor anheizen, den Schlauch so befestigen, dass das Kohlenmonoxid nicht den Motor trifft, sondern stattdessen den Innenraum füllt. Ich werde mich hinter das Lenkrad setzen, die kleine Gardine zwischen den Sitzen vorziehen, eine gewisse Scheu habe ich mir trotz allem erhalten. Ich werde niemanden plagen, im Gegenteil, ich werde euch von dem Plagegeist befreien. Ich werde das Lenkrad umfassen, mich zurücklehnen und diese unsichtbare, lautlose Luft tief einatmen. Ich kann sie vor mir sehen, die Gerichtsmediziner, wenn sie meine Muskeln aufschneiden und nachsehen, ob sich die Muskelfarbe verändert hat. Vielleicht auch wollen sie ihre Zeit nicht an mir vergeuden und machen nur ein paar spektroskopische Blutproben. Aber die Wunde am Hals wird sie trotz allem verwundern. Trotz allem werde ich im Rückspiegel die Straßen in schneller Fahrt vorbeirauschen sehen. So dass ich kaum den Wagen unter Kontrolle halten kann. Doch dann werde ich die Augen schließen. Ich werde rückwärts durch das Leben fahren. Aller guten Dinge sind drei! Notto! Hörst du mich? Ich komme. Aus dem Weg, alle, die hier nichts zu suchen haben! Notto Fipp! Wir sind nicht mehr allein.

Der Autor möchte einen Dank an Einar Jodd aussprechen, den Autor der Schrift *Notto Fipp – ein merkwürdiges Schicksal,* herausgegeben vom Folkelesningsforlaget (ca. 1935), die eine unersetzliche Hilfe gewesen ist; dann Francis Harbitz, dem Verfasser von *Rechtsmedizin,* Brøggers Boktr. Forlag, 1950, in dem mehrere von Bernhard Hvals Obduktionen nachzulesen sind; und Vilhelm Bjørset, Redakteur des *Boken om Oslo,* Aktieselskapet Realforlaget, 1950.